西部文化系列

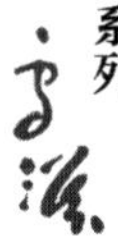

雪 漠 心 学 大 系

# 文心

上

雪漠 著

中国大百科全书出版社

图书在版编目（CIP）数据

文心 / 雪漠著. —北京：中国大百科全书出版社，2017.6

ISBN 978-7-5202-0097-4

Ⅰ. ①文… Ⅱ. ①雪… Ⅲ. ①心学-研究 Ⅳ. ①B244.8

中国版本图书馆CIP数据核字（2017）第139580号

出 版 人 刘国辉
责任编辑 李默耘 程 园
责任印制 魏 婷
封面设计 一千遍工作室
版式设计 U-BOOK
出版发行 中国大百科全书出版社
地 址 北京阜成门北大街 17 号
邮 编 100037
网 址 http://www.ecph.com.cn
电 话 010-88390603
印 刷 北京君升印刷有限公司
开 本 880 毫米 ×1230 毫米 1/32
字 数 473 千字
印 张 26.875
版 次 2017 年 6 月第 1 版第 1 次印刷
定 价 72.00 元

# 总序　我为什么研究心学？

## 1

中国大百科全书出版社想出版我的心学书系，这成了我谈心学的一个缘起。

这世界，有两样东西，令人目眩神迷参详不透，却又止不住探寻追问，一个是浩瀚的宇宙，一个是深邃的人心。尤其在中国传统文化中，关于人心的学说与研究是千古以来的核心议题。作为中国文化的三条重要之根，儒释道对中华民族国民性格的形成起着重要的影响，它们相互影响，你中有我，我中有你，彼此吸收，彼此促进，让中国文化呈现出了“三足鼎立”之气象。虽然，在不同的历史时期，各自所占据的话语权，所展现的形态，所起到的作用不同，但对整个人类文明的发展和促进，都注入了不可低估的力量。儒家文化注重人格的训练，注重积极入世，注重对社会的改造，故，中国历史上几次大的变革和动荡，儒家思想对于安抚人心，平定秩序，维持和谐，起到了重大作用。而道家文化，相对儒家而言，注重“避世”，强调“无为”，注重个人的修养和升华。佛家，在两者的基础上，在看破、放下的同时，追求终极的解脱和超越。这三种传统文化无论其表象差异如何迥然，根本宗旨都在于教人如何完善人格，实现真正的快乐和自由。且三种文化都认可同一个着眼点，即一切答案就在自己的生命本体中，跨越和超越，不在外界，不在彼岸，而在人心。故而，心性的修养成为中国传统文化的共同核心和基本契合点。中国文化，虽然名相不同，体系不同，究其根本，都是在叩问自心，在自己的心中找一切的答案，寻觅生命的真谛。

谈心性，有朋友会想到“心学”。我们知道，“心学”一词，由明代大儒王阳明首度提出，他将中国的儒家文化提升到了一个新的学术高度。他所倡导的“良知”“知行合一”等理念影响了很多人，由此，“心学”成为了世界性的一门学科。但关于心性的学说并非儒家所独有，儒学、佛学和道家思想在心性论上，皆有深造，对于心性的定义、心性二者之间的关系等问题都有独特见解。

儒学的心性论在先秦时期就出现了性之善恶的争辩，孟子认为人之性善，荀子认为人之性恶，杨朱认为人之性善恶混。尤以孟子的心性学说为典型，孟子提出了“四心”之说，认为人天生具有的四心决定了人性本善，心性不二，强调“尽心知性”，仁、义、礼、智是人心中本有的东西，将其充分发挥出来即可。

在早期儒学经典中，处处可见正心诚意的主张，非常重视人格完善。汉代董仲舒提出“性三品论”，把人性分为圣人之性、中民之性和斗筲之性，东汉荀悦也持类似观点。因汉代经学大兴，儒风发生变化，偏离了心性学说，直至魏晋时期，玄学盛行以及佛学渐兴，儒学的宗主地位更加不稳，仁义道德学说和心性学说处于失落状态。唐代韩愈、李翱立足儒学本位立场，反对佛老，重兴心性之学。韩愈在《原道》中大声疾呼重振仁义伦理道德，为儒学道统正本清源，重视正心诚意，其在《原性》中排开孟子性善论、荀子性恶论和杨朱性善恶混论，而是续上了董仲舒和荀悦，更加明确阐发了“性三品”学说，且肯定仁义礼智信道德是人与生俱来的，只是在三品人性中分配比例不同，上品之性是善性，下品之性是恶性不可改，中品可善可恶，可以导而上下。宋明时期，儒学的心性学说有了新的体系——宋明理学。此时，儒释道三种哲学在长期的交锋与共存中，早已互相渗透，互相交融，宋明理学虽以儒学为正宗，其实已不可避免地沾染了佛学和道家的气息，尤其是受佛学心性论很大影响。朱熹虽然将心分为“道心”和“人心”，但还是说心只有一个，人欲和天理的比重决定了心是“人心”还是“道心”，至于心之体——性，则无不善，有善有不善的是心之用——情。而从陆九渊“万物森然于方寸之间，满心而发，充塞宇宙，无非此理”以及“宇宙便是吾心，吾心便是宇宙”的振聋发聩之语，再到王阳明“心外无物”“知行合一”“致良知”，创立了心学，儒家的心性论终于上升到了前所未有的高度。

佛学中的心性论，准确地说应称为佛性论，佛学典籍中有很多关于“心性”的阐述，但在佛学传入中国且本土化的过程早期，佛学惹人关注的首要兴奋点并不是心性论，而是因果报应论和般若空论等内容，并因为形神关系导致了儒学和佛学之间的大争论。自东汉佛家传入中国起，排佛者与信佛者就开始了持续争论，争论核心是形神关系和神灭神不灭，排佛者否定轮回与因果报应论。至南北朝时期，终于引发了一场高规格的大争论，无神论方以范缜为代表，作有《神灭论》《答曹舍人》，理论水平空前绝后。争论的结果虽无输赢，却促使佛学将关注点渐渐转向了心性论。佛学心性论完成于禅宗，禅宗的根本要义是“明心见性，即心即佛”，此心是无分别无执之心，此性是本来清净之佛性，心性不可分割，且人人皆有佛性。所以，禅宗六祖慧能提出“众生即佛”，其依据便是佛性作为人人皆有的先天因素，存在于每个人的心中，只要能识得此心，见得此性，便可成佛。

如果说佛学的心性论是佛性论，那么道家的心性论则可称为道性论。表面看来，道家的心学没有形成明晰的知识体系，没有形成一门显学，其影响力也不如儒家文化，因为道家心性论并不是直接谈人的心性，而是以道为引，再延伸到人的心性。所谓道法自然，实际上是道性自然（自生自化自成），这种自然之道落实于人，即为人之自然心性。从老子的本然自然到庄子的本真自由，道家心性论的特征，其实非常鲜明，着重于自然之性和真常之性，元初而完整，无法使其增益，也无法令其减损。人的自然之性必定显于人的心，由人心也可看出人之性，因此，道家所推崇的心性境界正是老子反复强调的自然无为，及庄子心心向往的逍遥游。另外，道家关于心学的精华，其实都融汇于道家的训练之中了。全真教之后的明清道教，对心性谈得较多，但多着眼于训练。在心性的修养上，道家注重明道、修道、得道，注重本体智慧的开发和妙用，以“无为”为核心，以虚静和齐物为方法，弃绝机心，追求达到致虚守静的自然境界。当一个人真正得“道”之后，他自然就明白了宇宙的整个运行规律，就洞悉了真理的奥秘，也就真正会入世做事了，这就是老子所说的“无为而无不为”。

不难看出，儒释道三者都注重心性的训练，虽然表现形式各异，但都是以心为本，以学为养，让人慢慢成为君子、贤人、真人、圣人。因此，对于“什么是心学”的问题，从广义层面讲，关于心性的学说，即为心学，包括阳明心学，也包括近当代的一些心学，我倡导的大手印心学也属此列。每一种心学存在必有其理由，能否发扬光大，对人类社会和人的心灵起好作用，既需要乘时顺运，更需要靠实力和内涵说话。

以阳明心学为例，阳明心学从宋明理学中分化而来，理论基础不可谓不厚实。宋明理学从周敦颐开始，经张载，到二程（程颢、程颐），在二程这里发生了分歧，程颢认为心即是理，修行路线是由内而外，程颐认为理是本源，在人心之外，修行路线是由外而内，格物致知。继而朱熹继承了程颐，成为理学之集大成者；而沿着程颢的心学路线，经过谢上蔡、张子韶等人不断发展，最终由陆九渊开启了心学门径。王阳明集心学之大成，继承改造了孟子心性学说和陆九渊心学思想，并吸收了佛学禅宗和道家的精华，创建了一种独具特色的新儒学——阳明心学。阳明心学包含三个重要论题：“心即理”“知行合一”和“致良知”，分别解答了“心是什么”“如何修心”和“修心的最终目标”这三个问题，是一套相当完备的哲学体系。阳明心学在明代中后期时影响已经很大，甚至远播海外，日本和韩国都有阳明心学的继承发扬者。尤其在日本，心学在明治维新时爆发了力量，为日本近代化之路贡献了大力，正如梁启超所言：“日本维新之治，心学之为用也。”但在中国，明清之际阳明心学渐渐衰落，整个近代时期也处于沉寂状态，直到近些年，阳明心学才有点“春风吹又生”的势头。

在阳明心学之后，民国时期的贺麟先生又提出了“新心学”。他是黑格尔的研究专家，深受西方哲学的影响，在中西方文化的基础上，贺麟先生将“心学”研究加入了世界元素，他提出“心物合一”“心理合一”，是现代新儒家倡导者之一。遗憾的是贺麟新心学并未完成体系建设，也未能继续展开和深入，作为“唯心主义”思想派别，很快就在唯物辩证哲学前失去了自己的声音，无人继承，研究也甚少。在当代中国台湾，也有一支新心学，名为“盘古心学”。这一心学最典型的特征在于，它脱胎于阳明心学，依然立足于儒学本位，但大大扩大了思想学说的吸纳范围，吸收人类各种宗教与哲学，为其所用。包容了儒释道三种哲学思想、分析心理学、海德格尔存在哲学等，试图消弭阳明心学的一些弊端。此外，还有各家各言对于阳明心学的解读和阐发，有力图重兴阳明心学者，也有借阳明心学抒发自我者，在这个传统文化复兴大潮即将兴起的时代，人们对于心灵学问的兴趣和重视，是令人欣喜的。

2

笔者心学书系中提倡的大手印，是对中国传统文化心性学说的一种探讨和补充。

儒释道的心性训练，都有顿渐两种方法。如果说朱熹的理学是渐法，那么王阳明的心学则是顿法；道家的丹道若是渐法，那黄元吉的心法则是顿法；佛家亦然，一般的止观双运，若是渐法，大手印和禅宗则是顿法。而无论顿法渐法，佛家训练的实质，都离不开心性。心外无佛，心外无法，所以，诸多宗派，名相虽异，心髓为一，抓住实质，便能提纲而挈领了。

大手印是佛家心性之学的精髓，梵文mahamudra，字面义为“大印鉴”或“大符号”。它强调直观自心，而不是经由善巧法门认知自心。佛家法门如海，有八万四千之称，猛一看，纷繁复杂，色彩纷呈，令人眼花缭乱，但其本质，不过“心性”

二字。而所有的佛家礼仪，或神秘莫测，或质朴无华，或繁如乱丝，或简朴如掌，究其本质，也不离心性的修养和训练。心性训练，贯穿了所有佛家礼仪的始终。所以，佛学某种意义上也可以称之为心学，而强调直指心性——直接呈现人类心性训练所能达到的最高境界——的大手印学说，无疑是佛家心性之学金字塔的塔尖。

大手印的理论基础是佛家的般若部经典，如《大般若经》《金刚经》《心经》等等。如《心经》中的“照见五蕴皆空”“色不异空，空不异色。受想行识，亦复如是”，便是典型的大手印智慧；《金刚经》中的“一切有为法，如梦幻泡影。如露亦如电，应作如是观”，是大手印的最好注脚；而“过去心不可得，现在心不可得，未来心不可得”“应无所住，而生其心”，更是大手印教授和妙用。

据实践方法的不同，大手印可分为三种：

一是实相大手印。若是实践者或研习经论得悟，或得到师授明心，明白真如之理，进而契入，即可与实相相应而证得实相大手印，如大乘佛家所说的圆顿止观、一行三昧等等。天台宗以“一念三千”“三谛圆融”的性具说为诸法实相；三论宗以“无依无得”的空理为诸法实相；华严宗以随缘之真如为诸法实相；法相宗以“圆成实性”为诸法实相；小乘以“我空”之涅槃为实相；大乘则以“我空”“法空”之涅槃为实相。禅宗由参话头、坐禅、观心、棒喝等方便法门入手，而明心见性，也属于实相大手印。

二是和合大手印，是属于生命科学，以训练气脉明点为基础，系无上瑜伽部之密法，经灌顶后，得师传授，由生圆二次第入手，观想本尊，持诵真言，或修宝瓶气，或修拙火幻身，或经双运，达到身语意三寂，了悟心性，而证得自性光明。

三是光明大手印，它属于大手印顿入法。若是具德上师得遇上根弟子，上师观机缘成熟，直接让弟子明白心性。它有点像两个电脑之间的数据传递，也有点像老祖宗说的“与君一席话，胜读十年书”。

笔者是传统大手印文化的传承者和实践者，曾用二十多年时间学习和实践。对于这一文化瑰宝的博大精深，我总是叹为观止。在过去的几十年里，笔者一直对儒释道文化情有独钟，深深沉淫，并着力思考。三家经典都是我的案头书，对其中的许多智慧，我进行过认真学习，也有过扎实的实践。跟一般学者不一样的是，我是学者兼实践者。对各家的心性学说，我进行过长达二十多年的学习和实践。而在三家里，笔者对佛家心性之学着力最多的原因，是因为它在训练自己的心性，对治自己的毛病，战胜自己的欲望方面更直接、更有力量。

在人类心性之学的智慧大海中，大手印是最质朴的浪花之一，是离我们的心灵最为接近的一种文化。作为哲学，它超越名相，无论是宗教的教派名相，还是诸多的二元对立，都是它要扫除的东西；作为实践，它注重心性修养，是现代人的安心之法、铸心之术，也是东方心性学说在今天时代的生命实践和生活妙用。然而，对于它，时下的人们还有些陌生。

因为全球化浪潮的冲击，一些优秀的传统文化，今天都已濒临被湮没的边缘，像凉州贤孝，像大手印学说，像那些已如风中残烛般的民间善文化。一方面，许多当代人陷于热恼和焦虑，不能自拔，他们非常需要心灵的滋养；另一方面，那些有益的文化滋养却早已尘封，无人问津了。在心灵滋养的供应和需求之间，出现了明显的断裂。

时下，为心灵问题困扰者日众，我们老是听到一些大学博士跳楼自杀之类的新闻。我发现，今天人们的身心已产生了可怕的两极分化，物质的十分富有和精神的极端贫乏形成了鲜明的反差。我认为，在科学高度发展的同时，人类应该从古老的东方文化，尤其是佛家文化和中国传统心学文化中汲取能有益于心灵的养分。

我曾在《羊城晚报》上发表的《大善铸心》一文中，谈到了我的这一观点：

多年来，我研究了世上十多个有名的宗教，包括基督教、伊斯兰教、印度教、耆那教以及佛家的几乎各种流派。我深入到了它们的支流和深层。我不仅仅是在研究，更是在实践印证。我想从宗教中汲取一种能滋养人类灵魂的养分。宗教被制度化之后，已成为一种远离真理的教条化存在。不少宗教在被制度化后都失去了其本有的精神，成为另一种意义上的枷锁和镣铐。宗教的真正精神是追求绝对自由，即任何外现都干预不了的一种独立的主体性，也即佛家所说的“心气自在”。这里的“心”代表意识和精神，“气”代表物质和肉体。任何非主体性的外现和存在都干预不了那主体的自在，这才是精神意义上的解脱。所有宗教的终极目标都是自由。基督教的灵修和伊斯兰教的近主训练都是这样。当然，宗教被制度化后，就会远离这种精神。繁冗的教条使宗教变成了心灵枷锁，而世俗的欲求又使宗教成为另一种“买卖”。数以亿计的信仰者，其目的，仅仅是想用那点可怜的信仰铜板，换来金山般的福报。所以，我说：“真正的信仰是无条件的。它仅仅是对某种精神的敬畏和向往。信仰甚至不是谋求福报的手段。信仰本身就是目的。”……在哲学的教条化、宗教的制度化、文学的功利化之后，我一直在寻找一种新的东西，它能汲取宗教、哲学、文学、艺术的营养，但又能超越母体；它抛弃宗教之制度化，抛弃哲学之繁琐化，文学之虚浮化，成为一种能直指人心的东西；它简单、澄明、干净、质朴，超越名相，能春雨润物般为灵魂提供一种滋养。

这，便是笔者研究心性学说的缘由之一。

笔者在心学书系中所讲的诸多内容，便是对传统心性学说的集中展示。笔者依托传统大手印的传承与实践，打破教派局限，汲取了儒释道文化中关于心性训练的滋养，并结合自己的实践体验，进行了系统地研究、扬弃、消化和实证，重新整合，独成体系。

跟一般的经典或是学术著作不一样的是，本书系侧重于两个方面：一是关于心性的修养与训练。因此，本书拒绝所有长篇大论的理论，拒绝了生僻深奥的词汇，同样拒绝了训诂考据。它试图直指人心，既具备世界观和普世性意义，又具备实践论和方法论的意义。二是系统地介绍了鲜为人知的大手印心性学说，使本书具有了人类学和文化学的意义。

笔者将对心性学说的研究分为六个部分："明心性品""悟心性品""观心性品""修心性品""印心性品""契心性品"。同时，因为方法论和妙用的不同，笔者的心学书系又分为《初心》《明心》《归心》《文心》《用心》《慧心》《炼心》《印心》等，它不是简单地采摘拼装，而是对传统文化取其精华，剔其糟粕，有世界观，有方法论，有机融合，有扬有弃，有体有用，有教有证，或能对和谐社会起到有益的作用。

## 3

除了解决自己的心灵问题外，笔者对心学的研究，还源于一个作家的责任感。

多年来，有个追问的声音一直萦绕于耳：为什么人类历史中那么多的哲学家、思想家、政治家、教育家都在谈“心学”，而直到今天，为啥人类心灵上空仍充满物欲？为啥因心灵问题导致的仇恨和灾难仍层出不穷？为啥我们的世界仍被贪嗔痴笼罩？

表面看来，人类有着诸多的优秀文化，包括过去的心学，但是为什么一直在解决人类的心灵问题上力不从心？物欲为啥总是横流？人心的下滑为啥不可遏制？问题究竟出在哪里？

这类问题，在小说《西夏咒》中，我也进行过追问。

我说过，一种学说、文化和思想的诞生与传播，会直接影响整个时代的思潮和风气，会左右人类对人生观、价值观、世界观的选择和判断。它会世世代代传承下去，它会对人类的心灵、命运、行为的改变，有着潜移默化的作用。

所以，我总想站在更高的境界、更广的视野中，来重新审视我们的文化。我们更需要一种与时俱进的眼光，来擦去蒙在文化上的历史尘埃，让它焕发出新的光明。

我发现，我们的心学，如果缺少一种超越智慧的观照，如果缺少老子提倡的无为之心，而盲目积极而功利地去进取，反而会违背自然，违背大道，成为执著和物欲的助缘，也会让人类的历史血流成河，布满血泪。

我常常追问，信奉阳明心学的日本人，他们的良知，为啥没有拯救被他们屠杀的三十多万南京人民？他们的良知，为啥让数以千万计的中国人血流成河？

为什么一群有良知的日本人，却要屠杀另一群同样有良知的中国人？

那些杀人屠夫的良知，跟作家雪漠的良知，是不是同一个良知？哪一个良知，更接近阳明心学的良知？

这是一个作家的追问，也是一个学者的追问，更是一个有良知的中国人的追问。

我们的这类追问，可以针对中国历史，也可以针对世界历史。人类的历史上，为什么充满了一群有良知的人却屠杀同样有良知的同种同族兄弟的事？

想到奥斯维辛集中营时，我也会问：希特勒的良知何在？解决这类罪恶的文化何时出现？传统的心学能不能解决这类因欲望导致的罪恶问题？

在很长时间里，面对这类追问，我常常会从梦中哭醒。《西夏咒》便是长歌当哭的产物，书中说："为了润湿他喑哑的嗓门，他在人迹罕至的西夏岩窟里痛哭了许久。"

以一个作家的良知，我不能不做这样的追问，不能不进行这样的反思。

于是，我走进了心学，并开始反思心学。

我常想，人类所有的问题，既是文化的问题，更是欲望和心灵的问题。虽然人类的优秀文化中都注重心性训练，但它能否发扬光大，能否对人类社会和人心起到好的作用？

当今世界中人们的心灵状态，用《道德经》中的一段话形容非常贴切："五色令人目盲，五音令人耳聋，五味令人口爽，驰骋田猎令人心发狂，难得之货令人行妨。"物质生活丰足，社会现象喧嚣熙攘，人心或麻木或浮躁，世人越发感到，无休止地追逐外物并不能带给他们渴望的宁静和幸福。在这样的情况下，寻求一种真正的安心之法显得越来越迫切，也正因为此，传统心学的价值引起了世人的重新关注和再发掘。

今天，我们需要拨开历史迷雾，穿透时空隧道，来反思和评判一些东西。我们要拥有一双慧眼，来汲取老祖宗留下的精华，而摒弃那些糟粕，要与时俱进，为我们时代需要的心学添砖加瓦。

于是，我停下手中写小说的笔，来关注人心。于是，才有了那一本本跟心灵有关的书。

需要说明的是，我的心学书系不是结果，而是一个正在成长的生命体。现在展示出的，仅仅是其中的一部分。未来，我们会不断扩充其范围，做到"百川入海"。无数的江河湖泊汇入大海，都会成为大海之水。而大海的力量之源，仍是中国的传统文化。

社会的浮躁和混乱引起了世人的关注，传统文化的价值也重新引起了世人的关注和发掘。我对心学的重新体悟和研究，就出于这样的一种时代的需要。

真正的与时俱进不是全盘否定，不是全然地拒绝，而是结合时代发展，在欣赏的基础上进行一种超越。超越什么？超越文化的局限，超越智慧的局限，超越所有让文化和智慧僵死的东西。

文化如此，人类命运同样如此。对个体的人而言，要超越自己的贪婪和仇恨，超越自己的愚痴和傲慢——简言之，就是“战胜自己”，也是老子所说的“虚其心，实其腹，弱其志，强其骨”。做到这一点，生命的本体智慧才能发光，人类的智慧才能打破一切局限，人才不会像瞎子那样，在黑夜里东奔西跑，相互折腾，找不到方向。所以，我们需要从自心做起，首先进行心性的训练，破除自己的执著，扫除自己的欲望，明白真理，证悟真理，融入真理。

在笔者的心学书系中，对传统文化取其精华，剔其糟粕，有世界观，有方法论，有体有用，有教有证。但愿我的努力，能为传统文化的传播提供一种新的可能。

## 4

有学者问我，雪漠，你心学书系中说的真心，跟阳明心学的良知有什么区别？我说，虽然儒释道三家都提倡道德与智慧并重，但阳明心学的良知侧重于道德，我的心学书系中的真心侧重于智慧。良知若有超越智慧观照，便是无缘大慈同体大悲；而良知，仍然没有脱离儒家的伦理纲常的局限，圣人之良知，固然能智慧与道德并重，而一般人自认的良知，若是没有超越智慧的观照，就容易认假为真，认恶为善，盲人摸象，自行其是，它便难以解决罪恶、烦恼和自由问题。比如，希特勒的良知会认为，杀光犹太人定然有益于德国；再比如，建立“大东亚共荣圈”的日本人眼中的良知，跟王阳明眼中的良知定然有差异，同时，以王阳明的良知，也不会随喜同样信奉阳明心学的日本人的南京大屠杀。所以，若无超越智慧，所谓良知，就容易随其境界高下，各有其解，各呈其用，各行其是，成为欲望的心学化表述。在中外历史上，对阳明心学的异化的扭曲者，比比皆是，这一切，当然不是阳明心学的问题，而是这世上总会有一些念错经的歪嘴和尚。

我在心学书系中倡导的真心，是人类本有智慧的主体性呈现，它是实现破执超越后的产物，是人本有的智慧主体，是自然智，是“天赋人权”。这真心，非凡俗之真心，而是破执后的无为之心，是人的主体性智慧。

笔者说的真心，有五个特点：

一是明变化。它知道这个世界由变化构成，它了解各种条件的聚合，有条件则有事物，无条件则无事物，条件聚则现象生，条件散则现象灭。此外，世上无永恒不变的本体。

二是能洞见。真心有洞察力，有正见，能洞悉事物精微，见人所不能见，能发现别人发现不了的东西，有极强的感知力。

三是明选择。它能洞悉纷繁客体，善能取舍，明白什么该取，什么该舍，善于选择，故能成其事，做好人生中最重要的事。

四是如明镜。它能朗照主体客体，能照破世上诸相，而其智慧本体，却不动摇，有超强的主体性。

五是远分别。它能超越二元对立，有洞悉真相后的大包容大平等大胸怀大境界。

概而言之，笔者说的真心，有五种力：智慧力明变化、洞察力知本质、选择力懂取舍、观照力察万象、包容力大平等。真心是智慧，它必须慈悲双运，才能更有力地作用于人类，所以，在心学书系中，我才倡导要以人类为参照系，超越种族，超越国界，智悲双运，不可偏废。当然，它只是我对中国传统文化的个人化体悟，无主义，非宗教，一瓢清水成体用，不使热恼入吾心。

5

一位朋友要我以几句话概括我的心学书系的特点，我回答如下：

真心融诸法，离相重精神。

文化为载体，贯通古与今。

百川入大海，整合成一景。

破执成超越，大善铸大心。

随缘得自在，安住光明境。

明体重大用，借事以调心。

无为无不为，行为利众生。

真心能认知到世界的变化与虚幻，可惜人总是为妄心所困，遂生烦恼，无法自拔。故而心性的训练，需要通过真心息妄，学会认知真心、忆持真心、安住真心、妙用真心。这需要“离相重精神”，远离概念，直指心性，透过表象，触及人心，洞穿外相的虚幻不实和易变，在心性上下工夫。

“文化为载体，贯通古与今。百川入大海，整合成一景。”笔者在心学书系中，提倡远离宗教名相，远离宗教组织，淡化宗教礼仪，不谈宗教体验；倡导“读书铸就信仰，文化照亮人生”。倡导“文化是永恒的主题，读书是信仰的方式；修行是行为的利众，破执是当下的关怀；远离宗教迷信，弘扬传统文化；倡导读书习惯，改善生命质量；重铸人格，贡献社会”。

“破执成超越，大善铸大心。”在心学书系中，笔者一直强调破执，提倡积极做事，但不执著于结果，以出世之心行入世之事，避免产生功利主义和为了达成目的而不择手段。其做事的根本目的，在于借事调心，完善人格，贡献社会。我们的参照系非团体，非种族，善恶的评判标准不局限于部分人的利益，而是人类整体的共同利益。善行铸善心，善心生善行，达成一种良性循环，不断向上。

“随缘得自在，安住光明境。”认知了真心，见到了智慧光明，便要安住于破执境界，用真心面对万事万物，做好每一件事，却不生执著，随缘任运，宽坦自在，安住当下，积极有为。

“明体重大用，借事以调心。无为无不为，行为利众生。”不刻意，不执著，事来积极去做，事去不再牵挂，强调做事时心的境界，强调本体智慧的运用，并将这种智慧用于日常生活，成为一种生活方式，积极做有益于他人和社会的事。

听了我的阐释，朋友说，有点复杂了，你能否用更简洁的几句话来提炼一下？

我这样回答——

其世界观：真心无我，明空无执，安住当下，见即超越。其方法论：守真息妄，当下精进。文化为媒，行为利众。

朋友说，明白了，那我主要记几个词呢？

我答：守真息妄，注重行为。

我进一步解释道：明变化，守真心，借事炼心，理事一味。

## 6

最后，再谈谈我出版心学书系时的心情。

十多年前，一位农民朋友来找我，他非常热情地邀请我去他家。他语无伦次，一脸真诚。他说：“现在，白菜下来了，萝卜也下来了，你一定要去尝尝。”虽然城里的大街上充满了萝卜和白菜，我还是去了朋友家，接受了他的善心。

此刻的我，也像那位农民，向读者捧上自己的萝卜和白菜。虽然它只是一个作家和学者的个人化思考，仅仅是自己对于心性学说的一点感悟，虽然会有许多方家笑话，虽然街上堆满了各种各样的萝卜和白菜，但我还是想让世界尝尝咱自家种的萝卜和白菜。

跟其他致力于传统文化的大家相比，我只能算写了一点实践心得。我最大的受益，不是写了这么多书，而是对我将传统文化运用于日常生活，从此有了一颗平常心，便也有了另一种活法。

在《初心》一书中，我谈了我明白心性后的变化：

“从有求变得无求，是我明白心性后发生的最大变化：文学创作上我从有求到无求，生活上我也从有求到无求。先前，我惧轮回，我求觉悟，我想当大作家，我想即身成就。后来，我一天天变懒，因知足而常乐。我从不追念过去，也不向往将来，只要腹中有食，身上有衣，便乐滋滋享受着当下的觉醒和明空，做好自己该做的事，然后如婴儿饱乳般坦然入睡。”“觉悟之类的事，是懒得去想的，也不曾发愿去哪个佛国。若有来世，为了众生的觉悟和幸福，我只愿尽一份自己能尽的力。仅此而已。”“我不知道我是由迷而觉了，还是由觉而迷了。但我已懒得去管那些迷呀觉呀的事了。我放下了对今生的所有执著。此外，我并无所得。”

我更喜欢安静了。前些年，我从凉州躲到岭南森林边，后来躲到了藏区，今年又躲到沂山脚下，只想能安静地写作。我没有为天地立心的胸怀，没有为生民立命的机会，也没有为往圣继绝学的大志，更没有为万世开太平的能力，我只有平常活法平常心，静静地写作，静静地读书，力所能及地写几本书，力所能及地做一点事，能尽心尽力地回报帮过我的老师和朋友，静静地活着，静静地老去。

我一直强调，我不是任何宗教的教徒。我更愿意将人类所有的优秀文化当成我的营养，像西部的老母牛那样，多吃些百草，好贡献出更加甘美的牛奶。我眼中的传统文化，是我最想吃的嫩草。我的心学书系，便是我挤出的牛奶。

我说过，一个人要是能改变自己，变好一些，就是对社会最大的贡献了。我也只想改变我自己，并愿意将一些改变自己的经验分享给大家，供大家参考而已。我只是一个标本，供一些愿意解剖我的人解剖用。对于我写的和说的，您能理解的，就当成作者的分享；您不能理解的，就当成作家的虚构。只要能让你读了多一点快乐，我就欣慰了。

——2017年2月13日定稿于临朐沂山书院

# 代序　文学朝圣与灵魂滋养

笔者曾在《我的灵魂依怙》一书中写道：

2004年，我跟《世界文学》副主编高兴先生等人一起去罗马尼亚，参加“国际文学节”，文学节的主题是“地球村里的孤独”。二十多个国家的一百五十多位作家都在抒发自己的孤独感慨，但几乎全部的内容，都在怨时下媒体对文学的挤压，都在叹作家的边缘化。我接受国际广播电台的采访时就说：“作家们把孤独谈小了。他们所说的孤独，仅仅是一种情绪，是个人欲望和贪婪不能满足时的失落，是个体处于边缘时对世界的埋怨，是一种堕落的标志。那不是真正的孤独。真正的孤独是智慧的觉醒，是感悟生命的易逝、世间的无常和作家想建立的永恒价值之间的矛盾和冲突。真正的孤独是一种境界，是独上高峰望八都，前不见古人后不见来者的怅然，是举世皆浊我独清、举世皆睡我独醒的冷寂。被钉在十字架上的耶稣是孤独的，菩提树下觉悟的佛陀是孤独的。”

真正的孤独是一种境界。

人类历史上，有一种存在，令我们敬畏；有一种精神，叫我们仰视；有一个群体，会令我们忽然发觉自己的屑小。他们曾和我们共居一个星球。他们短暂的肉体烟雾般消失了，但他们的精神，却成为我们灵魂的滋养，能令我们自省并向往。这世界，因为那高贵孤独的存在而大放异彩。

我们可以列出一长串的名字，他们可能是宗教家，如释迦牟尼，如耶稣；可能是政治家，如圣雄甘地，如林肯；也可能是文学家，如托尔斯泰，如陀思妥耶夫斯基。当我们面对他们的时候，我们更像是在仰望一座座山峰，那种巍峨，总能令我们自省并向往。

作为一位作家，我更愿意向往那些有着“文学家”外现的精神载体。多年来，我一直是吮吸着他们的精神奶液成长的。我将阅读那些能使我灵魂得到升华的伟大书籍称为文学朝圣，它跟我宗教意义上的朝圣一样，成为给我的灵魂提供滋养的两个途径。

我喜欢坐火车。几乎每次外出开会，我都选择了火车，除了为接待单位省钱这一理由外，还因为我在车上那相对独立的空间里阅读我心爱的书籍。许多我最心爱的世界文学经典，就是在火车上读完的。在某次漫长的旅行中，我将巴赫金的《陀思妥耶夫斯基诗学问题》嚼了多遍。那真是一种生命的享受：手中是相对永恒的存在，窗外是飞逝而去的无常。在跟那些伟大的灵魂对话的间隙，一种被抛入陌生和孤独的感觉便会裹挟了我。这是人生的感觉之一，可惜被当代作家忽略了。他们将眼前的虚幻，执著为实有，从而迷失了智慧的光明。文学的功用化、世俗化、功利化，正是作家“执假为真”的结果。眼前的物质外现成为一个个迷失心灵的诱因。文学因而也成为欲望的助缘。而许多时候，欲望的助缘也是罪恶的助缘。任何阅读时能激发欲望、贪婪和仇恨的作品，充其量只是罪恶的帮凶。真正的文学应该为人类带来清凉，带来宽容祥和，带来宁静和平。

三十岁之后，我的阅读重点就从中国文学转向了世界文学。在多年的文学“朝圣”中，我阅读研究了世界上各种文学流派的许多著名经典，也研究了那些经典产生的文化土壤比如基督教、伊斯兰教、印度教、耆那教以及佛家等。我甚至深入到了它们的支流和深层。我不仅仅是在研究，更想汲取一种能滋养人类灵魂的养分。我终于发现，几乎世界上所有的伟大作品，都渗透了一种宗教精神，就连一些无神论者如萨特也不例外。当然，我指的是宗教精神，而非宗教形式。也许，跟东正教的许多僧侣相比，托尔斯泰及其作品更能体现真正的宗教精神。因为宗教被制度化之后，已成为一种远离真理的教条化存在，而失去了其本有的精神，成为另一种意义上的枷锁和镣铐。当然，被制度化的文学同样如此。真正的文学精神跟宗教精神一样，也是追求人类灵魂绝对自由，即任何外现都干预不了的一种独立的“主体性”，也即藏传佛教所说的“心气自在”。（这里的“心”代表意识和精神，“气”指外面境界内身诸根等物质。）任何非主体性的外现和存在都干预不了那主体的“自在”，这才是宗教意义上的“解脱”，也即我们在文学中追求的真正自由。当然，宗教被制度化后，就会远离这种精神。繁冗的教条使宗教变成了心灵枷锁，而世俗的欲求又使宗教成为另一种“买卖”。数以亿计的信仰者，其目的，仅仅是想用那点可怜的信仰铜板，换来金山般的福报。所以，我在《我的灵魂依怙》中说：“真正的信仰是无条件的。它仅仅是对某种精神的敬畏和向往。信仰甚至不是谋求福报的手段。信仰本身就是目的。”

作家的创作自由亦然。当世上所有的规矩、外现、存在，只能成为创作主体的养分，而不是成为枷锁和镣铐的时候，也即所有的外现不能干预创作者的心灵时，自由才可能产生。自由是心灵独立后的产物，是“了无牵挂”后的本真显现。当然，那“了无”的，是作家心中的贪婪、仇恨和物欲。

当我面对世界文学中的那种博爱、自由的利众精神时，我甚至忽略了其外现，我的阅读范围很广，除了对俄罗斯文学稍有偏爱外，我几乎对任何一种文学流派都一视同仁。我总在阅读时陷入一种很深的宁静之中，我总能感到另一个存在那鲜活的脉搏。那所谓的“朝圣”，也仅仅是敬畏我所向往的那种精神。更多的时候，我跟他们处于对话状态，两种文化两个心灵在相遇时总能碰出智慧的火花。我决不会匍匐在朝圣对象的脚下，而成为“神奴”。对我而言，那些伟大作品仅仅是我的灵魂滋养，而决不应该成为我的枷锁和镣铐。

同样，我在宗教意义上的朝圣也一样，多年来，我一直行进在“朝圣”途中，而从不去管我经历过什么寺院。某年，我朝拜了五台山的几乎所有寺院，但我没有记下一个名字。只记得，约有一个多月的时间里，我宁静地行走在那“朝”的途中。我心中的朝圣，不是去看哪座建筑或是地理风貌，而纯属对一种精神的向往和敬畏。我所有的朝圣仅仅是在净化自己的灵魂，使自己融入一团磅礴的大气而消解了“我执”。

更多的时候，我的朝圣都选择偏僻而冷落的所在。因为只有当自己拒绝了喧嚣而融入宁静时，你才可能接近那值得你敬畏的精神。我曾许多次接近朝圣的目的地，却选择了远望静思，而后转身。某次，我去朝圣峨眉山，到峨眉山的脚下，却放弃了上山。因为我朝的不是那几座建筑，或是那几尊佛像。我只是在向往一种精神并净化自己。这也许是真正的朝圣。跟文学的朝圣一样，我同样是在敬畏和向往一种精神。我从来不愿匍匐在“神”的脚下当“神奴”。我最不爱听那些消解了智慧主体而满口宗教词汇的话语。

在文学的功利化、哲学的教条化、宗教的制度化之后，我一直在寻找一种新的东西。它能汲取宗教、哲学、文学、艺术的营养，但又能超越母体。它抛弃制度化宗教之诟病，抛弃哲学之繁琐，文学之虚浮，成为一种能“直指人心”的东西。它简单，澄明，干净，质朴，超越名相，能春雨润物般为灵魂提供一种滋养。

有人说，这个时代，是一个众神缺席的时代，教徒们仍在顶礼膜拜，但被膜拜的神却不见了。信然。文学的诸种形态仍然存在，但文学精神却不见了。一种徒有形体而乏精神的僵死，是不能在这个世上永存的。换句话说，时下的小说，已经丧失了一种存在的理由。所以，欲继续存在下去的小说，必须找到那已经迷失的精神。

当你真正汲取了世界文学中的有益的营养，并以那些伟大作品做参照时，你就会发现中国当代文学的问题所在。当代文学中充满了贪婪、仇恨、愚昧的内容，对暴力的讴歌更是达到了极致。翻开书籍，打开电视，我们总感觉到那些文字正在诱发我们的贪婪欲望，我们总能看到许多杀人屠夫在作家笔下成了英雄。我们很难想象，人类怎么能将杀害自己同类的人，当成顶礼膜拜的对象。

我曾跟《上海文学》徐大隆先生有过一个对话，谈到了这个问题。我说，这个时代最大的可悲就是，有一些没有掌握真正的真理的人，去宣扬自己所谓的真理。这些人被称为哲学家、思想家和作家。判断这种真理的价值，应当要看他宣扬的真理是否对整个人类有益。如果一个鼠目寸光的近视眼，只看到眼前的一点儿光明，却认为自己掌握了宇宙间的真理，并且去拼命地宣扬这种所谓的真理，让更多的人变成近视眼，从客观上说，这是一种罪恶。这种罪恶是非常可怕的，它会像瘟疫一样传向这个世界。那么，什么东西就不是罪恶呢？就是你所宣扬的东西是一种真正的真理。虽然有人说没有绝对的真理，实际上有绝对真理，那就是要对整个人类甚至所有生物有益处。无论它讲得如何堂皇，要是对整个人类没有好处，就绝对不是真理。所以，真理应该有一个基本标准：善，就是要对整个人类群体有好处，对这个地球上的生灵有好处，甚至对整个宇宙有好处。所以，所有的暴力都是罪恶，所有的战争都是罪恶，所有对人类的屠杀都是罪恶。同样，所有讴歌屠杀的文学也是罪恶。

我认为，好的文学标准，不能以一个国家、一个群体或一个民族来衡量，而要放到更大更远的坐标系上，至少应该以纵的历史和横的世界为坐标来衡量。比如，我从来不认为曾国藩是伟人，他就是个屠夫。老百姓是心明眼亮的，叫他“曾剃头”，而我们的作家文人们却将他当成英雄来讴歌。赞美屠夫的人，定然也有屠夫的基因。难道他杀了那么多人就是伟人？当然，洪秀全也不是英雄，一对屠夫互相比赛着杀人，很难说谁是英雄。我也不认为成吉思汗有多么伟大，难道杀了那么多人，灭了那么多国就是英雄吗？不是。

真正的英雄是用尽自己的心力，使每个人都能很好地活着的人。他们只会爱人类，而不会屠杀人类。

不论政治和暴力如何强大，人类中间总该有一些人明白这种真理，并且来传播这种真理。如果一个作家和学者没有这样的思想，没有这种有益于整个人类的精神，他就不是什么真正的知识分子。罗曼·罗兰的伟大不仅仅在于他是《约翰·克利斯朵夫》的作者，更在于他在全世界都狂热于战争时，不怕狂热者的威胁，发出了和平的呼唤。

世界文学中的那些有益于人类的伟大作品告诉我们：必须跳出自己的生存环境，必须跳出自己所学的知识，必须站到人类的上空，必须站到众生包括苍蝇、老虎的上空来观照这个世界。他不仅仅属于某个群体，他甚至不仅仅属于整个人类。

我们虽不乏文学家和哲学家，但我们缺乏托尔斯泰和耶稣的那种胸怀。许多所谓的哲学和文学书籍，只会引发人类的贪婪和仇恨，只会引诱出许多罪恶的东西。但耶稣的出现，使人们明白了博爱；读了托尔斯泰，则会让你远离屑小，趋近伟大。所以，文学有好文学，也有坏文学，并不是所有的哲学都有益于人类。那些产生邪恶和暴力的哲学，是人类的洪水猛兽。这世上没有它比有它好。

我常说，没有才华的恶人，仅仅是一个恶人，而有才华的恶人，则会依托自己的才华，将那种邪恶扩散到整个社会，而使这世界相对恶化。

当然，我们不能指望近视眼会看到千里之外的东西，不能指望疯子会成为有思辨能力的智者，也不能指望每一个作家都拥有有益于人类的智慧。一些恶文学的存在，也如人类的瘟疫一样，它的存在终究会成为过去。但在人类中总会有一些非常清醒、非常伟大的灵魂，这种灵魂的出现，是人类的福音和圣光，如释迦牟尼，如耶稣，如托尔斯泰，如圣雄甘地，如罗曼·罗兰。

这世上，总会有一批无法被尘滓污染的干净的灵魂。他们的存在，像火种一样，终究会燎原的。这世界，也一定会因为他们的存在而更美好一些。

真正的文学，应该成为人类文明、进步和幸福的助缘，应该为人类提供积极的灵魂滋养，因为更高意义的幸福取决于心灵的明白与否。当一个农夫头枕土块香甜地大睡时，一个千万富翁可能正要自杀。

当人类日渐陷入狭小、热恼、贪婪、嗔恨时，真正的文学，应该能为我们带来清凉，带来宽容，带来博爱，带来和平。

（原发于《世界文学》2006年第6期）

# 目录

第一编

# 文学的智慧火花

## 用寓言演绎终极梦想

——《文艺报》2011年2月11日

雪漠注：《西夏的苍狼》出版之后，反响较大，说啥话的都有。大家老是把它跟《大漠祭》《猎原》《白虎关》《西夏咒》做比较，更有对号入座自寻烦恼者。其实，我写此书，仅仅是我想说话，说自己想说和该说的话。书中的人物，都是在演一出我想叫他们演的戏，仅此而已。

笔者曾跟北京大学现当代文学硕士、人民文学出版社主编陈彦瑾女士用QQ聊天的方式，就《西夏的苍狼》，进行过一次对话。

现将内容选录如下：

## 一、我的一次重要转折

◎陈彦瑾：昨晚连夜看完了《西夏的苍狼》。我忽然很怀念写《大漠祭》时的雪漠了，也可能大多的寓言性表述内容，以及貌似身边某某的人物影响了阅读。

这是您“灵魂三部曲”的第二部吧？相较而言，我更喜欢《西夏咒》的大气，那份超越历史罪恶的大悲悯，当代作家中，唯雪漠独有；而《西夏的苍狼》中，超越是建立在某个女子的爱情遭遇上，似乎就显得“小”而“浅”了。您之前的作品都涌荡着一股“气”，这是雪漠最迷人的地方。这部作品里，诉说多了，“气”似乎淡了。

●雪漠：所有大的超越，其实都建立在具体生活的超越上，比如爱情。从本质上讲，爱情是最大的欲望，超越了它的人不多。只有超越了爱情和欲望，我们才能谈更大的超越。在原始佛家中，是视情欲为超越大敌的。我们不能离开爱情和欲望，谈更大意义上的超越。古希腊史诗记载的那几次有名的大战，其起因也是情欲。所以很难说“历史罪恶”就比“爱情欲望”更“大”更“深”，爱情就更“小”更“浅”。许多时候，历史罪恶就源于那些“小”和“浅”的“爱欲”。

以前雪漠的小说，确实不注重故事。这一部中，我开始有了故事——虽然很简单。许多时候，强调故事时，也许会冲淡一些我擅长的灵魂和生活叙写，但我不能老是一个模样。我想换一种写法。

当然，我还可能写得更好，但因为签约的原因，只好出版了。不过，《西夏的苍狼》仍然是我很重要的一部作品，它是我的一次重要转折，无论在生活上，还是在写作上，它都阐释和记录了变化中的雪漠。它甚至不是我一个人写的，而是由许多人用生命写的。

书中的人物大多有原型，有些章节，我还直接引用了一些原始资料。因为我想保留一些最鲜活的生命感受，也想记录一些鲜活的生命存在。比如，书中紫晓的诸多心理活动，就引用了陈亦新、陈建新、杨菲菲等人的文章和短信，但他们并不是书中的人物，请不要对号入座。书中的所有人物，其实都是我的创造，是表演我思想的演员，跟现实中的人物无关。

## 二、实现寻觅和永恒的“说法”

◎陈彦瑾：我一直在琢磨，雪漠这个作家最优秀最独特的地方究竟在哪儿？我以为，雪漠终归属于大漠。雪漠的内功之气全凭大漠生起。离了大漠，似乎就不是雪漠了。

●雪漠：所以，后面的《野狐岭》，才再次回归大漠了。不过，《西夏的苍狼》中，那黑歌手的寻觅之类，也是我独有的智慧感悟。

◎陈彦瑾：因为寻觅的缘起比较空乏，没有厚实的基础，光讲寻觅本身，似乎就飘了。像《西夏咒》，把苦难写到极致时，苦难中长出的超越之花才有鲜明的质感，才能实实地击中人心。这部作品似乎过于寓言化了，就好比“体”不充实，“用”就发飘。尤其是奶格玛到地球那些片段，有点概念化了，内功没有发挥出来。

●雪漠：《西夏的苍狼》本来就是寓言，你们应当看到另外一种东西。那些人物都是演员，演的是奶格玛一袭的超越故事，不要在乎演员，要关注他们说的话和故事本身。我只是写了一个寓言故事，让那些人来表演而已。主人公紫晓其实有每个人的影子，而且是每个女人的影子。这个时代，女人如果不是被男人控制，便是被社会和欲望控制。而所有的控制，本质其实都一样。常昊对她的那种追杀，是无处不在的。常昊不过是一个有官商背景的象征而已，他以爱的名义进行追杀。

整个小说，甚至许多章节，都是寓言。你不要用真实与否和所谓的小说标准去衡量。我只是用寓言的形式演绎了人类的终极梦想。

◎陈彦瑾：这只是作者的意图。

●雪漠：我有意打碎了那些小说的概念，去让人们演这个寓言。那些所谓的“毛病”，其实是我有意为之。

跟《西夏咒》一样，我放弃了一向擅长的写法，再玩一回“反小说”，让作者和生活都介入进来。本书的情节很简单，毫无曲折，甚至算不上完整的故事。它只有线索，但那“寓言”的目的，却达到了。我真是这样想的。许多可以展开的情节，比如黑歌手和紫晓的被抓，我都没写，只是一笔带过。我的专注点在灵魂的述说——他们在说，而不是我在写。他们在跟我交流，跟我对话。书中有无数个潜流在对话。他们只是一个个演员，跟我一起演一种我对“寻觅”和“永恒”的“说法”。他们述说着自己的“寻觅”故事。

◎陈彦瑾：这只是作者的现身说法，当然，小说里也的确可以读出这些意味来。

●雪漠：我不要人物，我甚至不要故事的曲折，只要他们跟我一起来表演这个“说法”。书中的所有历史传奇，也在演绎我的“说法”，表演我的思想。要是你多读几遍，就会喜欢它。有些人开始不喜欢，后来都非常喜欢。我也喜欢一遍遍地读《西夏的苍狼》，每次读它，我都会兴奋。

## 三、没有期待，就没有人生

◎陈彦瑾：我说的只是读后的第一感觉。要知道，雪漠这个作家最让我迷恋的就是那股内功之“气”。

●雪漠：其实黑将军那一袭，也确实充溢着“内气”，不过它是暗劲，你很难看到张牙舞爪的“气”而已。每次我看到黑将军们的故事，都会兴奋的。看到黑歌手找到的娑萨朗时，我也会陶醉。要知道，黑歌手在寻觅时，我自己也被震撼了。黑歌手用他的一生心血去寻找老祖宗传说中的娑萨朗净土，为此历经千辛万苦，却发现那圣地，其实是家乡的另一个翻版。每个人心中的圣地，都高不过他的心。

◎陈彦瑾：黑歌手是很概念化的人物。

●雪漠：他本来就是个“概念”，说不清的。他要是太清晰了，就不是他了。他其实是类似上帝的人物，是一团说不清的混沌。他不是一个具体的男人。他是象征。写他时，我根本不是在写人物。对他，不能写得太实。紫晓本来也应该写虚一些，因为写实了，就可能有人对号入座，说她像某某某。其实，她肯定高于生活。她也是个载体，她承载的，是我对女性的许多向往。她经历的，也是我有过的那种求索。从某种意义上讲，她其实也是我自己，是每个被热恼所困的人。

◎陈彦瑾：黑将军的确是个象征，但不能没有“体”，象征只是用。“体”苍白，不照顾体，“用”就是个花拳绣腿。好的文学作品，都要有超越、象征的维度。但那只是个维度，就比如人们修行向往净土，那只是个向往，还需要做功夫。做功夫，才是主体。不能简单说孤独、苦行啥的。那些都是概念，也不能简单说超越、寓言啥的，那也是概念。我最着迷的，就是您的那股内功之气，鲜活的，深厚的，敦厚的，就像您写的“大手印”那几个字。真正立得住的，是这个。不在于讲了什么故事，玩了什么花招。花招只是锦上添花。……当然，这只是我个人的看法。

在生活中，您是不是也有黑歌手那种对女性的期待?

●雪漠：我当然有期待呀。没有期待，就没有人生。期待其实是一种向往。要是没有期待，我就不写小说了。正是有了那种向往和期待，我才有了作家的习气。许多时候，我甚至是有意训练自己去期待，为的是把自己拽出那种澄然空明的宁静，再为世界留下几部书。

◎陈彦瑾：我一直在寻找雪漠最优秀的文学品质。

●雪漠：便是那期待。否则，我早就不想写了。正因为有了那期待，我就会写下去。总觉得下一个转弯处，会有一道我向往的风景。我的许多小说也是这样出现的。我在用文学，创造着自己的所有不曾遭遇的期待。

◎陈彦瑾：其实，紫晓走近黑歌手，也不是为了别的，既不为信仰也不为文化，只为着全身心地爱他（不是为了找一个可依靠的好男人，因为他明显不可能属于紫晓），而黑歌手教紫晓看破这一切，教她远离世俗情欲，教她若即若离保持一个温度，甚至让她消解那个“爱”字。紫晓的心阵阵揪痛，即便当她置身事外时，它仍在痛。但有一个事实是，它在痛的时候，或者它不痛的时候，它平静如水的时候，都在祈请黑歌手的眷顾。紫晓其实一直在温柔地祈请他，湿润又娇柔。紫晓无时无刻不被他包围，她的身在祈请，她的心在疼痛，这算不算爱呢？算凡夫之爱吗？离出世间的爱有多远呢？那都是概念，紫晓只想告诉他自身真实的感受。紫晓顺从黑歌手想要的那种“度”，她忽而温暖甚至热烈，忽而冷漠又客气。她对黑歌手，唯有一颗赤子之心——有时，它就是个简简单单的女儿心。它是率真的，无邪的，也是娇羞的，自尊的。

●雪漠：呵呵。也许是吧。所以，黑歌手其实也得到了他的期待。

不管咋说，《西夏的苍狼》是我第一次真正的亮相——我有着黑歌手的生命寻觅。人们从黑歌手的寻觅中，可以读到雪漠的灵魂求索。那不是小说，是我在说话。我在貌似小说的外表下，说着关于灵魂和香巴学派的故事。

## 四、为寻找信仰和永恒的人写书

◎陈彦瑾：这个我读到了，但它毕竟是小说啊！

●雪漠：“小说”是你们设置的框框，为的是套住一个鲜活的灵魂。我不要这个框框。我不是在写小说。我是为了说话和传播，为了打破某一种现实和观念上的封锁。我只要能说出话来，就行了。人们会在这本书中研究雪漠的思想和变化，而不是研究他的“小说”技法。人们会发现我经历了怎样的寻觅和历练。所以，我只是说我想说的话。我的生命，一直有一种力量在改变着我的写作。比如，我本来不想要那个《无死的金刚心》了，想拼入《野狐岭》，但“他们”喜欢金刚心，我只能去写它。我老是被“他们”劫持。《西夏的苍狼》也是这样。虽然不好，但“他们”喜欢。你知道，“他们”并没有上过北京大学中文系。

◎陈彦瑾：呵呵，“他们”是谁？

●雪漠：“他们”就是我生命中的一种“存在”，是一种能裹挟我的生命激情和智慧力量。“他们”只希望我说些跟“他们”有关的话。遇上那些没文化的“他们”，我也没办法。

◎陈彦瑾：“他们”不一定有“文化”，可您有“文化”啊。

●雪漠：但“他们”那种外行，总是能直接干预我这个内行。“他们”一参与，我就没有办法写“他们”不喜欢的东西。

◎陈彦瑾：“他们”想让您说什么，您可以尽量说得有“文化”啊！

●雪漠：你说的那种文化，“他们”是不懂的。“他们”只想叫我说“他们”懂的文化。没办法。这是“他们”的事。“他们”甚至不管谁在叫好，或是谁在听，“他们”只是叫我说话，别管听众是谁，是否在听。我只能顺从“他们”，否则，我就写不出一个字来。不过，《西夏的苍狼》会有一大批有信仰的人喜欢。甚至，书中的许多内容也会成为信仰本身。你信不信？

◎陈彦瑾：信！

●雪漠：而且，那些信仰的文化会传承下去，变成寓言和预言。此外，肯定有许多人向往书中描写的娑萨朗，肯定有许多人知道奶格玛和秘境，肯定有许多人知道光明大手印，以及关于“永恒”的追问和阐释，更有对人类终极梦想的向往，也会有许多人像紫晓那样告别过去。信不信？

◎陈彦瑾：信！

●雪漠：你瞧，你叫好的那类小说能做到这些吗？

◎陈彦瑾：不了解那些信仰和文化的人，包括评论家们，看得懂这些吗？

●雪漠：他们不一定能看懂这些，但需要看懂的人，肯定会看懂的。我这一说，你便明白《西夏的苍狼》的价值了吧？它肯定比《大漠祭》们承载了更多的清凉信息。

◎陈彦瑾：好吧，我不说啥了。要说当作一种载体，它当然是做到了。

●雪漠：那就行了。对于想看我的好小说的人，去看《大漠祭》和《猎原》吧，去看《白虎关》和《西夏咒》吧。这《西夏的苍狼》，我是为寻找信仰和永恒的人写的。其实，一直以来，你们都是在用你们的标准来衡量，我却在用我的标准来写作和说话。有时，我也会听其他话语体系的声音。所以，在我的创作中，有两种文本：一种是你们喜欢的，一种是我愿意写的。你们喜欢的，也许是世界喜欢的。我想写的，肯定是世界需要的。你要是换一种价值体系去读《西夏的苍狼》，也许就会有另一种新的发现。

◎陈彦瑾：您说的那些价值和意义我不是没有读出来，其实，这些几乎成了小说的主体了，很明显啊。

●雪漠：那就行了。这里别管艺术，艺术是《西夏咒》的事；也别管人物和生活，那是《大漠祭》们的事。《西夏的苍狼》只是一个女子和黑歌手的事。他们演了一出关于寻觅、超越的戏，说了一些关于永恒和乌托邦的话。

## 五、我一直是自己标准的制订者

◎陈彦瑾：只是，书中的“据说”太多了。

●雪漠：“据说”多是因为生命和生活中并没有“真

实”。从本质上说，世界上的一切，其实都是“据说”。对同一件事，每个人都有不同的“据说”。心不同，看法就不同。《西夏的苍狼》也是雪漠的“据说”。所以，我真的喜欢《西夏的苍狼》。因为，除了我的学术著作外，从来没有任何一部公开出版的“小说”中，承载了这么多我想说的话。我把那么多的历史故事和素材，都用来说我想说的话。

◎陈彦瑾：当然，从文化的角度来看，这本书是很有价值的。

●雪漠：文学上同样有价值。这也是我为自己写的一本书。本书中，我同样用所有的形式和可能，让我的心灵“说话”。

◎陈彦瑾：但也可以不那么“概念化”吧?

●雪漠：我的许多小说都没有概念化。这一部，我想写写“概念”。我写“概念”，人都不一定懂，要是不“概念”，就变成另一部《西夏咒》了，别人更难读懂。有时候，世界需要的，其实是一声大喝，而不仅仅是含蓄的微笑。对于脚后跟一样迟钝的心灵来说，微风的轻拂不起作用。我只好大声地说我想说和该说的话。书中的人物，也在跟我一起说话和演戏，仅此而已。这是一部“概念”小说，承载了一种世界需要的“概念”，也可以称之为“智慧”或“思想”。它的主人公，便是雪漠想说的“话”，是雪漠想表达的“思想”。在其中，我根本不愿意像过去那样隐在身后或文后，因为世界早已迟钝了。在搅天的噪音中，含蓄是落入水中的雪花，是激不起一点涟漪的。世界需要大喊时，为什么不大喊呢？我可不管它是不是符合了人们设定的那种文学概念，它只符合雪漠需要的概念。它不去迎合流行文学的价值评判体系，却符合雪漠自己的价值评判体系。在我的世界里，我一直是自己标准的制订者。我想咋写，就咋写了。

◎陈彦瑾：呵呵，您当然有这自由。

●雪漠：它其实是我“超越”和“自由”思想的一种形象化文本。它不是你们要求的小说，而是一种鲜活的思想文本。

◎陈彦瑾：好吧好吧，我投降。呵呵。

# 女硕士遭遇虬髯客

## ——雪漠答同济大学硕士伍晋巧问

### 一、为爱写作，为爱信仰

◎问：您说《西夏咒》是您最好的作品，您为什么对它这么偏爱呢？

●雪漠：因为它是无法复制的。虽然别人也未必能写出《大漠祭》《猎原》《白虎关》，可是国内已经有了一些类似的小说，比如《创业史》《平凡的世界》《白鹿原》等。当然，我所说的“类似”，不是指小说的重复，而是说它们都可以被归类。但《西夏咒》不能被归类，你根本无法用任何一种主义，或者任何一种文学理念来套它，它是我的心灵向外“喷涌”出来的，是个活生生的“孩子”。它不是雕琢出来的，也不是刻意的创新。这就是《西夏咒》跟八十年代的先锋派作品不一样的地方。

为什么说它无法复制呢？因为，《西夏咒》里那种充沛的激情、对命运的感悟、形而上的追求，以及诸多的东西，都不是谁想达到就能达到的。它需要有真正的信仰，也需要一定的智慧境界与生命体验。好多人觉得，如果创作中需要宗教，就去读一些宗教书，培养一点宗教感情，便可以把信仰和宗教精神写得很好，但事实不是这样的。信仰是由内向外喷涌的、生命本有的伟大力量，它不可能通过任何功利化的行为而获得，也不能被当成牟利的手段。换句话说，如果你希望通过信仰达到什么目的——书籍的畅销也罢，读者的赞誉也罢，都不会拥有真正的信仰。信仰是一种发自内心的爱。

我追求信仰，并不是想在文学上有所突破，而是我的生命中本来就有它。从出生，到进入宗教修炼，再到今天，它一直都在，就像我生命中本有的光明，我真的爱这个东西。包括后来我读宗教书，也是因为这份爱，而不是想从宗教中得到什么。因此，我从没想过怎么把这些东西融入创作，也不在乎它对我的创作能不能起到什么作用，我只希望这光明能更亮一点，更大一点，仅此而已。

现在，有很多作家都想从宗教里找到有用的东西，这固然很好，但也导致他们不可能拥有真正的宗教精神。因为，他们是在一种功利化的心态下接触宗教的，这种心态，让他们无法像婴儿吮吸母乳那样，从宗教中汲取生命所需的营养。但我不是这样。对于我来说，宗教的诸多营养，既像阳光，也像空气，它充满了我的生命。早在清晰地觉察到它之前，我就不知不觉地呼吸着、吸纳着它——它是我生命中不曾离开的营养，我生命的每一分每一秒中都有它。如果你像病人吸氧那样对待宗教，就不可能真正地明白它。你不能像科学家对待自己的实验对象那样，来对待信仰。也许，你可以非常理性地解剖它，研究它，了解它的构造，但你不一定能发自内心地爱它。你永远都不会知道，躺在解剖刀下的那只小动物，是在怎样的情感鼓舞下，用生命去保护它所爱的一切——那个世界，是理性无法踏足的领域，也是你无法通过学习拥有的东西——你只有爱它，才能真正理解它，明白它，体验它，感受它那鲜活的生命脉搏。

## 二、信仰与存在是一体两面

◎问：《西夏咒》和《大漠祭》《猎原》《白虎关》的读者群体是不是一类人？就是您预设的，会有谁读《西夏咒》，会有谁来读“大漠三部曲”？

●雪漠：几乎是同一个群体。喜欢《大漠祭》《猎原》《白虎关》的人，也可能喜欢《西夏咒》。为什么呢？因为后者是前者的升华。《西夏咒》的主人公琼，最初的形象就是灵官。在《大漠祭》的结尾部分，灵官出走了，但他实现升华之后，在无尽的沧桑中，又像鸟儿一样飞回来了。回来的灵官，就是琼。如果回来的灵官没变成琼，仍跟猛子等人一样，他的出走就没有意义。灵官这个人物的价值，在于他走出了自己的局限，走出了环境对他的局限，升华为雪漠或者琼那样对灵魂有所感悟、对人类有所贡献的人。实际上，《西夏咒》与“大漠三部曲”的关系也是这样。从严格意义上说，后者是世间法意义上的存在，前者则是超越后的智慧，是后者的升华，属于信仰层面。当然，《西夏咒》虽然以形而上为主，但它也写了存在；“大漠三部曲”虽然以形而下为主，但它也写了信仰。信仰和存在，就像太极图的阴阳鱼一样，并不是独立的、能截然分开的两个东西，而是一体两面。许多时候，形而上的东西离不开形而下，超越也离不开现实存在，因为，离开现实的超越，就不是真正的超越，而是空中楼阁，是经不起考验的空想；而离开了超越的现实，也会变得非常糟糕，让活生生的人堕落为动物性的存在。

动物性就是兽性，兽性与神性共同构成了人性。前者重存在，后者重超越，两者像太极的阴阳鱼相互糅合，成为一个浑圆的整体。《大漠祭》《猎原》《白虎关》《西夏咒》就是这样，它们都是雪漠的作品，只是侧重点不同而已。“大漠三部曲”侧重于存在，所以我对心中流出的东西，就有所节制；《西夏咒》专为信仰与心灵而写，因此我任由灵魂在书中流淌。我不在乎心里流出的东西能不能得到别人的随喜，我也不在乎别人读不读得懂，我只在乎自己有没有写出那个别人感受不到的世界，有没有写出一种比人类更伟大的存在。

只有了解这样的一种创作理念，你才会理解我的写作。实际上，我不是写给世界的，我是写给自己的。我的创作更像是一种自言自语，是自己的心灵与某种存在之间的沟通。创作中的我，就像在和朋友们交流。我只是享受那交流的过程，我根本不在乎对方是谁，也不在乎他有什么身份。有时候，就算跟一些神化了我的读者交流，我依旧不在乎他们是谁，也不会去扮演一个被神化的角色，我只当自己在跟另一个自己交流。我的写作也是这样。我只管说自己想说的话，不去管对方会怎么想。

## 三、打碎标签，超越时空的局限

◎问：您之前不是说过要为凉州农民写书吗？您的创作观念为什么会有现在这样的转变？

●雪漠：想为凉州百姓写书，是我明白之前的梦想。明白之后，我的心里就没有了凉州人和其他人类的区别，也没有了我自己与其他人类的区别。更多的时候，我的身上承载着整个人类的全息，人类就是一个又一个的我。所以，我写不写凉州并不重要，写不写凉州农民也不重要。我之所以仍然会写凉州农民，是因为我熟悉凉州农民，要是我熟悉别人，也会写别人的。这个时候，我不再为了某个特定的群体写作，也不在乎那个群体看不看得懂我的作品，我纯粹是在享受一种写作的快乐，而不是为了达到任何一种目的。

◎问：我可不可以这样理解：《西夏咒》是您打碎之前的创作观念后的作品？

●雪漠：创作《猎原》的时候，我的创作已有了变化。《猎原》中的那个群体，不仅仅是那个群体，他们也是整个人类；猪肚井也不仅仅是猪肚井，而象征了整个人类命运。那部小说中写到的猎人也罢，牧人也罢，都是人类社会中某种可怕现象的形象化反映，我不是单纯在描写某个群体。《白虎关》也是这样。其中，兰兰和莹儿的“沙漠之旅”，已经不是一次单纯的生命旅行，而是一个巨大的寓言。正因为这部作品非常丰富、博大，所以在复旦大学开《白虎关》研讨会的时候，批评家们的意见发生了巨大的分歧。比如说，雷达老师认为它是典型的现实主义作品，陈思和先生却说这是典型的象征主义作品，还有人认为它是浪漫主义作品。不同的人，有不同的解读。哪种解读才是正解？所有的解读都是。因为，不同的人会看到不同的《白虎关》，会看到不同的《猎原》。

很多人喜欢《大漠祭》，是因为它更符合人们的阅读习惯，能满足人们的需求。但《猎原》《白虎关》《西夏咒》已经不在乎一般的需求了，它们是人类命运中诸多悖论的总体思考和精彩展示。书中虽然也有无数的人物、诸多的故事，但它们的意义已经远远超越了人物与故事的层面，不是一两句话，或者某种主义就可以涵盖的。以是缘故，《猎原》《白虎关》《西夏咒》没有获得《大漠祭》那样的反响，但是没关系。

◎问：您经常说您要打碎自己，现在您已经写出了这么多好作品，那么以后的写作道路，您会如何走，如何继续去打碎自己？

●雪漠：我从来没有设计过自己，正如大树从来不会设计自己将来的模样。我只有两个字：随缘。我所有的创作，都不是我计划着要写点什么，或者说我为了什么主题去寻找素材，不是这样。我被一个巨大的世界包围着，里面有无数的素材、无数的人物、无数涌动着的激情。不知道你有没有发现，我的长篇小说里有着巨大的激情，而不是像某些作家那样，写到一半，就力不从心，显得非常苍白。我永远有说不完的话，有用不完的激情，永远有一种火山爆发似的东西，永远和过去的我处于一种说不清的关系——有斗争、有撕扯、有包容，什么都有。我既是过去的雪漠，又不是过去的雪漠。这中间有许多复杂的命题，所以我的小说里也有说不完的话题。我到了任何一个地方，都会发现那块土地是个宝库，有无数鲜活的思想、生命、生活，所以我每到一个地方，都能写出很好的作品。比如，到了东莞，我就会写一部与这块土地有缘的作品，如果明年还有这个缘分，就再写一些。当然，那作品中的思想和觉受，都是雪漠独有的东西。

世界是一个巨大的幻觉，时间和空间也是个巨大的幻觉，但一般人无法明白这一点。因为，只有智慧上升到一定的层面时，时空对人的桎梏才会消失。如果没有达到一定的境界，就算你从字面上明白了我在说什么，甚至你也能举一反三地诠释，但仍然体会不到我话中的真正含义。那么，对你来说，时间和空间就是难以逾越的存在。但要是你的智慧显发，心灵变得足够博大，实现了超越，世界上诸多的词汇与概念都不能束缚你的自由和悲悯，或者说，你达到了我常说的那种“有大快乐而无热恼”的境界时，你就会明白我的话背后的含义。

如果你做不到这一点，仍然执著于时间与空间的话，就会为这个时代或者那片土地写作。只有到了一定的时候，你才会发现，时间也罢，空间也罢，都只是标签。标签很善变，里面的东西却有可能会成为某种永恒。有的作家——比如托尔斯泰、陀思妥耶夫斯基和卡夫卡等人——创作出非常伟大的作品，其内涵已经远远超越了它的标签。这时候，它已经不是哪个时代、哪个地域能够限制的了。所以说，以后的雪漠有可能会继续创作下去，有可能不再写东西，也有可能会写点别的题材。但无论写什么，我都能写得很好。

## 四、不做落叶，要做石头

◎问：您如何看待当今的文坛？您认为文坛有哪些流派？文坛将会走向何方？

●雪漠：我只能说现在一片喧嚣，但其中有很多枯枝败叶，岁月的风会像秋风扫落叶一样，很快将它们哗哗地扫走。最初，那些飘零的落叶也会盖住很多东西，也能盖住地面上的大石等，但我不在乎。我根本不在乎这些树叶怎么样，它们喧嚣也罢，不喧嚣也罢，都跟我没有关系。我在乎的是：我的心灵是不是健康？我是不是明白？我能不能在明白的时候写一点有益于世界的东西？是否跟几个朋友开心地聊天？我告诉你，跟我聊天的朋友本身怎么样，比如他是否了解我、对我好不好、身份如何等等，我是不在乎的。我只在乎自己对待朋友的态度与心情。更多的时候，我不在乎世界，只在乎心灵的自主性。

所以，我不管文坛怎么走。文坛里的落叶终究会被岁月的风扫走的。这时，这些落叶转向东，还是转向西，转向北，还是转向南，对我来说都一样，因为它们很快就会消失，再也找不到了。能留下来的是什么呢？是那些曾经被落叶盖住的大石。我要成为那块大石，而不是落叶。石头是不会在乎落叶的。

## 五、真正的信仰不需要任何标签

◎问：您能谈一下宗教与文学的关系吗？宗教给您的写作带来了怎样的影响？

●雪漠：以前我的心不定，没有智慧，正是依托二十年大手印的修炼，才明白了一些东西，拥有了定力，也拥有了智慧。所以，宗教是我的文学营养之一，文学则是承载我的智慧和精神的方式之一。我没有严格地区分过它们，因为它们是不可分割的。我甚至没有宗教的名相，也在极力避免一些宗教贴给我的标签。我无数次打碎自己，就是不希望让别人把我当作教徒。我不是教徒，宗教只是我诸多营养中的一种。除了宗教之外，哲学、社会学、心理学以及诸多文化学科，都是我的心灵营养。宗教给我的营养，就像牛肉给我的营养一样，并不是我生命营养的全部，但它确实为我提供了一种非常宝贵的养分，仅此而已。

我一直反对别人在我的身上贴上宗教的标签，也反对任何人神化我。因为我不愿变成一尊佛像，像木头似的被放在那里，动也不能动。一旦我动了一下，人家就会非常惊讶地指责我：咦，你怎么能这样？你不能这样生活！我的生命里不需要这种东西。我在任何一个地方，都可以活得很好，就算不睡在席梦思床垫上，而是睡在老百姓的土炕上，我也可以睡得非常香甜。告诉你，以前旅游的时候，我买不到票，就在地上铺张报纸，睡在别人的椅子底下，一样能睡出惊天动地的呼噜声。所以说，我是一个非常自由的个体，不需要任何标签，也不需要别人的神化，如果有人硬想给我贴标签，我就想把这些标签都给撕掉、打碎。

## 六、最好的利众，就是成为自己

◎问：您一直强调自己要快乐，这和您同样强调的利众精神，是不是有所冲突？

●雪漠：我强调自己的快乐，是希望别人能从我的经历与过程中得到一点启发，最后受益的是他，不是我，这也是一种利众。利众不是离开自己去教育别人，而是做好自己该做的事情，让自己的行为本身对他人形成影响。如果自己行为上很卑鄙，却教育别人学雷锋，就不是在利众，而是在骗人。

所以，我常说，我仅仅是个标本。我不是在教育世界，我只是在展示自己。我只是想告诉人们，我是这样做事的。对你要是有启发了，很好。没有启发，也不要紧。所以，你认为雪漠是对还是错，对于我来说，都不要紧的。

海伦·凯勒最大的利众，就是成为海伦·凯勒；托尔斯泰最大的利众，就是成为托尔斯泰；甘地最大的利众，就是成为甘地。同样的，雪漠对世界最大的贡献，就是成为雪漠。

你想想看，一个农民的孩子，什么都不懂，最后通过一系列的心灵修炼，写了几本书。别人觉得好不好无所谓，我不在乎别人怎么看我，反正我自己觉得很好。我自己觉得很好，就去写；如果我觉得不好，就不会去写，谁逼着我写也没用。如果我这么做，而且还成功了，别人就会发现："咦？雪漠这小子居然成功了？那我要向他学习，我也要成功。"什么意思呢？就是说，好多一无所有的农民孩子要是参考我的经历，也去磨炼自己，不断成长，有一天他可能也会成为一个很好的作家，至少成为一个能自主心灵的人，进而摆脱一种非常庸碌的生活方式。这就是我对世界最大的贡献。

一个人只要做好自己，就肯定能影响别人，这时候他就是在利众。如果一个人明明自己不会游泳，却要跳到大海里去救人，结果自己反倒被淹死了，这就不是在利众，而是一种鲁莽。人首先要救自己，才谈得上别的东西。要是你自己都不快乐，又怎么能让身边的人非常健康、非常快乐地活着？

大树最大的利众就是不断长大，给世界提供更大的力量；大海最大的利众就是变成大海，能够包容更多的小溪。并不是说大海想要利众，就必须跑到沙漠中去，把沙漠变成绿洲，甚至把沙漠也变成大海，不是这样的。真正的利众，不应该是空想，不应该是口号，也不应该是不切实际的愿望。所以，我只想把自己变得更好一点，别人要是觉得这让他快乐了，那当然很好；如果别人觉得这让他不快乐，那也无所谓。

## 七、没有选择就没有一切

◎问：兰兰是“大漠三部曲”中唯一在现实意义上实践宗教信仰的人，您如何看待这个人物？在现实生活中您支持这种生活方式吗？

●雪漠：谈不上支持还是不支持。每个人都在做着自己的选择，兰兰只是选择了她认为很好的东西。对于她的选择，我表示尊重。事实上，我自己也不断在做着各种不同的选择：选择我的朋友，选择说话的方式，选择写作的方式，选择生活方式，选择对待自己与他人的态度……生活中的一切，都是选择，每个人的命运都是自己选择的结果。没有选择，就没有一切。兰兰选择了她认为最好的东西，在这一点上，她跟莹儿是一样的。她觉得开心就行，跟别人没什么关系。有些人很讨厌兰兰，我对他说，你不要讨厌她，你只管把自己的事情做好就行了，别人说不定也很讨厌你呢。

## 八、规则不能束缚活着的灵魂

◎问：您说过，您的每本书都是一个世界，但我觉得“大漠三部曲”这三本书同时又构成了一个大的世界，即凉州农民的世界。我觉得，《大漠祭》和《白虎关》的关系似乎紧密一点，其中《大漠祭》谈到了因，《白虎关》谈到了果，但《猎原》却仿佛是超逸出来、自成一体的作品。对于我的这个看法，您怎么看?

●雪漠：严格说来，《猎原》确实是另外一个世界，是一个巨大的寓言。它在精神上与《大漠祭》和《白虎关》是相通的，但形式上却是一个有着独立意志的存在。这个存在，构成了《大漠祭》《白虎关》中所有人物的生存土壤。不读《猎原》，你不会明白这片土壤，正如你不明白自己生存在什么样的土壤里一样。而且你也不会明白，为什么《大漠祭》《白虎关》里的人物活得那么苦？实际上，他们的苦，不仅仅是西部农民的苦，也是整个人类的苦。

人类苦于什么呢？苦于欲望，也苦于欲望引起的纷争。例如，《猎原》里的人类纷争，在现实中比比皆是，只是具体内容、具体规模有所不同罢了。究其根本，都是欲望引起仇恨，仇恨引起斗争，终而让人类自相残杀。以是缘故，《大漠祭》里那么好的女孩子、那么好的老顺，以及形形色色的人物，才会陷入那样的命运。所以说，《猎原》是一种文化意义上的展现，也是心灵意义上的启迪，更是人类命运的大寓言。但是，现在看重《猎原》的人并不多，因为这个时代非常浮躁，除了负责任的批评家和一些信仰者，很少有人能深入文本了。

有时，一些专家看《猎原》，还不如一个小女孩那么真切，他们不管《猎原》里那么多很好的生活和话题，却总是想要把我划进这个主义、那个主义里面。其实，鲜活的生命是超越“主义”的。所以，我在法国演讲的时候就说，不要给我任何“主义”，也不要给我打上什么“领带”，任何“领带”都会让我不舒服。我到法国的头一天，他们说不打领带、不穿西装，就表示你不尊重人家，于是我只好照着他们说的去做，但第二天我就坚决不干了。为什么呢？因为，这些衣服就像诸多的规则与概念一样，只想束缚一个非常自由的灵魂。为什么只有我不舒服不自由了，才表示我在尊重他们？我不这么认为，所以我不愿意迎合他们。后来，我就不再打领带。办护照的时候更加荒谬，他们非要我把胡子剃掉不可。结果，剃掉胡子、穿上西装的我，就像是一头雄狮突然成了一只病猫，非常滑稽。

这个世界的文化就是这样，它总想用一种非常狭隘的东西，把鲜活的生命摧残得一塌糊涂，把非常自由、非常独特的人变成批量生产出来的玩偶。文学圈也是这样。因此，我后来不仅把胡子留长了，连头发也留长了，我自己愿意怎么留就怎么留，我不管这个世界喜不喜欢。我眼中，那留长的须发，总在提醒我保持个性，莫被庸碌同化。

◎问：您曾经说过，您小说中的每个人都在寻求灵魂的超越。那么，您笔下的人物中，有没有真正达到超越的人呢？

●雪漠：有的。孟八爷实现了世间法的超越，雪羽儿、琼、久爷爷等人则实现了出世间法的超越。关于超越，以及世间法超越与出世间法超越之间的区别，你可以去看我写的《初心》。里面讲得非常清楚。简而言之，诸多概念、诸多善恶好坏之类的二元对立、诸多的人类知识等，都会束缚我们的心灵，让我们不能自主。如果我们能摆脱一切束缚，让心灵得到一种绝对自由，也就实现了超越。

当你真正从概念中超越出来，甚至超越了“超越”这个概念，就会发现它很有意思。为什么呢？因为，有时的一个小小的词语，就能让人变得惶恐不安，但它本身是没有自性的。词语所有的意义，都是人类设计出来，用来约束人类自己的。

我给大家讲一个故事：一天，一个年轻尼姑来拜访赵州老和尚，她问道：什么是佛？赵州老和尚不语，却在她的身上摸了一把。尼姑嗔道：哼！你这老和尚，竟然还有这个？赵州老和尚回答：我没了这个，你才有这个。老和尚的这个行为，本身就代表了某种东西。什么东西呢？超越。普通人就算照猫画虎地去做同样的事情，他也没有老和尚那样的心，没有那样的心，同样的事情就有了不同的含义。对于老和尚自己来说，摸那年轻尼姑，跟摸自己的胡须没什么不同，因为他超越了概念，也超越了自己的欲望。但尼姑不是这样，她人为地给这个行为赋予了某种定义，这就证明了概念仍然束缚着她的心灵，实际上事情很可能不是她想象的那样。

诸多的词汇和概念虽然让人类有了沟通与表达的可能，但也严重束缚了人类的心灵。比如，金钱仅仅是一种兑换货品的介质，幸福也罢，自由也罢，尊严也罢，价值也罢，都是我们人为赋予它的某种意义。它根本不能等同于这些东西。然而，一旦我们固执于这样的认知，也就看不到其他的可能性了。所以，只有超越概念的束缚，我们才能从无数“定义”的绑架中摆脱出来。最终的解脱，就是这个东西。

我喜欢与一些天性质朴的朋友交流，也喜欢跟孩子们在一起。跟小学生在一起时，我总会非常开心。为什么呢？因为他们的心里概念少。有一次，一个十岁的小女孩坐在我的旁边，她根本就不把我当成一个如何如何的人，心里也没有“著名作家”的概念，她只是非常真诚地、非常天真地跟我聊天，所以我非常开心。但是，要是他们读的书多了，再接受流行于社会上的一些价值概念，就不可爱了。

我认识一位女博士，很怕和她交流。为什么呢？因为她学的很多知识，竟然把一个鲜活的女子，变成了一个充满诸多概念且狭隘偏激的人。当然这是个别的。有的人虽然拥有很多知识，但人还是很不错。一般情况下，心里装的概念越多，心灵就越不自由，就越难以按照最本真的自己来活。他会用自己学到的知识去分析你，去分析这个世界，心里老是嘀嘀咕咕的。她会推测你这个人怎么样，你想怎么样等等。实际上，那诸多的“怎么样”，都是她自己的“怎么样”，而不是别人的“怎么样”。她一直在这样分析的时候，也就把一个巨大的世界拒绝了。其实，这个世界只是在焕发着自己的光芒，它是不需要任何分析的。我举个例子：有些人看到很美的花，心里首先浮现的却不是感动，而是花的学名、种植方法，甚至药用价值等等，他反而忘了享受花的美了。但小孩子不是这样。小孩子看到美丽的东西时，总会坦率地表达自己的欢喜，坦率地去感受它。

陈亦新以前教孩子们写过作文，他的教法跟别人不一样。他主要训练想象力和文学感觉，效果很好。他说一年级的孩子最好教，只要方法得当，他们很容易就能写出很好的作文。他教高年级时，就会吃力很多。孩子一旦上了初中，他就不再去教他们了，因为他们被学校灌输了各种概念，纯净的心已被污染了。这时候，你再叫他放下概念、知识、规则，用最坦率的心去感受这个世界，感受很多超越概念的东西，他就很难做得到。上了高中的孩子，要是想象力差，以后是很难写出好文章的。

好多孩子上了初中，基本就定型了，如果我们再用一种糟糕的概念填满他们的生命时空，就把他们彻底给毁了。所以，陈亦新提出不想上大学的时候，我马上就答应了。好多孩子一旦上了大学，就满脑子都是知识、概念、理论。他们读一部小说时，也要先去寻找一种能够解释它的理论。其实，读小说就像读人生，读世界，根本不需要刻意去寻找什么理论。相反，心里没有诸多理论的时候，你对小说、人生、世界的感知才会更加鲜活、更加本真。

理论这种东西，只有在你的心灵实现了绝对自由、自主，超越了一切概念束缚的时候，才能为你提供营养，否则它就是你心灵的枷锁。你越是博学，就越是受控。所以，我们应该先做好一个自主的、活生生的人，然后再用另一种眼光去接触理论。

我的作家朋友中，也有人懂得叙事学，但他们的文章，我发现好的不多。因为，他们的写作都符合叙事学原理，技巧都很好，但偏偏没有生命之气。就是说，他们的文章，也有头，有胳膊，有骨骼，有肌肉，肌肉上还有纹理，但却是个死人。死的文章和活的文章之间最大的区别，是前者没有一颗鲜活的、自由飞翔着的心。

◎问：看来我这个采访，也是无生命的，也是毫无价值的。

●雪漠：不是这样的。你的采访虽然充满了概念，但我有生命啊！你用没有生命的概念，把我有生命的东西一下子给激活了，所以这个采访就有了价值。诸多采访的价值都不在于采访本身，而在于有没有跟一个鲜活的生命交流。如果交流者满脑子都是理论，对人生没有一点活生生的感知与思考，采访就没有价值；反之，就有价值。我打个比方，如果一块石头被投入大海，能溅起波浪和涟漪，那么这个行为就有意思；如果你往一团糨糊里投石块，激不起一点反应，那这个石子投不投都没啥区别。这个小石子形状如何，漂不漂亮，都不要紧，重要的是它与大海之间发生的关系。因为，这个关系可以激活一种有生命的东西。我跟你的对话也是一样。

## 九、苦难是分别心制造的幻觉

◎问：您怎么看待苦难？我又在谈概念了。

●雪漠：好多人觉得我的童年充满苦难，实际上他们只是在用自己的标准来衡量我，而不是在用我的标准来衡量我。所以，这个结论属于他们，不属于我。

他们或许有过这样的生活，自己觉得很苦，就跳了出来，但我不是这样。我之所以改变生活方式和生存环境，是因为我有另一种生命追求，而不是觉得我以前的生活很苦。不过，他们未必能理解我的标准。他们看到童年的我，可能会觉得："哦，这个孩子真的很苦，他没有奥迪车，没有楼房，身边也没有美女。"但是我小的时候，心里根本就没有美女、奥迪车、楼房这些概念，我不追求这些东西。我有地方住，也有饭吃，虽然也偶尔挨饿，但总会想办法填饱肚子，我有啥不满足呢？因此，真正经历苦难的人不是我，而是那个认为我很苦的人。

苦难是什么？它是一种分别心。如果我觉得你比我强，我不如你，我想得到什么，但得不到，我就会很痛苦。如果没有这些比较的话，哪来的痛苦？只要学会享受生命、享受大自然，就没什么苦难了。

◎问：读“大漠三部曲”的时候，好多人都觉得老顺们活得很苦，您是创作他们的人，难道您不觉得他们的生命经历算得上苦难吗？

●雪漠：除了儿子患病和死亡时，其他时候，老顺不觉得自己有多苦。他喝着小酒、吃着兔肉的时候，那种快乐一点都不比国家元首的快乐少。就算跟儿子们斗斗嘴，他也很快乐。他真正的苦难是什么呢？是儿子生命的消逝。但每个人都迟早会经历这种苦难，并不是只有老顺一个人才这样。所有人类都必然面临生老病死，这是人类共同的苦，所以说“有漏皆苦”——这是佛家中一个重要的法印，其意思是，有欲望就必然有痛苦。生命中的欲望，造成了人类面对生老病死时的那种痛苦。

◎问：您的意思是说，只有终极问题，比如生老病死才算是苦难，其他的——比如物质之类的困境都不算苦难？

●雪漠：在智者的眼里，生老病死也不算苦难。释迦牟尼涅槃的时候，并不觉得这是什么苦难，他走得非常安详，就像叶子从树上飘落一样。为什么呢？因为智者明白一个真理：有生必有死。物质的存在必然会衰坏、会毁灭，不是说你不想老就可以不老，不想死就可以不死，也不是说别人都不会老、不会死，就你一个人会老、会死。如果你不能改变生死，就改变自己对待生死的态度。改变了这个态度之后，你的心中就没有了生死，生命里也没有了生死带来的苦难。因此庄子才在老婆死后鼓盆而歌，他的眼中，生于自然而归于自然，是很自然的事——对于智者而言，重要的不是改变事物本身，而是超越这些事物、这些概念对自己的局限，能顺其自然。

苦难是什么呢？是有人想长寿却突然死了，有人想发财却活得穷困潦倒，这就是苦难。如果你不想长寿，也不想发财，或者无所谓长不长寿，无所谓发不发财，生命的长短与贫富，就干扰不了你的快乐，也算不上苦难。因为你根本就不在乎它们。《金刚经》中说“无寿者相”，指的就是心里没有“长寿”的概念，长寿无所谓快乐，短寿无所谓痛苦。对待贫穷的时候，也应该这样。只要你明白了这一点，就会发现，人的一生中需要的东西其实很少，不过是每天几碗饭，每年几件衣，满足了这些东西，就没啥好操心的。那为什么不能享受清风明月，非要拥有小车楼房才能快乐呢？诸多苦难都源于不懂得满足的心。

同样道理，有的城里人之所以觉得“大漠三部曲”的老百姓活得很苦，是因为这些老百姓的生活水平没有达到城里人认可的标准，这时城里人就会制造出“这些老百姓真苦”的幻觉。实际上，这种幻觉只对他们自己有用，对被观察的对象，比如“大漠三部曲”里的老百姓来说，根本就没有任何意义。明白了这一点的话，你再来想想看“大漠三部曲”，书中老百姓的苦难，似乎不一定是我们认为的那种苦难。

昨天，我参加同学聚会时，发现有个女同学嫁给了一个农民，东部人可能觉得她没嫁好，但我们都说她是最快乐、最幸福的人。为什么呢？因为她的老公很健康，和其他人比起来，她快乐多了。唯一可能会产生痛苦的是什么呢？是比较的心。就是说，如果她发现别的女同学有小车，有楼房，养着名种狗，全身上下都是名牌，但自己的生活却很普通的时候，她就会觉得自己不如别人，这时候她就会生起烦恼、感到痛苦。如果从来不跟别人比较，只管过好自己的日子，她根本就没有那么多的烦恼。

我再给你举个例子：你可能会觉得雪漠“如何如何”，甚至会觉得雪漠很奇怪，陈亦新也会觉得爸爸“如何如何”，我的老婆又会觉得老公“如何如何”，无数个人就有无数种“如何如何”。但是雪漠究竟如何，谁也不知道。他们每个人的“如何如何”，都是他们自己的事情，不是我本身的“如何如何”，跟我没半点关系，我何必去在乎他们的诸多看法呢？我的作品也是这样。你读你的，他读他的，你们觉得怎么样都行，你们自己去寻找意义、设定意义，或者去创造一些价值评判体系，来衡量我的作品。衡量完之后，你觉得它是垃圾，就把它扔掉；觉得它是宝贝，就留着；觉得值得读，就读一下；觉得不值得读，就放到一边去。你怎么做都跟我没有关系。我只是一缕清风，烦恼的人觉得清风打扰了他，闷热的人觉得清风真好，但也有人会觉得清风是灾难，因为风中的沙粒迷了他的眼睛。这一切，其实跟清风自己没有任何关系。白云、清风、鲜花本身不创造价值，也谈不上什么取舍，所有的取舍，都是人心的取舍。

## 十、“雪漠”是你心灵的镜子

◎问：憨头跟您所说的超越好像没什么关系，他更像是一种象征。因为读到他的时候，我总想起疾病与死亡，所以我觉得他象征了疾病与死亡。当然，他也有人物原型。另外，我觉得豁子女人也像是一种象征。刚开始，她是被驼子骗过来的，我们不知道她从哪里来，结尾时也不知道她要到哪里去，这让我想到一个词：如来。因为《金刚经》里说：“无所从来，亦无所去，故名如来。”而且她又是那么豁达，似乎看透了人世间的一切。所以我觉得她好像是虚的，也是一个象征。对于我的这个观点，您怎么看？

●雪漠：严格说来，憨头是坦然接受既定命运、不去怨天尤人的那种人。凉州的许多老人都是这样。凉州的老人们面对死亡时，基本上都像憨头那样，很少有捶胸顿足、怨天尤人者。许多老人得了绝症之后，还会说不要治了吧，给娃娃们留点钱，不要人财两空。他们死的时候，几乎都像伟大的智者，很少有人像大城市的人那样，东窜西窜地到处寻找灵丹妙药。比如说，有些人查出得了癌，就静静地回家躺着，静静地面对那个非来不可的东西。憨头就是这样一个人。他虽然不能改变命运，但是他的生命却有着一种重量。

豁子女人是我非常喜欢的一个女性形象——她不仅仅代表了我所向往的女性形象，她其实也是我自己。《大漠祭》《猎原》《白虎关》中的所有人都是我自己，不是别人。坏人，是我战胜了的雪漠；好人，是我向往的雪漠。他们生命的全息都能在我的生命中找到相应的痕迹。我不像你们想象的那样，是个多么纯洁、从来没有一点点污垢的人。纯洁无瑕的人，是写不好卑劣的。我只是战胜了我的卑劣而已。这世上，虽然有圣者，但那圣者，是战胜了自我贪欲后的人。没有天生的圣者。

一个男人，就是一个世界；一个真正的作家，更是一个非常复杂的世界。他有伟大，也有渺小；他有高贵，也有卑劣。他有诸多的超然，也有陷入痛苦时的挣扎。世界上有什么，他的心里就有什么。

豁子女人也是这样。她很豁达，很有智慧。她随遇而安。因为她觉得爱情很快就会消失，是个幻觉，是一点点化学反应。一个男人，要是碰上能刺激他荷尔蒙分泌的人，他就产生了一种目眩神迷、非常幸福的感觉。可是分泌上三年之后，他也就迟钝了。这时，她不再是他生命中的火焰，而是他生命中的空气，他离不开她，但摸着她的手，又像摸着自己的手一样，没有了一点激情——所谓的爱情已经消失了，取而代之的，是亲情。世界就是这样。人类的所有情绪，都会很快过去。因此豁子女人不要别的，只想抓住当下。

我们的青春很快就会过去，美貌也很快就会过去，甚至诸多的交往也会很快过去——你很快就会回到上海，我也可能会去别的地方，至于我们什么时候再见面，就是一个未知数，说不清。生命中诸多的东西，总是在这样变化着。那么，豁子女人为什么要执著呢？她当然不执著。她只当自己来这个世界上走了一趟，来了就来了，走了就走了。她经历了太多的东西，再也不会执著红尘中的花花绿绿了，就像一个人看过大海之后，就不会执著于眼前的一杯水。然而，她虽然不在乎这杯水，却也仍然珍惜这杯水，就像她珍惜猛子一样。只不过，如果这杯水想要制约她——比如猛子想娶她，她就会拒绝，因为她不愿意受到任何约束。

任何一个朋友想把雪漠塑造成神，或者塑造成佛，就跟猛子想娶豁子女人一样，是一件一厢情愿的事情。我既不是神，也不是佛，我就是雪漠。总之，你需要什么都可以，但我什么都不是，我就是我自己。你眼中的雪漠，也什么都不是，它只是你自己而已。明白了吗？所以，当你把雪漠想得很伟大的时候，说明你自己也很伟大；当你把雪漠想得很卑劣的时候，说明你自己也很卑劣。雪漠是一面镜子。

# 让文学本身说话

## ——雪漠答《中华读书报》记者舒晋瑜问

### 一、最美的是创造与发现

◎问：您之前说过，不迎合读者，才能写出真正的文学作品。这种观点我很理解，但是，不迎合读者的作品就一定不好读吗？它们两者之间是完全对立的吗？

●雪漠：不一定对立，但好读的前提，是它符合读者的阅读习惯。

◎问：对！对！是这样。

●雪漠：许多时候，作家一旦执著于某种阅读习惯，就会形成一种惰性。

◎问：对！

●雪漠：形成惰性思维之后，作家可能会写得很顺手，但往往会变得庸俗，流于俗套。

◎问：流俗？

●雪漠：是的。我看过许多优秀作家的作品，这些作品都未必符合他们那个时代的常规口味。我甚至认为，他们在尽可能地避免这种东西。这样的一种创作意图，往往是创造力的体现。

◎问：您的东西是从心里流出来的，是吗？

●雪漠：是的。这个世界已经看惯了人造的城市风景，它或许更需要一种本真的东西。当然，这个东西刚开始未必会被很多人所接受，但没关系。我们对待任何一片自己非常陌生的领域，不管它美还是不美，都需要一个熟悉和咀嚼的过程。接受它之后，我们或许就会发现，这片领域的美丽，实际上已经超过了我们的理解和想象。比如，人们刚看到敦煌的飞天与莫高窟时，也未必知道它的艺术价值与文化价值，但是随着它的被发现、被挖掘和被研究，人类的审美观就会发生变化。当一种新的美学观点出现时，人们就会意识到，之前觉得它不美，是因为自己不能理解它，无法从一个非常陌生的角度欣赏它。文学也是这样。

前面谈到的“城市风景”，你可以理解为目前流行的时尚文学。人们对其非常熟悉，读起来不会感到吃力，所以当一种新东西出现的时候，大家就会觉得不习惯、不理解，甚至不认可。但是后来我们就会发现，这个东西就像陌生的大自然一样，是没有被挖掘和发现的宝藏，或许比城市风景更美。

◎问：明白了，您讲得很透彻。

●雪漠：文学是最能体现人类创造力的东西。没有创造，就没有文学。过去的文学样式，可以被任何一种媒体所取代。比如电影。如果你纯粹为了娱乐、消遣而用文学讲故事，就会轻易被电视、动漫、网络视频等东西所取替。而且，在娱乐消遣的领域，它们比你更有先天优势。只有那些真正有创造力的文学，才不会被当代媒体所取代。比如说，任何媒体都代替不了《西夏咒》。所以，不管大家如何评价《西夏咒》，觉得它好还是不好，至少必须承认，它为文学提供了另外一种可能性。

## 二、用文学留住土地文化的灵性

◎问：《西夏咒》的书名，包括它的设计，都传递出一种非常神秘的气息，有一种宗教色彩。这种神秘在西部文化中是如何体现的？请您谈谈当时的写作初衷。

●雪漠：我最初写这个东西的时候，并不觉得它有多么神秘。为什么呢？因为在我的生活中，在西部文化中，在西部人的生存状态中，充满了大家认为非常神秘的东西。当我把这种生活用文学表现出来的时候，自己觉得很正常，别人反而会目瞪口呆。事实上，我从来都没有刻意追求过这样的效果。

我给大家举个例子：我父亲已经去世很多年了，但我母亲始终认为他跟我们生活在一起，有时甚至会和他对话。比如说，如果有一个孩子打碎了碗，她就会骂我的父亲："你抢啥？"就是说，她认为孩子打碎碗的原因，是我的父亲想跟孩子抢着那个碗吃饭。如果这件事发生在别的地方，人家肯定会觉得这个老太太有病，但西部农民不会这么认为，他们觉得本来就是这样。在西部农村的观念中，亲人死去之后仍然会跟自己生活在一起，只不过一般人看不到而已。类似的观念还有很多。比如，西部农民相信土地神，他们认为每一块土地，都有一个主宰它的神灵，这个神灵就是"土地神"。凉州农村的每一户农民，每年至少要祭奠土地一次，在凉州人眼里，这是一件大事。

《西夏咒》中的"叙述者"阿甲，就类似于土地神。我之所以塑造这样的人物，其中一个原因，就是凉州老百姓一直认为土地是有灵性的，是一种灵性的存在。千年来，它一直跟人类发生密切的关系——它不但关注着人类，甚至还会介入人类社会。正是这样的一种观念，构成了《西夏咒》中的诸多叙述，也形成了阿甲这个人物的背景。当然，《西夏咒》中的阿甲虽然是个具体的人物，但他象征的不是人格化的神灵，而是一种大自然的东西。他类似于大自然与土地文化的载体，或者说，他是大自然的一种人格化体现。实际上，阿甲在生活中也有原型——西部某个村庄的人们相信那里有一个“阿甲”，他是一个修行人，十分精进，但没能破执。后来，他被人迫害，阴灵不散，就成了一个护法神。有时，人们还会用各种方式和他沟通。

所以说，《西夏咒》的神秘，不是作家在故弄玄虚，而是生活本有的神秘。这种神秘文化，是西部文化与中国地域文化中最具灵性的东西。但是，全球化浪潮正在侵蚀着它。我在《西夏咒》里写到这些东西，就是想保留这块土地上、中国民族中的这点灵性。

## 三、人们为何要处死阿甲？

◎问：雪羽儿对母亲的孝顺非常令人感动，我们甚至可以说，她是一个完美的孝女。您为什么要创造这样一个人物？在她身上，您是否寄托了某种情感？

●雪漠：雪羽儿身上承载的，是东方文化中对母亲——或者说对土地——的一种割舍不了的情感，正如你所说的，她非常美好，但环境却容不下她。这虽然看起来有点不可思议，可事实确实如此，你可以在人类历史上找到大量的例子。

不管在哪一个时代，我们都会发现，一些爱大地、爱母亲的人，反而有可能会因为这份爱，被自己生存的土地所屠杀。不只在中国，西方也是这样。耶稣就是一个很好的例子。他多爱那片土地，多爱人类，但犹太教的教士们却非要把他给杀掉。苏格拉底也是这样，他热爱的那片土地上的人们，竟然通过“民主”的方式判处他死刑。印度圣雄甘地的命运也是如此。想要拯救人类的智者，最终却遭到人类的仇恨，甚至被人类处死。这也是人性中一个非常可怕的魔咒。

人类历史总是上演着这样的残忍，于是《西夏咒》里就出现了一个因为传播真理而被公开烧死的阿甲。谈到他的时候，书中说道：“你想拯救人类，当然该死。”为啥该死？因为他对人类、对母亲那种博大的爱，在没有爱心的人们心里造成了巨大的挤压。比如说，如果你到某个地方去，发现所有人都在贪污受贿，但是你不愿意同流合污，那么你就会成为那个群体的敌人。再比如，《西夏咒》中有个吴和尚，人们都抢赈灾粮的时候，他却觉得自己要守戒，于是就变成了整个村庄的敌人。人类的这种心理非常可怕。

## 四、只想留下几本想留的书

◎问：《西夏咒》最初创作时是长篇吗？

●雪漠：是长篇，初稿大概二十多万字。经过一次又一次的重写之后，变成了你现在看到的模样。广州的一些读者读《西夏咒》时，激动得热泪盈眶，处于一种狂欢的状态。他们说，这么好的东西，为啥一些读者就是读不懂呢？不过，有人读不懂也没关系。

◎问：这说明了什么？

●雪漠：当一个人吃惯了臭豆腐的时候，要是发现有一块豆腐不怎么臭，就会觉得很奇怪，也不一定会喜欢。同样道理，当一个人在充满了臭味与污垢的地方待久了，就会特别不习惯大自然的芳香。换句话说，现在流行的阅读习惯，影响了读者们对《西夏咒》这类小说的阅读与理解。那种时尚的、追求欲望的、追求血腥暴力的、甚至诱人堕落的东西，弄坏了读者们的口味。比如，我的好多朋友本来很干净，但是他们读了一些反腐小说之后，反而学着如何去打通关系，如何升官，如何堕落。一些时尚文学就是这样，只能教人堕落，无法让人升华。现在的中国文坛充满了这样的文学。

◎问：您说过，您只想留几本像样的书。

●雪漠：是的。我不在乎写作能给我带来什么，因为我的生活非常简单。我所有的生活，就是吃饭、穿衣、读书、写作、坐禅，也没啥好求的。就算你让我去当官、赚钱，我也不愿意。我觉得，钱太多也没用，吃得太好，身体反而会出现各种毛病。所以，比起山珍海味，我更喜欢吃粗茶淡饭，对于金钱，我也一直不太在乎——有也好，没有也好，多也好，少也很好，关系不大。我给自己创造了一个心灵世界，它是自由、快乐、宁静的。拥有这样的一个精神家园，而且能维持基本的生存，所以金钱干扰不了我的宁静。

除了享受这份宁静之外，我只想在肉体存在的时候，留下一些自己愿意留下的文字。只要这些文字能给世界带来一点好的东西，不要让人堕落，就够了。世上有它比没它好，人们读它比不读好，就够了。我不求更多的东西。无论在什么事情上面，我都只管做好自己该做的，不在乎其他的一些东西。

◎问：挺纯粹的。

●雪漠：因为我明白，这个世界留不住任何东西，唯一能留下的，就是你自己的那份真心而已。生活越简朴、越干净，越可能接近文学的真谛。我也有机会当官，但我拒绝了，我想做一个比较纯粹的作家。人的欲望越大，心灵的光明就越少。作家可以明白一些诱惑，但不要受到诱惑。不明白诱惑的作家，是无知的；不能抵御诱惑的作家，是无能的。

## 五、作家超越了，作品才能超越

◎问：您好像不太认同反腐小说?

●雪漠：反腐小说里也有好东西。比如《沧浪之水》就很有名，也写得非常好。问题是，好多心灵很清净、很干净的朋友看了这本书之后，感到非常惶恐，觉得自己不堕落就无法适应这个社会。有些人甚至把它当成了堕落的理由，他们说：你问我为啥堕落?你自己去看看《沧浪之水》。什么意思呢?就是说，这部小说的立意很好，写得也很好，但读者会从里面读出另一种东西，他会觉得自己找到了堕落的借口，觉得这个社会在逼着他堕落。但事实并非如此。

社会上虽然有着很多让人痛心的现象，但很少有人从你嘴里夺食物，很少有人从你身上扒衣服，也很少有人从你兜里抢钞票，没人不让你自由地活着。基本的生存条件，绝大部分人都可以满足。在这个前提下，每个人的选择就决定了他的价值与行为。同样的，堕落是你自己要堕落，不是社会在逼你。社会不可能满足每个人的欲望，也不可能把有限的资源分到每个人的手里。能飞多高、走多远，永远都是一个人自己的事情。不要一遇到困难、一遇到挫折就怨天尤人，这没有一点意义。永远都要明白，为你的堕落付出代价的，更多的是你自己，而不是这个社会。

《西夏咒》非常特殊的是，它里面也有罪恶，也有血腥，也有暴力，也有欲望，但没有任何一个人会从这本书里找到堕落的借口，它反而会让人远离这些东西。为什么呢？因为，它是我实现超越之后写出来的作品，里面有一种清凉的智慧。所以，读它的时候，人们也会得到一点清凉。

## 六、用生命读书的读者群体——雪粉

◎问：听说好多读者看了您的作品后热泪盈眶，深深地被书里的精神所感动。能不能谈一谈您的读者群？您平时会与他们交流吗？

●雪漠：我的读者分为两种：第一种人喜欢我作品里承载的西部文化，也非常热爱我的文字，这部分读者有很多；第二种人属于文化意义上的读者，也有很多。刚才我和姜琳谈到一个山东的读者，几年来，她反反复复地读着我的每一部作品，光是读书随笔，就写了两千多篇，博客里所有的文章，都是在研究我的作品。在我的读者群里，有很多这样的人。他们自己举办读书会、创建QQ群，交流阅读心得。他们都特别喜欢我的作品，我的每一本书，他们都读过不只一遍。去年上海开《白虎关》研讨会的时候，就有大批读者涌到了上海，上海也有大批读者参加。他们也令我非常感动。复旦大学的一些教授当时觉得很奇怪，还说，这个时代竟然有这样的读者？

◎问：真的是这样！我接触过的作家里面，唯独雪漠有这样的读者。这种现象连我都觉得很感动。我以前从来没有见过哪个作家拥有这样的读者，雪漠是第一个。有这样的读者，真的很幸福。我觉得你可以谈谈那个古之草。

●雪漠：他们之所以这么支持我，是因为我的作品改变了他们的命运。比如说，古之草曾经在北京待过半年多，她觉得自己跟时代格格不入，因为这个时代太功利、太虚伪了，她实在受不了，就回去了。回去之后，她想学法律，后来又研究宗教，总想改变自己的命运，但她发现宗教也不能让自己得到清凉，于是就接着寻找，最后就找到了我的书。

◎问：她读的第一部雪漠作品是什么？

●雪漠：《初心》。她特别喜欢，就反反复复地读，并且一篇又一篇地写着读书随笔。在这个过程中，她不断自省着、向往着、升华着自己，后来，过去的烦恼和焦虑都消失了，她的心也变了，开始关注一些终极问题。很有意思。

还有一个年轻人，特别爱打架，但是后来他看了我的书，觉得很喜欢，就不断地看，我的好多作品他都看过。结果他渐渐就变了，不但不打架，还经常帮助别人。好多认识他的人都觉得非常惊讶，有人就开始读我的书，还让自己的孩子也读我的书。好多孩子认可我作品中的理念，也开始寻找人生的意义和活着的理由，并且也想给世界带来一些好的影响，就不断用实际行动去帮助别人，于是又影响了自己身边的人。这些人构成了一个非常特殊的读者群体，据说，网上有好多人戏称他们为“雪粉”。

## 七、风格是人格魅力的自然流露

◎问：您怎么评价自己的语言风格？

●雪漠：我不追求语言风格。我写作的时候，总是忘了语言，流出灵魂。所以，不同的雪漠作品，就会呈现出不同的语言。每一种语言，每一种文字，都是可以呼吸的。雷达老师说它有一种生命的质感。

为什么我不追求语言风格呢？因为，我从来不用概念束缚自己的心灵。就像现在跟你交流一样，我是在用自己的心去撞击另一颗心。在这个过程中，我不会考虑说话的技巧，也不会考虑自己该说什么，仅仅是从心里流出一些语言。写作的时候，我也是这样。

所以，我每一部作品的语言都不一样，“大漠三部曲”各自都有非常独特的语言，《西夏咒》也有《西夏咒》的语言。当一个作家刻意追求某种语言风格的时候，他的语言就已经死去了。因为，刻意的追求，其实是在重复他自己。

◎问：也许写的时候没有想到语言，但最终会自然地呈现出一种风格。

●雪漠：呈现出某种风格的不是他的语言，而是他的人格，是人格的魅力与灵魂的张力。作家的语言，最后就是要达到这个东西，没有这个东西，就不叫风格，而只是在模仿自己，模仿这个时代。或油腔滑调，或故作轻松，都不是他自己，而是时下流行的那种东西。

## 八、评论家与作家是交流的关系

◎问：《大漠祭》出版的时候，引起了很大的反响，但您后来的作品似乎就不怎么受到评论界的关注了。这或许因为您所处的地域比较偏远，也可能是因为关注点不一样？您怎么看待评论和作家的关系？您觉得，评论是一种对作家的引导呢，还是一种对作品的解读？

●雪漠：交流。仅仅是交流。

◎问：就只是交流吗？

●雪漠：所有的评论，以及别人的诸多看法，都几乎影响不了我，也影响不了我的作品。我觉得，我的作品本身就有生命，我自己也罢，评论家也罢，读者也罢，甚至世界也罢，都只是在与之对话、交流，而不能相互侵略。

这是我们沟通的基础。

我把所有的评论家都当成很好的朋友，我认为，他们的任何评论都是对我的认可，包括那些批评我的人，也只是希望我能做得更好一些。我觉得这都是对雪漠作品的宣传，有了这些宣传，无论正面，还是负面，我的作品都不会被埋没，但他们影响不了我。

◎问：您学的是中文？

●雪漠：我读师范时学的是中文。《大漠祭》完成之后，我也看了一些有关技巧的东西，但它们仍然影响不了我。对我来说，所有的概念都是绳子，能够成为营养才有意义。所以，我会从中汲取自己需要的营养，让自己成长，然后毫不犹豫地斩断那些绳子。

◎问：您参加过上海首届作家研究生班，还有鲁迅文学院的作家班，这两段经历对您的写作有影响吗？

●雪漠：有。

◎问：有帮助吗？

●雪漠：有。从作家研究生班和鲁迅文学院回来的时候，我的眼界开阔了许多，心灵也变得更大了一些，而且我看到了一个更大的世界，看到了许多以前看不到的东西。但是，老师们讲课的内容仍然没有捆绑我，他们具体讲了什么，我都忘了，我更多的是从他们那里得到了一种新的营养。在创作中出现的，不一定是多么积极的东西。

比如，《西夏咒》比《大漠祭》《猎原》《白虎关》都要难读。

## 九、重要的不是史实，而是文化

◎问：关于西夏的历史，当代史书中谈得比较少，很多作家也看到了这个空间。

●雪漠：西夏在我的作品中，更多的是一种象征，它代表了某种消逝了的历史符号，而未必是历史上的那个西夏。所以，我不关注西夏这个国家究竟有过一段怎样的历史，也不关注它的很多历史事件，我关注的始终都是文化。比如，以“西夏”这个历史符号为代表的那段文化，对当代人有着怎样的影响？

# 哲学、信仰与文学精神

## 一、主流价值观限制了文学的发展

●雪漠：最近我看了你的《轻柔之手》，虽然形式和内容与我的作品差别很大，但我们似乎都在寻找着同一种东西。能谈谈你对《西夏咒》的看法吗？

◎张存学：《西夏咒》是从人类灵魂的角度往下写的，而且更深层次地挖掘了人类的精神问题。整部小说中，充满了一种对精神追求、精神安顿、精神走向的书写或者展开，再就是一种追问。同时，它也给人的精神预期目标设定了一个高度，就是超越。这本身已经超越了当下中国文学界的文学创作，而且超越了文学的范围，写了一个所有中国人都在面临的非常大的问题，比如精神问题、灵魂问题。

现在中国人的精神严重趋向平庸化，我也在想，这种平庸化是怎么造成的？恐怕这样的历史阶段不是某个时期所造成的，而是长期熏染，加上现代的通俗文化、商业文化对人的影响，形成了一种集体无意识，所以人的精神就会变得更平庸，而且越来越平庸。人们自愿地、无意识地服从这种平庸文化的主宰，不断使精神文化层面变得越来越苍白。在这种情况下，中国作家面临的巨大问题不是怎么玩小说技巧——我觉得技巧是另外一个方面的事情——更重要的是，作家本身在精神上有着什么样的深度或者厚度？有着什么样的思考？至少要具备这种能力。这一点非常重要。

●雪漠：这也可以说是一种境界。你说得非常好！目前的中国文学，流行着自己创造的一套游戏话语，它缺乏一种精神的高度，因此还需要实现自身的超越。我到一些地方参加会议时，发现大家都在制造话题，在制造游戏规则，然后自己在自己营造的某种氛围里狂欢。他们丝毫不知道，世界并不在乎他们。换句话说，文学界的小圈子里那种狂欢、那种游戏规则，只是自己制造出来的一种虚假喧嚣，是一种自得其乐的东西。许多时候，其中的一些人已经误导了人类的存在。它不是一种偶然的现象，而是普遍现象。

◎张存学：对！你说的这种现象，其实就是在远离真正精神追求的前提下，自己制造的一种噱头，然后自己在里面显示自己。这种人整个就是“半吊子”，包括一些评论家，都是些“半吊子”。所谓的“半吊子”，就是还没有从旧的价值体系里完全摆脱出来的人，这种人缺乏对个体人本身的一种真正理解，没有真正地去了解过人的尊严、人的天性或者说人的存在，还是在一种旧的价值体系之下，做着某种自以为是的演说。实际上，这种演说已经失去了任何意义。他们不过是想制造一些话题，然后掌握这些话语权，这些话语权恰好迎合了所谓的主流话语。虽然他们或许不承认这一点，但在心理上，他们确实依附于这种主流话语体系。

●雪漠：所谓的主流化，其实就是一些人在自得其乐，并且把这种自得其乐的东西弄得非常喧嚣，于是才形成了所谓的主流话语。事实上，这种喧嚣毫无意义。更可怕的是，如果你把这种喧嚣、这种话语和人类存在——包括《轻柔之手》《西夏咒》中思考的诸多问题——联系起来，就会发现，这种东西对整个人类造成了巨大的负面影响。但问题是，主流话语自己不去思考这些问题。他们没有直面人类存在与人类灵魂，也读不进这个领域的诸多好东西。只有那些没有被流行规则所裹挟、远离流行规则和话语的人，才能从这类作品中读出真东西。

昨天，一位同济大学的文学硕士来找我，她说自己在写一些研究雪漠作品的论文。她希望能将我划分到某个体系里去，用既有概念对我进行归类，但是按照这种写法，她根本写不出来。因为她发现，无论把我归进哪一种体系，似乎都不太合适。所以，她就到西部来找我，想跟我谈一谈，结果来了之后，她发现自己更没法写了。为啥？因为她面对的是一个巨大的存在，是一种无法被概念框住的东西。

◎张存学：现在评论界和学术界走的这种观点式的、体系化的路子，严格地说，早就已经没用了。但是一些评论家，却仍然想要把你归类，这种做法是非常愚蠢的。

●雪漠：我告诉她，鲜活的生命是远离概念的。如果你想用概念来限制它，就会像削足适履，或者把巨人关在侏儒的笼子里一样，非常滑稽，也非常可怕。因为它只可能让巨人变成侏儒，而不可能让孩子长成大人。

现在有好多作家把他们的作品给我看的时候，我根本看不进去，正如一些南方作家也读不进我们的作品一样。为什么呢？因为我一看他们的文字，就发现他们在玩一种心机，这种心机里有好多我不喜欢的东西：第一，他们想通过文字实现一种功利化的目的，例如，他们想吸引我，让我欣赏他、赞美他，或者说他们在处心积虑地迎合读者、讨好读者；第二，他们文字背后的心灵显得非常小气，非常狭隘；第三，无论他们如何故作高深，如何故弄玄虚，都掩盖不住灵魂的苍白与不够饱满。

◎张存学：对！他们在精神上没什么高度，玩的仅仅是一种技巧。我比较注意北京的、东南的一些作家。他们中的一些人确实很有才华，但我看过他们的作品之后，仍然感到非常失望，因为这些作品与我们的预期相差甚远。而且，这在中国来说，已经变成了一种非常普遍的现象，整个中国文学界都显得非常苍白。很多作家都在玩一些感觉，或者说不得不玩。他们对于生命也有一定的感触，有一定的理解，对人类的困境也有某种程度上的认识，但是如果不具备一种巨大的精神向度和深度的话，他们的认识就会显得非常狭隘。

你和我的写作，基本上都是远离中心话语的，而且我现在越来越不在乎中心话语在说什么，甚至在有意识地跟它拉开距离。去年我在北京待了几个月，也见识了一些所谓评论家的演说，但是我非常失望。他们掌握的观点非常多，而且有些还是国外拿过来的，但他们仅仅是占有观点，拿观点来套中国的现实。这样的一种状态，这样的一种思想方式，令我感到非常非常失望。同时我也意识到，在中国，“思”的任务，精神的问题，对个体人的认识等诸多任务，都是非常艰巨的。

●雪漠：这个“思”说得非常好。“思”的本质在于“跳出”，也就是我们所说的“超越”。换句话说，就是不要被流行的东西卷进去，失去了自己。不过，我所认为的“思”是一种人的主体性、灵魂的主体性，这可能和海德格尔等人的看法不太一样，但从本质上来说，它们仍然是相似的。

现在，整个中国都处于一种迷失的状态，无论作家也罢，老百姓也罢，都被一种概念裹挟了。大家都像磨盘上的蚂蚁一样，不管怎么挣扎，都逃不出转动着的磨盘，几乎所有人都陷入了一种不自由的状态。而所谓的“思”，就是一种与之相反的东西，我们可以称之为独立精神，或者人的主体性的觉醒。总之，它告诉人们，必须跳出这个磨盘，用一种旁观者的眼光来观察它——这就是你所说的“有意识地避开中心话语”。我也在逃避这种主流话语，但我称之为“不在乎”。我不在乎他们的游戏规则，不跟他们玩这个规则，甚至不跟他们玩这个游戏。如果我想玩，就会建立自己的规则。

我看过诸多评论，诸多畅销书，也接触过诸多流行概念，我发现，那里面充满了他们建立的游戏规则，这非常可怕。为什么呢？因为这些规则看起来非常正确，但其实可能是错误的。现在，对文学失望的人越来越多，对文学失去兴趣与信心，以至于离开文学的人也越来越多。这就证明，目前的游戏规则中有一种错误的导向，它远离了人类当下的需要。好多人都不愿意正视这一点，反而去质疑一些被主流话语否定、却被市场认可了的“80后”作家。很多人都想不通，为什么这些孩子的作品发行量会这么大？其实答案很简单：这个世界上还有另外一种游戏规则。不管这种规则市场化也罢，什么也罢，至少证明了他们身上肯定有着一种我们没有的东西。好多作家不认可他们，因此就无法从他们的作品中得到营养，也没有发现一些我们应该关注、却没有关注的东西。

◎张存学：那些作者在一定程度上得到了市场的认可，以及读者的认可，另一方面，他们也是“80后”的代言人。为什么他们能成为这一代人的代言人呢？因为，他们的身上有着一种对陈旧价值体系的拒绝与远离，而且他们比前人们干净一点，意识中的重负、累赘、积弊也要少得多。而这些东西对他们的过分侵害，又恰好引起了他们的排斥，使他们更能发现这种侵害的虚伪面目。

你刚才提到，游戏规则背后有着某种主宰的力量，这种力量具有控制力，同时也具有暗示性。例如评奖。参与评奖的这些人，包括我们现在的文学刊物，都会有意无意地依附于这样的暗示，并且对其做出回应。比如说，编东西或者评论某部作品的时候，他自己就会不由自主地去回应诸多规则给予他的暗示。包括很多人的写作，实际上也是在回应。很多人都跳不出这种被控制的圈子，以及这个被控制的价值体系——虽然他们自己也很想跳出。为什么呢？因为从功利的角度来说，他们需要这些规则，这些规则可以给他们带来许多实惠，例如名誉、物质等等。当然，这也因为我们中国作家没有在精神独立这个领域付出足够的努力。

对照当代世界文学的一些译作来看，当代中国文学与当代世界文学的差距，主要还是集中在精神层次这方面。就是说，我们能理解他们的东西，也认可他们的东西，但是我们自己做不到。我读过土耳其作家帕慕克的几本书，他生活在一个东西文化交汇的城市——伊斯坦堡尔，他的精神是世界性的，眼光也是世界性的，而我们中国作家却始终被一种低层次的价值体系所控制、所影响。更致命的是，哪怕是一些非常粗糙的精神追求，在现在的中国作家群体中也非常罕见。

我总是在想，为什么中国人现在会是这样一种状态？其实我们的祖先在文化源头上，给我们留下了很多非常好的东西。即使从世界的角度来说，这些东西所传递的思想、所展现的境界，都是非常高级的。比如庄子、老子、墨子、孔子创造的文化都是非常优秀的。但是现在，我们根本没办法传承祖先留下来的东西。为什么没办法？因为我们没有这种能力，路子也早给断掉了。如果我们再回过头去，想把一些遗落许久的东西重新拾回来，就会觉得非常吃力，因为我们没有足够的精神力量。为什么我们的精神力会这么差？这个问题我也一直在思考。

●雪漠：主要是因为人们把“心”给丢掉了。这个“心”，就是你刚才谈到的那种“思”的能力、主体意识的觉醒。

现在，每一个人、每一个作家，都好像旋风中的树叶一样，随着气流在身不由己地剧烈舞动着，根本就跳不出这场裹挟了自己的飓风。就算有的“叶子”能跳出去，也会因此被整个价值体系所抛弃，迅速凋零。我举个很简单的例子：要是你不按主流的价值体系、评判标准去写作和生活的话，主流媒体就不在乎你，或者说会故意冷落你，那么你就会失去话语权，甚至会失去所有的平台。

我再举个例子：我的小说，大家读了都非常喜欢，可是一旦超越小说层面，谈到我的某种世界观——比如我们所说的“大手印”，以及西部文化中的超越文化等等——无论写得多好，诸多的刊物都不敢发，就算他们也知道那是好东西，仍然不敢发。所以说，《西夏咒》的出版确实是个异数。而且一些主流媒体如《人民日报》《文艺报》等也有过相关报道。但所有报道都没有触及作品真正精髓的东西，仅转换表述为一种类似精神文明建设的语言体系而止。

## 二、心灵强大才可能实现自我救赎

◎张存学：我们刚才的对话，实际上还是围绕着主流话语来谈的。有人要求所有能说话、允许说话的人，都必须按照一个划定的范围去说话。不过，《西夏咒》也好，我的《轻柔之手》也好，算是在某种程度上超越和摆脱了这个圈子划定的范围。所以，这本书当时能出来，我感到特别的庆幸。只要它能出来就行了，我就是想从精神这个层面，去思考人对自己的安顿。也就是说，我们在精神这条路上应该怎么走?

●雪漠：也就是精神上的自我救赎。

◎张存学：在这一点上，你的《西夏咒》更加突出。你用了藏传佛教中的香巴学派文化这条路子，来谈人的精神问题，这是你所熟悉的，而且也是非常有深度的。在精神救赎方面，佛家文化是一条非常好的路子。真正地进入这种文化之后，你就可以抛开人们的一般认识，打开它的某种界限，让它涉及个体人的心灵，同时也涉及大众的精神层面。这时候，它就不是我们以前认为的那种纯粹的宗教，而是从“人”出发的一种文化——我始终在强调个体人。

最近几年，我们的价值体系始终在忽略“人”，但最大的问题，还是出在个体人身上。如果一个人在精神上没有安顿感、没有升华的意识，就没办法抵御强大的流行价值体系，或者说，没办法从这种体系的束缚中跳出来，即使他打算往外跳，也只是原地蹦跶了几下，仍然在那个体系的局限中打转转。

●雪漠：这是因为他自身的力量不够强大。如果不够强大，留不下什么东西的话，他一旦跳出主流话语，就会马上被现实生活所忽略。这时候，就算他像疯子一样挣脱束缚自己的绳子，获得了生命的解放，也仍然无法变成雄鹰，无法在自由的天空中展翅飞翔，所以他迟早还得再跳回去。

因此，第一次看到《轻柔之手》的时候，我感到非常震撼，而且马上就读进去了。它震撼了我的，不仅仅是文学方面的一些东西，而更多的是一种灵魂的共振。读它的时候，我感到自己与作家有了一种灵魂的共鸣。所以，当时《京华时报》让我推荐一些好作品，我就推荐了《轻柔之手》。后来，我遇到敦煌文艺出版社的王忠民社长，他对自己的出版社不太满意，我就对他说，你们社还是很优秀的，因为你们出了《轻柔之手》这样的作品。他说自己还没看过，我说，你应该去看看，它让我对你们社刮目相看。后来，我甚至把《西夏咒》也寄给了他们的一个责任编辑，这个编辑看过之后很喜欢，也非常愿意推荐这本书，可惜他们的印数太少了，我认为传播不够，所以才寄给了作家出版社。

为什么我这么看重《轻柔之手》呢？因为，虽然目前认可它的人不多，但里面的东西涉及整个人类的存在，涉及每个人面临的灵魂问题，以及诸多的心灵困扰，而且，里面有无数人在实现着自我救赎。这让它拥有了一种相对永恒的价值，也赋予了它一种和世界上任何一个作家、任何一部作品对话的可能性。所以，它的存在，肯定可以在历史的墙上钉个钉子。就是说，它肯定能留下去。我常说，它的价值正在被发现，或者会逐步被发现。

我看过许多描写人类灵魂的作品，其作者的灵魂达到一定高度之后，精神就是相通的。比如，佛家的追求到了最高境界，在本体上，就可以和海德格尔的最高境界达成共振。实际上，海德格尔后来对诸多概念的扫除，与佛家的超越二元对立具有相似的意义。

## 三、返回智慧的源头

◎张存学：有相似之处，但它们仍然是两条路。不过，它们都有一种在高层次上、从最艰难的地方返回源头的能力。你刚才说的“主体”，我觉得还是有着一种人的存在意义，而不是我们一般所说的“主体”，比如辩证唯物主义、历史唯物主义中的“主体”。恰好是西方哲学的所谓主体，导致了后来海德格尔思想的枯竭，也导致了西方精神的枯竭。

●雪漠：一般人所说的主体，是一种社会性的主体，而我说的则是一种智慧性的主体。

◎张存学：海德格尔说过，思想的枯竭带来的严重后果是世界性的。不管东方还是西方，都处于这种影响的辐射范围之内。从大背景来看，你也在闯出一条与旧的香巴学派文化不太一样的路子，依此返回精神的源头。

我们今天还要谈一个关于“神”的问题。我们以前所理解的“神”是人格化的，或者说，是能够统治人的具象化的“神”，而佛家是不讲“神”的。那么我们今天先把这个概念界定清楚：今天谈的“神”并不是具象的，而是一种智慧本体。在圣雄甘地看来，真理和神是一体的。

中国有一种无神的传统，这一点不同于西方，具体来说，就是不同于希腊式的神论。但是，如果我们想要在精神层面继续往前走，最终还是必须面对“神”这个问题。只不过，这里的“神”已经不能以人格化的形式来界定了，它恰好是天、地、人、神合一的一种存在。

●雪漠：人类信仰的究竟境界，就是我们所说的“神”。它相似于藏传佛教中的“金刚持”，也就是智慧的源头。人类向往的超越的最高境界，不仅仅是人格化的东西，更可能是这种智慧的本体。事实上，每个人都可以证得这种最高境界中的智慧本体。

◎张存学：对！对！我们的共同之处，就在于我们的作品中都有这种东西，我们的文字背后都有这种力量。

●雪漠：我的每一部作品——暂且勿论其好与不好——背后都存在着一种“大”的东西。就是说，它们都有一种激情在喷涌着。过去的“大漠三部曲”也罢，今天的《西夏咒》也罢，都是这样。因为，我总能感受到一种巨大的存在，它是一团巨大的混沌，无所不含，却很不清晰。它的力量始终激荡着我，我能感受到它，却很难清晰地表达它。在“大漠三部曲”中，我或许还可以通过描写人物来写一下西部，但是到了后来，就再也没有任何一种固有文体能展示出那种巨大的存在。所以，我不可能停留在现代小说中“术”的层面，也无法用这个主义或那个主义来写作。我只能在那种力量——你也可以说它是现代科学说的“暗能量”“暗物质”——的激荡下，任凭感觉自然喷涌，最后就形成了今天的《西夏咒》。在《西夏咒》里，我并没有喷完所有的东西，因此，这样的写作今后还会继续下去。

这种巨大存在一直观照着人类，人类无法限制它，甚至无法确切地认知它，于是就有人把它的本体称为“神”。本质上，它代表了一种我们无限向往且极力想要达到的境界。我作品中的“神”就是这种东西，我一直都在向着这个东西逐步走去。

◎张存学：现在，我们已经看到这种东西的存在，所以经过不断地劳作，向它走去。劳作，就是这个过程中的一种方式。

●雪漠：对！在这个过程中，我不一定要顶礼膜拜。因为，那个东西本质上与我们是一体的，它并不是游离于心外的某种石头般的存在。当我们的心灵与之达成共振的时候，就能感受到它。因此，我们的心有多大，它就有多大。每个人的感受都高不过自己的心，每个人的作品也高不过自己的心。

根据不同的文化，我们可以赋予它不同的名相，比如，基督教称之为上帝，伊斯兰教称之为真主，印度教称之为梵天，佛家称之为真如、空性，藏传佛教称之为本尊，我们则勉强称之为“神”。这些称呼指代的都是同一个真理，不同的仅仅是映照出真理之月的物质——这个物质或许是海，或许是湖，或许是镜子，或许是不同的文化，但更多的肯定是我们的心。因为，你只能向内寻找真理，远离了心去寻找“神”与“神的救赎”，都必将徒劳无功。

你刚才谈到，自己一直在思考，为什么好多作家的作品都缺乏精神高度？实际上，这就是因为他们一直在向外寻找。他们或许在寻找某种成功的可能性，或许在向往某种规则，或许想要进入某种程序，或许在技术方面来回折腾。这些人根本就不知道，真正的“神”就在自己心里，真正的救赎，应该是灵魂之旅。

《西夏咒》中有一段灵魂朝圣之旅，写到这里的时候，我觉得世界上没有任何人，我一个人孤独地走着，身边只有巨大的空旷、空寂和宁静。在这种巨大的宁静中，我与神灵是一体的，我与宇宙也是一体的，一切都像被吸入了宇宙黑洞一样，完全融入了某种巨大的空寂之中。后来，我会一直进入那种空寂和光明的状态，在这样的状态里，诸多概念都被消解了，消失了。当然，不同的话语体系，对“空寂”也有不同的称谓。

◎张存学：概念就是一种界限，你谈到的这些就是打破界限，但这个打破的过程，恰恰是最为艰难的事情。

●雪漠：不但要打破界限，最后甚至要把“打破界限”的概念也打破，这样才算是最高境界。

## 四、不为人知，就不可能得到认可

◎张存学：我们身处于这样的一种语境，这样的一个国度，而且生活在这样一个比较偏远的省份，却在精神上不断要求自己。我一直在考虑，人类在精神层面上将会走向何处？应该如何安顿自己？如果没有这些追问和思考，我就不会去写作，而是走上另一条路。正是这样的精神困惑推动了我的写作、我的思考，同时也促使我不断打破一些东西，拒绝一些东西。我觉得，拒绝意味着一种姿态，同样也意味着你将会走上一些更好的路。但是，多年来，我仍然处于困惑当中。

事实上，九十年代初，我也有过“如何才能跳出来”的问题。因为，那时我已经意识到，自己被价值体系有形或无形地约束了、奴役了。它不仅仅是现在作为主导的诸多价值体系，同样也包括了文化艺术在我心里积淀下来的许多东西。想从这些东西的掌控中跳脱出来，不是一件容易的事情，甚至可以说是异常艰难的。

而且，在西北这样一个地域背景下写作，我觉得会出现两

方面的问题:

第一，这里的文化积淀非常深厚。从古至今，西北都是一个多种文化交融的地方，比如，这里有伊斯兰教和藏传佛教。那么，我们应该如何去理解这样的文化?我觉得，在这里我们还是存在着许多问题。但是，这种复杂的文化背景恰好也有其自身的优势。比如，你和我对这种地域性的文化精神都有着一定的理解，而且，在更深层次的研究方面，我们可能确实抓住了命脉，它也跟我们自身的追求有着一定的通融之处。其次，我们在这种文化中也找到了一些支点，它可以促使我们远离一些没落了的价值体系。我们现在是走出了那个圈子，站在一边看别人的“游戏规则”。他们在那个圈子里或许玩得非常高兴，但在我看来，这种规则显得非常愚蠢，也非常无用。比起一个更大的精神世界来说，那点东西算得上什么呢?就像是小孩子在堆积木一样。

第二，我觉得，我们中国作家不能把眼光局限在国内的一些游戏规则当中，而要去思考如何与世界对话。这意味着，我们的眼光也罢，精神追求也罢，都要提升到世界性的层面上。我想，这将是我们所面临的困难之一，甚至有可能是最大的困难。但是，只要努力，我们就肯定会在历史上留下一些痕迹，而且对于自己个人的精神追求、对于自己所理解的“神”也有所交待。现在我还达不到这个层面。

●雪漠：大家都在努力。许多时候，最重要的不是能不能化为光明，而是看到光明之后，能不能一直朝着那个方向走去，一步步地接近光明。如果最后真的能化为光明，当然最好。

你所说的“交流”确实非常重要。我参加过罗马尼亚的国际笔会，也参加过法国的中法文学论坛，在这两次国际文学活动中，我都发现，外国学者、作家、专家们看待中国作家，就像我们看待非洲作家或者越南作家那样，戴着“有色眼镜”。可是我们一对话，他们马上就会认可我倡导的大手印文化。所以，一定要让外面的世界知道你的思想，知道你在倡导什么。别人不认可我们，只是因为他们不了解、甚至不知道我们有什么东西。以前是他们教给我们好多东西，我们去学习，现在，我们在不断的成长中已经形成了自己的东西。只要我们把这些东西展示出来，整个世界都会为我们喝彩。我的经历已经证明了这一点。

在罗马尼亚的时候，外交部有个部长总是请我去给大家唱西部民歌，我每次唱完，场面都很热烈，喝彩声不断。这说明，我们中国文化中不是没有好东西，人家也不是不愿意认可我们的文化，而是这些非常好的东西没有走出国门，没有让外面的世界了解自己。

◎张存学：我们一些有生命的东西，恰恰被遮蔽了。西方人看到的中国文化，可能还是一些得到了主流认可的东西，因此他们忽略了那些更有价值的东西，比如西部民歌等等。西部民歌是一种生命源头的东西，是活生生的。现在，外部世界只看到了中国文化中一些死掉了的东西。

●雪漠：这种东西已经成为一种符号、概念和标签。

◎张存学：在文学领域里，西方占有主导地位，他们可以有意地忽略某些东西。

●雪漠：我去法国的时候就是这样。本来每个作家的发言稿都要提前五个月写好，然后经过专业人员的翻译。但当时的因缘非常奇怪，轮到我演讲的时候，领队却突然告诉我："雪漠，你可以自由发言。"我担心我的乡音重，翻译却对我说："不用担心，我在内蒙古插过队，你的话，我全都听得懂。"于是我扔掉手里的稿子，非常自由地，围绕着"西部文化的超越与灵性"做了发言。发言之前，我没有任何法国朋友，但是发言之后，我开始有了一些法国朋友，其中有作家，也有汉学家。后来，有人说翻译了我的小说。告诉你一个细节：其中有个研究老舍的汉学家，他听了我的发言之后，专门请我吃饭，还想请我到他家做客。中国驻法大使孔泉先生听说此事之后，也感到意外。他说，这种事不多见。除非这个法国人真的认可你，希望与你成为朋友。

他们为什么认可我呢？因为，在我发言之前，他们根本没想到中国文化里还有这种东西。他们不知道，好多西部作家都具备这样的深度、广度，以及灵魂的追问、追求与寻觅。有个汉学家看了《西夏咒》后说：“《西夏咒》不在《灵山》之下。”当然，这不仅仅因为作品在灵魂探索方面的深度与巨大的精神内涵，也因为它的复杂性。我觉得你的《轻柔之手》也是这样。因此，我们不但要出去呼吸新鲜空气，让自己变得更博大，还要让外面的世界看看我们究竟有什么东西。

这对中国作家来说，恰好是非常困难的，因为很多人缺乏走出国门、对外交流的机会——现在，能够经常走到外面，进入国际视野的作家群体中，西部作家非常少。所以，参加完国际会议，中国作协让我提建议的时候，我告诉他们：“一定要多给西部作家提供一些机会，让他们到外面的世界去，让世界知道他们的存在。”

## 五、既要观照世界，也要观照自己

◎张存学：西部作家的“质”与其他地方的作家不一样。因为，汉文化有着非常强大的传统，而汉文化的源头，又恰好在西北。正是这种具有源头性的精神背景，让我和你的创作有了共同之处，而且我们也能很好地观照和书写。

现在，很多人在观照汉文化的时候，更注重的是一些生存层面的技巧、道理和方法。也就是说，比起精神，很多人更关心生存层面的东西。这样的追求，导致他们把一种优秀的思想演化为生存方面的技巧，甚至会在生存技巧的角度去认识与理解老子、庄子这样的人。因此，他们就会忽视人的生命。生命是人如何对待“神”的问题，应该说，它更多的是个人问题。

●雪漠：生命更注重体验。

◎张存学：“生命”与“生存”是两个层面的东西。现代人更注重生存，而不注重生命。这种不注重，是对个人尊严的忽视，也是对人性的忽视。就是说，如果一个人心里装的都是生存的道理与方式这类东西，生命感就会变得越来越薄弱，人心中的恶也会渐渐展示出来。一个人的恶或许造成不了太大的伤害，但是许多被恶熏透了的人聚合在一起之后，这种恶的气息就会弥漫开来，非常可怕。

你在《西夏咒》的后记中也谈到了这个问题。我自己也体验过这种恶，尤其是一帮作家聚合在一起形成的恶。

●雪漠：这种恶更可怕！

◎张存学：所以我一直在思考，这种恶从何而来？最终我明白了，它是每个人身上都有的东西。如果一个人不重视生命与精神，他就不会重视自己的人性；不重视人性，就没有自我的尊严感，也就是没有做人的尊严；没有尊严感，就会导致人不能独立，始终关注别人的眼光。从某种程度上来说，这样的人聚合在一起，就会形成恶。这也是我在中国作家群体中的真实体验。这样的体验让我非常震惊。我们中国的写作者况且如此，普通人身上存在的问题当然会更多。现在，我们更多的是在自我精神的领域进行追求与寻觅，但同时，我们和社会又有什么样的关系呢？其实这也是一个巨大的问题。

●雪漠：我也关注社会，但我关注的方式和别人不太一样。复旦大学开《白虎关》研讨会的时候我就说过，《白虎关》中所有的人物，好也罢，坏也罢，都是雪漠。后来谈到《西夏咒》的“恶”时，我也告诉别人，《西夏咒》里所有的人物都是雪漠。也就是说，我在关注社会的时候，始终不觉得其中那些不好的东西跟自己没有关系，相反，我更多的是在别人身上发现自己的恶，这也许便是基督教说的那种原罪。它其实源于欲望和无知，人只要有欲望，就会有那种恶。

《西夏咒》里的恶人，比如谝子、宽三，有可能是我战胜了的“恶”雪漠，甚至是随时都可能会复活的“恶”雪漠；琼和久爷爷等圣者，有可能是我向往的“善”雪漠；求索中的琼，则有可能是当下的雪漠。总而言之，这本书里的所有人都是我，我眼中的整个世界，也都是我自己。

因此，社会也罢，世界也罢，仅仅是我历练心灵的道具。我从来不去仇视那些说我坏话的人，更不会报复他们。说实话，我的心里没有仇人，就算别人诋毁我，我也很少说他们的坏话。我觉得，他们就是另一个我。他们的恶，我心里也有，只是我没有给这种恶营造一个适宜生长的环境，因此它没能发芽、开花、结果而已，但这颗恶的种子依然存在——这也成了我修行的理由。所以，我在展示这些人物心中的邪恶时，也是在一层一层地剥开自己的心，希望自己能完全清除那潜伏在内心深处的恶因。对我来说，写作本身就是在修炼。同样道理，我所有的修炼，也都是在写作，它们与我的心本身就是一体的——在面对整个世界的时候，我都是这样。

一些作家跟我不一样的地方在于，他们觉得自己非常完美，哪怕真的有不完美的地方，他们也不愿意承认，或者根本看不到。他们总是觉得，一切都是世界的不足或者他人的问题，好像什么都跟自己关系不大。因此，他们的心灵也就失去了最重要的功能：忏悔和反省。这样，是很难进步的。

实际上，真正的作家只能在发现自己的过程中发现世界，然后在发现世界的过程中挖掘自己。如果不明白这一点，就不可能成为一个优秀作家。相反，如果一个作家能在观照世界的同时观照自己的心灵，而不是把两者分开，他就会变得非常博大，拥有一颗镜子般的心，能清晰地映照出整个世界，却没有失去本身的主体性。在这种智慧的观照下，他还会发现，生命和作品中的诸多场景，其实也是作家心灵的反映。

◎张存学：你说得非常好！这其实就是写作者跟社会的关系。它就是“我”与“他人”的关系，或者说“我”与“所有人”的关系。这说明，一切都必须从个人出发，然后在精神层面找到更高、更远的落脚点。尤其是写作者，更应该时刻处于一种自我检察的状态，看看自己身上有没有一些和自身要求相悖的东西，例如迷惑、仇恨等。比如说，在批判某种现象的时候，我们一定要扪心自问，看看里面有没有私怨？如果有，就说明我们的心里还有杂质、局限和偏见。同样道理，在生活中观照别人的同时，可能也是在观照自己，看看自己是不是这样？

不过，我跟你可能还是有点不太一样。你可能是在香巴学派的哲学背景下建立了这样的认知，而我的过程则不是这样。有时候我觉得，一个人如果想在精神层面往上走，就必须对当下的社会进行思考，包括它的体制、它的道德、它对人的各种影响等等，这些东西都是外部的。换句话说，我一方面在思考自己如何前行，另一方面也在思考自己如何与环境发生关系。从严格意义上来说，我认为这是知识分子面临的两个最大的问题。

海德格尔是个伟大的思想家，他对普通的、社会性的东西不予理睬，视野更高，也更远。但我不是这样。对我来说，我不但必须面对这种环境，而且必须要说话。至于说出口的话力量有多大，这属于个人的问题。

## 六、鲜活的灵魂并非单一与清晰的

●雪漠：你之前也看过我的《大漠祭》《猎原》《白

虎关》，你觉得《西夏咒》这种创作上的突破，从真正意义上来说，到底是一种升华，还是一种损失、甚至伤害？

◎张存学：《西夏咒》的写作方式明显跟以前不一样，也更自由。在更高的精神追求下，你打破了时空的局限——从西夏到当下，足足跨越了一千多年——也打破了小说正常的程序，这种突破是非常难得的，但我们阅读的时候，依然觉得它是合理的。而且，在想象力方面，《西夏咒》的表现也非常突出。关于这一点，藏传佛教的传承背景或许赋予了你一种先天优势，因为它本身就具有一种巨大的想象空间。中国当下的诸多小说都停留在讲故事的层面，它们缺乏的恰好就是这个东西。

另外，你的小说还有一个重要特点：它不注重情节，更注重一种当下性的叙述。这本身就是合理的。因为，好多作家都不是为了情节去写小说的，因此也大可不必注重情节，更不用被小说情节所束缚。否则，《红楼梦》就不会是我们现在看到的版本——比起小说情节，它更多的是某种精神世界观照下的写作。高行健的《灵山》也是这样，他根本不注重情节和小说元素等东西。在他那里，这些都是不起作用的。你的写作，也属于这种自由写作的姿态。

所谓的“自由写作”，并不是一种无限制的、信马由缰式的写作，而是要打破一定的局限、打破既定的框架和许多规则，展示出艺术最本真的魅力。《西夏咒》明显做到了这一点。比如，你在评论当代及古代的一些人物与事件时，就从作家的身份里跳了出来，这样的文字在小说里是可以允许的。你以前的作品不完全是这样，它们是你在没跳出来的情况下创造出来的。现在，你——也就是作家本身，已经被推到作品的前台来了。这样的方式，一方面可以把你自己置身于小说的当下，另一方面，它也会展示出你的边界与局限。我觉得这部分可以收敛一些，但这并不影响整个小说的大局。我觉得，《西夏咒》还是重在对一种伟大精神的追求。

●雪漠：你说得非常好！写《西夏咒》的时候，我甚至是有意去“反小说”的。比如你刚才提到的大段评论，这虽然是可以允许的，但实际上，小说创作一般非常忌讳这个东西。我明白这一点，可是我不愿意遵循这个规则。我觉得，为什么要在创作中把自己的心灵隐藏起来？如果灵魂需要跳舞，为什么我们不能让它自由地跳几下？就算它是狭小的、局限的，又有什么关系？它本身就是一个鲜活的生命，不应该被诸多概念所限制，它也肯定不是单一的。

清晰的、单一的是谁呢？是那些被格式化了的人。这些人的脑子里充满了社会上流行的概念与规则，再也懒得去怀疑，也不敢去怀疑，因为流行概念已经蚕食了他们最独特的东西——他们的灵魂追问。在这些东西的异化与改造下，他们从活生生的人，变成了面谱化的玩偶，像机器人那样，用生命去迎合一种束缚了自己的东西。但真正鲜活的灵魂不是这样的，它充满了自我的纠斗，充满了悖论与矛盾，总是活在高贵与卑劣、伟大与渺小、清晰与模糊、善与恶的交融之中，它就像一团巨大的混沌，既说不清，又道不明。从某个意义上来说，它甚至是自相矛盾的。《西夏咒》中有好多人物都是这样。

当你读到“梦魇”部分的时候，就会发现，里面的诸多人物都是冲突的、相互交织的，像是一团乱麻。尤其是那个“叙述者”阿甲——不同时空，就有不同的阿甲；不同的阿甲，又有不同的故事。奇怪的是，好多人都非常喜欢这个混乱且矛盾的人物。实际上，阿甲和琼是一体的，他就是琼纠斗不休的灵魂——但他又何尝不是作家纠斗不休的灵魂？当一个人，或者一个作家的灵魂处于困扰、寻觅、焦灼的时候，他就会寻求自我救赎，但这种救赎往往不是一帆风顺的，它意味着灵魂的纠缠，也意味着两个“我”的相互抗衡，这种抗衡会让人陷入诸多困境。《西夏咒》里那个混乱的阿甲，就代表了这样的一种局面。

你的《轻柔之手》中也有许多这样的声音。其中的诸多文字以及人物挣扎背后，都透露出各种频率的声音。看完这部小说之后，我记不住任何情节，也说不清每个人物具体发生了什么故事，但那种灵魂挣扎的声音，以及它制造出的巨大的混沌感，却依然存留在我的心中，这一点非常难得。其中，我印象最清晰的，是刚开始出现的那个“光”。它是一种非常清晰的意象，在它的笼罩下，许多东西跃然而出，形成了一种巨大的骚动和喧嚣，纠斗不休。这与《西夏咒》的“混乱”在本质上是一样的。

每一个作家都可以编故事，或者虚构情节，但情节与文字背后那个巨大的投影，却不是谁都可以造出来的。因为它是作家的精神境界在作品里的投射。很多现代小说当中，都没有这样的投影，包括一些知名作家的作品也是这样。这就是伟大作家跟一般作家最大的区别。

◎张存学：就连我们经常提到的《白鹿原》也缺乏这种东西。它里面的人物在生存层面上确实能立起来，但没办法上升到生命的层面，因此也属于一种低层次的作品。这部小说的优秀之处，无非是场面比较宏大，人物比较复杂，也具有一种历史感，但你如果站在一个比较高的层次去要求它的话，就会发现它仍然非常一般。

●雪漠：现代小说中缺少一种灵魂的投影。这种投影是作家的本体，它非常接近我们所说的“神”，也非常接近黑格尔所说的绝对精神。如果实现不了这种投影，作品就永远都是小东西。

一些西部作家的作品中就有这样的投影，比如张承志的小说——尤其是《心灵史》。除了《轻柔之手》，你以前的一些中短篇里也出现了这样的投影，那时我就对你产生了一种好奇：他的作品中竟然有这种东西？

然而，坦白地说，好多人都看不到这个东西，包括一些著名的学者、评论家也是这样。为什么呢？因为，灵魂达不到相应层面的时候，读者就无法与小说的频率产生共振。如果不能产生共振，他就感受不到一种生命深处的震撼与感动。这就是有些人可以融入小说，但有些人的阅读却总是停留在故事层面、根本读不进去的原因。例如，很多初中小女孩读《西夏咒》的时候，灵魂也能处于一种巨大的感动与震撼之中，她们可以读得热泪盈眶，但好多大评论家却读不进去，甚至认为里面有大量小说中不应该出现的毛病。殊不知，他们所认为的毛病，恰好就是感动了很多读者的东西。不过这也没办法。不光《西夏咒》，《红楼梦》也面临着相似的问题。我的老婆初中时读《红楼梦》读得如痴如醉，但现在仍然有很多作家读不进这本书，更看不到作品中的灵魂投影，无法与之产生共振。这证明，某种东西不一定是某个作品本身的问题，而是一种普遍的现象，也是很多优秀作家不得不面对的问题。因此我一直在寻找一种东西，在保证精神品位的前提下，能否让所有人都能进入小说当中，各自领略到不同的风景？如果能做到这一点的话，我想我们就会拥有更大的读者群。

## 七、宗教的意义是“爱”不是“用”

●雪漠：你怎么看陀思妥耶夫斯基的作品？

◎张存学：他的作品中，我印象最深刻的是《死屋手记》。因为这本书写他被流放到西伯利亚的事，跟他以前的一些作品不太一样。这部作品给了我一种“切肤”的感觉，就像是自己亲身经历的一种记叙。

陀思妥耶夫斯基这类俄罗斯作家都有巨大的精神背景，比如托尔斯泰。他们之所以伟大，首先就是精神的伟大，也就是我们刚才提到的，他们的作品中有一种巨大的灵魂投影。他们的精神世界非常广阔，非常丰富，而且他们都把写作当成一种精神追求的方式。

英国作家伍尔夫将那一代的俄罗斯作家与英国作家做过比较，之后发现，英国作家更多的是在技术上下功夫，但俄罗斯的大作家们则是在精神领域走得非常远，并且都有一种承担人类命运的使命感。因此，她说很多有名的英国作家都比不上俄罗斯的作家。

●雪漠：俄罗斯作家拥有东正教的背景，这种背景与基督教不完全一样。当它的精髓与俄罗斯大地上的文化融为一体的时候，就会产生一种非常适合大作家生存的文化土壤。这种融合后的文化很可能会与东正教文化发生冲突，但其中必然有着东正教的营养。

我举个例子：托尔斯泰与东正教有着巨大的冲突，他提出的诸多东西也是东正教所不允许的，但如果他由始至终都不是东正教教徒，就不可能成为我们今天看到的托尔斯泰。然而，如果他仅仅是个东正教教徒，也不可能成为“托尔斯泰”。换句话说，当托尔斯泰既是东正教教徒，又不是东正教教徒的时候，“托尔斯泰”才会诞生。什么意思呢？就是说，托尔斯泰只有汲取了东正教最精髓的营养，又不被诸多的宗教形式和概念所束缚的时候，才能成为后来的他自己——一个值得世人敬仰的伟大作家，同样也是一个时代的伟人。

我们中国的作家，要么就拒绝宗教，要么就把宗教当成一种工具。真正的教徒很少，真正有宗教精神与宗教智慧的人更少。当然，我谈到的“教徒”，并不是一种负面性质的存在，而是宗教信仰的必经阶段。如果一个人对宗教没有相当的热爱，从来都不是教徒，他就不可能真正地进入宗教。因为他没有真正的敬畏与向往，不可能把所有的生命都投入进去，完完全全地消解“自我”，用全部的爱去实践心灵救赎以及对世界的奉献。

所以，真正的信仰者最终必须超越教徒的身份，但他绝对不能忽略“成为教徒”的这个过程。没有这个过程，他就缺少一种心灵的历练，也得不到一种让他彻底升华的强大力量——最重要的是，不经历这个过程，他就不可能拥有一种真正的宗教精神。

同样道理，当一个作家单纯用作家的眼光去分析神、欣赏神的时候，他根本就感受不到所谓的“神”，也不知道什么才是真正的“神”。那么，这个“神”就不可能属于他自己。只有刚开始就培养出一种教徒般的热爱，他才有可能完全放弃自我，融入一种巨大的存在，并且被这种巨大的存在所磁化，拥有一种真正的宗教精神，甚至宗教智慧。

现在的作家根本就没有走到这一步，他们所谓的“从宗教中汲取营养”，只不过是生硬地从宗教的形式、历史、哲学中“拿来”一种东西，点缀自己的知识体系。看起来，他认可宗教，甚至愿意将大量生命投入宗教文化的研究当中，但事实上，他只是在“用”而不是“爱”。这种功利化的心态，在他与宗教之间制造了一堵无形的墙壁。他可以透过这堵墙看到宗教的许多东西，但他永远都无法进入宗教，也无法真正地感受宗教。相应的，精神追求也罢，灵魂向往也罢，永远都不会在他的生命中占有主导地位。因此，他肯定不会成为陀思妥耶夫斯基与托尔斯泰那样的伟大作家。

◎张存学：不仅中国作家，大多数人对宗教的认识，都局限于一种符号化的东西。他们把宗教对象化，然后将其当成自己可以依赖的某个观点，或者某种价值。但这恰好是与宗教背道而驰的。很多人不断在主流价值体系中兜圈，最终仍然跳不出这个圈子，就是因为他们的精神根本没有进入更深的层次。这时候，他们的心态就是你刚才所说的“用”。这个“用”跟一个人的信仰无关。

●雪漠：成为教徒是信仰的初级阶段。虽然它的层次很低，但是如果一个人连这个层次都达不到，就根本不可能上升到更高的层次。因为他永远都进入不了某种境界，更享受不到那种状态下的快乐。想要进入那种境界、享受那种快乐，你就必须把自己变成一滴水，让它融入法界智慧的大海，它才能通过对自我的消解，走向一种更高的境界——化为大海。如果你仅仅是观光客，或者海洋学家，那么无论你怎么努力地接近大海、了解大海，都不可能变成大海本身，也不可能拥有大海的力量与胸怀。换句话说，如果你根本没有把一种伟大存在当成灵魂的依怙，去向往它、敬畏它、热爱它、走向它，也就不可能升华为这样的一种存在。

我举个例子：一个人无视社会道德，肆意伤害他人，占有他人的财富，掠夺他人的资源，但他或许也认可“世界是无常的”“善与恶没有本质上的区别”这类道理，或者说，正是诸如此类的道理为他提供了堕落的理由。所以，没有建立一种对真理的效仿、依赖与热爱，就不可能实现真正的超越。有的人甚至会在某种对真理似是而非的理解中，变得更加糟糕。因为他不向往升华，只想为自己的行为寻找理由。所以，任何一个领域的人——不只是作家——想要实现托尔斯泰那样的成就，就必须经历托尔斯泰那样的历练，先成为教徒，然后超越教徒的身份，成为真正意义上的“托尔斯泰”。

◎张存学：到最后，要把自己进入某种境界的道路都打破。

●雪漠：就现状来看，好多作家都进入不了那种状态。

## 八、放下是向往后的“破执”

◎张存学：我们的文化传统也罢，精神传统也罢，都不具备一种向神而生的东西。但是，中国古代居然出现了曹雪芹这样的大作家。在《红楼梦》中我们可以看到，曹雪芹一直在拒绝两千年来被主流所推崇的东西，包括一些三纲五常之类的观念。他成功地跳出了主流价值的圈子，走向了另外的一条路，也拥有了另外的一种精神高度。因此，今天我们回头看中国传统文化的时候，肯定会想到曹雪芹和他的《红楼梦》。

那么，为什么曹雪芹能达到这样的一种高度？其原因在于，我们的精神源头本身就有着某种非常可贵、非常大气的东西，曹雪芹恰恰拾回了这种东西，所以他才能返回现实，用智慧的眼光观照当下的人类。但中国作家在这方面走得还不够远。

●雪漠：在佛家中，智慧的超越有五个阶段：首先就要积累资粮，然后锻炼专注力，见到智慧的时候，才开始真正的修行，最后达到无修道——实现绝对自由。我前面谈到的契入某种境界，体验到某种快乐，就是“见到智慧”。现在有好多中国作家，连智慧的资粮都不愿意去积累，更谈不到后面的智慧修炼。换句话说，这些人一直在真正的智慧历程之外徘徊，他们并没有真正地进入智慧修炼，有好多人甚至会刻意地拒绝它，不愿意通过智慧的升华消解人性中的兽性，达到另一个境界。就是说，比起更高的境界，他们更注重于满足当下的欲望。这是非常可怕的。以是缘故，他们的写作根本就无法深入到心灵与灵魂的层面，一直都在生存的层面悬着。

◎张存学：对！这些人本身就没有把心灵与精神当回事。从你刚才谈到的五个阶段来看，要想踏入智慧的门槛，首先必须对自己的心灵有所要求。然后进行一定的训练，之后才能真正地开始智慧修炼。想要达到什么程度，那是另外一回事。

●雪漠：首先，必须有向往。就是说，要敬畏某种比自己更伟大的存在——比如我们所说的神灵，或者真理等等——并且希望自己也能变得像他一样。有了向往之后，才谈得上进一步的寻觅。现在有好多人并不是找不到真理，而是根本就没有向往，因此才得不到一种向上的牵引力，始终在向下堕落。换句话说，他们始终在追逐欲望、憧憬欲望得到满足时的那种快感，并不希望自己能从中摆脱出来，得到自由，实现升华。所以，什么东西能让欲望得到最大的满足，他们就会去迎合什么东西。这就好比一个人站在粪坑旁边，他看不到天空中的飞鸟，反而向往着粪坑里自由游泳的蛆。

◎张存学：这些人的内心还是被功利所驱使或奴化着。写作是一个“跳”的过程，但有些人却始终跳不出来，所以始终都会受到物质的奴役。

●雪漠：现在所有的市场化写作，都是在看这个社会需要什么。社会需要什么，他们就炮制什么，而不是真正地写一些跟自己的灵魂以及人类的命运有关的东西，也不是为了实现一种对自我的救赎。好几个作家都对我说过：“我根本不在乎自己的书有没有人读，我只在乎读者们会不会买。只要他们买了我的书，读不读都没有关系。”有的作家还说：“雪漠，我的作品如果在三个月之内卖不到多少万册的话，就再也没有人买了，所以我根本不在乎三个月之后的事情。”这些人始终在迎合着社会的口味，没有一点点自己的精神追求，因此他们始终都在向下。在中国作家的群体中，无论严肃作家也罢，纯文学作家也罢，畅销书作家也罢，都有很多人在向下看。就是说，他们没有更高的精神追求，始终在某种分界线以下观察这个世界，因此不由自主地拒绝了人类的心灵与灵魂，无法深入人类的精神世界，也无法触及人类命运。包括一些纯文学作家，也不想叩问文学真正的梦想与内涵，不想实现文学真正的意义，而是竭力把作品弄得更精致一些，看起来更上“档次”。有所向往的作家，现在可以说是寥寥无几。更可怕的是，在这些没有向往的人的眼中，向往变成了一种非常不好、甚至非常可笑的东西，以至于好多本来有所向往的人，一进入这个群体，就会被一种类似于“我是流氓我怕谁”的东西所同化，消解了自己。

◎张存学：这是一种非常浅薄的消解与解构。如果是一种大的消解与解构，其背后就会有一种大的精神作为他的支撑点，那么他才会具有相应的消解力。一般雕虫小技式的所谓消解，虽然普遍存在，但它也恰好表露了自己应该被消解的东西。换句话说，它展示出来的东西，正好表现了自己什么都不是。

●雪漠：真正的消解和打碎，是拥有之后的放弃与不在乎，而不是一种想当然的放弃与不在乎。比如，释迦牟尼佛起初是一位王子，他完全可以成为一国之主，但他放弃了，打碎了这份执著，选择了苦行僧的生活，这就是真正的放弃和不在乎。换句话说，王子的放下，跟乞丐的“放下”，有着截然不同的分量。

我举个例子：一无所有的乞丐或许觉得自己视金钱如粪土，还会去嘲笑一些有钱人，认为他们对金钱的执著真是愚痴，殊不知，自己看到地上躺着一块钱、十块钱、一百块钱的时候，同样会忘我地扑上去，甚至跟同伴们厮打在一起，把清高的宣言抛到九霄云外。人就是这样。

因为，有些人放弃的是根本就不存在的东西，这种所谓的“放弃”，实际上是对自己的一种说辞，或者是一种安慰。他们需要这种说辞，因为他们想要消解自己那份可望而不可即的失落。但这种消解并不是真正的消解，它没有一点点真正的意义。因此你往往会发现，一个人越是强调自己能放下一些从未拥有的东西，就越是会被这种东西所诱惑与干扰。我再举个例子：有的女孩子觉得自己能放下对感情的执著，可是她一旦看到了一种恋爱的可能性，就会完完全全地忘掉自己所谓的“放下”，然后一股脑栽进这份执著当中，为之甜蜜，为之痴狂，为之流泪，为之痛苦，甚至为之生起嗔恨或放弃生命。

更可怕的是，有的人从来就没有拥有过一种非常崇高、非常高贵的追求与情怀，却想要消解这种东西。比如，有的人心里从来就没有底线，却告诉自己，底线也是一种名相，真正的智慧是无分别的，没有什么既定的道德标准，也不用遵守什么世间的法则，一切规则都是自己加诸于自己的。这个道理看似非常合理，但实际上却是谬论。为什么呢？因为，当真理变成一种自欺欺人的时候，就没有任何意义了。换句话说，假如一些人从来没有坚守过什么底线，从来没有用真理来约束过自己，他们就不会懂得什么才是真正的“无分别”，一旦遇到欲望与利益的诱惑时，他们的分别心绝对会比任何人都要更加强烈。他们会像饿疯了的野狼一样，贪婪地扑向“猎物”，把一切都吞噬得干干净净。

现在有好多人就是这样。他们认为自己在消解一些东西，殊不知，这些东西他们自身根本就不具备。因此，到了最后，他们往往会把自己最初的本质都给消解掉了，例如对真理的追求、对某种精神的向往等等。

◎张存学：当下对现代派的理解，是把一个领域划分为若干个派别，这已经说明了某种问题。在这种情况下，一些人理解中的“现代派”，更多地停留在消解与解构的层面。而在另一种说法中，现代派拥有自主精神，应该是从尼采那里开始的。这是一种针对整个思想路径的消解，这个消解是非常巨大的。但是我们这边的消解却仅仅针对一些小小的现象，这导致我们甚至把自己也放在了被消解的行列。而且，我们自己早就变成了被严重功利化的人，这时候还能消解什么？佛家修炼是一个不断消解的过程，消解本身不是它的目的，而只是整个过程中的一条路。所谓的解构同样是其中的一个过程。

●雪漠：佛家的消解，是不断升华之后的放弃，而低层次的放弃，仅仅是在放弃升华本身。或者说，前者是过了河才放弃船，而后者却在过河之前就拒绝船。

◎张存学：现在有好多人都把船看成最终的目的。

●雪漠：有些人还没有过河，就执意说自己要放弃。但是，他们并没有达到一定的层次，也没有到达“彼岸”，又谈何放弃、能放弃什么呢？现在的作家中间，有一些人看起来很崇高，很善良，但你观察他们的行为、他们的选择，以及他们待人接物时透露出的那种气息，就会发现他们完全是假崇高的，是伪善的。这或许就是因为他们消解了某种本应被珍惜的东西。

## 九、灵性文化能照亮人的灵魂

●雪漠：几乎所有作家都离不开自己的土壤，你也是如此。读你的作品时，我发现，甘南文化的气息已经渗透在你的所有作品当中，你的一切掩饰，都不过是在进行一种文体上的创新，它改变不了你文章的“味道”。这一点在《轻柔之手》中表现得格外明显。请你谈一下甘南文化对你的影响。

◎张存学：《轻柔之手》的创作背景并非甘南，而是我的老家靖远，甘肃的一个小地方。我出生在甘南，而且在那里生活了将近二十多年，后来又在老家靖远县生活了十年，所以，这两个地方的文化我都非常熟悉，因此也就有了一种比较的可能性。相对而言，甘南这块土地对我的滋养还是非常重要的，后来我也一直在思考，甘南到底给我留下了什么？最后我得出的答案是，它主要还是在精神层面影响了我。

甘南那块土地上的人不是平板的，他们有着一种巨大的精神背景，无论遇到什么事，他们都会有意无意地把自己放置于这个精神背景中考虑问题。所以，一旦甘南人跳出那块土地的时候，就会发现自己和其他地方的人不太一样。那么这个巨大的精神背景是什么呢？它可能是藏民族、藏文化长期形成的一种氛围，其次就是藏传佛教对整个雪域、高原的影响和凝聚所形成的一种特定状态。具体来说，我认为人活着不仅仅是为了生存，更重要的是为了一份尊严感。这种需要实际上是人的天性，也是人对自我生命的一种认知。按照道德评价方面的说法，就是他人的肯定、尊重和敬仰。在甘南那块土地上，人们对生活技巧可能看得不是很重，他们更看重的是你的人格怎么样。如果你有高尚的人格，在甘南就会得到别人的尊重与敬仰。这也是藏传佛教的一个传统。另一方面，在过去，甘南的大多数人都过着游牧生活，游牧民族天然地将人性中的许多东西保持得非常好，因此甘南的民风仍旧非常淳朴。在这两点——藏传佛教的传统以及游牧民族的天性——的影响下，那块土地上就形成了一种独特的地域文化。

如果当初不在甘南，我或许就走不上创作这条路。因为甘南独特的地域文化给了我一种眼光。比如，在老家靖远那十年的生活，使我对当地文化有所了解，《轻柔之手》就是在这样的一种背景下诞生的，但是我并非用靖远的眼光来观照靖远文化，而仍然是用甘南的眼光、甘南的精神来观照靖远这片土地，观照当地人的生活状态，因此我的创作中才会出现一种大的东西。如果我一直在靖远生活下去，让靖远文化影响了我的心，那么我就不可能搞创作。因为，相对来说，靖远这块土地受汉文化的影响比较大，这里的人更注重生存技巧方面的问题。实际上，不只靖远，中国大多数依靠汉文化滋养的地方都是这样的一种状态。但甘南给我的精神滋养，却是一种无法言传的东西。留在甘南的时候，你或许觉察不到这一点，可是你一旦走出甘南，就肯定能感受到它。比如，九十年代初，我生活在兰州，那块土地一直让我有一种心理上的不安全感，后来才逐步适应，但在甘南的那段生活却不是这样，它一直让我觉得非常踏实。这一点，只有离开了甘南，我才能看得更加清楚。我甚至意识到，它对我的影响，可以说是决定性的——虽然我不太懂藏语，而且主要生活在合作。

在藏语当中，合作被音译为“黑措”，意思是羚羊出没的地方。在这里接触到的一些藏族人，对我产生了巨大的影响。他们中的有些人是我的朋友，有些人则是我的老师，我从他们身上吸收了很多东西，潜移默化地得到了一种人格上的熏染。因此，当我从靖远移居到甘南之后，那种得天独厚的文化氛围就清洗了一些我在靖远养成的习气。

这就是甘南文化对我的影响，你能不能也谈一下凉州文化对你的滋养?

●雪漠：甘南虽然有临夏这些地方，但它的文化仍然是相对封闭的。在这一点上，凉州与甘南非常相似。凉州的文化也是相对封闭的。因此，这两个地方的文化才能被相对传统地保留下来。

凉州文化很有意思，表面上你看不到什么深层次的东西，但如果你用心去挖掘，就会得到意料之外的收获。实际上，任何一种文化只要传承千年以上，它的信息就会变成一种类似于暗能量的存在，我们称之为“大地的灵性”。我的小说《西夏咒》中的阿甲，就是这种灵性的载体，所以他长着一双沧桑的眼睛，能够穿透千年的时空，俯视这块土地，而且他的个性中充满了悖论与矛盾，很难用一句话来衡量，非常复杂。凉州文化也是这样，它属于真正的“杂种文化”，是一言难尽的。在这一点上，它与甘南文化不太一样，甘南文化中间的藏文化比较纯粹。

前几天，我写了一篇文章，叫作《甘肃的“杂种文化”》，后来被新浪网推荐到博客首页，里面专门谈到了甘肃文化的复杂性。而且，这种复杂性在凉州文化中体现得尤为明显。凉州这块土地的包容性与封闭性，导致各种文化都能在这里落脚，而且不会轻易被其他文化所取替或者同化。因此，凉州文化异常丰富，有佛家文化、道教文化、伊斯兰教文化，也有诸多本土文化，你根本无法简单地将其概括清楚。不过，由于一些外在因素的干预，凉州的文化结构正在发生着巨大的变化。我举个例子，这片土地上存在着一种历史相当久远的文化，它曾经深深地影响着凉州百姓，甚至可以说，它本身就是老百姓生活的一部分，但它正在被现代人逐渐忽略，那就是萨满教文化。比如说，一些叫作“神婆”的人以及这些人承载的文化被归类于迷信。然而事实并非如此。实际上，诸如神婆子这样的存在，是远古时期遗留下来的一种凉州本土文化，它们都属于萨满教文化的产物。所以，后来我就在“大漠三部曲”中描写了这一类人。我觉得，即使现代科学不能解释萨满教文化中的好多东西，但这并不代表它就毫无意义。中国社会科学院正在提倡“把中国的萨满文化传向世界”。为什么呢？因为这种文化具有它独特的价值。例如，萨满文化认为万物有灵，就是说，它认为大自然的一切都有灵性，因此它提倡人们不要伤害大自然，要敬畏大自然。显然，诸如此类的文化理念正是这个时代、当下的世界所需要的，它值得被世界所认可。而且从另一个角度来说，凉州大地千年来的安定与和平，在很大程度上正是来源于文化的作用。因为，萨满教的土著遗留文化，以及鸠摩罗什前后传承下来的佛家文化，早就以一种集体无意识的形式，渗透到凉州百姓的诸多风俗习惯、民众心态与文化心理当中，影响了他们的生活方式，也形成了这个地域非常独特的一种思维模式。这种思维模式的表现形式之一，就是凉州百姓非常重视文化，甚至从心底里敬畏文化。

比如说，在凉州，我无论参加哪一个聚会，只要人们知道我是雪漠，是《大漠祭》的作者，那么不管他是官员还是富翁，都会对我表现出一种尊重，甚至是那个场合里最大的尊重。在别的地方，例如温州，作家们肯定得不到这样的一种待遇，因为温州人不重视作家，他们更敬畏一些成功的企业家。

凉州跟温州刚好相反。直到今天，凉州人仍然是敬惜字纸的，就是说，他们认为写有文字的纸张非常珍贵，不能被亵渎。他们甚至认为书有辟邪的作用，只要在枕头底下放上一本书，不管什么书，他们都会觉得非常安心。有的凉州人在盖房子的时候，还会在梁上放一本书，正如其他地方的人会在新房的横梁上放金放银一样。这些细节看起来属于风俗习惯，但它显露出的，却是凉州人对文化的敬畏，这种有所敬畏的文化是有传承性的。我和老婆就专门搜集过一些以手抄本的形式传承下来的东西，这些东西里面记载了诸多民俗文化，其内容博大丰富，堪比敦煌学。

在这一点上，甘南文化与凉州文化之间也开始出现了相似之处。我为什么这么说呢？因为，前段时间去过甘南的一些寺院之后，我发现，甘南的寺院里有的喇嘛竟然出生在伊斯兰教家庭，而当地的藏民中也有信仰伊斯兰教的人。这一点非常耐人寻味。它说明，甘南文化跟许多人理解的那种东西已经不太一样了，出现了一种文化之间的交融，而这片土地也因为交融而变得更加博大了。

◎张存学：藏传佛教文化本身就是一种包容性非常强的文化。甘南的藏传佛教主要以格鲁派为主，而这里的拉卜楞寺又是格鲁派六大寺院当中学术氛围最浓的地方，这一点在西藏等地也是被承认的。所以，甘南的文化背景不是完全封闭的，相对来说，它应该属于一种放射性的文化体系。

我九岁离开甘南，十五岁又回到那里，直到三十几岁才再次离开。九岁的时候，我根本不了解那片土地，甚至不知道自己所在的地方属于青藏高原，那时我心里没有这些概念。后来我才知道，甘南那块土地上的藏传佛教中出现过许多高僧大德，他们在学术上都非常有建树。包括我对藏传佛教的研究，也是从离开甘南之后才开始的，但我了解到的东西仍然仅仅是皮毛。总之，甘南带给我的影响是一种无法言说的、潜移默化的东西，所以我很少以甘南为背景来进行小说的创作。我越是了解它，就越不敢写，因为我越是了解它，就越会发现这种文化的深邃。

●雪漠：这就是我们之前谈到的，灵魂与精神在创作中的巨大投影。我在你的小说里看不到任何甘南的符号，但却可以清楚地感觉到，你的文字背后有一双巨大的眼睛，它一直在观照着你的创作本身，这双眼睛，可能就是甘南文化赋予你的。

## 十、超越概念的思维才是正思维

◎张存学：八十年代初，我在甘南工作。以现在的眼光来看，那时候甘南文学圈的阅读层次还算是比较高的。比如说，当时我们一帮人传看的都是海明威那类作家的作品。在那段时间里面，我读了许多福克纳的东西，他对我的影响非常大。

●雪漠：福克纳主要在哪些方面影响了你？

◎张存学：福克纳对人类未来的那种信心里富有一种基督教的情怀，或者说一种旷野情怀。这样的精神资源，让福克纳的作品上升到了一个了不起的精神高度，这个高度赋予了文字一股强大的力量。因此，我们不但可以在阅读的时候感受到它，而且还会被其中的一些东西所震撼。

●雪漠：这主要表现在他的哪几部作品当中？

◎张存学：比如他的代表作《喧哗与骚动》和《我弥留之际》。

●雪漠：你的作品中间有一种东西是说不清道不明的，这一点跟福克纳非常相似。福克纳的作品也是这样，它们很不清晰，有可能会出现无数种解读。读你的小说时，也会出现这样的感觉。就是说，读者很可能会从你的作品中感觉到很多东西，但却无法将其清晰地叙述出来。

◎张存学：八十年代初，我们也读一些拉美作家的作品，包括马尔克斯、鲁尔福等人。虽然甘南的经济非常落后，但是因为它具有草原文化的背景，所以能够非常快速地接收外部文化。一直到后来，我才知道原来国内读者的层次和我们的阅读层次不相上下。以前，我基本上不读国内的文学刊物，但我后来发现这种做法是错误的，因为有时候它会让你白走很多弯路。毕竟国内的文学刊物能让你捕捉到本土的文学感觉，如果我们拒绝了这种本土的文学感觉，最后再想找到它，就得多花好几倍的精力。

八十年代中期，我的作品被《小说选刊》选载，之后我又在《收获》上发表小说。但那时我的风格，可能跟当时西北其他作家的作品还是有所不同的，因为我在小说创作和文学方面的滋养，主要还是来源于一些国外的作品，再后来我还会看一些陆续被翻译过来的东西。福克纳的作品对我的影响并不局限于文学层面，它更多地在精神层面影响了我。然而，九十年代初期，我发现他对我的影响使我的创作出现了问题。

●雪漠：主要是什么问题呢？

◎张存学：主要是一些价值取向方面的问题。或许我自己本身也有某种跟福克纳非常相似的东西，但当时的我更多的是陷入了一种“拿来主义”，无意识地接受了他的很多东西。这样一来，我就给自己设定了一个固定的框架，这个框架限制了我的自由创作。换句话说，福克纳所认可的价值体系控制了我，但我也没有摆脱社会曾经规劝我去遵循的一些价值观念的束缚。这两者交融在一起，就构成了一种需要被打破的东西。

因此，九十年代中期是我非常困惑的一段时间。在此期间，我不断思考着要如何安顿自己。但是，每当我觉得自己找到了一个突破口的时候，它总会在某种质疑之下破灭。在这种思虑下，我碰到了兰州大学的一位教授，陈春文老师。

陈春文老师1989年前后出国深造，在德国待了五年，就读于弗莱堡大学的哲学系。纳粹时期，海德格尔担任过弗莱堡大学的校长，他最主要的学术经历，正是发生在弗莱堡大学。遇到陈老师的时候，我觉得他是当代中国重要的思想者，但我仍然不敢将其定义为哲学家——海德格尔认为，哲学家是一条形而上学的道路，在这条路上，海德格尔重新回到了源头，并且终结了形而上学之路，尼采则没有做到这一点——我和陈老师交往了十几年，也听过他一个学期的研究生课。他讲的是海德格尔的两本书，整整一个学期，才讲了几十页，但是在这几十页的讲解中，他已经把海德格尔的路径梳理得非常清晰了。

那时候，我觉得意识性的东西必须被打破、被抛弃，但我自己却无论如何都做不到这一点，它们已经牢牢地在我的大脑中生根了。我意识到，如果不想方设法地拯救自己，我就会和大多数人一样，执著于观点与价值。当然，此处我谈到的观点与价值，指的是精神层面的某种东西。如果一个人在精神层面依赖于一些价值与观点，他就根本谈不上精神的自由。

●雪漠：这就是我们所说的二元对立。

◎张存学：在我们的观念和意识里面，有许多东西都是从西方得来的。以今天的现状为例，许多人在谈到哲学的时候，都会想起历史唯物主义，但真正的哲学并不是那样，“思”也不是那样。海德格尔一般不讲“思维”，因为“思维”还存在着一定的维度，而“思”则是完全自由的，也即把观点性的、概念性的东西全部破除。思维则存在着一定的轨道，它是形而上学的一个词语。

●雪漠：实现自由之后显现出的是一种究竟智慧，也就是终极智慧。它不是流行智慧，也不是思维，而是一种本体的东西，不是善变的现象。

◎张存学：从严格意义上来说，对某些东西的理解仍然要返回希腊。比如在亚里士多德之前，希腊学者们认为人和神是一体的，或者说人是神的另一面，两者是浑然一体的，是存在的，敞亮的。再后来，这种存在的源头不断被遮蔽。被什么遮蔽呢？观点、概念、体系等等。在这种情况下，人们习惯于抛开万物的源头，拿一些覆盖在表皮上的东西做文章。

比如说，现在有好多评论家写文章的时候，都是从别人——例如别林斯基、黑格尔等等——那里拿来一些观点，装潢自己的门面。他们写出的东西，也只是从一个观点跳到另一个观点，至于自己所套用的观点具有多大的合理性、可靠性和真实性，他们根本就不关心，在观点的圈子里面不停打转已经成为了他们的习惯。中国眼下有很多评论家都是这样，非常可笑。他们自己不思，没有任何自己的观点，哪怕幼稚的判断都没有。更或者，这些评论家还会自己想出一种体系，一个框框，然后用这种想当然的模式来衡量作品，有时候甚至可以把一些非常拙劣的作品“套”成一部伟大之作。许多研讨会上都在做着这样的事情。

●雪漠：就目前的情况而言，这种模式似乎已经成为了一种传统，而不是一种现象了。

◎张存学：前些日子我还在想，再过二十年，回想起今天参加过的一些研讨会，我们或许会感到羞愧的，因为当时我们都在撒谎，而且说的都是废话。

●雪漠：这一切都是在自娱自乐，而且最可怕的一点是，好多人真的在这种虚假的喧嚣中陶醉了，他们以为这是真实的繁荣。

◎张存学：他们甚至会认为，自己掌握的话语权，就是为了让他们像现在这样说话的。这群人中间，尽管有很多人具备大量的知识，但真正的知识应该让人去“思”，而不是让人在泥潭里不断打转。

●雪漠：你说的“思”与佛陀所说的“正思维”非常相似。所谓“正思维”，就是超越概念之后，人类本有的智慧所生起的妙用，而不是被概念所异化的人类思维，也就是说，它不是一般意义上的“思维”。在原始佛家的最初阶段，释迦牟尼就提到了这种思维，他提倡打破所有流行概念，安住于本体智慧，而这就是他所说的正思维。再后来，佛家中出现了“正见”一词，它是“正思维”的另一种表述。

◎张存学：之前我看过《西藏生死书》，其作家索甲仁波切皈依的是宁玛派的上师，该书中也引用了很多高僧大德的诗文，有些诗文讲的正是这些东西。佛陀强调破除执著，而执著就是所谓概念性的东西。

●雪漠：在佛教修炼中，最难破除的就是所知障，也就是知识造成的障碍，也就是概念对心灵的束缚。

◎张存学：我在北京大学听过一个著名教授的课，他首先提到了一系列国外的观点，然后再依照这些观点去套用国内的现实，因此我听了不到十分钟，就觉得心里非常难受。当时我想，连北京大学的教授都这样，那其他大学的学者岂不更加可怕?

●雪漠：昨天我这里来了同济大学的一位硕士，最令她苦恼的事情，就是无法用自己学到的概念来套我的作品。她觉得，如果套不了我的作品，自己就无法完成硕士论文了。为什么呢？因为，如果不遵循这种模式来评价我的东西，她的论文就不会通过最后的审核。换句话说，就算一个人打破固有概念，让自己本有的智慧显现出来，写出了非常好的文章，目前的教育体系也不会认可它，其原因正是它少了那种概念化的东西。

◎张存学：这种教育体系仍然在相应的概念、体系和价值观的泥潭里不断打转。

●雪漠：你想，我们当下的这种教育体系能培养出海德格尔吗？我觉得根本不可能。我们先回到刚才的话题。你之前谈到了海德格尔的“思”，以及返回希腊文明的源头，接着往下说吧。

◎张存学：对于希腊的东西，我们了解的不是很多，阅读也很有限。

●雪漠：苏格拉底就做到了“思”。他的智慧是非常鲜活的，是从生命本体中焕发出来的。再后来，到了他的弟子那里，就变得体系化了，也慢慢地形成了一种概念。但所有概念的源头，仍然是苏格拉底时代，甚至荷马神话时代最为鲜活的东西。

◎张存学：返回荷马时代，例如你读《伊利亚特》和《奥德赛》的时候，根本看不出谁恶谁好这类东西。因为那个时代没有价值判断等等概念，双方都是英雄。这是“神”依托荷马，在那些史诗中传递出来的信息。

我读海德格尔，同样是一个非常艰难的过程。有的篇章要一遍一遍地读，有时候甚至是五六遍地读。跟陈春文老师打交道的这十几年间，我读了他翻译的海德格尔文集，以前也读过尼采、叔本华的作品。

●雪漠：海德格尔主要在哪些地方影响了你？

◎张存学：比如《林中路》，这是海德格尔自己编订的两本书中的一本。这本书里有六篇文章，每一篇你都必须反复地读，然后再去揣摩。当然，读懂海德格尔并不容易，如果当初没有陈春文老师的引导，我也很难做到这一点。直到现在，国内仍然有很多人问：海德格尔的观点是什么？但是按照我的理解，海德格尔反对的正好就是这样的一种论调。因为，在阅读他的作品时我发现，他从来都不会在文章中给出一个明晰的结论。结论就是观点，他反对观点，而仅仅是让僵死的土地复活，使阅读者从中感受到一种自由的气息。对我自己来说，要想破除精神领域的障碍，阅读海德格尔和结识陈春文老师都是非常重要的。

●雪漠：海德格尔的哪些思想让你打破了以前的执著？除了你之前谈到的“思”之外，是不是还有他的哲学精神？

◎张存学：还是他的道说。读他的每一篇作品时你都会发现，他总是在用不同的方式打破着不同的东西，然后让你意识到什么是“思”。所谓“思”，就是向存在、向源头靠近的过程。

●雪漠：这一点非常接近大手印。我看过很多海德格尔的作品，也看过很多道家的东西，其中有诸多地方都跟佛家的大手印文化极为相似。虽然它们跟佛家的说法不一样，也没有这些概念，但是它们同样认为人心中存在着无数的无明，除了贪、嗔、痴、慢、妒这些烦恼之外，还有一些概念制造出来的障碍，也就是概念对智慧本体的束缚，而且它们同样提倡不断破除这些障碍与执著。比如说，大手印文化在追求真理的过程中，就会层层地打碎、层层地解构、层层地撕开，这与海德格尔提到的“思”非常相似。

除此之外，藏传佛教还有一种很有意思的说法，它认为诸多的习气、烦恼甚至概念都是身体的原因。例如，当你生起某种烦恼的时候，你的生命中必然出现一些与之对应的、类似于内分泌的东西。这是对的。因为有研究表明，一个人之所以会发怒，是因为血液中产生了某种物质，这种物质导致他控制不了自己。有些科学家还用自己的话语体系来命名了这些东西。

◎张存学：海德格尔在“思”的过程中，是把精神与身体看成一体的，这一点来源于希腊那块圣地。他不像一些西方的传统——比如基督教传统——那样，把身体与灵魂分割开来。

●雪漠：藏传佛教也是这样。藏传佛教称之为“心物一体”。

◎张存学：我认为这一点非常重要。后来我也读过德里达、福克纳等人的作品，我觉得，从严格意义上来说，他们的作品都是由海德格尔的哲学思想发展而来的。但福克纳等人只能算是支流，真正的大山还是海德格尔。

●雪漠：相较于海德格尔，国内对福克纳与德里达的介绍并不多。

◎张存学：国内对他们的介绍恰恰比海德格尔多，但是对海德格尔的介绍又比萨特更多一些。海德格尔和萨特都属于存在主义，很久之前，他们之间也发生过对话。海德格尔不太认可萨特的人道主义，并且就此问题专门写过文章。从希腊文明的源头来看，一开始是没有人道主义的。所谓人道主义，仍然是价值体系的产物。因此，它强调人的主体性。

在形而上学之中，人是作为主体而存在的，其他东西则是主体的对象，然后人这个主体又会选择自己可以理解的对象，并且从自我出发总结出某种观点。这时候，观点就是知识，知识就是障碍，它造就了现代科技，但科技又反过来使人类脱离了大地。

●雪漠：德里达和福克纳对你有什么影响?

◎张存学：影响不大，我起初的阅读可以说是浮皮潦草的，但我专门花了一段时间来认真对待海德格尔。

●雪漠：海德格尔的思想，是不是更多地让你拥有了一种眼光?

◎张存学：一方面是眼光，另一方面也是方法。就是说，对待所有问题的时候，我都会用自由的眼光去看待它们，首先就要怀疑它们。

●雪漠：这一点，公刘老先生就做得很好。1995年，我们在甘肃见面时，他就建议我用批判的眼光审视世界。他所说的批判，是观察意义上的批判，而不是现在所流行的那种批判。这种批判含有“思”的成分，也就是海德格尔所提倡的，超越概念与知识体系的独立思维。这与禅宗所说的“破三关”有一定的相似之处。

实际上，东西方哲学达到最高境界的时候，基本上都是相通的。目前，中国有诸多学者及思想家认为，东西方文化的区别在于是否注重心灵，这显然是错误的。他们之所以会得出这种观点，是因为对西方文化不够了解。假如他们全面地研究西方文化，就会发现，海德格尔便是一个注重心灵的典范。他是从人的本体和心灵入手，来看待整个世界的，因此他的东西跟中国学者眼中的西方哲学完全不一样。

## 十一、中国为什么出不了大作家?

◎张存学：说到这里，我就想起了陈寅恪，他曾经提出过“独立之精神，自由之思想，批评之态度”。在我看来，这是他心中知识分子应有的标准。我觉得这个标准非常好。但是，眼下中国的知识分子中却很少有人能达到这个标准，甚至可以说是相差甚远的。

另外，我读《古拉格群岛》的时候还发现，索尔仁尼琴在以自己的方式批判和分析苏联时期的专制体制精神，他从源头一直谈到了古拉格群岛这种现象。在这个过程中，他不注重别人怎么看待这个问题，而是用自己的意识与力量去判断和思考，并且为此做了大量的研究工作。显然，在他看来，知识分子也应该是具有独立精神的、能够独立思考的、锲而不舍的人。当然，关于知识分子的定义，还有其他的一些传统说法，不过我们仍然会发现，陈寅恪与索尔仁尼琴在这个问题上的看法是非常相似的。但是正如上面谈到的，独立精神和自由思想恰好是中国知识分子最薄弱的部分。

●雪漠：中国为什么出不了索尔仁尼琴那样的人？我们暂且不说沙皇时代俄罗斯出现了多少大作家，即使在苏联时期，那片土地上照样出现了很多大作家。但是为什么中国就出不了那样的人？当然，中国有时候也会出现一些不太一样的作家，比如王小波、杨显惠那样品格相对独立的人，但他们仍然不能跟苏俄的大作家相比。你觉得这主要是什么原因造成的？

◎张存学：巴金把说真话作为一个比较高的标准，但这个标准在苏俄的大作家面前就显得微不足道了——或者我们更应该把它当成做人的基本标准。苏俄的大作家们，比如帕斯捷尔纳克，在文学精神方面得到的传统滋养是相当深厚的，托尔斯泰等人留下的文学遗产滋养了他，里尔克这样的伟大诗人也为他提供了精神滋养，在这种情况下，他才能在苏联时期拥有自己的立场，而且还能把这种立场写成小说，这一点是非常难得的。

反观中国知识分子的精神滋养，我觉得其中就存在着一些问题。在中国的古典精神滋养里面，也有一种独立的东西，比如百家争鸣时期的很多东西，但后来的知识分子就变成了一种依附性的存在，而且是一种严重的附庸，包括韩愈这样的人物。前段时间，我集中地看了一些韩愈的文章，发现他就有这个问题，他更注重儒家里一些比较世俗的东西，连庄子、老子这些人物的精神都进行了排斥，如此一来，就显出了一种很重的奴才相。所以说，我们有着某种传承下来的精神滋养，但远远不够。而且百家争鸣时期那些大家们的东西，后来也被有意地断裂了。在封建时代，有些知识分子不跟统治阶级合作，自己告老还乡，或者躲入深山老林里不问世事，但这只是一种假象，是一种“假”不合作，因为他们的心灵还是割舍不下的，因此他们仍然附着于体制之内。

●雪漠：杨显惠等人，在目前的作家群体中已经非常难得了，我看过他们的很多作品。我觉得，在中国，杨显惠、张承志那样的作家并不多。他们虽然没有得到国内读者的广泛接纳，但在国外却已经慢慢被认可了，而且赢得了一定的读者与某种共鸣。除了主流文学能否接纳不一样的声音之外，你觉得，还有没有其他因素导致这种现状的产生？

◎张存学：国内或许也存在着另外一种写作，比如杨显惠、张承志，以及之前有影响的王小波，这些人都有独立人格，而且自由感非常强，但他们不被主流话语所认可。就是说，操纵主流话语的人们不愿意面对他们，一些自认为与主流话语有相应距离或者在故作姿态的人，对王小波这样的作家又感到无话可说，因为他们自己一直都不独立、不自由，也理解不了一种独立、自由的状态。另外还有一个问题就是媒体的控制。媒体的控制属于一种背后的力量，它会产生一种巨大的暗示，让你不能谈王小波、杨显惠、张承志这样的作家。

●雪漠：在这种情况下面，他们可能不会遭到封杀，但至少不能成为一个话题。

◎张存学：媒体的力量还具有一种恐吓的性质，但它不是明确的，而是无形的。比如，它会给你设定一个规则，让你不能逾越这个，也不能逾越那个等等。当然，这里面也包括了网络的内部审查，现在的内部审查是非常严格的。

●雪漠：除了你刚才谈到的那些原因之外，可能也和中国作家的先天不足有关系。我相信，要是这个时代能出一个曹雪芹，或者出一个托尔斯泰，老百姓，甚至意识形态都会认可他们的。这说明，最重要的原因不是意识形态。

我发现，每次外国人问起“中国作家为什么写不出伟大的作品”“中国为什么诞生不了伟大的作家”之类问题时，好多中国作家都会回答“这与意识形态有关系”。从某种意义上来说，意识形态的影响并不是决定性的。我相信，《战争与和平》那样的作品，就算放到当代的中国来出版，肯定还是会享誉世界。

◎张存学：说到底还是作家自身的问题。

●雪漠：有时候，我觉得这更多的是一种神经过敏。为什么这么说呢？我举个例子，如果一个人在神经过敏的状态下看《西夏咒》，就肯定不敢出版这部作品，因为里面谈到了一些非常敏感的东西，包括宗教色彩，以及一些具有鲜明时代特征的描写，比如骑木驴等等。但事实上，它随顺因缘地出版了，而且出版之后并没有发生任何事情。

◎张存学：这就是一种自我暗示。

●雪漠：很多人都不愿意去碰一些自己觉得不能碰的东西，但事实上，在这个时代当中，除了一些法律上不许可的行为之外，我们还是拥有相当的自由度的。问题是，现在有好多作家都是心灵上的侏儒，他们一方面不敢写，一方面写不好，另一方面又被一些不可能发生的事情给吓坏了。

◎张存学：出现这种情况的原因还是自身不够强大，也就是说，好多作家的自由感和独立性都不强。

●雪漠：如果你从小就把一匹马用绳子拴在某个地方，那么即使它长大之后很容易就能挣脱这根绳子，它也不会去挣的。这是造成目前这种状况的第一个原因，但它不是最主要的原因。最主要的原因是什么呢？是好多作家本身就是为了得奖而写作的。他们在这个相对自由的时代，选择了一种不自由的创作方式，因此也就把自己束缚住了，这怪不得别人。

当你观察目前的中国作家群体时，就会发现当下有三种作家：第一种就是我们刚才谈到的那一类人，他们专门奔着某个奖项去写作，只愿意创作能获奖的作品，他们中的一些人甚至会把创作提纲交给一些官员，让对方看看自己有没有获奖的可能，然后再决定是否沿着这个方向创作下去。因此，他们的创作里缺少了一种真诚的东西，而真诚却是文学最基本的标准，这导致他们不可能创作出很好的作品。然而他们根本就不愿意承认这一点，所以才将一切都归咎于意识形态。但这种论调显然是站不稳脚跟的，因为你会发现，在同一种意识形态之下，杨显惠那样的作家，却在默默地创作着一些非常真诚的作品。他就属于我所说的第二种作家，这种作家是真正追求艺术的。还有一些非常认真的作家也属于这一行列，比如莫言等人。除此之外，中国还有第三种作家，他们是一些得到了民间认可的人，比如我们前面谈到的“80后”的一些作家，他们也发出了一种相对自由的声音。这说明，当下这个时代有它不足的地方，但它还是允许你去选择的，你完全可以自由地选择自己的创作。比如说，杨显惠选择了他自己的写作，“80后”选择了他们自己的写作，金庸也选择了属于他自己的写作方式，这些人到头来都很成功，也并没有为自由付出某种代价。

与俄罗斯的大作家们相比，中国作家缺少的不是别的，而是心灵的博大与真正的精神追求。这导致中国作家就算创作一种类似于俄罗斯作家的题材，其作品还是会显示出一定的局限性。这一点，在甘肃作家乃至许多中国作家身上都表现得非常明显。具体来说，中国作家的作品或许在局部上很有灵气，很有文学性，但从整体上来看，总是缺少一种东西。相反，俄罗斯作家的作品即使局部上看来非常粗糙，比如，托尔斯泰的文字有时一点都不优雅，甚至还会显得十分笨拙，但是从整体上来看，里面却具有一种极为大气的东西。——到底是什么造成了这个局限呢？

你还有十多年的编辑经验，在你看来，西部作家目前最大的局限在什么地方？

◎张存学：我们暂且不讨论陕西作家的创作。西部其他地区的作家对生活的积累是相当深厚的，可以说，他们天生与土地有一种融合的关系，所以他们在本土生活的写作上，是有着先天优势的，在他们写出来的东西当中，大地的气息非常浓厚，地域特点也格外突出、鲜明。另外，他们的小说中呈现出来的人文景观与其他地方的作家是不一样的，这一点让他们具有了一种独特性。但是，如果西部作家仅仅把自己限定在西部这个狭窄的圈子里面，仅仅把自己的眼光和精神资源限定在西部农村，他们的创作就会出现很大的问题。因为，精神是一种更为广阔的东西，它应该能够包容更多的东西，我们甚至可以说，它是世界性的。

就西部作家的现状来看，他们在拓展精神资源方面做出的努力是远远不够的，而这对一个作家来说，恰好是非常重要的。作为一个能够不断成长的作家，你必须在创作这条路上汲取各种滋养，而不能紧紧抓住西部土地上的一点点东西。或许抓住这点东西的原因，是你离不开大地的根本，但你仍然必须向外、向更远的地方去看、去吸纳、去融合，这样你才能上升到一个更高的层面，这一点非常重要。

我在《飞天》当过十几年的小说编辑，对西部的创作情况有着比较全面的了解。在我看来，精神滋养方面的问题，就是西部作家比较突出和严重的局限。比如说，东南的一些作家在文字的灵气和接纳现代生活、理解当下生活等方面，可能比我们更加优秀，而且他们的写作感觉也更具当下性，这就是他们胜于西部作家的地方。但是这些人也存在着精神滋养方面的问题，这一点跟西部作家是一样的。西部作家跳出西部这个圈子，再来看西部这块土地的时候，就会发现这块土地本身具有非常深厚的精神资源。如果他们吸收了更广阔的外部精神资源，再来反观西部的这种精神资源，他们的根就会扎得更深。

●雪漠：这不仅仅是西部作家的局限，所有中国作家都面临着这个问题。在当下这个时代，我们大家都需要一种超越。你的小说中，就有一种非常独特的东西。你刚才说过，精神方面你受到了福克纳的影响，那么技巧方面呢？

◎张存学：在小说语言方面，最初我受到了海明威的影响，比如在创作《罗庄》的时候，福克纳和海明威对我的影响就比较明显。八十年代，这两位美国作家在中国的影响力比较大一些。后来影响了我的，还有黑人女作家莫里森。我觉得她非常了不起，她的想象空间与情怀，再加上黑人特有的叙述气息，构成了一种非常优秀的东西，而且译者的翻译也很好，我从中学到了很多东西。接下来，我经常阅读一些诺贝尔获奖作品，包括入围作品，这类阅读一直没有间断。再后来，我发现自己必须对中国古典文学有所了解，或者说，我必须走进中国古典文学中去，因此我朝着这个方向延展了自己的阅读，同时也读了一些“四书五经”之类的著作。在阅读“四书五经”的时候，我不相信别人的解读，而更愿意自己去解读这些经典作品。比如，《论语》里经常提到“仁”，许多人对此都有自己的解读，但我所认为的“仁”跟他们所解读的“仁”是不一样的。我更愿意拥有自己独立的理解，而不是去附庸别人的解读，而且我觉得这一点非常重要。读《老子》的时候我也是这样。

●雪漠：在眼下这个时代，与时俱进的解读是非常重要的。

◎张存学：对于源头性的东西，我们必须得靠近。

●雪漠：你的《轻柔之手》已经相当优秀了，那么你觉得自己要从什么地方入手，才能超越目前的创作状态，或者说创作水平？

◎张存学：其实《轻柔之手》还存在着一些问题，或者说缺少一些东西。说白了，就是它还不够自由。

●雪漠：还是精神自由和文学自由方面的问题。

◎张存学：如果当初的创作能更自由、更纯粹一点，这个文本就会更接近我的期望。

●雪漠：这种自由为什么会受到限制？

◎张存学：我还没有打破一些观念性和意识性的东西。

●雪漠：佛家称之为“所知障”，也就是知识、习气、文化底蕴、教育、基因所构成的一系列障碍。

◎张存学：最令我感到自信的是，我能意识到这些东西的存在，而且在努力地打破这个束缚，至于将来能打破到什么程度，那就是另一回事了。

●雪漠：你说得非常好。之前你谈到帕慕克，并且提到了东西文化的交汇以及他独有的文化背景，那么你觉得，对于我们这一代的中国作家而言，他最值得借鉴的东西是什么？

◎张存学：帕慕克可以算是一个书斋作家。在中国的一般读者看来，他最好的作品就是《伊斯坦布尔》，因为这本书让大家觉得非常亲切，但事实上，他完全可以写得更饱满一些。不过，你读《雪》和其他长篇的时候会发现，他在小说构架上有着一定的独创性和原创性。另外，他的作品中充满了东西文化的碰撞，这也是他创作的一个独特之处。然而，他的高度是超越这些东西的。

●雪漠：他说自己没有宗教信仰，但是他的作品却富有一种宗教精神。

◎张存学：他是理解宗教的，比如伊斯兰教。《我的名字叫红》和《雪》这两部小说当中，都涉及了这方面的内容。他自己也说过，他思考的是这个时代的人类所面临的巨大困境，这一困境是整个人类所共有的一种状态。我想，这正是帕慕克的伟大之处。而且，读他的小说时你会发现，他所涉及的，实际上是当下人类最主要的困境，如果没有巨大的精神资源，他根本就不可能觉察到这个东西。然而他不仅觉察到了，还用文字将其展示了出来。

●雪漠：帕慕克很有意思，他的选材具有当代性。就是说，看起来他在描写一些历史性的东西，但他的着眼点还是这些东西对当下世界的意义。这一点我觉得非常好，也是他与陀思妥耶夫斯基的相似之处。陀思妥耶夫斯基的创作有一个特点，就是他既有历史的超越性，又有当下的敏感性。

◎张存学：谈到当下性，我就会想起里尔克这位诗人。从严格意义上来说，他不受时代的限制，是一个超越时代的人物。

●雪漠：他的价值主要体现在什么地方？

◎张存学：在一个精神贫乏的时代，或者说一个“神”渐渐远去的时代，在欧洲的某种文化背景之下，他一步一步地向

“神”走近，寻找“神”的踪迹。

●雪漠：最后他找到了吗？

◎张存学：最重要的是他寻找的过程，这代表了他的一种姿态。

他写过诗歌，也写过散文，但他最大的成就还是在诗歌的领域。即使将他的诗歌放在当下这个时代来衡量，你还是会觉得他达到了一种了不起的水平，这说明他远远地超越了自己所在的那个时代。虽然他的创作仍然存在尼采式的痕迹，但对现在的写作者来说，依然有着一种巨大的召唤力。

今天，我们一直在讨论精神层面的话题，可是这些话题发展到最后，还是得归结到向“神”靠近的问题。因为，只有靠近“神”，我们才能更加清楚地观照到当下的一些困境。不过，相对于这种观照，更重要的问题是如何接近“神”？另外，在靠近“神”的过程中，我们会渐渐拥有一种为价值层面的东西划界的能力。那么，在面对诸多事物的来源时，我们也就有了思考的可能性。

## 十二、成功的作家懂得培养读者

●雪漠：我觉得，现在的文学陷入了一个巨大的困境，尤其在一些非文学因素的衬托下，文学的局面就显得更加尴尬。比如说，眼下的一些青春文学随随便便就能产生一百多万的盈利，可是我们这些作家虽然被广泛认可，作品的发行量却非常有限。一般来说，被认可的作家出版新作时，起印量也就是两万册左右，这个数字根本不能与青春文学作品的发行量相比。你觉得，出现这种情况的原因是什么？仅仅是读者或者时代的问题吗？

◎张存学：现在大家都在强调市场的力量，市场似乎已经变成了衡量作品是否优秀的唯一标准。就是说，如果被市场认可了，你就是成功的人，你的作品就是优秀的；否则，你的作品就一文不值。当然，此外还有一些别的评判标准，但这确实是一个普遍现象。

“80后”作家的作品我读得不多，但从另一个角度上来看，他们确实占据了大量青春阅读的读者，那么这些读者的阅读标准到底是什么？对于这一点，我们并没有很好地进行过思考。但是我们至少可以肯定，“80后”作家的作品，绝对很对这部分年轻人的胃口。

这个社会现状一方面显示出市场的尴尬局面，另一方面也说明了现在这些年轻读者对厚重的东西并不感兴趣。这或许是因为他们在上学的时候没有得到这方面的训练，以至于没有打开这样的一种视野。

●雪漠：一些孩子一直都没有培养出一定的阅读能力。

◎张存学：现在的社会背景之下，有多少中学生在独立思考方面进行过一定的训练？肯定没有多少。因为，现代社会一直进行着一种奴役化的知识灌输，这导致中国的年轻人不可能具备独立思考的习惯。现在的孩子从小开始，就缺少一个独立思考的空间，因此所有人都不愿意阅读一些额外的、不实用的东西，而那点少得可怜的空间，或许也早被一些平庸的媒体所占据了。我记得墨西哥作家帕斯曾经说过："现在的人，精神越来越贫乏，因此才会愚蠢地被电视所虏获。"但现在的情况是，这一代年轻人不但被电视所虏获，也被其他的一些媒体所虏获，比如网络等等。他们甚至连想象的空间都很少。

●雪漠：除了教育之外，这跟作家本身是不是也有一定的关系呢？因为我发现，作家其实是可以培养读者的。每一个成功的作家，都可以培养出一大批属于自己的读者。我就是一个非常典型的例子。我的读者群非常固定，而且一直在迅速扩大着。

我认为，在整个社会群体当中，有一部分人需要娱乐、消遣式的文学，但肯定还有一部分人需要真正的文学。一个作家真正的快乐，应该是为需要文学的那部分读者而写作。事实上，每一个拥有固定读者群的作家，都是在为需要自己作品的那部分读者而写作。而且，在西方，有很多优秀作家——包括萨特等人——也在扮演着类似于导师的角色。比如说，萨特就是一个社会活动家，他参与了大量的青年人活动，也曾经到各个高校进行演讲，很多听过他讲课的学生自然成为了他的读者，也成了一个又一个萨特思想的传播者。

我的意思是，在我看来，市场并不像我们想象的那样，在完完全全地拒绝一些东西。之所以很多人觉得市场拒绝了一切，是因为他们没有发现其中隐藏的一些“秘密”。所谓“发现”就是说，我们要像培养学生一样，培养那些需要文学的人，让他们成为自己的固定读者。他们在阅读以及跟作家交流的过程中，自己就会成长，因为这种成长，他们的阅读能力也会越来越高，甚至可以自己去影响一些人。这就是我所说的“培养读者”。在这个时代，作家应该“培养”读者。

◎张存学：你说得非常好！这就是作家和读者的互动，也是在扩大阅读的影响。我觉得，作家主动去做这些事情是一种非常好的方式。

●雪漠：懂得培养读者的作家就像一个导师，也像一个火把，他可以点亮很多人的心灵。

◎张存学：这些作家其实已经把一些读者的思想和心灵都打开了，而这部分读者又会打开另一部分人的心灵。我觉得，对于一个作家来说，除了写作之外，“打开”的工作也很重要。

●雪漠：这种“打开”很有意义，因为它让你的作品具有了一种价值，一种能够真正影响自己心灵的价值。这个观点，是我在观察自己的生活经历时总结出来的。我发现，大多读过雪漠作品的人，最终都成了我的铁杆粉丝，这些人又会影响他们身边的人，包括他们的家人。

◎张存学：这里涉及一个“相遇”的问题，因为你肯定不可能专门去寻找，为一个人打开心灵。

●雪漠：我的意思是，作家要有意识地培养自己的读者，让他们在成长的过程中影响更多的人。巴金就是这样，“巴金现象”并不是偶然的。

评价巴金，不能只看他的作品，还要看他的行为。他的创作，他的编辑生涯，他的良心，他承载苦难的心灵，他早期的觉醒、晚年的忏悔，他对自由的追求，对后辈的扶植等等，都构成了他丰富且独特的人生，赋予了他一种独特的生命价值——这个价值，远远超越了文学的范围——也为我们这个时代提供了一种宝贵的启迪和营养。

他的苦难意识、心灵救赎和灵魂忏悔，是对现代人最好的滋养，也是中国文坛最需要的东西。所以，巴金的价值不光体现于他的作品，也体现于他的存在本身。而后者的价值，又远远大于前者。他用自己的生命，写出了最好的作品——巴金。这本身就是一个了不起的奇迹。中国的文化土壤中，能出现一个这么伟大的灵魂，是一个时代的收获。因此，从一定意义上来说，他的存在或离去已经没有太大区别了。他本身就是中国乃至世界文坛不可忽视的丰碑。他的精神已经永恒。

如果一个作家能像巴金那样，那么他的小说不但会被时代所需要，也会影响很大一批人。这些被他的精神所影响的人们，最终都会变成他的忠实读者，以及他的支持者。

受到巴金影响的人有很多，除了一般读者，也有一些文化层次很高的学者和专家，比如复旦大学文学院副院长陈思和教授等人。这不仅仅是文学本身的力量。从文学的层面来看，比巴金优秀的作家或许还有很多，但是他们未必能得到巴金这样的成功。我觉得，这一点是非常耐人寻味的。

◎张存学：我想，在潜心写作之外，还是要做一些传播性和打开性的工作。

●雪漠：在我看来，你的作品能有今天这样的局面，就和这个原因有关。有时候，我们所认为的清高，只不过是一种消极与惰性。

◎张存学：这仍然是一个关于执著和打破执著的问题。更多的时候，我们其实还是自己给自己设定了界限，但你到了一定程度的时候，完全可以不把这种东西当成界限。

●雪漠：几年前，我发现作家应该培养自己的读者，这种培养主要是一种广义上的培养。就是说，作家不能躲在书堆里，让别人自己去发现你，而是要主动地借用某种方式，让世界发现你。

世界就像一个巨大的舞台，当你走上去展示你自己，而且你的舞姿非常独特，让人只看一眼就对你印象深刻的时候，世界自然就会发现你；相反，如果你躲进博物馆里，那么不管你的东西有多么独特，这个世界都肯定会忽略你，因为在舞台上展示自己的人有很多，而且没人知道你的独特。

中国文学出现目前的尴尬局面，与作家远离时代有很大的关系。就算一个作家在文学创作方面不是特别出类拔萃，如果他有伟大的人格，像十九世纪的一些大作家那样，介入社会，关注社会，那么他依然会非常耀眼。比如，托尔斯泰的大部分读者都是他精神的追随者，巴尔扎克也是这样。那个时代的很多作家，不但用笔在写作，也是在用自己的生命写作。以是缘故，我经常说“巴金最好的作品就是他自己”。因为，他为这个世界贡献了一个“巴金”，这个意义不在他的《家》《春》《秋》之下。当一个人这么做的时候，世界总会用相应的东西来回报他。

我前面谈到的演讲，就是一种推广式的展示，也是一种介入社会的行为，但它并不是唯一的形式与行为。当一个作家有了一颗关注社会、贡献社会的心时，他自然就会发现很多介入社会的方式。

这几年来，发现自己的读者群之后，我就慢慢地思考过一些问题。我发现，当一批读者认可你的精神，并且对这种精神有所追求的时候，他们也就认可了你的作品，认可了你的灵魂，认可了你这个人。

我给你举几个例子：有一次我到东莞文联去，有好多读者都跟了去，当时把文联的林岳主席吓了一跳，他搞不懂为什么来了这么多人，还以为文联的杂志出了啥问题，有人闹事来了，后来才发现，来人是我的读者。还有一次，我在上海的几所大学里演讲，全国各地的读者都涌向了那个地方，有的人还带了摄像机和照相机，自发地进行实地记录。当一些教授的发言不合他们的意的时候，他们还会自己站出来发言。有趣的是，一些读者的发言，有时候甚至比教授的发言更精彩。

我的意思是，在这个时代，读者需要发现作家，但作家更需要发现读者。因为，现在的读者跟过去的读者不一样，他们能随时随地接收到无数信息，所以他们自己也在极力寻找着一种在一般信息中得不到的东西。如果你能让他们在信息的大海中发现你，而且你确实有一种独特的东西，那么他们就会认可你，甚至用最大的真诚来支持你。

◎张存学：这些读者对一般的信息已经厌倦了，他们想寻找一种不一样的东西。

●雪漠：上海大学文学院的王光东教授曾经对我说过："雪漠，我告诉你，我在上海待了很多年，一直想听到你这样的声音，但是直到今天才如愿。所以，我把你当成我的兄弟。"类似的事、类似的人经常在我的生命中出现，包括我到法国巴黎的法兰西学院去演讲的时候，也有过相似的经历。这说明，我们失语的时候，有人也正在寻找，但一直都没有找到；只有在我们说话的时候，他们才能发现我们。所以，我们应该把握好每一个舞台，让世界知道我们的存在。做不到这一点，或者不知道自己应该这样做的话，作家与读者之间就会脱节，而这正是中国作家正在面临的问题。

◎张存学：确实存在这个问题，我自己在这方面也做得远远不够。

●雪漠：很多作家都是这样，甘肃作家在这方面暴露出的问题更加明显。不过，有的作家不走出去的时候，看起来还像个作家，但一张嘴就变成了一个非常浅薄的混混。为什么呢？因为，他的肚子里根本就没有什么值得去展示的货色。这样的作家，还不如不要走出去更好。相反，一些真正拥有灵魂、拥有文化底蕴、拥有信仰，在文学上有着相当造诣、在人格上有着较高境界的作家，真的必须要转变观念，该走出去就走出去，不要有丝毫的犹豫，要像萨特那样。

萨特认为，应该发出声音的时候，就必须发出声音，必须介入社会，这也是海德格尔的姿态。这种介入，甚至是一种历史的介入。

出生于甘肃甘南藏族自治州的张存学，作品曾刊载在《收获》《十月》《小说选刊》《中华文学选刊》上，并出版了中篇小说集《蓝丽》、长篇小说《轻柔之手》等，为中国作家协会会员。

# 信仰是人类的精神家园

## ——答武汉科技大学王庆副教授问

### 一、点亮文学之灯

◎问：雪漠老师您好！感谢您在百忙中接受我们的访问。您说过，上初中时，您就想当个作家。那么，您还记得自己第一部正式发表的作品是什么吗?

●雪漠：我正式发表的第一部小说，是《长烟落日处》。创作这部小说时，我的状态和后来一样，也是火山爆发般地自由喷涌。我的所有好作品都是这样。

如果你读过我的小说，就会发现，其中的人物也罢，情感也罢，都非常鲜活、饱满、毫无造作。这是因为，当情感的饱满超过一定程度的时候，我就会从心里流出最美的文字。它就像女人怀胎十月后生下的婴儿，本自天然，没有一丝造作。

◎问：您在《热血厚土》中说过，《百年孤独》对您的启发很大。我想知道，它究竟给您带来了什么启发呢？

●雪漠：它就像一个开关。读它前，我不会写小说，也没有经过真正意义上的、作家的练笔；读它后，我心中的文学之灯突然就亮了，想从灵魂里吐露一些东西，于是才写出了一些不错的作品。《长烟落日处》便是其中之一。

但是，《百年孤独》给我的启发，仍然不能跟托尔斯泰的作品相比。

读完托尔斯泰，我就不再满足于《百年孤独》的那种写法了。因此，我重新练笔，足足苦练了五年，才真正开始写《大漠祭》——要想知道其过程与感悟，可以看看本书。

◎问：《长烟落日处》的确很优秀。它应该是您在二十五岁时——也就是1988年发表的作品吧？我记得，过去您好像说过，那时您固有的文学观发生了巨大的改变，以至于抛弃了熟悉的创作方法，去寻找另一种感觉，结果遇到了很大的困难。多年后的今天，您怎么看待当时的那种变化？具体说来，就是变化前的笔法和文学观是什么？变化后的笔法和文学观又是什么？

●雪漠：所谓的“变化”，就是达到一种“无我”的写作状态。虽然《长烟落日处》是从心里流出的作品，非常真诚，但它代表的是那时的我。那时，我仍然是“小我”，心里充满了“我”的欲望、“我”的期待、“我”的失落。那样的我，就像是一只小小的杯子，再怎么努力，都只能容纳一杯水。它是不可能映照出世界的。能够映照出世界的，只有大海。所以，我所有的目的，就是打碎那“杯子”，让生命与创作融合在一起，融入一个巨大的世界、巨大的存在。此后，我才能自由地驾驭灵感，写出真正优秀的作品。

完成这一点之后，我才开始写《大漠祭》——虽然之前也在写，但那时的写，更多的是一种修炼，而不是真正的创作。真正地创作时，我的笔就像是一眼源源不断的温泉，总是从最深处，喷涌出最温润的文字，先感动自己，再感动世界。到现在为止，我写了六部长篇小说，每一部都非常精彩、独具特色。我的小说，越往后就越精彩。这是因为，智慧一旦打开，灵感就会不断向外喷涌，越喷越有激情。

## 二、精神与现实是织锦的两面

◎问：您的前三部作品备受瞩目，可以说是现实主义写法的胜利。虽然我国文坛一直提倡现实主义的文学创作，但我们的作家在这方面一直没有做足、做透。最初，作家们受制于意识形态，后来——八十年代——又兴起了现代主义，现实主义就过时了。所以，您那种带有批判色彩的现实主义作品，就引起了广泛的关注。

●雪漠：我的《大漠祭》《白虎关》《猎原》是现实主义作品，后来的《西夏咒》《西夏的苍狼》《无死的金刚心》也仍然是现实主义作品。不过，后三者属于心灵与灵魂的现实主义，而不仅仅是物质世界的现实主义。而且，“大漠三部曲”与“灵魂三部曲”看起来是互不相干的两个系列，但事实上，它们是统一的，不能分割。这就像一个人站在宁静、清澈的湖边，你既能清楚地看到他，也能清楚地看到他投射在水里的影子。写《大漠祭》的雪漠，肯定能升华为写《西夏咒》的雪漠。《大漠祭》里的灵官，也肯定会升华为《西夏咒》中追求灵魂自由的琼。换句话说，只要作者有心灵的追问、寻觅和升华，作品就必然从现实世界上升到心灵、灵魂的世界，然后挥洒出各种不同的景致。否则，作者就只能重复自己。

## 三、信仰是人类的精神家园

◎问：您的作品《白虎关》写到了现代语境下西部农民的生存状态，也写到了工业文明对农业文明的冲击。可见，您在这方面思考得很深。那么，在您看来，当前中国乡村最大的问题是什么？针对很多农民都远离土地、进城打工这样的现实，我们最该关注的是什么？

●雪漠：事实上，中国的乡村已经被打碎了，千年来的传统农业文明也被打碎了。但真正的问题不是这个，而是打碎之后，没能建立一种新的价值体系，因此当代人的精神世界显得非常混乱。不过，这不仅仅是农村目前面临的问题，更是整个国家、整个时代正在面临的问题。所以，我们最应该关注的，不是农民们是否涌入城市、该不该涌入城市，也不是他们涌入城市之后会怎么样，而是如何建立新的价值体系。换句话说，就是心灵、灵魂、信仰的问题。

农民们失去土地，就失去了心灵的家园，就会觉得心里没有依怙。即使他们非常努力地站在城市的柏油路上，也像是半空中飘摇的蒲公英，不踏实，没有家的感觉。因为，“家”不仅仅是房子，也不仅仅是亲人，而是一种安全感，是一种安心、温暖的感觉。如果一个人在疲倦、心累时，可以回到一个地方，像受伤的小鹿那样舔舐自己的伤口，然后变得踏实、满足，他就有家；如果找不到这种感觉，就算他买了房，办了城市户口，也没有家——这是全体人类的共性，而不是农民工们的特性，有好多城市白领也是这样。他们本质上就是打碎了“乡村”、失去了

“家园”的农民。他们想追求些什么，又不知道该追求什么，也不知道可以追求什么。他们得不到城市精神的抚慰。

什么是“城市精神”？所谓“城市精神”，就是人文精神。你就算在一个城市里生活得再久，也未必能拥有城市精神。因为，你生活的城市本身未必有人文精神。目前，中国的一些地方空有城市的表象，却没有城市的内涵。它们是在农村的废墟上建立起来的，不一定完成了一种从农村到真正意义上的城市的升华。繁华也罢，现代化也罢，都是农业文明的碎片堆砌而成的空壳、幻影，里面根本就没有什么东西。所以，有人文精神者的稀有程度，相当于浩瀚宇宙中的点点星光。

不过，我并不否认打碎“乡村”的必然性与必要性。因为，传统的乡村文明有它美好的地方，也有其落后之处。

举个例子：从广东回到武威的时候，我突然就感到失重了。虽然我还是可以正常活动，但总有一种寸步难行的感觉，仿佛有很多无形的东西在制约着我。它们不可捕捉，就像空气一样，始终围绕在我的左右，形成了一种胶着的状态。只要我留在这个地方，就逃不开这种氛围，它似乎变成了一种巨大的惯性——土地文化的惯性。

我曾经说过，凉州这片土地上的文化有其博大之处，也有它的狭隘和复杂。凉州人一方面知足常乐、安守本分，另一方面，又会排挤那些跟自己不一样的人，尤其是那些出类拔萃的人。前不久，我认识了一个农民书法家，他的字写得非常好，但谁都不觉得他有多么优秀，更没人把他当成书法家。他家很穷，因此他难有发展的机会，慢慢就被埋没了。如果我不走出武威，不走向一个更大的世界，就会像他一样，要么过得非常潦倒，要么被同化，要么被土地文化中的狭隘给活活憋死。

这就是那片土地的可怕之处，也是乡村文明必须被打碎的原因。

从人类的角度来看，你就会发现，传统乡村有很多优秀的、质朴的、伟大的东西，也确实有很多制约人类发展的弊病。如果不把这些东西给打碎，只保留乡村的美好，中国就不可能发展壮大，只可能变得更加落后。作家也是这样。如果一个作家始终怀念乡村，敌视城市文明、工业文明，他就不可能成为大作家。

所以，我们可以留恋过去的美好，但必须要明白，落后是必然会被进步所取代的。

◎问：对，这是一个世界性的问题。沈从文、贾平凹和美国的福克纳都写过这个问题。全世界各个地方，都曾经遭遇，或者正在遭遇工业文明对农业文明的冲击，都有过痛苦的体验。那么您觉得，在这种历史转折中，我们的西部作家最痛苦、最尖锐、最有价值的体验是什么呢？

●雪漠：信仰。西部最优秀的地方，就在于这片土地上有信仰。

相较于东部，西部有点贫穷，但西部人的幸福指数一点也不低。他们很知足，心灵也非常满足，因为他们有信仰，有心灵的依怙。西藏、青海、甘肃等地都是这样。这里的人们活得很自在，也很快乐。精神的富足，已经弥补了他们在物质享受上的一些缺失。当然，外来文化的冲击，给这片土地带来了一些改变，但“为什么活着”“活着的意义”等灵魂层面的追问，却没有随着时代的变更而消失。它仍然是西部文化中最为博大厚重的东西，也是西部人能非常自豪地向这个时代输送的一种珍贵体验。

东部人、南方人望向西部的时候，不应该仅仅关注它的贫瘠、落后，更应该把西部文化的营养汲取过来，滋养自己的灵魂与心灵。十年前，创办雪漠文化网（www.xuemo.cn）的时候，我就想到了这个问题。我想借助现代文明的产物——网络，来打破地域局限，将西部文化中最优秀的东西传播出去，利益所有需要它的人。后来，我在外出学习、实践的过程中，也绝不会丢失西部文化中足以成为灵魂标杆的部分。

◎问：在西部文化中，宗教的成分确实很明显。在这一点上，西部作家的体验就会非常深刻。另外，许多评论家、理论家都推荐您的《猎原》，他们认为，您在这部小说里谈到的工业文明冲击下人类的诸多生存问题——例如沙漠吞噬良田、干旱问题等——都十分尖锐，不是甘肃作家，往往写不出来，至少没法写得这么鲜活。

●雪漠：《猎原》的读者最多，它刚出版就上了好几个城市的畅销书排行榜。《大漠祭》和《白虎关》都没有出现盗版，但《猎原》有大量的盗版。

## 四、用文字创造活在向往中的女子

◎问：您的前三部作品中，最鲜亮的都是女主人公。她们在精神境界和情感的细腻程度上，都超过了作品中的男性形象。您专门写过一篇学术散文，叫作《凉州女人》，其中也谈到了西部女性。您说过，乡村女性的生活，实际上是非常黯淡的。那么，为什么她们反而更有潜质升华成那么美好的形象呢？

●雪漠：我曾经跟妻子开玩笑说，我对凉州没什么牵挂，因为这里优秀的女子不多。当然，我不是说这里没有好妻子，没有好母亲，而是说，这里没多少能让我饱含情感地去描写的优秀女性。

看过雪漠作品的读者们都知道，我评价好女人的标准，跟一些人不太一样。现在有好多人觉得，贤妻良母就是好女人，但我不这么认为。我所认为的好女人，首先要是个好人，然后才是个好女人。比如《大漠祭》中的莹儿、《猎原》中的豁子女人、《西夏咒》中的雪羽儿，《无死的金刚心》中的莎尔娃蒂，她们都是我在现实生活中遇不到的好女人。因为遇不到，所以我就用文字去创造了她们。因此，你会发现，她们富有女孩的浪漫、纯真、温柔、质朴，没有一点功利色彩，又有成熟女性的担当与奉献。尤其是《西夏咒》中的雪羽儿，她已经成为了男性世界中一个完美女性的图腾。正如我在一次访谈中说过的，每个男性，都渴望着生命里能出现一个雪羽儿那样的女性。如果现实生活中没有这样的女人，他们就会在精神世界里去向往寻觅。正如《无死的金刚心》中，琼波浪觉对奶格玛的寻觅一样。不过，他不一定是在寻觅一个完美的女性，而是在寻觅一个信仰的图腾。

凉州女人都是很好的母亲、妻子，但她们不一定是好女人。因为，这片土地上的文化，已经扼杀了她们身上最美的东西，让她们失去了梦想，失去了向往，变得功利了。换句话说，你在我的作品中读到的那种美好形象，实际上是我对女性的一种向往。

## 五、灵魂深处的文学营养

◎问：一个作家的文学积淀、文学启蒙、阅读经验，都会对其创作产生无形的影响。三十岁前，您读的都是中国作家的作品，那么您对哪些中国作家的作品格外有感触？特别是1918年以后的作家。

●雪漠：许多具代表性的作家，其作品我都读过，比如鲁迅、周作人、朱自清、沈从文、汪曾祺等等。而且，他们的书，我基本上都读透了。就是说，我将其作品中的营养统统吸收过来，为我所用，因此我非常自信。

1918年以后的中国文学作品当中，我比较喜欢沈从文和汪曾祺的东西。但是，托尔斯泰和陀思妥耶夫斯基对我的影响更大。我的《大漠祭》《猎原》《白虎关》等作品直接秉承了托尔斯泰、陀思妥耶夫斯基和《红楼梦》的创作路线，《西夏咒》《西夏的苍狼》和《无死的金刚心》则纯粹是自己的风格，没有一点模仿的东西。

不过，托尔斯泰和陀思妥耶夫斯基对我的影响，更像是一种植入生命深处的基因，它在灵魂的层面影响了我，使我在创作中自然而然地散发出了那样的一种味道——中国作家协会创研部主任、著名评论家胡平先生多次在发言中谈到，说雪漠有种托尔斯泰的“味道”。实际上，创作任何一部小说时，我都不在乎规则，或者前人的套路，我在乎的东西只有一点：能不能把自己心里的东西流出来？能做到这一点，就行了；做不到，我就会重写。不过，自从正式创作《大漠祭》开始，我连这一点也不在乎了。我只管做我该做的事，享受我的写作，其他的一切，包括稿费、版税、发行量、专家评价等等，我统统不在乎。有多少人愿意听我说话，我的作品有多大的影响力，我也不在乎。因此，我的笔下反而能随时流淌出一个世界。

◎问：您说过，读懂托尔斯泰的作品，是需要某种资格的。这个资格是什么？

●雪漠：你的精神境界必须跟他差不多，否则你就读不懂他。

◎问：您盛赞托尔斯泰，他的作品究竟在什么地方打动了您？他给了您什么滋养？

●雪漠：第一，他的作品是写实的，反映的是一个时代的生活。他善于捕捉和描写能够体现时代生活的细节，所以，他的每一部小说，都是鲜活的生活画面。就是说，你会借助他的小说，“进入”十九世纪俄罗斯的生活场景当中。在这一点上，他给了我很大的启发。因此，我首先有意识地训练自己写实的功力。当我发现自己的写实功力已经达到一定程度时，才觉得自己可以写长篇了。

第二，他笔下的所有人物都是鲜活的，都有饱满的灵魂。很多作品都做不到这一点，它们只有角色，没有人物。

第三，他的作品中渗透着巨大的悲悯和人道关怀、人文关怀。

第四，他的作品中有一种灵魂的厚度和宗教营养，这来自于他的宗教信仰。

托尔斯泰的作品就像一座大山，它一直耸立在我们的面前。我们仰望他，试图走向他，但真正能达到他那种境界的人，并不多。而且，当下许多中国作家所缺乏的，恰好就是托尔斯泰作品中蕴含的这些东西。因此，对于现在的许多作品，包括一些畅销的、评价极高的作品，我都读不下去。即使勉强能读下去，印象也不深。因为，那些作家一边写作，一边想着如何让作品更加畅销、如何迎合或拉拢读者，他们没有自信。没有自信、缺乏真诚的作家，肯定不是好作家。因为他们的心不属于自己，属于这个纷纷扰扰、充满诱惑与假象的世界。他们无法站在一个比较高的地方，用智慧来观照世界、历史、人生，然后写出一些让人看了能有所收获、有所感悟的东西。他们写出的作品，就像没有思想、没有文化、虚张声势的人，你跟这样的人聊天，得不到什么东西，仅仅是在浪费时间。他们说过的话，也很快就过去了，没有多少意思。我不愿意读这样的小说，更不愿意写这样的小说。

◎问：现在，每年都出版很多长篇小说，其中确实不乏注水的作品，也不乏拉长文字的作品。那您怎么看待巴赫金？我记得，您还读过巴赫金的诗学研究。他专门谈过作者与主人公的关系，他的观点，跟您的创作相吻合吗？

●雪漠：巴赫金所有的作品我都读过。他的复调理论很著名。在他看来，陀思妥耶夫斯基创造出的那种全新的艺术思维类型，就是复调型。我和陀思妥耶夫斯基的创作路线是一致的。我的《西夏咒》中有很多对话，并且不是小说人物间的对话，而是另一个生命个体与作者——也就是我——的对话。这时候，不是我在写他，而是他自己在说话。因为，他不仅仅是一个小说角色，还是一个饱满的生命体。他和我，是平起平坐的主体，他有着非常自主的声音。我只是以作者的身份与他们交流，而不是以上帝的身份去控制他们。

## 六、崇高不是学问，而是行为指南

◎问：我把您的创作道路总结为“从现实主义的胜利到超越精神的高标”。我觉得，您的精神追求是一些作家望尘莫及的。九十年代以来，一些作家在创作中也坚持精神追求，但是他们不敢，或者羞于大声地呼吁崇高精神。你不同的地方是，你不但坚持，还站出来大声地提倡这个东西。

●雪漠：为什么我会显得那么特别呢？因为这是个容易堕落的时代。好多人都在追求欲望，很容易堕落，如果有一个人站起来呼唤崇高，别人就会像看怪物一样看他。我在小说《西夏咒》里描写了这样的一个情节：所有老百姓都在抢赈灾粮，但吴和尚不愿意抢，他宁愿饿死，也要守戒，因此把所有老百姓都得罪了。为什么呢？因为，如果整个时代都在堕落，人们就不会向往崇高了，他们甚至会把一些人的崇高或者向往，当成对自己的否定与挤压。这是非常可怕的。

◎问：您的文化积累非常深厚，精神资源也十分广博。关于宗教信仰，人们已经谈了很多，在这里，我想请您谈一谈中国传统文化——比如老子、庄子、王阳明等人的著作——对您的影响。

●雪漠：我十八岁就读过庄子的《逍遥游》《齐物论》和老子的《道德经》，而且读得很深。儒释道的其他经典作品我也都读过，都能讲出其中的精髓。因此，我对中国传统的道家文化、儒家文化非常熟悉。另外，国外著名思想家——比如苏格拉底、柏拉图、尼采、萨特、海德格尔等人——的作品我也有涉猎。我的知识体系比较庞大，文化积淀也相对深厚。这就是我自信的原因。

对东西方文化进行比较研究之后，我发现，海德格尔和庄子的许多思想其实是相通的，他的精神追求，跟庄子、禅宗、大手印追求的最高境界也有相似之处。不过，他倾向于探索一种道理——也就是做学问——而不是亲身去实践自己探索的真理。就是说，他没有把思想和生命状态、人格境界融合在一起，因此，他的生活中才有那么多为人所诟病的东西。但中国的庄子不是这样。庄子用生命实践了自己的哲学主张，真正和大自然融为一体了。这就是海德格尔和庄子、禅宗不一样的地方。我跟庄子一样，说到就肯定能做到，不在乎的就肯定不在乎。

◎问：因为有浑厚的宗教背景，所以您勇于倡导精神的超越、心灵的自由、人格的高尚。您的超越精神已经得到了广泛的认同，也影响了很多人。不过，我注意到社会上有一些观点跟您不太一样。例如，您提出克服欲望，但有人也提出，欲望能促使人奋进。您怎么看待这个分歧？

●雪漠：欲望有两种：一种是动物性的生理需求，例如生存层面的物质需求；另一种是向上的信仰、精神的向往、理想的追求等等，佛家称之为“发愿”“发心”，这也属于一种欲望，但我提倡这个东西。我认可向上的欲望，反对堕落的、动物性的贪欲。

## 七、信仰是一种精神奢侈品

◎问：您以前身居西北小城，现在定居在广东东莞。可以说是从中国经济最不发达的地区，移居到中国经济最发达、现代化最迅猛的地区。进入这样一个世俗化、欲望化非常强烈的世界，可能会让您这样的精神朝圣者，对现代化的万丈红尘看得更清楚一些。但是，对于一般的现代人来说，如何在这种不可阻挡的喧嚣中，寻找心灵的滋养与清凉呢？

●雪漠：我在广东有很多学生，在凉州反而很少。其原因是，饿着肚子的人，是很难有精神追求的，那些追求信仰、追求精神升华者，往往是一些没有生活之忧、生活没有陷入窘境的人。因此，物质发达的地区更需要信仰。

在广东，我有很多学生放弃了很好的工作和物质生活，专门追求信仰，但我在凉州很少遇到这样的人。在凉州，生存问题其实还是主要问题。

一个城市的经济越发达，宗教就越发达。因为，人们的吃饭问题解决了，衣食无忧了，信仰才会升华为一种真正的精神追求。

另外，我在广东感受到一种巨大的包容性。广东人的文化素质很高，他们懂得欣赏优秀的东西，不断吸纳外界的营养，也能包容我这个外来人。但在西部的一些地方，如果你很优秀的话，就很可能会成为众矢之的。

## 八、终极关怀的起点是把握当下

◎问：您对“终极关怀”的理解好像跟别人不太一样？人们普遍认为，当人类面对人的有限性去探索“超越”与“永恒”的话题时，就属于“终极关怀”了，而您却用“关怀当下”来诠释它。

●雪漠：“终极关怀”包括两方面内容：一是针对死亡的个人终极关怀，二是针对人类的终极关注。不过，所有的“终极”，都必然由每一个当下构成。没有当下，就谈不上任何意义上的终极。所以，我们不管谈论“超越”，还是“永恒”，都不能越过“当下”。就是说，世事一直在变化着，除了当下，我们把握不住什么东西。无数个消失的当下构成了过去，无数个还没发生的当下构成了未来。以是缘故，把握住当下，也就把握了过去与未来。同样地，心一变，当下的态度与觉受就变了，心中的世界也会改变。

例如，眼下我们在谈话，过一会儿这场面就消失了，你能留住它吗？不能。谁也不能。我们能做到的，仅仅是把握当下，快乐地、真诚地聊聊天。之后，我们谈话的内容，就会被整理成文字，收录进我的“雪漠心学大系”。假如我们把握好当下，多谈一些有益的内容，将来这段文字面世的时候，或许就会给好多现代人带来启发，让他们从烦恼与迷惑中解脱出来，找到人生的方向。因此，大手印文化非常重视当下心灵的明白、清凉、快乐。

大手印认为，人们应该在生命的每一分每一秒中明白地做事，不要被世态控制，不要计较后果，也不要去关注那些与生命本体无关的东西。要放下烦恼，享受做事的过程，积极地把握当下的生活，把握生命本有的快乐。如果能做到这一点，人们的生活就和谐了，世界也就和谐了。

## 九、谈谈“灵魂三部曲”

◎问：您的信仰和超越精神直接催生了“灵魂三部曲”。这三本书出版之后，我发现了一个有趣的现象：许多读者并不反对您对信仰的坚持，但大家都很纠结信仰与爱情的关系。我看到您有三篇博文都谈到了这个问题，其中一篇博文就叫《当爱情和信仰纠结》。为什么会出现这样的一种纠结呢？

●雪漠：事实上，在传统佛家中，爱情与信仰几乎是对立的，小乘佛家甚至提倡绝欲。因为，没有升华为信仰的爱情，是红尘中最纠结的一种情感，它是影响超越与解脱的因素之一。只有升华为信仰的爱情，才能真正地给信仰者带来利益。但是，爱情是排他的，信仰是利他的；爱情是执著的，信仰是破执的。这两者之间必然产生冲突。所以，信仰一旦遇到爱情，就会变得分外纠结。然而，没有爱情又不可能拥有信仰，因为信仰是升华后的大爱。以是缘故，爱情与信仰之间的矛盾统一，是千年来难以解决的问题。

我的“灵魂三部曲”用小说形式表现了这个问题。其中，《无死的金刚心》里莎尔娃蒂对琼波浪觉的情感，是貌似爱情的信仰；《西夏的苍狼》里紫晓对黑歌手的情感，是貌似信仰的爱情；《西夏咒》中琼和雪羽儿的爱情，才真正地把两者完美地结合在一起。不过，这个东西我还没有写透，以后还要继续写，专门再出一本书。

◎问：陈晓明先生曾经说过，他认为您的《西夏咒》有先锋小说的流风遗韵，还有人说它是中国的《百年孤独》。但这部小说不太好理解，您能帮读者们解说一下吗？

●雪漠：我并不是故意把《西夏咒》写成这样的。创作《西夏咒》时，我感到一个巨大的存在，一个巨大的世界，它是一团混沌、包罗万象的，没法用以前那种现实主义手法将其表达出来。所以我就换了一种写作风格。这也是我对自己的又一次“打碎”和探索。

后来我梳理了一下，将《西夏咒》的内容大概分为两条线索：第一，父亲和母亲不断争夺儿子琼，父亲希望他当强盗作恶，母亲希望他修行向善，这象征了一种善与恶的斗争，是人类千年来的主题；第二，琼与女飞贼雪羽儿通过双修的形式实现了超越。

这两条线索，又可以分成三个层面：一是现实层面，包括干旱问题、饥饿问题等等；二是西夏的历史，我依托护法神阿甲千年的眼光，写了那片土地上的历史；三是梦魇世界，即现实世界与信仰世界的纠结。

我这么一划分，也许有人会觉得《西夏咒》清晰多了。但事实上，好作品本身就是说不清、道不明，是剪不断、理还乱的。而且，正是因为这样的一团混沌，《西夏咒》里才包含了无穷的话题。

◎问：您在《西夏咒》中描写了许多人类的罪恶，例如活剥人皮、将人活活煮死等等。但是，这些血腥的场面却不显得有多么恶心，也没有让读者感到不舒服。您是怎么做到这一点的？

●雪漠：我虽然写出了血腥，但我不欣赏血腥，甚至反对血腥。我是怀着悲悯心描写这些细节的。我的写，不仅仅是在展示血腥，而是用智慧去观照它，旨在让读者从中读出一种超越血腥的东西。所以，读者自然不会从中吸收到负面的能量。一些作家跟我不一样的原因是，他们写血腥，要么为了展示罪恶，要么为了吸引眼球，背后没有一种巨大精神力量的指引与观照。因此，他们只能给读者留下一种恶心、不快的感觉，甚至会激起读者心中一种非常邪恶的东西。

◎问：我注意到，您在《西夏咒》中用了很长的时间去叙述某些细节。比如雪羽儿被压断腿这一节，您将细节放大，写了很长的一篇。我们称之为叙述速度慢。

●雪漠：对，我的所有作品当中，都有许多精彩的、细化的描写。例如，《大漠祭》中憨头临死前的体验，《猎原》中豁子被火化的细节等等。别的作家对于这种细节，一般是一笔带过的，但我写得很细，也写得很饱满。不过，一些作家不是不想这么写，而是进不了那种深层的生命状态。因为，他们感受生活的能力不够，灵魂深度不够，精神上达不到这个层次。我之所以能做到这一点，是因为我专门花了很多年的时间，专门训练自己的心灵，因此我有很深的生命体验及灵魂感悟。

## 十、信仰状态下的写作

◎问：陈晓明先生评论您这是附体写作，我看您在《无死的金刚心》后面提出了“神性写作”。

●雪漠：有一次中国作协在北京开会，与会的学者们总结我的作品，说那是神性写作，我觉得这个提法很好。准确地说，这应该是佛性写作，但称之为“神性写作”也没有错。不过，这里的“神”并非某个特定的人格化存在，而是人格的升华与超越。

“附体写作”的说法也很好，它指的也是一种信仰状态下的写作。

我能随时进入一种状态，你可以称之为灵感。我任何时候都进得去。你一旦进去，就会发现，那里仿佛有一个大海，涌动着一种大力。所以，我不像一般人那样，必须借助外物的刺激来寻找灵感，或者苦苦地等待灵感的出现。我什么时候想写东西，什么时候就会出现灵感。而且，我的每一个文字，都是从灵魂深处迸出来的，充满了生命的力量，不是轻飘飘的，也从不显得头重脚轻。没有信仰，没有相应的生命体验，没有实现信仰层面的超越，就无法进入这种状态，也无法实现这种写作。因此，它是不可复制的，是圆满的。

神性写作是一种非常重要的写作体验，柏拉图专门谈过这个问题，西方也有很多神性写作的案例。据说，《古兰经》就是在这种状态下“流”出来的。

## 十一、探索形式源于内容的需要

◎问：《西夏咒》的形式带有先锋性、魔幻性，又是本土化的。

●雪漠：《西夏咒》的内容决定了它的形式。没有这个形式，就无法表达这样的内容。这不是模仿。

◎问：我国八十年代的现代派作家非常强调形式，您写了这么多作品，对形式的意义是不是体会更深了？

●雪漠：我刚开始是不追求形式的。我经常说，如果我本身是个狮子，就肯定能生下狮子；如果我本身是个老鼠，就只能生下老鼠。换句话说，一个作家最重要的是修炼自己，让自己变得强大，有独立的人格，有智慧的眼光，有宽广的视野，这是作家的“内功”。直到创作《西夏咒》的时候，我才开始追求形式。因为，只有合适的形式，才能承载我想要表达的内容。

时代变了，我的生存状态变了，我的经历变了，

“我”变了，我想要表达的东西也变了。写“灵魂三部曲”的我，绝不可能回头再去写《大漠祭》，也肯定写不出来了。所以我才开始了形式上的探索，这跟我的“内功”有关。《西夏的苍狼》和《无死的金刚心》也是这样。

现在，中国作家对形式的探索远远不够，一些人的花招很多，但内功不够。

◎问：您也读过外国的现代派小说，比如《百年孤独》《追忆似水年华》等等。您觉得，这些现代派小说跟您眼中的伪现代派小说有什么区别呢？

●雪漠：国外一些别人说很难读的现代派小说其实很吸引我，比如《尤利西斯》，我就很喜欢，也能读得入迷。外国的现代派大师有着深厚的内功。他们的思想深度、灵魂信仰的追求、强大的生命体验、巨大的人格力量，都是中国的很多作家难以企及的。因此，他们可以自然而然地要出各种招数，中国的一些现代派作家却只能模仿别人。这一类中国现代派作家与外国现代派作家之间的区别，就像猴子与孙悟空之间的区别一样。他们只懂得一点点花拳绣腿，所以我将其视为“伪现代派”。

## 十二、在毫无功利的写作中享受快乐

◎问：您修改长篇小说的方法非常辛苦，不是在底稿上修改，而是一遍一遍地重写，这种方法有什么独到的好处吗?

●雪漠：我一遍遍地写小说，其实在以一种写作的方式修炼。我不在乎写出来的东西能否发表。因为，我的写作不仅仅是写作，也是一种人格修炼。在这种修炼当中，我享受过程，不问结果，非常快乐。所以，对我来说，一遍一遍地重写并不辛苦，反而是一种享受。

也是因为这一点，我的作品里始终有一种强大的精神力量，让每一个文字都显出一种厚重的质感。我从不媚俗。我很谦虚，也很自信，不在乎文坛怎么看我，评论家怎么评论我。我在乎的，仅仅是雪漠能否成为最好的自己，雪漠作品能否成为不可替代、不可复制的存在。

因此，在农业文明即将消融于历史的暗夜时，我写下了《大漠祭》《猎原》《白虎关》。我想为未来的历史保留农业文明最后的一个生存范本。《西夏咒》《西夏的苍狼》《无死的金刚心》也实现了这样的一种价值。不过，它们保留的，更多的是一种精神世界的真实，以及某个信仰群体的生存状态。

我不期待写作能给我带来多少金钱、物质与名利，只想在飞快消失的岁月中，在虚无中，建立一种岁月毁不掉的价值。假如有一天，一些中国作家也有这样的追求，我相信中国的文坛就会出现一种截然不同的景象，甚至创造出一种真正的辉煌。

◎问：我注意到一个有趣的现象：您写长篇小说的时候，前面的没写好，后面的就已经写好了，然后再重新组织安插。这是什么原因呢？另外，您专注于长篇小说的创作。您的长篇小说信息量非常大，在叙事节奏的快慢、详略安排、线索交织、结构布局等方面，都自有独到之处。谈谈您在这方面的创作经验吧。

●雪漠：我很少看文学理论之类的书，也从不用概念和理论指导我的创作。如果在创作长篇小说的过程中，我的心里有这些概念，流出来的东西就不对，我也写不出什么好东西。所以，我不会在写作前设计自己，也没想过一定要写出好作品，我所做的一切，仅仅是在完成自己。当然，创作前，人物就已经在我心里“活”过来了，大概的形式也想好了，虽然不太清晰，但写着写着，就一切都水到渠成了。

## 十三、人生、艺术、道的合一

◎问：文学家一般都会谈到文学观。一些人的文学观是“艺术”，一些人的文学观是“人生”，一些人的文学观是“载道”。您的文学观又是什么呢？

●雪漠：我的文学观既是艺术，也是人生，更是载道。我没有将这三者分割开来，而是将其视为水晶柱的三个侧面。我在创作中，总是自然而然地把它们融为一体。不过，不同的作品，偏重点或许就会有所不同。

比如，“灵魂三部曲”更多地体现了“载道”，“大漠三部曲”更多地体现了“人生”。但前者必然也有人生和艺术，后者必然也有艺术与载道。因为，没有人生，就无以载道；道之不存，人生就不会丰富饱满；没有很好的艺术表达，人生与载道都无法得到很好的体现。因此，这三者在我的身上实现了和谐的统一。

◎问：您能不能结合多年的体会，谈谈文学和宗教的关系。

●雪漠：文学是形式，宗教精神则是营养、内容、精神钙片，也是我的一双眼睛。有了后者，前者才能走得更远；有了前者，后者才能为人所知。

## 十四、向世界输送心灵营养

◎问：您的作品被翻译、发表在国外的有哪些？被发表的原因是什么？

●雪漠：法国翻译过《新疆爷》。法国学者之所以认可这部小说，是因为他们认为这部小说写出了人类最伟大的爱情。因此，有人还将其编入法国人学汉语的教材。后来《新疆爷》又被译成英文，发表在英国的《卫报》上。

这篇小说是1993年完成的，1999年别人向我约稿时，我给了他，于是就发表了。然而，英国《卫报》发表《新疆爷》，却是不久前发生的事情。这说明，即使过去了近二十年，它仍然被认为是很好的作品。

我的所有作品都有这个特点，非常耐读。因为，我写的是当下的心灵、生活与存在。而且，它们虽然发生在某个当下，却体现了一种人类共有的向往与存在，这是没有时效性，也没有地域性的。因此，读者每次看我的小说，都有新的体验，他们可以一直读下去，总也不会觉得厌倦。

其实，生活本身就是丰富多彩的，也是非常饱满的，只要你有智慧和真心，就肯定能写出一个鲜活的世界。这个世界本身就能吸引各个时代、各个地域的人。

◎问：最近，有人在翻译“雪漠心学大系”？

●雪漠：雪漠文化网（www.xuemo.cn）搞了个英语频道，里面专门放了一些从“雪漠心学大系”里翻译过去的文章。这些文章的点击量很高，很多都超过几十万。

现在翻译“雪漠心学大系”的，是一些志愿者，他们也是“雪漠心学大系”的读者。我的大量读者都是“雪漠心学大系”吸引来的。他们喜欢这套书，想跟全世界分享这些让自己有所感悟、有所受益的文字，所以自愿地贡献出自己的力量。我很随喜他们。

我的创作总比时代慢一拍。乡土文学过去了二十年，我的《大漠祭》才出版；现代派小说过去了二十年，我的《西夏咒》才出版。唯一与时代合拍的，就是“雪漠心学大系”。时代需要它，所以它的出版引起了很大的反响。《大漠祭》《猎原》《白虎关》是常销书，“雪漠心学大系”出版后，又带动了这些文学书的畅售。现在有很多出版社都想出版我的作品。

## 十五、知识分子要说该说的话

◎问：这说明人们确实需要心灵的慰藉。作为一个知识分子，您认为知识分子应该具有哪些精神品格？应该在当代生活中发挥什么功能？

●雪漠：知识分子首先要有独立的人格，要成为一位独立于任何势力的存在。他无论在什么时候，都必须保持精神的自主。如果做不到这一点，他就很可能会被当成宣传的工具。这是对外在社会而言的。对于个人来说，他必须具有自由精神和完美人格，不受任何限制，也不受任何制约，要时刻保持心灵的强大。

另外，知识分子应该说话：第一，说关注现实的话，比如我在《大漠祭》中说出农民的苦难、时代的苦难。但是，单纯针对现实表象而发言是不够的，还要有心灵的提升与超越，要站在更高的角度观照现实。所以，关注现实的同时，还要进行精神发言。佛家称之为“普度众生”，我也称之为“精神启蒙”“人文启蒙”。这一点非常重要。它是一缕不为世俗裹挟的阳光，很可能会照亮一些现代人阴郁的心灵，给他们带来一点希望，让他们发现自己的方向。一个人实现精神超越后，就应该做出精神发言，否则他就没有实现真正的精神超越。同样道理，不说话的知识分子，也不是真正的知识分子。

# 寻觅灵魂的依怙

## ——雪漠解读《无死的金刚心》

主持人：陈彦瑾（北京大学中文系硕士、人民文学出版社编审）

时间：2012年10月13日15：00-17：00

地点："大善铸心"直播间

### 一、什么是自性写作？

◎主持人：雪漠老师，您好！今天我们要谈的作品，是今年刚出版的长篇小说《无死的金刚心》。这部书出版后，我们在直播间连续举行了好几期解读和讨论，在此过程中，发现了好多需要向您请教的问题。今年6月份的北京文化活动周，也积累了一部分读者提问。我将这些问题大致分成了几个话题，比如“自性写作”“魔桶咒”“莎尔娃蒂的情书”“空行母的考验”“成就”“寻觅”“如何阅读此书”等等。今天，我想大致按照这个顺序向您请教，然后展开一些探讨。

首先谈谈“自性写作”吧。这个话题的关注度特别高，因为它体现了您创作状态的独特性。我很认同这一点。我觉得，您作品——尤其是“灵魂三部曲”——表现出的独特性，是现有的文学话语体系根本没法解释，也没法涵盖的。面对这样的作品，很多评论家要么错解，要么失语，不知从何说起，也有人干脆说小说不能这么写。包括那些非常欣赏您的评论家，也很难找到一种理论来解读您的作品。所以，这两年，针对您的独特性，就出现了一些全新的说法，比如北京大学教授陈晓明先生所说的“附体写作”，中国作协副主席高洪波老师所说的“神性写作”，李建军博士所说的“咒语叙事”，以及陈全林先生所说的“自性写作”。我在一篇文章中也提出“灯”叙事的说法。您如何看待这些说法呢？

●雪漠：这些说法本质上都差不多。自性也罢，神性也罢，附体也罢，都认可有一种存在比作者本身更伟大。因此它涉及信仰问题。信仰的本质，就是承认世界上有一种比人类更伟大的存在。当你明白、认可、肯定、向往这种存在时，就产生了信仰。

在信仰的过程中，如果作家能得到一种我们称之为“灵感”，或者“超自然”的力量时，他就是在“神性写作”。基督教也有诸多此类说法。狄更斯和巴金也说，他们有时的写作，像是魔鬼附体，他们指的就是这种东西。实际上，不只“灵魂三部曲”，我的所有创作都是这样，包括《大漠祭》《猎原》《白虎关》。

诸多说法中，我最为认可的，就是“自性写作”。

“自性写作”和“神性写作”有什么区别呢？

认可那种存在，实现那种存在，升华为那种存在，与之融为一体，达成“一味”时，就会进入“自性写作”。在这种状态下，你和“神”“佛”不再是二元对立，你就是他，他就是你。按照佛家的说法，就是“佛就是我，我就是佛，我佛不二”。这也是证得了空性，是典型的大手印境界。在这种状态下写作，就叫“自性写作”。这时，很容易流出生命本有的智慧。

每个人本身都俱足这种智慧，因为各种障碍，人们才发现不了它。我们将这些障碍叫作“业障”。“业障”的本质，是行为的反作用力，会妨碍本有智慧光明的显发。打破这种力量，就像驱散天上的乌云，这时，智慧的阳光就会照亮你。我称之为“心中流出本有的智慧”。

所有佛经都是在这种境界中流淌出来的，它不是思维的结果。所以，释迦牟尼说，谁说我讲法，就是在谤我，我连一个字都没有说。为什么呢？就是因为他说过的所有内容，都是在自性境界中流淌出来的。他没有讲法的概念，也没有讲法的执著，因此，那法流自自性，不是谁要讲它。

在那种空性证境中，众生和诸佛是一体的。达成这种境界者，就被认为是证得了法身。

其实，无论哪一种说法，都仅仅是一种“说法”。所有“说法”并不重要。真正重要的是，每个人如何发现自性？如何达成自性？如何安住自性？如何生起妙用？

如果每个人都明白自性，都能控制自己的心，那么每个人都可以实现“自性写作”。比如，我的学生中有很多人，都在明白心性后写出了很好的文章。写作时，他们觉得自己被一种神秘力量裹挟着，不由自主地流出了很多东西。这是他们实现了“相应”后的结果，也可以说是一种“自性写作”。

当我们说“自性写作”，而不说“神性写作”时，就是把神性归于自性，但仍然不否定那种超越自性、比人类更伟大的存在。这种说法才是究竟的。

不过，伟大的存在只有依托于自性才能生起妙用。比如，石头是不可能自性写作的，能自性写作的，只有发现了自性的人。

发现自性，就是禅宗所说的“开悟”。开悟后，你就会得到一种巨大的智慧力量的“磁化”，随之进入相应的境界。假如你不但能发现，而且能明白、安住，甚至驾驭它的时候，你就能成为心的主人。

最近我新出了一本书，叫作《让心属于你自己》。这本书里有很多让你明白自性、发现自性、安住自性的训练方法。有兴趣的朋友可以看一下。

## 二、不能为了形式伤害智慧本身

◎主持人：关于“自性写作”这个话题，我还有一些疑问。如果一个人能达到开悟的境界，从自性中流出本有智慧，那当然是最好的。但这种本有的智慧、大爱、大善，未必会依托文学的形式流淌出来，它也可能表现为哲学、绘画、音乐、随笔、真言等诸多形式。例如，《圣经》里的一些真言，就被西方学者命名为“智慧文学”。一些禅诗和佛经也是这样。那么，文学之所以为文学，小说之所以为小说，是否仍然要有一些安身立命的话语和规则呢？因为，这些话语和规则，为人们的研究提供了最起码的一些共识与基础。所以我很想知道，您在自性写作中，是怎么生起妙用的？又是怎么运用小说规则来完成一部文学作品的呢？

●雪漠：如果你真的拥有智慧之水，就未必要选择文学这个杯子。换句话说，形式并不重要，它仅仅取决于利众的方便。例如，六祖慧能可以流出《坛经》，王维可以流出诗歌，苏东坡可以流出词和文章等等。我也是一样，我既可以写“大漠三部曲”和“灵魂三部曲”，也可以写“雪漠心学大系”，还可以坐在这里跟你聊天。所以，什么形式都没关系，它只是一种善巧，或者说一种应世的方便。有没有真的智慧，才是首要问题。

我举个例子，如果你光顾着挑杯子，结果盛了一杯没烧开的水，让别人喝了拉肚子，或者盛了一杯海水，让别人越喝越渴，这才真的出问题了。

社会需要方杯子，我就拿方杯子盛水；别人喜欢圆杯子，我就拿圆杯子盛水。这就是与时俱进。佛家称之为“随缘”或“顺世”。明白了吗？

《世界是心的倒影》和《让心属于你自己》这两本书，就是随顺时代喜好出版的心灵随笔。它们带一点休闲、时尚、聊天的性质，读起来很轻松，更适合当代人的习惯。但有些人也会觉得它不过瘾，更喜欢“雪漠心学大系”。大家喜欢读什么都行，因为它们都能承载出世间智慧。有时候，我们还可以像今天这样，聊聊天，或者搞个对话。所以，不要过于在乎形式。

一定要明白，文学也罢，小说也罢，只是我选择的一种利众方式。只要有了利众的智慧，哪怕一个日常行为、一个不经意的微笑，都能承载你的精神。

例如，人们敬重成功的企业家，也敬重堪称“大家”的文人，但谈到密勒日巴及其利众行为时，哪怕他赤身裸体，人们也会给予他更高的敬畏。因为他承载了一种真正的智慧。我希望每个人都能成为智慧的载体，不要单纯去琢磨形式上的东西。

◎主持人：在这个问题上，我还是很好奇。比如，创作长篇小说和“雪漠心学大系”这类书时，您的状态有没有什么区别？另外，在长篇小说的创作中，您是如何生起妙用的？

●雪漠：许多时候，了解一点世上的规矩，没有坏处。不过，这是为了汲取其营养，将其化为自己的血肉，而不是为了把它变成镣铐，让自己得不到自由。

创作时也是如此。

有人说，《大漠祭》《猎原》《白虎关》是典型的十九世纪经典作品的写法，这也许有道理，但我在写作时根本就没想过这些。我不考虑经典是什么写法，某个主义又该怎么写，可是我之前读了大量的十九世纪俄罗斯经典文学，它们在潜移默化中影响了我。这种影响，不是让我多了一种教条，而是让我从本能上知道自己该遵循什么规则。比如，没有人规定呼和吸该怎样配合，但我们仍然会自然呼吸，因为我们本来就是这样。

修行也是这样。修行时，你可以持咒、观想、安住空性，但是当你真正成就，打成一片，达成无修瑜伽时，那些东西就束缚不了你。因为你本身就那样。不是说你可以随时进入那境界，而是说那种境界就是你，你的心里没有一个有别于自己的它，却又不会离开它。那时，你就是它，它就是你；你就是大手印，大手印就是你；你就是法界，法界就是你。如果达不到这种境界，佛就是你的向往对象，而不是你自己。你要艰难地、一步一步地走向他，直到融入他，和他成为一体，你才会成为那向往本身。如果达不到这种境界，又认为自己是佛，就是一种狂慧。所以佛家常说，众生皆有佛性，就是说每个人都能达到佛的境界，但这需要一定的训练。

文学也这样。训练到最后，文学中的很多规矩，就不能束缚作家自由的心灵了。世界需要什么形式，作家就会流出什么智慧。然而，有所区别的不是智慧本身，而是它的表现形式，也就是装水的杯子。杯子固然重要，但不能伤害杯中的智慧之水，不能说为了选择某个杯子，就在水里掺上有毒的液体。什么意思呢？就是说，目前社会上流行的小说有很多，但其中承载的是智慧之水，还是煽动欲望的毒液？有没有什么地方出错了？这些问题需要我们去深思。

## 三、作品的完美与“缺陷”

◎主持人：雪漠老师，我打个比方，如果我拥有智慧之水，而且达到了您的境界，那我怎么知道自己找到的“杯子”就是最适合的？会不会有别的“杯子”更适合在这个时候装这杯水呢？

您的作品，从“灵魂三部曲”开始，有了一种新的显现——大量借用藏传佛教的文化与精神。正是这一点令很多读者——包括一些评论家——都觉得《西夏咒》很难读，因为他们缺少对这种文化的了解。他们可以接受禅文化、道文化，也可以接受民间的巫文化，但是对藏传佛教的宗教精神就比较陌生。假如像杨志军的《藏獒》那样，只谈一些藏文化浅表的东西，他们也能理解，并且接受，一旦深入进去，谈见地、哲学、精神等东西，很多人就会觉得非常陌生，而且难以接受。

以前，我从来没有见过哪位作家能像您这样，用长篇小说的形式传递藏传佛教的精神与文化，还能把当代、历史、民间生活结合得那么好。因此，就我的阅读而言，在这一点上，您肯定是前无古人的。但它也造成了《西夏咒》这类作品的“孤独”。所以我就在想，会不会有另一种杯子，更适合这个时代？

●雪漠：“孩子”出生后，长得丑也罢，俊也罢，都是他自己，我一般不会给他整容，除非它真的残废了。就是说，对于一些作品，我可能会重写，也可能会进行修订，比如《西夏的苍狼》。不过，这不是因为它不够好，而是我觉得很多该说的话都没有说。所以，假如有了恰当的机缘，我就仍然会把一些该说的话说出来。至于其他作品，有遗憾也罢，没有遗憾也罢，我一般都不会去改动它们。

因为，每一个离开了子宫的孩子，都是一个独立的生命，我们不能因为他不够漂亮、不够普通或者不够苗条而埋怨他。因为，如果基因出现问题，生出的孩子就必然会存在某种缺陷。写作也是一样。如果当时缺乏某种营养，作品就必然会存在某种遗憾。很多时候，这都是难以选择的。每个人都只能对未来进行选择。比如，未来我可能会写得更好。

很多人在回忆时，都会觉得，如果当初不那么选择，人生或许就是另一种景象，但这个选择是现在的选择，不是过去的选择。孩子不可能做出成人的选择，弱智也不可能做出智者的选择。因此，过去的我，只能做出过去的选择。以我现在的眼光来看，过去的作品可能存在某种遗憾，但那时也只能那样了。它是我当时最好的选择。未来，我可能会选择更好的形式，但那个形式未必会让我更受欢迎。

比如，一些人觉得《西夏咒》不如《大漠祭》耐读，可我更喜欢《西夏咒》。因为，那是我灵魂的一次自由飞翔。而且，《大漠祭》的那种东西——上海有个叫李子云的批评家称之为“毛茸茸的生活感”——已经不可能再出现了。我举个例子：一个乡村女孩进入城市后，通过整容和接受教育，变得风情万种，过去那种淳朴的、天然的、农家小妹般的味道，或许就会永远消失了。明白了吗？

我过去的作品就算不完美，也没关系，这世上本来就没有完美的作品。陀思妥耶夫斯基和托尔斯泰是世界文学史上公认的顶峰，但他们的作品同样存在明显的缺陷。例如，人们认为托尔斯泰的作品里有太多的议论和哲理，但没有这些东西，他就不是托尔斯泰了。

同样道理，如果《西夏咒》没有那些生涩的东西，就是另一部作品，而不是《西夏咒》了；如果《无死的金刚心》没有大量别人认为多余的东西——比如思想、智慧、礼仪、文化等等——就不是《无死的金刚心》了；如果雪漠没有大胡子、满头卷发和独特的气质，看起来就是另一个人，而不是雪漠了。

所以，表面看来有些东西是多余的，但如果没有了它们，作品就会失去独有的味道，变成别的模样了。

## 四、诸多的“他们”

◎主持人：《西夏的苍狼》刚出版时，我曾经跟您有过一次对话。当时您说，您本来想把《无死的金刚心》放在另一部作品里，但是“他们”需要，所以《无死的金刚心》仍然出来了。现在您能不能说说看，“他们”是谁？

●雪漠：“他们”包括几个意思：

第一，读者。《无死的金刚心》有它独特的审美，它能用小说的形式熏染读者，“磁化”读者的心灵。读者们需要这个东西。

第二，时代。我的写作有一个特点，我最关心的不是自己想写什么，而是读者能得到什么。我觉得，如果不能让读者得到一些东西，我的写作就没有意义。当下的时代需要一种出世间智慧，但如果我写得四平八稳、一本正经，就很难通过审批，甚至出不了书。所以，现在我只能这么写。

第三，使命感。冥冥中，我能感受到一种使命。我知道这时候该写这个东西了。当然，你也可以将其理解为一种伟大存在的召唤。现实中有没有这种东西？有。它就是孔夫子所说的“天命”，也是我们所说的“使命”，或者一般人所说的“担当”。对于作家来说，这个东西非常重要。

大家想一想，如果香巴学派没有“雪漠心学大系”，没有《无死的金刚心》，谁知道它是什么东西？它又能流传多久？说不清。它或许会被一些人糟蹋、歪曲，或许会很快被岁月淹没，被其他文化取代。

所以，这个“他们”，也包括为香巴学派文化奉献生命和血汗的那些人，还有我们称之为“上师”“本尊”“空行”“护法”等的那种存在。

读《无死的金刚心》时，最重要的就是清晰地感受那种存在，感受以琼波浪觉为代表的那种智慧载体。别管他是真实的，还是一种象征。事实上，真实的也是象征的，象征的有时同样是真实的。

## 五、雪漠作品在文学之外的使命

◎主持人：谢谢雪漠老师。刚才您谈到象征与真实，我就想跟你汇报自己的一个体验。这几天最大的新闻，就是莫言获得诺贝尔文学奖。他的获奖词是“将魔幻现实主义与民间故事、历史及当代融合在一起”。坦白地说，看到这句话时，我第一个想起的就是您的《西夏咒》。我觉得，用这句话来评价《西夏咒》，真是再恰当不过了。但是再往深里想的时候，我发现《西夏咒》的民间和莫言作品中的民间还是不一样的。就是说，凉州与高密是不一样的。在我看来，前者是信仰的民间，后者则是乡土的民间。我认为，《西夏咒》的民间更接近《百年孤独》的那块土地。

第一次读《西夏咒》时，我想到的就是《百年孤独》。马尔克斯也说过，拉美那块土地有很多别人觉得不可思议的东西，比如坐着飞毯飞上天空等等。对于这些别人眼里的“神奇现象”，当地人实际上是习以为常的。因为，他们的生活中几乎每天都在发生这种事。这就是文化与土地的区别。

不过，虽然《百年孤独》的民间也呈现了一个高于现实的存在，但其中并没有一个关于信仰的清晰指向。这是《百年孤独》与《西夏咒》一个很重要的区别。所以我觉得，马尔克斯的“孤独”跟雪漠的“孤独”还是不太一样：前者意识到一种比人类更伟大的存在，但无法与其建立联系，因此感到孤独；后者，也就是您，已经与那种更高存在融为一体了，您站在“他”的高度观照周围的世界、我们的现实，于是产生了一种非常深刻的孤独感。这种孤独感源于觉醒者无法唤醒沉睡者时的那种无奈。所以我认为，您的作品中还有一种启蒙的意味。

在这一点上，我觉得《西夏咒》与鲁迅作品也有相似之处。区别是，鲁迅的“孤独”缺乏对更高存在的向往，因而更多地表现出一种偏激、愤怒；《西夏咒》的“孤独”则蕴含着一种很深的悲悯，这也是它非常伟大、非常令人敬服的地方。

另外，我还想向您请教一个问题：同样是自性写作，《无死的金刚心》与《西夏咒》的创作状态是否存在着一些不同之处呢？

●雪漠：区别在于，《西夏咒》我是写给自己的，因此我不管读者，任由灵魂自由流淌；《无死的金刚心》则写给需要它的人，是为了传播真理而出版的，是让真理生起妙用。

这部书的本质就是为了“用”，为了香巴学派文化。这是非常重要的。如果不是为了这个目的，我或许就不会写这部书了。

那么，它跟文学有关吗？有。选择文学的形式，首先还是为了让它能出版，能更好地传播。这是一种入世的做法。出版后，我就了了心愿，至于它是否畅销，能否得到大众的认可与接受，我不在乎。这时，文学只是我的菜篮子，里面装满了各种智慧的“蔬菜”。它不是推销我本人的工具。我只希望能借助它，保留香巴学派文化中的宝贝，以免它们被历史淹没了。可惜的是，考虑到一些客观因素，有很多内容我还是删了。

从艺术的角度来看，《西夏咒》非常美，它已经达到了一个惊人的高度，远比《无死的金刚心》高明。而且，无论跟哪个作家的作品相比，或者跟我的任何一部作品相比，它都绝对不会逊色。因为，它是我的灵魂，它承载了那块土地赋予我的很多东西。诸多厚实的、博大的东西，让它拥有了一种不可替代的价值。当然，以后或许我仍然会超越它。

《无死的金刚心》跟《西夏咒》不一样。我本来不打算把它放进“灵魂三部曲”。在以前的一次访谈中，我也说过，“灵魂三部曲”的第三部是一部跟岭南文化有关的作品。但是那个东西我需要从容地写，从艺术的角度，创造出一部非常精致的作品。我觉得，如果能实现这一点，作为作家，我对社会就有交代了。所以，《无死的金刚心》承担的不是文学上的某种使命，而更多的是一种文化使命。

当然，“雪漠心学大系”同样可以承担这个使命，然而它跟《无死的金刚心》仍然不一样。因为，后者毕竟属于小说的范畴，它可以做到很多“雪漠心学大系”们做不到的事情，也可以做到一般文学作品做不到的事情。无论从哪个角度上看，它都是不可替代的。所以，即使作为雪漠心学的载体之一，我做的一切已经足以传承这种文化，但我仍然要以作家的身份完成更多的事情。这些事情，我们可以称之为“因缘”。

因此，我总是不遗余力地打碎自己身上的宗教标签，也总是在“糟蹋”自己。比如，我老写一些消解自己的东西，像《“疯话”雪漠：是佛是魔？》，或者“雪漠是头驴”之类的打油诗等等。我之所以要这么做，是因为我想打碎别人对我的神化。否则，很多朋友、学者就会对我产生一种误解，以为我需要它。

事实上，我不需要这个东西，我更需要一种质朴、朴素、低调的生活，更需要默默地、静静地做事时那份淡然。我非常不愿意被神化。

所以，大家不要把雪漠当成“神”。雪漠不愿意被大家顶礼膜拜，他更愿意交一些朋友。因此，很多人想拜我为师的时候，我都对他们说，我们还是做个朋友吧。我自己并不需要这个东西。我最需要的，还是朋友。

在我的生活中，能平等交流的人越来越少，能说说话、聊聊天、逗逗乐的人也越来越少。这或许就是人们说的“孤独”吧。当然，这不仅仅是因为我身边没有这样的人，还因为跟我差不多的人本来就很少。你也可以将其理解为“曲高和寡”，但实际上我没有这个概念。很多时候，我更愿意一个人静静地待着，禅修、读书、写点东西。

所以，我希望朋友们尽量不要“神化”我，不要把我放在火上“烤”。我的学生如果想写点东西，谈谈在我这里得到的启迪和感悟，也是可以的。但我希望大家尽量把我当成普通人，当成一个有着平常心的明白人。这就够了。我更喜欢这种态度。

## 六、把握生命，做好更该做的事情

◎主持人：谢谢雪漠老师，您的话让我非常感动。感恩您的真诚，感恩您这番质朴的表白。在《无死的金刚心》的后记中，您谈到打碎、拒绝或者不承认现有的一些文学话语、文学规则，但同时，又有一种有破无立的感觉。就是说，您没有在打破的同时建立一种怎样的规则。所以，我想请您谈一谈接下来的写作。不知道您在后面的写作中，还有没有什么文学追求？

●雪漠：现在，我需要非常从容、安静地写一些东西，然而这个时代却总是不能给予我这样的环境。尤其这些年，机缘总是追着我，催我快些出书。如果再给我三年时间，《西夏的苍狼》我肯定能写得很好，但因为要守住跟东莞的签约，我就急着把它给出版了。《无死的金刚心》也是这样。

我举个例子：大家知道二战时苏联为什么能打败德国吗？因为，德国把精致、严谨的态度用在了制造武器上面。不管制造飞机、坦克，还是别的武器，德国人都精益求精，但苏联人不是这样。苏联人一旦发现自己的飞机只有几个礼拜的寿命，就马上调整了制造武器的材料与资源——能用木头的，绝对不用金属。因此，他们才能在很短的时间内制造出大量武器，跟德国人抗衡。

苏联的例子让我发现，我没必要花太多精力和时间，写一些注定短命的东西，比如网络、博客的文章等等。网络上的东西，一般只有几天、几个月的寿命，报纸或许更短。不管你把那些东西写得多么精致，都产生不了什么价值。因此，我宁愿从过去的文章中，引用一些能代表自己观点的内容，应付一些约稿，然后用节省下来的时间写我该写的东西——那些能流传的、影响力相对长远的作品。

在文学传播方面，我一直专注于那些能留下去的东西。其他的一般性约稿，我的要求或许就不会那么严谨——我只求它们能承载我的思想。所以，有的读者还会发现，虽然刊物上发表了我大量的中短篇小说，有些还获了奖，但其中有几部作品，只是我长篇小说中的节选——这也是我在权衡时间后做出的取舍。

除了这一点之外，我还考虑到一个非常重要的原因：时机。

什么叫时机？就是作品能出版的时间点。刚好在这个时间点准备好某部作品，它就能出版；如果过了这个时间点，它就不一定能出版了。这就是时机。佛家中称之为“因缘”。所以，我总是尽量多节省一些时间，哪怕留下遗憾，也要把握好时机，让该出版的东西顺利出版。比如《无死的金刚心》。

如果再给我一些时间，这部书我肯定能写得更好，但是如果错过时机，它或许就会因为各种原因，再也出不来了。然而，这个时代需要它，读者们需要它，香巴学派的文化也需要它。因此，我宁愿留一点遗憾，也要让它先出版，先传播出去。之后，我可以不停地修订它、完善它，慢慢地让它变得更完美。

正是因为诸如此类的衡量，我才能写出那么多书。所以，希望朋友们能理解我作品中出现的“重复”，或者“不完美”。朋友们也应该明白，对于一些读完所有雪漠作品，而且读得非常仔细的人来说，里面或许有一些重复，但是对于另一些第一次接触雪漠作品的人来说，就是一种新鲜。我希望不同的人通过不同的渠道，都能了解这些东西。

我的“雪漠心学大系”《归心》，里面有很多临终关怀方面的重要内容，我本来可以写得更好，但如果我精益求精，写上一年，或者十年的话，就有很多人得不到它的利益。因为，大家可能不知道，仅仅在我们聊天的这一刻，就有很多人都在死去。死去的人，就再也看不到这部书，也得不到正确的临终关怀了。所以，我宁愿让它先出版，尽量多利益一些人。就算有的人觉得雪漠的一些作品不够精美，也不要紧。这就像一个人得急病时，我们只能先让他吃能救命的药，再慢慢地给他排毒、清火、调养一样。中国文化史上，常有一些“救亡大于启蒙”的说法，也是这个道理。不过，在我这里，启蒙才是真正的救亡。

前些天，我去西部给陈亦新办婚事，我发现一些同学、朋友已经死了。他们在死前非常需要得到亲人正确的关怀，也非常需要看到我的书，但有的人已经看不到了。看不到的人，肯定无法汲取其中的营养，可是有些正在看的人，还没有看完，照样死去了。为什么呢？因为生命就是这样，它随时都可能消失。那么，我书中的智慧究竟能不能让读者得到受用？能不能让人真的解脱呢？这取决于你自己。

在这个世界上，雪漠作品的读者数以万计，但是，其中有多少人能读完我的书？读完照着去做的有多少？真正得到受用的有多少？能一直坚持的又有多少？

上次我到北京去，遇到了一些人，他们有的成了我的学生。但是，有些甚至很狂热的人，也失去联系了。大家想想，今天还在看我的书，或者照着去做的人能有几个？能够一如既往地保持信仰的有几个？能改变生命状态的又有几个？很少。因为，这个时代有太多诱惑，大量信息都在诱惑着我们。你稍微一不留神，心就被别的东西牵走了。所以，我们需要一种火烧眉毛般的急切心情，尽快地告诉别人该怎么做。当然，我的说，是我该做的事，很多东西仍然只能随缘。

今天非常好，来了这么多读者和朋友。其中一些人称我为“老师”，一些人称我为“上师”，但我真正的学生有多少？真正的弟子又有几个？不多。我写过一篇寄语二十万“雪粉”的文章，只是对那关注我的二十多万网友的一种感谢。在那些所谓的雪粉中，真正读我作品的人有多少，真的很难说。

南怀瑾先生辞世前说过，他连一个弟子都没有。你想一想，当一个九十多岁，传播了一辈子文化的老人说出这种话时，他是一种怎样的心情？克里希那穆提也是这样，他九十多岁时，发现没有一个人照着他说的去做，他是多么悲哀？我比他们要幸运，因为我有真正能放下的学生和弟子，他们非常优秀。我说过，学生重学习，弟子重学习更重实践。我希望，他们不但要学习，而且要实践，要把中国的好文化真正地传承下去，把“火炬”真正地传递下去。如果能做到这一点，大家也就理解了我今天谈到的这份心情。

表面看来，雪漠的影响力大——但是这种影响仍然非常有限。因为，有时候，读书对人的影响很久远，有时候却很短暂。许多时候，被热血冲昏头脑的人，可能随时向你顶礼膜拜，但要不了几天，他也可能懒得再读你的书。当读书上升不到信仰时，它未必能改变一个人的生活，或者生命状态。这一点，在具体做事的时候，就会表现出来。原因有很多。不过，至少我身边有很多无私地、忘我地做事的文化志愿者，他们非常优秀。当他们真正能够传承一种文化，能够改变生命，并且能实现自己的人生价值时，他们就是我的弟子。我希望他们能成为孔夫子七十二贤人那样的弟子。孔夫子一共有弟子三千，其中有七十二个贤人。我不用那么多，只要几十个能真正传承好文化的学生和弟子就行了。

## 七、雪漠是“佛”还是“魔”？

◎主持人：我很早就发现，您在乎的几乎都不是文学的事情。正如您刚才谈到的，您最关注的不是作品的艺术价值，而是读者能否从中汲取一种清凉的智慧，改变自己的心灵。这就决定了您的文学观：好文学应该给人带来清凉，不该让人产生欲望。我是学文学的，因此之前就您作品中一些从文学角度看不太完美的地方，跟您有过讨论。今天听了您的这番话，我非常理解，也非常认同您的这种智慧。因为，在这样一个时代，要做到一些您真正在乎的事情，的确需要一种善巧方便。

其实，我觉得您的读者——不管学生，还是弟子——在阅读境界上都已经进步了。他们的关注点都不再局限于作品的文学性。包括我这个学文学的。我家里有很多名著，其中有很多诺奖作品，也有很多著名作家的作品。但我很少会重读它们。甚至在听说莫言获了诺奖时，我也不想马上把他的作品搬出来重读。因为，在我看来，有些作品无论多么完美，从文学的角度看写得有多好，也不过给我带来了一点感动、一点启发，但这还算不错的。大部分作品都无法在我的心里留下痕迹，看完也就完了。唯独您的作品不是这样。您的书，看完后确实能对心灵、对生命产生一种本质上的影响。

其实，《无死的金刚心》这部作品，对我来说，意义非常重大。因为，虽然我早已折服于“大漠三部曲”那个质朴的文学世界，《西夏咒》也令我十分敬服，但是，只有读了《无死的金刚心》后，我才第一次明确地对自己说：我对您用文学倡导的智慧和真理确信不疑。虽然您在这部作品的文学性上着力不多，但它能产生的效用，确实非常大。

这次访谈之前，我收集了一些读者问题。其中有一个读者说，他将《无死的金刚心》送给一位没有接触过佛学，也没有信仰的朋友看，结果那位朋友读完很快就进入了一种空空荡荡又了了分明的愉悦状态。他想问，这是不是因为得到了您的加持？或者说，这算不算一种开悟的状态？其实，读完这部小说之后，我在写文章时，也体验过一种自然流淌的感觉，这是否得到了更高存在的加持？

●雪漠：你知道我为啥将佛家著作命名为“雪漠心学大系”吗？就是因为，那些文字其实是数据线，很多人在阅读时就能实现一种智慧传递。

我的所有作品，都是安住在空性境界中流淌出来的东西。这种境界，只有与法界的某种智慧力量达成共振，或者与大自然融为一体——也就是“天人合一”——才能进入。只要有足够的专注与敬畏，读者在阅读这些文字时，同样能与其中承载的智慧力量达成共振，进入这种境界。我的很多学生，就是读完我的书，进入这种境界后，才来找我的。

不过，我没有僧人的身份，没有法王的名号，也不需要出家相。我不喜欢穿西装，也不打领带，有时连袜子都不穿。一些人以为我有那么大的名气，看起来必然跟别人不一样，一见我才发现，也就这样。而且，我从不装模作样、故弄玄虚，还会说一些容易让人失去信心的话。因此，他们未必会对我生起信心。其实，很多人未必知道我话中的真正含义，但我懒得去解释。因为，我实在没时间去接触那些没有信仰的人。

我本质上还是个作家。就算被人称为灵性作家，或智慧作家，我的正事仍然是写书。我更愿意花时间写一些好作品，不愿意结交一些未必值得交的朋友。

因为，有人见到我时，有可能会顶礼膜拜，会热泪盈眶，会产生一种宗教体验，但刚一转身，世界上喧嚣的信息，就会淹没他们刚点燃的智慧之火。大家不要以为智慧的火苗一旦被点亮，就永远不会熄灭。相反，除非他有足够的信心、定力，能够放下，才能真正地生起受用。否则，就算你把全世界的蜡烛都点亮，一场狂风过后，蜡烛就全被吹灭了，没有真正的意义。所以，只要点亮几个或几十个能成为“好种子”的人，让他成为另一个智慧的载体，把这种文化传递下去，就够了。人数不重要。

我举几个例子：玛尔巴的弟子非常多，但好弟子只有四个，其中三人的法脉，今天已听不到了，只有密勒日巴影响很大。密勒日巴又有两个好弟子，一个是太阳般的岗波巴，一个是月亮般的惹琼巴。岗波巴的法脉传承下来了，但惹琼巴的法脉，今天已经听不到了。琼波浪觉则有十八万弟子，其中证得幻身成就者有七千二百个，只有六人非常著名，但真正传承了法脉的只有摩觉巴一人。

十八万弟子也罢，一百八十万弟子也罢，一千八百万弟子也罢，甚至一亿八千万弟子也罢，最多一百年，他们就全都死去了。能穿越时空的，只有传承和文化。

莫言获奖前，有个山东朋友问我，要不要给莫言带几本书？因为她住得离莫言很近。我说，不要，你还是干正事去吧。什么叫“正事”？就是你该做的事。你应该好好去做的，是传播这种文化，实践这种文化，而不是让更多人认识你，让更多人追随你。只要能改变一两个人、三四个人、几十个人，甚至几百个人，就很好了，不要想着让整个世界认可你。因为，那真正改变了的人，自然会将智慧之火传递出去。星星之火，可以燎原。所以，大家一定要理解我这份心。

更多的时候，不是我在拒绝别人，而是一些人在给自己设置障碍。比如，很多人说想要见我，可是我让他们去填《“雪漠禅坛”听课申请表》时，他们却不愿意填。不想填的人，我就不想见。因为我没有时间。想见我的人实在太多了，就算每天只见一个人，也会占去我的大量时间。对于那些连一张表都不填的人，见他是没有意义的。

每个人都要明白，生命是短暂的，时间是有限的，必须抓紧时间，做自己该做的事情，否则，有没有足够的时间去实现一些东西，真的说不清。不要把时间花在纷繁的妄想中，要知道自己该做什么，不该做什么。不要在乎世界，不要在乎人数，也不要在乎别人的认可。因为，就算整个世界都认可你，一辈子都为你欢呼，甚至高呼“万岁”，一百年后，他们也会消失得无影无踪。留下来的是什么？是你的智慧、精神、作品。所以，一定要把时间花在值得去做的事情上面。

我不指望今天的这番话，能让一些把我当成“魔”的人认为我是“佛”。我只希望更多人能活得更明白，更有价值。此外，一切都不重要。不要攀缘。一定要明白，做到最好的自己，才是对这种文化最大的贡献。喊上多少口号，都不如做一件实事重要。

曾经有人问我，雪漠到底是“魔”，还是“佛”？我老说自己是魔。有人笑道：全世界都知道。如果全世界都知道雪漠是魔，那么我希望全世界的人都做雪漠这样的“魔”。因为，我从早晨五点钟起床，到晚上睡觉，一直做着贡献世界、抢救文化、帮助他人的事情，日复一日，年复一年，几十年如一日，从来没有想过索取什么。我索取的，不过是一顿饭，半碗面，一点青菜，此外都在奉献着。如果全世界都是我这样的“魔”，世界就和平了；如果到处都是招摇撞骗的“佛”，世界末日就来了。因此释迦牟尼圆寂前才流泪，因为真正的魔总会打着佛的名号，披上佛的袈裟，做很多伤害世人的事情。

不要在乎名相，也不要问雪漠究竟怎么样。每个人真正要叩问的，应该是自己。我总是问自己，从来不问别人。为什么要问别人呢？我怎么样是我的事情，跟别人没有关系。

比如，我今天早晨起来修行、写作，然后看望一位病人。回来后，继续写作，中午吃了别人送的山药，下午和你们对话上两个小时。吃过晚饭后，晚上继续“雪漠禅坛”的讲座，又是两个多小时。我每天都做着这样的事情，它对我来说，是一种生命常态。明白了吗？我不问名相，只问自己做的事情能不能利益世界，利益别人。

希望你们也能这样，不要在乎名相，要尽可能地想到别人，想到世界，想到自己该做的事情。这时，名相上是魔也罢，佛也罢，都没关系。我欢迎大家都做我这样的“魔”，也希望能多几个“魔子魔孙”，一起为世界、为文化多做一些实事。

## 八、帮助身边那些需要帮助的人

◎主持人：感恩雪漠老师，感恩您的这份慈悲心。今天下午的谈话，让我更了解了您及您的作品。不过，有件事我仍然想问问您。您曾经在一篇文章中谈到一种矛盾：是做一个作家，还是做佛陀呢？这个问题一直困扰着您。不知您现在怎么想？

●雪漠：对社会，我做一个好作家；对弟子，我做一个好上师；对儿子，我做一个好父亲；对老婆，我做一个好老公；对母亲，我做一个好儿子；对朋友，我做一个好朋友。

所以，生活中接触过我的每一个人都会发现，他们需要一个怎样的雪漠，雪漠就有可能是他需要的人。更多的时候，不是我想做什么，而是我没有自己。我可能会放下别人眼中非常重要的工作，去陪伴一些需要陪伴的老人、病人、孩子。

我去上海时，有个人对我说，雪漠，你要接触那些高层人士。我说，接触那么多的、不一定需要我的高层人士有什么意义？我经常接触一些别人觉得没有价值、没有意义的人，这些人没法给我带来什么，但他们某些时候确实非常需要我。所以，我愿意帮助他们。其他东西，我不考虑这么多。我甚至不管自己是功利的，还是不功利的。因为，当你到了某种境界后，就会发现，你能把握的，只有当下的自己，或者自己的当下，其他东西是你根本无法把握的。

面对消逝的生命、毁坏的地球、被屠杀的众生时，你几乎改变不了什么，你能改变的，只是跟你有缘的那几个人。那么，你就去改变他们，别的东西，不要想太多。释迦牟尼说："佛不度无缘之人。"为什么不度？不是不愿意，而是度不了。所以，每个人只管做好自己的事情，帮助自己身边最需要帮助的那几个人，这才是最重要的，不要觉得有什么能比这个更重要。

我告诉大家，我花了很多时间，做过很多今天这样的事情，也就是跟一些人聊天。有些能产生意义，有些没有任何意义。能产生意义，是因为别人愿意听，听了愿意照着去做；没有任何意义，是因为别人不听，聊完就完了，没法对他造成任何影响。所以，后来我就开始录音、录像，把讲过的东西整理成文字，或者做成光盘，让更多的人能知道一点东西。知道的人里面，总有一个人能让这时的聊天产生意义，而不是单纯在跟我无谓地闲聊。

在过去的很长一段时间里面，我都不去管价值和意义，我只是尽力去帮助一些需要帮助的人。今天，我仍然希望尽量多帮一些需要帮助的人，不管这个人重要还是不重要。因为，每个人都只能活在当下。

你救了很多人，但这些人终究会死去的；你做了很多事，但这些事也终究会过去的。我们不要执著结果，应该关注的，是自己当下的心态、当下的生命状态、当下的姿态。因此，我总是享受着做事的快乐，不去计较事情的结果。每个人都应该这样。不要有功利心，不要算计很多东西。一旦出现功利心，就不对了。当然，最初可能需要一点功利心，比如功德，比如帮助别人的快乐，但事实上，最后我已经不在乎这些东西了。有也罢，没有也罢，我都会去做。因为这是我该做的事情。你只管做好你自己，不要做给别人看。一定要明白，帮助别人，就是帮助自己，被你帮助的人，不过是给了你一个机会而已。

所以，今天有这么好的机会，让我说了这么多话，我很高兴。陈彦瑾做了大量无名英雄式的工作，我都是随喜的。更多的时候，她也是我这种心态，享受做事本身的快乐，不追求别的东西。因为她知道，自己做的这些事情，确实能帮助很多人。我也是这样。

以后，我的学生或者弟子中间，会慢慢出现一些讲得更好的人。那么我就有时间休息了。我希望，今天在场的每一个人，都能尽快成长，超过雪漠。

## 九、自强不息，厚德载物

◎主持人：关于您刚才谈到的话题，我还听说过另一种说法，它令我很困惑。在北京，我见过一些活佛和上师，他们确实更在意那些有话语权的人，比如官员、企业家、各个领域的精英等等。他们的理由是，拥有话语权的人有更大的能力，如果能影响他，就能影响更多的人。

●雪漠：不要执著于影响什么人，你执著不了，也没必要执著。

北大很出名，也很有话语权，每天都有一些人在那里演讲，但讲完也就完了，影响力其实也有限。但是，密勒日巴就算待在山洞里，其行为本身也在影响世界。问题是，你有没有变成密勒日巴？你有没有密勒日巴的行为？

一个人自身拥有很强的影响力时，就会超越很多世俗的东西，比如世俗的形式与力量等等。如果能得到世俗力量的支持，当然很好，不要拒绝，但得不到也不要紧。你能做好自己，就已经很好了。丛飞没有想过专门去影响谁，只想帮助几个孩子，可是现在谁都知道他，谁都为他的行为感动；雷锋也没有想过去影响谁，他只想做些好事，帮帮别人，但是直到今天，他的影响力仍然非常大。所以，每个人只要做到了足够好的自己，就会拥有最好的、最大的影响力。

既不要拒绝一些有话语权的人，也不要拒绝一些没有话语权的人。就像我们不拒绝清风，也不拒绝白云；不拒绝冬天的雪，也不拒绝春天的花。不管遇到什么，都很好。来了就来了，走了就走了，没关系。现在也有一些拥有话语权的人帮我，我很高兴，也很随喜他们。不过，如果他们不帮我，帮别人，也没什么，我仍然很高兴。如果能遇到一个没有话语权，却能照着我的话去做的人，我会更高兴的，因为他是一个实践者。不过，遇不到也没有关系。很多东西，你只能随缘。但是，当你做到了最好的自己时，你的世界就有了意义。你根本不用去求。

如果你到我的家乡去，就会看到一些流着鼻涕、脏兮兮的孩子。我当初跟他们一模一样，但我成长为今天的雪漠了。每个人都会觉得这是一个神话，但它确实发生了。陈亦新老是对我说：爸爸，这个地方出了你，真是奇迹。

我现在想来，也觉得是奇迹，可我偏偏就在这里，也肯定会在这里。为什么呢？因为我做得足够好了。当一个人做得非常好时，除非他躲进深山老林，一个人都不见，否则就肯定不会被埋没。如果这样的人都被埋没了，世界上就连一个明眼人都没有了。但事实上，世界上至少会有一个人心明眼亮，而且这个人又会告诉其他明眼人，让别人也发现他。所以我们总说："是金子，就会发光。"

当然，历史上或许有些人真的被埋没了，但这只是"或许"而已。王夫之写书时，根本不知道自己会有这么大的影响力，他的好多书也都找不到了，然而，光是他留下来的那些书，就足以影响世界了。康德这么一个小老头，总是待在家里，哪里知道自己可以影响世界？但他确实影响了好多东西。孔子也是这样。当初他饿着肚子到处流窜，他能想到千年后自己还有这么大的影响力吗？所以，不要怀疑一些东西，只管完善你自己。只要你有足够伟大的精神，就定然会得到精神的传承者。否则，上帝就失职了。

一定要相信，宇宙间必然有你存在的理由。很多东西是偶然的，但有些偶然，其实是必然。

比如，我的作品肯定能出来。《大漠祭》出不来，《猎原》也会出来；《猎原》出不来，《白虎关》也会出来；《白虎关》出不来，《西夏咒》也会出来；《西夏咒》出不来，“雪漠心学大系”也会出来……只要世界上有一个人发现我的其中一部作品，我所有的世界都会被人们发现。我怎么可能被埋没呢？每个人都会这样，只要你足够优秀。

我再举个例子：如果《大漠祭》的编辑吴金海把我给忘了，《猎原》的编辑王洪先就会发现我；王洪先也忘了我，《白虎关》的编辑就会发现我。就算这些人都瞎了眼，陈彦瑾还是会发现我，董巍也会发现我。这个世界上，不可能所有人都是瞎子。

莫言的经历不也证明了这一点吗？陈安娜为什么要翻译他的作品？因为马悦然发现了莫言。马悦然老了，没有精力了，也会把书给自己的学生看。学生一看，就喜欢莫言了，于是就翻译他的作品。一翻译，莫言就获奖了。这是偶然吗？不是，是必然。只要莫言成为了他自己，就会出现一个“陈安娜”。没有瑞典的陈安娜，就有美国的陈安娜，或者法国、英国的陈安娜。

所以，对于一些人来说，成功是必然的。能否成功，就看你能否成为这样的人。这个世界上，绝对没有凉州人所说的“天下掉下个油果子，掉到瞎子的嘴里”这种事。没有自强不息，没有厚德载物，你就不可能成为君子，更不可能有君子的成就。

很多年前，在我正式修大手印之前，我就在研究命相学，那时我就算得上精通了。我发现，命运中确实有一种奇怪的东西，它类似于“密码”，能反映一个人所有的生命信息。陈亦新于是问我：爸爸，难道命里注定成功的人，就不用努力了吗？我说，当然要努力。《易经》上说过：天行健，君子以自强不息；地势坤，君子以厚德载物。自强不息、厚德载物是成功的两个必要前提。缺少其中任何一点，都只能沦为庸人。因为，没有君子之心者，必然没有君子之命。

我举个例子：雪漠的“行大运”很可能是名扬天下，乞丐的“行大运”很可能是讨到几个馒头、一把零钱，农民的“行大运”很可能是庄稼丰收、卖个好价钱，屠夫的“行大运”有可能是发现几头好猪、肉卖得很好。每个人走运的方式都不一样，因为他们的心不一样。

心决定了一个人的价值，也决定了他的命运。所以，命运中虽然有着我们称之为“偶然”的东西，比如运气，但其中也必然有自强不息的成分。一个乞丐躲在茅草堆里，盼着天上掉馒头，还得刚好掉进他嘴里。这有可能吗？当然不可能。他必须走出茅草堆，真正去做乞丐该做的事，才有可能交上好运。

人的价值取决于他的心与行为。没有行为，就无法实现他的心；只有行为没有心，他就是庸庸碌碌的小人。因此我常强调，“大”“手”“印”三者都非常重要，缺一不可。

我经常和陈亦新开玩笑说，就算你爸爸现在变得一无所有，头发、胡须都给剃光了，赤身裸体地被人赶出去，也没关系。只要能找块遮羞布遮住下身，再想个法子打个电话，那么，我就会马上得到帮助，很快东山再起。换句话说，只要你有了不可忽视的价值，成为一种不可替代的存在，任何人也罢，物质也罢，就无法制约你。

所以，不要过多地考虑环境或者机遇，更不要从外界找失败的理由，首先应该从自身的强大做起——这就是《无死的金刚心》里琼波浪觉最后的感悟。

最初，琼波浪觉一直在寻觅奶格玛，也一直在寻觅中成长。成长到一定程度，达成了寻觅时，他就变成奶格玛了。在此之前，他什么都不是。如果你能明白这一点，也就明白了在现实中成功的“秘密”。而且你还会发现，《无死的金刚心》看起来跟现实生活没有太大的关系，但里面其实有很多需要我们去深思的东西。它确实是一部智慧之书。

在这部书里，我没有想过玩弄技巧，没有想过获奖，也没有想过得到多少稿费。对我来说，这些东西都是非常次要的，我不在乎它们。我写这部书的全部目的，包括我所有写作的意义，就是为了让一些人成为“琼波浪觉”，成为“奶格玛”，成为有价值的、能利益世界的智者。

## 十、成就的标准：无我、利众

◎主持人：您在后记中，将《无死的金刚心》评价为“一部可以成就你的作品”，其意义是否就在这里？

●雪漠：对！所谓“成就”，就是让种子长成大树，让细胞长成巨人，让学生变成大师，让弟子成为成就者。注意，学生可以变成大师，但他肯定成不了成就者。因为，能成为成就者的，只能是弟子，只能是那些好好学习、更要好好实践的弟子。换句话说，“成就”就是完成最好的自己。今天参加对话的人中间，有很多都非常优秀，他们都有这种可能性。

◎主持人：这也是您的一个理想吧？

●雪漠：是的。我老跟别人开玩笑，说自己是“大痴”，因为我想在无常中寻觅一种永恒，在虚幻中建立一种存在，在混混中培养一些大师。当然，你们不是混混。

其实，“混混”不是贬义词，它指的是那些安分守己、没有梦想、虚度时光、不想建立价值的人。这种人只想平平淡淡地过一辈子，不想贡献社会，最多只想给儿子贡献一点东西。他们活着时，只是在消耗地球的资源，创造不了什么东西，所以我称之为“混混”。这种人好不好？也很好，但他们仍然是混世虫。

不害人的混混就很好了，我们称之为“好人”；害人的混混，我们称之为“坏人”。如果一个混混有了梦想，能自强不息，能贡献世界，就不再是混混了，他会变成一个大师、君子。

我的学生有些最初是混混，但现在不是混混了。假如有一天，他们成功了，我就从混混堆里培养出大师了——这将是我对世界最大的贡献。

雪漠的成功和克里希那穆提的成功不一样。雪漠除了著书立说，还必须有一批学生或者弟子。他们至少要和我差不多，甚至超越我。他们的成功，就是我的成功；如果他们不成功，我就只是成功了一点点。所以，我希望很多人都能成功，都能成长为超越雪漠的人。

大家发现了没有？我跟一些大师不一样。我们不知道那些大师身边有谁，也不知道谁为他做过贡献。但是，所有知道雪漠的人，都知道雪漠的学生和弟子。例如，好多大评论家都知道雪漠身边有哪些人在做事。为什么呢？因为，我想带着他们走向一个辉煌的目的地，不想一个人孤零零地到达那里。如果临死时我发现，自己连一个真正的弟子都没有，那该是多么悲哀的事情？那才是真正的断子绝孙。释迦牟尼称之为“焦芽败种”。什么叫“焦芽败种”？像阿罗汉那样，只顾着自己解脱，不愿意传播真理，不能育人子弟者，就是“焦芽败种”。我希望大家都让自己发芽、开花、结果，然后结下更多的籽，撒在世界的土壤中，让它们长出更多的大树，不要做“焦芽败种”。

当然，有些大师未必是这样。他们不一定希望自己的身边也出现大师，因为他们不想跟别人分享光环与赞美。他们甚至未必会栽培身边那些无私奉献的人。于是，很多善行和善心就被埋藏在岁月深处了。我不愿这样。一个人哪怕只做过一点贡献，我都希望他能为世人所知。因为，更多地弘扬善，就意味着可能会有更多人成就，会有更多人成长，会有更多人去做同样的事情。一旦这些人成长为大师，他们就会拥有大师的影响力。这个时代需要真正的大师，需要真正的境界，也需要真正的影响力。所以，我希望大家都能成功。

◎主持人：关于“成就”，还有一位读者问道：如果琼波浪觉成就前也是个病人的话，他得了什么病？上师给他开了什么药方？他最终的成就是什么？成就的标准又是什么？

●雪漠：成就的标准只有四个字：无我，利众。“无我”是一种智慧，“利众”是一种慈悲。做到无我地利众，就是成就。

不过，道理上“无我”还不够，还要在智慧境界上“无我”，证得空性。当你做到这一点时，就破除了我执，证得了阿罗汉果。如果你的利众行为是究竟的，上升到出世间的层面，你就证得了大成就；如果你的利众行为停留在世俗层面，是有条件、有目的的，你证得的就是小成就。一般来说，如果一个人能真正地无我、利众，佛家中就称之为“菩萨”。

此外，没有什么东西值得追求，包括神通等等。

很多人都在追求神通，有的人也证得了一定的神通，但神通不代表一个人的境界，它没有真正的意义。《西游记》里有很多妖精，全都神通广大，老是害人。他们的境界都很低，而且烦恼也很重，得不到解脱。现实生活中有些俱足神通的人，就跟这些妖精一模一样，他们骗钱坑人，利欲熏心，怎么可能得到解脱？所以，明眼人不会去追求这些东西。

一定要明白，只有无我，才能破除烦恼；只有利众，才能实现价值、实现佛陀所说的“功德圆满”。其中，无我就是“自觉”，利众就是“觉他”。所以，每个人在衡量自己时，都要看看自己有没有做到这两点？做到了，你就进步了；做不到，就继续努力。不要心里嘀嘀咕咕地，总在算计一些东西，要好好衡量自己，看看自己是否每天都朝着这个方向努力。

# 魔幻、民间、历史与当代

## ——雪漠解读《无死的金刚心》

嘉宾：雪漠

主持：陈彦瑾

时间：2012年10月20日15：00-17：00

地点："大善铸心"直播间

### 一、做大行之事，守无为之心

◎主持人：雪漠老师您好！上一期访谈中，您谈到了写作的理由、作品的良苦用心，以及写作中那股来源于"他们"的力量。我对"他们"一直感到很好奇，因此，上一次访谈中，您第一次明确谈到“他们”，是我最大的收获。

我觉得，对于作家而言，“为什么写作”是个根本问题，它决定了一个作家最在乎什么，也决定了这个作家会贡献什么样的作品。而对您来说，这个写作的意义，似乎就是“他们”。有时为了“他们”，您甚至可以牺牲小说的文学性，容忍作品的一些缺憾。因此我认为，怎么理解“他们”，是理解您及您作品的一个重要前提。

您上次说过，“他们”有四层含义：一是读者对出世间智慧的需要，二是时代对出世间智慧的需要及制约，三是冥冥中的一种使命感，四是一种高于人类的存在。今天，我还想继续请问老师，读者需要的那种出世间智慧，是否是您一直提倡的大手印智慧？在这一点上还有没有其他表述？比如，在《无死的金刚心》这部小说中，您想告诉读者一种怎样的智慧？这个时代的读者为什么需要这种智慧呢？

●雪漠：智慧分为出世间智慧与世间智慧两种。我们所说的大手印智慧，就是出世间智慧。这一点在《初心》和《真心》中讲得很清楚，这里就不说太多了。这种智慧很重要，但世间法的智慧同样非常重要。

刚才，我给一位朋友题了两句赠言：“做大行之事，守无为之心。”大行之事，就是能承载利众大愿的入世之事；无为之心，就是出世间智慧，是一颗无牵无挂的真心。在大愿的指引下入世做事，同样要守住那颗了无牵挂的心，这才是雪漠心学智慧实践者真正追求的境界。两者缺一不可。

单纯守无为之心而不做事，这样固然不好；单纯做事，却丢掉无为之心，计较结果，这样就很难实现超越，最后还会陷入世俗心。所以，做而无做，无做而做，才是真正的境界、真正的智慧，要守住一种做而无做的心态。

因为，世间法的成事，需要俱足各种因缘，即便有了善巧之法，你同样要随缘，不能强求。假如做事而计较结果，你就会被卷进世俗生活中去，难以抽离、超越，被事情本身牵引了心；假如不计较结果，也不做事，你就会陷入消极、被动，更实现不了真正的利众。

目前，入世做事的大手印文化志愿者有很多，但好多人都跳不出来，带着执著做事。因此，行利众之事的过程中，也会生起烦恼，激起习气，不能享受做事的过程，也没法成为最好的自己。

所以，我们强调做事，同样强调出世间智慧。两者应该并重，无论偏废哪一方，都不对。

## 二、“灵魂三部曲”有无数种解读

◎主持人：您说过，大手印分为三种：实相大手印、和合大手印、光明大手印。《无死的金刚心》出版后，有一种说法认为，《西夏咒》里的智慧属于和合大手印，《西夏的苍狼》和《无死的金刚心》则属于光明大手印。这种说法对吗?

●雪漠：有道理。但严格地说，《西夏的苍狼》更接近实相大手印，它侧重于契入大手印前的一种寻觅，类似于世间法意义上的集资粮，还没有进入出世间法的层面，更没有真正升华为光明大手印。比如，黑歌手所有的寻觅都属于这个阶段，没有进入出世间法意义上的修行。即使他明白后唱出了史诗《娑萨朗》，也仍然处于出世间法与世间法的过渡阶段。他那时达到的境界，不是究竟意义上的解脱。他看到的“娑萨朗”，也一直没有高过自己的心。

《无死的金刚心》中的内容，才是光明大手印的超越智慧。其中，所有的空行母道歌都属于这种智慧的自然流淌，很少涉及资粮道、方便道的东西。所以，单纯看《无死的金刚心》，也会有很多人轻易生起宗教体验。比如，有一位读者告诉我，看完这部书后，他觉得心中一片光明。这就是一种很好的宗教体验，我们称之为“进入了某种境界”。这还不是真正的明心见性，而是与作家达成相应后，忽然契入了某种状态，体验到某种“法味”。

《西夏咒》则是典型的和合大手印。

目前流传于世的香巴学派文化中，有“奶格五大金刚法”，它属于生起次第的修法。此外，还有“光明大手印”和所谓的“奶格六法”。

所以，这三部书各有侧重。《西夏的苍狼》是《西夏咒》的基础，《西夏咒》又是《无死的金刚心》的基础。这三者间的关系，更类似于一种升华。例如，黑歌手升华后，可能就是琼；紫晓升华后，可能就是雪羽儿；琼升华后，可能就是琼波浪觉——当然，写这三部小说时，我并没有清晰地、着意地构建这样一个体系，但自然而然就写出来了。你不问，我自己也没发现；你一问，我才发现确实是这样。

◎主持人：是的，我觉得今天的收获特别大。我之前一直在想，“灵魂三部曲”中，您要传递的智慧似乎各有侧重，可能每部书的特点都不一样。您今天正好就详细地谈到了这个话题。

另外，您写过一首表达大手印境界的诗：“大风吹白月，清光满虚空。扫除物与悟，便是大手印。”有一种说法，便谈及了它与“灵魂三部曲”的相关之处：《西夏咒》是“大风吹白月”——大爱与慈悲，像大风般吹去苦难的乌云，露出人心本有的、终极的、善的信仰，自性的光明，也就是白月。《西夏的苍狼》则是“清光满虚空”——黑歌手那没有一丝尘埃的光明，点亮了紫晓的心，并且用史诗般的《娑萨朗》像清光那样去照亮世界。最后，《无死的金刚心》就是“扫除物与悟”——空行母的种种考验，都是为了让琼波浪觉“扫除物与悟”。在您看来，这样的理解有没有一定的合理性呢？

●雪漠：虽然我第一次听到这种说法，但我觉得它正好形象地把“灵魂三部曲”的精妙之处诠释出来了，非常好，与我刚才的解读有着异曲同工之妙。这真是一种天才的说法。

◎主持人：谢谢雪漠老师。其实这是我自己的一种解读。

●雪漠：非常好！

◎主持人：在上一次谈话中，我能感受到您的愿力。您不但想要通过文学传递智慧，而且希望它能真正影响读者的心灵、行为，让读者对其真正受用。我觉得，您的愿力折射出一种深广的慈悲心和利众心，才使得您的作品有了一种改变人心的力量。所以，在一篇文章当中，我把您的写作称为“救心”的写作。

如果从这个角度看，《西夏咒》《西夏的苍狼》《无死的金刚心》是不是一部比一部更有“救心”的力量呢？要不然，您为什么写了《西夏咒》，还要写《西夏的苍狼》，接下来又写了《无死的金刚心》呢？是不是有某种使命促使您去写？或者有一种更高的存在“命令”您去写？

●雪漠：《西夏的苍狼》中的黑歌手，侧重于世俗生活中的超越解脱；《西夏咒》中的雪羽儿等人，侧重于苦难中的超越解脱；《无死的金刚心》则偏重于欲望中的超越解脱，包括从世间法意义上的名利中超越解脱。不过，侧重点不是这三部作品最大的区别。它们最主要的不同之处，还是在于解脱的层次与方式。

前面也说过，我创作时，并没有多么清晰的思路。假如我在一条清晰思路的指引下创作的话，就写不好这些书了。我之所以会产生写作的冲动，并不是作意地想要表达什么思想，或者什么观点，仅仅是因为心里有种巨大的诗意想要宣泄、喷发出来。我所有的作品都是这样。只有在今天这种情况下，我才会发现这三部作品间的区别和联系。所以，我今天不是以作者的身份参加这次访谈的，而是以读者的身份分享这些发现。

作家解读自己的作品，是一种犯忌的行为。因为，任何一个读者都会以作家的解读为标准，去衡量其他的解读。那么，无形中，就屏蔽了其他解读的可能性。因此，陈亦新不赞成我参与今天的访谈。不过没关系，我们只是在共同探讨一些问题，不要把我的话当成定论。我认为，只有在交流、对话、碰撞时，文化才能得到新的发展，出现新的可能，对作品的解读也是一样。不同的人，在同一部作品中，看到的是不同的世界。谁对？谁都对。所以，好的作家只为读者贡献一面镜子，好的作品本身就是一个世界。读者从这面“镜子”里看到什么，从这个“世界”里汲取什么？取决于他们自己的心灵。作家没必要对其加以限制。当一个作家限制读者的时候，他的作品也就死亡了。所以，我今天的所有解读，都不是在限制不同的说法，仅仅是说出“雪漠”这个读者自己的观点。它不是所谓的正确答案。大家可以有无数种解读，未来的一些学者，也可以有他们自己的解读。

我打个比方，世界是同一个世界，不同的观点，出自不同的心灵。每一种观点，对应的都是我们自己的心。所以，每一个人都可以按照自己的需要，进入《西夏咒》《西夏的苍狼》《无死的金刚心》这三个相互独立，又息息相关的世界。不管你们在这三个世界里看到什么，对于你们自己来说，都是对的。对我来说对不对？那是我自己的事情。我愿意跟你们分享我的观点，但我不想，也没必要操控你们的观点。与各种不同的观点进行交流，对我来说，反而更有价值。

同样道理，在我看来，不能说“灵魂三部曲”中的哪一部书就比另一部书更有力量，哪一部书又比另一部书更弱。它们就像不同的法门，相互间未必有高下之分，其主要区别，仅仅是各自对应不同的心灵。比如，《西夏的苍狼》看来比较弱，因为写得太匆忙，理应写上三四年的书，只用一年时间就完成了——或许有一天，我会重写，让它变得更好——但它偏偏是“灵魂三部曲”中读者面最广、最受大学生喜欢的一部作品。因为，它适合大部分人的心灵。很多人都觉得自己是“紫晓”，很少有人说自己是“雪羽儿”——当然，也有人这么认为，但这样的人不多——甚至有人把我当成了黑歌手。实质上，我不是黑歌手，我比黑歌手要强很多。

黑歌手是寻觅前的我，也是无数个想要寻觅的读者。他并没有达到真正的超越。因为，他只是感受到一种存在，那种存在还没有高过他的心。但是，他已经进入信仰之门了，有一种诗意的东西，正在指导他的人生。他离琼和琼波浪觉的境界很远，离我也很远。他很像这个时代中一些正在寻觅的艺术家，也类似于很多寻觅中的读者。他一直在寻觅，没能真正地证得一种究竟的智慧。他找到的永恒，虽然看起来很像永恒，但实际上，离我们所说的终极真理，还有一段距离。所以，他找到的“娑萨朗”只是另一个凉州。这种寻觅对吗？对黑歌手来说是对的，对雪漠来说就不对了。不过没关系，我们不要用一个人的世界——即使那是作者雪漠的世界——把这个复杂的、巨大的世界单一化、机械化和格式化。

当然，今天出现的这几种解读，我都是非常随喜的。我觉得，它们至少能让我的作品显得体系化了。

## 三、有时的犯忌体现了作者的价值

◎主持人：我的解读，也是我自己的一种视角。在这里，我还想继续向您请教一些问题。我一直对“智慧之水”与“杯子”的关系感到很好奇。比如，如果小说性与智慧之间发生矛盾，您会怎么处理？虽然您说要打碎一切规则，但小说之所以为小说，肯定有它的规范，也就是所谓的“文学性”。如果“他们”的要求和文学性的要求发生矛盾，您会如何取舍？比如，在《无死的金刚心》中，就有很多您说的非常犯忌的写法。您明知犯忌，为何还要犯忌？您有没有想过寻找一种更调和的形式呢？

●雪漠：有时的“犯忌”，反而体现了一个作家的价值。比如，我们谈到托尔斯泰时，很多人都说他的作品中有大段大段的哲理和哲学论述。这些人将其视为托尔斯泰作品中的毛病。但是，世界文坛上有没有哪个作家能超越他和陀思妥耶夫斯基？我觉得没有。就算他们有毛病，也是至今为止，世界上最伟大的两位作家。他们的作品，都是不可替代的伟大作品。

我也曾经想过，如果删掉《战争与和平》中的大量哲学论述，会怎么样？后来我得出一个结论：删掉这些内容，它就不是《战争与和平》了；为保全作品的文学性而删掉这些内容的，也就不是托尔斯泰了。后来，我国出版过一些缩减本，删去思想性、哲学性的内容，只保留完整的故事。例如，他们会将厚厚的三本《悲惨世界》，缩减成薄薄的一本故事梗概那样的书。这种改动显然是不对的。因为，它恰好删去了作品中最宝贵的东西，也删掉了一个作家真正优秀的东西。作家的优秀，不在于他编出来的故事有多么好看，有多么曲折，或者有多么让人目瞪口呆，而在于他有一定的境界和智慧。没有自己的哲学和人生境界，就不是托尔斯泰；不议论，就不是托尔斯泰；不能形成“托尔斯泰主义”，也不是托尔斯泰。“托尔斯泰”不仅仅是一个身份、一个名字，而是思想、境界、行为等诸多东西的集合体。无数个“托尔斯泰”组合在一起，才形成了一个完整的托尔斯泰。否则，他就是另一个人，不是我们所熟知、所敬仰、足以立于世界文坛顶峰的托尔斯泰。

雪漠也是这样。

大家想一想，假如你们面前出现一个不修行、不谈佛家、不谈文化、不谈人生的雪漠，他还是雪漠吗？还是你们宁愿推掉周六下午的应酬，听他说话的那个雪漠吗？所以，“雪漠”是所有行为的总体。相应的思想、境界、文化整合在一起，才叫“雪漠”。雪漠作品也是如此。如果删掉那些足以承载超越智慧的内容，就不是《无死的金刚心》，也不是《西夏咒》了。它会变成了另一种东西，一种类似于时尚读物那样的东西。这种写作对我而言，也就失去意义了。

当然，随着我的变化，我的作品也会发生一些改变。它或许会变得跟你现在看到的“灵魂三部曲”不太一样。

但这是一种自然而然的变化，不是我思考出来的，也不是我算计出来的。

写作时，我从不考虑形式，心里连“写作”的概念都没有。它本身就是我最好的禅修。我安住于光明大手印的境界，任真心生起无穷妙用，就会流出很多东西。那些东西也罢，我现在说的话也罢，本质上都是一样的，都出自同一个本体，只是各自有着不同的显现。

在写作中，我不考虑读者的反应，不考虑怎么写更容易让人接受；此刻和你们对话，我也不看你们的脸色，不去管这些话你们爱不爱听，不去思考怎么说更好。说这个字时，我脑中没有下一个字，甚至没有当下的这个字，只是流淌着一种灵魂。

一个母亲生孩子的时候，不考虑这个孩子是否需要双眼皮，是否需要黄头发，也不考虑这个孩子能长多高。只是给他补充大量的营养，不要让他营养不良。至于未来生下什么样的孩子，母亲都会爱他。

我的创作也是如此。写任何作品时，我都没有形式和内容方面的考虑。内容决定形式，我不会机械地、刻意地设计它。我只愿意流出心中的大美，心中的诗意。这一点，好，也不好。比如，《西夏的苍狼》写得比较匆忙，完成后我才发现，自己有好多该写的东西，都没有写，却来不及了。所以，它看起来或许就像个“早产儿”，有可能出现“兔唇”，嘴上开个豁豁。如果将来有机会，我或许会给它“整容”，做一点必要的修补，让它变得健康一点，完整一点。但是，出生了的它，已经是个独立的生命体，再也不是躺在母亲子宫里的孩子，我也没必要再去干涉它了。我所做的一切，就是让自己强大、更强大，给“孩子们”提供更多的营养。我不会为了让“孩子”成为明星，或者英雄，耗费哪怕一点点心思。

## 四、达到最高境界的鲜活生命

◎主持人：雪漠老师，《无死的金刚心》老让我想起一部西方经典——十七世纪英国基督教信仰者约翰·班扬的《天路历程》。当我拿到《无死的金刚心》的书稿时，第一个想起的，就是《天路历程》。我觉得，这两部作品有很多相似之处。

《天路历程》写的也是一个朝圣的过程，是福音时代的圣徒追求真理的过程。而且我还发现，它同样用文学传递智慧和真理，风格跟《无死的金刚心》也很相似——非常朴素、简单、直露，甚至显得口语化。其中，也有宏大的梦境这样的结构，也大量引用了象征、隐喻、魔幻、寓言这样的手法。最巧合的是，《天路历程》的开篇，作者约翰·班扬为此书做了一番辩解，里面的很多观点，跟《西夏的苍狼》《无死的金刚心》里的很多观点十分相似。比如，约翰·班扬说：“让挑剔我的人来看个真切，他从中会发现比我的话语更隐秘的示现。不仅如此，还得让他明白，他的作品里，有的文字更坏。”他还说：“这部书会让你成为一个旅人，只要你肯遵循它的指引，它会引你到圣地，只要你能明白它的示意。”不知道您在创作《无死的金刚心》前，有没有看过这部书？有没有从中汲取过营养呢？

刚才再次提到文学性的问题，让我想起一些评论家对《无死的金刚心》的意见。有些人觉得，《无死的金刚心》在文学性方面可能略有欠缺。但是，对照《天路历程》来看这本书时，我又发现，《无死的金刚心》只是建立了另一种文学性，将一种非常坚贞的信仰、琐碎的思想、独特的形式，都融合在质朴的文学作品中。所以，在这里，我想跟您分享一句我很赞同的话，它是《天路历程》的译者说过的一句话。他说：“这种风格是人类精神的脊梁，我们什么时候得到这种风格，我们什么时候就接近了真理。”我觉得，这句话同样适合用在《无死的金刚心》身上。

《天路历程》刚出版时，虽然很受欢迎，但其文学性同样遭到质疑。人们只把它当成宗教寓言来读。可是，百年后，人们渐渐发现了它的文学价值，还把它与但丁的《神曲》、奥古斯丁的《忏悔录》相提并论。有人甚至认为，它是英国的第一部小说。后来，评论界专门为这种寓言性的、质朴的风格创造了一个词汇——赤裸表达。它或许就是您刚才提到的那种犯忌的写法。

所以，对于一些评论家和读者来说，接受、认识《无死的金刚心》这类作品，还需要一个过程。我相信，关于这部作品的文学性，以后会出现更多好评论的。

●雪漠：我没看过《天路历程》，听你这么一说，我可能就要看一下了。不过，根据你刚才的介绍，我觉得《天路历程》和《无死的金刚心》或许仍然不太一样。《天路历程》主要写了一种向往，《无死的金刚心》则重在破执。最后，《无死的金刚心》甚至把自己都破掉了，把琼波浪觉找到的那个东西——真心——也破掉了。因此，一些人认为，《无死的金刚心》肯定会传世的。

不要用文学界流行的概念和标准去衡量《无死的金刚心》。因为，《无死的金刚心》有另外的标准。也不要用一些未必正确的流行规则，桎梏和束缚一个鲜活的灵魂。现在，国内文学界总是做着这种事，一些批评家老是用生硬的理论去限制一个鲜活的生命体，限制一个充满了生命力的作品，试图给它们贴上标签。但看过我作品的人都知道，任何人都无法给我贴上标签。因为，无论他们怎么贴，贴什么，都不对。

有个同济大学的硕士采访我时，感到十分苦恼。她必须把我塞进目前文学圈流行的某些“主义”里去，但办不到，只好来见我。结果，见面后，她反而更糊涂了。因为，你想知道大海中哪些水流来自黄河，哪些水流来自长江，或者其他的河流，根本是不可能的。它们已经融为一体，再也找不到一条独立“河流”的痕迹了。我也是这样。无数个理论，无数个主义，都汇入了我生命的大海，你从中根本找不到它们的源头，也找不到任何一种概念和主义。

《无死的金刚心》同样是这样。它就像大海上一个巨大的浪头，有着大海的气息。它只管冲向自己该冲的方向和那个所在，让人们感受到大海的力量，感受到一种涌动的生命力。它的奔涌，不是为了让人们爱上它，也不是为了让人们赞美它：噢，大海，你是多么有力！所以，不要在乎一些东西。

或许，以后我再也不会写《无死的金刚心》这类作品，但这时我必须写。我的一生中，必须写出这样的一部作品。因为“他们”需要——我已经跟你解释过“他们”是谁，这里就不多说了——我原本只想自费出一本书，留下“他们”需要的东西，但因缘到了，《无死的金刚心》就出版了。

也许一些人觉得《无死的金刚心》并不完美，但它必然会成为我后面的作品中一个不可忽视的存在。有了它，“雪漠”就会显得更饱满。因为，一些作家或许也能写出好小说，但《无死的金刚心》却不是谁都能写的。实际上，能读懂它、能得其精髓的作家也不多。所以，你说得对，可能还要过上一段时间，这部作品才会像《天路历程》那样被大众认可。不过，我坚信，其境界肯定高于《天路历程》。

因为，《天路历程》还有二元对立，还有向往的对象，它并没有破执。这是它与《无死的金刚心》最关键的区别，也是《无死的金刚心》的价值所在。从这个意义上看，《无死的金刚心》已经达到了人类智慧能够达到的最高境界。

## 五、做明白的作家，不做供台上的佛

◎主持人：上一次我们也谈到，作品中的宗教元素，给很多读者造成了一种阅读上的困扰。比如，《天路历程》的经久不衰，我想，与基督教文化的世界影响力就有很大的关系。大家对基督教不陌生，对道教、禅宗这种文化元素也不陌生，所以，把这些东西写进作品时，就不会造成大家的阅读障碍。但是大部分人都不了解藏传佛教文化，例如您谈到的香巴学派文化。这时，传播和出版方面就会遇到很多限制。所以我想请问雪漠老师，您在以后的创作中，会不会削弱宗教名相，用世人更容易接受的方式来展示这种智慧呢?

●雪漠：以后我还会写小说，而且会尽量写得让人看不到任何标签。

“大漠三部曲”和“灵魂三部曲”是我的两个极端。

“大漠三部曲”脚踏实地，写出了鲜活的生活、鲜活的人物、鲜活的世界；“灵魂三部曲”则上升到一种心灵飞翔的层面，里面的生活也罢、人物也罢、世界也罢，都让人觉得很虚。那么，接下来，我或许还会写出很多好小说，而且跟“大漠三部曲”和“灵魂三部曲”都不一样——不再加入佛家元素，但与人类文化中非常重要的诸多精髓、基因融为一体。而且，我不打算让自己的小说继续承担“传播智慧”的义务了。

因为，我想让我的小说变成真正的小说，让我的艺术变成真正的艺术。传播真理的义务，就让我的宗教作品来完成吧。往后，我可能会将自己的创作分为两部分：一只手写文学作品，单纯升华艺术，展示艺术境界；另一只手写宗教著作，传播真理。然后，一直把这种状态保持下去。不过，它们其实是相通的，即使形式上有所区别，其内涵仍然是同一个东西。

同一个母亲生下的任何一个孩子，即使长得不像，也肯定共同继承了母亲的很多基因。我的文学作品就是这样。就算它再也没有任何宗教概念，没有任何宗教元素，也必然融入了我的宗教精神、宗教情怀和宗教境界等等——或许不能这么说，因为，它们不是宗教独有的，而是人类共有的，是人类文化中最优秀，也是最重要的东西。所以，往后我的文学作品中，即使会删除很多雪漠读者、雪漠心学爱好者所熟悉的标签，也仍然会承载雪漠的气息，有一种独一无二的东西。而且，它必然会更好、更受欢迎——现在，真的到了写好作品的时候了。

我希望大家能把我看成一个作家，不要给我贴上“佛”的标签，也不要在我头上放一个“神”的光环。这对雪漠来说，反而是一种伤害。我只对跟我有缘的人谈宗教，只向想跟我学习宗教文化的人展示宗教智慧。面对世界时，我更愿意，也更喜欢当一个作家。

我确实有过严格的修行，但那修行只针对我自己的心灵，我不是表演给世界看的，也不用谁来为我喝彩。不管世界怎么样，我的心都是超越和包容的。我不在乎世界怎么评价我做的事，也不在乎世界怎么评价我这个人，只要大家能看到我在安详地微笑着，看到我积极的心态，看到我做事时认真的态度，看到我从容地面对人生中的一切，看到我包容地、热情地对待每一个当下，对待每一个人，也就够了。我更愿意做一个这样的雪漠，一个明白的平常人，然后写出几部更好的小说。

## 六、魔幻、真实与存在

◎主持人：感谢雪漠老师！非常期待您的下一部作品。上次也说过，看到莫言的获奖词时，我第一个想起的就是您的

《西夏咒》。后来我发现，其实，整个“灵魂三部曲”都是这样。比如，《西夏的苍狼》中黑喇嘛和黑寡子的故事，还有《无死的金刚心》里大量有关空行圣地和各种魔的描写，都具有强烈的魔幻色彩。我想请问，这跟您前面提到的“他们”有没有关系呢？

●雪漠：人的心灵一旦超越了现实与功利，就会实现一种灵魂的飞翔和自由。这时，你会发现，世界上除了人类之外，还有许多值得敬畏的存在。当你用一种现代的方式将其表达出来时，好多人都会觉得很魔幻。实际上，这不是魔幻，只是一种他们不能相信的未知。

我打个比方：当一个人望向浩瀚的宇宙，只看到一团漆黑时，就会将地球之外的星云视为传说。但是，如果他拥有一部天文望远镜，就会发现，遥远的某处，存在着好些不知名的星系、星云。换句话说，看不到这一切，只是因为人们还没有破除所有执著，没有实现终极超越。在破执者眼中，世界是个类似于天文网络的境界，他能看到许多一般人看不到的东西。

比如，好多人都把《西夏咒》里的守护神阿甲当成我的想象，但西部的某个小村子里，确实有个叫阿甲的人。他自称“阿甲活佛”，修行非常精进。传说，还没破执，他就死了，因为神识不破，就变成厉鬼或土地神那样的存在——藏人称之为“赞”——在村里游来荡去。村子发生纠纷时，他经常出来帮忙，现在还是这样。而且，他总喜欢戏弄一些高僧大德。例如，人家走过山沟时，他就一条腿踏着一座山头，让人家在不知不觉中钻了他的裤裆。后来有一次，他就跟某座寺庙的僧人发生了冲突。最后，我的一位上师帮忙调停，让他们签订了类似于和平协议那样的东西——他说，你们不要再诛杀我；僧人们则说，你不要再捣蛋。

诸如此类的故事，我都写进了《西夏咒》，但好多人都把它们当成我的想象了。实际上，西部农村有很多这样的传说，它已经成为当地文化的一部分，老百姓们觉得很正常，不觉得有多么神奇，可是读者们在书里看到这些情节，就会认为是虚构。其原因在于，很多现代人的眼睛和心灵，已经被条条框框和各种经验限制了。他们是唯物的、科学的、机械的，不是鲜活的、能包容未知的。西部人不是这样，他们富于一种人们称之为“魔幻”的思维，这种思维不是表面化的，而是他们生命的一部分。在他们的心里，没有“相信与不相信”，只有“就是这样”。修行到一定境界的人，也是这样。

所以，读我的作品时，一定要了解这种文化背景。了解后，你就会明白，很多东西不是作家的虚构，而是中国西部的一种常态文化。

◎主持人：您的这番话，又让我想到《百年孤独》了。马尔克斯获奖后，魔幻现实主义风行世界。但是，马尔克斯本人并不认为自己的作品是魔幻。他说，在拉美那块土地上，每天都会真实发生一些别人看似魔幻的事情。在这一点上，母亲对他的影响很深。当时他用了“迷信”这个词来形容母亲，因为母亲跟他讲过很多看似神神道道的故事，比如长尾巴的孩子、坐上飞毯飞上天空等等。他就是在这种氛围中长大的。这里我也看到一种巧合。

那么，所谓的“魔幻感”，是否源自一种陌生感？就是说，假如不熟悉某种文化，它又跟我们所熟知的文化很不一样时，我们是否就会产生一种强烈的魔幻感？比如，认识雪漠老师之前，我对西部是很陌生的，以前我根本不清楚西部人的生存状态，对他们的文化思维习惯也一无所知。我觉得，可能有好多人都是这样。我们或许就是因为这种距离和不熟悉感，将一些眼睛看不到的真实认为是“魔幻”。所以，很多都市人都会把那些远离自己生活的民间文化、民间信仰和民间传说当成神话，当成宗教虚构出来的东西。

记得《无死的金刚心》出版后，您曾经说过，很多宗教传说其实都是真实的存在。《无死的金刚心》里就写了很多灵魂秘境、空行圣地、坛城，而且写得很详细。比如，这个坛城第一层是怎么样的？第二层又是怎么样的？等等。我在想，如果有一天，我们也能看到那种存在，也能像您一样进入那个时空，是不是就会看到您书中所写的那种景象呢？

●雪漠：我曾说过，书中所有的人物，都是雪漠。无论好人也罢，坏人也罢，圣者也罢，屠夫也罢，都是曾经的雪漠。他们都存在于我的自性中。其中的“坏人”可能是我打败了的“雪漠”，他们的“罪恶”是那些被我消灭了的烦恼和习气。琼波浪觉和奶格玛同样是雪漠，他们在书中展现的所有境界，都存在于我的生命中。所以，如果有一天，你完全达到了雪漠的境界，你感受到的世界，就是雪漠的世界。

佛家有着各种严格标准，来区分超越后的境界。比如，达到什么标准，就明心见性了？达到什么标准，就是一地、二地一直到十地菩萨？它也是一种智慧的境界。有些人认为这些境界是主观的，是想象出来的，实际上不是这样。这些标准就像科学一样严谨，容不得一点想当然的成分，它是客观的。达到某种境界，生命就会出现相应的改变，包括你的思维方式，你遇事时的感受，甚至你的生理。所以，有人认为大手印的“无念”，是用“我无念”的念头来压抑其他念头，这是不对的。作意的无念，根本就不是大手印境界。单纯的无念，也不是大手印境界。

你达到什么境界，就会看到什么东西。甚至，对于同一种示现，你在不同境界时，也会看到不一样的景象。而且，针对不同的人、不同的根器、不同的修养，同一种存在还会出现不同的化现。你也可以称之为“象征”。比如，如果我说出一些人进入一些境界时，生命中可能会出现的现象，一些根器不够的人或许就会觉得，雪漠在炫耀一种神秘的、迷信的东西。所以，信者，可以把它当成真实的存在；不信者，可以将其视为一种象征；文学爱好者之外的人，也可以认为它是一种虚构。这个问题，我不作具体回答。

因为，这个时代，有时是不能说真话的。我说的“真话”，指的是一些非常接近真理的密意。密宗就“密”在这里。所谓“密宗”，不是说它有什么不可告人的东西，而是说，有些东西你到了一定根器时才能知道，到不了那个根器，就算说给你听，也是不对的、不如法的。所以，对于一些没有根器或是根器不够的人，就要对一些东西保密。假如说出来，就犯戒了。

今天也是一样。在场的朋友有着不同的根器、不同的境界、不同的心灵，所以我只能作不同的回答。否则，那些不了解密意和这种说法的人，就会觉得雪漠在宣扬神异。宣扬神异，是这个时代最忌讳的事情。

以前我也说过，如果李一不要宣扬神通——哪怕他真有神通，今天也还是一个比较优秀的道家学者。同样道理，某个太极宗师如果不宣扬神通，就仍然是个宗师，而不是众人眼中的骗子。在这个时代，一些宣扬假东西的人固然是骗子，但就算你宣扬的东西是真的，只要不能得到大众的理解，也还是会被人们视为骗子。就连耶稣那样的圣者，都被当时的“人民”钉死在十字架上；苏格拉底那样的智者，也被当时的“人民”投票判处死刑。

因此，过去有很多人问我一些奇怪的东西，比如火星男孩的传闻之类，我都不想回答，也不予回答。我只会告诉他，你可以到雪漠这儿来，我会根据你的需要，给你开点不同的“方子”，治你的心病。热了，就给你开清凉的药，去去热；上火了，就给你开泻火的药，给你泻泻火。同样道理，不同的根器，不同的心灵，也不能给予同一个答案。否则，雪漠就是傻瓜，是机械主义者，是一个不会被这个世界所容纳的人。

孔子就是这样。他在自己那个时代，执著地宣扬自己的哲学，结果变得像丧家犬一样，不得不到处流窜。但是，他的伟大之处也在这里。雪漠也会说出自己该说的话。大家可以看看我后面出的书，现在我就不做进一步解答了。

## 七、用生命续写“琼波浪觉”

◎主持人：《西夏咒》《西夏的苍狼》出版后，我看到您在很多地方都谈到作品的人物原型。所以，我也想问问您，《无死的金刚心》里除了琼波浪觉的求法经历外，还有没有其他的原型故事？比如，我最感兴趣的是，莎尔娃蒂、班马朗等人有没有原型？

●雪漠：琼波浪觉住世的时候，有个噶当派（格鲁派的前身，格鲁派也被称为“新噶当派”）的寺院与其发生了很大的冲突，甚至想灭掉他创立的香匈寺。有一次，琼波浪觉的大部分弟子外出，该寺的僧人就伺机围攻香匈寺，琼波浪觉靠神通才保住了寺院。因为，噶当派的道次第与琼波浪觉的大手印见地不同。这种冲突，一直伴随着琼波浪觉的一生，是真实的故事。

那个一直与琼波浪觉作对的班马朗，也是真实存在的。不过，他在现实中不一定叫“班马朗”——他可以有很多个名字。我知道他是谁，但我不能说。因为，他或许没有证悟，但广为著书立说，因此拥有很多弟子，也就有了巨大的势力。直到今天，他仍然被那个教派的人尊为伟大的宗师。所以，不要在意故事的真实性，但也不要认为，那故事就肯定是虚构的。

至于莎尔娃蒂，她存在于每个人的生命中，包括修道者。很少有例外。跟书里的所有人物一样，她也是雪漠。她心里的所有东西，同样存在于雪漠的心中，不要把她当成区别于雪漠的另一个人。练笔时，或孤独时，我对某种存在的期盼，丝毫不逊于莎尔娃蒂对琼波浪觉的期盼。同样，书里的很多人物本身就是我，当然也是大家，是每一个人。

刚才有个读者问我，为什么《无死的金刚心》突然就结束了？为什么不谈谈琼波浪觉证悟后的经历？这个问题非常好，我在这里顺便回答一下。

我本来也想写写琼波浪觉成就后回到藏地的精彩故事，但最后还是没有写——或许将来会写，或许再也不写了——因为，那时他做的很多事情，无论形式如何，本质上都跟我现在做的事情差不多。不过，我换了一种与时俱进的方式，因此，我的影响或许会比他更大。当然，这并不意味着我的弟子会超过十八万。我觉得，弟子的数量，不能代表真正的影响力。真正的影响力，应该是真正地改变一个人，让他的生命状态发生变化，让他也变成一个照亮时代的智慧太阳。琼波浪觉的弟子虽多，但真正能实现传播、称得上大师者并不多。我可能只有十八个弟子，但或许他们个个都能成为琼波浪觉，成为雪漠——甚至超越雪漠——成为这个时代的大师。那么，这种文化就是能够影响人类的优秀文化。而且，雪漠被一些人认为是“佛”，被一些人认为是“魔”，琼波浪觉也是这样；琼波浪觉被一些人认可，被一些人反对，雪漠也是这样；有很多人向往琼波浪觉的境界，也有很多人向往雪漠的境界。可见，我们的名字虽然不同，经历的具体形式与内容也有所差别，但本质上来说，我们饰演的剧情几乎一模一样，经历也都一样。

换句话说，雪漠正在用自己的生命，续写着琼波浪觉的归来。因此，你看到了当下，也就看到了历史。

## 八、整个世界都是我的“凉州”

◎主持人：一位作家说，莫言的成功证明文学的本土性是何等重要。只有伟大的故乡，才有伟大的文学。我觉得，您的“大漠三部曲”扎根于您的故乡凉州，扎根于大漠，有一种非常深厚的本土性，用现在比较流行的话来说，就是接“地气”，也通“人气”。但是，您现在定居东莞，远离凉州，这对您的创作会不会带来什么影响？您在《西夏的苍狼》中对岭南文化的描绘，似乎不能与“大漠三部曲”中对凉州和大漠的描绘相比较。我不知道，在您心中，凉州还是不是您的故乡？还是不是诞生作品的土壤？您还需要一个这样的故乡吗？

●雪漠：一个作家——甚至任何一个人——在入世时，都必然需要一个“支点”。阿基米德也说过：“给我一个支点，我可以撬动地球。”注意，每个作家都有自己的支点——比如莫言有高密，我有凉州——但这个支点仅仅是作家契入世界的窗口，它不是我们的全部。你也不要把它当成生命的全部。

写作时，我找到了支点，但并不局限于这个支点。

就是说，我撬起的不仅仅是一个小小的凉州，而是包括凉州、东莞、中国、西方、整个地球、整个世界。所以，本土化这样的概念，实际上是非常狭隘的。如果一个作家满足于本土化，撬不起整个地球，他就必然是一个小作家。

在面对世界时，我始终有一个契入点，就是大手印智慧。没有这个行吗？不行。因为，作家也罢，学者也罢，都必须有自己的“绝活”。没有绝活，无论什么人都是立不住的。当然，我有很多绝活。在任何一个领域，我都能拥有一种绝活，都能达到大手印文化这样的层次。因为，实现超越后，我只需要一个“支点”。有了这个支点，我就能撬起任何一种我愿意撬起的东西。就是说，证得大手印又不执著大手印时，我就能灵活运用这种智慧，应对世界上的一切，把所有东西都变成我的绝活和我的能量。但是，你不要把我的支点当成我全部的世界。因为，心包法界时，人是不会考虑乡土还是西方的。就像一个人心怀大爱时，不会只关心农民，不关心城市人一样。

一定要明白，不要给自己贴上任何标签，心才能变得更大。

我现在所做的，就是让自己变得更大、更低，让更多的水能流入我的智慧大海。因此，我的营养不只来源于凉州、西部、东莞，也不只来源于东方、西方，甚至不只来源于人类——我的创作已经超越了这些概念。

我一直都这么想，所以，未来也罢，过去也罢，我的很多作品都是这样。我不愿意给自己带上任何一种镣铐，也不会画地为牢。我曾经想过，要像《大漠祭》中所说的那样，画地为牢，不离开凉州，但后来发现，整个世界都是我的“凉州”——它已经不是地域意义上的“凉州”了，而是我心灵的支点。

## 九、信仰的“魔桶”

◎主持人：下面，我们想请您回答一些读者的提问。其中，关于“魔桶”的问题特别多。我记得，“魔桶”生活这部分内容，您是在二稿时加入的。有读者很好奇，他说，当时琼波浪觉已经学了很多秘法，而且经受了空行母的大量考验，为什么他还会掉进“魔桶”里去呢？这是因为他有因缘未了，还是藏着其他密意？

●雪漠：最近我写了一文章，叫作《“念佛往生”的误区》，被凤凰网华人佛家“观点”栏目推荐。我希望大家都能看看这篇文章。因为，此文指出了修行中的一个常见误区。所有进入这一误区的人，都走进了“魔桶”。

其实，现实生活中走入“魔桶”者很多，他们没有一双能窥破假象的慧眼，因此，他们在生活的各个方面，经历着这种遗憾与心痛。其中，最可怕的，就是有着崇高外相的“魔桶”。比如，世上有很多为了所谓的“艺术”“信仰”“爱情”献身的女子。她们心甘情愿地奉献青春与生命，“供养”着懒汉或骗子，最终，只能自尝苦果。可见，能否发现自己进了“魔桶”，确实非常重要。

那么，到底该如何判断？答案很简单，就是看看自己有没有一天天破执，一天天放下，一天天明白，一天天走向解脱之门。如果有，你的方向就对了；如果没有，无论多么虔诚，你都是在迷信盲从、自我陶醉、自我欺骗。这样的人就生活在“魔桶”里，不可能往生，更不可能解脱。

所以，真正的信仰，少不了超越智慧。就算你强烈地想从世俗中出离，或者对崇高有着坚定的向往，也必须时刻站在高处，观照心灵，看看自己是否陷入了偏激、盲目与狂热。否则，你就会困在“魔桶”里，过着貌似信仰，却十分迷信、无知的生活。

打破“魔桶”，拥有真正的宗教精神，才是真正的大手印。大手印文化所有的目的，就是为了超越概念，为了超越流行观念的限制，为了破执，为了斩断分别心，为了让你拥有智慧、实现超越、走出“魔桶”。

## 十、“魔桶”是修行者的必经之路

◎主持人：有读者问，进入“魔桶”的琼波浪觉，还是不是信仰者？二十二年的“魔桶生活”对他来说是不是一种退步？如果没有这二十二年的荒废，他会不会更早得到成就呢？

●雪漠：注意，琼波浪觉住世一百五十年，在类似我这个年纪时去印度，在那里待了大概有四五十年，回到藏地时，已经九十八岁了。这意味着，他在印度生活了很长一段时间，走了一段很长的弯路。其中有十多年，他是跟司卡史德一起生活的，可是，这段故事我没写进《无死的金刚心》。也许以后，我会专门写一部书，但现在好像没这个想法，主要是没这个机缘。

其实，我也有过一段“魔桶”生活。但困住我的不是爱情，而是一个迷信的信仰群体。在那里，我经历过一段貌似信仰，其实远离真理的人生。我需要这段人生吗？需要。如果没有这经历，雪漠的生命体验就没现在深刻，也不会有雪漠的今天。因为，我由此明白了，要是我事不关己，世故地沉默下去，老祖宗的宝贝就会被糟蹋，或是被埋没。这一发现，像命运的鞭子，直接把我赶出了独自清修的关房。

所以，不要以为那“魔桶”生活，对琼波浪觉来说，是一段大弯路。它只是每个修道者成就前必经的降魔阶段。不过，并不是所有人都要经历琼波浪觉那样的“魔桶”。有时的“经历”，指的是世俗生活中随处可见的一些东西。

◎主持人：有读者问道，我们能不能将“魔桶”看成司卡史德对琼波浪觉的一种考验呢？他还发现，帮助琼波浪觉打破魔桶咒的，正是施咒者班马朗。那么，班马朗为什么要进入“魔桶”？进入魔桶的，是班马朗本人，还是琼波浪觉心中的班马朗？

●雪漠：大家一定要明白，让自己觉醒的，永远都是厄运和逆境，例如死亡。所以，直到今天，我仍然非常感谢生命中的那些“班马朗”。

有人把他们叫“小人”，但我更愿意称之为“逆行菩萨”。因为，当你没有世俗的功利心，超越所有世间法时，就会发现，世上的一切都在考验你，都在为你提供营养，都是你调心的道具，都在成就你的心性。包括那些批评你、跟你作对的人。所以，我把每一个“逆行菩萨”都当成觉醒的助缘。我甚至认为，没有他们，就没有今天的雪漠。

如果缺乏这样的一种智慧观照，你就会陷入仇恨的“魔桶”。

所以，你可以把“魔桶”理解为司卡史德对琼波浪觉最后的考验，或者琼波浪觉对法执最后的破除。总之，这是琼波浪觉真正成就前必须经历的灵魂历练，也是非常重要的降魔阶段。我前面也说过，如果雪漠没有深入宗教核心，经历诸如此类的“魔桶”历练，就不会有雪漠的今天。

今天的雪漠，跟那些有着佛家标签的传统修行人不一样。我打破了信仰的“魔桶”，不被宗教束缚，拥有真正的宗教精神。换句话说，我经过了“扫除物与悟”的阶段，实现了得到后的放下，明白后的从容，而不是得不到时的狂慧，也不是糊涂中的狂妄。这才是真正的大手印。

得不到，超越不了，或者没有真正明白时，你谈的有些东西就是不对的。比如，虽然我们说“我与本尊无二无别”，但如果你没有证道，智慧的证量还没跟上，就说自己是奶格玛、佛陀、本尊，就会轻易流入狂慧。所以，我们一定要沿着山脚，一直向山顶攀登。登到山顶，将山峰踩在脚下时，才叫超越。站在山脚下，就算有想超越、知道要超越的心，也没有真正达到超越的境界。

## 十一、没有灵魂求索，就无法超越

◎主持人：有的读者认为，既然“奶格玛”本来就在那里，琼波浪觉的寻找又从何而来呢？对于普通人来说，心中的“奶格玛”是什么呢？

●雪漠：刚才我也说过，就算你知道这个见地，也必须去寻找。因为，没有寻找，就没有向往；没有向往，就没有超越。超越后，才谈得上“本来就在那里”。不超越，怎么会知道真理究竟在哪儿呢?

比如，“山高人为峰”这句话对不对？对。但它有个前提，就是你必须从山脚一步一步登上山顶。如果你待在山谷里，就觉得“山高人为峰”，那就是错的，只是你自己说说而已。因为，你根本连山坡都上不去，不在山顶上，又怎么可能“人为峰”呢?

所以，每个想要实现超越的人，都必须脚踏实地地寻找，真正地成为自心的主人之后，再谈别的。

## 十二、没有敬畏，信仰就变质了

◎主持人：琼波浪觉在寻找的过程中，首先遇到了司卡史德，司卡史德充当妻子、母亲那样的角色，直到他证悟成就。有读者便问道，既然他找到了与奶格玛无别的上师，为什么还要锲而不舍地寻找梦中的女子“奶格玛”呢?

●雪漠：注意，“奶格玛”是一种不可亵渎、不可亵玩的存在。每个人的心中，都必然有着这样一种存在。如果没有，你就没有信仰。所以，我说过，我的朋友不可能成为我的弟子。抱着交流、聊天的心态与我交往者，不可能向往我的境界。他或许对我有着世俗意义上的认可，但那不是信仰意义上的无伪信心。那么，我便不可能让他成就。要想成就，他就要寻找自己心中的“奶格玛”——能让他生起敬畏的对象。换句话说，每个人都需要一个敬畏的对象。没有敬畏，就没有信仰。

所以，司卡史德告诉琼波浪觉，奶格玛不能成为你的明妃，她必须是一个不可亵渎的存在。假如琼波浪觉与奶格玛过于亲近，他就会生起亵渎、轻视之心。这时，信仰就会消失。我们称之为“坏了信根”。这意味着，如果琼波浪觉像对待司卡史德那样对待奶格玛，他就必须寻找一个新的奶格玛。

密勒日巴刚修大圆满时，上师说，好好修吧，这个法门很殊胜，昼修昼成就，夜修夜成就，不修也成就。结果，密勒日巴就不修行，睡觉去了。于是，上师对他说，重新找上师去吧，我救不了你。因为，上师的这番话，不小心让他生起了邪见。这是很可怕的。密勒日巴的弟子惹琼巴也是这样。他跟密勒日巴过于亲近，结果少了一种敬畏。密勒日巴让他做这个，他不做；让他别做那个，他偏做。所以，他就算修了一辈子，也还得转世再修。

没有向往，信仰就变质了。历史上有很多这样的例子。

一定要明白，信仰就像太阳，不要过于接近你的信仰对象。否则，你就会被烧毁。但也不要过于远离他，更不要躲进阴影里，否则，你就感受不到他的温暖和光明。

所以，不要妄想将太阳装到自己的口袋里，你根本装不进去。就算你真能装进去，也会被它烧死。信仰就是这样。心中一定要存有敬畏，这是最根本的东西。

密乘中出现了很多大成就者，但当代禅宗的成就者却不多。其原因，跟克里希那穆提没有弟子是一样的。他们破相破得过了头，把不能破的信仰本体都给破掉了。结果，敬畏随之消失，向往随之消失，信仰就没了基础，很快也倒塌了。

## 十三、既相信命运，又创造助缘

◎主持人：琼波浪觉出生时，有很多瑞相，很多大德都来授记，预言了他的命运。他的成就，他的道路，好像早就注定了似的。有读者就问道，琼波浪觉的一生是不是真的注定了？那么，没有得到那么多授记的普通人，成就的概率是不是就会小一些呢？

●雪漠：我打个比方，红松上长了一颗饱满的松子，有一次，一只松鼠吞下了它，但它没被咬碎和消化，反倒完成了松子成长必须的一些环节，后来，松子随着粪便落到了地下。松子下落的过程，就是“瑞相”。那么，这个松子落地后，是否能长成红松呢？不一定，但它具备了长成松树的基因。接下来，只要它能摄取充足的养分和足够的阳光（有好的环境），能抵御虫害（严守戒律），有人为它修掉乱七八糟的枝丫（上师的诸多教诲与调教），它就能长成参天大树。如果不具备这些条件，松子可能就会腐烂，无法长成大树。所以，就算琼波浪觉出生时有诸多瑞相和授记，他都仅仅是个“松子”。如果没有后天的寻觅和努力，他就不可能长成“红松”。

我们每个人都是这样。要想成长为大树，就要满足很多条件。《周易》中写道：“天行健，君子以自强不息；地势坤，君子以厚德载物。”就是说，能够自强不息，拥有完善的德行与人格，你才可能成功。否则，松子就永远是个松子。换句话说，我们既要相信命运——比如，长成松树的，只可能是松子，绝不可能是苹果籽、白菜籽——也要为自己创造很好的外缘。当内因外缘结合得很好，且因缘成熟时，凡夫就可能成为大德。

我觉得，遇到我的每个人都是“松子”，因为人人都有佛性，人人都有可能成佛。其他的，由你自己选择。

## 十四、“跌落”是觉醒的契机

◎主持人：司卡史德对琼波浪觉的两次重大开示，都在跌落中完成：一次是疯象将琼波浪觉抛到空中，一次是琼波浪觉从空行圣地的悬崖上跌落。请问雪漠老师，这里有没有什么密意？对我们的日常生活，又有什么样的提醒呢？

●雪漠：跌落时，人最容易觉醒。失去某些重要的东西，就是人生中的“跌落”。我发现，突然被贬官者，容易变成好人，礼贤下士；突然变成穷光蛋的亿万富翁，容易看破世间虚幻，淡泊名利；突然发现自己身患绝症的人，也会明白自己需要的东西并不多。换句话说，人生中的跌落，实际上是让我们明白的契机。否则，我们就会执著一些蝇头小利，什么都放不下。所以，你可以把琼波浪觉的“跌落”，看成一种象征。

不过，好多事情都说不清。有些经历过跌落的人，仍然不能放下，仍然不能参透生命的秘密，甚至会变得更加贪婪；有些没有经历过跌落的人，如果有智慧，照样可以开悟，可以放下一些东西。这取决于一个人的信心。因此，“跌落”跟觉醒，其实没有必然的关系。只要我们有一颗向往觉悟的、警觉自省的心，人生中的所有机遇，都会让我们拥有一种觉悟的可能。

## 十五、守不住底线，就谈不上超越

◎主持人：空行母的考验非常震撼，而且一次比一次震撼。因为，它会让我们反思生命中的一些东西。比如，遭遇狼群的考验，让我想起“见人落水”这个问题。如果我自己不会游泳，周围又没别人，那么，作为一个合格的修行人，在见到别人落水时，到底应该义无反顾地跳下去救人，还是等着超度他？

●雪漠：当然要救人，还要想尽一切办法救人！我不就是这么做的吗？我自称“大痴”，就是因为我明知不可为而为之。我明知一人之力救不了世界，也要救。否则，“修行”也罢，“菩提心”也罢，都是在自欺欺人。

当然，这里面还有很多种可能性。比如，大学生张华为了救一个跌落粪池的老人，把自己淹死了。为啥他明知会淹死，也要去救人呢？因为，他有一种精神。救不救得了，另当别论。就算你没有救人的能力，也要有救人之心。否则，就不是真正的修行人。所以，如果我遇上琼波浪觉那种情况，我也会救人。

一定要明白，就算我们不能改变结局，也要有想要改变结局的态度，这是最基本的。如果连态度都没有，就不可能有任何行为。我打个比方，如果一个人连救人的心都没有，即使有一天他学会游泳，也不会下去救人的。

◎主持人：有一次，空行母请求琼波浪觉为自己留个孩子，但琼波浪觉以戒律的理由拒绝了。读者问道，如果真有异性提出这种要求，合格的修行人究竟应该随顺众生，满足对方的愿望，还是坚守戒律，予以拒绝呢？

●雪漠：说不清，各随因缘。如果你达到了观音菩萨的境界，就可以嫁给魔王；如果你没达到那种境界，就最好守住最基本的东西——戒律。因为，任何一个人，都可以打着“随顺众生”的借口，满足私欲。所以，如何选择，取决于你是否真的可以自主心灵。

守戒者，才是佛教徒；不守戒者，绝不是佛教徒。除非你成了济公，才可以吃肉喝酒；如果你成了琼，就可以修和合大手印；如果你是只青蛙，就做青蛙该做的事情；如果你是个孩子，就让自己慢慢成长，不要往悬崖上爬，否则就会掉下去，摔得粉身碎骨。一定要明白，狮子能跳过去的悬崖，小兔子可能会摔死。因此，这个问题没有确定的、准确的、一加一等于二那样的答案。

一般说来，要先按佛家的基本规则要求自己，守住佛教徒该遵守的戒律，行为上也要如法。

比如，想要参加香巴文化论坛，就要遵守香巴文化论坛志愿者公约，否则就不要参加。再比如，香巴书轩“九个一”中的“一门深入”，并不针对所有人，它约束的，只是香巴学派的如法弟子。做得到，你便能成就；做不到，便不能成就。当然，如果你只想安慰一下自己，不想成就，那做不到也无所谓。或者，你做不到香巴学派的如法弟子应该遵守的规则，也可以去修别的。但我仍然要告诉你，世界上绝对没有不“一门深入”也能成就的人。这是修行最基本的底线。

这个时代，诸多的法、诸多的本尊遍布整个世界，彰显出种种标签。很多邪门歪道的东西，随时都在抢夺着你的心。如果你连最基本的底线都守不住，就会很容易迷失。

◎主持人：空行母的第三个考验，也让我非常迷惑。当猎人提出套群鹿的要求时，琼波浪觉并不知道对方就是空行母的化现。在这种情况下，他怎样才能做出正确的判断？就算他知道，就算套鹿真能成就，他也会错过这机会的，因为他不可能杀生。那么，空行母的这次考验到底有什么意义呢？如果我们也遇上杀生的考验，又该如何选择？

●雪漠：密乘中有很多这样的故事。在那些故事里，一些弟子精通诛法，上师叫他们杀生，他们也就杀生了。但我不会这么做。我更愿意善待另一个生命，不愿意为了某种目的伤害他们。所以，琼波浪觉的选择，就是我的选择。

我举个例子，就算唐僧对我说，杀了我，你就能长生不老，我也不会杀他的。因为，如果我杀了他，吃了他的肉，就不是雪漠，而变成妖精了。哪怕让我长生不老，也没有任何意义。释迦牟尼也是这样。即使他知道唐三藏要去找他取经，而且，吃了唐僧的肉，就可以长生不老，他也仍然会传法给唐僧，不会杀人吃肉。否则，他就不是释迦牟尼了。明白了吗？这就是妖精和释迦牟尼的区别。换句话说，真正慈悲的人，不会为了达成自己的某种目的，去剥夺别人的幸福，甚至别人的生命。因此，我更赞成琼波浪觉不杀生的做法。

我认为，我们必须守住人的本分——也就是人的底线，才能谈别的。连底线都守不住的人，根本就谈不上进一步的超越。所以，想要修行，就要先做个好人，然后做个合格的佛教徒，才有可能慢慢成长为一代大德，最终成长为成就者。

## 十六、莎尔娃蒂的情书

◎主持人：关于情书的问题也比较多。很多读者都想知道，您在书中加入情书的用意是什么？众生是否都要以这样一种纯粹的、美好的情感，来升华自己的灵魂呢？

●雪漠：莎尔娃蒂的情书是一种一言难尽的东西。不要简单地将其归结为好的，或者坏的。因为，她的爱情虽然很珍贵，也很令人感动，一些人在朗诵她的情书时，受到了很大的触动，但对于追求成就的人来说，就是一种魔障。所以，这些情书，最初是以情魔的形式出现的。那些对琼波浪觉的追杀，都是依托情书来完成的。否则，那些咒力，就不会存在于琼波浪觉的生命中。

许多时候，情也罢，魔也罢，都是一体的。能超越者，情就不会成为魔；不能超越者，再美好的感情，都会变成魔障。所以，爱情也罢，很多让人们十分珍惜的东西也罢，在人的一生中固然很重要——能珍惜时，就好好珍惜它——但它们很快就会过去，不可能永恒。

比如，莎尔娃蒂的情书虽然美好，却只是一点点情绪留下的痕迹，很快就消失了。任何一个追求成就和觉悟的人，都不能将其视为一种永恒的存在——除非你能定格它，否则，它就只是一种善变的情绪。所以，这个问题的答案，实际上是一言难尽的。

◎主持人：有读者想知道，莎尔娃蒂是如何为琼波浪觉承接咒力的？最后她解脱了吗？

●雪漠：有爱便有执著，有执著便有担当。世俗说法中的担当，就是承担一种责任。你有承担之心固然很好，但这也意味着，你的心里有牵挂。有牵挂者，便不能解脱。所以，莎尔娃蒂最后能否解脱？这很难说。

如果她死亡时，仍是这样一种境界，就肯定解脱不了。因为，她有执著。无论她执著琼波浪觉，还是执著极乐世界，都很难解脱。世界上没有不破执而解脱的人。所以，大手印强调破除所有执著。

## 十七、研究学问，不如老实吃药

◎主持人：关于成就，有读者问道，琼波浪觉什么时候明心？什么时候见性？他是证悟同时，还是悟后起修？还是渐悟渐修?

●雪漠：好好地看书，书上都有。

◎主持人：那么，香巴学派的信仰者该如何阅读此书？佛学爱好者该如何阅读此书？普通读者又该如何阅读此书呢？

●雪漠：你需要什么，这部书就会给你什么。香巴学派信仰者，可以看到教法、传承和上师的证悟过程；一般佛教徒，可以看到圣者实现超越时，必须经历的各种境界，以及超越智慧；一般读者，则会看到世界上的另一种风景、另一种小说、另一种文化、另一群人、另一种写法。当然，我不知道一般读者能不能读进去。这本书，其实是为那些能读进去的读者写的。

◎主持人：书中有些有趣的辩论，比如“世界有边，还是无边”“涅槃是有，还是无”。佛陀在世时，对这些问题是不予理睬的。一些读者就想问，佛陀为何不予理睬？佛陀是在回避佛法的漏洞，还是出于某些原因，不能说？

●雪漠：我举个例子，雪漠从来不管股票上涨还是下跌，也不管天文学家在关注什么。因为，这跟我没关系。我要管的，是自己的心。同样道理，就算知道世界有边还是无边，涅槃是有还是无，你也未必能解除自己的烦恼，清除自己的习气，让自己实现超越。明白了吗？你刚才谈到的那些问题，跟解脱没有关系。

别人认为雪漠是“佛”，或是“魔”，也跟你没关系，甚至跟我也没有关系。因为，雪漠就是个标本，他在用自己的经历告诉你，什么方式、什么形式可以实现超越，可以降伏烦恼，可以得到智慧，可以取得成功。你觉得对，有一点启发，就学我——当然，你也可以借鉴，或批评——如果你觉得不对，就继续用自己的方式，或者从中提取对你有用的那点东西。换句话说，我的传播也罢，创作也罢，都不是为了让你学我，也不是为了拯救你。我从来不想拯救众生，也不想拯救世界。我所做的一切，只是在展示自己。

释迦牟尼也是这样。你从他的《大藏经》中舀来一杯水，解自己的干渴、痛苦，就够了。跟你没关系的，你也没时间去管。因为，你就算花上一辈子的时间，也不一定能精通世界上所有的学问。你只精通对你有用的那门学问就行了。

我打个比方，病人不需要成为医学博士，也不用学习世界上所有的医术，他只要找到一个合格的医生，要来一个对症的药方，然后如法地吃药，就够了。因为，如果他自己去研究医学，那么，还没等研究出什么名堂，他就可能死了。那个提问的人，自己就是个病人，可能很快就会病死的，但他不去找治病的药，反而研究一些“鸡生蛋还是蛋生鸡”那样的问题。这对他毫无意义。所以，释迦牟尼对其不予理睬。

# 雪漠的信仰世界

## ——雪漠解读《无死的金刚心》与“灵魂三部曲”

嘉宾：雪漠

主持：陈彦瑾

时间：2012年10月27日15：00-17：00

地点：“大善铸心”直播间

### 一、角度不同，决定了内容的不同

◎主持人：雪漠老师您好！今天，我们就前两次的谈话深入展开，同时把读者的一些相关提问也穿插着谈一谈，好吗？

上次谈话中，您提到，如果将大手印文化与“灵魂三部曲”对照着理解，《西夏咒》就是典型的和合大手印，《西夏的苍狼》倾向于实相大手印，《无死的金刚心》则明显是光明大手印。所以，很多读者看《无死的金刚心》时，都很容易得到一种加持体验。而《西夏咒》中，由于您完全用了一种诗意的文字来描述琼与雪羽儿的双修，所以，我们很难理解和合大手印的超越力量，反倒是书中的阿甲、叙述者雪漠，和比他们更高的超叙述者的那些议论，更容易让人得到一种超越智慧。再看《西夏的苍狼》，其中虽然也有木鱼歌，也有黑歌手的自述，有奶格玛寻找永恒的寓言，有石和尚进入空行圣地的描写，但我始终觉得，它缺乏《西夏咒》中超叙述者那种高度的智慧观照。其实，超叙述者的智慧，也应该是您——证悟后的雪漠的智慧。

您上次也说过，黑歌手的境界，其实没有达到雪漠的高度。“娑萨朗就是凉州”的见地，也没有达到雪漠的高度。令我好奇的是，同样是雪漠，同样是自性写作，为何在《西夏的苍狼》中，雪漠独有的智慧似乎没有像其他两部作品那样流淌出来呢？

●雪漠：一方面，这部书的内容决定了这一点。因为，它展示的不是大手印超越智慧，而是一种灵魂的寻觅。这种寻觅，又和《无死的金刚心》不太一样。

后者的寻觅，是为了实现大超越的出世间寻觅；前者的寻觅，却非常类似于资粮道的寻觅。所以，其境界也不是证悟后的超越，而是资粮道的东西，是一种世间法的大美，是大手印在世间法上的妙用。比如，岭南文化的与时俱进与西部文化的浑厚智慧和合，就是方便与智慧的和合，也实现了两种瑜伽相融无二后的一种超越。所以，在这部书中，雪漠不能出来展示自己的境界，要让人物慢慢地、不断地升华自己。因此，里面写到了紫晓和黑歌手等人的变化。

另一方面，我之前也说过，这部作品写得比较仓促，因此不够精致。如果按我以前的习惯，大概要五年后才能写好，但这次只写了一年，就由于守约，提前出版了。机缘成熟时，我或许会从容地重写此书。

《西夏的苍狼》是"灵魂三部曲"中最好看的一部，一些大学生也喜欢，但在我的作品中，它确实显得比较弱。当然，从某种意义上说，它的文学性可能比《无死的金刚心》稍好一点。这是因为，《无死的金刚心》纯粹是为需要者写的——时代需要它，香巴学派文化也需要它。所以，我就专门为他们写了一部书，既呈现了琼波浪觉的证悟过程和灵魂历练，也宣传和传播了香巴学派文化。它的使命和前面的作品不一样。

《西夏咒》和《大漠祭》《猎原》《白虎关》，主要是一种由内向外的喷涌，是我自己的生命需要，《无死的金刚心》和《西夏的苍狼》则更多的是一种社会需要、读者需要。因此，它们在文学的价值与探索方面，似乎比不上“大漠三部曲”和《西夏咒》。不同的需要，决定了内容与侧重点的不同。

◎主持人：在“雪漠心学大系”中，您说过，实相大手印是渐修，分为专一瑜伽、离戏瑜伽、一味瑜伽和无修瑜伽四种层次。那么，《西夏的苍狼》中黑歌手那种“娑萨朗就是凉州”的见地，属于其中的哪个层次呢？

●雪漠：严格地说，没有这种可比性。为什么呢？因为，“娑萨朗”是个寓言，它更多的是一种象征。而且，黑歌手也没有严格地按照实相大手印的方法修行。他的寻觅也罢、文化传播也罢，都属于资粮道和加行道的范畴。从修行层面看，他只达到生起次第的层次，智慧成就不算太高。但是，从世间法层面看，他已经很不错了。因为，他毕竟在寻觅，在实现升华，在远离屠杀，在超越自己。他是文化意义上的传承者，不是超越意义上的成就者。

所以，我只会从文化传承者的角度描写紫晓和黑歌手，不会从成就者的角度写他们。比如，黑将军、黑喇嘛、黑寡子和黑歌手，都是精神的传承者。他们从千年前的某个源头，相继将某种精神传递至今。紫晓也是这样。她从外婆那里传承了岭南文化中的“木鱼歌”。如果她真能实现破执和超越，也会契入实相大手印，但在那个阶段，她表现出的，更多的是一种貌似信仰的爱情。换句话说，表面上，她在追求信仰，实质上，却在向往一种完美的爱情。她对黑歌手的思念中，有一种暧昧不明的东西。他们之间究竟有没有发生过故事？她会发生什么变化，未来又会如何？都像谜，说不清。因为，其中有着无数种可能性。那么，将来我重写这部小说时，就有可能会把它写得很好。比如，我或许会删去一些岭南文化中的东西，将黑歌手、黑将军那一系的文化传承写透。

在《无死的金刚心》中，莎尔娃蒂跟紫晓刚好相反。她对琼波浪觉的爱，看起来只是一种美妙的世间情感，但随着这种情感的升华，她的一切——包括对爱的执著、超越、担当、痛苦——都已上升到信仰的高度，毫不动摇。

莎尔娃蒂和紫晓的身上，都体现了一种我们称之为“悖论”的东西，但她们各自表现的“悖论”，又不太一样。前者代表爱情遇到信仰后产生的纠结，后者则代表信仰遇到爱情后出现的纠结。但不管哪一方，我们都不能单纯用爱情或信仰，来对其做出评价。

## 二、每个人都在寻找一种东西

◎主持人：我觉得，“莎尔娃蒂拥有貌似爱情的信仰，紫晓拥有貌似信仰的爱情”，这一点特别有意思。确实，在莎尔娃蒂的信中，有很多男女情爱和打情骂俏的内容，这使她对琼波浪觉的向往，有了一种爱情的外相。不过，很多读者都会产生一个疑问：什么样的爱，才是大爱？比如，读《西夏的苍狼》时，我一直很困惑：黑歌手为什么要寻找紫晓？当然，书中说过，这是为了实现方便与智慧的和合，其中还谈到，和合需要以大爱作为基础。但是，一般读者似乎很难理解这一点。您能不能跟我们详细解释一下呢？

●雪漠：黑歌手寻找紫晓，更多的是在寻找一种入世的契机。

黑歌手也罢，黑寡子也罢，都只实现了生起次第成就。不过，这种境界也很高，也拥有度众的可能。什么是生起次第呢？就是你向往一种比人类更伟大的存在，并且一步一步走向他的过程。黑歌手虽然没有实现完全的破执，但他实现了对世间法某种程度上的超越。看过我最近两篇文章——《“念佛往生”的误区》和《信仰的“魔桶”与破执》——的读者就会知道，他的成就跟“念佛往生”达到很高境界时的成就很相似，只能实现往生，不能让人究竟解脱。但是，这种境界也很高，不是任何一个人都能达到的。因此，达到这种境界的人，就有了分享经验的义务与可能，也就是度众的可能。

然而，如果黑歌手留在西部，就会缺少一种度众的契机。因此，他需要一种与世界对接的方式，一种应世的方便，或者另一种可能性。我也是这样。就是因为这一点，我才会离开凉州，来到广东，有时还会到上海、北京去。我曾说过，自己在“寻找好种子”，那“好种子”，实际上就是这个契机。

不寻找行吗？不行。为什么？我举个简单的例子：马祖道一得道后，回到老家，想先度他的乡亲们。但乡亲们一看，那新来的大成就者马祖，原来是“马簸箕”的儿子，于是哈哈大笑，一哄而散。“马簸箕”是谁？他是马祖道一的父亲，以编簸箕、卖簸箕为生，人们就给他起了个外号，叫“马簸箕”。人们看不起马簸箕，也不会相信他儿子证得的真理；没有信心，马祖道一就不可能让他们也解脱。这种现象，哪里都有，因此人们才说：“外来的和尚好念经。”这时，得道者就要走出自己的生长环境，走出“马簸箕效应”，在外面的世界寻找一种新的可能。达摩祖师就是这样。他之所以到中国来，不只因为这里有大乘气象，也是因为，他必须走出“马簸箕效应”，寻找真正能传承文化的“好种子”，才能将真理传播出去。

不过，我不是在寻找好种子，而是在等待好种子——当然，有时的等待，也是另一种寻找。黑歌手也是这样。否则，即使证得生起次第成就，他也不过是那块贫瘠土地上，某座破落院子里的一个孤寡老人，没人知道他，也没人认可他。其实，这也没啥，他一样有可能证得解脱，但他很难度众，很难真正为世界做些什么。所以，他必须寻觅。

《西夏咒》里也有一段寻觅——琼对雪羽儿的寻觅，不过，这段寻觅的目的不是度众，而是真正地实现超越。换句话说，琼寻找雪羽儿，是为了找到一种终极超越的可能性。如果他一直待在尼泊尔，或许就不会实现即身成就。正如叶曼老师所说，陈健民之所以很难实现终极超越，就是因为，他一辈子都没有找到“对手”。在藏传佛教的历史上，很多成就者都曾有过这样的寻觅，比如，益西措嘉在尼泊尔的那段经历。从世间法的角度看，他们是在寻找自己的另一半；但从出世间法的层面看，这个“另一半”则具有远胜于世间情感的另一重含义。因为，出世间伴侣将与成就者一起，实现一种终极超越。

实际上，每个人的生命中，都肯定期待着一种寻找。有时，他们在寻找一些世间的东西；有时，他们在寻找一些出世间的东西。寻找，伴随着每个人的一生。

我的所有小说中，都贯穿着一种寻找。比如，《大漠祭》中灵官在寻找，《猎原》中黑羔子和鹞子等人在寻找，《白虎关》《西夏咒》《西夏的苍狼》《无死的金刚心》中很多人都在寻找。只是，每个人的寻找，从外相上看不太一样，其精神内涵也可能有所不同。相同的是，找到它，你就觉得很充实；找不到它，你就觉得自己白活了。

## 三、法门不分高低难易，只求对机

◎主持人：雪羽儿、紫晓和莎尔娃蒂这三位主人公，的确是读者们热议的对象。其中，只有雪羽儿实现了最后的超越——或者说，她修成了。书中也写到，她本来就是金刚亥母的化身，与琼的双修，是因缘注定的。其受难似乎只是一种示现，其超越似乎是一种必然。但紫晓仅仅觉醒了，走出了第一步，莎尔娃蒂也远远没有达到雪羽儿的境界——假如修行会冲淡她对琼波浪觉的爱，她甚至会放弃修行。

而且，《西夏的苍狼》写的是当代的都市，与我们的生活最贴近。所以，大多数读者都会认为自己是紫晓，很少有人觉得自己能成为雪羽儿，或者莎尔娃蒂。因此，很多读者问道，现代都市人是否更适合走紫晓那样的路子，或者说，走实相大手印那种渐修的道路呢？因为，光明大手印与和合大手印的条件似乎都很高，那种因缘，不是一般人能具备的。

●雪漠：这三种大手印是平等的，它们没有高低之分，只有机缘和根器的不同。无论你修哪一种大手印，是否能成就，都取决于你的信心和根器——我所说的“根器”，本质上仍然是信心——因此，从某种意义上说，它们是一样的。

在这三种大手印中，光明大手印的境界是最高的，也最容易证得成就。关于这一点，我常说，只要找到真正的善知识，有了信心的“数据线”，契入光明大手印，就像电脑间拷贝数据那么简单。难的是什么呢？是没有任何目的，没有任何怀疑，没有任何计较，完完全全信任你的上师。而且，这种信心，不只是世间法意义上的相信，而是深信不疑。不管他表现得非常温和，还是示现忿怒相，你都要明白，他是在用不同的方式调教你、考验你，让你明白一些东西。帝诺巴当初用各种令人难以忍受的态度对待那诺巴，但那诺巴既不怀疑，又不恼怒，更不退缩，所以，他最后才能证得大手印成就。现代人不一定要经历那诺巴那样的考验，但没有真信心，证得光明大手印就难于登天。我在《真心》中说过，觉悟也是一种因缘聚合。那因缘之一，就是信心。找到真上师，对上师生起坚定信心，到了恰当的时候，你就能契入光明大手印。和合大手印、实相大手印同样如此。所以，从本质上看，这三种大手印之间，其实没有难易之分，都重在因缘和信心。

香巴学派有种说法认为，实相大手印是和合大手印的基础，和合大手印又是光明大手印的基础。这很像禅宗的“破三关”。换句话说，如果你的根器不够，可以由实相大手印悟入，再进入和合大手印，最后实现光明大手印。但上根之人，也可以直接契入光明大手印。至于你是递进地修，还是并列地修，取决于因缘。比如，如果你是一堆浸透了汽油的木柴，一靠近火堆，就会燃烧；如果你是一块石头，无论把你放在火里烤多久，你都很难被点亮，只能变得温暖一点。明白了吗？

所以，我们不要自以为是地衡量自己的根器，限定自己适合修这种法，不适合修那种法，也不要从概念上判断哪种法更容易修，只要找到自己对机的法门，好好去修，就行了。有时，别人觉得容易修的法，你可能修不成；别人认为非常难的法，你可能一修就修成了。因为，本质上说，哪种法都一样，没有高与低、难与易，只要对机，都能让你开悟。因此，我们要各随因缘，不要画地为牢，让自己有所知障。一旦出现所知障，就会非常糟糕。因为，很多因缘都会随时变化的。

## 四、好待“好种子”

◎主持人：刚才您谈到“寻找好种子”，让我想起一个细节：今天，我突然注意到，您的QQ签名改成了“好待好种子”。从“寻找好种子”，到“等待好种子”，再到“好待好种子”，能不能跟我们说说这些变化的原因？

●雪漠：有这种变化吗？我也不知道什么时候变成“好待好种子”了。这可能是“善待好种子”的意思吧。或许是因为，我身边已经有很多好种子了，我应该好好善待他们、珍惜他们、培养他们。这不属于写错，我不改了，也不等了。我只要好好对待身边的这些好种子，好好珍惜他们，就够了。能等来更多好种子，固然很好，等不来，也很好。不需要太多。

前段时间，我写了两篇文章，一个关心我的朋友就说，你写这些东西，会得罪那些修净土的人，最好不要破别人立自己，否则会招来很多诋毁，弟子也会很少。我告诉他，我根本就不去追求弟子的数量。我的生命不是用来干这个事情的。只有牧人才关心自己有多少只羊，越多越好。因为，羊能给他带来利益。我不需要利益，我只管培养几个人才，就够了。大部分时间，我修好自己的心，做好自己的事，管好自己的嘴。当然，我也可以装出一副高深莫测的样子，什么话都不说，然而，如果我明知世界上充满错误和虚假，到该说话的时候了，却因为不敢得罪人，连基本的真话都不敢说，眼睁睁看着很多人上当受骗、陷入“魔桶”不能自拔，我就连做人都没做好，还谈什么修行呢？我也知道，说了这些话，写了这篇文章后，好多人都会骂我，但读者中总有几个人会明白、觉醒，这就行了。

不过，最近我才发现，网络上有很多僧人、法师和我有相同的观点。早知道这么多人都在说真话，我就不一定写这两篇文章了。因为，如果一些事情不必我去做，我就会把时间用在我该做的事情上面。至于有没有学生和弟子，会不会招来诽谤和诋毁，不是我说了算的，我也左右不了。所以，我从不管它。我所有的行为，就是寻找好种子、等待好种子、好待好种子——那个“好待好种子”的签名，其实不是我自己写上去的，但也很好。它或许是一种天意吧。这也是在提醒我，身边有好种子了，要好好善待他们，要好好培养他们。

## 五、重写和雪漠的“变”

◎主持人：我想，今天在直播间听讲的读者里，就有一些好种子。很早之前，我就注意到，您的读者群体跟其他作家很不一样。比如，“灵魂三部曲”的每一部中，都有大量超自然的神秘叙写，一般读者可能会觉得很玄，看得云里雾里的，但寻找信仰的人，以及了解香巴学派文化的人，或是那些您所说的好种子，就会觉得里面充满密意。他们会把其中的传说当成真实的历史，把其中的寓言当成您对未来的预示。在眼下的中国文坛，恐怕没有哪个作家能拥有这样的读者群体。

不过，您建议读者们以这种方式读书吗？因为，我在《无死的金刚心》的引言中，看到您列出的四种读法：一，将其视为采访记录；二，将其视为神秘的灵魂历程；三，将其视为心灵小说；四，将其视为一种象征。您更希望读者选择哪一种读法呢？

●雪漠：都可以。不同的读者有不同的寻觅，他们都能在我的作品中，找到不同的东西。这就像你在大海中游泳一样，你想潜水也行，游泳也行，寻找贝壳也行，欣赏海里的小鱼也行。什么都可以。看他们自己的需要。

不过，《无死的金刚心》的价值在于，里面的东西都不是编造出来的，是一种真实的展示。这部书出版前，里面还有“奶格五金法”和“奶格六法”的一些内容，大概五六万字。考虑到小说需要，最后就删掉了。以后，或许我还会针对这些内容，再写一部书。因为，我的写作初衷，就是想告诉大家，琼波浪觉是如何寻觅的，又是如何成就的，让一些想照着这个路子去走的人，也能修行成就。

现在，对这部书，大家有各种不同的解读，不同的人，可以从中找到不同的东西。当然，我完全可以写得更好。最初，陈亦新也建议我先不要出版，再重写一遍。因为，他认为我写得太快了。但我已经跟人家签了合同，没时间重写了。另外，世界现在需要它。那么，我就不管它是否达到了完美，先让它出来再说。一些遗憾，留到重写的时候，再去管它吧。

很多时候，我总在重写自己的作品。一旦我觉得有些话该说，却没有说，就再写一部。可是，我一旦重写，就会出现一部新的作品。再不满意，继续重写，又会出现一部新的作品……我的所有作品，都是这么出来的。因为，我从不在原有基础上修改，纯粹从心里流出一种新的东西——这仍然很像女人的生孩子。一个孩子生下来，不小心变成败家子，或者活得不开心，我就再“生”一个更好的。结果还是不满意，就再“生”一个。这三个“孩子”，都是不同的生命体，我只为它们提供同一种生命基因，不去干扰它们的独立。更不能因为第一个不好，就将它弄回子宫，重生一遍。这导致我的作品经常会出现很多种版本，说不清该以哪一种版本为准。

比如，我的《大漠祭》就有多种版本，因为，我自己也经常变化着。我希望，最近中央编译出版社出版的“大漠三部曲”会成为我最经典的读本。如果它能成为“大漠三部曲”的定本版，也很好，我们就将其基本上定下来，再让“灵魂三部曲”继续变化，看看最后能变到什么程度？这非常像“小毛猴”慢慢变成“美猴王”，再慢慢变成“齐天大圣”“斗战胜佛”的过程。

我的作品一天天升华着，变化着，我自己也是这样。而且，不同的人，还会从中看到不同的雪漠。他们的看法对吗？都对。我自己也期待着变化。

昨天，我和雷达老师谈到我的作品，他说，目前文坛对我的了解，还远远不够。了解“大漠三部曲”的人已经很多了，但仍然不够。我告诉他，这不怪文坛，只怪我没有写出让世界目瞪口呆的东西。以后，我肯定能写得更好。

《大漠祭》曾经进入茅盾文学奖的最后一轮评选，据说跟获奖作品只有一步之差，所以，很多人都为我感到遗憾。我告诉他们，不要遗憾。之所以最后没能选上，主要是因为，它没有表现出一种明显超过其他作品的优势。假如我能写出《红楼梦》，瞎子也会给我评奖的。当然，我不是为了获奖而写作的，也不会为了获奖改变自己，我的意思是，当一个人做得非常优秀时，世界就会给予他应有的评价。目前，文坛对我不够了解，只能怪自己没有展示出最优秀的雪漠。因为，“大漠三部曲”和《西夏咒》之后，我没有写出真正意义上的文学作品。

不过，“作家”对我来说，不是一种获得世界认可的方式，而是一种能最好地应对世界的形式与形象。我不愿意被朋友们当成“大师”“上师”那样的存在，我更希望大家能把我当成一个实现了超越的作家。我不想成为度众的菩萨，也不想成为拥有无数教徒的教主。所以，好多读者想给我送东西，我都叫他们给我提供一些生活素材——我很喜欢一些学生写的日记，他们把生命中非常重要的经验都奉献出来，让我对世界有了更深刻的了解，这有助于我的创作。对我来说，这些日记比任何供养都要宝贵。

我希望，大家不要神化我，尤其在QQ群里，要尽量淡化对我个人的宣传。如果大家想传播，就传播文化和真理，不要传播我这个人，更不要把“雪漠”当成话题。如果大家能把我忘掉，却忘不掉我说的那些道理，并照着去做，就是我最愿意看到的事。我也希望，大家能尽量安静下来，用生命中最直观的智慧经验，影响你的生活，改变你的行为和心灵，让你学会善待身边的人。不要老是把“雪漠”挂在嘴上，作为一个话题，也不要让自己的生命呈现出一种顶礼膜拜的状态。这样不好。

## 六、生命在于不断地打碎与升华

◎主持人：谢谢雪漠老师。虽然有些人认为，《西夏咒》和《无死的金刚心》相比，在文学性上要差一些，但是，我始终觉得“灵魂三部曲”建构了一个独特的文学世界。这一点，是很多作家都无法与之比拟的。

“大漠三部曲”和“灵魂三部曲”，正像您说的，是两个极端：一个是典型的现实主义，是写实的、西部的、日常生活的，是一种鲜活的存在，让人非常感动；一种是带有魔幻和先锋色彩的，大量运用象征和寓言的手法，不仅仅是中国的、西部的，还是人类的、形而上的、超自然的、神秘的，其境界，又是非常恢宏的信仰世界，让人觉悟、觉醒。在目前的文坛上，那些文学性很强的作品中，是找不到这种先例的。

“大漠三部曲”的作者形象，是农民的儿子、西部的儿子，他深深眷恋那块土地；“灵魂三部曲”的作者形象，是人类的儿子，是悲悯的哲人、智者，同时又是信仰者。那么，我想请问，完成“灵魂三部曲”后，您更愿意做哪一种“雪漠”呢？

●雪漠：中国作家协会召开《西夏咒》《白虎关》研讨会时，一些批评家认为，我应该回到《大漠祭》《猎原》《白虎关》的正路上去，只有作协创研部主任、批评家胡平提出了不同意见。我在鲁迅文学院上作家班时，他给我当过老师，那次研讨会中，他也谈得非常好。他认为，雪漠最难得的，就是"灵魂三部曲"中的那种东西，这也是中国作家最缺乏的东西。他希望，我能中和"大漠三部曲"和"灵魂三部曲"，把两种极端融合起来——就是说，既要有"大漠三部曲"那种鲜活的生活与人物，又要有《西夏咒》这种艺术上的贡献和文学上的探索，更要有《无死的金刚心》的超越智慧。他觉得，假如我能做到这一点，前途就不可限量。他说得很对，事实上，我也一直做着这方面的尝试。

完成"大漠三部曲"后，我有意打碎过去的雪漠，变成一个新的雪漠。现在，我又想打碎"灵魂三部曲"中的雪漠，再变成另一个新的雪漠。每一次打碎自己，都会让我成长，让我不断脱胎换骨，出现一种新的东西。

其实，虽然我总说自己不合时宜，也未必会迎合官方标准写一些东西，但是，官方会认可什么样的作品，我还是能意识到的。而且，我和陈亦新探讨文学时，他在这方面的探索，也给了我很大的启发。比如，五年前有一天，我和陈亦新谈文学，他说，爸爸，你应该借鉴六道轮回的结构，写一部长篇小说。我说，好主意，只是，我怕写出来后，没人敢出。然而，五年后，莫言就写了《生死疲劳》，还获了诺贝尔文学奖——当然，我不是在跟莫言比，我只想告诉大家，我们也有、而且应该有这方面的意识，不要忽略身边的世界，不要沉浸与停留在某个时间点的自己。我们必须不断打碎、进步与升华，只有这样，我们才能与时俱进，我们所承载和传播的文化，也才能与时俱进。因此，完成“大漠三部曲”和“灵魂三部曲”后，我仍在不断修行，继续让自己变得更纯净，继续清除一些习气；另一方面，我也在不断努力，力求为世界贡献出更好的文学、更好的艺术。

另外，我也在善待和培养一些好种子，希望他们都能变成雪漠。如果他们能变成现在的雪漠，或超越现在的雪漠，现在的雪漠就可以退休了。他可以躲到一个地方，好好修行，静静地看看书，写自己喜欢写的东西。不过，我也惊喜地发现，目前有很多学生都在成长着，他们的一些东西已经很不错了。我希望，每一个听到、看到我这些话语的学生，都能尽快成长，将来的某一天，超越现在的雪漠，做一些该做的事情。那时，我就能从容地，做一些生命个体的“雪漠”想做的事情。现在，我做的很多事情，并不是我自己想做的。我仍然背负着一种自以为是的使命，做着一些我觉得必须做的事情。所以，我希望，很多人都能做我这样的事情，写出我这样的文章，写出“雪漠心学大系”这样的图书。

事实上，我写的很多东西，都不是我自己愿意写的，但我不得不这样写。因为，这个时代需要这种东西。当世界有了追问时，我只能写一些东西，以作回答。比如，最近那两篇引起巨大反响，也引起很多诋毁的文章。如果有一天，我的学生们也能说出这些话，做出这些事，就是对我生命最大的一种珍惜。所以，我尽量把一些学生们也能做的事情，交给他们去做。一方面，让他们多一些锻炼的机会与平台；另一方面，也为我争取更多的时间，做一些别的事情。目前，已经有一部分学生，承担了很多他们也能做得很好的事务。比起过去，我已经感到非常欣慰了。或许正是因为这一点，我的QQ签名中，就莫名其妙地出现了“好待好种子”这样的东西。

现在，我的确在学着很好地善待身边的一些人，善待一些好种子，让他们的生命得到最大程度的升华，让他们做一些事情，尽快地成长起来。

## 七、为时代提供鲜活的行为范本

◎主持人：谢谢雪漠老师。我也想跟您探讨一下生活素材这方面的问题。

“灵魂三部曲”中的三位女性——雪羽儿、紫晓和莎尔娃蒂——虽然很美好，但离我们很远。在现实生活中，似乎很难看到这样的女子。相较之下，紫晓离我们的距离更近一些。但我在读到紫晓这个人物时，仍然觉得她非常抽象，是个很远的概念。如果单纯从人物的角度来说，她们远不如“大漠三部曲”里的豁子女人、神婆那么鲜活和动人。

那么，我们如何才能在写作中，将方便与智慧结合得更好呢？是单纯收集更多的资料和参照，还是别的？是否应该像您当年写“大漠三部曲”那样，在凉州大地上，用多年时间完成一种历练，训练出扎实的写实功力呢？

●雪漠：对我来说，地域、时空已经没有任何分别了。我什么时候都是这样，跟地域没什么关系——而且，到了一定时候，人可以改变很多东西。

如果一个人没有达到一定的境界，风水也罢，氛围也罢，环境也罢，就能对他产生某些影响。比如，他会觉得一些地方很舒服，更有感觉；另一些地方没那么舒服，长期待下去，还会让他感到烦躁不安。然而，一旦他实现超越，到了某种境界，他本身就能改变一个地方的很多东西。比如，密勒日巴待过的山洞，在很多人眼里，就是“圣地”，但假如密勒日巴不在那儿修行，那就是个普普通通的山洞，没有任何特殊含义。这意味着，密勒日巴改变了那个地方，赋予了它很多类似于附加值的东西。

现在，我觉得，什么地方都很好，什么时间都很好，身边有些什么人都很好，不一定要待在凉州。在北方也罢，南方也罢，火车上也罢，飞机上也罢，不管什么时候，我都能从心里流出很美的文字，不一定要借助某个特定环境。因为，我心里已经没有这些区别了。人和地方，都不能影响我，但我可以改变他们的很多东西。例如，让他们的心变得柔和、安详、快乐、宁静。所以，未来我不一定待在广东，可能会去很多地方，在每个不同的地方，都待上一段时间。而且，我们可能会做更多的事情，包括建立一些文化基地，既培养一些人才，也让每个地方的志愿者，都能尽量多为社会做一些贡献。

如果将来，一些好种子也能做这些事情，我会尽力支持他们。我希望，大家都能多做一些真正利众的事，多为这个时代提供一些行为的范本、生命的范本，不要仅仅停留在说的层面。

现在的问题在于，好多人不断谈利众，谈贡献社会，但不知道他究竟贡献了什么。除了一些人确实在用生命传播文化之外，很多人还停留在口头阶段，没有贡献的行为。这样的贡献，不是真正的贡献。真正的贡献，是用行为改变世界，改变生活——至少，我自己更倾向于这种贡献。

## 八、用生命解读，用实践传播

◎主持人：刚才谈到莫言的《生死疲劳》时，我想到另一个问题。

莫言还有一部作品，叫作《檀香刑》。我看过《檀香刑》，这部作品也让我想起了《西夏咒》。因为，它们在描写人性之恶时，都达到了一定的极限。《檀香刑》对恶的描写，也很逼真、精细，文气也很酣畅，有种莫言独有的、快意的叙述感觉。最近，我在网上看到，一些读者不但关注《红高粱》和《生死疲劳》，也对《檀香刑》有很深的印象。很多读者都表示，看到《檀香刑》中写到的种种酷刑，比如凌迟等，他们的心肝都会随着每一刀颤抖。但是，读完后，他们又能得到什么呢？即使书中写到民族大义，好像也是一场闹剧。人性仍然是自私的，大家还是会先想到自己，再去悲悯别人。这就是很多读者从中读到的东西。然而，《西夏咒》的境界不一样。因为，《西夏咒》有对欲望的超越，有对苦难的超越，有信仰。从这个角度上看，这两部作品的境界立分高下。当然，即使单纯从写实的功力，以及对人性的刻画上，《西夏咒》也和《檀香刑》不相上下。

有时我觉得，坚持一些东西，是非常必要的。例如，“灵魂三部曲”创造的这个世界的独特性。在探寻真理与信仰的领域，“灵魂三部曲”达到的高度和极度的书写，其实是很多作家——包括一些诺奖作家——未必能做到的。

但是，我们现在还面临一个评价的问题。我觉得，在作品本身之外，如何向世界讲述这部作品的特性，如何评价它，如何让世界更了解它，也是非常重要的。现在，面对“灵魂三部曲”时，很多批评家都失语了。因为，他们对其中的智慧和真理，都感到很陌生，无法进入，更无法言说。

比如，我们第一次对话中谈到“自性写作”，这虽然是个很好的评价，但后来我也发现，它很难被推广和运用。因为，对大部分人而言，“自性写作”都是一种神秘的状态，只有开悟的人，才知道那是什么东西。所以，你很难表达，很难评价，也很难将其转换为文学研究的话语。说得再直接一些，当您说您的写作是自性的流淌和大爱的出口时，好多评论家根本就不会明白。因为，他们连自性和大爱是什么，都不知道。我觉得，您作品的忠实读者也好，好种子也好，或许都应该寻找一种更适合这个时代的方式，一种能与时下文学评价话语对接的方式，向世界讲述您的作品。我认为，这是非常重要的。

●雪漠：现在已经有一些人做着这方面的工作。你不就写过很多文章，发表在《小说评论》《文艺报》等刊物上了吗？那些文章都很好。

目前，我们的很多东西，确实需要一种世间法上的解读。因为，评价虽然不重要，但它是让世界认可我们的一种必需途径。所以，时代需要解读者，尤其“灵魂三部曲”这样的作品，更需要解读者。

我举个例子，为什么网上有那么多人迷恋一些歪理邪说？原因有几点：第一，他们有很好的经济基础，能出版铺天盖地的读物；第二，他们有庞大的迷信群体；第三，他们有先进的传播手段。所以，他们的势力非常大。

文学也是这样。文学畅销书就是迎合时代、迎合读者、迎合市场所诞生的东西，但它们也有可取的地方。有时候，我们也在向它们学习。比如，今天我们的网络直播，就借鉴了一些成功的传播手段。

只要不断学习，我们就会一点点成长。我是这样，我们这个群体中的每个人都是这样。所以，不要担心解读与评价，随着一些志愿者的努力，大手印文化就会出现一种新的格局。

比如，有一位诺贝尔文学奖评委说，世界文学就是翻译文学。他说得很好。所谓世界文学，就是翻译文学；所谓世界文化，就是翻译文化。因此，雪漠文化网也专门推出了英文专栏。当然，我们现在做得还远远不够，但我们已经有了这样的意识和理念。以后，我们会出现更多语种的翻译，慢慢向整个世界展示我们的文化，展示大手印文化的超越智慧。现在，有一些受过专门训练的高端人才，正在做着翻译和解读的工作。他们的努力，都是必要的。

目前，能影响生活本身的解读，还没有广泛出现。

《西夏的苍狼》中，黑歌手找到的“娑萨朗”，是信仰的第一个本体；在《西夏咒》中，琼和雪羽儿最后的境界，是信仰的第二个本体；在《无死的金刚心》中，“我”跟奶格玛的相遇，是信仰的第三个本体。

我们前面说过，大手印有几种追求，它们没有高低之分，但有次第上的先后。这些追求，就是每一种大手印的本体。当你实现一个本体时，就会发现，它是另一个本体的基础。因为，随着境界的不同，你的发愿和目的也会发生变化。这时，信仰的本体就会呈现出不同的景象。

我打个比方：你最初只想成为一个技艺高超的陶艺工匠，经过一番修炼，你做到了，实现了你的第一个本体。但你不满足，还想成为一个优秀的陶瓷艺术家，于是继续修炼，实现了第二个本体。然而你仍然不满足，觉得陶瓷艺术这个领域太狭窄了，你想上升到一个更宽广的境界，既不离开陶瓷艺术，又能实现一种更大的价值。更重要的是，你想探寻陶瓷艺术——甚至所有艺术形式——与人生、世界的关系，想知道生命的真谛。那么，你就会继续追寻，直到实现第三个本体。

所有不断变化的本体，都不是光明大手印成就者证得的终极本体。终极本体是恒常的，但每个信仰阶段、每种精神追求的本体，却是不断改变的。就是说，不同的信仰者，就有不同的本体；不同的境界，也有不同的本体。比如，“唯心净土”是净土宗信仰者的本体，也是净土宗一种非常了义的本体论，但禅宗也有禅宗的本来面目。

随着根器的不同、追求的不同、境界的不同、因缘的变化，不同的本体，总会呈现出不同的面目。在《无死的金刚心》中，每个人追求的本体，都会呈现于各自的世界中。有什么样的心，就有什么样的世界。但是，从光明大手印的角度看，所有的本体也罢，面目也罢，最终都会归于同一个东西——《无死的金刚心》最终的那个东西。琼波浪觉追求的本体，也是这个东西。它，才是光明大手印成就者证得的终极本体。

我们说，佛有三身（法身、报身、化身）五智（大圆镜智，妙观察智，平等性智，成所作智，法界体性智），又是一体五面，一身呈现三身的。换句话说，五种智慧也罢，法报化三身也罢，都源于同一个终极本体。不同的，仅仅是显现。

比如，阳光照在三棱镜上，呈现出赤橙黄绿青蓝紫几种色彩，但它们都源于太阳的光辉；同一杯水，盛在方杯子里，就会呈现出方形，盛进圆杯子里，又会呈现出圆形，但它仍然是那杯水；同一块黄金，可以铸成尿壶，铸成各种精美器皿，也可以铸成佛像，但它本质上还是黄金。

所以，大家看到的一些本体，反映的是各自的心，不是本来的本体。我也不能用唯一的、固定的、机械的答案，来回答你这个问题。不同的人，需要不同的答案，正如不同的病人，需要不同的药一样。当然，我也可以将其归结为“涅槃”或者“破执”，但这两种表述，仍然是非常抽象的，别人很难理解。

## 十、信仰是不能被类比的存在

◎主持人：上次有读者问您，既然有了跟奶格玛无二无别的司卡史德，琼波浪觉为何还要继续寻找奶格玛？您说，信仰的本质是向往，能让人生起向往的，必然是某种不可亵玩的存在。这让我想到了另一个问题：信仰的本质。您刚才的回答，同样让我想起了这个问题。我想请问，信仰的本质呈现出的各种不同面目，是否有着某种共性呢？比如，它必须是一种神圣的东西。那么，什么样的东西，我们才能称之为“神圣”呢？

●雪漠：神圣就是不可亵玩。所以，不要把信仰与生活常识进行比较，或者类比。信仰就是信仰。任何信仰行为，都是不能用日常行为来衡量的，它们有着本质上的区别。比如，同样一把刀，同样割开一个人的肌体，如果你为了抢钱，你就是凶手；如果你为了去除别人的病灶，你就是医生。

信仰也是这样。它不属于世间法，是一种超越层面的东西。如果你用类比的方式理解它，赋予它某种人为的概念，你就永远无法真正理解它。因为，类比是一种执著，信仰是破除执著的。所以，你不能用一种非超越层面的东西，去限制和定义一种超越层面的东西。如果它可以被限制和定义，就不是真正的信仰了——而且，你不能将自己敬畏的对象，与一种平常事物相比。例如，我们不能用自己对平常人的理解，来揣测上师本尊的行为。因为，这意味着，他将自己的上师本尊，当成了一个平凡的学者，或者世俗意义上的老师。换句话说，他对自己的上师本尊，少了一份真正的敬畏。

所以，不要用世俗心揣测信仰，也不要把它当成比较研究的对象。你只管用人类的行为去诠释它。无论超越也罢，非超越也罢，任何境界，都必然依托人类的行为，展示给这个世界。否则，它就无法对人的心灵产生影响。所以，我们不必定义信仰，只要在心中默默地守护它，强化它，就够了。只要我们的心里有敬畏，行为上自然会有敬畏。那么，别人就会明白，什么才是真正的神圣，什么才是真正的不可亵渎，什么才是真正的信仰。这样的行为，往往比口头上的定义、概念上的类比，要直接得多，也有效得多。而且，有了这样的行为，才真正有了敬畏。

益西措嘉的秘传中提到，因为跟上师过于亲近，阿扎拉沙雷（尼泊尔人，益西措嘉的空行勇夫）的心中出现了亵玩的念头。他始终把益西措嘉当成一名普通女子，就像自己在世俗生活中遇到的女性一样。因为，他在益西措嘉的身上，看到了许多普通女性的特征。于是，他对上师产生了轻慢之心，他的信仰就被亵渎了。

对一个真正的信仰者来说，信仰被亵渎是最可怕的事情。所以，在《无死的金刚心》中，司卡史德对琼波浪觉强调，信仰是不可亵渎的。琼波浪觉过去在藏地和尼泊尔遇到过无数的世间女子，假如他将奶格玛与这些女子类比，就会产生慢待之心。一旦产生这种心理，他的信仰殿堂就会倒塌。按照过去的说法，他的信根就坏掉了。

同样道理，在《西夏的苍狼》中，我有意模糊了紫晓和黑歌手，将他们写得很虚，让人们无法形成一种清晰的形象。这不是因为我的写实功力不够——假如我的写实功力不够，就写不出“大漠三部曲”那样的作品——而是因为，如果我把黑歌手写得太真实，就会让他变成一个世间的男子，而不是一个信仰对象。关于这一点，我跟陈亦新有过一番讨论。他也认为，对这个人物，不能有任何实在的描写，不能让他像豁子、猛子们那样，变成一个你在世俗生活中可以找到的男子，或者说，一个世俗生活中的典型。

信仰是模糊的，它不能被清晰化，也无法被清晰化。能清晰化的，不是信仰，而是一种理念、一种思想、一个观点。这些东西可以承载信仰，可以体现信仰，但它们本质上仍然是人为的造作，属于非超越层面，不是信仰本身。所以，不要用生活化的事物、行为、标准，衡量信仰与信仰对象。我打个比方，不要把黑歌手、琼波浪觉、奶格玛、司卡史德、雪羽儿等人，与豁子、猛子、豁子女人等人进行类比，他们是不能被放在同等位置的。

信仰是个巨大的存在，其中有无数的可能性，有无数的谜，有无数的不清晰，就像大自然一样，蕴藏着无数能让你联想、能激发你想象、能让你向往的东西。它有着一种说不清、道不明的博大。一旦你把它清晰化、格式化、表面化、机械化，你的信仰对象就变成了你的朋友，你的信仰也变成了你的玩具或工具那样的存在。那么，你就没有信仰了。

有人曾经问我，能不能把释迦牟尼当成朋友？我说，不能。将我称为“雪漠兄”的那些人，肯定是我的朋友，他不会成为我的学生，更不会成为我的弟子。我可以和他成为很好的朋友，但他只能得到朋友的利益。同样，称我为“老师”的人，就会得到老师的利益；称我为“上师”的人，就会得到上师的利益。不是我在衡量他们，也不是我在定义自己，而是他们的心，决定了他们能得到多少东西。如果他们用世间法来衡量某人，吸取他身上的营养，他们得到的就是世间法的利益；如果他们把他当成出世间法层面上的信仰对象，他们就会得到出世间法的利益——

这是信仰中非常关键的问题。

信仰，首先就是向往一种比自己更伟大的存在。因此，你必须有敬畏，不能将信仰对象视为平等的存在，也不能与他进行一种朋友般的交流。如果你只想与他交流，就说明你的信仰层次不是很高。因为，没有向往，没有敬畏，就不可能实现超越。等到有一天，你真的和他无二无别了，你就是他，你就是佛陀，而不是你和他达到平等了。那时，还有没有向往？仍然有。释迦牟尼成佛后，仍然有一种伟大的向往——他向往度众。这是他一生中不可动摇的另一种信仰。

释迦牟尼的一生中，始终有一种“无缘大慈，同体大悲”。这个东西一旦动摇，“释迦牟尼”这一个体就不存在了。魔王波旬曾经劝说释迦牟尼：你赶紧涅槃吧，不要度众了——的确，他完全可以在证道时涅槃的，但他不愿意。一旦他生起了度众的向往，“释迦牟尼”这一生命个体，就有了另一种坚定不移的信仰。于是，他用了四十九年，将自己证得的真理，传递给信仰他的人。无论遇到什么事情，他的这一信仰都没有发生过哪怕一点动摇。

当时，释迦牟尼经历了很多磨难，无数外道想要毁灭他，就对他及佛家进行了疯狂的非难、诋毁与摧残。比如，一些国王受到提婆达多的蛊惑，对佛家进行了毁灭性的伤害；又比如，很多弟子都在六群恶比丘的煽动下离开了他，他一个人孤独地托着钵，在灵山上走来走去，但他仍然是淡然、坚定、不可动摇的。他并没有因为弟子的离去，产生一种失落，或者别的情绪。

所以，每个人的生命中，都必须有一个属于自己的“奶格玛”。有时，是艺术；有时，是宗教；有时，也可以是别的。随着你境界的提升，随着你不停地升华，属于你的那个“奶格玛”，也必须不断升华。否则，你就会产生一种巨大的失落，变得痛苦不堪。这就是一些人实现理想后，突然产生了厌世情绪的原因。海明威、川端康成、三岛由纪夫等海外作家，包括三毛等人，都是这样。他们都没有实现超越，没有更高的向往，因此，他们的希望破灭了，就选择了自杀。

## 十一、觉悟者不追求概念与造作

◎主持人：谈到信仰者的情感状态和心灵状态，我有一个问题，跟您刚才提到的成佛后度众的信仰有关。信仰者在追求信仰对象的过程中，要保持一种敬畏和虔诚，但如果达成子母光明会，打破二元对立，信仰者与信仰对象间，还有一种敬畏感和神圣感吗？因为，有一个读者非常敏锐，他注意到，在《无死的金刚心》“秘密的相遇”一节中，奶格玛的形象不再像前面描绘的那样，显得庄严辉煌，变成了一个平常女子。这样的变化，有什么深意呢？

●雪漠：大家一定要明白，一个人真正成就后，就不追求神奇，不追求别人的评价，也不追求概念化的东西了。平常也罢，不平常也罢，经书上的佛陀也罢，平常的奶格玛也罢，佛也罢，众生也罢，轮回也罢，涅槃也罢，对一个成佛后的人来说，都是一样的。那时，他心如虚空，没有任何乱七八糟的二元对立，既没有敬畏，也没有不敬畏，已经和法界融为一体了。如果他还有对立分别的概念，就没有成佛。因此，佛经里常说："黄金与牛粪同值，虚空与手掌无别。"

我在《雪漠大手印实修偈颂》里也写道："俗女即素女，扬尘在俗途。惬意三潭月，不求契如如。吾为大素子，款款缱素女。洗净心头觉，西湖采桂子。"它的意思是，一个人成佛后，就像带着小女孩，在西湖边采桂子似的，快乐、逍遥，不考虑很多东西。这时，他才达到了禅宗所说的"平常心"。做不到这一点，心里还有牵挂，还有执著，还有对立观念时，就不是平常心。

现在，好多人总把"平常心"放在口头上，却不知道，自己理解的"平常心"，根本就不是真东西。你只有证得觉悟，又不执著于觉悟，证得智慧，又不执著于智慧，真正实现了放下后的释然，才叫平常心；如果你还没有放下，没有消除二元对立，心里还充满造作的东西——

比如概念、比较、标准、目的等等，就不叫平常心。

有些人说，人的所有烦恼，都是想出来的，所以，他们遇事总懒得思考，得过且过。假如他证得真的智慧，以真心应对世间万物，那就是对的；假如他没有证得真智慧，仅仅像一个啥都不懂的婴儿，或是一只蒙昧的动物那样，不去思考，那就是不对的。所以，虽然人人皆有佛性，人人皆可成佛，但一个人在真正觉悟前，决不能认为自己就是佛。因为，佛没有欲望，没有迷惑，更不会迷失，但凡夫会。

现在的这些问题，都是在二元对立的状态下提出的。明白后，就不会存在这些问题了。就像太阳一出来，霜也罢，雪也罢，都会自然融化一样。一定要明白，大手印不是发现问题，解决问题，而是本来就没有问题。

很多人在生活中遇到无数问题，于是来找我，想寻找答案。但他们一见到我，就觉得，自己好像没有任何问题了。这是因为，他被一种巨大的存在磁化了，妄心忽然消失，真心显现出来，二元对立也就消失了。这时，他才真正体验到一种“平常心”的状态。一旦你体验过这种状态，就会明白，一个人实现无我后，很多东西、很多问题都会自然消失的。

## 十二、敬畏、虔诚与大爱

◎主持人：对信仰者来说，最重要的是什么？是敬畏、虔诚，还是爱？

●雪漠：都很重要。敬畏是一种最大的爱，也是一种最好的虔诚。真正的爱，同样是一种敬畏。

我以前也回答过类似的问题。当时有人问我，当爱情遇到信仰，或信仰遇到爱情时，该怎么办？我告诉他，把爱升华为信仰。他又问我，如果生活中没有爱怎么办？我说，没有爱，就把信仰当成爱。所以，信仰和爱，其实是很容易相互转化的两种东西。很多老太太对现实绝望后，就开始念佛。实际上，她们就是把信仰当成了爱。

当你把信仰和爱处理得恰到好处时，就很容易实现真心的妙用。

单纯狭义的爱，是占有，是贪婪，是想把太阳装进自己的口袋，不让别人也享受它的光明。如果你战胜了这种贪欲，实现了一种无我的爱，就拥有了信仰。比如，孟子所说的“老吾老以及人之老”，就是一种无我的大爱。

关于大爱，中国古代先哲们谈得太多了。比如，墨子提倡“兼爱”，孔子提倡“仁”，这些理念都非常好。所有文化中，最优秀的就是这种精神。渗透了这种精神的文化，就是优秀文化；反对这种精神，或者不具备这种精神的文化，就是恶的文化。现在有许许多多的文化，有些看起来很优秀，却不断把人类引向罪恶的、欲望的深沟，让人类伤害同类，伤害其他生命，伤害自己赖以生存的家园。但好多人都不知道。所以，我们必须为自己树立一个标准——大善。在这一标准的指引下，分辨我们身边的文化与大海般的信息。否则，我们就会轻易地迷失。

这个时代最主要的问题，就是缺乏真正的信仰。这一点，导致了价值体系的混乱。各种不同的价值观都在争夺着我们的心灵，让我们在很多理论、常识编织的迷雾中，变得头昏脑涨，分不清东南西北。结果，不知不觉，就远离了敬畏、虔诚和大爱。因此，好多人不断堕落，在对自己的不认可中，放纵着，逃避着，变得越来越堕落。所以，每一个真心想为世界带来善美的人，都应该倡导那些真正提倡善美、真正充满爱的文化，也就是佛家称之为“慈悲”的文化。但是，你只有证得超越智慧，才能真正地明白这一点。

智慧是一种超越的爱，你用世间法的行为表达这份爱时，就是慈悲。换句话说，慈悲是一种智慧的妙用。如果没有证得超越智慧，你就很难拥有一种世间法的大爱，或者出世间法的慈悲。因为，“无缘大慈，同体大悲”的基础就是超越的智慧。假如没有这种智慧，你就会在乎回报，在乎别人怎么对你，在乎别人是否了解你的用意。在乎这些东西时，你就有了一种期待，一旦期待落空了，你就会失落，甚至生起嗔恨。无论这点嗔心有多大，或者多小，它都会损害你的爱，减少你的爱，让你无法一如既往地关怀对方。

证得超越智慧的人不是这样的，他们不在乎别人怎么对待自己。因为，他们很清楚，别人对自己好也罢，不好也罢，理解也罢，不理解也罢，都是一点情绪，一点记忆，很快就会过去。他们既不会为了一时的赞美忘乎所以，也不会为了一时的亏待恼羞成怒。他们的心中，始终有一份浓浓的爱。因为，他们知道，所有远离真理的行为，都是源于不明白。他们只希望，别人也能像自己一样，从贪执中超越出来。如果一个人有了这种心，就很容易生起大爱；如果一个人没有这种心，就会轻易被生活中的不如意所激怒、所伤害。因此，不要管世界怎么对你，首先要训练出一颗俱足大爱的心。关于这一点，大家可以参考佛家中“四无量心”的训练方法。

刚才有个人问得很好。他说，文学对信仰的作用是什么？我在这里顺便回答一下。信仰和文学，看起来是两个相互独立的东西，其实不是这样。对有信仰的作家来说，信仰是文学的灵魂，文学是信仰的展示形式。例如雪漠，雪漠的文学，就是他传递信仰的一种形式。所以，不要离开信仰找他的文学，也不要离开文学找他的信仰。文学、信仰和雪漠本身就是一体的。或者说，肉体、思想、作品、行为等，共同构成了雪漠。不要在它们之外，再找另一个雪漠。而且，肉体消失后，让雪漠仍然留在世界上的，就是他的作品、思想与行为承载的精神。如果他没有这些东西，就跟大部分人差不多，也会被岁月无情地扫走，留不下任何痕迹。同样道理，假如每个人都能用行为实现自己的价值，他们就能跟雪漠一样，有可能得到比肉体更永恒的生命。

## 十三、尊重每个人的选择

◎主持人：现场还有一位读者说，他的朋友读了《无死的金刚心》，给他发来一条这样的短信："琼波浪觉与莎尔娃蒂的故事，让我想起虚云和尚与他的两位妻子，以及弘一法师与他的日本妻子。我既敬佩这些大德的毅然决然，也怜悯他们的妻子。我觉得，这几个女人都成了牺牲品。无论如何，命运对她们太过残酷了。"雪漠老师，您怎么看他的这个观点呢？

●雪漠：每个人都有自己的选择，每个人的选择，可能都会不太一样。高僧有高僧的选择，大德有大德的选择，雪漠有雪漠的选择。对吗？对。因为，我们不能干预别人的选择。选择虚云的那个女人，就必须承担她的选择带来的后果；选择弘一法师的那个女人，也必须承担她的选择带来的后果——包括弘一法师后来选择另一个女人，也是她必须承担的后果。因为，这是她自己的选择。同样道理，莎尔娃蒂选择琼波浪觉时，也就选择了一种思念的生活。如果她们不愿意过这种生活，就不要这么选择。世界上有那么多男人，她们完全可以有另一种选择。为什么要选择虚云、弘一和琼波浪觉呢？

有人也说，雪漠老是闭关写东西，是不是对他的夫人太狠心了？不是的。我的妻子选择了我，就选择了我的全部。她既要分享我的荣耀，也要承担等待的生活。否则，她就不会选择我。一些人诋毁我时，我的好多学生很不高兴，我也对他们说，你们选择了雪漠，就必须承担别人对他的诋毁。所有东西，都是这样的。你做出什么选择，就要甘于什么选择。你选择了，却又不甘心，就必然会承受痛苦与失落。

所以，面对自己的选择带来的一切时，我们要明白、放下；面对不同的选择时，我们要尊重、祝福。我们永远都要记住，什么样的选择，就有什么样的命运。这跟别人没关系，永远都是自己决定的事情。当然，有的人也会认为，虚云的妻子当初选择他，只是因为爱他，并没有选择一个出家的他。但你不可否认的是，她选择了一个有智慧、有追问、有思想的男人，这个男人绝不会甘于平庸的生活，他会追求更高的人生价值。因此，一定要明白，你这一刻做出的选择，必然关系到你下一刻的命运。它们就像连在一起的锁环，牵一发而动全身。

我举个例子，如果虚云和尚的妻子选择了一个农夫，她就不用面临那样的命运。她的丈夫可能会一辈子陪着她，呵护她，跟她生儿育女，一起把孩子养大。但是，她逃过这种痛苦，又会迎来别的痛苦。因为，人总会老去、生病、死亡的。她的丈夫死亡时，她一样会很痛苦。

所以，这些妻子的痛苦，看起来是一种选择带来的，其实是整个人类的必然。因此，佛家中有“苦谛”一说。

从这个角度看，她们的选择，其实是最好的选择。因为，与其让自己的男人混上一辈子，然后在平庸中死去，还不如让他们出家，变成虚云、弘一，为世界创造一种更大的价值，也为自己实现一种更好的人生价值。

大家一定要明白，直到今天，你们还关心弘一的妻子过得好不好，关心虚云的妻子过得好不好，完全是因为她们的丈夫是弘一和虚云。谁还关心千年前某个农夫的妻子过得好不好？那农夫是否打过她、骂过她，让她承受了漫长的等待？所以，弘一的妻子也罢，虚云的妻子也罢，如果在天有灵的话，都会感到一种荣耀。世界上有那么多平平常常的男女，他们恩恩爱爱、打打闹闹、浑浑噩噩地厮守一辈子，能有多少幸福呢？他们怎么能得到这种荣耀呢？

所以，不要用一种我们认为的“残忍”，去干预人家当初的选择，或者评判人家当初的选择。所有选择，都有它的理由。

## 十四、每一部作品都是一次超越

◎主持人：有个读者认为，《无死的金刚心》写的是凡夫成为圣者的心灵历程，但书中的凡夫生活似乎不见了。就是说，除了代表名利的法主位置和代表情爱的情书外，我们很少看到诸如吃饭、睡觉等日常生活的描写。实际上，很多人都认为，琼波浪觉一出场，就是苯教的未来法主，修为应该很高了，怎么算得上凡夫呢？请问老师，“凡”与“圣”的根本区别，究竟在哪里？

●雪漠：“大漠三部曲”已经写了那么多凡间生活，没必要在《无死的金刚心》中继续重复了。你永远记住，雪漠的每一部作品，都是对前一部作品的超越。

《猎原》是对《大漠祭》的超越——如果灵官没有在《大漠祭》中出走，就会变成《猎原》中孟八爷、黑羔子那样的人，而且他很可能就是孟八爷——同样，《白虎关》又是对《猎原》的超越。《西夏咒》《西夏的苍狼》《无死的金刚心》都是这样。

我的每一部作品，都必然会实现对上一部作品的超越。其原因有两点：第一，我本身在不断吸收外界的养分，让自己升华，因此，我的作品也必然有升华的部分；第二，如果不能实现对上一部作品的超越，我就没必要写了。

所以，到《无死的金刚心》时，我已经不会再去描写世俗生活了。如果你想了解世俗生活，就去看“大漠三部曲”。那三部小说用了一百多万字，把世俗生活展示得非常鲜活。

我在成长着，我作品中的人物也在成长着，他们不但是灵官、琼、琼波浪觉等等，也是雪漠。换句话说，他们的所思所想、所有的状态，都是我生命中的东西。或许他们分别代表了我的不同生命阶段，但他们都是我。因此，每个读者在阅读的过程中，都会有相应的成长。

我们不要割裂地看待这个问题，要有一种整体的思路。因为，即使我的作品分为“大漠三部曲”和“灵魂三部曲”两部分，它们仍然是一个大的整体，是一体化的，不是毫不相关的两个个体。

## 十五、纠结中的升华

◎主持人：《无死的金刚心》中屡次强调，在琼波浪觉的求索中，最难的不是千山万水，也不是外魔带来的病痛，而是挣脱莎尔娃蒂的情网。那么，在您的寻找历程中，最难克服的又是什么呢？您生命中最珍贵的，又是什么？

●雪漠：我一方面具有紫晓那样的丰富情感，另一方面又是个修行者。所以，如何战胜情感对我的诱惑，就是我的第一个纠结和矛盾。看过“大漠三部曲”和“灵魂三部曲”的人都会明白，作者的生命中，曾经体验过什么样的东西。因为，其中的很多内容，不是凭空捏造的，是作者最真实的生命体验——至少是作者曾经思考过的问题。

第二个纠结，是作家雪漠与修行人雪漠之间的争斗。这一点，非常像琼的父母之间的争斗。作家，代表了世间法意义上的成功；修行人，则代表了宗教意义上的成就。曾经有很长一段时间，我的关房里放着两张照片，一张是我的上师，一张是雷达老师。有时，雷达的照片会占上风，这时我可能会写出一些很好的作品；有时，上师的照片会占上风，那么我就扔下文学，好好修行。前几天，我在北京见到雷达老师。雷老师对我说，雪漠，我觉得你该向文学靠一靠了。而一些自称是我的弟子的读者，却希望雪漠写出“五大金刚法”和“奶格六法”之类。大家想一想，这种东西，曾在我的心中形成怎样的撕扯？

我什么时候解决了这个问题呢？让两者达成一体的时候。文学和宗教真能达成一体吗？能。《西夏咒》就证明了这一点。接下来，我的很多作品都会证明这一点。它们都能让文学与宗教融为一体，没有任何分别与对立。

其实，我的纠结，也是所有信仰者的纠结。只要一个人有了灵魂叩问，有了精神追求，有了更高的向往，他就必然经历我这种欲望与超越、世间法与出世间法的纠结。在你超越两种纠结前，你的生命中，始终会存在一种剪不断、理不清的撕扯，让你一会儿向东，一会儿向西。但是，只要你有向往，始终专注于你的向往，你就会升华的。最后，这些纠结就会慢慢消失。因为，你的心中已经没有任何对立概念了。无论遇到什么境况，你都是随缘任运的。你既不考虑这属于世间法，还是出世间法，也不考虑这是否是超越。我现在就是这样。

即使我在过去的生活中，曾经历过所有作品展示出的纠结，但我现在已经不一样了。我把过去所有纠结的东西，全都融为一体，变成一片光明，实现了一种“有大快乐而无欲望，有大悲悯而无热恼”的境界。然后，我随缘应世，快乐无忧。这时，我就属于我自己了。我的心中有整个世界，不用再去心外寻找小爱，或者大爱。它们都是本自俱足的，不假外求。

## 十六、如何成为“雪漠”？

◎主持人：情书中的琼波浪觉，似乎始终有一种纠结，直到最后，也没有表现出一种超越。这是为什么呢？证悟前后，琼波浪觉对莎尔娃蒂的感情会不会有所不同？假如莎尔娃蒂还活着，琼波浪觉会帮助她证悟吗？

●雪漠：会的。莎尔娃蒂是明白前的司卡史德，司卡史德是明白后的莎尔娃蒂。她们是一体两面，不要把她们当成两个不相干的人。

有人认为，《西夏的苍狼》里有两个“雪漠”，一个是灵非，一个是黑歌手。前者是世间法的雪漠，后者是出世间法的雪漠。这说法有道理，但他们都是过去的雪漠，不是现在的雪漠。

人心往往不是单一的，而是多面的。许多时候，你最珍惜的东西，往往最能制约你；你最擅长的东西，往往最能局限你。情和爱，都是这样。我一生最爱的，就是文学。最初，我修行证悟一些智慧，就是为了实现文学上的超越。到了最后，修行反而变成了我生活的本质。不过，我的天性仍然是一个作家。

在过去的好多年中，包括现在，陈亦新和他的母亲，都希望我只做一个作家，所以，我不像别人那样，强烈地想要弘法。我只想培养一些人才，让他们传承一种濒临失传的优秀文化——这么好的东西，如果让世界给埋掉了，实在很可惜——此外，我不觉得自己必须像一些大师那样，拥有巨大的社会影响力，或者某种莫测高深的形象。更多的时候，我只希望拥有一种文化上的影响力。

在这一点上，我很欣赏克里希那穆提。他有属于自己的、不可替代的地方，非常优秀。虽然，他也有局限，在超越层面，不一定达到了我们期望的某种程度——比如，他的境界肯定不如释迦牟尼——但是，他身上有很多值得我们学习的好东西，我也从他们那里，吸取了大量的有益养分。

不过，在这方面，我仍然没有多么强烈的念想。我宁愿做一个平平常常的作家，培养一些很好的学生和弟子，静静地享受自己的宁静、快乐、明白、清凉。而且，这基本上就是我目前的状态。

宁静到一定程度时，我的心里就没了时间的概念。很多时候，有人谈起一些过去的事情，我还会搞错时间。比如，明明是去年发生的事情，我却以为它昨天才发生。有一次，兰州的一个朋友打电话给我，让我去见面。我答应了。但后来，我到兰州去，给他打电话时，他却已离开兰州，到美国去了。他说，我六年前约你，你怎么一直没来？其实，我根本不知道已经过去了六年。

包括我们现在的对话也是这样。主持人一提问，就激发出我的好多东西。如果她不发问，我就没什么想说的了。因为，宁静到极致时，人的心灵就像平整如镜的湖面，你只有往里面扔上几粒小石子，才会看到很美的涟漪。这三次对谈的内容，就是这些“涟漪”。

你可以把它当成我们日常的聊天，也可以把它看成对“灵魂三部曲”的解读。虽然这种解读中，有很多离题的东西，但事实上，它们又没有离题——没有这些离题的东西，就根本没有那个“题”。表面的离题，正是那“主题”生长的土壤。所以，我希望大家能理解这一点。

另外，我也希望今天在场的朋友们，能得到哪怕一句话的受益，能得到一点让你豁然省悟的智慧，能稍微改变自己的心态，变得开心、快乐、明白。如果一些朋友能成为“好种子”，那当然最好。我会善待每一个好种子，让大家都成长，都能超过雪漠。

其实，你们本身就有很多超过我的地方，你们中的好多人都学有所长，术有专攻。在我眼中，每个有长处的人，都是我的老师。因此，我有无数老师。我的每个学生，也是我的老师。他们都在和我交往的过程中，为我带来了一种可贵的营养，让我不断成长。这就是我能成为“雪漠”的原因。谢谢大家！

# 从托尔斯泰精神谈文学的终极关怀

## ——雪漠小说创作的俄罗斯文化之旅

时间：2012年11月24日10：00

地点：广州图书馆“羊城学堂”三楼报告厅

### 一、仰望世界文学史的巅峰

◎主持人：雪漠老师大家都非常熟悉了，在这里我简单介绍一下。他是大手印研修专家、国家一级作家、甘肃省作家协会副主席、东莞市作家协会副主席、东莞民间文艺家协会副会长、广州市香巴文化研究院院长、中国作家第一村副村长。甘肃省委、省政府等部门授予其“甘肃省优秀专家”“甘肃省领军人才”“甘肃省拔尖创新人才”等称号。曾先后在法国法兰西学院、法国文人学会、北京人民大会堂、国家图书馆、上海图书馆及各大高校做过文化演讲。他现定居东莞，今天也是刚从东莞赶到讲座现场。

雪漠老师的佛家著作有“雪漠心学大系”等，文学著作有《大漠祭》《猎原》《白虎关》《西夏咒》《西夏的苍狼》《无死的金刚心》等，还有心灵随笔集《让心属于你自己》《世界是心的倒影》等，其作品已被列入北京大学、中央民族大学、复旦大学、兰州大学等高校的研究专题。

今天，雪漠老师将和我们一起探讨，看看俄罗斯大地上为什么能诞生托尔斯泰那样的伟大作家，以及人与宗教、文学与宗教的关系。下面，让我们再次用热烈的掌声有请雪漠老师。

●雪漠：首先，感谢广州图书馆为我提供这样一个机会。虽然我定居岭南大概有两三年时间了，以前也在北京、上海演讲过很多次，但在广州，我是第一次参加这类活动。所以，今天我非常高兴。

另外，感谢在座的每一位观众。在这样一个相对寒冷，飘着雨的日子里，大家完全可以睡个懒觉，但你们选择来这里，和我们一起欣赏另一块土地上的伟人托尔斯泰。因此，我要感谢你们。

我过去的很多演讲，都是讲文化，讲哲学，单纯讲文学，这还是第一次。今天，我将纯粹从一个作家的生平入手，谈一个时代。这对我来说，是一个标志性事件，它或许意味着，未来我会更多地谈一些文学。

说起托尔斯泰，一些朋友可能知道，很多专家研究我的作品时，都认为其中有托尔斯泰的色彩和精神。不过，在这个世纪、这个时代，这样的话或许有很多种味道——时代变了，如果雪漠作品还有托尔斯泰的味道，我不知道到底是好，还是坏，也不知道人们到底在夸我，还是在贬我。因为，现代人已经没耐性去读这样的作品了。

国内有个著名批评家，叫雷达，他连续二十年被认为是“大陆第一评”。雷达先生在兰州大学演讲时说，这样的时代是不可能出来雪漠的，但偏偏就出来了。为什么呢？因为，这是一个相对浮躁的时代，我的小说，又纯粹是十九世纪托尔斯泰那代人的写法。这个时代的一些人，可能觉得那种写法已经落伍了，但实际上，十九世纪是世界文学史的顶峰，直到今天，我们的文学仍然没有达到那种高度。二十世纪、二十一世纪的大师们，无论有着怎样的辉煌，在艺术成就上，都很难再达到十九世纪批判现实主义的高度。那时很多作家的作品，都像珠穆朗玛峰一样，至今仍不可逾越。托尔斯泰作为当时最优秀的作家之一，被称为十九世纪的良心——不仅仅是俄罗斯的良心，也是整个世界的良心。因为他的出现，十九世纪的文学也罢，文化也罢，都显示出一种非常温暖的色彩。一个作家能达到这种境界，是很不容易的。他的视角，他对人物的塑造，他本身的诸多品质，也是不可能在这个浮躁时代出现的，但我的作品，偏偏继承了那时的传统。因此，雷达先生才有了上面的那种说法。

那么，为什么文学不能实现超越，反而出现了今天这样的局面?

一个很有见识的批评家说，现代派的出现伤害了文学，很多文学读者都因此流失了，造成了现代文学的边缘化。当然，这只是他的一种说法，但不可否认的是，现代派文学确实难懂，很难有托尔斯泰时代的那种文学影响力。

俄罗斯文学有两座高峰：一座是托尔斯泰，另一座是陀思妥耶夫斯基。他们都是我非常喜欢的作家。我一直把他们的作品放在我的案头，一边是托尔斯泰，一边是陀思妥耶夫斯基。我认为，至今仍然没有任何一个作家能超越他们。

奇怪的是，这两位大作家都出现在一个特殊的历史时期——尼古拉时期，那是俄罗斯封建专制统治最残暴、最严酷的时期，俄国十月革命马上就要爆发。当时俄罗斯的书刊检查制度非常严格，专门有检察官审查作家们将要发表的作品，看看哪些能发，哪些需要删减，哪些可以留下。所以，托尔斯泰的很多作品，在发表时被删去了很多内容，跟最初的版本不一样——我的小说《大漠祭》正式发表时，也被删去了很多内容，已经不是我原创的那个东西了，好在由中央编译出版社出的这个修订版，是比较全面的——那个专制的时代本不该出现大作家，但托尔斯泰和陀思妥耶夫斯基偏偏出现了。因此，他们的出现难能可贵。他们是非常伟大的，他们在戴着镣铐跳舞，却跳出了一种难以逾越的辉煌。

## 二、一个向往崇高与和平的青年贵族

下面，我简单介绍一下托尔斯泰的生平。因为，今天有很多听众都是我的读者，他们读过我的“雪漠心学大系”或者小说之后，才到这儿来听我演讲。他们不一定了解托尔斯泰。

托尔斯泰是个贵族，母亲去世得很早，他在非常年轻时，就继承了三百名农奴与很多土地，但他并不喜欢这种身份和生活。他觉得农奴过得很苦，于是，在很长一段时间里，他一直想在自己的土地上实现一种改革，让那个时代的农民过得好一些，却得不到农民的信任，最终失败了。

长大后，他参了军，到高加索服役。在那里，他仿佛经历了另一个世界，体验到一种类似于现代西部的异域色彩，比如哥萨克民族的文化等等。后来，他写了一些关于高加索的小说。克里木战争开始后，他自愿调赴塞瓦斯托波尔，担任炮兵连长，跟对手进行暴力对抗——注意，托尔斯泰反对暴力，但青年时代却不得不打仗。在打仗的过程中，他亲身经历了战争的可怕和残酷，才会在后来提出“勿以暴力抗恶”的思想。他后来创作的小说《战争与和平》，就记录了他在战争中的很多经历，还对战争的残酷进行了特写。

所以，要想了解托尔斯泰的思想，就必须首先了解他的生平。如果他在年轻时没有那样的体验，或许就不会形成后来的思想主张。而且，体验是作家了解人生、了解社会的方式，它非常重要。如果没有体验，作家就写不出很多作品。正如我要是不到岭南生活，不到广州演讲，就不知道广州文化是怎么回事一样。

## 三、在《童年》中展示了大作家的基因

托尔斯泰最优秀的作品是《战争与和平》《安娜·卡列尼娜》和《复活》，但他最初是以《童年》《少年》《青年》三部小说为世界所知的。人们认为，这三部小说是他的“自传三部曲”。

我写过一部中篇小说，叫《长烟落日处》。发表后，一个批评家马上就写了一篇文章，说这部小说跟托尔斯泰的《童年》一样，预示着作者未来会成为一个大作家。当

然，这只是他的一种说法。不过，在我的一生中，《长烟落日处》确实非常重要，在托尔斯泰的一生中，《童年》也特别重要。

《童年》是中篇小说，描写了托尔斯泰的童年生活。当时，还有一位作家也在差不多的时候，发表了处女作《穷人》，他就是陀思妥耶夫斯基。发现这两部作品后，涅克拉索夫马上预言：这两个人将来必然会成为大作家。后来的事实证明，他的判断是正确的。

那时，俄罗斯有很多非常好的批评家，别林斯基就是其中之一。涅克拉索夫也是其中之一，此外，他还是《现代人》杂志的主编，是一个非常好的诗人、编辑。他们的眼光都非常独到。

注意，他们的预言给了我很大启发。当时我想，为什么别林斯基一看到《穷人》，涅克拉索夫一看到《童年》，就断定其作者能成为大作家呢？看过我作品的朋友都知道，为了解开这个疑问，我专门研究过很长一段时间，由此发现了三个秘密。直到今天，这些秘密仍然能指导我们的写作，指导我们的文学。

第一，这两位作家的写法都有一个非常重要的特点：侧重于对人类心灵或灵魂的描写。你会发现，他们笔下的人物都非常鲜活，就像某个活在你身边的人。他们是人物，而不仅仅是一个小说角色。

国内的很多作家可能也发现了这个秘密，但直到今天，他们都不注意培养这方面的能力，或者说，他们不关注这个东西。所以，很多现代小说中都没有活的人物，只有故事。读时，你觉得非常热闹，读完后，却想不起里面的任何一个人物，也感受不到活着的灵魂。因此，在座的朋友如果想搞文学，就一定要注意：作品能让人读出活着的灵魂，才算成功。读书时，大家也应该选择那些有鲜活人物、鲜活灵魂的作品。

这也是我的小说非常成功的一个原因。

今天，人民文学出版社的编审陈彦瑾也来了，她曾经专门为我的作品写过评论。她说，在塑造农民形象方面，我已超过了很多很有名的作家。她说得对吗？对。在塑造人物方面，我最成功的作品就是“大漠三部曲”。

大家可以看看我的《大漠祭》《猎原》《白虎关》，里面的所有农民都是活的。他们可以和我对话，也可以在我面前表演，就像一个又一个独立于我生命的人物，我甚至能看见他们。我的创作，就像母亲生孩子，孩子离开母亲的子宫后，就是一个独立的生命个体，人物流出我的笔后，也是这样。达到这种程度时，我才写作。所以，我的所有小说里面，都有大量活着的人物，大家都能记住他们。哪怕那些最不鲜活的人物，比如《西夏的苍狼》中的紫晓，仍然会深入人心。现在，有好多人都觉得自己就是紫晓，还会把现实生活中的某个人当成黑歌手。为什么呢？因为，我塑造人物时，哪怕刻意写得很虚，也还是能让人读出人物的灵魂，读出一种活生生的、非常独特的东西。我的这个功夫，就是从托尔斯泰那里学来的。

托尔斯泰的笔下没有角色，只有人物，他作品中的所有人物都是活的。好多作家都做不到这一点，包括莎士比亚。因此，托尔斯泰对莎士比亚进行了批判。他认为，莎士比亚的作品里没有人物，只有角色，还以《李尔王》为例，指出了其中的虚假。他说，《李尔王》中不是人物在说话，是莎士比亚自己在说话。所以，他认为莎士比亚不是艺术家。他的观点对不对？别人认为不对，我觉得托尔斯泰的说法不是没有道理。当然，莎士比亚也有非常伟大的地方——他是个伟大的诗人。再说，歌剧有歌剧的标准，我们不能用小说的标准来要求他。不过，我们必须明白，强调人物，是托尔斯泰作品的优点。

第二，托尔斯泰和陀思妥耶夫斯基的作品，都有一个非常好的特点，就是记录了一个时代。他们所有的作品都是生活画面，不是一个作家在喋喋不休地讲故事。读他们的作品，你就看到了十九世纪的俄罗斯。正是这一点，让托尔斯泰的作品有了一种史诗般的气质。我的作品也是这样。我常说，中国的农业文明消失后，如果有人想了解以前的农民如何活着，老祖宗们如何活着，就可以翻开我的

《大漠祭》《猎原》《白虎关》。

第三，托尔斯泰和陀思妥耶夫斯基的作品，都渗透了浓浓的宗教精神——不是形式，不是标签，而是精神。这个东西，正好是我们中国作家非常缺少的。我们的作家可以拒绝宗教形式，可以拒绝宗教标签，但必须有宗教精神——即使它不是我们这个时代的主流。

宗教精神就是利众精神，托尔斯泰、陀思妥耶夫斯基的作品中，显然都承载了这种精神。因此，他们才能成为大作家。如果只满足前面两个条件，他们就是优秀的艺术家，不是伟大作家。他们的伟大，就在于宗教精神。

有了这样的精神，托尔斯泰作品的背后就有了一片大海。《战争与和平》也罢，《安娜·卡列尼娜》也罢，《复活》也罢，甚至包括最初的《童年》《少年》《青年》，都有一种涌动的大力，就像汹涌的海涛一样，不断震撼着读者的心灵——我的作品最打动读者的，也正是这个东西，有兴趣的朋友可以去看一下——很多中国作家的作品里，都没有这种力量，包括那些获了大奖的作家。当然，也有一些中国作家能做到这一点，但这样的人很少。没有宗教精神，没有一种能包容整个宇宙、整个人类的博大胸怀，是中国目前的流行文化最大的不足。

## 四、托尔斯泰独有的“气”

托尔斯泰的早期作品除了《童年》《少年》《青年》之外，还有一部短篇小说集，叫《塞瓦斯托波尔故事集》，里面描写了托尔斯泰在塞瓦斯托波尔的经历。这个故事集属于特写，现在看来，我仍然觉得它写得非常好。因为，托尔斯泰的特写跟其他作家不一样，他注重每个人物的感受、命运和疼痛。

大家只要仔细观察就会发现，现在流行于报刊上的文章，更注重情节性的表述，多在传达一件事情、一个事件，不理会当事人的疼痛和感受，不关注当事人本身。当事人究竟有过怎样的心灵纠斗，读者不得而知。但托尔斯泰的特写关注人类的疼痛，注重人物的灵魂。

注意，我太了解托尔斯泰了，他的任何一部作品，哪怕一篇很短的文章，就算不标明作者，我也能一下发现它出自托尔斯泰的手笔。因为，其中有一种托尔斯泰独有的味道，一种托尔斯泰独有的“气”，别人写不出来。这股“气”，由他饱满的情感、完美的人格、博大的胸怀汇集而成，贯穿在每一篇文章、每一部作品中，形成了一种类似于印章般的存在。

作家达到一定境界时，其生命、灵魂之“气”，会贯穿在每一个文字当中。别人的改动，就像在作者的“气”

里混入别人的“气”，明眼人会轻易看出其中的不和谐。比如，我的《大漠祭》在上海出版时，有位副主编——他本身也是一个作家——改了其中一个词，别人看来改得很精彩，但我一读到那里，就觉得非常扎眼，因为那里的“气”不对。

托尔斯泰写完《塞瓦斯托波尔故事集》后，成了俄罗斯当时的一流作家。就算他以后再不写别的，也是俄罗斯的一流作家，但那时的他，还不是世界一流的作家。

当他离开战场，回到家乡，回到俄罗斯的一些大城市，例如彼得堡时，受到了很多作家的认可和欢迎。因为，很多作家都是平民，他却是个伯爵，身份和地位都很高。当时跟他关系最好的，是屠格涅夫。但是后来，他们在一件小事上闹了矛盾。

有一天，托尔斯泰到屠格涅夫家做客，发现屠格涅夫的女儿在缝补一件破旧的衣服。屠格涅夫说，这是多么伟大的精神啊！他觉得女儿在关怀劳动人民。托尔斯泰对此却非常反感，认为屠格涅夫的女儿在作秀。你想，一个贵族小姐的膝盖上放着一件破旧的衣服，这有多么滑稽？但屠格涅夫一听就暴跳如雷，要和托尔斯泰决斗。从此，他们的关系就破裂了。

注意，这个细节非常重要。它看起来很偶然，却显示了两人个性上的不同：屠格涅夫一直活得很优雅，可其中确实有一种作秀的成分，托尔斯泰的一生，则活得非常真实。所以，屠格涅夫一直没有托尔斯泰那么伟大。他的作品中缺少托尔斯泰那种博大的宗教关怀，也缺乏托尔斯泰的那种力量。

## 五、伟大作品是大海，不是精美的杯子

《战争与和平》在1869年出版，托尔斯泰总共写了六年。它描写的是俄罗斯人民抵抗拿破仑的那段历史故事，但故事仅仅是重要的事件与线索，远远不是作品的全部。

随着这部伟大作品的面世，托尔斯泰从俄罗斯一流作家，升华为世界级大作家。直到今天，我仍然没有发现比《战争与和平》更伟大的文学作品。而且，这部作品的意义与价值，已经超越了小说本身——它开创了一个时代。

在托尔斯泰之前，小说只是一个杯子，很多作家都在杯子里编故事。故事里有一组一组的人物，一组一组的情节，所有的矛盾，也都在杯子里解决。因为这种局限性，小说只可能是完美、精致的艺术品，却写不出一个时代，也写不出一个世界。直到《战争与和平》的出现，小说才变成了大海，变成了长河——托尔斯泰称之为开放式结构的小说。

比如，《战争与和平》中有五百五十九个人物，事件

非常复杂，题材非常重大，结构也非常宏伟、严谨。所有的故事，都从一场舞会开始。四个家族的人，像蜘蛛织网那样，把整个时代交织在网上，把生命和社会的大网贯穿起来，既没有开始，也没有结束，只有一个又一个的人物，只有一个又一个的家族，只有一个又一个人的命运。小说结束时，新生命又开始了，故事仍然没有结束。这就像有人从社会之网上截取了一个网络，这个网络伸向无穷的未知。

我觉得，大家都应该看一下《战争与和平》，否则，就会成为一个人一辈子的遗憾。当然，不一定每个人都能读得进这部作品。

我举个例子，如果你吃惯了臭豆腐，特别喜欢臭豆腐的味道，就算把你放到满汉全席旁边，你也会埋怨：这里怎么没有臭豆腐?

这个时代的阅读，已经把很多人的口味异化了，让大家的心灵变得浮躁。所以，对一些好作品，大家反而读不进去，但这并不影响它们的伟大。现在有很多人都读不进《红楼梦》，但它仍然是四大名著之一，必然能流传下去。《战争与和平》比《红楼梦》更伟大，因为，《红楼梦》到后面明显变弱了，可《战争与和平》越到最后越饱满。就像我刚才说的，它展示了一个非常广阔的社会画面。所以，想了解十九世纪俄罗斯的朋友，读托尔斯泰的作品就够了，不需要再读别的。另外，它在历史与现实的结合方面，也做得非常好。

《战争与和平》的这种开放式写法，是从托尔斯泰开始的——至少，托尔斯泰将其推向了顶峰。

对此，欧美地区的一些批评家发表了两种意见：一种认为它非常糟糕，另一种认为它非常伟大。前者觉得，小说不能这么写，它必须有完整的故事，有封闭的结构，必须在精美的象牙塔里，结束所有该结束的东西，完善它，让它变得更加完整。后者觉得，托尔斯泰的作品像荷马史诗一样，不是一个精美的工艺品，而是大海，是长河，是无法被一个小小容器所局限的巨大存在，它包容了那时俄罗斯大地上发生的许多事情，例如冲撞的思想、宗教的冲突、道德的审判，以及历史、政治、哲学等等，包罗万象。因此，《战争与和平》定格了一个时代，写出了那个时代非常鲜活的灵魂。

托尔斯泰之后，有好多作品都采用了这种写法，比如肖洛霍夫的《静静的顿河》。我的“大漠三部曲”也属于这种类型，我没有着力于编造故事。

有一天，我把《大漠祭》拿给北京的一个编辑看，他说，雪漠，小说不能这么写，我都看了十万字，还没有进入正题。我告诉他，刚开始就是正题。为什么呢？因为，他在我的小说里寻找一个完整的故事，这个故事应该有开始、经过、高潮、结果，但我的小说不是这种东西。它不是故事。它是什么？是世界。把这个时代砍上一刀，出现的横截面就是我的小说。无数的人，无数的故事，无数的命运，以及这个时代，都在我的小说中展现出来，其中没有狭隘的、封闭的、能让很多读者觉得非常熟悉的故事，也没有任何编造的痕迹。我称之为“生活的森林”。这是我的小说非常明显的特点。

现在的很多孩子喜欢热闹的故事，他们不一定喜欢《大漠祭》《猎原》《白虎关》，但这三部书却会成为中国文坛不可忽视的一个存在。我写了整整二十年，投入了一个作家最黄金的时间，只是我没有迎合这个时代的阅读习惯，也没有对其进行炒作，才没能形成流行小说那样的广泛影响。实际上，我获过很多奖，西部老百姓也都知道“大漠三部曲”，尤其《大漠祭》。中国新闻社的记者在凉州某市场做过随机调查，他发现，有百分之六十五的凉州百姓知道雪漠，知道《大漠祭》的人则达到了百分之百，而且好多人都看过。但是，在文学圈和西部老百姓之外，知道“大漠三部曲”的人还不算非常多。随着人们对它们的研究，它们有可能会被更多人了解。

## 六、热爱文学经典的人坏不起来

我今天的演讲比较特别，侧重于文学，不像过去那样，侧重于宗教和文化。那么，我就借着今天的机会，跟大家谈谈如何欣赏文学。

文学可以让人变得非常诗意、富有情感，变得更像“人”。没有文学，人就会变得非常实惠、功利、计较、迟钝、麻木。文学可以激活我们潜在的情感，让我们变得更细腻——哪怕有一点多愁善感，也没关系，那是人的本色。所以，热爱文学，经常读文学作品的人，一般不会太坏，也坏不起来，反而会显得傻乎乎的。比如，很多热爱文学的小女孩，最后就变得傻乎乎的很可爱。这种傻乎乎多美啊！大家想一想，如果一个女孩子一点都不傻，还非常精明，那有多么可怕？因为，和你聊天时，她可能盘算着能从你那儿得到多少利益，这种聊天是多么乏味？跟你谈恋爱时，她也可能在算计着你的财产，这是多么无聊？

所以，人不要活得太精明了，有时要允许自己好好挥霍一下人生。我的挥霍人生，就是读文学作品；我最大的享受，就是躲到一个地方，关了手机，看文学作品。长时间在外面演讲，疲惫不堪，心力交瘁时，我就会躲进房间，静静地看书。看完一部文学作品后，我就像充满了电一样，情感又焕发出来了。因此，一定要读文学作品，特别是托尔斯泰这种作家的作品。

读了这种作品，你才会知道，虽然你的身边充满了精于算计、忙于计较、费尽心机向上爬的人，但这个世界上其实还有另一种人。看看他们的行为、他们的作品，你就会知道，这种人能伟大到什么程度。这时，你就会远离狭隘、远离计较，变得更像一个“人”。比如，当你想到托尔斯泰时，就会抛弃所有的计较。

当然，托尔斯泰年轻时也有很多毛病。他在三十五岁前的日记中，写了无数好色、荒淫、无耻的生活，他为这段生活感到羞耻，并且虔诚地忏悔。我们每个人都有毛病，或许也有过这样的一段经历，但很多人都不懂忏悔，不懂自省，所以，他们成不了托尔斯泰。

## 七、心灵的独特，造就了作品的独特

●雪漠：托尔斯泰虽然写了一些历史事件，但他把历史事件和人的情感、灵魂结合得非常完美。你在他的作品里，会看到很多人本身的情感，有些情感，是你自己也不一定会注意到的。所以，很多人都认为，托尔斯泰揭示了人类心灵的好多秘密。

托尔斯泰善于心理描写，我在这方面的功夫，就是直接从他那里“继承”过来的。我在北京开《白虎关》研讨会时，中国作家协会创研部主任吴秉杰先生就说，雪漠的《白虎关》肯定能传世。因为，里面的每一个章节都打上了“雪漠”的印记，别人写不出来。他觉得，其中那些大段大段的心理描写，对一般作家来说，是很难贯穿始终的，因为他们没有这样的笔力。作家如果没有这样的笔力，就无法进入人类灵魂。但越到最后，我的心理描写越是酣畅饱满、细致入微，这让我的作品显得非常独特。

大家只要稍微注意一下，就会发现，现在流行的很多杂志和小说里面，根本看不到活的人物、活的灵魂。不是作者不想写，而是他们进不去。他们无法进入人物的灵魂，无法与之对话，只能用自己的嘴，把一些表层的东西再说一遍。他们没有锐利的眼睛，没有多愁善感的、能体察疼痛的心灵，因此，他们的深度、广度都不够。

我和任何一个人接触时，首先感受到的，都是对方的疼痛。你的灵魂感到疼痛时，我也会疼痛，甚至比你更痛。所以，我知道每个人当下的心灵最需要什么，就能善待很多人。如果一个人没有这样的心灵，他就写不出伟大的文学作品。托尔斯泰之所以能写出人类的灵魂，就是因为他有一颗非常博大的心。

托尔斯泰不仅把历史、社会和人物的情感、心灵、灵魂、文化、精神都展示在作品中，还将抒情与叙事结合得非常好。他的作品里，充满了托尔斯泰独有的激情。注意，托尔斯泰的激情表述很有意思，他常常充满热情地议论一些别人觉得无趣的东西。所以，他的作品中就出现了大量的哲学议论。这被一些人视为毛病，但我认为，如果没有这些议论，他就不是托尔斯泰了。

我的小说《无死的金刚心》里也有大量的议论，以及大量关于智慧的描写，有人说，这是犯忌讳的。因为，小说不需要大段议论。但我告诉他，如果你去掉这些议论、文化、智慧，这部书就不叫《无死的金刚心》了。在我的作品中，主人公不仅仅是某个人物，或者某几个人物，有时的思想本身就是主人公。托尔斯泰也是这样。

另外，托尔斯泰作品中最突出的，就是人物形象。除了《战争与和平》，托尔斯泰还有一部伟大作品，叫《安娜·卡列尼娜》，它可以说是俄罗斯的《红楼梦》，或者说，它和《红楼梦》一样伟大。当然，比起《红楼梦》，我更喜欢《安娜·卡列尼娜》。原因我已经说过了。

《安娜·卡列尼娜》有两条线索：一是安娜和浪荡子沃伦斯基的婚外情，它跟现代的婚外恋非常相似；二是列文的谋求改革。即使用现在的眼光来看，不管是爱情的那条线，还是改革的那条线，托尔斯泰都写得很好——有人认为改革的那条线不好，我却觉得它非常好。

这部书，我不知读了多少遍，里面的所有东西，都像生命的营养一样，进入了我的血液，滋养了我的作品。我的《大漠祭》《猎原》《白虎关》里就有《战争与和平》的博大，和《安娜·卡列尼娜》的细腻饱满。所以我觉得，大家都应该读一读这两部作品。

## 八、世界文学领域的释迦牟尼

在世界文学史上，《战争与和平》和《安娜·卡列尼娜》绝对排在顶尖级的第一排——当然，第一排还有很多其他作品，比如，陀思妥耶夫斯基的《罪与罚》《卡拉马佐夫兄弟》《白痴》等等。欧美的那些大家——包括法国的巴尔扎克、雨果等人——是一流的作家，可他们仍然不能跟托尔斯泰和陀思妥耶夫斯基相比。这虽然是我的一种偏爱，但也不无道理。因为，你无论把哪个作家放在这两个人旁边，都会发现，前者没有后者那么伟大。

例如，海明威、马尔克斯都是天才作家，世界上还有很多他们那样的天才作家。你可以欣赏他们，甚至敬仰他们，但千万不要做一件事：不要把他们放在托尔斯泰旁边。就像你可以欣赏黄山、泰山等名山的美，可千万不要把它们放在珠穆朗玛峰、喜马拉雅山旁边一样。如果你把那些天才作家放在世界巅峰的旁边，就会发现，他们的作品很精致，很美，他们也很有才华，但他们不可避免地显出了一种“小”。换句话说，这种对比凸显了他们心灵的局限。所以，托尔斯泰和陀思妥耶夫斯基是任何作家不能相比的存在，你一跟他们比较，就不对了。

世界上有很多作家，都像孙猴子，有神通，可以七十二变，可以翻无数个筋斗，但千万不要跑到如来旁边。一旦跑到如来旁边，不管你翻多少个筋斗，都逃不出如来的手指缝，你最多在如来的手指上写下“齐天大圣到此一游”，再往他指缝里弄点猴尿，留点臊气而已。所以，孙猴子可以和红孩儿比一比，可以和牛魔王比一比，可以和猪八戒计较计较，只是不要和释迦牟尼比。一比，就比出一种“小”来。在世界文学史上，托尔斯泰和陀思妥耶夫斯基差不多就是这样的存在，他们相当于世界文学领域的释迦牟尼。

## 九、陷入精神危机后的写作与行为

1879年后，托尔斯泰陷入了精神危机。他的心里充满了解不开的困惑，经常想自杀，甚至不敢把枪放在枕头下面，生怕自己一不小心，就“砰”的一声自杀了，于是把所有的枪都藏起来了。为什么会这样呢？因为他发现了死亡，或者说，他感受到死亡的疼痛。

在这一点上，我比他发现得早一些。十来岁时，我就感到了死亡的疼痛，三十岁时，我真正发现了死亡。所以，我很早就开始修行，慢慢在修行中写作，才有了现在这几部作品。但托尔斯泰不是这样。所以他的作品中还有疑惑，而我的作品却是明白一些真相后写出的东西，而不是困惑中的纠结。不过，明白得太早不一定是好事，它会让你很早就失去一些艺术创作所需要的纠结。所以，我不知道这对还是不对，好还是不好。说不清。大家可以自己去看我的作品。今天的很多听众，都是看了我明白后写出的东西来到这里的。

托尔斯泰的《忏悔录》以及大量宗教论文、宗教著作，就是陷入精神危机时完成的。因为，死亡的临近，迫使他开始思考生命的意义：即使成为但丁，又能怎么样？即使成为荷马，又能怎么样？他发现，面对死亡，所有的成功都没有意义。当然，他对意义的追问，不仅仅局限于个人命运，可能还有对宇宙、人类等终极问题的追问。这个追问，也在很长一段时间里困扰过我。

那时，我经常思考这个问题。直到今天，我仍然坚信自己的作品可以传世，因为没人能代替我。无论我们如何保留当下的文明，它都会随着一代代人的死去而消失，这时，我的作品就会显示出它的意义。比如，“雪漠心学大系”就足以让我留下去。但是，就算你实现了相对的不朽、永恒，又能永恒到什么时候？人类消亡、地球毁灭、宇宙爆炸之后，这种永恒到哪里去了？解不开这个迷惑时，我就找不到写作的意义，托尔斯泰也是这样。不过，他跟我也不太一样，他可能更多地在追问死亡，但这种终极追问，也肯定曾经在他的生命中出现过。所以，他长久地陷入一种绝望、痛苦、困惑、焦虑之中，不能自拔。

后来，他就中止了长篇小说的创作，还将《战争与和平》《安娜·卡列尼娜》视为坏艺术。为什么呢？因为，老百姓没时间看这么长的作品。后来，他编识字课本，教一些农奴的孩子们识字，也编一些宗教故事，给农奴们阅读。

这时的托尔斯泰，进入了一个非常伟大的时期。他自己做靴子，自己劳动，自己耕田，自己造房子，也不吃肉。他成为素食主义者。这一点，他比我伟大。我们家里绝大部分时间不吃肉，来了朋友，才买点肉，做上肉沫雪里红，或者其他肉菜。在外面吃饭时，我也会吃肉，因为得接受朋友的善心，不给人家添麻烦。托尔斯泰不是这样。那时的贵族喝茶习惯放糖，但农民吃不起糖，他就不在茶里放糖。他也不喝牛奶，觉得自己掠夺了小牛的食物，是一种罪恶。在很长一段时间里，他就是以这种方式生活的。

这个时期，他写了很多宗教著作，可惜翻译成中文的非常少，所以很多人都不知道——或许将来，我也会这样。人们可能会翻译我的大部分文学作品，将其传播到国外，却不一定翻译我的宗教著作、思想著作。托尔斯泰就是这样。大家都知道他是个伟大的艺术家，因为，他有很多作品被翻译成各国文字，在世界上广为流传，然而，看过其宗教著作的人，则不会太多。我读过一些，发现他写得非常好。而且，里面的很多观点，已经涉及宗教改革的领域，跟主流格格不入。因此，他一直是个众说纷纭、既被歌颂又被诅咒、备受非议的人物。列宁也写过一篇批评他的文章，在高度评价其艺术水平的同时，也严厉批判了他的宗教思想。

实际上，托尔斯泰的思想非常伟大，跟佛家、基督教的很多观点基本上是一致的，概括成一句话，就是“勿以暴力抗恶”——不要用暴力对抗暴力。这一思想影响了很多伟人，例如印度的圣雄甘地。甘地是托尔斯泰的信仰者，他继承了托尔斯泰的理念，倡导非暴力的公民合作，引领印度人民走向独立。

我也一直反对暴力，我在小说《西夏咒》中，就用了很大的篇幅，来反对历史上一种难以察觉的罪恶——暴力文化的罪恶。我认为，这种能被传承下去的罪恶，会让一代又一代人崇拜血腥、暴力，滋生无数的罪恶。不过，我跟托尔斯泰还是不太一样，他是自己想写宗教著作，我则是被别人“逼”着写宗教著作。

《安娜·卡列尼娜》之后，托尔斯泰写了大量的宗教著作，年龄段上跟我写佛家著作时差不多。完成“大漠三部曲”后，我也写了很多宗教著作，现在仍然在写。但他的写是满足自己的需要，我的写则是因缘所致。就是说，别人需要，我就得写。比如，很多人总是在问我一些东西，我就索性把回答统一整理成书，给每一个有需要的人看。我的很多佛家书，包括《西夏咒》《西夏的苍狼》《无死的金刚心》等小说，都是为满足时代和人的需要而写的，并不是我自己需要告诉世界什么东西。

几年后，托尔斯泰写出了巅峰之作《复活》。不过，比起《复活》，我更喜欢《安娜·卡列尼娜》。《复活》发表时，托尔斯泰已经是世界级大作家了。他在世界各地都有很多粉丝，粉丝们对他的推崇，就像我的粉丝们对我一样。

很多方面，我和托尔斯泰都有相似之处。例如，我们的粉丝都在传播着我们的思想，传播着我们的文化，学习着我们的行为。因此，他的粉丝被称为"托尔斯泰主义者"，我的粉丝则被称为"雪粉"。后来，这些托尔斯泰主义者被官方迫害，甚至被流放，托尔斯泰就用自己的稿费资助他们。

不过，托尔斯泰的伟大不光是这些东西，更在于他批判了那时的东正教。这一点也和我现在的行为有点相似。我对一些宗教中的糟粕，也是持批判态度的。

大家可能看过凤凰网上我的几篇文章。时下，一些人异化了佛家，让很多人对净土宗产生了误解，引发了一些不好的现象，于是我在那几篇文章中，对其进行了批判。托尔斯泰也是这样，他写过一部书，叫《天国在你心中》，书中的观点非常像我们所说的"即心即佛"。他的宗教修养、智慧境界很高，他不追求一个恒常的、独立于心外的天国，认为天国就在自己心里。

他还写了另外的一些著作，结果激怒了教会，教会就把他开除了。注意，被东正教会开除，对东正教教徒来说，是最大的迫害。托尔斯泰被开除之后，确实痛苦了一段时间。因为，无数的东正教教徒，都会用异样的眼光去看待他。大家要知道，东正教是俄罗斯的国教，几乎所有俄罗斯人都信仰东正教。这意味着，托尔斯泰身边有无数用另一种眼光看待他的人，就像一个佛教徒被释迦牟尼开除了一样。一些东正教教徒还一致要求沙皇把托尔斯泰关进监狱，但沙皇没有这么做。他知道，他们的监狱太小，根本盛不下托尔斯泰这个世界级大作家。而且，东正教会有底线，即使开除了托尔斯泰，也没对其使用诬陷、造谣、丑化、炮制罪名等下作的手段。因为他们都是贵族，不做一些流氓的事情。这是俄罗斯民族非常了不起的地方。

我给大家举个例子：沙皇时代，车尔尼雪夫斯基等十二月党人被流放到西伯利亚，有少女向他们献花，对他们说，虽然你们被流放了，但你们仍然是我们这个民族的伟人，值得我们敬仰。就连押送他们的士兵，也非常尊重他们。因此，这些囚徒一生都会为这个民族的振兴而努力——关于这一点，大家可以看看赫尔岑的《往事与随想》，他也是一个非常了不起的作家——这就是为什么那么多伟大的作家、艺术家，都没有被专制的尼古拉政府碾碎的原因之一。

托尔斯泰们经历了一个压榨、专制、黑暗的时代，但这个伟大的民族有一种非常好的传统，能让他们有尊严地活下来。所以，即便东正教开除了托尔斯泰，他依然是那个时代俄罗斯民族的骄傲。因为，人们仍然承认他是个大作家，仍然承认他是一个有尊严、有人格的人。即便人们认为他不好，煽动了农民，也没有对他进行丑化。所有人都知道这个被开除的是什么人，这个被流放的是什么人，老婆们依然会跟着这些流放犯到西伯利亚去，照顾他们。而且，这样的女子会得到整个时代、整个社会的尊重。

俄罗斯的传统文化中有一种非常感人、非常厚实的东西，这就是俄罗斯民族最伟大的地方。一定要明白这一点。

不过，最近我看了杨显惠的《夹边沟记事》，其中有一篇《上海女人》，也体现了这样的精神。里面谈到夹边沟的一个农场，当时有大概三千多个右派被下放到那个地方，大部分人都死了。其中一个右派的妻子去那里找她的丈夫时，发现丈夫已经死了，就把丈夫的骨头带回了上海。这个女子身上显示出一种人性的尊严，非常像一些俄罗斯十二月党人的妻子。可见，我们中华民族也有一些很优秀的精神。只是到了现在，这种精神不再是主流了。

当然，十九世纪的俄罗斯社会，仍然有其非常糟糕的地方。比如，《复活》在俄罗斯出版时，大量文字遭到了删减。现在我们看到的，已经不是最初发表的版本了。当时，整个上流社会，包括法庭、法律、宗教等各个领域，都对托尔斯泰进行了迫害。这些人的灵魂，还比不上《复活》的女主人公——妓女玛丝洛娃。

在小说中，玛丝洛娃被一个贵族——《复活》的男主人公聂赫留朵夫——勾引，还怀孕了，于是被赶出原来工作、生活的地方，落入社会底层，沦为妓女。后来，聂赫留朵夫重遇玛丝洛娃，回忆起过去的很多事情，深深地忏悔自己的罪恶，就放下一切去寻找她。在这个过程中，聂赫留朵夫的心灵慢慢升华，最后决定跟玛丝洛娃结婚。但是，玛丝洛娃拒绝了他的求婚，决定嫁给一个革命家。因为，她担心自己的身份会影响聂赫留朵夫的声望。

这是一个简单的故事，它仅仅是一条线索。托尔斯泰用一种流浪汉小说的写法，沿着这条线索，通过聂赫留朵夫的经历——比如他走到什么地方，看到了什么，听到了什么，想到了什么，等等——叙述了无数真实的生活、真实的社会画面、真实的鲜活人物。其中用大量的心理描写，展示了人物内心的各种冲突，还用各种各样的对比——比如法官的卑鄙和妓女的高贵、善良——使作品有了很强的感染力。这种写法，跟托尔斯泰以往的所有小说都不一样。

## 十、生命中的伟大与冲突

下面我重点讲一下托尔斯泰的伟大。

注意，每一个时代，被主流判为邪教徒和叛教者的人，都有可能是非常伟大的人物。比如布鲁诺，他是非常伟大的科学家，最后却被教会烧死了；伽利略也是伟大的科学家，但他也被审判了；释迦牟尼佛创立佛家时，同样被婆罗门教徒认为是邪教教主。因为，主流文化认为这些人在反对自己，侵犯自己的利益。托尔斯泰之所以被东正教开除，就是因为他反对宗教中的腐败——当然，其中也有很多其他原因。

托尔斯泰的命运很有意思。不但沙皇政府和东正教会反对他，与沙皇政府对立的布尔什维克政府也批判他。为什么呢？因为，沙皇认为托尔斯泰揭露了太多东西，列宁虽然认可托尔斯泰的揭露，但他觉得托尔斯泰太软弱了，没有号召人民起来革命，推翻沙皇政府。他认为，托尔斯泰的“勿以暴力抗恶”和布尔什维克的斗争精神、革命意图相冲突。所以，他也对托尔斯泰进行了批判。

另外，托尔斯泰在中篇小说《一个地主的早晨》中，还描写了自己一次失败的改革经历。他一直认为，作家能有那么多时间写作，能写出那么多作品，是因为有好多农民在帮他干活。所以，他一辈子为贵族身份而羞耻，总想把土地分给农民，可惜农民不相信他，总觉得这个地主老爷肯定有什么阴谋。所以，他的改革最后就失败了。

在家里，托尔斯泰同样面临巨大的冲突。因为，他想把版权交给社会，让所有人都可以免费印他的书，但他老婆不高兴。他老婆觉得，要养活这么多孩子，没有钱怎么行？他们经常为这样的事情闹矛盾，闹别扭。而且，他老婆还老是偷看他的日记。最后，托尔斯泰觉得自己没空间了，就出走了。

昨天我跟一些人谈到，我也想出走。为什么呢？因为我也没有空间了。我的很多读者，很多学生，都希望我变成他们期望的人，于是对我提了很多要求，甚至对我进行干预。很少有人心疼我，关爱我，却老是指责我，老是叫我这样，叫我那样，还不断告诉我谁说了我的坏话，谁说了我的好话等等。这时，我已经没权利做自己了，托尔斯泰也是这样。他的一些信徒希望他放弃版权、分掉财产，像个神灵、圣人那样活着，他的老婆则一直反对。于是，双方斗来斗去，弄得他疲惫不堪。最后托尔斯泰说，我不属于自己，我被绑架了，就出走了。出走后，他患上肺炎，病死在一个小站上，成就了一个最完美的结局。希望这样的结局将来不要出现在我的身上。

## 十一、读经典，营造适宜伟人生长的土壤

下面，我讲一讲俄罗斯大地上为什么能出现那么多文化巨人。

第一，他们有肥沃的土壤，这个土壤就是他们的文化。大家知道德国攻击苏联时，斯大林在演讲中说了什么吗？他列举了俄罗斯民族中那些伟大的作家、思想家、艺术家等等。像他那样的政治家，仍然为此自豪，说明俄罗斯民族深厚、优秀的文化传统，使他们有了一套非常健康的价值标准。因此，索尔仁尼琴、托尔斯泰及托尔斯泰后一批又一批的大作家，才能赢得广泛的尊敬。这些大作家中的任何一个人，都比中国当代作家高出不知多少倍，因为，人家不为稿费活着。沙皇就算把专制的屠刀架在他们的脖子上，仍然动摇不了他们的某种精神。

第二，他们有适宜的气候，有干净的空气。这个气候，仍然是文化传统；干净的空气，则是那个时代。那时的老百姓心中，有一杆秤，任何人想丑化托尔斯泰，都丑化不了。因为，当时的社会崇尚一种奋发向上、勇于探索的精神，这给伟大作家的出现，提供了一种可能。你想想看，就连斯大林时代都出现了那么多肖洛霍夫那样的大作家，俄罗斯民族确实非常了不起。

中国当代没有那样的作家，所以，我们一定要从俄罗

斯文化、俄罗斯文学中汲取一种大气，汲取一种我们需要的营养。要多看看那些大作家的作品，多关注一下那块土地，多从他们的文化中汲取一种优秀的东西，让自己变得大气一些，让我们这个时代也流行一种真正优秀的精神。

读书是俄罗斯民族的优秀传统，你到俄罗斯的任何一个地方去，都会看到有很多人在读书。他们读的是什么书？是经典。他们说孩子们如果不读经典，俄罗斯民族就会消亡。但是，我们有多少孩子在读经典？多少孩子热爱经典？在座的朋友读过几部俄罗斯经典？又有多少人热爱俄罗斯经典？我们应该爱经典。

我经常有个比喻：不要在门槛上练跳高。如果你一直在门槛上练跳高，哪怕跳啊跳，跳上一辈子，也跳不了多高。读书也是这样，要为自己设置难度，要尽量避免那种浮光掠影式的读书。那种读书就像拉肚子一样，没什么用。要在阅读经典的过程中，让自己的读书品味一天天提升。假如你的阅读品味一直在提升，你就在长大；如果没有提升，你就长不大。

我爱读书，我的妹夫也爱读书，他跟我一样，也是书虫。但他二十年前、十多年前，直到现在，阅读品味一直没有改变。社会流行什么，他就读什么，言情小说、武侠小说等等，什么都读，就像家庭主妇看韩剧一样，看上一辈子，也绝对伟大不起来。有些人不但伟大不起来，还会越读越糟糕。一开始，他们的心灵很干净，很纯洁，越到后来，就变得越精明，让人毛骨悚然。

我很少跟某些女作家打交道，就是因为她们太聪明、太精明了。读了她们的作品之后，我觉得受不了。她们原本有那么美好的女儿心，却被流行文化熏染着发生了变异，失去了本身的柔软，失去了本身的情感，塞满了功利和算计。所以，不要让欲望性的文化扼杀你身上的人性，留一份属于自己的心灵乐园，留一份属于自己的心灵乐土，要活给你自己。

## 十二、能让你升华的阅读，才有意义

◎观众：请您给我们大家推荐一些好的文学作品。

●雪漠：我首选俄罗斯文学经典。托尔斯泰的三大著作和中短篇小说都非常好，陀思妥耶夫斯基的东西也值得一看，比如《卡拉马佐夫兄弟》《罪与罚》《白痴》《被侮辱与被损害的》等等。另外，索尔仁尼琴的《古拉格群岛》也很好。其实，俄罗斯大作家的作品都应该看一看，只是你们不一定喜欢。然而，就算不一定喜欢，也应该读经典，因为经典可以滋养人的灵魂。那些讨人喜欢、读起来很过瘾的流行作品，很可能已经异化了、变味了，不但不能为你提供精神养分，还会消耗你的生命，让你的欲望膨胀，让你变得更功利、更浮躁，更难读进一些真正能令你升华的作品。

前段时间，社会上流行“拯救阅读”——拯救人的阅读，拯救时代的阅读。为什么呢？因为，现在有越来越多的人，发现这个时代的阅读口味正在群体堕落着。

大家想一想，现在卖得最好的是什么书？是官场小说，职场小说。官场小说是讲什么的？它是教你如何当官，如何投机，如何跑官，如何腐败，如何揣摩领导心思，如何实现最后的堕落。它还会告诉你，如果你不堕落，就会如何如何。职场小说也差不多。试想，这样的书能让人升华，让人变得更伟大吗？肯定不能。但是，这种书实在卖得太好了。

我曾专门谈到自己对一部官场小说的看法。那部小说卖得很好，艺术上也很好。我读完之后，就突然想让儿子也看一下，我知道，他看了肯定会很惶恐。为什么呢？因为，那部小说会告诉他，不堕落就当不了官，当不了官就活不下去。事实不是这样的。我们就算不当官，当个老百姓，不投机、不坑人、不卑鄙，照样能活得很好。因为，人活着，本来就要不了太多东西嘛！

今天我来广州图书馆，自己带了一壶水，路上喝了一杯，剩下多半壶，刚才工作人员又给我倒了一杯，我把它加进去，也就够喝了，没必要再去抢夺一个湖泊，甚至一个大海，也没必要当海盗，甚至当海上霸王，那没啥意思。现在，外面下着雨，屋里温暖如春，我们轻轻松松地聊着天，喝着一杯水，就很快乐了，对不对？这时，如果你心里还想着一些鸡零狗碎的、算计别人的东西，或者想着如何让自己成功，就不对了。成功是什么？成功就是当下的明白、安详、快乐、知足、放下、善待他人。还有比这更好的成功吗？没有。

所以，要在阅读中明白一种自己没有的东西，寻找一种自己没有的东西。要知道，我们没有的，正是我们需要的。有时，我们甚至要把一些原来的东西像垃圾那样扫出去，给自己的心灵留点空间，放点好东西。一定要明白，无论你有什么向往，为自己设定了什么理由，如果为达目的，不惜费尽心思地伤害别人，你就是失败的。即使真的达到了目的，你也是失败的。首先要记住，做任何事前，都要让心属于自己，要做到“不做亏心事，不怕鬼叫门”，也就是活得坦然，问心无愧。如果能做到这一点，人就是开心、幸福的，然后积极地做事，不要被社会影响，要有自己的成败标准。很多经典，都告诉了我们这个道理。

除了俄罗斯经典，还有很多文学作品都非常了不起，比如《百年孤独》《霍乱时期的爱情》等等，其中的思想和我提倡的精神是一样的。例如，《霍乱时期的爱情》讲的是一个人追求一个女人，追求了一辈子，两人白发苍苍，临死时才相爱了，没有任何功利。这样的作品也很好，人类最美的就是这些东西，读书最宝贵的体验，也是这些东西。既然我们花时间读书了，就要让自己升华，让人性的情感焕发出最美的色彩，不要被物欲的时代所异化。这也是我多次强调读经典的原因。

经典是千年来令世世代代的人受益，才流传下来的东西。它们虽然不能教你怎么赚钱，怎么揣摩别人的心思，怎么控制别人，也不能改善你的物质生活，但它们能滋养你的心灵世界、灵魂世界。

除了现实世界之外，人类还有一个心灵世界、灵魂世界。无论现实中发生什么事，人类对生活的感觉，都来自于心灵世界和灵魂世界。所以，不要让现实世界干预你的心，要保留一个很美的心灵世界。一定要明白，人活着时，只要心幸福，人就幸福了；心不幸福时，无论拥有多好的物质条件，人都是焦虑、痛苦的。所以，不要光读一些教你应世技巧的工具书，要多读一些思想境界、智慧境界高于你的书，不要读那些思想境界不如你的书，更不要跟随时尚去读一些东西。因为，那样的阅读，只是在浪费生命，没有意义，不能给你带来任何营养，甚至会搅乱你的心，教唆你放纵、堕落。就算它没让你堕落，也是在消耗生命。我们不要消耗自己，要升华自己。

## 十三、向往崇高的民族才能诞生大量伟人

◎观众：我在阅读俄罗斯经典作品时，也会播放俄罗斯及苏联时期的音乐，比如柴可夫斯基的音乐等等。这样的阅读感受，对我来说是鲜活的，因为，它能让我感受到俄罗斯民族的生活方式和味道。请问雪漠老师，这种阅读方式对吗?

●雪漠：注意，俄罗斯文化和欧美文化不一样，它非常博大、厚实。在那片土地上，伟大的不只作家，还有音乐家、画家、思想家。比如，你刚才谈到的柴可夫斯基，他的《天鹅湖》就很好；别尔嘉耶夫、巴赫金等人的思想境界，也都非常了不起。前段时间，我在深圳国际文化博览会上，还看到了一些俄罗斯画家的作品。其中有一幅作品的画面是这样的：在茫茫黑夜中，一个受伤的男人倒在一个女人的怀里，远处有一盏灯。那个画面，有一种非常强烈的冲击力。

所以，我们在读俄罗斯文学经典时，也可以听俄罗斯音乐，欣赏俄罗斯的绘画，了解俄罗斯思想家的观点、理论。

比如，前面谈到的巴赫金，就是一位非常了不起的思想家。他活着时没有名气，死后，他的著作《陀思妥耶夫斯基诗学问题》在国外——比如欧美地区——引起强烈反响，他就被认为是二十世纪最伟大的思想家之一。他没有

多么显赫的身世，也没有多么了不起的背景，只是个中学老师，但他的很多文艺理论为世界文学做出了巨大贡献，也给我们带来了另一种非常好的启发，因此，他仍然受到了社会的认可。前段时间，我还看到一部书，里面谈到俄罗斯的一个圣徒，他相当于我们所说的修行人。这个人一辈子信东正教，被称为“俄罗斯精神巨匠”，也很了不起。

可见，在俄罗斯，只要一个人有足够高尚、足够伟大的行为、品格和思想，就能得到社会的尊重。也只有在那样的文化土壤中，才能诞生一批又一批真正的大作家、真正的大作品。我们要从俄罗斯文化中汲取营养，改变我们这个时代的浮躁。因为，浮躁在俄罗斯是没有市场的，俄罗斯民族敬重的是那些有着伟大品格的人。假如我们的民族也有这样的向往，我们的社会就肯定会截然不同。

我希望在座的朋友都像黑暗中的灯火——正如前面谈到的那幅俄罗斯画作——慢慢照亮自己身边的世界，慢慢传递一种不同的阅读品味。有时，这种点点滴滴的传播，会让我们的文化中出现一种新的东西。

在这一点上，羊城学堂就做得很好。它虽然在这个巨大的城市里只占一个很小的空间，但它就像一盏灯，为这个物欲横流的时代，提供了一点温暖、一点温馨、一种远离功利的人文光芒。在这个经济发达的大城市，在这个做什么都问“我能得到什么”的时代，羊城学堂的这种行为，让我觉得广州人真的很幸福。

大家可能不知道，我的家乡武威没有这样的讲座，兰州也没有。小时候，我也想听到这样的声音，但找不到，哪里都没有。如果大家能明白这种心情，就应该珍惜自己的这种幸福。

我也希望，今天来到这里的朋友们，都有一颗羊城学堂这样的心，不但活出属于自己的色彩，也把这种跟流行文化不一样的声音，传递给身边的朋友，给社会带来一种好的影响。

## 十四、单纯谴责，不如传递优秀传统

◎观众：非常感谢羊城学堂给了我这样的机会。能听到雪漠老师的演讲，我感到很开心，也学到了很多东西。刚才老师说，俄罗斯优秀的文学传统跟肥沃的土壤、适宜的气候、干净的空气有关，中国没有这样的条件。那么，我想请教两个问题：第一，我们的读者、学者和作者，怎么才能变得积极向上，具备勇于探索的精神？第二，我们的官方怎样才能敞开一些东西，让鲁迅精神重回人间？

●雪漠：首先强调一点，俄罗斯文化非常伟大，它的气候也罢，传统也罢，都有一种优秀的东西，但这并不意味着中国就没有那样的传统。中华民族同样有着非常深厚的传统文化，某种精神也一直从诸子百家传承至今。比如，孔子的儒学，道家的思想，都在传承着，影响着一些人。非常遗憾的是，在一些特殊的历史时期——例如“文化大革命”十年浩劫——这些传统断裂了，人性中的恶被释放了出来。因此，现在的主流文化中，儒释道文化没占据上风，一些追求享受、追求物欲、时尚化的东西正在流行着，疯狂蔓延着，影响着各个领域、各个层面、各种年龄阶段的人，就像病毒一样。对于这种局面的可怕性，我们都知道，政府也知道，所以，大家都在尽力做一些事情。比如，政府在国外办了一些孔子学院，还提倡“建立文化强国”等等。

不过，建立文化强国，重建传统文化，不只是官方的事情，也是我们每一个人的责任与义务，正如古人所说：“天下兴亡，匹夫有责。”一定要明白这个东西。因此，我们不要一味指责，要明白自己做了什么，也要明白自己该做什么。

去年，我参加中国作协代表大会时，很多作家都在指责政府，说作家的待遇不高，认为政府应该给文学多少投入，如果不重视文学就是千古罪人，等等。轮到我发言时，我说，我们这些国家专业作家，得到了那么多稿费、荣誉、工资，现在还免费住着五星级宾馆，免费吃着山珍海味，然而，我们为社会做过什么？如果单纯地指责，不叩问自己贡献过什么，就会变成一群被国家养着的、打着作家和文学旗号的混混。如果这群混混除了吃喝嫖赌、谈天说地之外，什么好东西都写不出来的话，就没有任何存在价值，国家也没必要养着这样的作家，我们应该养活一些真正能担当的艺术家。这虽是公道话，但当时在场的作家们肯定不爱听。可是，即便他们不爱听，我也必须说。因为，时代需要这样的声音。

今天在座的诸位文学爱好者也罢，作家也罢，艺术家也罢，在面对文化这个主题时，也要首先问一问自己：你做过什么？一定要明白，我们是这个国家的公民，是这个民族的一分子、一个组成细胞。每一个细胞，都承担着肌体上某种功能性的义务。如果细胞们不负责，肌体的免疫力不够，人就会患上癌症；如果每个健康细胞都能承担好自己的义务，肌体就会非常健康。所以，许多时候，每个人首先应该叩问的是自己，不是别人。

我从不怨天尤人，也从不指责别人，不向别人索取，只问自己做了什么，做得够不够。因此，我一直在升华，也一直在进步。每个人都是这样，有了向往，就要为你的向往付出一些行动，从自己开始，传播、弘扬、实践中国传统文化中非常优秀的东西。

例如，广州这个地方的文化中，就有很多优秀的东西。广州有佛家、道教文化的积淀，很多地方不一定有这种文化基础。我告诉大家，今天来了很多广州的信仰者、志愿者，我到其他城市谈文学时，他们同样会放下自己的事情，赶去参加。这里的信仰群体也罢，信仰给予这个群体的力量也罢，都是很难得的。

辛亥革命时，孙中山组织了一次次革命，却一次次失败了，有时的失败还非常荒唐。他们组织了几十个人，几百个人，就想打仗。一次次进攻，一次次失败；一次次进攻，一次次又失败……然而，这么荒唐的行为，却动摇了清朝政府的根基。因为，虽然他们没有胜利，但没有这一次次的进攻，就没有后来的武昌起义。

大家想一想，一个孩子怎么能打败巨人呢？不可能，但他不怕。他总是挖着泥往巨人身上扔，拿着鸡蛋往巨人脑袋上扔。巨人可以一次次打倒他、踢翻他，但每次被打倒、被踢翻，他都会马上爬起来，重新发起或许非常荒唐的进攻。比如，他可以咬你、撕扯你、唾骂你、朝你身上吐唾沫，无休止地跟你纠缠下去。你想，这时巨人会怎么样？他最后肯定受不了，感到对手实在太恐怖了。

巨人是清朝政府，孩子却不仅仅是孙中山一行人。在广州这块土地上，有很多人省下自己的钱，交给孙中山做革命经费，帮助他做很多事情，例如资助国内的革命党人。孙中山当时是清政府的通缉犯，岭南文化熏陶下的这块土地上，却有那么多人不惜赔上所有的身家和精力，无偿地帮助他、支持他。这是多么了不起的事情。如果没有这些人的付出，就没有辛亥革命后来的成功。

大家想想看，假如这么美好的文化精神不能传承下去，将会是多么遗憾的事情？所以，到了今天，岭南这块土地上，必须有一些人能担当一种文化使命，学习前辈、祖先身上的好，把这种文化中非常美好的精神继承下来，不去追问外界、责难外界，而是自己承担一些东西。

一定要明白，中国文化不管发展到什么地步，都跟我们密切相关。我举个例子，如果你这会儿在骂一些人，但遇到事情，你也会像他们那么做，那么，你就不应该骂他们，应该首先反省自己。因为，当我们谴责一些东西时，根本就不知道，自己也是被谴责对象的一员，甚至是某种负面现象的推动者。

单纯地谴责没有任何意义，只有每个人都承担一种使命，为这种文化，为中华文明、人类文明的发展，把自己变成一盏灯，形成一种灯的文化，照亮更多的人，才有价值、有意义。否则，你今天明白了，明天又会继续骂。这些骂起不了任何作用，只会成为骚扰家人的负面信息，把老婆、儿子的心情搞得很糟糕。儿子本来积极向上，结果老子永远在谴责，儿子也就懒得进取了。明白了吗？我们一定要提倡正面的传播，不要单纯地进行负面的谴责。比起谴责，正面的力量更有益于社会的发展，这就是我的观点。

## 十五、敬仰和效仿是最好的阅读

◎观众：我突然对您产生了很大兴趣。第一，我觉得您有托尔斯泰的胸怀；第二，我觉得您有共产党人的觉悟。这是否是托尔斯泰的精神对您的滋养？另外，我特别感兴趣的是，您是大手印研修专家，那么，什么是大手印？

●雪漠：这说来话长，今天的时间不够。你可以到当当网搜索“雪漠”“大手印”，就会看到我的“雪漠心学大系”，里面讲得很清楚。但是，谢谢你对我的评价。这个评价太高了。共产党的觉悟也罢，什么也罢，只要是真正的人的“觉悟”，都很好。

◎观众：雪漠老师您好！我是一名学生。有一个问题，我很迫切地想问您。刚才您列举了很多作品，比如托尔斯泰的《战争与和平》《安娜·卡列尼娜》《复活》等，但对于我这样的小女孩来说，这些作品就像泰山一样，只能敬仰，很难攀登。不过，有人说，一个人在不同的时候该读什么书，是要看缘分的。今天这个讲座，或许就是我读经典的开始。但我的悟性比较低，读俄罗斯作品可能会非常困难。请问，我如何才能更好地、顺利地、深有体会地读这些书呢？我们这些年轻人又该怎样树立一个坚定的信仰？

●雪漠：这个小女孩说得很好。当你达不到阅读资格，比如你的思想境界、智慧积淀、人生阅历还不够时，敬仰就是最好的阅读。因为，敬仰就是向往，它代表你希望自己有一天也能达到作者的境界。所以，实在读不懂经典时，不一定急着读它，只要敬仰它，像作者那样做事、做人，就很好。例如，我今天分享了自己对托尔斯泰的研究，告诉了大家他的一些行为和思想，如果大家向往他的境界，向往他的人格，就带着敬仰的心情，像他那样去做事，像他那样去面对生活和世界，这就是最好的阅读。这是第一点。

第二，如果你能把敬仰的行为贯穿一生，就是信仰，不用再去建立一个别的信仰。要知道，信仰是一种生活方式。当你认准一种存在，觉得他非常伟大，值得你敬仰，想要像他那样做事，像他那样活着时，你就有了信仰。如果你确实能效仿他，而且能将这种行为一辈子坚持下去，你就是个信仰者；如果不能一辈子坚持下去，那么，你坚持时便有信仰，坚持不了时就失去了信仰。所以，想要建立坚定的信仰，就要坚持敬仰的行为。

## 十六、浮躁时代，如何阅读经典？

◎观众：雪漠老师您好！《战争与和平》那样的大作品有很多层面、很多故事、很多人物，这么宏大的场面，普通读者恐怕很难深入其中。那么，对普通读者来说，阅读这些伟大经典的意义在哪里呢？当代作家又该如何平衡作品深度与流行度、推广难度之间的关系？

●雪漠：你问得非常好。经典作品很多人都读不进去，我自己以前也是这样。我对托尔斯泰的喜欢，大概是从三十几岁才开始的，之前我读不进他的作品。所以，要求现在的孩子读这么深的大作品，也不现实。不过，我们可以把阅读分为两种：第一，对作品的阅读；第二，对作者的阅读。

对作品的阅读，就是读《战争与和平》《安娜·卡列尼娜》等大作品。到了一定境界，有了一定阅历与人生感悟时，你就有了爱上这些作品、从中汲取营养的可能性；没到这种境界时，你可以去了解托尔斯泰这个人，把他的经历、思想、行为当成作品来阅读。比如，你可以看看他到底是个怎样的人，做了哪些事情，有什么样的思想。这些资料，在网上很容易就能查到，我们称之为浏览式阅读。这种阅读也很好。

浏览式阅读虽然不一定能让我们了解经典作品的原貌，但它可以让我们看到世界上的另一种人，了解这种人如何活着，他们在坚持什么。那么，我们就会发现，世界上还有一种比流行观点更好的活法，还有一些比明星更伟大的人。网络时代，这样的介绍性文字有很多，比如人物故事等等。现代人喜欢故事，而且，故事重现了大作家的生命经历，能承载他们的全息。因此，这样的阅读同样很好，也更容易普及。

还有一种阅读方式，就是读画面、读影像，比如电视、电影等等。这些媒介，将会以一种艺术的形式，展现伟大作家的整个世界。我们读不进伟大作品时，可以看看相关的电影、电视、专题片等等，这也能让我们进入作家的精神世界，与之对话。以前，有一部孔子的专题片拍得很好，大概有十多集，不了解孔子，读不进《论语》的人，看完这组专题片后，就会在一定程度上了解孔子。换句话说，了解这些伟大作家、伟大思想家的人，可以制造出一些文化产品，让无法进入其作品的人们，也能间接地阅读，间接地汲取伟人们灵魂中的养分。这种阅读是很容易做到的，也更契合这个时代，尤其适合一些成长中的孩子。

## 十七、完整的人，必然有艺术需求

◎观众：传统文学对普通读者的人生有怎样的意义？对他们的生活又有什么指导？

●雪漠：文学是另一个世界。人从动物进化为“人”时，首先出现的，就是一种文学性的东西，比如故事。它是存在于物质需求之外的。这些故事，往往承载了一种高于物质生活的向往。例如，以前的人们看到月亮时，就想出了嫦娥的故事。正是诸如此类的故事，让人超越单纯的动物性存在，拥有了精神世界，成为了一种文化性的存在。这就是人与动物的区别。动物不会讲故事，没有文艺性的要求，没有艺术。所以，艺术的出现，是人类文明非常重要的内容与标志。

除了生活、工作之外，如果我们还有一种艺术追求，可能就真正接近了当代文明，就能成为正常的人类。如果抛弃自己对艺术的追求，人就会退化为动物性、生理性的存在，在某种意义上，变成一种被阉割的人类，也就是不完整、不完美的人类。所以，艺术对人类来说，是非常重要的。在刚才的讲座中我也说过，它能激活人类真正的情感，激活人的潜能，让人活得更像一个“人”。

## 十八、学习别人前，先认清自家的宝贝

◎观众：您说，任何作家都不能和托尔斯泰相提并论，更不能与之相比，但您提到托尔斯泰的作品时，常会谈及自己的作品，比如《大漠祭》等等，并且与托尔斯泰做一番对比。那么，在当代文坛中，您是一个什么样的身份或者地位呢？

●雪漠：我有强于托尔斯泰的地方，也有不如他的地方。在艺术方面，他比我强。虽然我也下过苦功，但和他相比，仍然有一段距离。然而，在东方哲学提倡的解脱或

超越层面上，我比他强。

我经过了二十多年东方智慧提倡的传统修行，通过人格的修炼，在许多方面已经没有疑惑了。但托尔斯泰还没有实现超越，临死前仍然非常痛苦、焦虑、困惑。这是我和他不一样的地方。

东正教的很多东西，仍然属于世间法意义上的智慧，但佛家的智慧，已经上升到出世间法的层面。因此，通过东方智慧修炼的我，达到了比托尔斯泰更高的破执境界。这是公认的，所有了解我作品的人都会认可这一点。因为，虽然托尔斯泰很伟大，但他没有完全走出精神危机，不能控制自己的心。我不是这样，我的心属于自己，我能完完全全地自主心灵。读过“雪漠心学大系”，你就会认可我的这一观点。

换句话说，东方哲学在出世间法的破执层面，远远高于西方哲学。当我汲取东方哲学的营养，成为东方哲学某个方面的集大成者后，就超越了一些西方思想家，比如东正教的学者和行者等等。因为，我破除了最后一点执著，但他们还在二元对立中打转。这一点，在我们的作品中体现得非常清楚。

所以我认为，一般读者在挖掘、阅读托尔斯泰时，更应该立足于自己所在的土地，挖掘、继承自己的文化，在这样一个大的坐标系下，再去学习一些西方文化，比如俄罗斯文化等等。这样，我们才能长大，才能变得更大气。

比如，我更倾向于学习东方文化、东方哲学，汲取其中的营养，让自己的心灵成长、升华，然后再去了解托尔斯泰及其文化，汲取西方文化中的营养。这时，我既不拒绝托尔斯泰的很多东西，不拒绝基督教文化，也不会因为汲取了西方文化的营养，就放弃和否定中国文化、东方文化。如果单纯接受西方文化，否定东方文化，否定自己脚下的土地，忘记自己的精神标杆，去迎合另一块土地上的文化，就会失去自己最独特的东西。这样肯定不好。

## 十九、感受苦难，不一定经历苦难

◎观众：据我了解，那些比较有名、有深度的作家，经历一般比较波折，人生一般充满了苦难。那么，您觉得，波折和苦难的经历，是造就艺术的根本原因吗？还是说，人生一帆风顺，只待在书房里，也能完成作品的构思？对您来说，哪种方式更有利于完善作品的思想呢？

●雪漠：对作家来说，经历非常重要。哪怕挫折也罢，磨难也罢，苦难也罢，都非常重要。但是，有这种经历的人，不一定就能成为作家。因为，有些人不能把苦难化为营养，反而会被它打倒。很多人都是这样。试想，网络上有那么多陷于苦难的人，包括苦难的孩子、苦难的民工、苦难的父母等等，他们都实现超越了吗？如果无法实现超越，苦难就不是他们的财富，而是他们生命中沉重的负担。

那么，如何让苦难升华，变为生命中的营养？这需要一种高于忍耐与接受的东西——向往。比如，除了经历苦难外，我们还要读万卷书，同时要守护好自己的艺术坐标、心灵坐标、灵魂坐标。有了这些坐标，守住这些坐标，生活中很多苦的觉受就会被消解，或者转化为营养。如果没有向往，守不住向往，单纯经历苦难就没有太大的正面意义，它只能让一个人痛苦地活着，最后痛苦地死去。例如，牛耕田也很苦、很累，但它永远都是畜生，不可能升华。除非它是我小说《西夏咒》中的黄犍牛，为救助一个女子牺牲自己。这时，它的生命价值就不一样了。归根结底，这种升华仍然来自于对生命的敬畏，以及对某种精神的向往。如果一个人没有这种东西，只懂得像牛那样一辈子劳作，或者像老虎那样掠夺一些东西，他就不是真正意义上的人，也无法实现人的价值。有了一种不同于物质的向往、一种不同于追名逐利的行为、一种心灵的需求，人才能真正地成为“人”。

作家也是这样。无论他单纯经历苦难，单纯经历生活，还是单纯读书，都不对。一个成功的作家，至少要体验苦难，感悟苦难，甚至分享苦难——分享苦难非常重要。当你发现一个苦难的群体时，要用真心去贴近他们，去感受和分享他们的苦难。这时，你才能真正理解他们，才能真正进入他们的心灵、灵魂，才能把他们写活。

在这个时代，不一定每个人都要经历苦难，不一定每个人都要经历所有的痛苦，比如亲人死亡、自己得绝症等等。但是，我们至少可以用一颗感同身受的心，去靠近痛苦的人们，把心的温度传递给他们，感受他们的疼痛。当你能用一颗悲悯的心理解他们时，你也就经历了苦难。所谓的苦难，其实是一种感觉。所以，不要觉得每个人都必须亲临苦难现场，或者成为苦难的主角，才能获得某种不一样的体验，要善于从日常生活中、在你身边最普通的人群中，汲取自己需要的营养，把他们的生命经历转化为自己的营养。因此，行万里路，读万卷书都非常重要。

不过，历史上也有很多没太多经历的大作家，比如博尔赫斯。博尔赫斯一辈子在书斋中读书，但他也经历过苦难。什么苦难？精神世界的苦难。他在精神探索的过程中，也有迷茫、困惑，这就是他的苦难。后来他的眼睛瞎了，这也是他的苦难。然而，有经历也罢，没经历也罢，他都会成为大作家。所以，不要把成功的希望单纯寄托在某种方式上，更多的时候，要让自己的心变得敏感、包容、悲悯，要用自己的行为积极入世，做一些有益世界、有益人类的事情。这时，你就会拥有一个独特的精神世界。我也是这样。

在这个时代，不一定每个人都要成为作家，也没必要用作家的标准衡量任何人，但我们必须有一颗作家那样的心，善于感受生活。这样，我们的生活才会变得丰富多彩。如果一个人屏蔽自己的某种情感，格式化自己的某种情感，或者有意拒绝一些东西，他的生命就会失去很多色彩。

所以，不要在文学中寻找功利，也不要用功利去污染文学。文学真正的意义在于，它能让我们的生活、我们的生命非常精彩，让我们通过另一种方式、另一种状态，体验一些我们无法亲历的生活。比如，某种生活和经历，将会在我们的想象中，在我们的艺术空间中出现。这也是人类文明非常重要的组成部分。

附录 1

# 跟雪漠聊“凉州贤孝”

新华社记者　王华

凉州，甘肃省武威市的古称，贤孝是凉州的自豪和骄傲，慰藉着世代生活在那一片黄土地上所有人们的精神。“听贤孝，是我最早的艺术熏陶，它直接影响了我。”作家雪漠表示，西部民歌几乎涵盖了所有的西部文化精神。作为西部民歌的范畴之一，凉州贤孝也深深地诠释着这一推断。

雪漠是此间颇为著名的作家，他一度回忆说：“写《大漠祭》的十余年里，贤孝的旋律，常萦绕在我的心头。那弦音里苍凉的枯黄色，已渗入我的血液，成为我小说的基调之一。要是没有贤孝的熏陶，也许就没有我的创作。”

进入十月，兰州街头前些日子还苍翠的树木枝叶开始发黄并凋谢。此时，雪漠与笔者饶有兴致地讲起了这祁连山下的盲人艺术——凉州贤孝。

## 明眼人靠着盲人指路

凉州贤孝成形于清末民初，是流传于凉州城乡的一种民间弹唱曲艺，一般由盲艺人挟着三弦自弹自唱，因内容多为劝人向善、导人孝顺父母老人和歌颂忠义贤德之士的故事，教人做贤人、做孝子，故而得名。

用老百姓立场唱日常琐事，传说着官史之外的民间历史，是凉州贤孝民间正身的反映。从现今流行的《花灯记》《小姑贤》等曲目来看，贤孝多涉及古代英雄贤士、淑女烈妇、帝王将相、才子佳人的故事。运用凉州方言唱出来的贤孝，原味土气，悲天感地，极具人情，令人不禁黯然泪下。

凉州贤孝有专门的曲调，演唱时，先调弦，尔后拉“过门”，用八谱儿起调，再依不同的内容而变换调子，有的一调到底，有的中间换调，若有凄悲内容，则用散板，很讲究内容与曲调的和谐统一。

雪漠告诉笔者，表演的盲艺人该唱则唱，该说则说，唱白杂糅；有的曲目唱白是固定的，有的则根据听众的情绪灵活调整。艺人们的耳朵随时捕捉着听众的反应，若有打呵欠或杂乱交谈者，他们便立即改变所唱的内容，加重手劲的同时也加重唱词。

雪漠称，盲艺人因唱贤孝有德有能，虽不识字，却谙通经书，智慧如海，人们都敬称其为“瞎贤”“瞎弦”“瞎仙”。

### 陇上“阿炳”几多艰辛

在中国的音乐史中不乏盲人的名字，最著名的莫过于以一曲《二泉映月》享誉世界的阿炳。凉州乡野的瞎贤们，便有着阿炳类似的人生叹息，有着阿炳一样的德与艺。

作为凉州贤孝的主要载体，瞎贤走到哪里都是受人尊敬的，欺负瞎贤要受到别人的指责。一旦子女不孝或有霸道行为，村中德高望重的老人便请来瞎贤，有针对性地唱一场，加以教育。

瞎贤从学艺到弹唱，其中的艰辛一般人很难体会。以前，凉州贤孝是盲人的一种谋生手段。家中出个瞎子，父母是最为揪心的，生怕以后生活没有着落，所以总是想方设法延请高明的瞎弦师傅，教授贤孝，讨口饭吃。

当然，这样的机会不会光顾每一位盲人，因为能否有资格学习贤孝是需要经过一番严格考核的：第一关，一摸额二摸手三摸脚板，额宽手细脚板硬才能过关。额宽者头大者，意味着聪明；手细者有质感，弹三弦时上手很快；脚板硬才能走千家门，吃上百家饭。第二关考听力和悟性。师傅先唱一段，拜师者必须在一定时间内诵读熟背，尔后放声亮嗓，看音质和音色何如。

通过考核不容易，但过关也同时意味着要比常人付出更多努力。学习贤孝主要靠耳听心记，有时候，为避免外界打扰，瞎弦学艺需要待在地窖中，记熟曲目才能出窖。

**谁人永续贤孝曲**

甘肃是一个民歌丰富的省份，各类民歌多达一万四千首，尤其是东乡、裕固等少数民族，有自己的语言，却没有自己的文字，民歌就是这些民族历史的最好记载。在今天，民歌还承担着传承这些民族语言的重要作用，但一部分民歌已逐渐地走向湮灭。

贤孝是最质朴、最通俗的娱乐项目，二十年前，在凉州城乡一些不起眼的院落里，在冬天农闲季节中，一大群人围着一个瞎贤，饶有兴趣地听着，弹拨三弦的瞎贤的手冻得有点麻木，时不时要停下来搓搓手，但悠扬的曲调给寂静的村庄增添了些许的温暖。

如今，笔者在采访中发现，与西部其他民间艺术和传统音乐一样，由于经济条件、传媒音像以及日益更新的思想观念等方面的影响，凉州贤孝也在遭遇现代生活方式的冲击，随着一些资料以及老艺人的逝去，那种传播氛围在消淡，凉州贤孝的何去何从，不得而知。

附录 2

# 用灵魂传递西部文化

——《西部时报》2009年12月8日

记者　李盎

## 一、文化的责任

“如果需要，我愿意以灵魂为契约，将西部文化之光，传递到世界的每个角落。”面对面，雪漠这样对记者说。在他看来，博大、宽容、清廉、宁静正是西部文化的精髓所在，而这也恰恰是人类灵魂所追求的至真至善。

初冬的北京，小巷里的宾馆，风尘仆仆的雪漠。

结束了首届中法文学论坛活动，从巴黎返回北京，十几个小时后，又将应邀前往广州东莞；而之前几乎整整一个月时间，都奔波于沪上的几所大学作中国东西文化交流的巡回演讲。作为当代西部文学的权威符号，雪漠一直都很忙。

“很多社会活动都婉言谢绝了，但有一些不能推脱。”雪漠称。

不论法国之行，还是东部之旅，在雪漠看来，都属于“必须”的范畴，属于义不容辞的责任。“两种文化，不论是东方与西方文化，还是西部与东部文化，都是可以交融互补的。这种交融互补，不仅会给当下社会提供巨大滋养，也会给未来人类带来最大的福祉。”

为了作进一步的解释，雪漠说，因为改革开放，中国东部文化受西方文化影响很大，而东方文化最大的特点就是，人类以求生存及生存之改善为价值追求，是一种智性文化，崇尚知识与技巧，然而却在自然、社会、心灵这三个方面有根本性迷失；相反的，西部文化中很大一部分是一种慧性文化，崇尚觉悟与超越，更多的是形而上的东西。就当下而言，人类的生存与发展离不开智性文化，而人类的和谐与持久则离不开慧性文化。

“目前，我们正在做这件事。”雪漠说。除了四处巡回演讲，在各方力量的帮助下，他还成立了公益性网站——雪漠文化网（www.xuemo.cn）。“宣传西部文化，主要目的之一也是为促进不同文化间的交融互补。这种交流不能简单作答，任何一方都不能简单地肯定或否定对方。只是在这种交流之中，西部文化不可缺席。”

“我们需要一大批有识之士承担起这种文化责任。”雪漠说。这个“识”指的是一种见识，一种思想境界，一种洞察万象的深刻见地，一种能够引领文化、站在时代的前沿承担某种使命、承载某种精神的品格与境界。

## 二、智慧的宝库

“其实，很多人对于西部文化不甚了解，甚至存有误解。一些符号化的东西代表不了西部文化。西部文化本质上非常博大精深、质朴真诚，而且洋溢着生命的力量。”谈起西部文化，雪漠信手拈来，颇具代表性。一是凉州贤孝，一是大手印文化。他说，前者代表了西部文化的当下关怀，后者则代表了西部文化的终极超越。

凉州贤孝又称“凉州劝善书”，是流行于甘肃凉州地区的一种古老而悠久的民间曲艺。凉州贤孝的内容，主要以述颂古今英雄贤士、烈妇淑女、孝子贤孙、帝王将相、才子佳人的故事为主，寓隐恶扬善、喻时劝世、因果报应、为贤行孝等宗旨于其中，故名为“贤孝”。作为甘肃凉州人，雪漠坦言，听“贤孝”，是自己最早的艺术熏陶。要是没有“贤孝”的熏陶，也许就没有他后来的人生。正是因为凉州贤孝善文化的滋养，雪漠说，自己才能始终用善的心态、爱的笔墨，把生活展现在世人面前。

“这就是西部优秀的传统文化，就像雪山上的雪水融化下来，一路滋养着它流经的土地和心灵。”雪漠说。这位一脸络腮胡、甚有风沙气的凉州汉子，以自己家乡文化为例证，诠释西部文化的气质与内涵。

“时下，一方面，许多当代人陷于烦恼和焦虑中不能自拔，他们非常需要心灵的滋养；另一方面，那些有益的文化滋养却早已尘封，无人问津了。在心灵滋养的供应和需求之间，出现了明显的断裂。”雪漠说。大手印文化作为西部文化中最为优秀的文化之一，被称为“大象征”，是一种超越的文化，是关于心灵修养的一种文化，能够给人的灵魂带来清凉和滋养。

“事实上，西部的文化积淀非常厚实，富有张力，呈现出多元化，有许多待开垦的处女地。如果有个作家把它上升到人性的层次、灵魂的层次、人类的层次，一定会成为大家。”雪漠说。很显然，西部文化是一个智慧的宝库，可惜的是，很多优秀文化不仅至今未被人认识，还面临着濒临灭绝的状态。

“许多东西要抢救、要研究、要传播，不过，挖掘和发扬西部文化，需要智慧和大善。”雪漠表示。

## 三、时代的纪录

2008年，对于雪漠的一生来说，是一个非常特殊的年份。随着长篇小说《白虎关》（上海文艺出版社）的出版，他写了二十年的“大漠三部曲”（《大漠祭》《猎原》和《白虎关》）终于画上了句号。

“我认为，文学的真正价值，就是忠实地记录一代‘人’的生活，告诉当代，告诉世界，甚至告诉历史，在某个历史时期，有一代人曾这样活着。”雪漠不仅这么说，而且真真正正用黄金般的生命为读者“写活了大漠戈壁一家农民，写活了一个时代”。

“托尔斯泰之所以伟大，就在于他忠实记录了一个时期的俄罗斯人如何活着。”雪漠说，“我写作的一个理由，就是想将这个即将消逝的时代‘定格’下来。当然，我指的是农业文明。爱尔兰女作家西芙告诉我，现在的爱尔兰文化也在成为一种过去，全球化的浪潮卷走了许多地域性的文明。时下，我所描写的这种生活，已到了夕阳西下的时候。那亘古的暗夜很快会淹没一切。而且这种淹没，是永恒的消失，绝不会再有回光返照的可能。除非在另一个新生的大劫里，重新诞生人类，重新孕育出新的农业文明。”

“当然，我想‘定格’的，不仅仅是生活，更是灵魂。”他说。毫无疑问，在雪漠眼里，那些经过历练的灵魂，蕴藏着一种文化，也代表了一种精神。他发现了它们。“许多时候，对一种文化的发掘和一种精神的弘扬，确实是人类的福音。如耶稣之博爱，如佛陀之觉悟，如贤孝的智慧，如大手印文化的超越光明，它们是暗夜里的电光，每每划破长夜，警示世人。那耀人眼眸的智慧和爱，是人类历史上最美的风景。我们敬畏它，向往它，而我们的每一次向往，都会剥去心灵的污垢，焕发一份本有的光明。”

有的作家，使命是创造文学精品；有的作家，使命是引进非文学因素，使文学的概念得到拓展。雪漠属于后者。有人说，这就是他的价值和意义。

## 四、编后

美国人詹姆斯·米斯克尔说，当我们审视这张灯火辉煌的地区与暗无灯光的地区相杂的世界地图时，我们就可看出应在哪些地方加强努力。对于雪漠而言，不仅清醒地看到世界地图上那些暗无灯光的角落，更以悲天悯人的博大情怀，无私无畏，传递着光明与信心，担当着使命与责任。与此同时，一种文明与精神，也将因此被人们所向往与追求，那就是博大、宽容、清凉、宁静的西部文化。

附录3

# 给法国作家Brigitte Duzan的回信

◎法国作家Brigitte Duzan：我是一名法国女作家，兼通数国语言。目前我的研究重点是中国文化，尤其是中国现代和当代的电影和文学。为了拓展法国读者对中国文学的兴趣，最近我创办了一个中国短篇小说的专项网站。去年十一月在巴黎举办的首届中法文学论坛，是一次认识中国作家的极好机会，尤其是那些对于法国读者来说还相对陌生的中国作家。近日，我在网站上发布了在您博客上找到的短篇小说《新疆爷》。我特别喜欢这个故事。这个老人活得十分生动！对我来说他代表着民众最深的智慧。写得太好了！我很愿意加深对这个故事的理解，尤其是这个故事的起源。另外，“新疆爷”的说法也很有意思，它似乎是一种农民的特殊称谓？另外，能麻烦您对小说中诸如“活人了世”“是活老的，又不是叫人偷老的”等用语稍作讲解吗?

●雪漠：谢谢您对我小说的关注。我生活在中国西部，相对闭塞，能有一位关注我的法国朋友，我很高兴。

《新疆爷》是我早期的小说。我用二十年的生命写了西部农民一家，创作了《大漠祭》《猎原》《白虎关》三部长篇小说，因此短篇小说写得不多。

“活人了世”是一种坦然面对命运的人生态度。我父亲总说：“老天能给，老子就能受。”这就是一种坦然的人生态度，里面也不乏西西弗斯式的高贵。它的意思是：老天能给，是老天的能为；老子能受，是老子的尊严。就是说，老天能把苦难、厄运、灾难降临到我的命运中，我就能坦然地接受它，像吃山药米拌面似地消化它。其中，“老子”指的不是某个人，它是西部人对“父亲”的另一种称谓。就连在“老天爷”面前，西部人有时也敢自称“老子”，这说明西部人骨子里有一种坚韧不屈的高贵。在他们的心里，命运中的一切都是上天给自己的礼物，包括顺境，也包括困境，跟别人没有关系，因此他们总是能非常坦然地面对一切，不去怨天尤人。他们觉得，衰老也罢，死亡也罢，都是自然规律，人总会走到那一步，所以才说“是活老的，又不是叫人偷老的”。这是他们了结尘缘的一种态度。

雪 漠 心 学 大 系

# 文心

下

雪漠 著

中国大百科全书出版社

目录

## 第二编
## 开启你的文心

# 第二编

# 开启你的文心

# 我是怎样读书的？

前面说过，读书是我的生命中最重要的内容。甚至可以这样说，如果不读书，我就不可能成为今天的雪漠。在生活中不断观察，不断体验，确实可以让我吸收到巨大的营养，让我的心灵成长，但假如少了与书中那些伟大心灵进行交流和碰撞的过程，我永远都不可能真正地长大，因为我的眼光将很难超越我的生活环境。在一次QQ群的访谈中，曾有人问我，读万卷书重要，还是走万里路重要？我告诉他，都重要的，但问题是，现在有很多生活方式已经消失了，我们只能从定格了它们的那些书里面去找，比如说《红楼梦》里记录的那种生活，你现在还能亲眼看到，还能亲身去体验吗？已经不可能了。所以说，读书的作用是无可取替的。

但是，现代人在读书时，存在一个很大的问题，就是缺乏对书的选择，而我们又经常会遇到坏书。坏书传播着许多对人类心灵无益的思想和观点，它会让读它的人变得更加贪婪、无知、消极、愤怒，对于那些缺乏判断力和抵抗力的心灵来说，它就像毒药一样可怕。与其花费大量的生命时间，去读那些坏书，还不如不读书。我提倡的具有不可取代作用的读书，是指读真正的好书，读真正值得一读的书。比如说，各民族认可并且传承下来的那些经典大多都是好书。在文学作品的阅读方面，我更侧重于阅读国外各个文学流派的经典。对我影响最大的是俄罗斯文学，俄罗斯文学那种独有的大气，那种渗透在作品中的宗教精神，是欧美及其他国家的文学作品所不能比拟的。

三十岁前，我读的书很杂，啥书都读，其中有一个阶段甚至被我称为“垃圾读书”，虽然我并不完全否定那时的阅读，但不能否认的是，那时我确实走了一些弯路。可是我没有办法，因为我没有找到一个好老师，没人教我该读啥书，啥样的书才是好书。没有人告诉我，而我自己又不明白的时候，也只能多读一些我能找得到的书——要知道，我生存的那个小村是没有几本书的，在我的童年里，在那个村里发现的闲书不会超过五本，我能找到书，已经很惊喜了，哪有条件挑剔。我接触到大量的书是去城里上高中时，那时，我已经十五岁了。在武威一中，我从同学那儿借到了大量的书。我在上文化课时，也在读书。记得有一次，武威一中的校长在视察时发现了正在课堂上读书的我。她还没收了我的书。在高中，我还开始抄书，我抄下了《红楼梦》中的几乎所有诗句，还抄了雪莱的很多诗。也许是读闲书的原因，我没能在毕业时考上大学，只是上了武威师范。

在武威师范，我的很多时间，也是用来读书。那时，我开始接触佛家，并进行了禅定修炼。我的时间，主要用来做三件事：修行、练武、读书。甚至在上课的时间，我也是用来读自己喜欢的书。我很少去学那些文化课。因为我记忆力很好，一般人学一学期的内容，我只要用考试前的半天时间，就能囫囵吞枣地记下大半，而应付了考试。

毕业后参加工作的多年里，我的大部分工资都买了书。我很爱书。我总怕那些好书会被人偷走，于是，每次回家里，我的自行车上总是捎着一个很大的旅行包，里面装着我最喜欢的书。一回家，我就躺在炕上看书。我看了大半辈子书，都是躺着看的。可怪的是，我的眼睛一直没有近视。有个好眼睛，能无所顾忌地看书，是命运给我的最重要的礼物。

三十岁后，我读书变得很挑剔，因为那时我已经明白了。明白了之后，我就不愿意浪费自己宝贵的生命时间，再去做一些毫无意义的事情。所以，虽然我总是抱着一颗包容的心态对待读书，但有些书，我仍然是永远不会读的。

我首先读的，是这辈子必须要读的书，不读它就是我人生的损失。我从人生中最应该读的第一本书开始读，读完后，再读我人生中最应该读的第二本书，然后是最应该读的第三本书……当我不读它们，我的人生就有一种缺憾的时候，我就把其他的书都暂时放一放，去读那些我必须要读的书。我就是这样选择读书的。

我还有一个标准是，我所读的书，必须要能为我的灵魂提供营养，如果它仅仅是一种精神毒药的话，不管它多么出名，多么畅销，我都宁可错过它。还有一种情况是，现在需要读什么书，我就读什么书。比如，我写小说的时候，需要哪方面的知识，我就去专读那一类的书。当然，有时候我也会读一些消遣性的书，但它们仍然是我必须读的书，比如说我会以消遣的心态去读各流派的经典小说。

## 先做最该做的事

我的做事跟我的读书一样，我首先做的事，就是一生中必须要做的事。不做它，就是人生的遗憾，那么我就会放下一切去完成这件事。做完它，再做第二件必须做的事情，然后才是第三件……生命时间是有限的，用完一截，就少了一截，所以一定要在活着的时候，做完一生里必须做的事情。否则，在你生命结束的时候，就会留下一种无法弥补的遗憾。那时，你会感到非常痛苦，很不甘心，但是你却没有一点办法弥补了。

我举个例子：当年，我为啥办“雪漠文化网”？也是出于这样的考虑。当然，它也会花去我大量的时间，但正好那段时间里我有些杂乱的事情要处理，很难静下心来写长篇。所以，我就一边办网站，一边处理一些日常事务。因为，我的一生中，不能没有一块属于我的阵地。我不能永远受制于某些控制媒体的混混们。我必须有一个地方能让我发出一种我应该发出的声音，说一些我应该说的话。我必须让一些不想看混混文章，想看好文章的人找到我，让他们能够在我的作品中得到他们需要的东西，让他们有一天也能像我这样，做一些自己应该做的事情。要是我不做网站，就会像被封锁在深山老林里一样，没有一条通向世界的铁路，我的声音也无法传向世界，这样的话，需要我的人就没办法找到我。有了“雪漠文化网”之后，我就能跟世界对话，我可以借助它，把世界上的营养送入我的灵魂，同时，也可以把我的思想传输给这个世界。我不在乎是不是有很多人看我的网站，但是我知道肯定会有一批跟我有相同文化品位的人喜欢它，我要为他们提供一块阵地。就是这样。有趣的是，雪漠文化网创办至今，已经拥有非常多的忠实读者了，每一篇文章发出来，都会有几十万人去点击。许多人在主动帮我宣传着这个网站，其原因不是我有多么出名，而是因为他们在这儿找到了他们一直在寻觅的东西。所以说，你不要管这个世界是不是会认可你，你只要从真心里唱出最美的歌，这个世界上总会有一批人，他们也有着跟你相同的追求，有着跟你相同的追问，他们也渴望着你所渴望的光明。你只要用一颗非常真诚的心去说话就够了，不要在乎有没有人在听。

《大漠祭》刚出版时，有个大学生问我，我们如何才能像你一样爆发？我告诉他，不要希望爆发，你就可能爆发；你想要爆发，就爆发不了。因为那种对爆发的强烈渴求，会紧紧地束缚你的心灵，当你的心灵不自由的时候，就不可能写出真正有价值的作品。人的一生中，总有你该做的事情。你做了之后，就活得有价值；不做的时候，就活得没有意义，白活了。比如说，有个女子想找个好对象，结果找了个塌头，就觉得白活了；如果她爱情如意，就觉得自己没有白活。同样的道理，如果你这辈子是为了做某一件事来的，结果你没有做好，那么就白活了。你首先是活给你自己的，然后才是活给世界的，所以，不要太在乎别人的评价。你不要在乎发表，只管默默地写，写到有一天，机缘成熟，你自然会“爆发”的。写《大漠祭》之前，我不认识多少人，但是《大漠祭》出版后，有好多人主动帮我。因为，他们也喜欢能耐得住寂寞的人。所以，你只管去耐那寂寞，别在乎什么时候爆发。你栽了一棵小树，就别愁它啥时候长大。你只要浇水、修剪、防虫，保护它，它自然就会一天天长大。做啥事都好，你都别问收获，只管耕耘。

我对儿子陈亦新说过这样的一番话：爸爸的成功，只有一个秘诀，就是你选中你的目标后，一辈子都记住它，做好今天的事，然后坦然入睡，别管明天的事情。不祈梦的时候，我是没有梦境的，因为我从来不求什么，我只是写每天该写的东西。当专业作家前，白天得工作，那么我就每天凌晨三点起床，这样我就能拥有更多的写作时间；当专业作家后，我每天五点钟起床，因为我可以在白天写作了。起床后，我总会坐禅和写作到中午，吃午饭后，接着写作、读书、睡觉。每天都这样。所以，一旦你明确了自己该做的事情之后，当作家就会变得非常简单。

# 人生观决定你的人生

一个人的人生观，决定了他要往自己的人生里填一些什么样的东西，是物质？名利？还是能体现生命价值的许多行为？

那么，人生观又是由什么来决定的呢？

由心来决定。

你有什么样的心，就有什么样的人生观，就有什么样的世界观，就有什么样的价值观。所以说，归根究底，有什么样的心，就有什么样的人生，就有什么样的世界，就有什么样的价值。

我的人生观很简单，如果要我去写一些莫名其妙的东西，不如当农民去种地。至今，我的老家还保留着几亩地。妻子说，你要是写不出好东西来，就不如跟我回家种地。她说得很对。现在有好多人喜欢在文章中杜撰一种生活方式，虚构一种处世态度，他自己明明却不是那样的，这样，他的写作就可能缺乏一种灵魂中流出的真诚。这种真诚，是一种行文的态度。缺少真诚的时候，他可能会选择一种自认为“优雅”的写作方式，或者仅仅是在迎合读者的口味。殊不知，这种刻意的莫名其妙的“作秀”，就像酒后呕吐的秽物一样，充满了机心和算计，非常恶心。文章，乃至任何一种艺术形式，都不是为了满足虚荣或者逃避现实而存在的，它更不是一种孤芳自赏，它仅仅是人与世界沟通的一种方式。假如为文时没有一种真诚的态度，就根本谈不上什么沟通。所以，你可以欠缺文学技巧，但你必须真诚。如果不真诚，你花费大量的生命去说一些虚情假意的话，还不如不说。至于内容，你可以随缘，或写自己熟悉的生活，或抒写心灵。许多时候，心灵比世界更大。所以，不要给自己的心加上一些框框和条条，要放飞心灵，给自己插上想象的翅膀，千万不要把自己的心放入笼子里。笼子里长大的，只可能是侏儒，而绝不会是巨人。

什么才是我认为有价值、值得写的好作品呢？我所认为的好作品，必须达到两个标准：第一，这世上有它比没有好；第二，人们读它比不读好。如果达不到这两个标准的话，我宁可不写。这就是我的写作为什么总是集中于苦难、灵魂、超越、永恒这几个主题的原因。

要知道，老百姓真的太苦了，他们是弱势群体，谁都可以欺负他们，但很少有人为他们说说话。如果连老百姓的儿女，也加入到欺负他们的行列里面，或是闭上眼睛，说些假清高的话，那这些所谓儿女的生存还有啥价值？我举个例子，农民父母养育了我，勒紧裤腰带供我念书，要是连我都不为农民说几句话，那我父母当初的“供”，就没有任何价值。同样道理，如果一个作家不关心人类的苦难，而只为自己的名声与稿费而活的话，也就没啥存在的价值了。

为什么这么说？因为，世界上的一切都在哗哗地变化着，像流水一样，无论你拥有多少财富、多好的名声，它们都终究会离你远去，你想留都留不住。古今中外，多少富可敌国的人早已被后人遗忘？他们曾经拥有的一切，在他们的肉体消失之后，还仍然属于他们自己吗？他们毕生创造的财富，或许早变成儿女反目为仇的诱因，或许已变成了妻子改嫁的嫁妆。这些财富有什么意义呢？所谓个人得失，实际上跟风雨雷电一样，都是转瞬即逝的东西。如果一个作家为了这些转瞬即逝的东西付出整个人生的话，就意味着他什么都留不下来。况且，这个世界不会在乎你活着还是死去，除非你为整个人类、整个世界贡献了一种有益的东西。这种有益的东西，就是佛家所说的利众精神。此外，你贡献的物质也罢，金钱也罢，产业也罢，经营模式也罢，无论什么，都会不断变化，都不会永恒。只有一种精神的东西，才能依托人类的心灵不断传承下去，只要人类不灭亡，它就会不断延续、不断传承，成为一种相对的永恒。一个人如果能用自己的行为，为世界贡献一种真善美的东西，他的精神就会超越肉体的限制，相对永恒地存活下去，他就实现了一种真正的价值。

永远都要记住，这个世界不在乎你曾经获得多高的社会地位，曾经拥有如何庞大的财产，曾经掌握多少生杀大权，它只在乎你是不是能够为别人带来一种真正的好东西。是不是能够给世界带来真正有益的影响。如果能，那么你就能得到相对永恒，像佛陀一样；假如你不能，那么，你即使活着也会很快被人遗忘，像这个世界上大部分人一样。能否为世界带来一种正面影响，这个影响能够达到一种怎样的程度，在于你的心灵达到了一种什么样的境界，你的胸怀是不是足够博大，是不是能放下好多个人的东西，能否全心全意地为这个世界贡献你所有的生命与灵魂，如果你的胸怀达不到大境界，你就当不了真正的大作家。

我敬重很多作家，但我将其视为大作家的并不多。比如路遥，我虽然很敬重他，但是我并不崇拜他。我觉得，他写出了非常好的东西，也为梦想付出了很多，很可惜的是，他在文学上掘了很深的洞，还没豁然开朗时却死了。他还没有用最后一击打通心灵的墙壁，还没有在文学上达成一种顿悟，所以，他的创作非常苦。不过，像路遥这样的作家也不多。路遥具备很多东西，但他缺乏一种宗教的修养。一个作家应该有良好的宗教修养，像托尔斯泰、陀思妥耶夫斯基、莎士比亚们都是这样。没有宗教修养的作家，写作的时候，就不能把苦化为乐。

“大漠三部曲”更侧重于灵魂的描写，写得很细，人物塑造上很成功，几乎所有人物都是活的。这就是因为，潜心写作的同时，我把大部分的时间都用于自身的修炼，侧重于灵魂的重塑和对生活的挖掘，所以我才会耐得住寂寞，才会在创作中享受一种巨大的快乐。一个作家的命运，跟他的人格、跟他心灵的状态有着巨大的关系，这就是我不断强调作家们应该注重人格与心灵修炼的原因。

# 作家的真诚与良知

在判断一部作品是不是好作品的标准上，我跟别人是不一样的。我更在乎作品能够对世界带来的价值，甚至忽略技术方面的一些别人眼中的毛病。我认为，如果这个世界有它比没有它好，那么它就是一部好作品；相反，假如它给这个世界带来一种灾难性的恶果，那么它就是坏作品。比如，当一部作品把血腥暴力当成英雄气概来宣扬，并且让好多人对这种“英雄气”着迷，导致世界上多了许多暴力事件的话，它就根本不应该存在，无论它的文学技巧多么完美，多么具有影响力，多么畅销，我都绝对不会认为它是一部好作品。

我觉得，好作品应该给这个世界带来一些真善美的东西，而不是带来更多的罪恶、欲望与无知。我的《大漠祭》出来的时候，好多人觉得它里面的人物和生活都非常鲜活，非常生动，但最吸引他们的并不是这一点，而是其中所蕴含的那种“悲天悯人”的气息。好多我本来并不认识的人，都主动向自己身边的人推荐我的作品，正是因为我的作品中有这种气息。他们认为，这是一种作家的良知。现在的文坛和读者，仍然在呼唤一种有良知的作品，一种具有博大胸怀和高远智慧的作品。

虽然很多读者都在呼唤着有良知的作品，但这样的作品仍然非常少。因为，许多作家已经把文学变成一种单纯技术性的操作了，就像好多医生已经把治病救人当成了谋利手段一样。他们不会真正深入到老百姓中间，产生一种血的亲情，而是高高在上，以一种批判者或者旁观者的姿态，来置身事外、生搬硬套地编一些故事。中国文坛不景气的原因，就是老百姓不喜欢虚假的东西，他们在那种虚假里找不到共鸣，不知道它们跟自己有什么关系，而作家又不愿意或者没办法贡献出一些真诚的东西。我的《大漠祭》之所以在凉州非常受欢迎，就是因为它写了真实的生活，老百姓觉得它说出了自己的心里话，因此他们认为《大漠祭》跟自己是血肉相连的。老百姓给外地亲友送《大漠祭》，其原因，就在于他们能在《大漠祭》中看到真实的人生。

当然，我强调的真实，不仅仅是形式上的真实，而更多的是一种灵魂层面的真实。在阅读文学作品时，我也比较喜欢那些刻画人的灵魂和精神世界的作品。我认为，在这类作品中，《灵山》写得很有深度，他写朝圣者的心态，写一种对精神家园的寻觅，这种情感只有那些真正具有宗教信仰或者宗教精神的人才能读懂。作者曾被诊断为癌症，但他没有悲观绝望，而是参透了生命。国内作家达到这种境界的很少。有的学者把作家分为四类：一是写文化，二是图解生活，三是写复杂人性，四是写对人类的终极关怀。许多作家进不了最后的境界。在这一点上，《灵山》可以和西方名家相比。如果不能进入一种宁静的境界，你就读不懂里面的好多东西。国内的作品当中，能够达到或者接近这个层次的，是张承志的《心灵史》。张承志也是一样，他经过“炼狱”使生命得到了升华，才写出了《心灵史》。任何一个作家，如果没有经过这一阶段，不经历一种脱胎换骨式的灵魂历练，创作就不会达到成熟。

我所强调的“真实”，也体现为一种情感和态度上的真实。我认为，文学作品中必须有真挚的感情，作家的感情应该是自然流淌的。托尔斯泰在《艺术论》里指出：“艺术家越是从深处汲取感情，感情越是恳切真挚，那么它就越是独特。”作家如果没有情感、道德意识和正确的世界观，作品就不会有价值。

我在与雷达老师的通信中谈到，我们都曾经是农民，走出农村后，如果不关注农民，钻入象牙塔，搞什么“精英文化”，玩什么“零度写作”，这是不道德的。在一次创作笔会上，有些作家总是抱怨自己待遇不高，国家对自己不公平，或是热衷于功名利禄，或抱怨作品没人看，等等。我对他们说，你有没有想过，自己住着几百元一天的星级宾馆，吃着上千元一桌的宴席时，这所有的享受当中，都有农民的血汗？可是你对他们的苦难却不闻不问，你对整个人类的苦难却不闻不问。有的作家对社会上不断发生的变异，老百姓受到的各种挤压都毫不关心，他们只关心自己有没有得到他们想要的东西。那么，老百姓凭什么要为他们的这种自私埋单呢？老百姓不是不爱看文学，而是我们的作家没有贡献出好作品。有人还搞什么“肉体写作”“肚皮思考”，怎么能赢得读者？关注人类命运的作品，应该成批出现才对，它不应该成为特殊现象。它一旦成为特殊现象，就意味着作家很少关注人类命运，很少关注弱势群体，很少关注人类的灵魂与心灵。

当今中国文坛，许多人仍在玩文学，而不是把文学当成一种精神与灵魂的载体，就是因为他们的心灵没有上升到应有的高度。陀思妥耶夫斯基、托尔斯泰等大作家的写作，是一种灵魂的投入。他们能成为大作家，这是极为重要的原因。

# 善于发现，汲取营养

我的学习非常有意思，就连小学生都能成为我的老师。为什么呢？因为我能从他们的身上发现很多能为我所用的东西。当我从他们的身上汲取了某种营养时，他们就是我生命中的善知识。好书、好人，都是我生命中的善知识，所以说，我的老师非常多。

我很喜欢孔子的一句话，三人行，必有我师。要学会在生活中发现一些非常美、非常有益的东西，从中汲取能让你长大的营养，而不要老是批评别人，不要老是看别人身上的毛病，这样你才能成长。在一次访谈当中，我说，要活到老，学到老，取天下学问，为我所用。铸就光明心，以照菩提愿。

一个人有了大心，同时也要具有一种大力。大力怎么来？通过不断的学习，让自己变成一个巨人，然后才会有大力。有了大力，你才能更好地实现你的菩提大愿。一个孩子，即便他想为世界创造一个伊甸园，他拿什么去创造？有时候，仅仅有一腔热血是不够的，你还要懂得怎么做。这就像你想为社会建造一座大厦，你起码要知道这个地基要怎么打，要准备多少钢筋水泥，要懂得把建筑蓝图规划出来。不懂得这些的时候，你只有一片赤诚之心，也是无法达成愿望的。所以，人必须学会在生活中成长，学会在学习中成长，而不是仅仅满足于自己已经知道的那一点点东西。

当然，你还要拥有一种智慧。智慧是怎么来的呢？它是通过人格修炼得来的。我从很年轻的时候，就开始进行人格修炼。我非常严格地按照佛家的方式来修炼自己的心性，升华自己的心灵。当我通过这种方式放下所有执著的时候，我眼前的世界才真正变成了一个巨大的宝库；当我的心中连“文学”概念都没有，写作仅仅是为了表达一种大爱的时候，心和笔才获得了真正的自由，我也因此感受到一种巨大的快乐。“朵朵黄花皆是菩提，声声鸟鸣无非般若”，我就是世界，世界就是我。就是这样的一种境界。这种境界必须从人格修炼中得来，你从书本中，从简单的感受生活当中，是无法获得这样一种智慧的。感受生活也很好，好的感悟，是生活给你的礼物。但是想要得到一种好的领悟，不但需要敏感的心灵和眼睛，还需要一颗睿智的心。

我举个例子，有的人在经历死亡时感受到的仅仅是一种恐惧，或者是一种巨大的悲伤，但他无法认识到死亡背后的意义。他也许能体会到无常之苦，但是无法从体会无常中得到一种放下的智慧，他仅仅是深深地陷入了这种痛苦当中；而有的人在经历死亡，感受到一种巨大的无常时，却产生了顿悟，放下了很多他以往放不下的东西，进入了一种完全不同的生命状态，在大痛中得到大安，在大死中得到大活，他起码会变得淡然和平静，他的执著会因此消失。他会发现世界上无不可爱之物，生活中也无不可爱之人。他的世界会出现一种异于平常的美，会变得分外细腻和让人感动。世界会向他敞开一扇门，这时他的心不“多愁”，但真正“善感”。世界会变成他的宝库。如果他在这个时候拾起了一支笔，把心里的许多觉受写出来，或者画出来的时候，他的作品就会跟以往完全不同。

我的意思是，同样的经历对于每个人来说，或许有着不同的意义。正如同一句话，不同的人听来，就会有不同的解读。比如，我对两个人说：“你怎么还没吃饭？”一个人可能会觉得我在关心他，但另一个人可能就会觉得我嫌他不抓紧时间，就是这样。不同的心灵，就会看到不同的世界；不同的人，对同一件事情就有不同的解读。

我常用品茶来形容明心见性，尝过龙井的人才知道什么是龙井，见到真心的人才知道什么是真心，因为有的东西是远离文字的。对于文字，有太多解读的方式。一千个读者，读我的《西夏咒》时，就能读出一千个《西夏咒》，但真心是唯一的。真心是不变不坏、无始无终的。空性是究竟的真理，不是说每个人有不同的空性标准，不是这样的。当一个凡夫见到了真心，并且能在生命中的每一分每一秒保任真心，又没有任何保任的概念时，他就是圣者，而不是说要拥有了某种功能才叫圣者。这需要你真正地以一种适合你的方法进行心灵修炼。不修炼心灵，你就无法清洗心灵上的污垢，更无法抵御生活、环境加诸于你的污浊之物。这就像汽车的挡风玻璃上溅满了泥水，你不清理干净的话，开车的时候就很容易出车祸，因为你看不清前面的路。

当你慢慢在人格的修炼中拥有一种智慧抉择的能力时，你就会知道，什么是值得吸取的营养，什么又是应该剔除的糟粕，你会自然而然地明白这些东西。

你不要为自己的学习设置一种疆界，不要说西部文化好，东部文化就没有值得吸收的东西，或者东部文化你就不关心。不要这样。你要有一种大的眼光，要有一种大的胸怀，要从这个世界上的各个角落发现能让自己成长的东西。之所以我说“杂交文化”最有生命力，就因为它反映了人类的全息，不是小地域、小民族、小国家等有很强局限性的文化。当你能够真正接受这样一种文化洗礼的时候，你才能从小小的水井，真正地进入一个大大的世界，拥有自己一片广阔的天空。否则，你感受到的，永远都是一些很小的东西，你的心灵永远都被局限在一个很小的群体当中，难有包容整个人类、整个世界的大眼光。

我年轻的时候非常欣赏家乡文化，难以用一种客观的、批判的眼光来审视我所热爱的这种地方文化。后来，在一次笔会中，我得到著名诗人公刘的点拨。那时节，我对他饱含深情地谈到了凉州文化，公刘说：“雪漠，你要用批判的眼光去看家乡文化。”此后，这才发现了一个新的世界。我跟有些人不一样的是，我能从许多观点中分辨出什么是好东西，然后吸收它，让它变成我的营养。正是这一点，使我从一个农村孩子，变成了今天的我。但我同样经历了一个过程。很年轻的时候，我不知道什么是好书，也没人教我读书，所以我读了大量的垃圾读物，浪费了大量的时间，走了弯路。但是，那段路给了我另外的一种收获，在走过了那样的一段路之后，我开始懂得什么样的书是好书，后来我就开始读一些大文化的书，从一种非常大气的文化熏染当中升华我的灵魂，然后再从读书和生活的方方面面吸收我所需要的营养。所以，我的知识系统包括宗教、哲学、文学，还有一些民俗学等等东西，我将它们全部用于我的文学，而我的文学，则是为了传递我的思想。

要明白，文化是一种精神的载体，文学也是一种精神的载体，它反映的是一个人或者一个群体的心。托尔斯泰、陀思妥耶夫斯基等大作家非常伟大的地方，在于他们为世界贡献了许多非常优秀的作品，更在于他们为世界贡献出一种非常伟大的心灵。当他们的心灵与精神付诸文字，在与古今中外的无数读者发生心灵共振的时候，就会磁化、影响读者的心，让读者也拥有一种感动，拥有一种向往，最起码是能够看到另外一个世界、另外的一种生活方式，而这种东西，是超越了他眼前那片土地的，能对整个世界、整个人类发生作用，能留下一种足以与时光抗衡的价值。正是这一点，使文学具备了比“文学”这两个字更高、更深、更远的意义。

## 枷锁与营养只有一线之差

常有人问我，如何才能有质量地学习？

我总是告诉他们，叫所有知识都成为营养，而不是成为枷锁。不过，虽然谁都知道营养和枷锁的差别，但真正能在生活中清楚区分的人到底有多少呢？能真正区分又能在生活中生起妙用的人，又有多少呢？有的人仅仅是记住了这句话，并能在文章或者与他人的交谈时引用到它，一旦面对生活，又是另外的一种姿态。那么，这句话对于他们来说，就是一个毫无意义的装饰，甚至是一种枷锁。因为这句话没有对他们的生命产生影响。

换句话说，衡量一种东西是否真正成了你的营养，要看它是不是影响了你的生活方式。我举个例子，你喝了牛奶，补充了相应的养分，但你的身上再也找不到牛奶的痕迹，这就叫吸收了营养。就是说，你学会了某种知识，将其融会贯通之后，无须牢记它的概念与形式，在你的写作甚至日常生活当中也能灵活运用之，这就叫营养。

那么，什么是枷锁呢？如果那知识和经验，在你的生命当中，仅仅是一种僵死的教条，你不能驾驭它们，反而被它们束缚了，那它们就是枷锁。它不但不能帮助你成长，反而限制了你心灵的自由。

我举个简单的例子，我唱西部民歌时，从来不考虑技术上的问题。我会为了心中涌动的爱而唱。这时的唱，是灵魂的流淌，是自然天成的。我收获到的，是一种巨大的快乐。而西部民歌中那大爱的力量，也会滋养我的心灵。我不在乎自己唱得好听还是不好听，也不在乎有没有人为我鼓掌。但时下的许多歌手就不一定这样。他们一边唱，一边在乎自己的声音是否迷人，一边注意着是否有人喝彩，还会考虑一些技术问题。同时，他们还希望用自己的唱来换取一些东西——如他人的好感、他人的认可，某种金钱等物质的利益。当然，这也无可厚非。但问题是，要是他们过于在乎外物，便无法真正享受唱歌本身的那种快乐了。有一个非常优秀的歌星，他拥有一个很大的舞台，他本可以尽情地歌唱、尽情地享受人生，尽情地享受爱，但他却因为某种不满足，患上了忧郁症，后来自杀了。人生就是这样，当你想用自己的某种行为来换取外物的时候，你就可能会衡量自己的期待与现实之间的距离。当这中间存在一种巨大落差的时候，你就会感到痛苦。你欲求的高度——我们称之为“贪”——决定了你的痛苦程度。比如，前面提到的那位歌手，他是个完美主义者，他对生活的要求非常高，即便万千宠爱在一身，也仍然不能满足，因此他所感受到的，是一种地狱般的痛苦。他到处寻找解除这种痛苦的方法，把希望寄托在别人身上，但唯独没有叩问自己的心灵，没有在自己的心内寻找救赎之法。很可惜的是，真正能让一个人得到救赎的，不是神佛，也不是心理医生，而是他自己真正的明白。只有他敢于坦然面对自己的灵魂，愿意以一种正确的方法来改变自己的心灵时，他才能真正得到解脱。其他心外之法，就像西医开给你的消炎药一样，或许能让你在当下好过那么一点点，但每当你受到外来刺激的时候，就会旧病复发，甚至病入膏肓，就是这样。

再比如，不同的人对待戒律的态度不一样，有的人在学习戒律时，会从中汲取一种选择的智慧，而有的人却只能从中感受到一种巨大的束缚和压抑。其区别在于，前者认为守戒为了自己，后者以为守戒为了别人。有的人得了病，医生说他不能吃这个、不能吃那个，他就觉得自己受到了束缚，甚至不想再去那家医院看病，但是他不明白，医生叫他戒口，是因为他的身体目前不适合某些食物，因为可能会加重病情。他不明白，医生叫他正确地取舍，真正的受益者还是他自己，跟别人并没有多大的关系。

人与人之间的区别，有时仅仅是对待选择的态度。有的人明白道理，明知自己的行为会导致某种结果，却仍然不愿拒绝眼前的诱惑，来换取一种真正的快乐。这正是我们最可悲的地方，不是吗？我们总是连一点点痛苦都不想忍受，连一点点东西都不愿失去，但生活需要我们学会选择，需要我们做出取舍。我们不可能什么都能拥有。每个当下都是选择，你选择在这个时候吃饭，就不能在这个时候睡觉；你选择在这个时候学习，就不能在这个时候陪恋人逛街。就是这么简单。

有时候，一个人的痛苦，仅仅在于他做出选择的同时，又不愿意放下自己必须舍弃的东西，这就构成了一种巨大的矛盾。人生中的许多美好，就是被这种纠结消解了。但是，有多少人能明白这一点呢？能明白这一点的人，必然能拥有更高的生命质量，因为他知道，应该如何面对这个世界，如何面对整个人生。

能做出正确的选择，是一种智慧的表现。要让你接触到的现象也罢，文化也罢，知识也罢，都化为你的营养，而不是枷锁，这也是一种智慧。当你真正拥有一种智慧的时候，就能从各种现象中，挖掘出能令自己成长的东西，而不是简单地往自己的信息库里面填充一些毫无意义的数据，更不是为自己搜罗一种茶余饭后的谈资。这种能令自己成长的东西，绝不是某种形式，更不是某种技巧。当然，形式和技巧也很重要，但是当你拘泥于它们的时候，它们就会变成一种枷锁，束缚你的心灵。比如说，假如你看过一本谈文学理论的书，然后牢牢记住里面讲到的所有理论，在每一个写作的瞬间，都想起它们来，并且用它们来评价、制约你自己的写作，那么，你必然会变得畏首畏尾，写不出真正的好东西。为什么呢？因为你的心就像一匹被牢牢拴住的野马一样，根本就没法自由地奔驰。

当我们经过训练，具备了某种能力之后，就能时刻保持一种警觉，在生命的每一分每一秒中观照自己的心灵。这一点，别人是不能为你代劳的，包括你的老师。

有一次，我在QQ群访谈中，谈到“以出世之心做入世之事”的时候，曾经有网友问我，行为积极时，何以知心态平和？我告诉他，如鱼饮水，冷暖自知。只有你自己才知道你在激烈竞争时是不是心态平和。这是“自证分”。就是说，你不能仅仅套用某种形式，必须了知自己心灵的真实情况。只有诚实而清醒地面对自己的心灵，保持一种包容的态度，万事万物才会化为你心灵的养分，而非你心灵的枷锁。所以我说：“心大则诸法为营养，心小则举世皆绊索。”

# 精华与糟粕之间的抉择

无论什么时候，智慧的抉择都是非常重要的。你要知道什么是好东西，自己应该吸收什么样的东西，什么东西是你应该拒绝的。你的心里要有这样的自觉。

我举个例子，在凉州文化中，有非常好的地方，它是一种倡导和平、拒绝暴力的文化，但它同时又有一种消极的东西。比如，凉州人都会说："今朝有酒今朝醉，不管明天喝凉水。"当这片土地上盛行这种文化时，会产生一种什么样的现象呢？这里的大部分人就会保守、不思进取，这里的发展就会停顿。好多人认为，这是佛家思想给人们带来的影响，其实不是这样的。真正的佛家，是积极进取的，像香巴学派的唐东喇嘛，他就倡导积极入世，解决百姓的疾苦。他不会认为什么都没有意义。他不是两眼一闭，躲在山洞里清修，自享其乐。他不是这样的。要是他消极出世的话，他就不是什么大德，而仅仅是一个莫名其妙的老头，他的境界再高都没有任何意义。真正的佛家是最积极的，因为它教人们改造自己的心灵，通过改造心灵改变自己的命运，追求绝对自由，追求绝对快乐，追求一种不会被外部世界所撼动的自主，这是非常重要的。或许某些凉州人接受了的，仅仅是佛家中的糟粕。

我所倡导的西部文化，并不仅仅是凉州文化。我说的“西部文化”，主要指充满了善美信息的文化，像大手印文化等等。不过，大手印文化的“祖庭”虽在西部，但它也是普世性的，凉州文化中有它的气息，中国文化中有它的气息，东方文化中有它的气息，西方文化中也有它的气息，乃至整个人类的优秀文化中都有它的气息。它是人类文化的精髓，是最优秀的文化之一。我之所以要倡导它，要弘扬它，要抢救它，是因为它告诉了我们，如何通过升华自己的心灵获得绝对的快乐与自由，如何活得更像一个人，如何为这个社会贡献一种非常美的东西。它充满了这样的一种信息。它对整个社会、整个世界都是有益的，因为它是一种可以让世界真正变得和谐的文化。它不是通过摧毁人类的梦想和追求、让人变成毫无生活目标的机器，或者某种动物，而达到一种虚假的和平，而是通过一种智慧与大爱的熏染，让人在生活中摆脱虚幻假象的蒙骗，找到自己更应该追求的东西，能够让生命实现一种更大的价值，让虚无的生命变得更有意义。它跟现在社会上的流行文化是完全不同的，是另外的一种声音，它所倡导的，也是社会上好多人都不知道的一种生活方式，这种生活方式当中，藏着一种让人们变得幸福的密码。所以，我愿意尝试很多种现代的方法，比如网络、媒体等等，仅仅是希望自己的声音能更大一些，让所有正在寻觅这种生活方式、寻找这种声音的人们，都能听到它。我更希望，接受了这种文化的人们，能够真正地改变自己的心灵，用自己所有的行为来实践这种文化，改变自己的命运，比昨天过得更好一些。这才是真正意义上的修行。

但是，现在好多人在学习时，反而会选择一些急功近利的东西，比如某种技巧、某种理论等等，这本身并没有错。不过，当我们仅仅学习“术”，而不升华自己的心灵，不让自己拥有一种智慧来驾驭“术”的时候，我们反而会为“术”所控，远离大道。当我们会迷恋某种工具，依赖某种工具，那工具就会化为枷锁，来束缚我们的心灵。其根本原因，是因为我们迷恋着某种工具，想达成某种目的。要知道，有求皆苦，无欲则刚。有所求，便有所执著，有执著，便无解脱。

我举个简单的例子。有的人做医生，不是为了治病救人，而是为了谋得一份好工作，有好的待遇和好的福利，有好的发展，就会获得好多人的认可，进而有一个所谓的好的人生。他不知道，人们的认可仅仅是一种无常的看法，是一点点情绪，它随着外部刺激而产生，但条件没了时，它也就没了，留不下什么东西。再者，我有一个朋友，他得了一场重病，仍未度过危险期，他那结婚好多年的老婆已经开始筹划了，要么离婚，要么等他去世之后继承财产。他们刚装修好的房子，也不知道会不会为别人做了嫁衣。人生就是这样。当我们将快乐生活的所有希望都寄托在一种无常的东西上面，就难免会遭受改变带来的失落与痛苦，还可能承受对未知的巨大恐惧。为了消解这种恐惧和痛苦，我们希望能得到永恒，但这世界上除了真理之外，哪有永恒？这种对永恒的要求，本身就是一个不可能实现的愿望。但是，有的人为了追求这种注定失望的希望，却搭上了自己的良知、健康，甚至生命。这值得吗？

时下，好多人在写文章时，会学习一些心理学的知识，对人类的心灵进行非常理性的分析。有时，那种分析中，甚至会少了一种人性本有的悲悯。但是，我们不能没有一种悲悯之心，而仅仅以一种理性和冰冷，来图解生活，或图解人心。当然，我并不是否认心理学的价值。心理学本身很好，我也从心理学中学到了很多东西，但是我始终明白，真正的心理学应该首先参悟自己的心。真正的文学，也应该首先感动自己。如果一种文学连自己都无法感动，而仅仅是令自己孤芳自赏的话，它对别人来说，对世界来说，是没有任何意义的。因为，一切物质化的存在，都难免经历“成住坏空”的过程，是不能永恒的。所以，这个世界上，真正需要的，不仅仅是一个人的肉体，或一个事件的过程。它需要的，是一个人或一件事所承载的精神和价值。这种价值，可以是物质，但更多的，应该是一种精神，能让世界变得更美好，能让世界多一点快乐与温暖，能让世界多一份美。这才是真正的佛家所倡导的。不明白这一点，而仅仅是在形式上接触佛家的话，并不是真正的佛家修行。

我们所说的修行，“修”的是“行”为，但首先就要修心。我们的写作，也应该传达一种精神。文字是精神的载体，是灵魂的载体，毫无精神、远离灵魂的文字，没有任何意义。以一种负面的价值观、世界观来污染整个世界的文学，或是让世界变得越加污浊不堪的文学，还不如不存在呢。当然，这只是我的文学标准。但我觉得，它或许能为别人提供一点点信息，引起他们的一点点思考。

其实，人类一直在思考。思考什么呢？思考着如何才能永恒，如何才能快乐。人类从很早的时候，就开始了这种叩问和追寻。整个人类社会，整个人类文明，就是因为这种最原始的思想驱动力，而走到今天的。但人类始终没有一个确定的答案。有的人认为自己找到了，其实没找到。有的人确实找到了，有的人一直都在寻找，有的人却在寻觅的过程中放弃了。这种不同的命运，由谁决定呢？它由每个人自己的心灵决定，而不是某个神秘的存在。我们每一个当下的选择，决定了我们每一个当下的行为。那每一个当下的行为，就组成了我们的命运。你可以否认许许多多的观点，但你无法否认这个事实，正如你无法否认世界是变化的这一事实。

人说我的作品中有利众的大气，它其实来自大手印文化。我创作时的活力，则是香巴学派给我的生命激情。我在走进宗教的时候，选择了它的营养，而不是它的形式或名相。我把宗教给我的所有营养，把其他文化给我的所有营养，都用于我的文学创作。我对民间文化、传统文化也进行了大量地研究，它让我获得了一种有益于当代人的营养、一种更贴近自然和本体人性的营养。

当然，不光是凉州，不光是香巴学派，也不光是大手印和佛家，整个世界都是我的营养宝库。因为，我会在其中不断发现闪亮的、值得我去学习的东西。所以，常有人说我的小说不仅仅是一本小说，而是一个世界。当然，对于那些寻觅永恒和真理的人来说，它还是一种可以指导实践的生命文本。

如果你懂得做出正确的选择，汲取营养，拒绝糟粕和污染，那么你的人生必然要精彩得多。至于选择的标准，我在新浪微博的一次《不读书与心灵死亡》主题访谈中说过，分辨好书和毒药，就看它是让你清凉、明白、慈悲、快乐，还是增加了你的贪婪、愚昧、仇恨。在你分辨文化中的精华与糟粕时，也可以套用这个标准，其中的秘诀就是，你要在生命的每一分每一秒当中，非常清醒地观察自己的内心，不要在欲望的驱使下，以各种各样的借口来放纵和欺骗自己。

## 找到自己的生命之根

我在《热血·厚土》中说过："当一个作家真正拥有了他的家乡，并成为一种文化代言人的时候，他就能相应地拥有一个丰富、独特的心灵世界。这个心灵世界，可以和外部世界平等对话。内外两个世界，具有同等的价值。"后来，有人又问我，什么叫真正地拥有了自己的家乡，如何判断自己是不是真的拥有了自己的家乡？

我告诉他，当你真正地吸收了家乡文化的精华，并能够"学以致用"时，你就真正地拥有了自己的家乡。这时，你才有可能成为一个真正的作家。真正的作家吸收了他所在的那块土地、文化、行业领域的精华之后，就会成为这块土地上非常重要的文化传承者，成为其文化和精神的重要载体，把这块土地上的文化弘扬出去，为这个土地贡献一种非常美的东西。所以说，文化是土地之魂，而土地是文化之魄。土地之美，由文化来表述，而文化的根系又深埋于这片大地。所以，文化不应掠夺土地，土地也不应挤兑文化。

我举个例子，我很爱我的父亲。小时候，村里人叫他“大人”，因为他叫“陈大年”，长得很高大，说话声音也很大，我们的生活虽然很清贫，父亲却很大气。村里人于是“大人”“大人”地叫他。他虽然不识字，但他的身上有许多叫我难忘的东西。我自小就很爱他。但是在一种巨大的爱当中，我仍然明白他不是一个完美的人，我知道他有他的愚昧之处，但我仍然很爱他。我从他的身上继承了许多好东西，包括与人为善，包括对社会与他人的一种责任感，还有其他好东西。读者可以从《大漠祭》《猎原》《白虎关》中的老顺身上找到我父亲的影子。那些东西对我来说，就像我生命本有的信息，因为从我很小的时候开始，它们就随着生活的每个细节，深深地渗入我的灵魂深处，像基因代码一样，变成我生命的一部分。我不但会在作品中传递着父亲的讯息，还会用行为来向他人诠释我所传递着的这种信息。当然，在我的传递中，也有我自己的新东西，因为从父亲那里承继的东西，经过我在生活中的咀嚼与消化，变成了一种更加鲜活、更加适应这个时代的东西。我加入了一种时代的思考。这种思考，是一种与时俱进，而不是全盘地否认与拒绝。因为我相信并且尊重父亲的存在价值，想要将父亲身上最美的东西传承下去。

同样道理，当我深爱自己扎根的那片土地时，也不会忍心用任何一种行为来伤害它，尤其不会用一种莫名其妙的东西来消解它本有的一种美，即便这种美已经呈现出一种老态。我会像继承父亲的某种传统一样继承它，用自己对新时代的理解来更新它，让它更符合现代生活的某种需要。这种传统，也许是一种精神，也许是一种品格，它不仅仅是一种形式。但现在最可怕的是，我们国家的传统文化正在逐渐的消亡当中，西方强势文化正在飞快地对我们进行着文化的侵蚀。现在，过元宵节、七夕节的人越来越少，我的家乡有些人甚至在过年时也不贴春联了，却有越来越多的中国人，而且是非西方宗教的信仰者，在过着圣诞节与复活节。这些西方文化符号所承载的某种信息，正在无声无息地侵蚀着我们对土地的某种感情，侵蚀着我们对过去的某种依恋。当然，我们没必要停留于过去，更没必要拒绝新的东西，但是，我们同样没必要因为吸纳了新的信息，就全盘忘却传统文化中一种非常美、对人类非常有益的内容。我们应该明白，这样的信息当中，存在着一种对人类非常重要的东西，那就是一种大爱。

但是，这个时代的许多人都势利了，当家乡给他们带不来实际利益的时候，他们就会忘了家乡——就像有的人因为自己的父亲没办法给自己找一份好的工作，或者没办法给自己买一栋好的楼房，就忽略了他的感受，甚至忽略了他的存在，甚至不肯承担一份子女应尽的孝道，这是非常可怕的。虽然记忆是不断消失的东西，但你仍然应该记得一份感动，你应该记得，如今年迈的父亲，曾经用自己青春的付出，换来了你的健康成长。有的时候，他们甚至为了你而牺牲了自己的梦想。你可以不认可他们的选择，但是你应该记住这份爱，把这份爱牢牢地珍藏在你的心里，你应该懂得珍惜。你应该知道，自己拥有的这种东西，它是必然会消失的，你能做到的，仅仅是好好地去珍惜。这种东西，包括在你生命中扮演过重要角色的一切，以及你的亲人、伴随你成长并在你生命中留下重要印记的那种文化。

凉州文化中有一些糟粕，是我也反对的，但是我仍然会弘扬它精华的那部分。我总是说，凉州贤孝决定了我作品的基调，它所蕴含的那种悲天悯人的宗教情怀，从童年时代起就一直影响着我和千千万万的凉州人，它在我们的心中种下了一颗非常美的种子。这个种子能够结出的果实，是对整个人类、整个世界都非常有益的。因此，我总是利用一切机会，在网络上，在报刊上，在电视上，尽可能地传播我所承载的文化与思想，尽量放大自己的声音，为的就是保存一些有益文化的火种。为此，我不在乎自己是不是会被别人误解，是不是会受到别人的质疑，我不在乎这些。

我认为，真正的文学不应该在乎这些。文学，是人的文学，它表达和承载的，是人的心，是人的思考，是人的某种精神，是人的某种坚持，是人的某种智慧，是人所认知的某种真理。真正的文学，应该非常质朴地，去除一切机心地，直抵人心，直达人类灵魂的深处。相反，那种卖弄文字技巧、卖弄某种时髦的价值观与生活方式、卖弄某种姿态的作品，我认为仅仅是一种毫无意义的写作，远远谈不上真正的文学，而它们所宣扬的某种精神，也远远谈不上真精神。真正的作家，就应该像那些时代的巨人，如托尔斯泰、陀思妥耶夫斯基们那样，以自己博大的胸怀与悲悯的精神，照亮这个世界，至少为这个世界保留一些善美的火种。

所以，我们首先要找到自己的生命之根。因为，只有找到自己的生命之根，智慧之树才会常青。但生命之根并不是专指某一片土地，更多的是指心中的一种依怙，一种心灵的依归。真正的生命之根，是心灵之根，是发自内心的一种爱。找不到怎么办呢？你要首先改变自己的心，去除你心中的功利，去除你心中的欲望，去除你心中对世界的贪欲和不满，以一颗赤子般单纯的心，来观察这个世界，感受这个世界。心一变，你就会发现，世界上无不可爱的东西。因此，我常常说，真正的爱是发自内心的，甚至无须培养或者寻觅。真爱是远离有为、造作和功利的。有了功利，就不是真爱。真爱，只需要等待。

## 放下小我，观察世界

熟悉我作品的人会发现，我的创作对象多为一个家庭，或是一个独特的群体，这是跟我的人生修炼息息相关的。我虽然喜欢离群索居，但我的生活积累很多，不曲折，却非常丰富。我接触了很多别人眼中的“奇人”，他们都是一个个世界。利用修行这种便利，我也经历了很多别人未必经历过的事情。而且，即使在经历与别人相似的事时，我所关注的东西和我的生命体验，也是非常独特的。正是因为这一点，我的作品中就有了一种别的作家写不出的东西。

《大漠祭》《猎原》《白虎关》出版后，有个记者问我，你的创作为啥多反映一个家庭的命运？我告诉他，如果我可以选择的话，我会用一生的时间去写一个家庭。因为，一粒露珠可以折射出一个世界，每一个家庭都会随着时代的变化而变化。一个作家只要用自己的智慧去观察这种变化，把它作为一种历史画面保留下来，就等于定格了时代的变迁。能写好一个家庭，就等于写好了这个世界。

时下，当代许多作家追求一种所谓的大气派，动不动百年千年，却不明白，真正的历史画卷是日常生活，而且是老百姓的日常生活。我也随喜他们，只是，谁有谁的使命，谁有谁生命的位置。我不愿意跟在别人后面人云亦云，或者迎合不同人群的口味，去写一些我不熟悉的东西，说一些我不愿意说的话。比如，我就不会去写职场小说。我更愿意把我经历过、见证过、实践过的一种东西保留下来，生活也罢，思想也罢，灵魂的历练也罢，什么也罢。正是源于这样的一种想法，才有了“大漠三部曲”的诞生。我的《西夏咒》《西夏的苍狼》《无死的金刚心》，同样想定格一种我感悟到的独特存在。我只想贡献我之独有，我不想编造世之所需。

因为，中国农业文明正处在消亡转型中，历经几千年的农业文明很快就会从历史的视野中淡出，这段生活很快就会消失，但把这段历史用文学形式反映出来的作品并不多。国外有些经典做到了这一点，但是国内却一直没有诞生出反映这段历史的伟大作品。新中国成立后的文学，更多的起了一种传声筒的作用，并没有反映出真正的时代。过去的生活不断在流失，再也找不到了，将来的生活必然会被一种新的文明所取代。很可能，我们面临并要描写的东西会成为千古绝唱——我所谈到的，甚至并不仅限于农业文明。

随着社会科技和经济的不断发展，时代不断变化着，时代问题层出不穷，时代思考也在不断转换。传统不断被新的时尚否定，优秀文化在不断流失。真正的作家，应该有一种自觉，应该有一种高度，应该有一种胸怀，应该有一种担当。要看到曾经滋养过我们的很多东西，正在被时光无情地吞噬。我们不要仅仅描写自己心里一点小东西，不要仅仅向世界倾诉一些小东西，不要仅仅盯着眼前的一点点稿费、版权，或者人们的欢呼喝彩。当然，这些东西也很好，但它们不足以成为一个作家真正的追求，因为它们只是一种虚幻无常的东西，是不可能永恒的。真正的作家应该明白这一点，去追求一种比眼前的喧嚣更久远的东西。当你用自己的文字来承载一种大精神的时候，你的笔就能影响无数的人，让别人也拥有一种向往，一种坚守，让别人活得更好，你自己也会依托这种影响而超越肉体的局限，在虚幻中建立一种相对永恒的存在，而不只是让自己获得一些你必将很快失去的东西。

当一个作家仅仅追求一些虚幻无常的心外之物时，他是看不到世界上真正的美景的。他只能看到人类在追逐着什么，但看不到人类需要什么；他只看得到自己那种求之不得的苦，却看不到整个人类的苦难；他看不到整个人类的希望，也看不到人类在灵魂挣扎中苦苦呼唤超越与自由的那种美，看不到无私心灵所投射出的水晶般的光芒……他的心中没有一种远离实惠的陶醉，没有一份升华灵魂的追求，没有一种非常美丽的向往。当一个人的心中盛满功利的时候，他眼中的整个世界，就都是功利的对象和目标。所以我常说，一个作家最应该做的事，就是修炼自己的人格，升华自己的心灵，追求一种智慧的觉醒。

在我所有的小说创作中，有将人类最微妙的情感和人性放大的部分，但我更多的是强调一种智慧，一种对生命的感悟。比如《猎原》中豁子进火化炉的情景——在《白虎关》《西夏咒》《西夏的苍狼》，以及最近出版的《无死的金刚心》中，这类内容会越来越多——但是好多作家没有我的感受那么强烈，因为他缺乏那种体验。他们在浮躁的环境中，心也变得很浮躁，很难感受到那种大无常。当他们的智慧达不到一种层面时，对好多东西，他们是会视而不见的。他们或许有非常好的才华、非常好的技巧、非常好的学养，但是他们仍然需要在生活中历练，去除一些欲望性的、障碍性的东西，唤醒一种生命本有的智慧，用一双非常清醒的眼睛和一颗真正善感的心灵来观察这个世界。当你能够做到这一点的时候，你的灵感就会像源源不断的泉水一样，奔涌在你的生命当中，你就能拥有一个真正的智慧文化宝库。

西北师范大学的张明廉老师曾将我的创作比喻为一座正在喷发的活火山，说是每一部作品都有叫人惊喜的东西。有人问这是什么原因？我告诉他，因为我有一个巨大的智慧宝库，这个宝库不只是凉州，而是一个偌大的世界，更是我自己觉悟的心。有时候，我每到一处，看到外部世界时，我也会反思我的家乡。这时，我的灵魂中会产生一种巨大的战栗，那多种文化的碰撞，会让我得到许多不同的好东西。我会通过文化之间的对比，发现它们真正的意义，没有对比，就看不出其优劣。当你不断意识到一些东西的时候，你就会知道自己下一步应该怎么做，应该怎样完善你人生的构建，这所有的思考都会随着你的文字展现给这个世界。至于我的内心世界，因为明白、宁静、一片光明，更显得无与伦比。它甚至比我看到的世界更丰富、更博大、更复杂。

但是，有些作家却守着宝库不会开掘，他们缺乏的，其实是一种眼光和胸怀。当他的眼界非常开阔，心灵得到升华之后，就会发现以前没有发现的好多东西。当然，这种灵魂的触动，也需要好的机缘和时机。这就像掘隧道一样，你掘呀掘呀，掘到快要通了的时候，遇到那最后一击，就会豁然开朗。当年，《大漠祭》出版后，我应邀到上海，站在上海外滩的时候，我就有这种感觉。在强大的东西部文化的反差之下，我发现自己确实置身于一个巨大的艺术宝库当中。

上海的吴金海老师管我叫“阿里巴巴”，他说我手里有着开启宝库的钥匙，随时可以进入一个独特的世界。他说我有一种特殊能力，就是每到一个地方，马上就会发现这个地方非常优秀的东西，但好多作家做不到这一点——他们往往会忽略生活和文化中一些非常美的细节与特点。这倒是。我善于发掘人和事物的优点，善于发现能够丰富心灵世界的那些营养和宝库，所有的采访也罢，体验也罢，都是为了达到这个目的。比如，好多人都说东莞是文化沙漠，但是当我来到这里之后，发现事实不是这样，这同样是一个跟凉州不一样的大宝库。比如，东莞有一种“木鱼歌”，表面看来只是一些瞎子、盲艺人弹唱的古旧民歌，但其实它的内容像敦煌学一样博大，它承载了那块土地上一代又一代人的信息。它很像凉州贤孝。在《西夏的苍狼》里，我就写了木鱼歌和凉州贤孝的相通之处——它们的形式是相似的，精神也是相通的。好多地方都有类似的东西，比如在温州也有一种鼓词。任何地方都有这种好东西，但它们往往被当地的文人忽略了。为什么会被忽略掉呢？原因在于，当一个人的心灵被各种欲望所遮蔽的时候，就好像乌云遮住了太阳，是看不到多少光明的。这时候，他们不会去注意那些不是流行时尚的东西，因为这些东西不能给自己带来眼前的利益，当然就不可能发现其中那些博大和精深。

我为什么要说这些话呢？因为我想用我的人生实践，告诉有着文学梦的朋友：不要认为自己身边没有可写的好东西，不要认为自己的梦想不能实现仅仅是因为没遇到相应的机遇。首先，我们要点亮自己的心，才能发现身边的宝藏。当一个人真正地升华了自己时，整个世界都会对他敞开一扇门。当你真正愿意去改变自己的时候，你会发现，好多曾经认为非常困难的事情，其实都不如你想象中的那么复杂，也不如你想象中的那么可怕。正像阿里巴巴只要找到了宝藏，他只需叫几声“芝麻开门”，那宝藏之门就会开启。

## 如何发掘文化中的宝藏?

我们常常会发现，一个人在一个地方生活了很久，就会对那里的一切熟视无睹。看起来，这是因为他太熟悉那个地方了，然而，当你问到当地的文化特征、民众心态时，他仍然有可能会张口结舌，啥都说不清。为什么呢？因为他不懂得发现，不善于思考，也缺乏这样的意识。

我跟他们不一样的是，我从小就知道发现的重要性，因此一直在有意识地训练自己。每进入一个文化圈，我就会像海绵吸水那样，吸收当地文化的精华，让自己的心灵变得更加博大。最后，这样的吸收，就变成了一种挥之不去的生命习惯。我甚至不用去选择，也能轻易发现每一个文化圈中的好东西。

例如，2004年，我进入藏区，挂职担任甘南州文联主席助理。那段日子里，我尽量以流浪的方式贴近底层。那里的狗很厉害，而且经常咬人，所以我专门请了一位当地的老人，教我如何使用“打狗棒”。所谓的“打狗棒”，跟武侠小说里描写的不一样，它是在短木棒的一端拴上一根绳子，狗们朝你扑来的时候，你就一圈一圈抡那木棒。有经验的狗，一见这阵势，就不敢上前，只是站在一边狂叫；没有经验者，仍然会扑上来，你就只好打它了，但这都是出于无奈，故而从没遭人埋怨。这在当地，算是一种比较常见的现象。

当时，为了取信于人，我总是带着《大漠祭》，因为上面有我的相片。人家一看那书，就知道我并非骗子，而是真的采访来了。于是牧民们将我迎进家中，跟我交朋友，告诉我他们的故事、他们的生活与他们的疾苦。有时，我也会深入寺院，跟僧侣们交朋友，进入当地僧人的精神世界。因此，在那段“流浪”的日子当中，我收集了大量鲜为人知的素材。

在采访之余，我还学习了甘南文化、藏文化、草原文化、宗教文化、陕北民歌、新疆文化和青海的“花儿”。我发现，虽然同样是多种文化的交汇地，但凉州与甘南的文化却是迥异的。这两种文化在我的心中不断撞击，迸发出一种更为耀眼的光芒，让我多了一份大气，多了一种人文关怀和利众精神，也让我对过去熟视无睹的凉州文化有了新的发现。这样一来，我后面的创作与思考，就能上升到人类学的高度，我的作品也有了一种更大的价值。因此，我后来才能创作出《西夏咒》《西夏的苍狼》和《无死的金刚心》那样的作品。

甘南文化是中国文化中独特的一块，它汇集藏传佛教文化、汉族正统文化、伊斯兰教文化等多种文化，形成了包罗万象、丰富多彩的文化局面，其文化精神渗入了当地的自然、人文、文学、生活当中，又与凉州文化不太一样。它像敦煌学一样博大精深，在建筑、文学、宗教、戏剧、历史等诸多领域，都有其独特价值，值得学者们花大力气去研究。此外，这里的诗歌、习俗、神话传说、历史等诸多文化形式，都具有惊人的文化含金量。

在甘南文化当中，处于核心地位的，是拉卜楞寺文化。拉卜楞寺是藏传佛教的著名寺院，几百年间，这里诞生了一批又一批文化大师。比如，更敦群培这样的伟大学者，最早就是由拉卜楞寺培养出来的。在这里，我采访过一位来自临夏的僧侣，他受伊斯兰教的影响很深，但最终还是当了喇嘛。他的身上，就体现出甘南文化的一个显著特征：杂交后的包容。

拉卜楞寺有很多僧人都不是本地人，他们就像百川入海一样来到甘南，进入拉卜楞寺。随着他们的进入，许多地域文化便融入了拉卜楞寺文化，也融入了甘南文化。我在夏河桑科草原等地进行民俗人文考察之后，又深入临夏、阿坝、甘孜等甘南周边地区，采访了一些跟甘南文化渊源极深的大学者和大活佛。后来我发现，对于甘南文化目前呈现出的博大辉煌，临夏、四川藏区文化可以说是功不可没的。

我在《初心》（上册）中专门介绍过一种藏传佛教文化，叫作香巴学派文化。这种文化与拉卜楞寺文化的渊源就相当深厚。多年前，我花了很长时间，专门研究和实证这种文化，深入其中，得其心髓，最终获得了大利益。可以说，它使我拥有了一个博大的新世界。关于其中的过程，以及香巴学派文化的详细内容，有缘者可以在《初心》（上册）中读到。

目前，我们对香巴学派文化、拉卜楞寺文化等宝贵文化的发掘、研究、弘扬力度还远远不够，以至于整个世界对此类文化都非常陌生。许多这些文化的传承者，都悄无声息地离开了人世，没有在中国文化史上留下自己的名字，殊不知，他们中的许多人，或许才是真正意义上的文化巨人。而他们带走的好多东西，也正是无法再现的文化遗产。包括他们留下的许多著作，也苦于无人翻译，至今仍在尘灰堆中喂着蛀虫，又或者在一些意外的灾难——比如火灾、水灾、地震等等——中永远消失了。抢救这些文化，跟抢救凉州贤孝等传统文化一样，是迫在眉睫的。

除此之外，我在民勤等沙漠地区，同样发现了大量急需挖掘的文化宝藏。在这些地方，一些极富价值的文化典籍，以前是以手抄本的形式流传在民间的，甚至还有私人写成的地方史，记录了明朝初年到民国年间，这片土地上发生的诸多故事，由一代又一代的地方文人书写而成，流传至今。然而，当地知之者甚少，对其分外重视的，反而是一些外国学者。在中国西部，这样的事情还有很多。随着一批批老学者、老文人的去世，加上一批批无知之徒的糟蹋，许多文化宝藏不断淹没在历史的尘埃之中，而现在的许多学者专家，却仍然躲在书堆里搞研究，对民间那些更有价值的学问不闻不问。这是多么可悲的事情？更可悲的是，许多学者、作家自己意识不到这一点，反而觉得身边没有值得去研究、去挖掘的东西，总是换着法儿地，在生活的表面、文化的表面做文章，白白地浪费了大好时光。

我告诉大家，不管走到哪个地方，我都能接收到大量的文化信息，其中的滋养，常让我有一种目不暇接、头晕目眩的感觉。但我觉得这还不够。为了增强文化敏感度，我常常交叉采访，促使各种独特的文化在我心中交错、撞击、对话、融合，从而发现更深的东西。在这个过程中，我的心灵世界不断变得更加博大，我笔下的世界，也随之变得愈加博大。

如果你暂时做不到这些，也没有关系。你可以从细处下手，不断训练自己。等你慢慢养成这样的一种习惯之后，你看到的世界，你心中的文化，就会越来越深刻，越来越丰富，那么你的作品中就会呈现出一个博大的世界。

## 唤醒心中的大爱与大善

常有人问我写作技巧，比如：怎样生动地刻画一个人？如何想出一句非常美妙的话？如此等等。我告诉他们，这些东西都不是我想出来的，我也不懂什么写作技巧，我仅仅是将一些活在心里的东西展现出来，仅此而已。我的作品，都是从灵魂深处流淌出来的文字，而不是自己刻意为之的东西。因为出自真心，自然成趣，所以才能感动人心。这就像你在面对某个大自然美景时，自然会产生一种美妙觉受一样，那是无法解释，也很难描述的。

不过，心不同，看到的世界也不同。比如，对于沙漠和戈壁，在一些人眼里仅仅是死寂，我读到的却是浩瀚与壮美。有时，我甚至无法用言语来描述那种觉受，但我可以向你展示那种生活画面，让你借助我的文字，跟我的灵魂对话，让你去触摸那份感动。

我的灵感，往往就来自于那些感动。它同样来自大爱——对这个世界的爱，对这个世界上形形色色的人类的爱，对这个世界上与我们一起分享空间与资源的所有生灵的爱。这种爱是来不得一点伪装的，它很像母亲对孩子的那种情怀。真正的母亲对孩子天生就有着一种母爱，她不计回报，不怕付出，恨不得用自己全部的生命，来成全自己的孩子，让孩子拥有一个成功和幸福的人生，为此，她可以牺牲自己的一切。这不是因为她的孩子有多么优秀，而仅仅是因为她心中有一种无我的爱。

我听过一个故事，某个不孝子把年迈的母亲背上悬崖，想摔死她，母亲也知道这一点，但她担心的，却是孩子下山时会不会迷路。这个故事，写活了一个母亲的心。

佛家有好多这样的故事，比如说，密勒日巴面对那个想要毒死自己来换取珠宝首饰的女人时，他考虑的，不是自己的生死，而是女人能否得到那珠宝。这些故事，虽然仅仅是生活中的一些细节，但它们承载了某种非常让人感动的精神，当你体会到这种感动的时候，会对之产生向往；当你向往它的时候，你就会油然生起一种改变自己的力量和渴望，因为这种向往，你的人生会因之得到升华。

从某个角度上来说，这就是信仰的力量。文学亦然，它也应该从生活中提炼一些非常美的东西，能让人们改变心灵、改变人生。这就是我为什么一直强调作家应该进行人格修炼的原因——假如作家本身没有这样的心灵和眼光，他的文字哪会有这样的力量?

当我们还没有拥有这种大爱的时候，该怎么办呢？我们可以不断升华小爱，让它渐渐变成一种无我的爱。那无我的爱，就是大爱。其区别在于，小爱转瞬即逝，大爱相对永恒；小爱是个人的觉受，大爱是心灵的滋养。任何一个人，只要愿意升华心灵，改变自己，尝试用另外的一种方式来对待人生，对待生命，他就能拥有一种大爱。大部分人目睹发生在汶川、玉树、舟曲，甚至日本的惨剧之后，心中都会难受，都会以各种不同的方式表达一份爱心。这就证明，大爱是人类本具的天性，它并不是圣者独有的禀赋。不同的是，圣者的大爱，已成为一种生命的习惯，成为像呼吸一样的存在。但对于一般人来说，大爱仅仅是一种一闪即逝的情绪。它的出现，需要某种外力助缘的刺激。

为什么那外缘刺激能唤醒我们心中的大爱呢？因为，那外缘能让我们在某个瞬间“放下”自己。而在日常生活中，对个人得失的计较，已充斥了我们的心。在一种巨大自我的笼罩下，我们容不下我们应该要容下的人和事。因此，我们不知道自己是幸福的，更不懂得惜福。只有那能笼罩整个世界的悲剧“盖”向我们时，才能暂时冲走我们的冷漠，意识到人类是一个整体，而不是一个个互不相干的个体。这时，我们才能切身感受到他人的苦痛。这时的悲悯，是真实的，不是做意的，它很美，可惜它不是常态。当然，要想让它变成常态，也不难。佛家提供了成千上万种修慈悲的方法，其修炼的前提，便是我们愿意改变自己，迎接某种未知。

人类的许多行为，源于对无常和未知的恐惧。但那无常和未知，真的这么可怕吗？我看未必。这一刻天晴，下一刻可能会下起倾盆大雨，但在屋檐下躲雨的你，有可能会遇到令自己倾心的女孩，谁知道呢？不管你恐惧与否，面对还是回避，未知都是存在的，无常都是如影随形的。即便你不愿意改变原有的生活轨迹，生活仍不会一成不变地迎合你的计划。因为，你的想法也罢，外在条件也罢，都在不断变化着。在外缘和内因的作用下，改变随时会产生。有的女孩对刚刚认识的男孩动了心，跟交往多年的男友分了手；有的夫妻正准备生小孩，丈夫却突然死了。谁也说不准下一秒会发生什么事，谁也说不准自己明天还在不在人世，世上哪有永远的稳定？更没有真正的一成不变。所以说，我们能把握的，只是一个个当下。做好自己当下该做的事，别去理什么未知。

一次，某个网友问我，如何才能让自己更好地投入到创作和生活中去呢？我告诉他，每天做好自己该做的，别管其他。他又问我，那生活呢？我回答他，随缘呀，活着就好。好多人都没法活了，你还有啥不满意的？如果你还是对生活不满意的话，你就想想那些正处在战火中的人们，想想那些得了绝症的人们。一些得了癌症的人们，整天都承受着剧痛，无论白天或夜晚，都像生活在地狱里一样，离不开止痛药，也离不开那梦魇般的绝望。有的人没有止痛药，只能活活地痛死，你明白那种感受吗？如果你明白的话，你就明白自己能健康地活着，已经非常幸运了。如果你还能做一些真正有意义的事，实现生命真正的价值，为世界创造一种岁月毁不去的东西，那更是人生中最美妙的事了。可惜，好多人在失去健康、失去机会之前，总是不懂得珍惜，不懂得惜福，只有真的失去了，才意识到自己已错过了许多。更糟糕的是，有时候，你再想珍惜，再想挽回，却再也没有了机会。

一天，我忽然有了一个打算。我想和妻子、陈亦新他们开车去外地。我们想从广东出发，横穿大半个中国，到达西部。我们会一路朝拜那些圣地，参访寺院，考察沿途的民风民俗。我们当然不急着赶路，我们开半天车，然后住几天，游游寺院，写写文章，拍拍照片，会会朋友。我们想从容地走上一两个月，这样，我们就能写出一本很好的书。我谈这一打算时，心印法师很羡慕，她很想参加，但她的身体，已不允许她做长途旅行了。当时有人说，要是五年前雪漠老师一家有这个打算，她就能跟你们一起走了。我笑着说：不一定。那时，她仍然放不下手头的工作。那时，心印正当着一家杂志的主编。她可以飞来飞去，但多的是一份忙碌，少的是一份从容。等她真的能放下时，身体却成了最大的拖累。幸运的是，心印凭借信仰而升华了自己。那病痛，在她眼中，成了她独有的调心良机。

许多时候，当我们能够从容地做自己想做的事时，物累总是会变成系在鸟羽上的黄金。我们有许多借口，来阻挡自己前行的脚步。很多时候，等我们真的想做事时，却已经无力做事了。

这也就是我为什么鼓励陈亦新不去当公务员而要去实现梦想的原因。每个人的生命只有一次。人生是无法重来的，对于真正的人类来说，没有什么，会比梦想重要。

但幸运的是，目前，许多能看到此书的朋友还活着，还能自主自己的生活方式，就有机会改写未来的人生。问题在于，你是否仅仅是把想要改写命运的想法停留在“想”的阶段？你能否用实际行动去开启你全新的人生？当你以实践改变心灵，进而改写人生的时候，你就会发现，文学不仅仅是一种你与世界沟通的方式，也变成了你的生活方式本身。你的生命将充满一种令人愉悦的意义，人生也不再是一个充满了苦恼与无奈的过程。你从中获得的快乐，更是往日的你绝对无法想象的。

那么，如何以实际行动开启全新人生呢？我们首先要修炼自己的灵魂。如何修炼？先从帮助身边需要帮助的人开始。利他的行为是一种生命习惯，当你每天都坚持做一件帮助别人的事时，利他的信息就会慢慢渗入你的灵魂深处，久久熏染，就会形成习惯，使你远离欲望的奴役——所有宗教仪轨的意义，就是用大善信息熏染信仰者的心，将善与爱种入他们的心底深处，驱走恶因，拒绝恶缘——只有远离欲望的奴役，你才能拥有一种洞察的智慧，洞察这个世界的真相，洞察纷繁的表象背后的本质，你的心灵才会得到一种自主，才能自由自在地飞翔在快乐清凉的天空里。

## 触摸生活的脉搏

真正的创作需要一种宁静，但比起环境的宁静来说，心灵的宁静更为重要。我在凉州教委工作的时候，曾经非常依赖环境的安静，那时，只要身边有一点声音，我就写不出东西。后来我想要一间宿舍，专门用来写作，但遭到了办公室主任的拒绝。主任的拒绝给了我很大的启发，它令我发现了自己的毛病：为啥非要一个非常宁静的房子，我才能写出东西呢？我更应该做到的，不是苛求一个可以满足我要求的环境，而是克服自己对环境的依赖。后来，在持之以恒的心灵修炼当中，我慢慢克服了这个毛病，现在不管在一种什么样的环境当中，我都能安心写作。这是一个人能够自主心灵的一种表现。

文学青年在寻找创作素材的时候，也应该这样——你根本就不用刻意寻找一个充满离奇故事的环境，而应该培养一种从平凡生活中发现诗意、发掘无穷无尽的写作素材的能力。要做到这一点，你首先要熟悉自己的生活环境，熟悉这个生活环境当中人的习性，熟悉你置身其中的那种文化，像了解自己的手掌一样熟悉它，然后观察与总结这种文化对人的影响。我举个简单的例子，假如一个人连自己都搞不懂，连自己的家人都不熟悉，连自己身上所继承的东西都搞不清楚的话，他是不可能明白别人的家庭，也不可能了解别人内心的细微感受的。所以说，你想要了解这个世界，就要先从你最熟悉的地方入手。当然，你的眼界不能仅仅局限于自己熟悉的环境与人群，还必须往外走，超越你的生活环境，一点一点将你的认知延展出去。不走出去的话，你永远不会有一种大的眼光和丰富的阅历。这些东西对于一个作家来说，也是至关重要的。

刚开始写《大漠祭》的时候，我在乡下一所偏僻闭塞的小学任教，虽然也经常采访周围村庄的许多农民，但我难以超越自己的生活环境。如果我一直待在那个小学，就很难完成后来的《大漠祭》。因为，以一个小学教师的目光和见识，不可能对凉州文化和凉州百姓的生存状态进行全面而准确的把握。幸运的是，后来当时的武威市教委主任蒲龙破格把我从小学调到教委，基本没安排具体事务，并为我提供了下乡体验生活的方便和大量的时间。

在那段时间当中，我走遍了西部土地，把大量的时间用在对各类人物的采访上面，并且专门体验过各种具有西部特色的生活方式，甚至深入沙漠参与老猎人的捕猎生活，大量吸收生活的养分。在与老百姓的相处当中，我从来没有把自己当成一个作家，而是把自己当成老百姓中的一员，从不高高在上、居高临下，更没有任何的一点优越感。我只有一颗平常心，常以一个老百姓的身份和心态参与老百姓的活动。我非常重视体验和参与，因为我觉得，只有体验和参与，我才能像明白自己内心的感受一样，明白老百姓的苦与乐。那么，什么时候我才是一个作家呢？当我在理性上上升到老百姓的代言人时，我就是作家。但与此同时，我仍然是老百姓的一员。我关注老百姓，写老百姓，也希望老百姓能喜欢我的书。在获得专家认可、官方奖励和叫老百姓认可之间，我更愿意选择后者。只要老百姓喜欢，我就认为我没有白活。直到今天，我仍然认为自己是个会写书的老百姓，而不是作家，更不是什么救世主，或者心灵导师。写作也罢，文化讲座也罢，都仅仅是我的一种生活方式，在我的心目中，我永远都是一个普普通通的老百姓，是芸芸众生中的一员，不同的仅仅是我活得明白、快乐，而且我每天都在做着自己该做的事情，因此也活得自在坦然。

不过，我虽然希望老百姓喜欢我的书，但这并不意味着我会因此而对世界有一种迎合，我绝不会迎合这个世界。在我出版的几本小说当中，前言和后序都是自己写的，原因是想通过我的文章把自己的思想和感悟传递出去。因为，小说的表达有一定的局限，我决不放过任何一个传递自己思想的机会。我办“雪漠文化网”（www.xuemo.cn），也是想传递我想传递的思想和精神。所以，我的文章中从来不说假话，总是将自己所有的真诚都毫无保留地展现在读者的面前，有时候也会因此受到一些伤害，但我不在乎。

有趣的是，在我的家乡，包括那些骂我的人，心里仍然会承认我为家乡争了光。我举一个例子：一次，我儿子去街上买饮料，他的同学告诉商人：“这是写《大漠祭》那个作家的儿子。”那商人就说：“噢？！写《大漠祭》那个作家的儿子！不要钱，拿上喝去。”在我的家乡，这种事很多。老百姓总是用他们特有的方式，对我给予认可。有时，外地人问到凉州文化，那些骂我的人也会将我介绍给他，语气中还带有自豪的成分。所以说，你写的东西是否能让所有人都高兴，这并不重要，真正重要的是你必须能够真正地创造一种价值。这一点，是我们都必须承认的。好多人就是不愿意承认这一点，把环境等各方面因素当成放纵、退缩的理由，既欺骗自己，也欺骗别人，所以才一直无法从自己的困境当中走出来，不能守住自己的梦想，轻易地被环境所同化，而庸碌无为、怀有各种遗憾地度过了自己的一生。

当然，我的文学创作虽然为我带来了名利，但名利并不是我的追求，我认为这也不该是真正的作家所追求的东西。真正的作家，应该有更大的发心，应该有更大的“野心”。古人有一句话说得非常好：“为天地立心，为生民立命，为往圣继绝学，为万世开太平。”当你有了这样的一种大野心，有了这样的一种大胸怀之后，再从细处着手，观察世界，体验生活，触摸生活的脉搏，感受生命的气息，你的路才会越走越宽，越走越远，你才能真正为世界贡献一种非常美的行为，一种非常美的价值。

## 创作的秘诀在于升华自己

好多人觉得，我的创作是为了一种社会责任感，或者是想达到一种救世的目的，其实并不是这样的。在我明白之后，从来没有把任何人当成我的敌人，也不想超过任何人，我的敌人永远都只有死神。从年幼的时候开始，我就在跟死神赛跑，我想在它追上我之前，升华我自己，升华我的生命价值，让自己成为一个能令自己看得起的人，同时多做一些我该做的事情，不要给人生留下一丝一毫的遗憾。此外，我不在乎自己能拥有多少东西，是不是能拥有一个世界，能拥有多少粉丝，能拥有多少喝彩，能拥有多好的名声，不是这样的，我不在乎这些东西。

创作仅仅是我生活的一种方式，也是我与死神赛跑的一种方式，是我建立一些岁月毁不去的东西的一种方式。所有的救世之说，往往是别人加诸我的。我不想改变这个世界的什么东西，我想拯救的只有我自己，我只追求一份灵魂的安详，只传递一份明白和清凉，再没有别的东西。事实上，每个人能做到的也仅仅是这样：拯救自己。但是每个人的救自己，才是真正意义上的救世。因为，我们每一个人都是人类整体中的一部分，就像一滴海水与一片大海之间的关系一样，你没必要把它们看成两个独立的个体，它们事实上也不是独立的个体，因为它们之间有着千丝万缕的联系，永远都在互相影响着——人与世界也是这样。

所以我常说，有时候真正的利己其实也是利众，当每个人都改变了自己的时候，他其实也是在改变世界。因此，我们每个人都不用去考虑自己有没有改变世界的能力，这个世界能不能被改变，什么样的世界才是真正美好的世界。你需要去考虑的，仅仅是你愿不愿意改变自己，你愿意付出多少努力去改变自己，你是否知道应该怎样改变自己。你真正需要关注的仅仅是这些问题。此外的好多东西，困难也罢，黑暗也罢，得失也罢，都不是最重要的。因为，一切都会过去，一切都会变成记忆，当你进入下一个人生阶段，再来回顾今天的一切时，就会发现所有的乐与苦，本质上都一样，都不过是一些曾经发生在你生命中的事情，它们会给你未来的生命历程带来一些影响，但它们本身却是必然会过去的，留不下什么东西。明白这一点的时候，你就不要再去在乎现在有没有人懂你，有没有人认可你，你的付出是不是得到了相应的回报，你不要去纠结于自己的这些小情绪，不要让情绪影响了你的成长。你要牢牢记住自己追求什么，自己的梦想是什么，并且时刻保持一种警觉，观照自己心灵的状态，不要有一点点的自欺欺人，不要给自己任何借口。这样，你才能保持清醒，时刻知道自己在做什么，自己的行为将会导致什么样的结果，自己的选择将会给下一刻的人生带来什么，在这个过程中，你是在成长，还是在倒退。你应该明白，只有不断成长，一切才有实现的可能，如果你总是停留在想的层面，总是不肯踏出第一步，那么梦想就永远都会是一个实现不了的“梦”。这个成长的过程或许会很苦，但不经历这种苦，不超越这种苦，就不会有后来的甜，更不会有最后的宁静。

刚开始写《大漠祭》的时候，我没想到这个过程竟然会如此漫长，如此艰苦。我只是在写的时候，才忽然发现自己想做的事情，原来是一个十分艰巨的工程，要写出这样的一部作品，作家本身必须经历一番灵魂的洗礼。因为，没有那样的一个过程，你就很难进入老百姓的灵魂，如果你无法洗去心灵上的污垢，就贴近不了老百姓的心，你永远都会和老百姓隔着一层。我明白，这是一种脱胎换骨般的历练，但是我始终没有放弃。好多作家或许也想写出这样一种原汁原味的生活，可是他们放弃了，这就是我与他们唯一不同的地方。

在写《大漠祭》的十二年里，我一边禅修，一边练笔，屡败屡写，只手稿就有千万字。要知道，我自小就跟农民摸爬滚打在一起，经常参与他们的活动。我的父亲是个马车夫，他告诉了我好多故事，但就是在这样的生活基础上，我仍然跑遍了凉州，交了许多农民朋友。我到他们那儿去的时候，跟到自己的家里一样，他们没钱的时候会问我要钱，他们的孩子读不上书的时候，我也会帮助他们。我那时候经济条件不好，但很节俭，对自己甚至算得上小气，这样才能省下一些钱，帮助身边的人。这是从父母那里继承下来的一种家庭传统，但我也确实把这些农民当成自己的朋友。正是因为这一点，他们都能把心掏给我，有的人甚至把一些秘不传人的东西都告诉了我。比如，《大漠祭》《猎原》里的那些打猎秘诀，好多猎人都不知道，但是我的老猎人朋友却把那秘诀毫无保留地告诉了我；有些人把一生收集的资料都无偿地、毫无保留地给了我。就是这样，我才从一个才踏上文坛的文学青年，渐渐在艺术上走向成熟。换句话说，那寂寞的十二年，是我苦苦修炼的过程。只有经过苦修，一只寻常的猴子才可能成为孙悟空。没有苦修，就没有顿悟；没有耕耘，就没有收获。

真正明白这一点、接受这一点的时候，好多人才会明白，一切所谓的客观困难，实际上只是自己给自己找到的一些退缩的理由。如果你自己不愿意退缩，勇往直前，不断升华自己的话，就没有任何困难能挡住你前进的脚步——当然，这种义无反顾的前进仍然不能盲目，要具备一种清醒的眼光。这种清醒的眼光，也是一种直观的智慧，你只要不断修炼灵魂，升华心灵，揭去一层又一层欲望与执著的蒙眼布，你本有的智性就会觉醒。

# 有大悲悯而无热恼，有大快乐而无欲望

有人问我，你写这些有关信仰和终极超越的小说，到底是为了改变自己，还是为了改变世界？我告诉他们，我最主要的还是在享受快乐。

我的写作非常快乐，有一天我把快乐写作的方法教给儿子陈亦新，他也爱上了写作。他说，世界上没有任何一种东西比写作更能让他感到快乐，那种灵魂喷涌的智慧大乐，就像整个宇宙都会为之消解一样，那是一种大快乐。他觉得，一辈子都能拥有这种快乐，就是最大的享受。我也是一样。当你破除了执著、功利和某种欲望之后，不为钱，不为名，不为利，不为某种目的而写作时，就能得到一种真正的大快乐。自己享受这种快乐之余，还希望别人也能享受到它，就自然会利益世界。

人类所有行为的目的都是“快乐”，人类创造出文学、科技、艺术等等一切，也都是为了两个字，快乐——人类本身的快乐。当一种文化所崇尚的快乐不用任何人为之付出代价，能让每个人都快乐的时候，它就是优秀的文化。好多宗教都是这样的。当然，如果有一些宗教为了自己的快乐而让别的教徒不快乐——比如十字军东征时对异教徒的屠杀——就是一种罪恶，而绝不是全人类共同追求的快乐。所以，只有自己尝到这种快乐，并且让世界上所有的人都能体会到这种快乐、无论做什么事情都能享受到这种快乐的时候，才是佛家所提倡的利益众生。

关于这一点，也有人说，当作家仅仅在描写一种美好的向往时，他当然是快乐的，可是一旦他描写当下具有现实意义的一些东西，比如接触到老百姓的苦难时，他就很可能会变得不快乐。的确，老百姓所承受的苦痛，是让人感到非常无奈，也极为痛苦的，但是对于作家来说，痛苦的同时他仍然非常快乐。

为什么这么说？我举个简单的例子，一个人活得非常苦，你看到他的痛苦，理解他的痛苦时，你也会感到痛苦，但你帮助他的时候又会感到快乐，因为你知道自己的行为可能会帮助他从痛苦中解脱出来，虽然这种可能性未必会真的成为现实，但那可能本身已经会给你带来一种快乐。又比如，一个人快要淹死了，看到这个情景的时候你会感到非常难受，但是假如你跳进水里去救他，或者找到能救他的人时，你又会感到非常快乐，因为你知道他很快就会得救。作家写作时的快乐就是这样。当一个作家目睹了人类的苦难，同时又拥有一种改变它的可能时，这种可能本身就会让作家感到非常快乐。正是因为这个原因，陀思妥耶夫斯基在写《白痴》的时候，即使写到人类的苦难，他也仍然是快乐的。

用佛家的话来说，这是一种“无缘大慈，同体大悲”，就是说，即使面对发生在陌生人身上的苦难，你也会感同身受，但是它不会让你产生执著和痛苦。为什么呢？因为痛苦源于对“失去”的恐惧，以及佛家所说的“人生八苦”——生、老、病、死、爱别离、怨憎会、求不得、五阴炽盛，这些都是分别心的产物。在实现了“无缘大慈，同体大悲”之后，一切分别心都已经被破除了，所以他也就没有了任何执著于痛苦的理由。那么，他为啥还会觉得痛苦呢？因为他明白，对于执幻为实、认假成真的世人来说，一切痛苦都是真实的存在，他的所谓痛苦，仅仅是对世人的悲悯。而且，即使在悲悯的时候，他仍然明白，苦难也罢，顺境也罢，都是因缘和合之物，很快就会过去，无须执著。因此，相较于沉浸在悲情当中，他更愿意用实际行为来利众——或传播一种让人超越苦难、快乐明白的真理，或尝试改变他人的境遇。积极的行为是快乐的原因，假如你没有行为上的积极，有的仅仅是一些想法，那么即使你想得再多，也无法给自己带来真正的快乐。

比如说，丛飞在为了帮孩子上学而卖唱的时候，即使饱受疾病的折磨，也仍然是快乐的，因为他的生命中充满了积极的、向善的行为，这种行为能够改变发生在他人身上的悲剧，那么这种行为本身就会给他带来巨大的快乐和满足。雷锋、孔繁森等好多拥有伟大心灵的人都是这样。他们的快乐不是小快乐，不是满足了某种欲望就能达到的快乐，而是一种无我的大快乐。在奉献的时候，他们已经忘记了自己，因此他们所得到的快乐不会被失望、计较或者恐惧等负面情绪所消解或者抵消，这时的快乐是非常纯粹的。所以，当我们忘记了个人得失的时候，才可能拥有一种大快乐。正如我在《西夏的苍狼》中所说的："有大悲悯而无热恼，有大快乐而无欲望。"有欲望才有痛苦，没有欲望，那种悲悯本身就是一种快乐。

当然，欲望也分为两种：一种属于小欲望，就是在物质层面得到某种满足，而且仅仅希望满足自己，这种欲望会让人感到非常痛苦；另一种是大欲望，就是你不仅仅希望得到物质上的某种满足，还渴望得到精神层面的满足，不仅仅希望满足自己，还希望能与别人分享这种满足，这种大欲望会让人始终充满希望与向往，所以它会让人非常快乐。

比如，比尔·盖茨拥有大量的金钱，但是比起满足自己的小欲望，他更希望这些金钱能造福社会，所以他非常快乐地把所有的财富都用来建立慈善基金，回馈社会，这就是他的大欲望。大欲望会促使一个人用所有的行为，来实现生命真正的价值。中国慈善家陈光标也是这样。不管一些网友如何评价陈光标的善行，我都认为他的行为值得推崇。因为，他毕竟捐出了自己的血汗钱，或许一些贫困的孩子会在他的帮助下受到教育、改变命运，或许一些没钱治病的人能够拥有继续生存下去的可能。所以，不管他出于什么样的目的行善，他的行为也比口头上的真诚、行为上的吝啬更有实际意义。

这个时代，已经不需要我们说大话了，它需要的是实际行动，需要的是对需要帮助的人给予哪怕一丁点的帮助。所以，所有掌握主流话语权的人和媒体，都不应该对善行指手画脚、冷嘲热讽。因为，假如一个人一旦行善就要受到社会舆论的揣测和攻击时，谁还敢贸然向社会伸出援手呢？如果越来越多的人因为畏惧舆论而不敢做自己该做的事情时，受到伤害的难道不是我们所生存的这个社会吗？人人都为社会的冷漠而感到痛心，但这个冷漠的社会现状又是因何形成的呢？作为社会的一员，我们每一个人恐怕都应该就这个问题扪心自问。

## 放大心量，挥洒出大海的景致

虽然现在有好多作家认为政策和市场影响了他的写作，但我并不这样想。我一直觉得，把自己写不出好东西的原因归咎于意识形态，或者归咎于政策对他的限制，这是在替自己找借口。在这个世界上，没有什么事情比找借口、找理由更简单，但是借口和理由改变不了我们的命运。命运如何改变？变心，才可变命。

我举个简单的例子，如果现在出现曹雪芹，他能写出《红楼梦》，就肯定能发表；如果出现罗贯中，他能写出《三国演义》，也肯定能发表；出现施耐庵，能写出《水浒传》，还是肯定能发表。问题是，你能不能把自己变成

“曹雪芹”“罗贯中”“施耐庵”？

我们的政府绝没有说不要写《红楼梦》《三国演义》《水浒传》，相反，现在这个时代为我们作家提供了非常多的、任何一个时代都不能与之相比的一种生活、一种现实、一种复杂性。这个时代比历史上任何一个时代都要复杂，这种复杂当中，充满了各种非常精彩的题材，问题在于你能不能感受到这个东西，能不能发掘并且运用好这个宝库。

如果你是个近视眼，就只能看到脚下的一点点空间；如果你的心很小，只能盛下一点点利益，比如稿费、车子、楼房，你的心盛不下人类的灾难，盛不下人类的向往，那你还能写出什么真正的好东西？即使这个世界给了你一个大海，你的心量也会导致你只能舀其中的一瓢水，你贡献社会的就只有这瓢水。而且，当你倒完这瓢水之后，还必须再舀一瓢才能拿去卖——因为你的心里只装得下这么一点点东西。这个时候，你再去说自己本来能写出一个大海，却因为政策或者其他的原因，只写出了这杯水，就显得非常滑稽了。不仅是作家，每个人都必须正视的一点是：任何借口，都会阻碍我们进步，即使它能为我们提供一种暂时的心理安慰，但那心理安慰，也是害人的毒药，因为它会麻痹我们的向往和追求，让我们漠视自己真正的问题，然后漫无止境地停滞不前。

这个时代缺的是一些像曹雪芹、司马迁，甚至李白、杜甫这样具有伟大心灵的作家，而不是宽松的政策和包容的市场环境。我的《西夏咒》里面多是信仰的内容，照样出版了，还被大量宣传，而且卖得很好。《西夏的苍狼》也是写信仰的，同样被大量地宣传。这就证明了现在的这个时代，并不是不允许人们说一些该说的话，问题是你知不知道这个世界真正需要的是什么，你真正该说的又是什么，你能不能写出一些与整个人类真正有关的东西，能不能感受到生活中一种真正震撼人心的大美。这些东西，才是我们真正应该反思的，它远比写作技巧和研究市场更加重要。

我在写作的时候总是坚守一个标准，就是安住于当下，让自己的灵魂自由喷涌。在灵魂喷涌的时候，我的心中没有字，没有自我，没有技巧，没有读者。有的仅仅是心中某种巨大的诗意和与大自然达成的一种共振。这种状态非常快乐，它很像恋爱的感觉。你知道，一个人在热恋的时候，自然会俱足无穷无尽的力量，他的内心会充满温暖、快乐、诗意与勇气。这是人类本性中所具备的一种能量。当我安住于当下的时候，灵魂中便无时无刻不俱足一种巨大的爱与诗意，但我爱的对象是所有生灵，所以这份大爱带给我的，是比小爱强大千百万倍的能量。这时的我，已不是个体的我，而变成了这种巨大能量的出口；我的写作，也并非个人的写作，而是一种生命力量的宣泄，是一种大自然的流淌。假如这个过程中，技巧和文字来骚扰我的自由时，我与那个力量的互通马上就会遭到阻断。那个时候，我没有理性，也没有感性，没有一切的二元对立。那时候，我就是紫晓，我就是黑歌手，我就是自己笔下的每一个人物。比如，写大漠的时候，我就是大漠，不是我在写它，不是我在想象它，而是它在通过我的笔倾诉自己、展示自己的灵魂，它在通过我的笔呼吸，我的笔触就是它的脉搏。

看过《大漠祭》《猎原》《白虎关》的朋友都知道，里面的人物都是“活”的，不但人物，就连沙漠都变成了“活物”。许多读者说我笔下的沙漠非常美，他们还说，从来没有看到别人这样描写过沙漠，从来没有别人能让他们像这样感觉到沙漠的脉搏和呼吸。他们觉得，除了沙湾里那群可爱的乡亲，沙漠也是我的“大漠三部曲”中非常重要的角色。确实是这样。那么，为什么我能做到这一点呢？因为，在写沙漠的时候，我已经变成了它，我与它之间没有任何的分别与障碍，我的心脏随着它的脉搏跳动，我的节奏随着它的情绪跳舞。我无须猜度它，因为我就是它。当你打破了对小我的执著之后，就会变成一个巨大存在的“出口”。

你们一定有过许多次这样的体验，比如谈恋爱、对恋人倾诉心声的时候。只不过你们也许忽略了这些美妙的瞬间。如果你们把握住那时的状态，写下一些东西，说不定就是非常美妙的文学作品，可惜你们未必会这样做。而且，非常遗憾的是，一般人只有在某种情绪出现的时候，才会不期然地进入那种状态，因此对于大部分人来说，那种状态都持续不了太久，也是不可控的。只有当一个作家已经把那情绪升华为智慧，让智慧的光明无时无刻不照亮生命的每一个瞬间时，它才能转化为一种真正的力量。这时候，写作便不是一种情绪化的表述，而是一种智慧的流淌。我驾驭着它，也品味着它，一任它自由地描绘出最美妙、最丰富的景象。当然，你也可以称之为“灵感”，但这种灵感与许多作家所追求的那种忽有忽无的、依赖外物刺激而存在的感觉与情绪不太一样。后者仅仅是一种小灵感，是一个人局限于自我的小天地时也能拥有的情绪，它能让人写出一些非常流畅的东西，但它不一定能展现出大海般的景致。因为它仅仅是一种自我陶醉，无法与自然及人类相连通，这种个体生命执著于小我的律动，永远都无法奏出真正的天籁。

现在有些所谓“肉体写作”“皮肤思考”的作家，他们的创作灵感就属于这一类，他们永远只能宣泄自己的一些情绪，所以他们无法创造一种真正的价值，也无法构筑一种大美的意象。只有在一个作家忘记了自己、打碎了自己，与整个人类享有同一种呼吸、同一种心跳的时候，他的内心才会充盈着那种大自然共有灵感的涌动，他才能创作出能够流传于世的精彩作品。

## 这个世界为我所“用”

2009年，受上海交通大学的邀请，我做了一次演讲，曾对听讲的同学们说：“我在这里演讲，不是为了赚什么讲课费。我讲，是因为我心中有爱，爱你们这些孩子。我希望你们变得大气一点，高尚一点。我希望我能带来善的东西。我的行为要对得起我自己……”

是的，不管是演讲也好，还是写作也罢，我都是为自己的心灵。它们仅仅是我灵魂流淌的不同形式而已。我眼中，世间万物都是滋养我心灵的营养，整个世界都是我用以调心的道具。

不过，功利之“用”与滋养之“用”有本质的区别。

我在小说《白虎关》里塑造了西部一位“花儿仙子”莹儿，她唱“花儿”就是因为爱，书中写道：莹儿给月儿讲了“花儿”的种类和格律，如“单套子”“双套子”等。月儿听得很认真。但莹儿感觉到，月儿学“花儿”是为了“用”，而自己唱“花儿”是因为“爱”。这是最本质的区别。前者，只能成为歌手；后者，才能成为“仙子”。“爱”是大海，“花儿”是浪花。只要有“爱”，“花儿”就自然流出口了……

功利之“用”是小功利、小用，小功利仅仅是利己，以“实用”为主。当一个人陷入小功利之中时，是很难用博大的胸怀去汲取一些不一定马上见效实用、但对其人格人生有大滋养的文化养分的。利己的功利心只能越走越小，越走越窄，最终人甚至会受制于它。

当然，我也在追求一种功利，它是一种大功利：利他，利众。这功利，会让人越走越大，路越走越宽。利他和利己，出发点不同，其结果也就不一样。

有人曾问我：当理想和现实发生冲突的时候，你该怎么处理？我说，如果你想当一个作家，那么，你生命中所经历的一切，包括磨难，都是多么好的人生体验啊！它们怎么能冲突啊？什么叫冲突？所谓冲突，就是你内心的贪婪、欲望、仇恨，与你想当一位好作家这个目标之间的矛盾。当你用贪婪、欲望、仇恨的心灵和眼光，面对这个世界的时候，怎么不会发生冲突呢？你如果有大海那样的胸怀，那些生活的变化，就会像一朵朵跃起的浪花一样。你能说，浪花与大海会有冲突吗？

所以，这个世界所有的东西都是营养，而不是枷锁，更不是什么障碍、困难、阻力等消极的东西。我常说，当你有私欲而得不到满足时，就会产生痛苦；没有私欲时，世上的一切都会向你微笑。人的一生，会不可避免地受到恶的熏染，但你不必因此而自暴自弃。你只要自省向上，终究会战胜贪欲的。

傅雷在《约翰·克利斯朵夫》的扉页上“题记”道：真正的光明，绝不是没有黑暗的时间，只是永不被黑暗所掩蔽罢了；真正的英雄，绝不是没有卑下的情操，只是永不对卑下的情操所屈服罢了。所以，你在战胜外来的敌人之前，必须战胜你内在的敌人。

我也曾为贪欲所伏，但我最终降伏了贪欲；我也曾为嗔恨所裹，但我终于将嗔恨踩在脚下；我也曾经干过许多傻事，但我终于懂得羞愧自省，并勇于改过。我是一个充满缺点的人。所以，我的修心，就是从拒绝诱惑开始的。这是我最基本的处世前提。现在，我仍然有好多毛病，仍然有许多习气，我仍在时时警醒，并努力净化心灵。在我眼中，真正的英雄并不是战胜世界的人，而是降伏自心的人。

## 让西部精神滋养文学之花

人们读我的小说时总有一种感觉，觉得我的小说中蕴含了一种浓浓的地域文化意蕴。确实是这样，我的文学当中渗透了西部文化给我的滋养。当然，给我营养的不仅是西部文化，西部也罢，东部也罢，东方也罢，西方也罢，只要是人类的文化，就都是我的营养。但其中，以西部文化对我的影响最大。因为我出生在那片土地上，在那种文化的熏染当中长大。

西部文化当中有种巨大的东西，它跟时下流行的价值观不一样，是一种远离功利的博大精神。这种精神不是西部独有的，但是在西部文化——比如说香巴学派文化、大手印文化等——当中，这种精神占据了非常重要的位置。它甚至是这些文化的核心。我举个例子，香巴学派历史上有一位非常了不起的大德，叫作唐东嘉波，他超越当时的传统，不愿仅仅躲在山中修炼，而是提倡积极入世，用智慧的光明照亮红尘，照亮世俗世界，将自己的大胸怀也罢、大智慧也罢，体现于关怀世界的实际行为当中，以行为来实践香巴学派的利众精神，为众生服务。他看不起那些不为世人服务的传统僧人，说他们躲在山中像野兽，躲在洞中像老鼠，他认为这样的修行，没有任何意义。他发现藏地无桥，常有人堕河而死，故发愿为百姓造桥。为了筹集造桥的资金，他组建了藏戏团——因此他成了世界闻名的藏戏鼻祖——还从事过当时被世人看不起的铁匠行业，一生修建了铁索桥五十多座，木桥七十多座。大手印文化中让我非常敬仰的，就是这样的一种精神。

西部文化中间有许多像香巴学派文化、大手印文化这样的文化，也有很多非常好的文化载体，比如说西部民歌，它和别处的民歌不同，其中有一种灵魂撕裂般的东西，那是西部人“活着的意义”。生存环境的贫瘠，让世世代代的西部人不得不去寻找自己活着的意义：在艰难的生存空间当中，一个人如何活下去？为什么要活下去？对于西部人来说，活的理由有时比活的过程更重要。为了这种活着的理由，他们宁可放弃生命。这种理由有时很大，可以承担救世的责任，比如西藏民歌中就有普度众生的内容；更多的时候，西部人活着的理由仅仅是爱。为了“爱”，他们可以选择不活。西部民歌“花儿”中有许多这样的内容，比如说“绳子拿来背绑下，柱子根儿里跪下。刀子拿来头割下，不死是这么个做法”，“桂花窗子桂花门，老天爷堂上的宫灯，杀人的刀子接血的盆，小妹妹没有悔心”，“浑身打下的青疙瘩，不死老这么做哩。手拿铡刀取我的头，血身子陪你睡哩”。唱那些花儿时，西部女子便成了世上最坚强的人。那份执著，那份坚强，那份为了爱情宁死不屈的坚韧，仿佛来自天国，非常美。这是一种什么样的精神？仿佛，已不是爱情了，已成为信仰，成为宗教，成为人生唯一的慰藉。这就是“花儿”，是西部人独有的民歌，是灵魂的诗，是贫瘠人生中为抵御命运风沙而繁衍的骆驼草，里面渗透了西部人的灵魂追求：“不信摘不下星星来，不信揪不下月来。不信喊不回春风儿，不信叫不出血来。”“雷响三声地动弹，太岁爷爷们不安。宁叫玉皇的江山乱，不叫咱俩的路断。”西部民歌里，充满了这种生命的最强音。

西部民歌与流行歌曲不同，西部歌手也与流行歌手不同，他们的唱歌啥也不为，仅仅是生命的一种需要，他甚至不需要有人欣赏他的歌声。哪怕天地间只有他一个人，他也会放声高唱，唱出他生命里最美的歌。比如一首“花儿”中这样唱道：“河里的鱼娃离不开水，没水时咋么价活哩；花儿是尕妹的护心油，不唱是咋么价过哩。”“花儿本是心上的话，不唱时由不得自家；钢刀拿来头割下，不死就这么个唱法。”这是一种爱的激情，也是一种巨大的生命激情，西部艺术——西部民歌、莫高窟的壁画等等——和其他文化形式当中也充满了这样的爱。但这种爱不是一种小爱，而是大爱。大爱就是对整个人类、对整个生物界、对整个世界的一种爱。这个爱也有另外的表述，基督教称之为“博爱”，佛家称之为“慈悲”等等。

西部文化中这种大爱的成分非常多，西部文化形式中都涌动着大爱的力量。不过，西部文化中除了大爱，还有另外一种东西——超越的智慧。西域孕育了许多智者，他们的心灵非常强大，自成一个独立的世界。它独立、强大到什么地步呢？它具有非常强的主体性。什么是“主体性”？明白人不可以当奴才，不做任何人和任何团体的工具，这就是主体性。就是说，你可以尊重任何人、尊重任何团体、尊重任何规则，但你不能被那些人、那些团体与那些规则所束缚，你不能成为一个看起来很像人的木偶。要实现这一点，你就要超越外部世界的诱惑。当一个人有求于人、有求于世的时候，他就会因为自己的“求”而受到外部世界的控制；只有在他无求的时候，世界才拿他没有丝毫的办法。世界叫嚣什么，流行什么，他们根本不在乎，他们只在乎自己心灵的宁静、博大、悲悯。所以，他们可能会画出举世瞩目的壁画，但又不留下自己的名字，因为他们不在乎外界对自己的任何看法。这就是西部的超越智慧。什么叫“超越”？就是不受这个流行世界中各种概念、各种文化形式的限制，诞生出自己非常独立的东西，就像池塘中长出的莲花一样。西部文化中的人民立场、苦难意识、精神品格、超越智慧、利众精神等诸多内涵，对当代文学都有着非常重要的启迪。

文学衰微的真正原因何在？我们的文学将走向何处？文学应该拥有一种什么样的精神品格？文学的好坏，不能以一个国家、一个群体或一个民族来衡量，而应该把它放到更大更远的坐标上，至少应该以纵的历史和横的世界坐标来衡量。好的文学至少要做到：有它比没它好，读它比不读好。如果它的存在，能使这个世界相对美好一些，它就是好文学；如果做不到这一点，它就不是好文学。真正的文学，应该成为人类文明、进步和幸福的助缘，应该为人类提供积极的灵魂滋养，而不是心灵的毒药。因为，更高意义的幸福，取决于心灵的明白与否。当一个农民头枕土块香甜大睡的时候，一个千万富翁可能正要自杀。当人类日渐陷入狭小、热恼、贪婪、嗔恨时，真正的文学精神和人生智慧，应该能为我们带来清凉。

# 用文学定格一种存在

我的家乡武威是一个非常特别的地方，它特别在哪里呢？有文字记载的几千年来，它一直没有爆发过农民起义，即使有所谓暴动，也是一哄而起，又一哄而散。这样的地方，在世界上都很罕见。这是个非常值得研究的现象。之所以会出现这样的现象，是因为武威——即凉州——盛行一种和平的文化，凉州人追求和平，也享受和平。他们认为，所有的暴力和血腥都是罪恶的，不管用什么方式，有什么样的理由，只要你拿起刀来杀人，就是罪恶的——哪怕杀的是罪人，你也仍然是罪恶的。这种文化，有着一种非常平和的气息，这种气息构成了当地的民众心态、民俗风情，属于集体无意识当中非常好的东西。比如说凉州贤孝，它是中国民间隐文化的载体之一，前几年它还被列入中国非物质文化遗产。

文化有两种：一种是显文化，即以书籍等形式表现出来的，大家都能直接看到的文化，因为显文化首先由学者研究、归纳成文字，而一些学者们各有其思想局限、偏好与关注点，故难免有所取舍，难以保存文化的全息；一种是隐文化，它更多地渗透在民间，因为原汁原味，所以能更好地体现文化的本来面目，能更好地反映出历史文化的全息。尤其是凉州文化，凉州位处丝绸之路，是商旅行人来往西域与中原之间的必经之地，如是故，这里汇聚了大量的文化信息。特别是凉州这个地方，少战乱，少血腥，相对安静，因此好多学者遇到战乱时就会沿着丝绸之路，来到凉州继续他们的生活，也把他们所承载的文化带到了凉州。所以，凉州文化是一种全息文化，中国文化几乎所有的信息，都在凉州文化中有所反映。凉州文化的重要载体就是凉州贤孝，贤孝能反映出整个西部的民间文化，甚至中国民间文化中许多本真的东西，故而研究贤孝有非常重要的意义。

好多人以为汉族人没有史诗，实际上，从某种意义上来说，贤孝就是我们汉民族的史诗。从春秋战国到新中国解放大西北，这几千年的历史长河中的大小浪花，贤孝中都有反映，那一部部首尾相连的贤孝，就是中国汉民族的史诗。但贤孝和正史有着本质的差别。比如，贤孝的解放大西北，绝不是中共党史中的解放大西北，它是老百姓眼中的解放大西北，是他们对解放大西北的看法、理解和切身感受，它非常接近于心灵的真实。可以说，贤孝是一块文化活化石，随着当代媒体越来越泛滥，这种文化活化石就越来越稀罕，越来越显示出它存在的价值。

矛盾的是，具有如此珍贵价值的贤孝，竟然在很长的一段时间当中乏人问津。在我发表《凉州和凉州人》这篇学术散文之前，外界很少有人知道贤孝的存在，我只好利用一切机会，以各种形式对外呼吁，希望能引起外界对贤孝的重视，我甚至不止一次地建议政府与有远见的企业家成立专门的研究机构，对其进行全面的研究与抢救。否则，随着老艺人们的相继去世，这一部部鲜活的民间“历史”很可能会被逐渐掩埋。这样的一种文化瑰宝，就会默然地消失于岁月的尘埃当中。不过，有时候，一种文化的消亡是无法挽救的，当它需要抢救时，正好说明它快要死了。所以，我们对它的所有抢救，都应该是对其精神的抢救，而不仅仅是对一种形式的抢救。比如，贤孝的精神就在我的小说中“借尸还魂”，活了下来。幸好，现在知道贤孝的人越来越多了，也仍有小孩在凉州文化广场以唱贤孝和小曲为生。文化和动物一样，只要有一个火种——就是说，只要有一种作为它种类全息的载体——它就不能算灭绝或者消亡。正如释迦牟尼说过，只要有六个如法守戒的比丘，佛家就不会灭亡。

凉州贤孝的命运跟文学很相似，文学兴盛时，贤孝也很兴盛；文学边缘化时，贤孝也边缘化了。原因是，两者都受到了新媒体与新时代特征的巨大冲击。比如，电视兴起时，贤孝受到冲击，处于衰微状态，这些年有些反弹，在凉州市场等地找到了自己的位置，一些农村集市上也有贤孝艺人在固定聚会，演出一些曲目。这也许是一种怀旧，也许是一种文化的回光返照，更可能是文化活化石的被展览。但是，不管这意味着什么，如果缺乏专门机构的研究与挖掘，它的灭亡，就几乎会成为一种必然。它的灭绝，无疑将是西部文化的损失，这种损失是难以弥补的。因为，历史无法从头开始，许多历史中值得定格的东西，比如各个时代老百姓的真实生活状态和民众心态等等，都会随着贤孝的灭绝，而变成一个巨大的谜语。假如未来有哪个学者或者作家想要回溯或者记录这样的一种东西时，他就会发现，自己缺少了一种正史不予关心但又非常真实、鲜活的研究资料。因此，我在《大漠祭》《猎原》《白虎关》中，才如实记录了许多甚至比现实生活更为真实的百姓生活，其中也承载了贤孝的信息以及它的精神。

正是因为我的作品中间承载了许多西部文化的信息与精神，所以，兰州大学的一些博士说我是西部文化的集大成者，事实上不仅仅是这样的。有个网友曾问我，你是修藏传佛教的吗？我回答他说，当一条河流入大海时，有人问那大海：你属于那小河吗？你说它该怎么回答？就是说，当全人类的营养，宗教也罢，文学也罢，文化也罢，艺术也罢，都为我提供了各种各样的营养，使我变得博大，有了大海般的浩瀚时，你又怎么能说我仅仅是某种地域文化的承载者呢？所以我常说，不要把我归向于一个小小的教派，或者大大的佛家，或是许许多多的宗教。不是这样的。我不是教徒。我是一个信仰者，在我的眼中没有什么教派局限，也没有什么民族局限，所有人类非常优秀的东西都是我的营养。它不会成为枷锁，不会把我的心灵困住。所有的东西都化解了，成为我的营养，让我尽量地“大”起来。打碎了所有的桎梏、所有的局限、所有控制心灵的因素，这才是自由，这才是解脱。比如说，我从来不管这个世界在说些什么，只是自信地写。因为我有一个文化宝库，只要把它贡献在世人面前，就足以叫这个世界目瞪口呆了。我不必编故事，也不必哗众取宠。当然，当我拥有了凉州的时候，我同样也可以拥有一个独立的心灵世界。我的心灵世界，是可以和外部世界平等对话的，我和它有同样的价值。凉州文化如是，在我生命中为我提供过营养的所有文化都如是，它们在滋养我的同时，不能束缚我心灵的自由。拥有这样一种心灵的作家，才能写出真正博大和自由的作品，他的作品才可能承载真正的文学精神。

# 智慧与大爱是文学的养分

有人问我，如果把唱贤孝的瞎仙称为“陇上阿炳”，你觉得是否合适？我说，“瞎仙”和“阿炳”有相似之处，但阿炳更像艺术家，瞎仙则更接近于一种“智者”。这是贤孝中非常有趣的一点。

任何时代都有诱惑，不同的时代有不同的诱惑。五色令人目盲，五音令人耳聋，外现的浮躁总在影响着人们心灵的宁静，致使智慧蒙上愚痴的污垢。而盲人目不能视，干扰不大，反倒更能接近生命的一种本真。他们的心灵中间更容易积淀一种智慧，而且更能感悟到一些有眼睛的人感悟不到的东西。这种智慧反映在贤孝当中，经过一代代的积淀，几百年间，贤孝已异常博大，有些曲目，甚至算得上精深，比如我经常提到的《吕祖买药》当中，就有许多精深的成分。

我曾在《凉州和凉州人》一文中写道，盲艺人多是当地公认的智者，他们大多见多识广，通晓古今。我的《大漠祭》在全国引起反响后，在我的家乡，知道得最早、最详细的便是瞎仙，他们向家乡传递着我所有的讯息。他们的信息来源是啥呢？是广播。他们老听广播，故而无所不知。他们连美国总统的大小绯闻都了如指掌。最令人吃惊的是，他们竟然知道今日是黄道黑道，时辰吉凶如何，喜神在何方。要知道，他们是从来不看日历的，他们只需在自家掌上掐捏一番，其结果，就跟日历上写得几乎一模一样。许多时候，他们竟然能够发现日历上的错误，并且能说出一番非常充足的道理，能使我也肯定他们的正确。

从某个角度上来说，我的闭关，其目的也是一样。只是瞎仙们因目盲而少了干扰，我却是通过选择一种离群索居的生活方式，来将这个世界对我的干扰降到最低的限度。因为，当我从生活中汲取了足够的营养，我的心灵已经成为一个独立世界的时候，就不再需要外面的光明来照亮我的写作了，正如我不像月亮那样、不需要借助太阳来让自己发光，而是我自己的心灵已经变成了太阳。什么意思呢？就是说，当我从外部世界吸收了大量的营养，使自己的心灵变得博大丰富，拥有了各种生命体验，但我又是宁静、自由、不受任何东西——包括生命体验本身——的束缚时，我就拥有了无穷无尽的生命能量，而不用像汽车那样，时不时地必须到加油站去补充奔驰所需要的能量。我的所有生命活力、所有灵魂热度、所有对生命的体验和感悟、所有对生命的激情，都化为了我的能量，滋养了我的笔，接通了我与“上天”之间的“线路”，使我不只是一个写字的人，而是“上天”的一个出口。这时候，我笔下流出的文字，才可称得上是“天籁”。有的人以为我说自己的文章是“天籁”时是一种自夸，不是这样的，我所说的“天籁”，指的是一种从自性中流出的东西，它是一种远离机心、不加雕琢、非常本真的东西，是一种自然流露，它与大自然、与整个宇宙是一体的，故而，我称之为“天籁”。我认为，真正的“天籁”不该是一种由世俗机心所造出的精致玩物，而应该是这样一种本自天成的东西。本自天成的东西从真心中流出，它首先感动了自己，所以也定能感动一些跟自己有缘的人。是故我常说，语出真心，打人便痛。当你也能从自性中流出最美、最真的文字时，你便也能写出天籁。

不过，要做到这一点，你必须吸收一种来自于宗教的营养。在诸多的文化中间——包括宗教文化——只有佛家文化才能让一个人的心灵达到完完全全的自由与自主，因为只有佛家文化才主张破除所有的执著。一切执著都会让人停留于表象，而忽略了事物的本质，这样一来，人就会变得盲目。所以，从宗教文化中汲取营养的作用在于，使人能够超越表象的束缚看待问题、分析问题，但又不像生物学家解剖青蛙那样，让人产生一种生硬、冷漠，甚至受到侵犯的感觉。因为，宗教的智慧赋予一个人洞察的眼光，宗教的慈悲则让一个人在面对世界、面对他人时充满了一种母亲般无私的爱，有一种非常博大的爱与包容。

某日，我与莫言谈到了西部文学，他便说道：“中国未来的大作品，可能会出现在西部，因为西部有宗教精神。而中国文学最缺乏的，正是宗教精神。”对莫言的说法，我深以为然。我也认为，中国的文学，应该寻找一种新的营养。但是，我同样赞同陈思和先生高扬的那种人文精神。我认为，人必须从“神”的阴影下走出。我们可以敬畏和向往一种精神，但不可以消解人的主体性。换句话说，我们需要真正的宗教精神，而非披了宗教外衣的心灵枷锁。面对其他文化滋养的时候也是这样，我们应该从所有文化当中汲取能令自己的心灵成长、博大、丰富的精华，而非在心灵上面硬生生地添加一些多余的东西。真正的成长，并非踩着高跷假装巨人，而是真正地成为心灵的巨人。只有成为巨人，你才能拥有更高远的视野，看到许多狭隘者看不到的景象，正如你坐在飞机上俯瞰地面一切时，总是格外地一目了然。只有成为真正的巨人，行走的过程中，你才能健步如飞、轻松自在，而不会被自己的高跷绊倒。靠理论和知识堆砌出的明白，并不是真正的明白，它就像纸上的火焰一样，无法给你带来一点点温暖。

# 文学需要真正的“神”

要注意的一点是，我提倡文学从宗教文化中汲取营养，并不是说文学要接纳宗教所有的东西。比如，我认为可以给文学提供有益滋养的，是真正的佛家智慧与佛家精神，而非佛家形式，更非那种被歪曲的佛家文化。

现在，好多人心中的佛家是一种什么样的东西呢？它是另外的一种利益交换。比如，我给你供养点什么样的东西，或者烧高香、捐点香油钱、捐点建寺庙的钱等等，你就要保佑我发财、平安、长寿。这种所谓的“信仰”，相当于做生意时付出的某种本钱，或者仅仅是一种心理安慰。当然，对于承受着各种生活压力、连解决生存问题都很困难的老百姓来说，寻找一种心外的依靠也无可厚非，但问题在于，心外的依靠并不真的可靠，因为世上一切都是因缘和合之物，它们都逃不了“成住坏空”的命运，不能永恒的东西是靠不住的。所以，每个人能够依靠的，仅仅是一种不变的真理；每个人想要从所有的痛苦中解脱出来，得到一种不会消失的快乐，只能依靠真理的力量，依靠智慧的力量，这种力量来自于心内，它是不随因缘生灭的，因此不会改变，更不会消失。

假如你不求智慧，反而将命运交由一种看不见的神明来掌控的话，就会像一匹被牢牢拴住的野马一样，失去所有的自由与自主。你会变成真正的佛家所反对的“神奴”。因为，只要是奴，就有奴性，就不是真正的人。真正的人，应该具有一种主体性，主体性就是人可以随顺世界，可以尊重他人，但不可做奴。何况，命运中虽然有一种说不清的东西，但影响一个人命运的，更多的是每个人自己的选择。你心灵的状态决定了你的选择，你的选择决定了你的行为，你的行为便构成了你的命运。所以，控制命运的，并非“神”，能改变你命运的，也并非“神”，而是你的心灵。那么，真正应该被顶礼膜拜的“神”是什么呢？是一种利众的精神，是清凉的智慧和觉悟，而真正的修炼，就是在真心观照下的那种利众行为。有拜佛的形式，却无利众的行为，甚至没有利众的追求，这就不是真正的信仰佛家，而仅仅是一种迷信。迷信是佛家自己也反对的东西。

真正能代表佛家的是超越的智慧，是禅宗的理念、大手印智慧，还有好多其他的东西，但是这些东西很难被大众所认可。为什么呢？因为现代人大多急功近利，他们对心灵的东西根本不感兴趣，他们更关心如何向外部世界索取更多的东西，比如世界的认可、金钱、地位、享受等等。当你对他们说要超越功利、不去在乎这个世界时，他会觉得你是疯子，是傻瓜，是自虐狂，甚至认为你被某种疯狂又不切实际的思想洗脑了。所以，佛家中的一些人才会用福报、因果等非常容易理解和接受的东西来对外诠释佛家，但这些东西不是佛家的全部，也不能代表佛家的精神。真正的佛家所关心的，不是福报，甚至不是功德，而是一种终极解脱和绝对快乐。当一个学者在钻研佛学理论之外，还能真正地实践并且证得他理悟的那种真理时，他就会非常宁静、快乐、逍遥，他不会在乎这个世界对自己有什么样的看法，是不是接受自己的观点，他不会去埋怨这个世界，更不会强迫这个世界接受他证得的东西。他仅仅是随缘地多做一些利众的事情，为这个世界多点一些“火把”，让那些寻觅中的人能找到他们所需要的东西。仅此而已。这些人在佛教徒中所占的比例很少，就像金字塔的顶端。为什么呢？因为人类需要救世主，需要一个能保佑他们升官、发财、平安、幸福的人格化的佛菩萨。他们不知道，自己在乎的，反而是真正的佛家要打碎的东西。真正的佛家是无神论者，它反对奴性，反对迷信，反对一切束缚心灵自由、让人堕落的学说。

正因为如此，佛家不是消极的，它不是好多人以为的虚无主义。佛家与虚无主义最大的区别在于，佛家虽然认为一切都是无常的，没有永恒不变的自性，一切都不值得在乎，但佛家也提倡在无常中建立一种不会被岁月毁去的价值，也就是功德。这种功德，是人为世界创造的某种东西，是人的附加值。这种附加值，就是一个人的价值所在。如果一个人的存在能让世界变得更美，那么他的存在就是有价值的；如果一个人的存在不能为世界带来一点什么东西，甚至给世界带来了一种负面影响，那么他的存在就没有价值。真正的佛家，提倡人们通过升华心灵，修正行为，来改变命运，将自己的价值最大化，因此，它是一个非常积极的宗教。我认为，文学也应该如此。

为文与做人一样，都要有主体性，要知道自己这辈子是做什么来的，自己这辈子要写一些什么样的东西，为什么要写作，要做出智慧的抉择，有所坚守，不能轻易地被世界上纷繁冗杂的观点和现象所改变和干扰，不能盲目地迎合社会上的好多观点，用那些观点来桎梏自己心灵的自由。你应该明白，世界上的好多观点，实际上是一种人为的游戏规则，当你想要从外部世界获得一些什么东西的时候，你就会不由自主地参与某种游戏，并且不得不按照那种游戏规则来规划你的人生，因此，你就变成一具被某种游戏规则所操控的木偶，而不是一个活生生的、能为自己做主的人，你的心灵也不可能得到完全的自由。

我举个简单的例子，如果一个人认为有楼房有小车才算成功的话，楼房和小车就控制了他。这种标准是他天生就有的吗？不是的，是社会共识加诸他的，但这种社会共识之所以能对他产生作用，能左右他的情绪与各种选择，是因为他愿意进入这个游戏。只有当你进入一种游戏的时候，它的规则才会对你发生作用；假如你根本不认可这种规则，对这个游戏也不感兴趣的时候，它对于你来说，就是不存在的。比如说，一些作家很在乎诺贝尔文学奖，诺贝尔文学奖就能左右他，但他可能不在乎自己能不能获得金马奖，因为他不是演员，他不在娱乐圈的那个游戏规则当中。同样的道理，演员也不会在乎自己能不能获得诺贝尔文学奖，或者能不能入围茅盾文学奖，那么诺贝尔文学奖和茅盾文学奖的规则就不能控制他。

当你看透了一种游戏，从中脱离出来，不再参与它的时候，就叫“离戏”。一旦你有了离戏的智慧，就不会被世界上的好多规则所束缚，就会感受到一种巨大的自由。比如说，如果你单恋着一个女孩，想得到她的爱，那么她对你冷漠你就会感到痛苦，她对你热情你就会感到快乐，你的情绪总是随着她的情绪不断变化着，你无法掌握自己的心，你这一分钟还在天堂中，下一分钟也许就会堕入地狱，随着她态度的变化，你不断经历着情绪的六道轮回，这时的你仅仅是个爱情的奴隶。只有从这个爱情的游戏当中超脱出来，你才能找回心灵的自主权，变成自己的主人。自然流露的写作也是这样。当你的心中没有“文学”，没有“理论”，没有“技巧”，甚至没有“写作”的时候，你才是自由的。自由的你，笔下才会流淌出各种景象，有大海的宽广，有小溪的宁静，有山峦的雄壮，有怒涛的奔涌，有爱的甜蜜，有恨的痛苦，有神圣，有卑琐……你的笔下能流淌出整个世界。这样的文学，才有真正的意义。

真正的文学，不应该被当成一种牟利的工具，也不应该被当成一种展示自己的手段，它应该承载更多的东西——它应该承载真正的“神”。就是说，真正的文学，应该承载一种利众精神，一种智慧的清凉与觉悟，应该为这个世界贡献一种非常美的东西。真正能够做到这一点的，才称得上是大作家。托尔斯泰是大作家，陀思妥耶夫斯基也是大作家，因为他们的作品承载了一种非常博大的胸怀与精神，承载了整个时代的思考，这种胸怀、精神与思考，随着他们的作品一同流传下去，就能影响一代又一代的人。

# 文学是心灵与世界的平等对话

以文学重铸民族灵魂，这是一种创作时的发心。佛家修炼中非常重视发心，因为发心会直接影响一个人所有行为的方向，他吸收的所有知识也罢，积累的所有经验也罢，创造的所有机遇也罢，一切取舍也罢，都是为了实现那个发心。有了明确的发心，一个人就有了明确的标准，知道自己应该如何在生活与工作中做出选择。

我举个简单的例子，你的发心如果是成为一名出色的律师，那么你就会去熟悉各种法律法规，然后考取相关资格，再找一份律师的工作，在工作的过程中磨炼自己，你绝不会将精力花在考取心理咨询师的资格证上面，因为你知道自己不想做一个心理咨询师。当你省去所有无谓的时间消耗，将所有精力都用于实现目标的时候，只要有足够的生命长度，你就必然会成功。写作也是如此。

发心越大，一个人追梦的过程可能就会越长，但他的成就也必然会越大。那些希望出名的作家们不一定会不断完善自己，但他们也许会寻找各种方法来炒作自己，给自己赢得很大的名声，可是历史绝不会因为他们眼下的知名度而记住他们。一定要明白，历史记住一个作家，是因为他的作品能给世界带来一种有价值、有意义的东西，能让看过它的人过得更加快乐、明白、清醒一些。换句话说，只有世人需要一部作品所创造的附加值，它才有留存下去的可能。

不过，我所说的以文学重铸民族灵魂，并不意味着我们要用文学的形式，对世界进行一种强暴干预，不是这样的。我所做的，仅仅是用文字再现一些比现实更真实的东西。

比如说，《大漠祭》中的灵官，以前仅仅是生活的记录者和见证人，他不想改变什么，也知道改变不了什么，这个现实不是一个人一朝一夕所能改变的。他既是个参与者，也是个旁观者，他是个冷静地把那段历史观察并记录下来的人。出走之后，他发现了一个更新的世界，回来的时候，他就会是一个全新的灵官。他能站在很高的位置上，反思这块土地，而且他的出走不仅仅是身体的出走，更是观念的出走，是从心灵上走出西部，走出西部历史文化的阴影。西部有着太过丰富的文化，但相应的也太沉重了，它造成了西部人复杂而沉重的人格。许多人都被历史文化阉割了，失去了作为个体生命应有的活力。如果走不出历史文化的阴影，就根本谈不到开发，所以对西部的开发，首先应该是文化的开发和心灵的开发。

所以，在《大漠祭》中，灵官的出走，是一种象征。但是，仅仅一个出走的灵官，或者是出走后再回来的灵官，很难改变西部固有的现状。西部需要完成文化的全新构建和灵魂的重塑，这需要一代又一代西部人的努力。事实上，不只是西部，整个世界都是这样——各种各样的集体无意识侵蚀了人们的心灵，使人们在一种缺乏自觉的状态中，变成了欲望与外部世界的奴隶，许多人在这种奴役之下走向堕落，他们形成了堕落的环境，又会进一步让更多的人走向堕落。但任何一个人的力量，都远远不足以改变一个世界。释迦牟尼没有完全改变这个世界，孔子没有完全改变这个世界，耶稣也没有完全改变这个世界，托尔斯泰同样没有改变这个世界，但是这些时代的伟人们从来没有放弃过自己的向往。正是因为他们的不放弃，世界记住了他们的名字，记住了他们的故事。他们的故事千百年来温暖着无数人的心灵，为好多不愿意堕落的人提供了一处灵魂的净土，为好多渴望善美的人提供了一点希望之光。这点希望之光虽然微弱，虽然不能洞穿暗夜，但它能温暖行人的心灵，这便已足够了。

真正的作家，应该为世人点上这么一盏心灯，应该以文学的形式尽好自己的本分，说一些该说的话，为世界贡献一种真正的价值，这样才算没有白活。至于世界是否认可它，它是否能为作家换来一些相应的回报，就不是作家该去考虑的事情了。一个作家真正应该做到的，是升华自己的心灵，完善自己的人格，使自己拥有一个独立的心灵世界，与外部世界实现一种平等的对话，自己不去侵略外部世界，同时也不被外部世界所侵略，在这个基础上，把自己所有的观察、思考和智慧，都通过文字传递给这个世界。只有经过了这样的一种传递，一个人的境界、胸怀、思想和智慧才有了真正的意义。

许多人都不明白，自己其实是一种文化的载体，也是一种精神的载体。一个人的肉体很快就会消失，最长不过百年，但是当一个人拥有了一种精神，拥有了一种灵魂的追求，拥有一种对大善大真大美的向往，并且通过自己的行为追求这种大境界，为这个世界创造了一种善美的价值时，他的存在就会升华，他的具体的、局限的、某种表面化的行为也会不断升华，升华到一定时候就会变成“雷锋精神”。“雷锋精神”会超越雷锋的肉体而传播开来，对世界产生一种非常积极的影响。许多文化的传承都会经过这样的一个过程。

所以，每个人的生命表面上看来仅仅是几十年，但要是他有足够大的胸怀、足够大的境界、足够大的智慧、足够大的包容，并且把他的精神通过行为的方式传播给这个世界，那么这种行为就不属于他自己，而属于整个人类，他的存在也不属于他自己的肉体，而属于整个人类。比如说，雷锋、孔繁森这些伟大的人，他们的肉体虽然消失了，但是他们这种精神却成为我们整个人类的灵魂滋养。歌手丛飞也是这样。当他用唱歌赚来的钱帮助了那么多的孩子，并且把这种行为传播开来、让更多人知道可以这样去做的时候，他的精神就超越了他的行为本身，成为人类文化中非常博大精深、非常有内涵的有益营养。

作家好的一点在于，他不但可以用一种行为来诠释自己的胸怀与境界，还可以用自己的笔来记录自己的思想与智慧，同时，他的文学创作也是他行为的一种。文学与其他行为不同的地方在于，它本身就具有一种传播性，而且能创造一个更为丰富、具象的精神世界，它能影响一个人的内心，甚至能重铸一个民族的灵魂，这一点是修建学校、修建寺庙、捐赠金钱等方式所不能比拟的。

# 暴力者终将灭亡于暴力

西夏王朝非常短暂，它不像中国其他王朝那样，有很强的传承性，原因就在于暴力者必然会招致暴力，挥舞屠刀的人最终会招来屠刀。西夏的好斗，最终招来了被成吉思汗灭国的命运，而且那时好多地方都非常血腥。比如，酒泉被屠城，据说当时有四十万人被杀害——虽然好多人都在质疑这个数字，但据说当时西夏确实遭到多次屠城。在《西夏咒》中间，我不但诅咒好斗的西夏，也诅咒另一种想屠杀西夏文明的暴力者，比如成吉思汗这些人。我认为，所有屠杀人类的人，无论他打着什么样的旗号，正义也罢，非正义也罢，都是罪恶的。不过西夏文化中，乃至中国文化中，都没有这种说法，人们始终认为成王败寇，成功的人就是英雄，事实上不是这样的。一场战争中，交战双方都会说自己是正义的。

我举个简单的例子，“911事件”发生的时候，很多人因为不喜欢美国的霸道，就为炸毁了世贸大厦的恐怖分子喝彩，但这是一种非常罪恶和无知的行为。人类不应该为任何一场屠杀喝彩，一定要明白，屠杀就是屠杀，是整个人类的创痛，不要因为你是鼻子，就不在乎嘴巴上的毒疮，不是这样的。嘴巴上长了毒疮，说明身体出现了问题，这问题一旦蔓延开来，最终鼻子也还是会受到牵连的。整个人类的命运也是这样。再者，恐怖主义的正义，仅仅是站在他们自己立场上的正义，而不是美国人的正义；美国人的正义，也是站在自己立场上的正义，而非恐怖分子的正义。假如一个人用武力来强迫他人为自己的观点和愤怒负责，那么无论他的观点是什么，他为何愤怒，他都不是正义的，他是自私和毫无道德底线的。即便我们不得不用武力来反抗暴力，捍卫自己、家庭、民族、国家时，也必须明白，杀戮绝不是一种值得歌颂的行为——就是说，我们可以在行为上反抗，但是我们的文化绝不能歌颂暴力。

一旦我们的文化开始歌颂暴力，就会出现无数的恐怖分子，出现无数的人肉炸弹等等。因为，当习以为常的恶衍化为人类的集体无意识时，我们就会以为这是对的，认为人们以一种暴力的方式去寻求欲望的释放也罢，愤怒的报复也罢，都是无可厚非的。我们有时可能还会认为，敢于在愤怒与某种观点、立场的激荡下，砍下敌人头颅的人，就是勇者，然后我们去膜拜那些所谓的英雄，传播那些所谓的英雄事迹。但事实并不是这样的。当你为这种暴力行为叫好的时候，你不会察觉自己心中的恶念正在与这种罪恶的文化产生共振，因而在不知不觉地增长着。在某个愤怒或欲望超过了道德准则、超过了理性按力的瞬间，你可能就会挥起屠刀。你身边的人也是一样，他们在情绪与无知的鼓动下，也可能会挥起屠刀，他们的屠刀，或许还会砍到你的脖子上。

有几则社会新闻就是这样的：一些人冲进幼儿园和小学残杀那些无辜的孩子，仅仅是为了引起社会的关注；一些人在跟父母发生争执的时候，拿起刀子就向那些含辛茹苦养大自己的人捅去，或将其捅死，或将其捅成重伤。假如他们能残杀那些与自己最为亲近、最关爱自己的人，他们就能把刀子挥向任何一个人。这些人当然是罪恶的，但他们同时也是罪恶文化的牺牲品，是值得怜悯的病人。

想要让社会上减少一些血腥暴力事件，我们首先就应该诅咒这种滋养罪恶的文化，不要再去膜拜一些所谓英雄，更不要传播他们所谓的英雄事迹。要知道，罪恶的土壤所滋养的，大多是罪恶的种子；罪恶的文化所催生的，大多是可怕的罪行。不改变这种罪恶的气候，好多举措都仅仅是治标，而不是治本。它们会像癌细胞一样，在不健康的躯体上到处游走。我举个例子，我有个朋友得了癌症，到医院检查的时候已经非常严重了，医生建议他把那器官切掉，他问医生，切掉之后就没事了吗？医生说不一定，因为那癌很可能会转移到其他地方。就是这样。恶行像细胞的癌变一样，只是一种现象，它反映出的是一种文化基因的变异，而不仅仅是一个人的心理问题。当一个细胞发生癌变的时候，绝不只是这个细胞出现了问题，而是整个身体都出了问题。这种根本的变异首先体现出来的，必然是一个又一个的现象。当你在早期观察到这种现象，改变它，不让它恶化下去的时候，它可能就不会发展成癌症；但是假如你放任不理，或者根本无法察觉到这些现象的时候，它就会恶化到一个让你付出生命代价的程度。社会就像一个人的身体，可怕的罪行就是发生了癌变的细胞。当罪行产生的时候，你必须关注的，并不仅仅是这个单一的现象，而是现象背后的东西，是整个文化中所存在的问题。你只有明白了这一点，才会知道什么是值得赞美的，什么又是真正应该抵制和抨击的。

再者，任何生命都值得尊重，因为任何生命都必然经历从生到死的那种痛苦。在这一点上，所有生命都是平等的。所以，没有谁应该成为他人观点的牺牲品，每个人都不应该以任何理由夺走他人的生命与梦想。一定要知道，杀生和暴力是罪恶的，它带来的绝不是幸福，而只会是痛苦，是最终的灭亡。因此，西夏虽然为世界贡献了一种文化，比如西夏文，但是它的好斗、好战却注定了它的迅速灭亡。我更期待一种和平的文化。

# 冷漠的时代

这个时代是一个非常冷漠的时代，冷漠到何种地步？我们对别人的痛苦已经无动于衷了。当我们从历史上读到人类相互残杀的血腥时，当我们看到各种自杀性袭击时，当我们面对一个婴儿的躯体和一个母亲的眼泪时，我们已经不再有什么触动了。我们的心变得像脚后跟上的皮一样，越来越迟钝，再也不能像一个真正的人那样，有一份敏感，一份悲悯，一份爱。

去年，我在上海高校讲座的时候，有一个孩子问我："雪漠老师，当我们面对一个乞丐的时候，应该怎么办？我想给钱吧，他可能是一个骗子，可能是一个职业乞丐。

他会利用我们的善良，去得到很多财富。雪漠老师，您如何看待这种状况？”然后，我给他讲了一个我在深圳遇到的故事。

有一次，深圳组织了一个作家代表团，要写写改革开放后的深圳，我是被邀请的作家之一。我到的第一天，深圳所有的报纸上都在炒作一个新闻，说有个女人伪装成孕妇，挺着大肚子，在街边骗深圳人民的钱，希望大家不要上当。第二天的新闻是，一些有正义感的记者，请了派出所的人，将这个女人找到，并把她带到医院去做检查，结果发现这个女人不是假怀孕，而且已经怀孕八个月了。于是报纸上这样写道：这个女人不惜让自己变成孕妇来骗深圳人民的钱。请问这个世界上有这样的逻辑吗？无论她是怎样的人，一个有八个月身孕的母亲，步履蹒跚地向你伸出手，希望你给她一个硬币，给肚子里的孩子增加一点营养。我们给她一个硬币又有什么了不起？就算她在骗我的钱。那么，她真的骗了我的钱吗？我就这样问那个大学里的孩子。我说，这个孕妇为什么要骗我们大家的钱？她难道不想当一个作家吗？她难道不想当一个教授吗？她当然更想当一个国家的公务员。但是她当不了，为什么？因为她小的时候，就没有机会受到好的教育。

在我的家乡凉州——武威，有二百多万人口，它是历史文化名城，曾是丝绸之路的重镇。在古时，它名扬天下，诞生过非常辉煌的文化，国家旅游标志铜奔马就是在那儿出土的。从东汉、唐朝开始，那块土地就为中原提供了数以百万计的战马，史称："凉州大马，横行天下。"今天，我们那块土地上的孩子进入像复旦这样的大学，只有一二个名额。那块土地上最好最好的孩子，才有可能考进复旦大学。他们进复旦大学的录取分数线，要高于上海孩子的几百分之上，他们进北京大学的分数线，要高于北京孩子几百分之上。但是，他们在怎样的教育环境中学习呢？很多孩子因为学校离家很远，民勤的一些地方甚至中间隔着沙漠，他们中午不回家吃饭，只吃点自己带的馒头，晚上还是吃点馒头，然后上晚自习到十点多才回家。他们如此艰苦，就是因为考学是他们改变命运的机会。为了这样一个机会，他们要比上海、北京这样的大城市的孩子，多付出千百倍的努力。达不到那么高的分数，就进不了名牌大学。而那个怀胎八个月的孕妇，就可能是那些孩子中的一个。每一个向你乞讨的人，就可能是没有得到良好教育的孩子中的一个。

一个国家的资源是相对固定的，当国家把大量的资金、资源投向大城市的时候，西部那些小城，只会得到其中的一小点。国家对大城市的投入越多，西部很可能得到的越少。当这些受不到良好教育的孩子长大后会怎么样？他没有了尊严，因为他不知道什么是尊严。当一个人饿着肚子的时候，谈尊严太奢侈了。所以，我告诉那个孩子，如果有十个人向我伸手，其中九个人是骗子，只要有一个人是真正饿着肚子的，我为了不错过这个人，会同时给十个人硬币。这，仅仅是为了不要让那个人饿着肚子，即使他是一个骗子。

我遇到过一些人们认为的“骗子”，他们通过我的儿子问我借钱，然后说过一段时间还钱。儿子问我，他们会不会还？我说不会，但是他们真的是饿着肚子。我是一个作家，在西部人的眼中，作家是很崇高的，只要他们能够从别处得到可以满足温饱的钱时，他们是不会来骗我的，所以我叫儿子给他们钱。因为，一个骗子饿着肚子和一个教授饿着肚子的滋味是一样的。

可见，我们这个时代是一个多么实用的时代，人们对物质的欲望占据了绝对的权威，心灵的需求退到次要的位置。这种非常功利的状态，变成了人类的集体无意识，进入了我们每个人的灵魂，甚至腌透了我们的灵魂。每个人都变得急功近利、利欲熏心、热恼、痛苦，而自己却全然不觉。

这个时代非常注重“术”，而忘了比“术”更重要的智慧——“道”。中国古代的贤者老子在《道德经》中，专门写了什么是大道。但这个时代的人，已经不注重这些了，整个世界充满了如何成功、如何满足欲望、如何刺激欲望、如何夺得更多的金钱和权力的“术”。人类越发地自私，越发地麻木，越发地冷漠。要知道，这个“道”从中国古代春秋战国开始，一直延续到今天，一直由一些非常伟大的哲人在宣扬着，这些人把生死看得远远低于这个“道”。中国有句古话：“朝闻道，夕死可矣”，说早上明白了这个“道”，明白了这种真理，即使晚上死也非常欣慰。但是，这个时代没有多少人注重“道”了，而我所说的这种“道”，也包括对同类有一种起码的尊重、悲悯和理解。

因此，人们一方面陷入热恼、浮躁不能自拔，另一方面，诸多优秀的文化被历史尘封着，被人们淡忘着。这种心灵的需求和供给之间，出现了巨大的断裂。中国的传统文化、西部文化、宗教文化等等，都有博爱、包容、大善的精神，但现在无人问津了。所以，我在上海高校的文化行中，特别选取了凉州贤孝和大手印文化，就是要让人们知道，在这个世界上，还有别一种声音——它清凉、至善、大真、大美，是优秀文化的承载体、代表者。

凉州贤孝和大手印文化非常注重灵魂的修炼和信仰，但这个信仰并不是现代人理解的那样。有许多人问过我，信仰是什么？我回答他，信仰本身就是目的。你为什么活着？这活着的理由就是信仰，信仰不一定与宗教有关。人可以信仰善、信仰美、信仰爱，西部很多人都信仰爱。

真正的信仰是一种人格的升华。人生就像是在过一座桥，升华就是从一个比较矮的地方，通过桥到一个比较高的所在。这辈子活的目的，就是实现自己的价值，战胜自己的愚昧、仇恨、贪婪，变得稍微高尚一点儿。人生是一个过程，所有的价值就是这个过程中的行为。

但是这个冷漠的时代流行的却是让人在这个过程中释放欲望、贪婪、仇恨，掠夺财富、占有资源、挥霍金钱的“信仰”。

这是一种罪恶。

人类在抢子孙的饭碗，是要断子绝孙的。我在《猎原》中间，塑造了一个人物，叫黑羔子，他就说：“我是断子绝孙的。因为我在放羊，羊啃了那么多的树、草，把这块土地从肥沃的原野变成了沙漠，我没有儿子，我造下了无数的罪孽，我是个断子绝孙的命。”所以，一个人的价值，就是一个人的行为，这与赚钱的多少、地位的高低没有任何关系；一个人的成功，就是把人做好，成为一个真正的人。

大爱就是大真、大美、大悲悯，你付出的爱越多，你的所得就越多。什么所得？清凉、明白、自由、快乐。

# 时代需要大善文化

这个时代，“假恶丑”正洪水般到处蔓延，正在践踏我们的道德底线。善文化正在被颠覆，人心中那种欲望性的、恶的成分占了上风。恶的东西泛滥时，人们就对假恶丑的现象麻木了，习以为常了。

我们在这里谈善，反而显得很怪异。

当代一些文化产品，对暴力的讴歌已达到极致，翻开书籍，打开电视，随处都能看到许多杀人的屠夫在文人笔下成了英雄。我们很难想象，人类怎么能将杀害自己同类的人，当成顶礼膜拜的对象呢？且不说成人社会把追名逐利视为人生最高追求。我们在提供给孩子们的影视节目、书籍、玩具、电子游戏中，也有一些东西非常糟糕，比如，游戏中，杀人越多，积分越高，越是英雄。这种可怕的成功理念，正被灌输到孩子的思想中。时间长了，他在潜意识中就会认为，杀人无罪，杀人越多越是英雄；战争，就是一场游戏。这些现象，人类没有足够清醒地意识到它对心灵的危害性，这种麻木、习以为常已成为一种集体无意识。

千千万万的历史书、文学书，都在歌颂一种错误的英雄文化。这是非常可怕的。……袁崇焕是怎样死的？是被凌迟，剐死的。他死了，老百姓还要咬他的肉吃。举这个例子，我的意思是说，人心中恶的东西根深蒂固，非常可怕。如果知道自己在堕落，说明这个人还有良知，还有良心。但我们很多人不知道自己在堕落，这非常可怕。

善是一种文化，不是一种宗教。宗教精神里面，善的成分很重，但宗教涵盖不了善，善是一种比宗教更大的文化，是人类文明中最值得弘扬的精髓。但目前恰恰是，善文化被妖魔化了之后，人类的价值评判体系出现了问题。到了现在，就像很多人认为的那样，成功必须有钱，而不大考虑德行，有时候虽然也考虑德行，但形同虚设。也就是说，“善”正渐渐淡出了人类的价值评价体系。最糟糕的是，很多人还不知道我们的评价体系已出了问题，我们不是以“善”作为最高标准的参照体，而是以世俗的权力、地位，对土地、资源的掠夺、占有，对同类的屠杀，作为一种成功。

这种现象很普遍。人类的历史，就是善与恶的不断纠葛、不断斗争的历史。因为人类的心本身，就有善心与恶心，真心与妄心，所以善与恶，永远较量不休，古今中外皆如此。因为人类的贪婪，远远大过人类的智慧。贪婪群体的人数，必然比追求自律、觉悟和真理的人要多得多。在人类的本性中，更多的是对欲望的追逐，大多数人总是被自己的欲望控制了心灵，更可怕的是，人类并没有学会反省，而恰恰沉溺于欲望之中不能自拔。想想那些公厕吧，一池屎尿中，有一群群苍蝇生下的蛆，它们在欢快地游泳，品尝它们眼中的美食。它们并不知道那所在很脏，也不知道世界上还会有更美好的地方，它们很满足、很幸福、很快乐地游戏其中，乐而无忧。它们绝不会去想活着的目的和意义，它们的混就是目的。它们只有进化到人类的时候，才可能发现那种肮脏，但那需要多么遥远而漫长的过程啊……

从历史的发展趋势来看，人类社会不断地进步，恶的成功是短暂的，恶占上风永远是暂时的，人类在不断走向光明，走向进步，善会慢慢地占上风，这一定是发展的趋势。举个例子，汉武帝时，有人犯了错，会凌迟，会被剐三千九百五十多刀，灭九族。现在，如果我犯了错误，就不会牵连到我的家人。这，就是人类社会巨大的进步。但我们仍需要警醒这种“集体无意识”，对内心的恶保持一种警觉，发现恶的风气在抬头的时候，我们就要大力弘扬善。哪怕这种弘扬，只能发出萤火虫这样的光明，只要萤火虫所在的地方，就消除了黑暗。如果有一个火把，那么，火把所在的地方，就有了光明。不断地点燃，不断地传递，一个一个传递出去，一代一代传递下去。火把不可能照亮整个世界，但可以让人们看到方向、看到光明、感受到温暖。别人就会走向这个光明，这就是希望！

我们要用大善的文化来塑造大善之心，有了大善之心，才会有大善之行。我们的善文化，目前正在被全球化浪潮冲击着，它很快就会被淹没了。比如，我们西部的“凉州贤孝”，包括凉州的宝卷、敦煌的善书，这些东西也很快要被淹没了。我们希望能出现一个善文化的研究机构，全力发掘、研究、弘扬中华民族的善文化，告诉世界：我们目前的价值评判体系已出了问题，我们不能那样做。我们应该博爱、奉献、和平。我想，要是将那些人类文明的瑰宝发掘出来，并弘扬开来，这对人类的文明，将是一种多大的贡献啊！

# 古老文化中的美与丑

《西夏咒》所展示的文化当中，有许多非常神奇的符号，比如打冤家、人骨法器、男女双修，以及前面讲过的诛杀术等等。

什么叫“打冤家”呢？所谓的“打冤家”，就是利益冲突双方之间的争斗。每个时代都在打冤家，比如第二次世界大战中，协约国和同盟国之间的战争，中国和日本之间的战争等等，各个民族之间的仇杀也是打冤家。不管规模大小，它显示出的，都是人类之间的一种互相残杀，它是罪恶的，是不应该被讴歌与发扬的。我就诅咒这种东西。

“人骨法器”又是什么呢？就是把人的骨头做成法

器，在某种宗教仪轨当中使用。《兰州晨报》上曾经报道过一个新闻：天祝农民蒋某发现一百多个死人头骨，头骨的上半部分都被割了下来。刚开始，警方以为这是谋杀，后来发现不是，而是有人盗墓取出尸体，然后用死人头骨做头颅钵。头颅钵，就是用头盖骨做成的碗，它就属于一种法器。为什么要用人的骨头来做法器呢？因为，真正修炼的人，也是要面对死亡的，这个头颅钵就象征无常。每次看到它的时候，你自然就会想起死亡，也自然会觉得自己一定要在生命消失之前，抓紧做自己该做的事情，或实现超越，或得到自由，或者做一些对世界有正面意义的事情，不要浪费生命，不要被无常的诱惑所迷惑。当你了知无常，看破世界的真相，用所有的爱与热情，去向往一种比人类更高尚、更伟大的存在，并且用整个生命与灵魂来诠释它的时候，你的生命价值就会得到升华，你就会变成一种伟大精神的符号，你无常的生命也会因此而得到相对的永恒。我的一个学生患了绝症。当医生告诉他结果的时候，他立刻给我打了电话，我在电话中点拨了他，于是他马上就战胜了恐惧，进入了一种全新的生命状态。所有人骨法器的原理，都是让你通过领悟无常的真理，战胜欲望，实现这样的一种超越。

男女双修是一种修行的方法，印度教、基督教和道教中也有类似的东西。它是指，男女双方按照一种看起来很像男欢女爱的方式进行修炼，最后达到终极超越。不过，在任何宗教里面，男女双修的要求都非常高，不是谁都可以用这种方式修炼的。当一个人的生命上升到一种很高的境界，得到了一种很大的智慧时，他要超越的东西仍然很多，情欲就是其中之一。男女双修的本质，就是利用人类生命中本有的东西，比如荷尔蒙、内分泌等，帮助你实现这种超越，战胜这种欲望，让生命状态发生变化。前一段时间，西方科学家发现了一个很有意思的事情：一个人静思的时候，如果想一些跟“性”有关的问题时，就可以让自己变得更富有强烈的生命力。我在报纸上也看到过一则新闻，其标题就是“对异性没有吸引力的男人衰老快”。这是对的。事实上，现代医学也罢，现代科学也罢，都发现人类的爱情、人类对异性的向往，能够对自己的生命产生一种正面的力量。爱是人性中一种向上的东西，所以我们才说，世界因爱情而美丽。热恋中的女孩是最美丽的，热恋中的男孩也是最美丽的。一个男人哪怕到了五十多岁、六十多岁，当他遇到可爱的女人时，仍然会出现第二次、第三次青春。歌德就是这样，他八十岁的时候，仍然在追求十八岁的女孩子，他的创作力一直都非常丰富。屠格涅夫也是这样，有一天他跟朋友说，我衰老了，我再也产生不了爱情了，他觉得自己产生不了爱情的时候，也就再也写不出东西了。

男女双修就是借助爱和性的力量，让自己实现升华的一种方法。它不仅仅是宗教的发现，也符合人类的某些科学原理。但是它跟好多人想象的不一样，它不是一种淫乱的东西，它有着非常严格的标准——如果一个人为了某种欲望去占有一个女孩子，或者想要占有一个女孩子的话，就是罪恶的，是犯戒，而不是双修，按藏传佛教的说法，这是要堕入金刚地狱的；如果为了实现超越、自由，为了得到正面的东西时，这种行为才是值得赞美的。在宗教当中，它有着一套非常完整的体系，有具体的要求与礼仪，有诸多需要遵循的具体规则，但是它不适宜被公开，因此非常神秘。

准确说来，这些符号并不局限于历史上的西夏王朝，所谓“西夏”只是一种象征，但是这里面大部分的资料来源于历史上的西夏。为什么呢？因为，书中提到的金刚亥母洞，曾经是西夏国师的住锡之所。西夏跟后来的西藏很相似，它有一种政教合一的制度，就是说，某个地区会由国师来执政。金刚亥母洞一带，就是国师执政的地区。所以，西夏是个非常独特的国家。除了国师执政之外，它的独特之处还在于它有着很强的构建意识，有自己的文字，有自己的政治制度，有自己诸多的跟宋朝、辽国不一样的文化，现在我们称之为西夏文化，它属于党项民族。这个民族有个非常美的习俗，就是认为殉情是一种荣耀，为爱情而死的男人与女人，都是受到尊重的。当然，我并不是鼓励情侣们在遇到困难的时候放弃生命，而是说，因为爱情而战胜人性中某种懦弱、奴性的东西，甚至可以奉献生命，这样的坚守非常美。信仰也是这样的。从某种意义上来说，对爱情的坚持，本身也是一种信仰。《西夏咒》中就有一个殉情的女子，她也叫雪羽儿，这个女子在爱情遭遇世俗阻力的时候，就和心爱的人一同去死。

西夏文化中不好的一点是，西夏人非常好斗，非常喜欢打仗，他们把战死沙场视为一种巨大的荣耀。如果一个男人贪生怕死，西夏人就会把狐狸尾巴挂到他家门口，这是对他家族最大的侮辱。在这一点上，虽然它有某种阳刚之气的东西，但我对它仍然有保留意见。

# 小说是人生，角色为演员

《西夏的苍狼》里面出现了许多非常神奇的人物，有黑水国的黑将军，有城堡山的黑喇嘛，有凉州大地上的黑寡子，有以黑狗王为前身的黑歌手，有将小爱升华为大爱的紫晓。跟我的所有小说作品一样，他们都有着相应的原型。

黑将军的黑水国有确实的遗址，历史上也有过相关的记载；黑喇嘛的城堡山也有，就在西部戈壁那里；黑寡子的原型是凉州人，很小的时候我就听过他的故事，我爷爷辈的人都见过他，他是一个疯疯癫癫的修行人，据说可以求下雨来。在黑寡子的那个年代，凉州不下雨的时候，人们就像书中写的那样，去请黑寡子求雨，他总会先跟来人定好合同：某年某月某日求下雨来的话，你就给我五百石粮；求不下雨来的话，你就把我给烧死。当然，他总能在既定的时辰求下雨来。这个故事听起来非常不可思议，但在凉州大地上，这样神奇的事情还有很多。

至于黑歌手，他的原型则和其他人不太一样。有人说，书中有两个雪漠：一个是世间的雪漠，就是主人公灵非；一个是出世间的雪漠，就是黑歌手。这仅仅是一种说法。其实，黑歌手承载了我对另外一种文化和精神的表述、诠释与向往，但他远远不是雪漠本人。雪漠远比黑歌手复杂和博大。不过，黑歌手的经历中有雪漠的经历，黑歌手的寻找中有雪漠的寻找，黑歌手的思考中有雪漠的思考，黑歌手的歌声中有雪漠的思想。灵非也是一样。

黑歌手是代表了西部文化中最具有人文精神和宗教精神等诸多东西的一个综合体，他所承载的东西，不一定局限于宗教文化，甚至也包括诸如西部的敦煌、凉州、甘南、兰州等地的一些地域文化，是整个西部文化中非常优秀的、有利于人类发展的一种文化。可是，这样的文化只是一种土壤，它非常深沉、凝重，但缺少灵性的变化。所以，单纯有黑歌手仍然不够，还需要有女主人公紫晓的出现。

紫晓有好几个原型，她代表了西部那些为了追求爱情而抛弃家庭的女子，以及南方那些为了信仰而抛弃诸多世间生活的女子。这种例子在现实生活中有很多，我的生活中就有很多这样的人。这样的女孩子可以放弃世间的许多享受，包括很好的待遇、非常稳定的生活、一些世人眼中的成功等等，她们所追求的，仅仅是一种心灵的向往、灵魂的安宁，或是更多的清凉。所以，紫晓的原型并不是某个特定的人。

为什么需要有紫晓的出现呢？因为紫晓代表了一种与时俱进的智慧。紫晓的身上，承载着南方、西方，甚至世界上诸多促进人类心灵进化的文化，她具有一种灵动性。当她的这种灵性，与黑歌手那股深沉、厚重的生命力量结合在一起时，就会产生更加完美的东西。这种东西，能够唤醒现代人心灵当中所缺失的一种原始情感。有人说，书中的“苍狼”就代表了这样一种非常纯朴的情感，代表了一种非常淳朴、朴素、野性的大自然的力量。当然，这也是说法的一种。

人类社会中缺少这样的一股力量，整个人类都在用自己非常无知的行为，破坏着这样的一股力量，这种无知招致了很多灾难，比如舟曲泥石流、日本海啸等等。西夏文化中有一种野性活力的东西，它爱护自然，崇尚自然之美，崇尚人类最朴素的一种情感，它就像“苍狼”的基因一样，千年来一脉相承地传递至今——因为，无论什么时代，只要有人类存在，就需要这样的一种东西；在现代社会中，被各种欲望、各种享受填满了心，以至于最美、最淳朴的情感反被驱逐的人们活得非常累，因此更需要一种原始情感的回归。

于是，紫晓与黑歌手相遇了——但他们的相遇，更多的，是两种文化的交流与对话。真正的主人公并不是他们，而是我的那种“说法”、我的那种思想、我对西部文化的那种思考、我称之为“超越”“向往”或是“寻觅”的许多东西。这诸多的元素互相交融，产生了一种全新的“说法”，然后我借用小说角色的身份，把这些“说法”淋漓尽致地诠释了出来。

这在小说里是犯忌讳的，但是我仍然要这么写。为什么呢？因为，这个时代已经不一样了，它到处是信息，到处是喧嚣，各种声音此起彼伏，占据了我们大量的生命时空。即便你大叫几声，人家也未必能听得见，何况你只是轻声细语、顾左右而言他地说上几句？过去，你可以含蓄地微笑，自会有人去慢慢品味；你也可以写十九世纪的那种文学，自有人去深究。然而，现在的这个时代已经变了，现代人已经没有耐心去看那些含蓄的东西了。当你经常用温和、含蓄的方式表达一种真理的时候，忙碌的现代人就会把你当成傻瓜，甚至疯子。所以，在《西夏的苍狼》里我就不含蓄了，也不微笑了，我非常直接地说出自己的观点，像现在这样喋喋不休地讲一些别人可能会听懂的话。当我选择了这样一种现代人能够接受的话语体系时，就有很多人把这些话都听进去了。例如，读完《西夏的苍狼》之后，好多女性读者都觉得自己就是女主人公紫晓，她们会参照紫晓的遭遇与选择，来思考自己的人生。确实，《西夏的苍狼》里有很多与现代人息息相关的话题，它能够带给人们一些关于如何取舍的启示。这才是最重要的。

至于苍狼是否藏獒的祖先？黑歌手是否真有其人？紫晓的原型是谁？黑喇嘛和黑将军是否真实的历史人物？这些都不重要。真正重要的是，人类如何为自己做出选择？如何在叩问和追索中，寻回一种最本真的情感，寻回一种没有被功利思想所污染的，本有的一种质朴、自然、雄美的力量？我对苍狼的所有描写，就是为了展现这种应当被珍视、也值得被珍视的力量，对黑歌手的描写也是如此。我在写黑歌手的时候，写的其实是人类的一种向往——对心中的“神”的向往，对真正的“美好世界”的向往。有了这种向往，就有了黑歌手。每个人都有自己的“黑歌手”，都有自己的“娑萨朗”，都有自己的“上帝”。

## 超越暴力的文化，是终极幸福的可能

《西夏的苍狼》中很有意思的一点是，里面有两个世界，一个是现实中的凉州，一个是传说中的净土“娑萨朗”，里面的人总是在互相寻找。这也是一个象征，象征什么呢？象征整个人类的一种追求。

整个人类文明中，从人类诞生开始，就存在着两个世界：第一是人的现实世界，第二是人类向往并且追求的世界，比如孔子的大同世界，柏拉图的理想国，延续到后来的空想社会主义，一直到今天的共产主义。不同的民族、不同的国家、不同的时代，都向往着现实生活之外的一种东西，甚至想创造出这样的一种东西。在我的作品中，我用“娑萨朗”来代表了这种东西。无论什么样的人，心里都有一个“娑萨朗”，都有一个超越现实的心灵世界，这个世界的存在让人类变成了真正的人类。如果人类的心中没有这个世界的话，就和其他动物没有任何区别，都仅仅是一种自然性的、动物性的存在。正是因为有了这种向往，对超越现实之外某种精神本体的向往，才让人类成了真正的“人”。

书中那个每当紫晓遇到困难时都会帮助她的“白轻衣”，也是这样的一种存在。当然，你也可以把它理解为一种现代科学暂时不能解释的东西，比如说暗物质、暗能量等等。它类似于老祖宗所说的“老天爷”，就是一种比人类更伟大的存在。不同的群体，对这种存在有不同的表述，伊斯兰教徒叫它“真主”，基督教徒称它为“上帝”，佛教徒可能会称之为“佛陀”或者“菩萨”，它还可能是圣母玛利亚、天使等等。它存不存在并不重要，但是心中有没有这个东西，对人类来说却是非常重要的。它代表了人类是否向往一种比自己更高尚的存在，这种向往的存在与否，决定了人类是向上，还是堕落。因为，它就像天空中闪烁着的北斗星一样，虽然不一定会跟你说话，但是有了它，你就知道“北”在什么方向。白轻衣也罢，佛陀也罢，真主也罢，上帝也罢，都是在告诉你这样的一种东西。

它甚至不仅仅局限于宗教，很多非宗教人士的心中也有这种东西，他们称之为良知、良心等，例如科学家的良心、人类的良心等。有了它，就意味着人的心里有了一种比自己更崇高、更伟大的东西。当你的心中有了这个东西，并且以实际行为一步一步接近它的时候，就有了升华的可能，就不会堕落。比如说，如果一个人发现爬上山顶就可以看到很美的风景，那么他就不会一直盯着脚下的土地，而会一直向上攀爬，一直向上看。这很像温家宝总理在一首诗中所写的“仰望星空”。

不过，每个人心中的“净土”都不会超过他的心灵。我举个简单的例子，过去凉州人特别爱吃羊肉臊子面，所以他们认为天天都能吃上羊肉臊子面就是“娑萨朗”，他们甚至认为对于北京城里的一些国家领导人以及北京最富有的人来说，“娑萨朗”也意味着顿顿都能吃上羊肉臊子面。一个人心中的“娑萨朗”，以及他追求的所有东西，永远高不过他的心。因为他能认知的范围就这么大，他根本不知道这个世界上有比羊肉臊子面更美好的东西，又怎么会去追求它呢？换句话说，如果一个人不知道对伟大精神的向往和追求，能给他带来比满足欲望更大的快乐时，他就会觉得满足欲望是世界上最快乐、也是最重要的事情，他就会用所有的心念与行为去追求金钱、名利、物质等等虚幻无常的东西。他们不知道，自己追求之物就像手中的水，无论怎么用力去握紧它，它还是会流走的。一直陪伴着我们的，仅仅是我们的心；真正能相对永恒地留存下去的，是生命真正的价值，而非物质化的一切。

所以，要想让自己的梦想真正变成“梦想”，我们就必须拥有一颗博大的心灵，一个真正属于人类的、远高于一般动物的心灵，要有一种精神的、信仰的、灵魂的国度。我们也可以称之为“精神文明建设”。如果没有这样的一种建设，单纯追求一种物质性、欲望性的满足，那么我们的心灵就永远都博大不到哪里去。

在人类历史上，包括中国历史中，无论什么朝代，某种力量在推翻一个暴力王朝之后，最终还是会变得跟自己所推翻的那种暴力政权一模一样，然后再被饱受欺压、忍无可忍的老百姓推翻。因为，在人的心灵没有改变、仍然被欲望所填满、仍然不惜用暴力的手段来守住既得利益的时候，他们建立并向往的“娑萨朗”就仍然是那种充满了暴力的政权。

世界就是这样。人类中所有想用暴力推翻暴力的人，都是很可怕的。因为，当“以暴易暴”现象出现的时候，智慧与博爱就很难造福于人类。所以，人类文明中最美的东西，还是孔子的“仁”、老子的“道”，以及康德等西方的伟大哲人们所崇尚的那种充满了善与爱的东西。只有这种超越暴力的文化占据了人类的话语市场，影响人类价值判断的时候，人类的终极幸福才有实现的可能。

人类需要的，不是用一个有力的拳头去打一个不如他的拳头，不是以暴力对抗暴力，而是一种善文化的直接影响，如西方基督教文化中的“博爱”，中国文化中的“仁”，甚至许多民俗文化、宗教文化，以及一些国家文化中有益的东西。可惜这些有益的文化在当今时代不占主流地位。比如，美国虽然大部分人都信仰崇尚博爱的基督教，但是它攻打伊拉克的时候却依然崇尚暴力，基督教那种博爱的文化根本制约不了暴政背后非常可怕的欲望，在这种欲望的驱动下，它可以找到任何一个借口去屠杀另一个国家的人类。又比如，在一部叫作《异端的权利》的书中，有一个非常有名的宗教改革家叫加尔文，这个人建立了一种自认为非常好的秩序，但实际上，他所建立的可能是一种远离宗教精神的、非常可怕的东西，因为他主张对所有不符合自己教义的思想家进行迫害，而西方文化并没有制约这种邪恶的东西，甚至在某种程度上还助长了这种邪恶的文化。2009年我去法国的时候，就发现法国的民族英雄仍然是拿破仑。拿破仑是一个什么样的人呢？对于法国人来说他是英雄，但是对于别国人民来说，他就是刽子手。但是法国人不管这一点，他们仍然像崇拜“神”一样崇拜着他。我告诉他们，只要屠杀人类就肯定是罪人，不要管他是不是为某个国家、某个民族带来了利益，屠杀本身就是一种罪恶，把这种罪人当成神灵来膜拜，是一件非常可怕的事情。

所以，《西夏的苍狼》最后的标志性人物不是将军，而是歌手，这才符合人类文明中所说的“铸剑为犁”——把杀人之剑变成耕耘的犁，不要用强权和暴力来推广自己的理念，而要把爱植入人们的心田。这才是整个人类真正的共同追求。

## 真正的成就者，是最懂爱的人

《西夏的苍狼》中还有一个非常重要的内容，就是爱与信仰的纠结。书中，女主人公紫晓在世俗生活与信仰的冲突当中，选择了信仰，抛弃了世俗的生活。她的这个选择，曾经在读者群中掀起了一场不小的风波——许多人都在思考，爱情一定会变成一个人追求信仰的障碍吗？难道，追求信仰就必须放弃爱情？其实并不是这样的，信仰与爱并不冲突，不但不冲突，而且爱还是信仰当中一个非常重要的内容。不懂爱的人，不会有真正的信仰；真正的成就者，必然是最懂爱的人。区别仅仅在于，有的人只懂一种小爱，就是对情人、亲友的那种爱，而成就者却拥有一种大爱，一种能够遍及一切的爱。他不但会爱自己的亲人，爱自己的朋友，还会爱宇宙间所有的生灵，他的爱是无分别的，也没有任何立场与界限。他的爱就像太阳一样，只要你不躲进阴影里面，就一定能沐浴在他那阳光般温暖的大爱当中。

当然，大爱也是由小爱升华的，但是，升华的前提是你心中必须真的有爱。很多时候，现代人不是升华不了，而是根本没有爱、没有真爱，那些被他们当成爱的，实际上只是一种类似于占有欲、控制欲之类的东西。那远远不是真爱。那真爱是什么呢？真爱是奉献，是无私，是多为他人想想。好多被欲望和享受填满了心灵的现代人，已经不懂得什么是爱了，他们在乎的是一种实惠，是一种索取，是一种个人的享受，这不是爱。

在一次网络访谈中，有人问我，真爱可以升华为信仰，但是现代人没有真爱怎么办？我告诉他，有真爱的，就把爱升华为信仰。如何升华？把自我非常狭小的、止步于个人享受的那些爱，一点又一点地波及亲人、波及他人、波及世界。这个时候，小爱就变成大爱了。再进一步把这种大爱变成一种智慧、一种生活方式、一种生命习惯、一种世界观的时候，大爱就变成信仰了。就是说，要破除自我的欲望，依托这种爱，让更多人获益，然后再让如此养成的大爱变成一种习惯，成为你生命中不会消失的一种氛围——像空气一样——的时候，它就变成了信仰。那没有真爱的人又该怎么办呢？没有爱，就把信仰变成爱。

很多人在现实生活中没有爱，找不到爱，后来就把信仰变成了爱。当信仰的内容、信仰的方式、信仰的力量充满整个生命时空的时候，它就会变成一种真爱。诸多宗教信仰者都是这样的。当他们在现实生活中找不到爱的时候，就爱佛陀，爱菩萨。当然，如果对佛陀和菩萨的爱仅仅是为了满足世俗欲望的话，就远远谈不上信仰。

信仰是什么呢？概括来说，信仰是将一种利众的念想化为实际行动，比如台湾的证严法师，她为西部老百姓做了那么多的事情，即使没有小爱，信仰也会让她拥有一种大爱。再从细处说来的话，信仰可以分为两种：一种是道理上的信仰，一种是生命中的信仰。道理上的信仰是自己觉得应该这样。《西夏的苍狼》的女主人公紫晓最初的信仰就是这样。她修炼一种瑜伽，信仰奶格玛，但这仅仅是一种道理上的信仰，是知识层面的信仰。只有在遇到黑歌手之后，她的知识才变成了智慧。

知识和智慧的区别在什么地方呢？知识是外来的，智慧是本来俱足的。知识是外部世界灌输给你的，而不是你的生命本能。比如佛家中，好多法师讲法的时候会告诉你，你应该怎么样，当你觉得这种说法很有道理，你确实应该这样的时候，你就得到了一种知识。当它不再是一种外来的东西，而成为你生命的一种本能，就是说，你的心灵足够强大，无须像月亮那样借助外界力量，自己就能发光，并且你心灵焕发出的光芒还能照亮世界的时候，知识层面的信仰就变成了行为上的信仰。如果生命中出现这种行为上的真正信仰，你的生命中就出现了太阳。黑歌手就是紫晓生命中的太阳。以前，紫晓的心虽然有着被点亮的各种可能性，但是始终没有被点亮，在遇到黑歌手的时候，她的心灵才像火把一样，马上被点亮了。

黑歌手这个人物最特别的一点是，他非常的抽象，他是一团说不清的混沌，甚至不能算是一个具体的人物，而仅仅是一个象征。他也经过了凡夫所必经的寻觅，也有漫长的灵魂历练，到了最后，他成了一个类似于上帝的人物，但又不是任何一个人——除了他自己——的主宰。他对于紫晓来说，意味着一种仰视、一种向往的对象。紫晓就是在对他的这种仰视与向往中，一步步地超越了世俗的小爱，实现了爱的升华，拥有了真正的信仰。所以，黑歌手必须抽象，他要是太清晰、太个性化了，就不是他了；他要是选择了世俗的情爱，也就不是他了。信仰就是这样的，它里面除了“信”，还一定要有“仰”，就是说，你信仰的对象不可能和你差不多，如果他和你差不多的话，你们就是朋友，你们之间的关系就是“交流”而不是“信仰”。他的精神必须比你伟大，境界必须比你更高，胸怀必须比你博大，追求也必须比你更加宏伟，唯有如此，他才有可能成为被你仰视与学习的对象。

紫晓本来也应该写得更虚一些的，因为我在写她的时候，并不是在写某个特定的人物，而是在写我对女性的许多向往。她承载了这些向往，所以她肯定是高于生活的。她的经历，也是我有过的求索，从某种意义上说，她其实也是我自己，也是每一个被热恼所困的人。

虽然同样承载着我对女性的向往，但是她跟《西夏咒》里的雪羽儿是不一样的，雪羽儿的身上没有一丝一毫的世俗气息，是一种类似于女神般的存在，而紫晓却演绎了一种很可能会发生在每一个世俗女子生命中的选择与历练。与雪羽儿相比，她的身上有更多的世俗气，但她仍然不是世俗的。她的不世俗，体现在她始终有一种高于物质的追求，她始终在寻找一种生命中的诗意，也始终在寻找一种最质朴、最原始的生命力量。这种对诗意和生命大力的寻觅，让她最终遇到了黑歌手，并且在这场命定的相遇中，实现了对世俗爱情的超越，拥有了一种真正的信仰。

令很多人不解的是，为什么紫晓一定要抛弃自己的家庭，来实现一种对爱情的超越呢？为什么不能仅仅实现心的超越，而留存那爱的形式呢？因为，她终于明白自己所拥有的，并不是真正的爱情，她实际上被一种爱的名义奴役了。她的身上其实有着每个女人的影子。这个时代，女人如果不是被男人控制，便是被社会和欲望所控制，所有的控制本质上都一样，都是在扼杀她心灵的自主，让她变成一个奴隶。紫晓的丈夫常昊，口中说着爱，行为中却将她当成自己的附属之物，利用她，追杀她，而且这种追杀是无处不在的。他就像紫晓生命中一个挥之不去的阴影。为了换取生命的自由和自主，为了选择一种更有尊严和价值的生活方式，紫晓只能逃离。

不过，这个常昊同样不是一个具体的人物，而是一个群体的象征；紫晓和常昊之间的故事也不是特例，它不断发生在人类社会的每一个角落、每一个时期，只是其中的规律性少有人知。所以，好多女人在读着紫晓的故事时，就读到了自己，读出了自己那段“爱情”的真相。从这个意义上来说，紫晓的经历，能给世俗女子带来更多的启示，至少它会告诉每一个女人，你有什么样的选择，就有什么样的命运；不想像现在这样活着，你就要建立信仰，改变自己的心，学会如何在生活中做好每一个选择。

# 披着小说外衣的思想文本

在跟人民文学出版社的陈彦瑾谈到《西夏的苍狼》时，她说这本书是建立在某个女子的爱情遭遇上的，这似乎显得“小”而“浅”了。我告诉她，所有大的超越，其实都建立在对具体生活的超越上，比如爱情。从本质上来说，爱情是最大的欲望，能超越它的人并不多。只有超越了爱和欲望，我们才能谈更大的超越。在原始佛家中，是视情欲为大敌的。我们不能离开爱情和欲望，谈更大意义上的超越。古希腊史诗记载的那几次有名的大战，其起因也是情欲。所以很难说“历史罪恶”就比“爱情欲望”更“大”更“深”，爱情就更“小”更“浅”。许多时候，历史罪恶就源于那些“小”和“浅”的爱欲。

再者，这本书虽然看起来建立在某个女子的爱情遭遇上，但它更多的是在讲述一种超越爱情的东西——永恒与寻觅。它是我“超越”和“自由”思想的一种形象化文本，而不是传统意义上的小说。我甚至有意打碎了那些小说的概念，让人物去演绎这个寓言。评论家们定能从里面找出一些所谓的“毛病”，却不知道那是我有意为之的。跟《西夏咒》一样，我放弃了我一向擅长的写法，又玩了一回“反小说”——让作者和生活都介入进来。在这里，我不要人物，甚至不要故事的曲折，只要他们跟我一起来表演一种我对“寻觅”和“永恒”的“说法”。书中所有的历史传奇，也在演绎我的“说法”，也在表演我的思想。所以这里的情节非常简单，甚至算不上完整的故事。它只有线索，但那“寓言”的目的，却达到了。我的专注点在灵魂的述说，他们在说，而不是我在写。书中有无数个潜流在对话，书中的人物都在述说着自己的“寻觅”故事。这些故事，也让我感动不已。比如，每当我看到黑将军们的故事，都会感到兴奋；看到黑歌手找到的娑萨朗，我也会陶醉；读到黑歌手的寻觅时，我自己也被震撼了——黑歌手用他的一生心血去寻找老祖宗传说中的娑萨朗净土，为此他历经千辛万苦，却发现他找到的圣地，其实是家乡的另一个翻版……

除了我的学术著作之外，我的其他“小说”——包括《西夏咒》——都没有像《西夏的苍狼》那样，能承载这么多我想说的话。我把那么多的历史故事和素材，都用来说我想说的话，我甚至不管啥艺术了，艺术是《西夏咒》的事。也不管人物和生活，那些是《大漠祭》们的事。我在《西夏的苍狼》中间，只写一个女子和黑歌手的故事。他们演了一出关于寻觅、超越的戏，说了一些关于永恒和乌托邦的话。我不管它像不像一部“小说”，也不管评论家们会怎么评价这部不像“小说”的小说。

传统的“小说”是什么？是编辑们设置的框框条条，为的是束缚一个鲜活的灵魂。我不要这个框框。我不是在写小说。我是为了说话和传播，为了打破某一种现实和观念上的封锁而创作。因此，我只要能说出话来，就行了。人们会在这本书中研究雪漠的思想和变化，而不是研究他的“小说”技法。人们会在《西夏的苍狼》中发现我经历了怎样的寻觅和历练。所以，我只是说我想说的话。我的生命中，一直有一种力量在改变我的写作。比如，我本来不想要那个《无死的金刚心》，想将它并入《野狐岭》，但“他们”喜欢金刚心，我只能去写它。我老是被“他们”劫持。《西夏的苍狼》也是这样。虽然不好，但“他们”喜欢。“他们”可不懂什么“文学理论”和“小说技法”。“他们”是谁？“他们”是我生命中的一种存在，是一种能裹挟我的生命激情和智慧力量的存在。“他们”只希望我能说些跟“他们”有关的话。“他们”不懂文化人所说的“文化”，只想叫我说“他们”懂的文化。“他们”甚至不管谁在叫好，或是有谁在听，我只能顺从“他们”，否则，我就一个字都写不出来。

我的许多小说都没有概念化，唯独《西夏的苍狼》，我想写写“概念”。我写“概念”，人们都不一定看得懂，要是不写“概念”，就变成另一部《西夏咒》了，别人更加读不懂。有时候，世界需要的，其实是一声大喝，而不仅仅是含蓄的微笑。对于脚后跟一样迟钝的心灵来说，微风的轻抚不起作用，所以我只能大声地说我想说和该说的话。书中的人物，也在跟我一起说话和演戏，仅此而已。这是一部“概念”小说，承载了一种世界需要的“概念”，你也可以称之为“智慧”或者“思想”。它的主人公，便是雪漠想说的“话”，是雪漠想表达的“思想”。在其中，我根本不愿意像过去那样隐在身后或文后，因为世界早已迟钝了。在搅天的噪音中，含蓄是落入水中的雪花，是激不起一点涟漪的。世界需要大喊时，为什么不大喊呢？我可不管它是不是符合人们设定的那种文学概念，它只符合雪漠需要的概念。它不去迎合流行的文学价值评判体系，只符合雪漠自己的价值评判体系。在我的世界里，我一直是自己标准的制订者。我想咋写，就咋写。

一直以来，都有人在用他们的标准来衡量我的写作和说话，但我却始终在用我的标准来写作和说话。有时，我也会听听其他话语体系的声音。所以，在我的创作中，一直有两种文本：一种是编辑们喜欢的，一种是我愿意写的。编辑们喜欢的，也许是世界喜欢的；我想写的，却肯定是世界需要的。

正是因为如此，《西夏的苍狼》拥有大批有信仰的忠实读者，甚至，书中的许多内容也变成了信仰本身。里面所记载的那种信仰的文化会一直传承下去，变成寓言和预言。此外，有许多人向往书中描写的娑萨朗——有的人甚至想要建立一个人间的娑萨朗——有许多人知道奶格玛和秘境，有许多人知道光明大手印以及关于“永恒”的追问和阐释，更有对人类终极梦想的向往，还有许多人像紫晓那样告别了过去，为自己做出了更好的选择。

或许有的人看不懂书中的那些喃喃自语，但看不懂也不要紧，需要看懂的人们，就肯定会看懂的。它比《大漠祭》们承载了更多的清凉信息。从这个角度上来看，《西夏的苍狼》有着巨大的价值。

# 在明空禅境中写作

◎问：您不仅仅是位瑜伽行者，同时也是著名作家。您在自命为“红云窟”的关房里，修了八年小乘禅定，修了十二年光明大手印，除了宗教修炼之外，您还以写作的方式禅修或是以禅修的方式写作，请您谈谈禅修与写作之间的联系好吗？

●雪漠：修行有三个阶段，禅宗的说法就是破初关、重关、牢关。现在的那种“三关”之说是他们的理解。我认为的“三关”是这样的：第一关就是明心见性，明白什么是真心，什么是空性。这是第一关。就是当你看到空性光明的时候，这是破了第一关。第二关就是把这种光明打成一片，让你的生命中充满这种光明，这是第二关。第三关，是你融入这种光明，却又不执著这种光明。因为执著这种光明也是一种执著，要把这种执著也扫掉，最终达到证得光明而不执著光明，这才叫平常心。平常心是这个东西，好多人说的平常心不是“平常心是道”的那个平常心。真正的平常心就是证得智慧而不执著这种智慧的自然状态，才叫平常心。

当你明心见性之后，当你把那种光明打成一片，当你的生命中每时每刻都离不开那种光明和空性的时候，所有的分别就消除了。当你证得那种真理的时候，你无论吃饭、喝水，还是写作，那种东西都仍然存在，你已经跟它融为一体了。你的心要像一面镜子一样，它照出整个世界，世界中的风风雨雨、熙熙攘攘，在镜子里面非常清晰地体现出来，但镜子是如如不动的。正如《金刚经》里说的那样：“不取于相，如如不动。”当你达到这种境界的时候，世上的所有画面已经很难能让你的心波动了。镜子不可能看到一团大火，就感到恐惧，觉得要烧毁它；不会看到一个美女，镜子就非常快乐；不会看到一个魔鬼，镜子就感到恐惧。这时候，世界上的一切，已经影响不了你的心灵明镜，你的所有行为也不可能改变你心中的那份觉悟。这时候，你会在二十四小时都处在那种空性光明中，你随时随地都在修行，写作也罢，吃饭也罢，行住坐卧也罢，都在修行，这就是禅宗里说的“行住坐卧，不离这个”。赵州老和尚说：“老僧用了四十年才将功夫打成一片。”打成一片之后，他无时无刻不在修行。他走路在修行，吃饭在修行，因为这些行为都不能使他的心产生波动，这才是真修行。这时候，闭关也罢，不闭关也罢，都没有修行的名相。你看不到他在修行，这时候，在禅宗里就叫“和光同尘，扫除悟迹”。光明和灰尘已经没有啥分别了，就连那开悟的样子和证得智慧的样子也没有了。

《阿含经》常用两句话来形容阿罗汉的境界：“虚空和手掌无别”“黄金与牛粪同值”。当你没有这种分别心，达到那种境界的时候，写作也罢，修行也罢，做其他事情也罢，你都不会再变糊涂，不会再迷了。

那个时候，你已经没有修行相了，但无时无刻不在修行，这在大手印里叫无修瑜伽，在五级证道里叫无修道。看起来已经无修了，没有修的名相，但始终在修，他离不开那个东西了，把修的执著给打破了，就是这样的。

我在写作的时候，也没有离开那种明空之境，所以，我说我“以写作的方式禅修或是以禅修的方式写作”。

# 人类最基本的素养是人格修养

◎问：文学是“人学”，真正的宗教也是“人学”。一个作家最基本的素养应该是什么呢？

●雪漠：最基本的素养就是人格修养。我整个的生命时空中，主要在修炼人格，我们称之为修行。修行就是一种人格修炼。修行的“行”就是行为的“行”。人格是通过行为体现出来的。你的人格的某种境界，必须要由你的行为来体现。

信仰佛家之后，我进行了严格的修炼。我的修炼不是应付自己的那种修炼，而是闭关修炼。我每天坐禅四次，一座两到三个小时。在坐禅中间，觉得有兴趣就写点东西。我的写作，也是安住于空明之境中，让心中的东西流出来，变成文字，于是就出现了《大漠祭》《猎原》，出现了《白虎关》，以及《初心》等。

因为自己即使在写作时，也不曾离开明空，所以我说写作是我修炼的另外一种方式。写作是另外一种修炼。坐禅是我的正修，辅助性的修炼就是我的写作，读书也同样是修炼。我在读书时也是持着宝瓶气。

当你修到一定的时候，突破某个界限，就能够明心见性了。开悟后的一段时间是非常重要的，它需要与世隔绝的封闭式修炼。这时要拒绝很多干扰，让你的心灵得到最大限度的自由和自主。当你能真正自主心灵之后，世俗不能再干扰你时，你可以再入红尘，进行历练。当那巨大的快乐和幸福不能改变你的心灵，那巨大的灾难和诸多的违缘也不能改变你的心灵时，你的人格修炼才算真正完成。

佛家所谓的成就最终还是要体现在人格上，所以一个作家也罢，一个佛教徒也罢，所有修炼的目的就是完善人格。就如太虚法师说的那样："仰止唯佛陀，完成在人格。人成即佛成，是名真现实。"没有人格，就没有修炼。

现在的一些修行人很滑稽，把人格和修行分开了。他们说起教理头头是道，但在现实生活中做人做得非常差。那不叫修行。如果在人格修炼和行为之外再去追求一个东西的话，这是错误的。这不叫修行，这叫欺骗自己，或者叫欺世盗名。有人为了欺骗自己，装出一种修炼的样子，而人格却非常之差，这不叫修行。

◎问：那么，大而化之地说，整个人类最基本的素养也应该是人格的修养吧?

●雪漠：对。人性包括两部分：一种是兽性，一种是神性。

当人没有梦想、失去神性的时候，他就是动物，不能叫人。好多人仅仅是个动物。所谓的六道轮回，不一定是除过人这个本体之外再去寻找另一个六道轮回，而是人类本身就示现了六道轮回。好多人失去人性，失去向上的可能性，他本身就是兽，他就在畜生道；贪婪、仇恨、愚昧充满他心灵的时候，他就在地狱道、饿鬼道；当仇恨左右心灵、让他十分好斗的时候，就在阿修罗道；当一个人消除了愚昧、仇恨、贪婪、嫉妒等等，达到一种神性高度的时候，就进入了天道，他就是天人。所以，人类修炼的所有目的就是消除那些动物性、欲望的东西，让自己达到一种神性的高度。

事实上，人类所有的善文化都是一种修炼内容，包括哲学等，甚至包括我们社会的精神文明建设，这都是修炼的内容。所以“修炼”这个词，不仅仅是佛家独有的东西，而是整个人类所有的文化、文明中共有的东西。只要你想达到一种“善”的层次，那么你就在修炼。

人类文明当中最伟大的就是善的、向上的文化。当你消除了恶、慢慢接近善的时候，你就在修炼。修炼甚至跟宗教仪轨没有必然关系。宗教的仪轨，就是通过一种特定的语言形式，通过一种语言和象征的方式，让这个人的心灵接受善的熏染，让恶的东西一天天变少。就如一块地里，种满了麦子之后，杂草就会越来越少。佛家的修炼、道家的修炼、基督教的修炼，以及伊斯兰教的修炼，都是在用一种非常善的理念、善的语言系统、善的仪轨——也叫“宗教礼仪”，慢慢地把人熏染，像我们腌咸菜一样，把他腌透。久而久之，善的东西就会进入他的心灵，把恶的东西慢慢挤出去，或者把它消解掉，最后融入真正的大善。修炼的所有目的，不应该是非常神秘的，不应该是神神道道的，而是非常朴素的。禅宗文化里就有许多非常接近本真的修炼，“平常心是道”就是这个意思。

◎问：一个人想伟大是不是很难？

●雪漠：也难，也不难。当你见到街上寒风中的乞丐，把自己的衣服脱给他，把身上的钱给了他，并且无丝毫的为难、执著和自矜，像赤子对待母亲那般自然，那你就很伟大了。任何人跟他相比都会很逊色了。

一般人做不到的原因是他的精神没有达到那种层面，所以很难伟大。当一个作家的人格超越了作家本身的层面时，他才可能伟人，才值得人们敬仰。

◎问：我看过您的《谈作家的人格修炼》，一个作家的人格修炼真那么重要?

●雪漠：一个作家，最重要的是人格修炼。如果不使自己的心灵像这个世界一样丰富和博大，而仅仅是进行文学本身的训练的话，他不会成大气候。好多作家充当了一种卖水的角色：从生活之海中舀来一瓢水，就吆喝个不停，唯恐别人不知道自己兜售的货色。作家更应该注重的，是灵魂的修炼。当心灵丰富和博大成一个世界的时候，写出的东西自然会有一种大气。

托尔斯泰无论大作品还是小作品，都有他独有的大气。无论《战争与和平》，还是一些很短的随笔，都有一种浓浓的托尔斯泰味道。那种味道，别的作家没有，也模仿不来。那是隐在文字背后的作家人格的体现。他必须经过灵魂的历练，达到很高境界的时候，才可能有那种大气。

托尔斯泰经历了无数次的精神危机和自我超越。他的精神危机是时代的困惑，他的痛苦是时代的痛苦。他的人格，达到了很高的境界，被称为“十九世纪的良心”。所以，他才能傲立于世界文学的顶端。

在完成了必要的文学训练之后，作家最应该注重的，是人格的修炼。人格，决定了他未来的成就。

文学训练是很必要的，但这种训练并不难完成。最难的，是人格的修炼。如果他是大海的话，即使绽出一小朵浪花，也会有大海的气息。要是他是只猴子的话，无论他翻出多少个叫人眼花缭乱的跟头，并赢得了千万人叫好，他也仍然是只猴子。

所以，一个作家，要是不注重人格修炼，仅仅是在文学技巧上玩弄花样，无论他玩得多么出色，他仍然掩饰不住人格的小气和卑琐。老百姓对这样的作家很反感。这也是文学受到冷落的真正原因。

一部作品，最终是作家人格的反映。艺术手法，仅仅是手段而已。在这一点上，中国作家做到的不多。我更喜欢隐在文字背后的作家的人格，这是一个作家最难得的东西。

## 让心灵的静水映射出世界

◎问：时下，人多功利和现实，而您能静下心来写反映老百姓苦难和命运的小说。您能谈谈您创作时的心态吗?

●雪漠：一个作家，必须看淡生活中的一些别人趋之若鹜的东西，包括权力，包括金钱，包括美色。他必须高贵地看淡一些东西，不为外物所动。我在最穷的时候，也不知道我有多少钱，只有在没钱时，我才知道自己一分钱也没了，所以我的心态非常平静。只要活着、吃饱、穿暖、健康，我就会将全部身心投入写作、读书和其他一些有意义的事（比如宗教修炼）之中，绝不会叫一些无关紧要的事干扰自己的心灵。因为，人很快就会从这个世界上消失，一百年后，我们都会变成一堆骨头。那时，雪漠的那堆骨头和另一个男人的骨头在外形上区别不大。当然，也许雪漠的骨头脑袋大一点，粗糙一些，但它仍然是一堆骨头。如何在生命存在的时候，尽快做完你自己该做的事情，这是最主要的事。这时候，哪个人骂了你，跟你钩心斗角，都没有啥意义。一百年后的雪漠留下的，只是几本书，而有些人，什么都留不下，像苍蝇飞过虚空一样，他到这个世界上来没有任何证据，有些人甚至没有价值。所以，我经常想到死亡，当我想到死亡时，心中就非常平静，绝不去在乎一些没有意义的事。

◎问：您为啥强调创作时的平静？

●雪漠：你见过湖水吗？那湖水，只有在平静时，才可能照出外面的世界。一旦湖水大动，水面就模糊了。只有在心灵平静时，你才可能产生智慧。激动时，那不叫智慧，那叫情绪。比如，你爱上一个女孩，词不达意，一堆“我爱你”，那不叫灵感，叫情绪。

◎问：如何理解您说的您在写作时，心灵也仍然宁静的说法？

●雪漠：天空中经常出现雷鸣电闪，但这些，影响不了天空的宁静。那电闪雷鸣仅仅是天空里发生的现象，而不是天空的本来面目。即使在电闪雷鸣时，天空定然也是那么空明的。一切只发生在乌云里。当一个人的心灵像天空一样博大时，写作时文字的电闪雷鸣也影响不了心的宁静。

◎问：我明白了。我看过一篇文章，上面说“如风吹光”，风咋吹，也影响不了那射过去的光。这种境界是不是需要修炼?

●雪漠：当然需要。我举个例子，我也常训儿子。因为我不训他时，他可能要走另一条路，这时我知道，该修理他了。我就会像其他父母一样，对他修理一番，但我心里却很平静，我也示现发怒，我也吹胡子瞪眼，但那仅仅是我知道我必须那样，我对他的修理才有效果，我心中绝不会真的发怒。表情上的发怒是现象，内心的平静是本真，我的写作也一样。

# 非议是梦中的幻影

◎问：对《大漠祭》《猎原》《白虎关》《西夏咒》《西夏的苍狼》，评论界有许多解读方式，您最赞同哪种解读？您是否认为有夸大和误解之处？您如何看待它们？

●雪漠：我不在乎它们。就像我在唱歌时，无论别人从我的歌中听出什么意义，我都不在乎。对评论也是这样，我不管他们是否读出了爱情，或是灵魂，或者是别的意义，我都不在乎。我从来不在乎别人的评论。近来，有朋友告诉我，每有文学聚会，总能听到骂我的声音。我说骂就好，别人骂你，正说明了你的存在。我在小说集《狼祸》中，有篇序言，题目是《谈作家的人格修炼》，文章抨击了目前中国文学界的那种浮躁、堕落等。《文学报》选发了其中一部分，题目是《“真诚”的卑鄙也是卑鄙》，北京的《新京报》《京华时报》等媒体也做出反响，发了一些文章，所以惹恼了一些人，有些骂声。我不在乎。我觉得，只有你在别人眼里是一个不可忽视的存在时，他才会骂你。他的骂，正说明了你的存在。无论他是道听途说，还是主观猜测，或是恶意诽谤，我都没有时间去理睬。我明明白白知道，无论称赞也罢，诅咒也罢，都是过眼云烟，人们很快就会忘了它。即使有人忘不了，这茬人死了之后，那诅咒和赞美也会随之消失。它们是没有实义的，是虚幻无常的，不要在乎它。多年之后，当我们的肉体消失之后，也许能留在这世上的，只有作品。所以，我要在有限的生命时间里，尽可能多地留下好作品，至于别人的说好说坏，我实在没有时间去在乎。

◎问：您的多部小说的出版，给您带来了荣誉，也招来了许多非议，您怎么看待这种状况？

●雪漠：生命太短了。眼前的一切，很快会成为过去，荣也罢，辱也罢，都是过眼云烟。重要的，是如何在生命存在时，干完自己该干的事。所以，我从来不去考虑别人说啥，也没时间去管一些无意义的事，更不愿蝇营狗苟。我只想在有限的生命里，尽可能多地干一些有益于别人、也有益于家乡的事。一个作家，首先必须是好人，首先必须使自己尽可能地大气，才有可能写出大气的作品。生狮子的，自己必须先是狮子。若是自己是老鼠，无论如何挖空心思，哪怕胀破肚皮，也只能生下老鼠。他的作品，绝不会比他自己更伟大。所以，我首先做的，是拒绝一切外现，包括名利，包括荣辱，自然也包括非议。当然，在创作上，我是闻过则喜的。只要是真诚的批评，我都会欢迎，并且感激。这里强调一点，我之所以不管别人的议论，并不是我多么高傲，也不是我有多好的修养，而是我实在没有时间。一些人花了许多时间来议论我，而我却没有时间去听，叫人家白议论了，很抱歉。

◎问：恕我直言，您是不是太过于自信，有些偏激，目空一切？

●雪漠：创作上，需要目空一切。创作之前，要谦虚。创作过程中，需要目空一切。在学习过程中，你是大海，你需要吸纳百川之水。创作中，眼前的大师，就成障碍了。首先，要从心里赶出他们。

我在写作时，非常自信。对许多作家，我不以为然。要是他的活着，不能为这个世界带来好东西的话，其生存就没啥价值。更有些所谓的作家，活着不如死掉。因为他活着，仅仅是在制造一些精神污染。

你想，老百姓花钱买你的作品，花时间读你的作品，读完后，才发现，里面全是垃圾，按鲁迅的说法，叫“图财害命”。

创作中间，既要虚怀若谷，又要目空一切。

◎问：在您的创作中，最大的困惑是什么？

●雪漠：现在，我已没有困惑了。我的困惑多在二十五岁至三十岁之间。现在早没有了困惑。就像一个小和尚有好多困惑，后来他苦修顿悟，就不再有困惑了。现在，我只有快乐，我写作时得到的那种灵魂的快乐，绝不是红尘中一般的快乐所能比拟的。若是你在某一天顿悟，也会品尝到这种快乐。

# 在喧闹之中享受清凉

◎问：您是体制内还是体制外的作家？体制内外给我的感觉是平原和地沟、船上和海里。作为作家，只要是在体制内，就会受到制约。雪漠特殊一点，您不是驻会作家，比较边远。深刻地讲，不在海中，就没有真正跟民间的人在一起，俸禄先定性地限制了他们不能完全跟人民同呼吸、共患难，这样一种体制也影响了整个民族的原创力和活力。

●雪漠：因为你没有看过我的东西，如果看了，你就不会问我这个问题。我的作品是被当地封杀的。我的父母是农民，我跑遍了那片土地，我对他们太了解了。关于体制内外的问题，我在武威市教委工作的时候，曾写过辞职报告，但是他们没批准，当时我真是不想干了，因为有人让我来写材料、办报纸。我的生命更珍贵，我要追求一种更高意义上的自由。在家乡我是家喻户晓的，我的小说拍过电视，又被当地半公开地封杀过，老百姓却喜欢我的书，书卖得非常好。那时，我时时刻刻想走出体制，至今，我仍把妻子的户口留在农村，还保留了几亩地。为了自由，我可能会随时辞职，回家种地。所以，如果想让我放弃自己的信仰和精神，去迎合一种东西的话，我是不愿意的，我绝不会让自由受到任何的束缚和损伤。为了活的理由，比如自由、爱这种精神，我可以放弃活的过程。所以我的写作很自由，那是纯粹从生命中流淌出来的。你看完我的作品，就不会有以上的那种想法。

前不久，我去罗马尼亚参加“国际文学节”，文学节的主题是《地球村里的孤独》。二十多个国家的一百五十多位作家都在抒发自己的孤独感慨，但几乎全部的内容，都在埋怨时下媒体对文学的挤压，都在感叹作家的边缘化。我接受国际广播电台的采访时就说：“作家们把孤独谈小了。他们所说的孤独，仅仅是一种情绪，是个人欲望和贪婪不能满足时的失落，是个体处于边缘时对世界的埋怨，是一种堕落的标志。那不是真正的孤独。真正的孤独是智慧的觉醒，是感悟生命的易逝、世间的无常和作家想建立的永恒价值之间的矛盾和冲突。真正的孤独是一种境界，是独上高峰望八都、前不见古人后不见来者的怅然，是‘举世皆浊我独清，举世皆睡我独醒’的冷寂。被钉在十字架上的耶稣是孤独的，菩提树下觉悟的佛陀是孤独的。”真正的作家应该在喧闹之中享受一份清凉，在迷醉之中保持一份清醒，在庸碌之中体现一种高贵，在大善之前保持一份谦恭和敬畏。因为，承载其思想的肉体很快会消失，无论他多么虚矫和世俗，都不会改变他终究成为白骨的命运。相较于无始无终的时间和无边无际的空间，生命的善逝比闪电还要快上万倍。趁着还能表达自己的思想时，趁着还能做些有益于众生的实事时，应该投入全部的身心，奉献全部的真诚，宁静专注地做他应做的事。

# 智信是一种宗教情怀

◎问：从《猎原》中可以看出，您其实更像是一位说禅者。在看似客观冷静的叙述中却不难感到作者对普通百姓乃至人类生存状态的终极关怀，一种悲天悯人的气息弥漫于字里行间，仿佛有一种宗教情怀，显得比较大气，我这种感觉是否准确？这与您的文化修养、知识结构有关吗？

●雪漠：生活中，我的第一个角色是佛家精神的信仰和实践者，其次才是一个作家。我当作家的主要目的，就是为众生服务。所以我对文学的要求有两点：一是这世界上有你的作品比没有好，二是读者读你的作品比不读好。如果我的作品不能利众，我就不会去写它。

我读了很多大文化的书，如哲学、宗教方面的。我虽然不迷信——而是智信——哪一种宗教，但却拥有一种宗教情怀。我认为宗教中的好多东西对文学创作会产生很大的启示作用，如佛家的体验。一个作家如果没有刻骨铭心的体验，不可能写出有价值的作品。如果说《大漠祭》《猎原》和《白虎关》显得比较大气，那就是宗教气，即悲天悯人，这与我的宗教修养有关。佛家要求人要破除我执，不要总以自我为中心，争名逐利，要破除“小我”，融入“大我”，有了“大我”的思想，能体现全人类的精神，层次就高了。以后的创作中，我力求对这方面做更深刻的挖掘，力求写出现代文化的负面影响对人性的粗暴干预。《大漠祭》就是想通过“老顺一家”的生活来概括老百姓的生存状态。一个作家，只能经过深思熟虑，写出来才可能像个东西。我的创作，就是想通过作品反映时代，并且能尽量给人带来有益的东西。

# 人类最可怕的是对暴力的讴歌

◎问：时下，网络、电视、报刊等等充斥着血腥、暴力、残杀、色情等庸俗不堪的内容，很多人看了之后，其心灵受到很大的污染，社会上也常常出现凶杀、残暴、自杀、黑道等现象。残暴者、凶杀者常常被奉为“英雄”来崇拜，很多作家也乐意歌颂这些所谓的英雄，没有深刻认识到这是在传播罪恶、制造罪恶，这是什么原因造成的呢？其真正的危害性在哪里呢？

●雪漠：所有的屠杀和血腥都是罪恶。这是我要谴责的。《西夏咒》这部书，就是想告诉世界这种理念。

现在的战争和灾难很多，都是因为人类的文化中，一种非常善的东西失传了，或者说没有占据主流媒体。占据主流媒体的都是一些欲望的东西、血腥的东西、暴力的东西，这种东西一直会起到一种自我暗示作用，让所有人的心灵产生一种集体无意识，认为这就是对的。比如许多人直到现在还在研究如何成功，他们研究曾国藩们，研究他们是如何成功的，而研究的这个对象无非做了三件事：第一杀人，第二战争，第三搞阴谋。为何很少有人研究甘地为什么成功？托尔斯泰为什么成功？基督教文化中为什么有那么多优秀的博爱的东西？

人类最可怕的不是屠杀，而是对屠杀的讴歌。翻开中国历史和世界历史，就会发现人类顶礼膜拜的正是屠杀自己同类的人。杀人越多，可能越被认为是英雄，如成吉思汗、拿破仑、亚历山大、曾国藩等。这是整个人类的堕落，也是历史书写者和文学参与者的罪恶。

杀人者因为有其强权基础和欲望的引诱，固然可以屠杀，但我们无法制止其屠杀时，必须明白屠杀是罪恶，必须谴责屠杀，绝不能讴歌。讴歌比屠杀本身更值得诅咒。因为屠杀者终究会死去，而讴歌屠杀的文化却会流传下去，影响一代又一代的人，在人类心灵中植入恶的因子，并给予养分令其成长，使恶像滚雪球一样地变化，最后砸向世界。挥动刀子者，必会招来刀子，罪恶最终埋藏的还是人类自己。当我们的书籍和电视上充满了血腥的镜头和罪恶的赞美时，我们的心定然会受其熏染而异化，习以为常的恶就衍化为人类的集体无意识。人类就会膜拜所谓英雄，传播所谓的英雄事迹。

因此，赞美屠夫的文学是人类心灵上的毒瘤，我们必须割除它。我们必须明明白白地告诉人们，那曾经强大的拿破仑不是英雄，那“破国四十”的成吉思汗不是英雄，那被人类讴歌了千百年的所谓英雄其实是屠夫、是罪恶的载体。真正的英雄是甘地、老子、孔子、孟子等将爱洒向人类和历史的人。他们才最值得人类赞美和讴歌。

也许，我们不能左右强权，也不能消除罪恶，但我们可以支配我们的笔和喉咙，发出一种相对有良知的声音。一个微弱的声音固然会被时代的噪声淹没，但千万个喉咙一起发声时，可能会使一些被梦魇裹挟的灵魂惊醒。更有可能的是，他们也会拨亮眼睛，放开喉咙，发出一种有益于人类的声音。

当一代代人这样喊下去时，可能会有更多的人明白什么是罪恶。许多时候，比屠夫更可恶的是他的啦啦队。正是在啦啦队的鼓噪声中，小屠夫长成了大暴君。当然，他很可能做的一件事是，那把越抡越疯的屠刀，最终也会削去啦啦队们的脑袋。我们的文学，更不应该是啦啦队。因为历史告诉我们，所有讴歌罪恶者，最终仍会成为罪恶的牺牲品。面对历史上的一把把屠刀，我们应该放直了声音——哪怕会招来屠刀——歇斯底里地大叫：那是罪恶！当人类一代代地叫下去时，罪恶这块抹布就会被扔向阴沟，并让位于良知和善来重写历史。

# 超越之后才有平常心

◎问：我看到您的《西夏咒》后记里面有“打碎自我”的过程，能跟我们简单分享一下，您是怎么摆脱世俗和名利，最后达到心灵自由吗？

●雪漠：所谓打碎就是超越。比如，过去，我并不知道自己的生命其实像水泡一样脆弱，随时都会破灭。当你的亲人的生命忽然消失的时候，你也会有非常强烈的触动，那时你会明白自己也随时会死去。这时，你就会发现，平时我们特别关爱的一些东西，像身体、长相以及你拥有的好多东西，其实并不可靠，它们是留不住的。当你明白这道理时，就已经超越了过去，就意味着打破了对生命的某种桎梏。因为你明白了生命在飞快地消失，世界在飞快地消失，一切仅仅是一点记忆而已。这时，你也许想在你消失之前，做一些消失不了的事情，比如出几本书，比如帮帮别人，比如在这个世界上建立一种非常美的存在。当然，我这里说的“明白”，更多的是在智慧层面。

◎问：我们常听到两个相近的词，聪明和智慧。希望您能讲一讲这两个词本质上的区别。

●雪漠：智慧和聪明不一样，智慧有两种：一是宿慧，一种是修慧。宿慧是一种天生的智慧，修慧是通过一定的训练得到的智慧。智慧比较大，是大智慧。聪明是一种很小的东西，它可以通过知识和学习得到的。一个人应该有大智慧，不应该有小聪明。许多时候很聪明的作家往往不是大作家。

◎问：您认为人类中最有智慧的人的特征是什么？

●雪漠：人类中最有智慧的人的特征是有一个自由的心灵，能看破虚幻，不被外面的世界迷惑。他有独立的心灵、有独立的思考，他的喜怒哀乐是不受外部世界影响的。他明明白白地知道眼前的世界是虚幻无常的，他知道世界上没有永恒的东西，他已经破除了对虚幻的执著。只有这样的智慧才是真正的智慧。真正的智慧是看破红尘，他明明白白地知道红尘的虚幻不实，不去执著它，不会认假为真。

◎问：您的见解确有很多深刻之处，能不能深入谈谈您对创作的感悟?

●雪漠：雷达老师曾写过一篇散文叫《冬泳》，谈到冬泳有三种境界：苦、乐、无苦无乐。文学也是如此，爱好文学创作的人也要经过这三种境界。无苦无乐就是最高境界。我也经历过特别苦的阶段，到了乐的阶段，就会有成就感、愉悦感，好像道家所说的“先天气，后天气，得之者，常似醉”。到了最高境界，就会破除执著进入一种宁静状态，甚至会忘了自己的作家身份。作家一旦破除了执著、达到空灵，即物我两忘时，就能写出好作品。这时的智慧是直观的、非理性的。进入创作就是一种直观智慧，排除理性，排除语言，在一种宁静中流出智慧。

上海三联书店的黄韬先生曾劝我一定要有平常心，他说：“雪漠，你若能保持平常心，就会成大作家。”他说得有道理。一个作家要有平常心，因为平常心超越了执著，要像对待吃饭和穿衣一样对待创作。创作是一种生命的需要，而不是一种谋取私利的手段。在这个基础上，对生活的热爱，可以激发他的智慧。作家不能有优越感，而最难过的也是这一关。如果没有一定的宗教修养，一味沉浸在优越感中就过不了这一关。在这一点上，我的妻子给了我很大的帮助和启发，她总是告诫我不要有所求，一切随缘。如果我总是希望获奖、畅销或迎合时尚，就不会写出真正的好作品。许多作家尤其是大城市的作家缺乏的正是这些，心浮气躁，追逐时髦，或摆脱不了功利的诱惑，就很难产生好作品、大作品。要始终保持一种宁静的心态，始终把自己当成一个作家。所以，有平常心很重要，尤其是在成功之后。有求皆苦，无欲则刚。要保持宁静，保持平常心。

◎问：您曾经说过“好作家是上天的出口”，您心仪的好作家是什么样的？

●雪漠：我认为的“上天”不是基督教认为的人格化的上帝，而是大自然，是人类的大真、大善、大美。我认为它代表着一种巨大的力量，可以称之为上天。一个作家必须拥有大善、大爱、大真、大美，这才可以称之为真正的作家。拥有这种境界的作家，他的作品才能承载大悲悯的精神，有了这种胸怀他就是上天的出口。我常说好作家的作品有两个标准：第一，世上有它比没它好，第二是人们读它比不读好。达到这两个标准就是好作家。但实际上，达到这两个标准非常难。流行的一些书，你不读它的时候，你还有一个干净的心灵，当你读它的时候，你会发现里面充满着欲望，你也想追逐欲望，你也变得更加贪婪、更加愚昧、更加仇恨。现在有很多很多这样的书，写这些书的作家都不是好作家，即使他们非常有名也不是好作家，因为他们把一种恶的东西扩散开了。当一个作家，传播的不是一种恶的东西，而是一种善的东西时，不管他打着什么旗号，哪怕写反腐也罢，他也是好作家。

# 生命是一根绳子

◎问：一个作家最应该注重什么？

●雪漠：一个作家，在生活中首先要学会舍，舍去一些东西。这“舍”，是非常必要的，它包括舍去一些正常人的享受。当你达到一定境界后，就会发现，常人所谓的那种享受，其实是麻烦。但若达不到那种境界时，你就会沉溺于这些“麻烦”之中，心灵受到“麻烦”的左右，而难以自拔。

我的房间里放了一个死人头骨，它代表着死亡。每当我看到它，仿佛就听到它叫：“死亡！死亡！”它提醒我，死亡随时随地，都可能降临到我的头上。所以，以前我每天给自己打的考勤，是以小时来计算的。那头骨老提醒我：珍惜生命!

生命是一根绳子，就那么一点长度，浪费一截，就少一截。闲事上用多了，正事上就不够用了。我的好多朋友和亲戚都说我有些不近人情，原因是我从来不愿在应酬上多花时间。这源于我对生命的感悟。好多人生悲剧，就是因为不珍惜生命。谁明白了这一点，其人生无疑会更有质量。

如果不学会舍，在一些不必要的事情上花去太多的时间，剩下的时间就无法让你在今生达到一个很高的境界。达到最高境界，需要进行必要的灵魂历练和写作修炼，需要相对长的一段时间。若是时间不够用，今生是很难如愿的。许多作家没有感悟到这一点。也许感悟到了，但他们舍不了那种诱惑。等他们明白时，已经晚了。

创作需要扎扎实实下苦功，许多过程都不能省略。省略了一点，他的成就就会低一点。若要不省略，必须有足够的生命。

所以，从二十五岁起，我一直给自己打考勤，以小时计算，每天读几个小时的书？写作几个小时？采访几个小时？练笔写了多少字？当然，后来我就不打考勤了，因为我不可能浪费一丁点的时间了。因为，修行和写作已经成为我的生活方式，我已不再有以前的那种执著。四十岁之后，我就再没让自己游离于明空之外。

除严格的闭关外，我的作息时间一般是这样安排的：每天三四点钟起床，座上禅修到中午十二点，下午写作或处理一些事务，晚上全用来读书和禅修。所以，亲戚朋友都骂我不近人情。有些不理解的人，也会说坏话造谣。但生命对于我来说，只有一次。我不能为了别人的几句好话而浪费它。别人不理解也没关系，反正我也顾不上在乎。我曾写过一首打油诗：“生命如水泡，不定何时灭。奈何惧人言，一生徒空过。”

一个作家，不经历死亡，不会真正成熟。不深思死亡，才会被世俗的东西所迷惑。当他能时时刻刻想到死亡时，就会看破那种虚幻的外现。所有的应酬也罢，名也罢，利也罢，终究是过眼云烟。这些东西都体现不了你的价值。人生最珍贵的是生命，一旦失去，永不再来。我不会用非常珍贵的生命去换一些毫无意义的东西。成名也罢，不成名也罢，在我的眼中都一样。

一个作家，首先要做到入世，深入到生活最底层，同时又要能够出世。仅仅入世，而没有出世心，不会有大出息。必须舍弃许多东西，才可能得到你所追求的东西。当然，若是一味出世，而不能入世，也不会成功。要感悟社会，融入百姓，熟悉生活，在此基础上，达到出世。文学到了一定的境界，是灵魂的流淌，是生命力的自然喷涌。

出世并不意味着不近人情，稍加相近的理解是：以出世之心，做入世之事。出世意味着有所为，也有所不为。以心的独立换取灵魂的自由。

当然，我会尽量做好我该做的。比如当儿子，对父母，我会尽我的全力来孝敬，当一个合格的儿子。这比当作家更重要。当不了作家不要紧，但一定要做个合格的儿子，并做一个明白人。当然，这“明白”，就是指看破虚幻，珍惜生命，在短暂一生中，做好应做的事。

写《大漠祭》们时，我不奢望出版，不奢望出名，更不奢望它能改变我的生活。我只是想完成而已。那时，我写了好多东西，但发表的不多。如果发表之后，仅仅是浪费别人的时间或浪费一些版面的话，那么，我就干脆烧了它。

我眼中，除了生存的必需，别的需求，便是贪婪。人的欲望是无止境的，生命不息，欲望不止。但所有贪欲，都是罪恶的源泉。所以，我的长篇小说《猎原》的题记是：“在心灵的猎原上，你我都是猎物。”

有个当官的朋友，很有权，老想给我办件事，可我一直想不出有啥事能叫他办。当我吃饱肚子且无病痛时，实在没有可求之事。我只想尽快做完自己该做的事，能坦然地在死神来临前微笑。

在四十岁前的十多年里，我一日所求，不过两餐：早上喝点生绿豆面糊糊，中午吃一顿饭，不吃晚饭。后来，在鲁迅文学院上学时，我挡不住许多老师的关怀和交际的需要“破了戒”，但以前总是过午不食的。除了买书，我日求两餐饭，年求两套衣。生存事务既已解决，金钱对我来说，已没有太大的用处。我有了住房，能吃饱肚子，有衣服穿，不喝酒，烟也戒了，有书看，足矣。钱太多也没有用。

如果外界的东西干扰了作家的灵魂，他绝不会有大成就。只有外现对灵魂的诱惑完全消失之后，智慧的灵光才可能显现。中国古代的哲人，用四个字就概括了这真理：定能生慧。心灵有了定力，才可能产生智慧。这智慧出自心内，不是外来的东西。

## 超越理性的直观智慧

◎问：一个作家，面对生活，首先应该关注什么？

●雪漠：相较于生存状态，我更愿关注人的灵魂和信仰，以及产生这种灵魂的文化土壤。因为灵魂是文化的产物，有什么样的文化，就有什么样的灵魂。

我喜欢透过一些表面现象，看一些深层的东西。当这个世界都惊奇于某种现象的时候，我询问的却是“为什么会这样”？它的产生有没有更深层的原因？有哪些文化土壤？我关注这过程，反倒忽略了结果。

但这种关注，对作家的要求比较高。它要求作家必须站得很高，必须证得一种智慧。智慧这个词，和知识，和聪明不一样。它更是一种心灵的东西，是超越理性的直观智慧。它要求作家不仅仅去体验，更需要去证悟。

中国文化史上，有一种很奇怪的现象：有些禅宗大德不识字，但他一旦顿悟之后，就能写出非常优秀的诗来，而且境界特别高。比如慧能，不识字，但他经过修炼顿悟之后，他说的那些偈语就有了很高的艺术价值。

作家也许需要这样的修炼。至少，应该像禅宗那样，破除执著，感悟出一些独特的东西。这感悟，包括智慧的感悟和文化的感悟。

宗教，不仅仅是一种信仰，也是一种文化，更是一种精神。宗教情结，是必要的精神素养。精神上的顿悟，会导致文化上的顿悟。

一个苦行僧，他修啊修啊，形如枯木，色如死灰。突然，一个偶然的机缘，他豁然开悟。从此，“朵朵黄花尽是菩提，巍巍青山无非般若”。这时，苦乐已消失，只有安详的微笑。在文学和生活上，我们也需要这样的修。

# 打碎自己：我的三次转折

◎陈亦新：您老说您有三次转折，能详细说说它吗？

●雪漠：我有三个转折：第一个转折，从最早的写作，转向了写《大漠祭》前的那种文学修炼，让我在文学上实现了顿悟；第二个转折，是我有了宗教信仰，作品有了一种宗教精神；第三个转折，就是我从信仰宗教，变成用一种超越宗教的目光来反思宗教。我虽然拥有一种宗教精神，但又不是盲目地去当神奴。我汲取了宗教中非常有益的养分，抛弃了宗教里的糟粕。

最近，我反思了几乎所有的宗教。我发现，任何宗教，除了它们承载某一种非常好的精神之外，同时还有一种非常恶的东西。我汲取它善的东西，抛弃它恶的东西。这样，才可以进入一种更高的境界。

我用了好几年时间进行宗教反思。宗教中为什么有那么多不好的东西呢？为什么许多人看不起宗教，甚至误解宗教？这里面，定然有一种原因。

反思之后，我开始写了一些文章。我不是否定宗教精神，而是否定宗教中那种非常狭隘的东西。一些人甚至想把人类的这种非常伟大的文化，当成一种个人财富。如果有人威胁到这种“个人财富”的时候，他们就会如临大敌。

著名诗人公刘曾对我说：雪漠，你要用批判的目光看家乡文化。后来，我用批判的目光看凉州文化的时候，才真正懂得了凉州文化。当然，这个批判，不是“文化大革命”中的那种批判，而是康德哲学的那种批判。当我用批判的目光看宗教文化的时候，我才算真正地了解了宗教，才真正地汲取了宗教的营养。当然，我的这种批判，是有前提的。我经过了无条件的完全信仰，经过了十多年的修行实证，才深入到了信仰的核心。我的所谓批判，既是一种反思，又是对“法执”的最后破除。

在我走出书斋和关房之后，我走向了东部和南方，感受到了另一种鲜活的文化。那种文化的鲜活，在我的身上引发了一种变化。外部世界和我向往的一些东西虽然有过某种冲突，我生命中固有的非常强势的本能智慧和外部世界想强加给我的某种理念虽然也进行过冲撞，我还是能用一种超越宗教名相的目光看待这个世界。后来，我决定远离所有的宗教名相，我只想保持一种心灵的独立和超然。我虽然也必须说话，并在博客里发表我的观点，但我在形式上已远离了所有的宗教名相。

◎问：前一阵子，您说要出门闭关了，这事挺触动我的。那时，我对您、对您的身份、对您的创作似乎有了一种新的认识，也更肯定了我以往对您的认识。您用很多时间来禅思，这会不会影响您的写作？

●雪漠：不会影响的，我的生活积累太多了，这辈子写不完。一者，我曾专门跑了十多年生活，积累了大量的原始素材；二者，当一个人的智慧开启时，他会发现世界上到处是金子。整个世界都在向你微笑，提供着你需要的东西。那境界，类似于禅宗的开悟之后，朵朵黄花皆是菩提，声声鸟鸣无非般若。他就是世界，世界就是他。他能接近更本真的东西，更能穿透假象，看到本质。

◎问：既然您认为世界是虚幻无常的，那您为什么要写作？

●雪漠：我的写作，就是为众生服务的一种手段，觉得自己到这个世界上来了，应该做些什么，仅此而已。此外，就是把我心灵的感悟告诉这个世界。所以，能不能成为作家，我并不在乎。对我的作品，有些人可以读出一种愉悦，有些人可以读出一种思想，有些人可以读出一种智慧的感悟。

# 香巴学派存在的理由

◎读者：我发现您老是谈“存在的理由”，那么，您能不能谈谈香巴学派存在的理由？

●雪漠：确实。前一段时间我老说，中国当代的文学已经失去了一种存在的理由。因为它已经失去了文学精神，这个时代有好多东西可以取代它。文学如果想要存在下去，必须找到一个存在的理由。那么存在的理由是什么呢？你必须找到一个它无法替代的东西。只有达到一种无可替代，才能成为一种不可忽视的存在。

我的意思是，真正的存在，不是一种喧哗式的存在，而是一种真正的存在。另外，现在的文学早边缘化了，属于一种可有可无的东西了。目前，只有人类文化的那种惯性的东西在推动着它，让它活着。它的活着，近似于植物人的活着。

香巴学派的存在同样需要理由。真正的宗教是智信，不是那种盲目的、巫汉神婆一样的迷信，那是非常愚蠢的。

# 关于文学和文化

◎读者：宗教智慧除了以宗教的形式给世界带来清凉外，还可以以文学或是艺术的形式潜移默化地影响人类的心灵。

●雪漠：是的。我在《初心》中写过金刚亥母洞和罗家洞中发生的故事。后来，我根据它们写了一部小说《西夏咒》。其中有许多戏剧性的成分。罗家洞的故事发生在僧人和一个女孩之间，表面看来是个世俗的爱情故事。但其真实的内涵却不是爱情故事，它可以挖掘得非常深，蕴含着关于灵魂、关于宗教、关于人类的许多说不清道不明的东西。现在有些电影，很好看，但缺乏深度，就是因为它们仅仅是展示了形而下的东西。宗教是涉及人的灵魂的东西，要是电影里渗透了宗教精神，电影就有了内涵。

◎读者：禅宗文化是佛家文化和中国文化最完美的产物，它影响了整个中华文明。它的成功，对于香巴文化未来的走向有一定的启迪意义。您对禅宗文化和六祖慧能有何评价？

●雪漠：禅宗文化的成功，是佛家与时俱进的产物。

我对禅宗评价有几个阶段，第一个阶段是因惊喜而接受。当我第一次发现中国文化中竟然有那样光彩夺目的思想时，我真的惊呆了。这是从文化角度的认可。第二阶段，是我接触到佛家并开始实修之后，在这一阶段，我严守戒律，很是谨严。按五级证道的道阶上来看，也即我处在资粮道和加行道的那个阶段。那时，我开始不喜欢禅宗了，因为我发现其中多狂禅之徒，徒逞口舌之能，而不脚踏实地地扎实用功，以此缘故，我甚至对六祖慧能也有了非议，认为是他改变了达摩禅重坐禅的传统。第三个阶段，是上师印证我契入光明大手印之后，那时我才发现，慧能大师真是伟大得无与伦比的人物。正如张澄基先生所说，他是可以与密勒日巴相若的伟人。无论从宗教意义还是从文化意义上，都无疑能光照千秋。其思想和行履，更成为究竟解脱的典范。一些所谓的成就师，远远没有达到慧能的境界。当然，也因为慧能独步千古，曲高和寡，至今尚有一些人对慧能颇有微词。这不奇怪，释迦牟尼佛也老是被人误解。我在看没被篡改的敦煌出土的《六祖坛经》时，发现慧能的证境足以独步千古，能与之比肩者，实在不多。

当一个人的智慧没被擦亮时，很容易被一些神神道道的东西所迷惑，追求所谓神通和异能，反而会轻视像慧能弘扬的那种质朴的真理。六祖慧能则体现了真正的宗教精神。他的证悟境界，跟大手印证得究竟之后的那种境界相若。而一些所谓的成就师，仍然停留在著相的层面，尚有许多没有破除的执著，其结局，自然是往生而非究竟解脱。六祖则远远超越了相的层面。六祖的那种大自在、大境界和大解脱，确实了不起。

# 艺术的四种境界

◎陈亦新：艺术的境界与修行的境界也有相通之处吗？

●雪漠：是的。艺术有四种境界，第一种境界是对现实的写真，它代表最本真最原始的生活，也叫原生态。源于现实又高于现实是第二种境界，作品被升华提炼了，但弱的一点就是缺少活性，就像修行中间出现的第二种境界——在生起次第完成之后，进入到圆满次第，那时候已经得到一种轻安和定力，但容易流于枯禅，缺乏活性。例如，禅宗案例中有一个和尚坐了二十年禅。一天，供养他的婆子打发一个女子去抱住他，然后问他什么感觉？他说："枯木依寒崖，三冬无暖气。"那时，他虽然有定力，但是缺乏鲜活的生命力，好像被什么束缚住了。

艺术的第三种境界就是在原来的基础上更深化一步，具有动感、活力，有了一种激荡的势，作者总感到在创作中有一种巨大的力量存在。这种力量不知来自何处，但读者也能从艺术作品中感受得到。这种力量很可能来自他自身，但这时他已经没有内外、自他之分，非常接近于修行中“明心见性”的境界，但还得进入修道。此时作者的创造力已经远远高于前面的境界，不过仍没有达到自由，因为我们还能从作品中看到一种现实对作者的制约和影响。

第四种境界，作者已经远远超越了生活对他的所有制约，他把过去学到的形式一扫而尽，心灵在自由地流淌，不受任何拘束，没有一点儿红尘之气，达到了自由——“不可说，不可说，一说就错”，得到了大自在。

注意，在第二种境界中，作者不注重形式，而注重神似；到第三种境界时，他对形和神都不管了，而重“势”，即运动的力量、动感、活性；到了最后境界，他什么都不管，破相了，脑中一片朗然光明，没了艺术之相，没了创造的概念，就像一个孩子那样尽兴地流淌真心，这就是最高境界。所以说，大师若童。

我的写作状态也很奇怪。我常说，我不会写小说，是小说自己往外喷。我写作的时候浑身发热，头顶发胀，仿佛有一种巨大的力量注入我的生命。这时候，没有我和世界的区别，我与大自然达到了一种共振。我就是世界，世界就是我；我就是法界，法界就是我，二者融为一体了。我的笔就是宇宙灵性的出口，诗意和真心从笔端往外流淌着。

当艺术家还有束缚的时候，那仅仅是人的境界，不是宇宙、法界的境界。当他把所有的境界破掉，就等于一杯水倒进了大海，就有了大海的力量。

# 为文也要破相

◎陈亦新：所以您说大师若童吗？

●雪漠：是的。但像孩子的不一定是大师，而大师绝对像孩子，因为他有一颗童心。孩子没有世间乱七八糟的分别心，他有的是赤子之心。大师就像是躺在摇篮里望着母亲笑的孩子。当人有这样的心时，就非常接近道了，但是还缺少知识与检验。所以，解脱者的纯真中一定要有孩子般的纯真，而孩子的纯真却包含不了解脱者的纯真。

许多时候，我对那些流行的概念根本不感兴趣。心和世界是一味的，心就是世界，世界就是心。我和别人在一起的时候，从来不把他们当作游离于心外的什么，我感觉我在和自己对话，不会因为前面坐着美女，心就怦怦乱跳。所有的外现已经无法干扰我的心了。我绝不会挖空心思地想要说些什么话，要达到什么目的，只是随缘地说，仅此而已。只有当心属于自己、没有任何束缚的时候，才叫解脱。但这颗心里还有一种独有的、证得的东西。什么东西？只有证得的人才知道。就是说，它不仅仅包括世间法，更重要的是出世间法，这也是那些达到“耳顺”的人，跟出世间证悟者的区别。

香巴学派将空性称为光明，只有你证得那个光明的时候才升华到了出世间，否则你会永远在世间法里面。有些人修得很好，品行也特别好，也能达到一种境界，但如果没有证得空性，这仍然属于世间法。

我刚才说到，当一个孩子非常灿烂地向母亲笑的时候，那种真心状态很是难得，但孩子不是解脱者。同样，把世间法修得很好的人，也可能达到婴儿状态，道家称为赤子之心。“复归于婴儿者”可能得道，而婴儿却没有得道。当一个人复归于婴儿的时候，就有了超越，然后再把超越的名相扫除之后，就可能得道。没有这个修炼的过程，婴儿就还是婴儿。超越的部分就是出世间法。

因此，修行的目的不是要在心中增加什么，而是要减少。如果说有增加的话，那就是增加觉悟和明白。慢慢地减少心中的贪婪、愚昧、仇恨等等，甚至包括贪图成就和觉悟、牵挂本尊和空性。真正的放下就是觉悟。

大手印境界就是绝对自由的境界，不依托任何东西，而达到身心绝对的自在。

许多时候，心灵深处的智慧远远高于你所学的东西，比如有些孩子找到感觉后写出来的文章，绝不像是他写的。那时候，他就是大自然的出口，是智慧的出口。写作时他没有自己，而是在一种浓浓的感觉中间，进入大自然并和大自然融为一体。如果他突然发现自己还是个学生，他就写不好了。当他达到一种忘我的境界，按照中国传统的说法就是天人合一的时候，他就会写得非常好。

你在四年级的时候写过一篇作文，写得非常好。得到我的夸奖后，你想改得更好些，结果，改来改去，改得一塌糊涂。因为你改的时候带有了一种情绪化的执著。当你以四年级的水平去改自然流淌出来的东西时，肯定就会改坏它。

一个人必须要把心中既定的框框破除掉，实现破相。破相后才能成为大师。当你著相时，你就是一个孩子，文字就不行了，因为这时候的文字是因为“用”而不是因为“爱”。后来，我告诉你进入那种空性状态，不要去想怎么写，不要去想写的内容，只是要那份真心和警觉，用那份警觉去观照文字，你才又写出了后面的那些好文章。

## 艺术的最高境界是真心的妙用

◎陈亦新：您老说艺术的最高境界是真心的妙用，如何理解这句话？

●雪漠：我发现，那些伟大的艺术家的所谓灵感，其实便是真心的妙用。偶见真心者，得其大益，便是所谓灵感。它是执著消失的瞬间，跟大自然本有智慧达成的一种共振。我们称之为天籁、神品。我写过一篇文章，叫《从我的“墨家”经历谈真心的“光”》，就专门谈到这一点。

我对涂写“墨迹”的顿悟，源于一件小事。

那时，加拿大某寺院创办了一本杂志，弘扬大手印文化，想请我当主编。杂志用中英文两种字题名，英文可随便，中文却不敢含糊。于是，我便想请浙江某书家题个刊名。此老年过八旬，对身外诸物，大多了无牵挂，所系心者，止书画耳。以其字作为刊名，想来会有点大手印的神韵。于是，我筹了润笔费，打给友人，托他代往求字。老人很认真，练了许久，才拿出一幅满意的字。想来这字，定是神品，否则，友人不会心爱不舍，自家收藏了。虽然那幅至今我未曾谋面的字带给我些许失望，但我不能再向老人求字了，怕友人之爱，惹老人生气，会影响到他们日后的相交。有心再筹资他求，但我又喜欢拙朴，对名家的机心之作，总不随喜，而那杂志，又不能不用刊名，便想，还是我自己写吧。

于是，我购得好笔数个，好纸若干，闭门谢客，关了手机，效法禅家闭关，由心涂鸦了。头一日，我运用作家的美学修养，想着力写出好字，涂抹多了，竟然也写出了几幅叫我洋洋自得的“书法”来。不过，猛一看张牙舞爪，细品却露出原形，显出诸多的机心和造作来。这一点，跟我写《大漠祭》前的那些“文学作品”相似。

第二日，我决定不再练书法了。我打破所有的人为修养，整日里昏天黑地，乱涂乱抹，信马由缰，不辨东西南北。看着我涂染了满地的上好宣纸，儿子问：“爸，你在做啥？说你浪费纸吧，有些不敬；说你财大气粗吧，似乎不是。你在做啥哩？”我说：“我在掌握笔性、纸性和墨性。”又问：“掌握之后又将如何？”我说：“笔墨随心之后，再流出我的真心大爱。”

嘿，数日之后，那笔墨竟成了驯熟的牛，指东便东，指西便西，点滴心绪，皆可入墨。于是，我便融入那种朗然光明湛然无物的真心状态——在瑜伽修炼中，此种境况被称为“光明大手印”，写了“大手印”三字，不承想，儿子大叫：神品！

记得，从那一刹那起，我便成了“墨家”。这一过程，跟我写《大漠祭》前的练笔相若。不同的是，那时的文学修炼，竟然用了整整五年。当我的文字修炼得心应手之后，我便破除了所有的文字相。

灵光乍现之后，我便远离了所有的书法概念，忘了笔墨，忘了美学，任运忆持，不执不舍。妙用这空灵湛然之心，使唤那随心所欲之笔，去了机心，勿使造作，归于素朴，物我两忘，去书写心中的大善大爱。一天过去，那“大手印”三字，便如注入了神力，涌动出无穷神韵了。凉州一老书法家叹道：好！拙朴之极，便又暗涌着无穷的大力。

我试裱数幅，看看效果，观者皆称妙。

后来，上海著名评估专家庄英豪先生认为，那“大手印”墨迹从形神几个方面都代表了我所倡导的大手印文化：那“大”字，精进而充满活力，其神其势，伸向无穷，有伟大、雄伟、无尽、无限之神韵，它象征大境界、大胸怀，大心大愿，无缘大慈，同体大悲；那“手”字，分明是真心生起的妙用，代表姿态、运动、行为、入世以及诸多缘起和现象；而那“印”字，端方质朴，去机心，事本觉，任自然，明大道，象征佛之心印，系明空智慧也，代表出世间的本体智慧，这“大手印”三字，便能涵括所有出世入世及心物现象。“大”为根，“手”为道，“印”为果，三者缺一不可：没有“大”的境界，“手”和“印”只能自了，难生大力；没有“手”的行为，“大”易流于空谈；没有“手”的体现，“印”便易成狂慧；没有“印”之明空，“大”和“手”便沦为世间法了。“大”“印”只有体现在“手”的行为上，才有意义。没有利众行为的大手印，便不是真正的大手印。

庄英豪先生认为，我上面倡导的那种独有的大手印文化理念，全部体现在“大手印”墨迹中了。

能将那妙明真心诉诸笔端之后，我便选出多幅，赠予助印善书的友人。不承想，这一赠，竟会招来大宗的“买卖”。一文化产业老板欲以重金购买百幅，并想跟我订合同，说以后我的大手印墨迹由他包装推销，只是他有个条件，我不能私自送人。我跟庄先生商议之后，觉得他这一专营之后，我的那些助印过善书的朋友便无缘再得到我的墨迹了。于是，我拒绝了他的专营设想。

我问广州朋友，为啥他喜欢我的大手印墨迹。他说，一位识家称，那拙朴的字有光，有种“开过光”的灵气和神韵。他说有人便将那墨迹装裱，作为珍贵礼物，作为赠送朋友的礼物。他还说，有光的东西，能承载一种善美的人文讯息，能给人带来安详、清凉和吉祥。

对此说法，我只是一笑。

我说，你们以为我是画符的道人呀？我从来不认为那些心外的东西，会比拙朴的真心更重要。

但一窥得宗教精髓的僧友却笑道：那些道人念咒呀画符呀，不也是为了寻找真心和大善吗？得到真善之后，一点朱砂妙笔，便与造化相应了。那妙明真心，自会随缘放光，带来无穷大益。那画符的秘密，便是如此，至于那歪里邪里的红黑墨迹，并不重要。

对这一说，我倒是心领神会。是的，我涂墨迹时，也跟写《大漠祭》《猎原》和《白虎关》时相若，真的是无“法”无“我”了。我仅仅是去了造作，去了机心，去了一切虚饰，而流淌出自己无伪的真心大爱而已。

莫非，这便是艺术的奥秘？

或者说，那真正的艺术，便是真心的妙用？

也许，真像那朋友说的那样，真心流淌的东西会有光的。当然，我更愿意将此说当成一种象征。这世上，最珍贵的是大爱和真心，从某种意义上来说，它们肯定会“放光”的。我发现，世上所有的艺术真品，无一不是真心和大爱的产物。在艺术中，要是你一旦有了机心时，真心便会相应淡化。真心和机心，永远像那个太极图上的阴阳鱼。阴盛时，必然会阳衰。真心越淡，离艺术真正的精神越远。这便是用朴素承载了大善和大真因而也是大美的托尔斯泰永远高居世界文学顶端的原因。

真正的大爱和真心，定能够承载我们需要的光明。

有时，当我们身处暗夜的时候，哪怕打亮一个小小的手电筒，那微弱的光，也会刺破暗夜。光，无论多么微弱，总能刺穿看似强大的暗夜。

在我的眼中，那真心之光，便是艺术承载的某种精神。

第三编

# 文学的精神

# 文学与灵性

## ——雪漠在中法文学论坛上的发言摘要

### 1.

### 灵性就是超越

今天的发言，原来要让我重点谈一谈浪漫主义和现实主义在当代文学中间的表现，我觉得非常为难，因为我自己不懂“主义”。

我来自中国西部，我的笔名叫雪漠，“雪”是“白雪”的“雪”，“漠”是“沙漠”的“漠”，这个笔名代表了中国西部文化非常重要的两个特点：第一，它有雪一样的诗意；第二，它像大沙漠一样厚重、博大、包容。

而让我谈那些“主义”的题目呢，就像我今天穿的西服一样，是我不愿意穿的。我这辈子从来没有穿过西装，因为我不喜欢穿西装。我很小的时候，是放马的，就是牧马人、牧童，从小就爱骑在马背上自由地奔驰。不愿意在脖子上打着领带，穿着这样的衣服坐在这儿。所以，叫我谈“主义”，就像要我穿这种西装，是我不愿意的。

但我改头换面，把这个浪漫主义也罢，现实主义也罢，换了一下，换成了终极超越和当下关怀，这样就和灵性结合在一起了。真正的灵性是什么呢？灵性就是自由。自由是超越主义的，超越任何人类的概念、限制以及诸多的标准。所以，灵性这个问题，我非常愿意谈。当我看到这次安排的时候，我发现过去要我谈的“现实主义”和“浪漫主义”，变成了“文学与灵性”这个题目后，我非常高兴。但因为我的方言，翻译不一定懂，我感到为难。不过，刚才几位同事让我自由一点发言，虽然我的口音不是中国标准的普通话，带有西部的特点。但那位翻译说，她在西部插过队。这样，我就能自由地把“文学与灵性”这个题目，跟大家分享。

灵性是什么呢？灵性就是超越。超越是什么呢？超越是大手印文化的主要特质。大手印文化是中国西部文化的重要组成部分。超越就是自由。什么是自由呢？自由就是超越了整个人类概念，超越了像西装一样的束缚、像领带一样的捆绑之后，得到的一种自由，这就叫灵性。现在的文学中，已经很难看到超越的东西了。为什么？因为这个时代，各种东西对作家这个主体有了一种挤压。

在2004年的时候，我到罗马尼亚去参加国际文学节，文学节的主题是“地球村里的孤独”。有一百五十多位作家，他们来自二十多个国家，所有的人都在谈孤独。但所有的作家，却在谈当代媒体对作家的挤压，说作家已经不能像过去那样“一呼百应”了，已经不能像过去那样“高高在上”了，地位已没有过去那样显赫了，没有了惊天动地的名声，名、利及许多方面也不再有过去的辉煌了。所以，作家们感到很孤独。这种“孤独”充满着整个文学界。后来，国际广播电台采访我的时候，我说作家们把孤独谈小了，作家们谈的不是孤独，而是一种堕落的情绪。我告诉他，雪漠也是孤独的。但我的孤独是什么呢？就是我想建立一种永恒和不朽，然而，这个世界上却没有永恒。我们找不到永恒，我们没有任何办法留住永恒，我们无法建立岁月毁不掉的东西。但是，我却偏偏想建立这样一种东西。这样，中间就构成了巨大的反差，这就是我的孤独。我解决不了这个问题，许多作家解决不了这个问题，许多伟大的哲学家解决不了这个问题。所以，他们孤独，他们痛苦。他们觉得这个世界飞快地向我们不知道的地方消失而去，我们没有办法留住它，没有办法留住哪怕一丁点儿我们愿意留住的永恒。正是这样一个无法解决的问题，造成了我的孤独。所以，我很长时间没有办法写作，因为我找不到写作的意义。虽然我觉得这个世界可能会让我的作品永恒，但我知道这个世界都不知道能存在到什么时候。因为人类制造了那么多的可以毁灭这个地球无数次的核武器、原子弹；因为这个地球上的许许多多的人在疯狂地掠夺地球的资源，破坏着我们的家园。今天，一个朋友告诉我，威尼斯的水平面上升了，那个美丽的城市也许在不久之后就会成为水下城市。这个世界飞快地消失到我们不知道的所在，而作家却想建立永恒。

这种孤独是人类没有办法解决的问题，所以，我们孤独。而不是自己挣不了很多的钱，得不到利益，得不到名声，也不是电视、网络对纸媒的挤压，不是这个。这种东西构不成孤独，孤独是发自内心的东西，跟世界没有关系。当一个作家非常在乎这个世界对你的看法的时候，他已经堕落了。他想得到美貌的女孩子，得不到的时候，他可能痛苦；他想拥有很多的金钱，他想成为比尔·盖茨而不能如愿的时候，他也可能失落。像他们的这种失落情绪不是孤独。孤独是一种境界，是一种很高的境界。耶稣想爱人类，他想博爱，但这个世界却不愿意让他那样，并要把他钉死在十字架上的时候，他是孤独的。他会说，神呀，原谅他们吧，他们不知道自己在做什么——这就是孤独。当在菩提树下觉悟的释迦牟尼看到这个世界上许许多多的人被一种虚幻的、正在消失的假象所迷惑，心中充满了贪婪、仇恨和愚昧，他觉得不能马上让这些人解除痛苦的时候，他是孤独的。所以，真正的孤独是一种境界。当中国的孔子向整个世界宣扬他的“仁爱”的时候，当他不得不像丧家狗一样在那时的世界上流窜的时候，他是孤独的。所以，达不到这种境界的人，只能叫失落，不叫孤独。

## 2.
## 关于孤独和超越

因此，我们今天谈这个灵性问题的时候，就要明白什么是孤独？什么是超越？

超越就是从你非常在乎的外部世界中跳出来，超越这个世界，这才谈得到灵性和自由。换句话说，这个世界好像一个池塘一样，超越就是池塘里的莲花。从池塘里长出非常美的莲花，这才叫超越。当你已成为一朵莲花，俯视这个池塘的时候，你发现这个池塘里有很多的莲子，它们都可能成为莲花。但是，因为某种原因它们不得不陷在淤泥中不能发芽。这时，那朵莲花可能会孤独。它希望所有的莲子都能从污泥之中、淤泥之中超越出来。当它不能实现这种愿望的时候，孤独随之产生。孤独就是这样一种东西。人类历史上，充满了超越的智慧，有时候我们称之为浪漫主义。但事实上，这种“主义”仍然不能代替那种超越。因为超越是超越了一切概念的。所有的名词，所有文学中的主义，都不是超越。超越是这个世界上的一切都不能限制自己心灵的自由。同时，这个世界上的一切，又都成了创作主体的心灵营养。世界可以让那颗心灵长大，可以让它丰富，可以让它博爱，可以让它包容一切。整个世界为这个创作主体提供了无数的营养和无数的可能性的时候，才谈得到超越。

我一直在寻找超越。后来我发现，大手印文化认为的超越和自由和西方人所说的超越和自由不太一样。为什么不太一样呢？这次我到法国来的时候，我发现法国好多人在罢工。为什么呢？因为罢工的许多人，把改变自己的命运、改变自己的好多东西的机会，寄托在一种政策、法律和许许多多的保障中。这是对的。他们要求的这种权利，是作为自己得到幸福和自由的一个条件。中国人不是这样，中国人永远把目光转向自己的内心。大手印文化认为，超越跟外部世界没有关系，超越在于心灵。当一个人消除贪婪、愚昧、仇恨的时候，当人类心灵的本有光明焕发出来的时候，当人消解了我、小我，而实现了耶稣所提倡的博爱的时候，他就可能得到自由。有一个德国哲学家写过一部书，名字叫《我和你》。他认为人类实现不朽有二种可能：第一种是消解自我。当整个博大的宇宙和大自然消解自己的贪婪、愚昧、仇恨的时候，自由可能产生；另外一种就是当自己的心灵包容整个宇宙和自然界，自己的心像宇宙一样博大、丰富，像大自然一样宽容、无所不包的时候，也可能实现自由。中国人追求的自由是后一种。就是他永远面对的是自己的心灵，他以战胜自己的欲望来赢得世界，而不是靠掠夺世界和侵略世界来实现自由，或者是要把自己认为的某种真理强加给这个世界，去实现某种所谓的自由。我们不是这样的。中国哲学中，永远是以塑造自己的灵魂为主。这个“灵魂”的“灵”字就是今天我们谈到的“灵性”，文学真正追求的正是这个东西。灵性和灵魂跟物质的关系不大，当人类基本的生存条件满足之后，幸福、自由、解脱都取决于自己的心灵。西方许多人，在我们看来他们的生活已经很好了。他们肚子里有很好的食物，身上有很好的衣服，还有这么美的环境，很奇怪，却有很多人感到痛苦。我们很难理解这种痛苦来自何处。我的家乡是歌声的海洋，我们那边的歌很多很多，每一首歌都像大海的浪花一样。谁也不知道歌的曲目究竟有多少。我们吃着小米粥、馒头、玉米这类的东西，我们觉得很快乐。为什么？因为大自然给了我们很多东西，能够让我们生存，我们当然很快乐。这时候，除了享受快乐和明白之外，我们不会去掠夺别的东西。当我们用这一杯水能维持生命的时候，绝不去掠夺别的大海；当有一个苹果吃的时候，我们就把香蕉和其他水果让给别人去吃、留给子孙去吃。我们觉得没有必要把它全部掠夺过来，放在自己的家中。所以，东方人的自由，永远是消除自己内心的贪婪、愚昧和仇恨。他永远不去管这个世界怎么样，他活得照样很快乐。中国文学本质的东西、灵性的东西也是这一点。中国古代有个名著叫《红楼梦》，作者是曹雪芹，他有时候连肚子也吃不饱，他爱喝酒，但常常没有酒喝。就是在这样的条件下，他的心灵却拥有巨大的自由，写出了非常好的《红楼梦》，里面充满了灵性的智慧。中国还有部小说叫《西游记》，讲的是一个僧人取经的故事。实际上这个故事，代表着中国人对灵性的求索之旅，它是一次灵魂的旅途、生命的旅途。一个人生下时充满着欲望、愚昧、仇恨的动物性，然后为了实现自己的人生超越，一步步向西天走去。注意，西天在中国人的概念中，代表着圣地。走去的过程中间，他遇到了许许多多的妖魔鬼怪。其实这是他自己的贪婪，这个不来自外面。我们每一个人，在实现自己超越的过程中，必然要面临自己内心的欲望。当一个人真正降服欲望的时候，才能实现终极的超越。所以，在中国哲学中、中国文学中、中国文化中都充满了这种超越的智慧。中国人把这种超越称为“道”，道德的道。这种“道”是一种大自然的规律，是与这个世界和谐相处的一种智慧。当一个人拥有这种智慧的时候，他就实现了超越。中国人常常说，我早上明白了这个真理，晚上死去的时候，也很满足了。

所以，东方的大手印文化中这种灵性的东西，更多的是追求一种活着的理由。我们为什么活着？一个作家要追问为什么要写作？这就是活着的理由。中国几千年前的一些古代的哲人，都在追问这个东西，老子、孔子、诗人屈原都在追问。当中国第一位最伟大的诗人屈原找不到活着的理由的时候，他就放弃生命不活了。因为，他觉得自己存在的理由消失之后，存在是没有意义的。这种东西成为中国文化中最有灵性的智慧。

在中国西部，有一种动物——狐狸，它老是拜月亮。当月亮出来的时候，它就向这个月亮作揖、磕头，有一种敬畏，希望自己能像月亮那样放出光明，照亮这个世界。中国人把这种动物叫神仙、狐仙，这个神仙的“仙”和西方人的“神”很相似，也代表着一种超越之后、充满着灵性智慧的主体。而同时，中国人又将不明白活的理由的人，称为“混世虫”，即是浑浑噩噩过日子的虫子。所以，中国人特别强调活着的理由。一个作家写作的时候，要非常注重写作的理由。

也许，正因为有了这样一种精神追求，人类才能活得更快乐、更明白、更自由。文学跟宗教、哲学、其他文化的目的一样，终极目的就是给人类带来一种自由和快乐。离开了这个目的，文学就没有意义。所以，我认为好的文学，必须俱足两点：第一，世上有它比没有它好；第二，人类读它比不读好。做到这两点的时候就是好文学，做不到这两点的时候就不是好文学。

好多人说：雪漠，文学拯救不了世界。我说，是的，文学有时连作家也拯救不了。比如司马迁，比如陀思妥耶夫斯基，暴君的屠刀总能把一些优秀的作家送上断头台。但是我认为文学的无力是暂时的。因为，那岁月、时光很快让一些像尼古拉这样的暴君的生命消失，但托尔斯泰、陀思妥耶夫斯基这类作家的作品却超越了时间留了下来。更多时候，文学拯救的只是作家自己本身。不过，当每个人都能从文学中拯救自己的时候，就等于拯救了世界。所以，我始终认为，无论读者也罢，作家也罢，拯救的永远是他自己。他是在拯救自己的过程中实现了超越。不过，当这个世界上，谁都能拯救自己的时候，也就拯救了世界。

## 3.
## 灵性不是灵感

法兰西学院院士德雷：你说的灵性，是不是我们常说的灵感？

雪漠：我所说的灵性，不仅仅是灵感的来源，更主要是一种自由。我所说的自由和超越与西方人所说的自由和超越是不一样的。西方人所说的自由，更多的是由制度、物质、宪法等来保证。我所说的自由，是无条件的自由。什么是无条件的自由？就是每个人心中都有一种光明，这种光明不一定依靠外部的世界、外部的条件来实现超越，而是在自己心中、在自己的内心就能实现一种超越。这个世界上虽然有许许多多的东西，但那种对我们的限制、局限、束缚并不是来自这个世界，而是来自我们的内心。因为我们的内心中，充满了各种概念，我们称之为“分别”“概念”——就是人类的语言对自己心灵的束缚。所有人类的痛苦、烦恼都源于自己心中的诸多概念对自己的束缚。东方哲学认为，当人类通过清洗自己内心的污垢，通过清洗自己内心的贪婪、愚昧、仇恨，扫除了诸多的垃圾之后，人类本有的、像耶稣那样伟大的心灵的光辉就会焕发出来。当一个人的心中拥有了这种光明之后，他就实现了超越。

换一句话说，西方人的自由更多的像月亮一样，它借助一种外界的力量，包括法律、物质，或其他的一种制度性的保障来实现自由。东方人不是。东方人追求的自由像太阳，它本身要能发光，它要去照亮这个世界，而不是让世界照亮它。二者的区别就在这个地方。换一句话就是，东方人认为的自由就是你的心灵足够的博大、博爱，强大到足以和这个世界对话的地步。那时候，这个世界不能侵略你的内心，你的心也是一个非常博大的世界。你可以和这个世界对话、沟通、交流，它却不能侵略你。所以，东方人实现的超越，是丰富自己的内心，消除自己心灵中的垃圾，像太阳一样发光，去照亮这个世界，跟这个世界有没有光没有关系。就是说，世界无论有没有光，都不要紧，我自己的心会发光。

那么，文学如何实现这种超越呢？文学更多的是一种净化，净化自己的灵魂。一个作家，当他真正拥有主体性的时候，就是当他的心灵博大、足以吸收这个世界的诸多营养，却不受这个世界诱惑的时候，自由才可能产生。这种自由它是什么表现呢？它有一颗巨大的悲悯之心，却没有烦恼。为什么呢？因为，他觉得这个世界给它的东西够多了，他不会贪婪地寻求更多的东西，不会掠夺更多的东西。大自然给他这杯水就够了，他感觉大自然太美了，他有一种感恩的心，他绝不会去掠夺更多的水。因为这种世界观，使他远离了贪婪，所以他不会痛苦。他自然就远离了烦恼。大手印文化认为的自由就是拥有巨大的博爱、悲悯之心，却没有贪婪的烦恼。这是第一。第二，他有一种快乐，由内心中散发出一种快乐，却没有欲望。为什么呢？当你看到欲望，看到这个世界对你充满着巨大诱惑的时候，是因为你有贪婪之心。所以，才能感受到那种欲望和诱惑。一个满足的、自由的心灵可以观察到欲望，但欲望却干扰不了他。他的心灵就像镜子一样，能照出这个房间中的一切，但我们别想干扰它。它非常宁静。无论我们的来和去，镜子都是那样宁静。东方人追求的智慧就像这个镜子一样。房子中有无数的人来来往往，镜子是明明了了的。但它不会看到一个美女就哈哈大笑，也不会看到一个男人就觉得非常讨厌。它本身也是一个世界。所以，东方人追求的智慧，就是能拥有像镜子一样的智慧，去折射出整个世界，但世界却别想影响他。

就是这样。

## 4.
## 做好“人”是作家的底线

法兰西学院院士德蕾：你认为有多少作家能实现你所说的这种超越？

雪漠：东方文化首先认为，一个作家首先是一个“人”。什么是人呢？人就是具有人的主体性。中国人对人的最高评价就是他是个“人”，骂他的时候就说他“不是人”。所以，中国人对人的最高评价就是他是个“人”。他真是个“人”呀！再高的评价就是他是个“好人”。所以，我刚才所说的那个东西，就是真正的“人”

的标准。他不是外部世界的奴隶。因为，只有拥有了我刚才说的那种智慧的时候，他才会成为中国人认为的完美的“人”。一个作家首先是一个完美的“人”。你要有一颗独立的心灵，有一种不受这个世界诱惑的智慧，有着非常强大的主体性。只有在这样的基础上，你才有可能成为一个作家，才可能成为好作家。这不是对立的。其实中国人向往的这种智慧，是一个作家的底线。如果没有这种智慧，他不可能成为好作家，他只会制造文字垃圾，他只是一个写字的人，而不是一个作家。一个作家，首先是要有独立的人格、拥有完美的心灵、拥有智慧、拥有博大的胸怀。在这个基础上，他才可能成为作家。如果没有这个基础，他不可能成为作家。

所以说，我们认为的许多作家，其实不是作家，甚至不是“人”。因为，这个世界上最可怕的就是，一些没有智慧的人，却老是推销自己非常狭隘的“智慧”。比如，他可能利用暴力和屠杀，将自己这种非常狭隘的“哲学”“智慧”推销给世界，并且根本不去管这个世界怎么样。如果一个作家被这样一种非常可怕的东西同化之后，他就会去讴歌暴力。人类的历史上充满着这样的东西，我们的世界文明史、世界历史中，几乎所有被我们讴歌的英雄，都是杀人最多的屠夫。所以，直到今天，人类中的许多人并没有发现自己的局限，相反，他们仍在讴歌屠杀。

你想，这个屠夫杀完人就死了，这种讴歌的文化却依托这种文字流传了下去，继续毒害下一代人类。于是，人类充满着暴力。这一代人死了，罪恶就会依托这种非常肮脏的文明，传给下一代人。所以，这个地球上的战争越来越多，民族间的仇杀也越来越多。因此，一个作家如果没有达到“人”的标准去写作，就是罪恶。他会依托自己所谓的才华，把那种暴力，把那种仇恨传播开来，让这个世界都恶化。

法兰西学院院士德蕾：你说得对！你说得对！

（由明子根据录音整理）

## 文学如何实现不朽？

### ——人民大会堂《中国治水史诗》首发式发言

我来自甘肃武威。温家宝总理曾说：绝不能让民勤变成第二个罗布泊。那民勤，就是武威的一个县。它是我的长篇小说《大漠祭》《猎原》《白虎关》的背景和素材源头。我花了二十年生命写这三本书，就是想描绘干旱缺水的西部大地上人类的存在。现在，腾格里大沙漠和巴丹吉林沙漠已经像张着大口的猛虎，扑向我的家乡。我的许多父老，已沦为生态难民，远去他乡。我无法预测家乡的未来——正如我无法预测人类的未来一样，但我们却可以依托文学来增加一份关爱。

在西部历史上，有过很多灾难，多跟水有关。我的祖先也有过无数次的自相残杀，起因同样是水。我在长篇小说《西夏咒》中，就写了我所感受到的一种巨大的存在。在干旱缺水的大背景下，历史的梦魇、现实的挤压、灵魂的求索、终极的追问交织在一起，构成了无数的混沌、梦魇和魔咒。为了在争夺水的官司中获胜，有人不惜杀害年近八旬的母亲，为的是能够栽赃于对方，赢得多浇几天水的胜利。这是发生在我的家乡的真实故事，至今，仍被人们讲述。在小说《西夏咒》中，金刚家和明王家抢水的故事，就取材于凉州和民勤千年间的争水纠纷。

因为那儿水的奇缺。水便成为民间文化中的一个非常吉祥的意象。当地人认为，当你梦到水时，意味着你要发财。

缺水已成了西部土地千年的梦魇。那是无法摆脱的梦魇。西藏人管女神叫度母，凉州人则称为水母。凉州许多地方有水母崇拜。在《西夏咒》中，主人公一家遇到的最大灾难便是“丢水”。所谓“丢水”，就是家中的水会忽然不翼而飞。据说，要是找不到水，一家人便会得一种奇怪的病，都会因灵魂缺水而死亡。解除这灾难的唯一办法，便是去“找水”。那时候，全家人、全村人都会一起出动，去荒郊野外，八方寻觅。有时候，他们会在某个神秘的所在，找到一汪清凉的水。这时，“丢水”的灾难便相应地解除了。

我们可以将以上传说当成一种象征。可以说，西部人的历史，甚至中国人的历史，都是“找水”的历史。《中国治水史诗》其实是另一种意义上的“找水”，它可以帮我们找到另一种清凉，以解除我们灵魂的干渴。

在西部，许多东西都消失了。历史的显赫、百姓的灾难、人类的挣扎，以及无数美的丑的男人和女人，都叫岁月卷没了影儿。但一种东西却在干渴的土地上生了根，那便是关于水的一个个故事、关于水的一次次纠纷、关于水的许多文字，还有处理水纠纷的一块块石碑，它们记载着水的历史。无数的人与事物都化成了云烟和尘埃，但水却成为抹不去的记忆。

同样，现在的一切也会消失，无数的故事、无数的作品、无数的声名显赫的作家，都会随着历史的云烟，渐渐消失于无迹，会像破灭的水泡那样消失于亘古的暗夜。但我相信，今天首发的这部关于水的史诗，定然会成为一块文化丰碑。

虽然世上的一切终究会成为记忆，而记忆的本质相似于梦幻，但围绕这部治水史诗的感人故事，书中记录的存在，书中倡导的精神，却能给许多干旱的土地，带来看得见、摸得着的价值。这是一种生存意义和文化意义上都能触摸到的存在。当我们想到这存在时，会觉得非常温暖……是的，在这样一个追求功利的时代，竟然还有这样一个群体，花费了如此多的人力财力，叙写了一部虽不能马上带来眼前利益、但却功在当代益在千秋的史诗。

我相信，当我们的子孙想到这一事件时，他们也会被感动的。

世界在飞快地消失着。人间的一切，都在不停息地变化着。我们留不住任何想留的东西。但我们今天在现场和不在现场的许多人，却想在这变化之中，留下一点消失不了的东西。

同样，无论是一个作家，还是一个民族，最想建立的，其实是一种岁月毁不掉的存在和价值。这也是我常常思考的问题。我常常追问：我们作家，如何以文学的形式，建立一种永恒。

当然，这不仅仅是中国作家面临的问题，也是人类所有伟大作家都想解决的问题。托尔斯泰最大的精神危机便是他的追问："我便是成为但丁，成为莎士比亚，又怎么样？"因为当他追问到死亡、追问到地球的寿命时，一切意义都丧失了。

同样，我也有过精神危机。我也想追求永恒。我曾在一篇文章中说过："真正的孤独是智慧的觉醒，是感悟生命的易逝、世间的无常和作家想建立的永恒价值之间的矛盾和冲突。"

我们留不住生命，留不住青春，留不住我们想留的一切。我们的文字也会被信息的大海淹没。岁月会卷走一茬又一茬的读者，也会卷走一茬又一茬的图书。岁月会像秋风扫落叶一样，卷走一个个显赫在当下的名字。即使现在全世界的人类都知道你，那么当这一茬人类消失之后，你仍然是下一茬人类眼中的陌生。除非，你有一个叫下一茬人类也熟悉你的理由。

许多作家和作品，都像太阳下的露珠一样，被岁月蒸发了。搅天的信息要掩埋我们，岁月的沧桑要腐蚀我们，历史的潮水要冲刷我们。我们这一滴滴水，如何才能实现不朽和永恒？我想，几乎每一个有追求的作家，都会追问这个问题。

一代代的作家追问着文学的意义，都在寻找着那个文学存在的理由。

需要说明的是，历史上留下的那些关于水的文字，其实已经为我们提供了一种讯息。它们是不朽的。在千年的历史长河中，它们沉淀了下来。显然，人类需要那些文字，是因为人类需要生存。当存在成为人类绕不过去的话题时，文学只能靠直面人类的存在而实现不朽。

历史的飓风将无数华美的文字吹得不知去向了，但我的家乡及许多作家的家乡，却留下了那么多的关于水的文字。它们虽然不一定多么精美，但因为它们将自己泼入了人类存在的大海，因此实现了相对的永恒。

无论你如何如履薄冰般守护一滴水，你都无法让它不趋向干涸。要想让这滴水实现相对的永恒，办法只有一个：将它泼入大海。

这大海，便是人类的存在。

当这滴水进入大海之后，就会跟大海融为一体。于是，托尔斯泰、陀思妥耶夫斯基、曹雪芹等伟大的作家，终于实现了相对的不朽。

翻开文学史，我们就会发现，任何时代的文学，总跟那个时代人类的生存密切相关。任何无视人类存在的文学，必将为时代淘汰。

《中国治水史诗》便为我们展示了一次不朽的可能。我相信，只要人类存在，只要中华民族存在，这部史诗蕴含的精神便会永恒。它承载的治水文化、它记录的某个群体的努力，它倡导的某种精神，便会依托文学这种形式流传下去。

我想，真正的文学，除了文学价值本身的追求之外，还应该做到以下三点：

第一，文学要在无常和变化中寻找永恒。我们的肉体可以消失，我们的精神却可以依托文学传承下去。我们希望能多创造几次像《中国治水史诗》这样让个体介入人类存在的机会。

第二，文学要在虚无中建立存在。我们经历的一切都成了记忆。而记忆的消失，像风尘中逃跑的一条黄狗，我们很难追上它。但我们却可以利用文学，在虚无之中，建立一种岁月毁不了的存在。《中国治水史诗》留给世界的，就是一种被文学定格的存在。

第三，文学要在虚幻中实现不朽。大自然可以毁灭一个城市，一场战火可以毁灭许多建筑，一场地震也可以毁坏无数的水利设施，但这世上，还会有一种岁月毁不了的东西，这便是《中国治水史诗》中承载的某种精神。

正是因为有了这种精神，人类才可能更快乐、更清凉、更明白、更自由。文学跟宗教、跟哲学、跟人类诸多的学科一样，其终极目的，便是能为人类的存在带来幸福、快乐和自由。离开了这个目的，文学将丧失其存在的意义。

我常说，岁月的飓风正在吹走我们的肉体，无论我们愿不愿意，都会很快地消融于巨大的虚空之中。我们可能留下的，也许只是文学独有的那点儿精神。

所以，我一直认为，除了文学价值的基本底线之外，好的文学还必须做到两点：一是这世上有它比没它好；二是人类读它比不读好。

# 谈作家的人格修炼

生在西部农村，最大的好处，是能感受死亡。大都市太喧嚣，每每将心淹了。死亡的声音，总显得稀薄，很难唤醒快乐或苦恼的城里人。

我住的地方更静，物欲便淡了。那死亡的声音，就大逾天地，充满虚空。用不着专注聆听，那哀乐声、发丧的唢呐声、号哭者便会自个儿来找你；老见花圈孝衣在漠风中飘，老听到死亡的讯息，老见友人瞬息间变成了鬼，老听人叹某人的死亡，而随后，叹人者亦变成了被叹者……

我是很小的时候就觉察到死亡的，老觉那是个可怕大洞。侍在身侧，老想往洞里拖我。我昼夜发抖，恐惧这世上竟有这样一个东西。渐渐，我明白了，不但人会死，那月亮，那太阳，这地球，都会有死的一天。于是，我心中又升起一个疑问：既然终究都得死，这活着，究竟有啥意义？

从少年时代起，我就寻找意义，但我可悲地发现，一切都没有意义。死亡来临时，读的书没有意义，盖的房没有意义，写的文章没有意义。若真能写出传世之作，但一想宇宙也有寿命，便知那所谓传世的，仍是个巨大的虚无。地球命尽之日，托尔斯泰也没有意义。于是，我曾许久地万念俱灰。

这种幻灭感的改变在我接触到佛家之后。当我看到佛舍身饲虎和割肉喂鹰时，我忽然发现了意义。这意义，便是那精神。那虎鹰和身肉，均已化为灰尘，但那精神，却以故事为载体，传递给千年间活过的人。这精神会照亮心灵，许多人因此离苦得乐了。这，便是意义。

文学的意义亦然。其意义，非名，非利，而在于文学该有的那种精神。前者如过眼烟云，后者则可能相对永恒。

我认为，好的文学必须做到：这世上，有它比没它好，读它比不读好。因为它的存在，能使这世界相对美好一些。如果达不到这一点，就不是好文学。

为了实践我的感悟，我用了二十年的时间，终于进入文坛。但我可悲地发现，时下的文学，早已丧失了我所向往的“意义”。

老有圈外人问我：文坛究竟咋样？我答：有善有恶。善者，可比菩萨；恶者，欺世盗名。

他又问：善恶之比如何？整体评价咋样？

我默然。

但私下里，我对文坛还是有评估的。我之标准，是《佛子行三十七颂》，其中有一颂如是说：

伴彼若是三毒长，并坏闻思修作业，
能转慈悲令丧失，远恶友是佛子行。

可见，“恶友”的标志：是一旦与之接触，则贪婪、嗔恨、愚痴三毒增长，慈悲心消失。

一个偶然的机缘，我进入文坛，不久，我吃惊地发现，不知不觉间，我竟然开始堕落：我多了贪，开始在乎文坛的排名；多了嗔，当你的作品被人恶意糟蹋时；多了痴，一日日地迷失了自我。复归到西部小城后，我竟然失却了先前的那份宁静和超然。

按《佛子行》的说法，我显然遇到了“恶友”，可那一张张熟悉的面孔，显然又不恶。粗看来，那一个个单个的个体，分明都不坏，有的甚至是明显的好人。可奇怪的是，当我再一次进入文学圈子，仍会不知不觉间向下滑落。

这是很怪的现象。当一个群体不能使与之接触者渐趋高尚，反倒使贪嗔痴“三毒”增长时，说明它定然出了问题。

《佛子行三十七颂》还提到了应该接触的“善知识”：

> 伴彼若令恶渐尽，功德犹如月初增，
> 则较自身尤爱敬，依善知识佛子行。

显然，这种“善知识”，在文坛上也有不少。但无异，他们并不占主流地位。否则，文坛是不会增长人的“贪嗔痴”的。

我清醒地促使自己去分辨哪是善知识，哪是恶友。但我失望地发现，当我面对个体时，我都能从他们的身上发现闪光点，但综观文坛整体时，仍觉有一种令我增长“三毒”的浓浓的氛围。换句话说，时下的中国文坛，定然缺乏能使人健康向上的土壤和气候。许多“善”人，不知不觉间，就会被那风气“腌”透，进而繁衍出一种“恶”来。更可怕的是，被腌者并不知道自己已被异化，反倒乐此不疲地趋之若鹜。

当这种不好的风气占主流地位时，就会形成一种有利于这风气运行的潜规则。进入这规则的任何一个外物，其命运只有两种：你要保持清醒独立，远离规则，那规则就会忽视你的存在，像上海作家李肇正，著大文三百万言，至死都得不到评论界的关注；要么，你由遭遇“恶友”而潜移默化，终而成为“恶”的来源。

我曾虔诚地想进入文坛，为此付出了艰辛的努力；进入文坛之后，却又想决然地远离它。因为，我的信仰和智慧告诉我：所有滋长“贪嗔痴”的外物和外境，都定然是“恶”的，是必须要远离的。我逃离时的那份急切，如脱了枪口的小鹿，只想找个密林深处，静静地舔舐伤口。

但同时，我发现，千千万万个人仍在拼命地涌向那个被佛子们视为“恶友”的所在。

我很可惜一些作家，花费黄金买不来的生命，去制造大量的垃圾，浪费自己的生命，浪费别人的生命。有好些人，在他的肉体消失之前，作品已消亡。更有甚者，其存在的价值，就是以自己的才华，宣扬一种罪恶。这世上，没有他（她）的书，比有他（她）的书好。

我常说，没有才华的婊子（人格意义上的），仅仅是一个婊子，而有才华的婊子，则会依托自己的才华，将那婊子气扩散到整个社会，而使这世界相对恶化。

有本小书，叫《艺术的未来》，书中写道：“当艺术家为艺术而艺术的时候，他们是鄙视公众的。反过来，公众则以忽视这些艺术家的存在对之进行了报复。由此造成的真空便由江湖骗子似的冒牌艺术家做了填充。”

信然。时下的文学杂志、网络，或是图书市场，除偶现寥若晨星般的“艺术”外，大多只写了两个字：无聊。

名作家写着有名的“无聊”，无名者也不敢落后，绞尽脑汁地炮制“无聊”。生活的惨白，人格的萎缩，责任感的丧失，思想的缺少钙质，使本该塑造灵魂的文学，堕落为颓废者的自慰。

我常常私自发问：我们这个民族，为何会有这样一个巨大的混混群体？难道他们黄金买不来的生命，只配用来炮制垃圾？每念及，便不由得扼腕长叹。

无疑，这虚假的“文学”繁荣背后，隐藏着一个民族的悲哀。

我曾参加过一次文学聚会，当作家们津津乐道地编织“蛋白质女孩”和“巧克力男孩”之类的爱情时，窗外有个老太婆正在痛哭，因为她当农民工的儿子才死在建筑工地上。作家们懒得去安慰她，他们甚至嫌那哭声打断了自己的文思。这画面，充满象征意味，几乎可以看成中国当代文坛的缩影。

在另一次会议上，作家们纷纷抱怨时代对自己的挤压，说文学失去了轰动效应，自己已沦为“边缘人”，其慷慨激昂，充满了文天祥似的正气。发牢骚时，作家们正免费住着高级宾馆，腹内盛着国家供给的山珍海味。而同一时刻，西部还有许多人饿着肚子牛一样劳作，还有许多哭泣的失学儿童，还有无数贫病交加的农民。最该被关注的他们，却很少有人关注。

无数的作家和所谓作家们边发牢骚，边编织连自己也不信的惨白故事，以填充网络和杂志。他们散发出迷醉的萎靡之气，并将这萎靡传递给更年轻一代，影响或污染着他们。大家一起制造喧嚣，创造“繁荣”，营造颓废。试问，在这样一个“气场”中，谁又爱听弱势者的哭声？谁又爱看农民们的愁脸？谁又会把那种叫“忧患”的意识，塞入自己心中？

作者们背对着大千世界，背对着应该关注的弱势群体，无视一个民族可悲的颓废和无聊，浸淫在自我营造的氛围之中，自我宣泄，自我陶醉，自我堕落，除了浪费生命，“图财害命”之外，并无丝毫益处。在这样一个萎靡颓废的群体中，诞生出的，一定是颓废的个体。这群体，像巨大的黑洞一样，吞噬着思想，吞噬着灵魂，吞噬着人的主体性，不知不觉间，人的个性就消失了，变成一个庸碌的细胞。

稍有点常识的人都知道，文学应该拒绝虚假，拒绝起哄，拒绝鼓噪。文学应该需要一种品格，一份真诚，需要生命的投入。一群老鼠，只能生下老鼠。无论它们如何鼓噪，如何叫喊，如何自命不凡，如何制造繁荣的虚假，都改变不了其老鼠的本质。而欲生下狮子，作家母体必须首先变成狮子，再和另一个异性狮子——作家感受到的强有力的生活——进行生命的交融。

试想，俄罗斯大地上为何能产生那么多大作家和文化巨人？原因很简单：他们有肥沃的土壤，有适宜的气候，有干净的空气，有奋发向上的群体，有勇于探索的精神，一言概括之：他们有伟大的文学传统。生活在那块土地上，一个侏儒，也会在巨人的熏陶下逐渐高大起来。

而时下，我们面对的，是满天的浮躁，遍地的颓废，啸卷的懒散和无聊。在所谓的“文学”中，我们很难发现一点高贵的，能守住自己灵魂净土的文字。文学赝品泛滥成灾，所谓“文学”遍布市场，数以万计者以肉欲文字自愉、自慰、自恋，终而自阉。他们已经失去了投身理想的执著，不见了灵魂塑造的谨严，看不到自我完善的道德，大气和高贵了无踪迹。触目皆见的，是被贪欲烧红的面孔。他们像发情的袋鼠一样，翕动着鼻翼，瞪圆了因久视而发涩的眼睛，搜寻或炮制着所谓“文学”。试问，这样的土壤里，能诞生巨人吗?

一个作家，最重要的是人格修炼。如果不使自己的心灵，像这个世界一样丰富和博大，而仅仅是进行文学本身的训练的话，他不会成大气候。不少作家充当了一种卖水的角色：从生活之海中舀来一瓢水，就吆喝个不停，唯恐别人不知道自己兜售的货色。这样的作家，已经是真“作家”了。但却忘了，作家更应该注重的，是灵魂的修炼。当心灵的丰富和博大成为一个世界的时候，写出的东西自然会有一种“大气”。

托尔斯泰无论大作品和小作品，都有他独有的“大气”。无论《战争与和平》，还是一些很小的随笔，都有一种浓浓的托尔斯泰“味道”。那“味道”，别的作家没有，也模仿不来。那是隐在文字背后的作家人格的体现。他必须经过灵魂的历练，达到大真大善大美时，才可能有那种“大气”。

托尔斯泰经历了无数次的精神危机和自我超越。他的精神危机是时代的困惑，他的痛苦是时代的痛苦。他的人格，达到了很高的境界，被称为“十九世纪的良心”。所以，他才能傲立于世界文学的顶端。

在完成了必要的文学训练之后，作家最应该注重的，是人格的修炼。人格，决定了他未来的成就。

文学训练是必要的，但这种训练不难完成。最难的，是人格的修炼。如果他是大海的话，即使绽出一小朵浪花，也会有大海的气息。要是他是个猴子的话，无论他翻出多少个叫人眼花缭乱的跟头，并赢得了千万人叫好，他也仍然是个猴子。

所以，一个作家，要是不注重人格修炼，仅仅是在文学技巧上玩弄花样，无论他玩得多么出色，他仍然掩饰不住人格的小气和卑琐。老百姓对这样的作家很反感。这也是文学受到冷落的真正原因。

一部作品，最终是作家人格的反映。艺术手法，仅仅是手段而已。在这一点上，中国作家做到的不多。像张承志，就这样做了。我不认识张承志，也没有迷过他的作品，但我迷他这个人。我更喜欢隐在文字背后作家的人格，这是一个作家最难得的东西。

托尔斯泰的那种“大气”，其实是“利众气”，即悲天悯人。这与他的宗教修养有关。作家虽然不一定要“迷信”哪一种宗教，但应该有相应的“智信”，应信仰并且实践他所认为的真理。他不仅仅是学者，更应该是行者。

宗教中的好多东西对文学创作有极大的启示意义，如佛家的灵魂重塑和心灵实践。一个作家如果没有刻骨铭心的体验，不可能写出有价值的作品。佛家中的小乘就要求人要破除“我执”，不要总以自我为中心，争名逐利，利己损人。要破除“小我”，融入“大我”。有了“大我”，就可能体现人类精神的“大真大善”，艺术也会相应地“大美”。

我老劝文友，多想想死亡，并以此为参照，来想想自己该做些什么？

但时下，一个可怕的现实是：高贵者或向往高贵者，常常会受到嘲讽。而卑劣者则可以大言不惭地展示自己的卑劣，反倒引起别人的认同甚至赞许，认为他是真诚的。但却忘了，真诚的卑鄙也是卑鄙。

一个人不在于他有多么高尚，而在于他是否有颗向上的心。只要有向上的心，不管他能飞多高，都值得赞美他。

（本文为《狼祸·雪漠小说精选》“序”）

# 写作和活着的理由

从本质上讲，一只因为看家而获得食物的狗和一位因写作得到稿费的作家没有实质的区别，都仅仅是一种动物性的生存。为了某种存在的必需，而不得不干一件事，是每个动物必须面临的问题。只有当那位作家超越了动物性的生存而开始寻问活着的意义和写作的理由时，他才超越了那只觅食的狗。

人和动物最大的区别就是有形而上的需求和追问。

在大连大学参加中国小说学会年会时，我做了一个发言，内容大致是一个作家必须明白为什么写作，应该追问一个活着的理由。我们为什么活着？西部民歌中充满了这样的追问，许多时候，为了那个活着的理由，而宁愿不活。西部民歌中充满了这样的例子，比如“浑身打下的青疙瘩，不死老这么做哩。手拿铡刀取我的头，血身子陪你睡哩”“桂花窗子桂花门，老天爷堂上的宫灯，杀人的刀子接血的盆，小妹妹没有悔心”“绳子拿来背绑下，柱子根儿里跪下。刀子拿来头割下，不死是这么个做法”等等。在世界文学史上，也充满了这样的例子，像海明威、川端康成、茨威格等作家就因为活着的理由的丧失而放弃了生存。所以，王蒙先生半真半假地说，中国作家没有走向世界，是因为自杀的作家太少了。

作家动物性的生存产生的自然是物欲性的作品，所以书市上充满了能塞满天空的垃圾，从中你很少发现一些能超越肉体层面的东西。高贵稀罕得像泥土中的黄金，触目所及，不过贪婪、仇恨、愚昧。最可怕的是，那种动物性的写作欲望已成为一些作家生命的惯性，创作成为习惯性流产。这也许是中国文学最悲哀的地方。

在大连，有位教授听到我发言后对我说：“活着，还想啥理由，累不累？我年轻过，得了癌，死了就死，想啥别的，太累。”她是啥都不想的。许多动物似乎也不想。但我知道许多动物也总想超越自己的动物层面。比如，有些狐狸，会在满月的时候，静立于大漠波浪之上，拜那月亮。据说它们想脱去狐皮，成为仙家。于是，这些狐狸就有了活着的理由。老百姓对这些有高层面追求的狐狸很是敬畏，称它们为“仙家”，而将不拜月的狐狸们称为“狐子”。前者甚至超越了人类，后者仅仅是个畜类。

那些什么也不想的作家的存在层次，似乎是低于那些狐狸的。人固然生活在烦琐的红尘中，但人还应该向往一个精神世界。

甘肃作家张存学曾说：当代作家最大的问题就是没有“神”来提升我们的精神空间。对此，我深表赞同。但我眼中的“神”非上帝，非佛陀，而是一种更高意义上的向往和追问。当然，你可以称之为信仰。我在《我的灵魂依怙》里说过：“真正的信仰是无条件的。它仅仅是对某种精神的敬畏和向往。信仰甚至不是谋求福报的手段。信仰本身就是目的。”

那活着和写作的理由，便是我们向往的精神。

同样，小说的存在，也需要一种理由。在越来越多的新型媒体显示出其巨大的生命力时，小说的存在是否可能久远，成为一个必须追问的问题。许多作家都在抒发对小说的看法，但大多忘了一个问题：小说在今天乃至明天，欲想在这个世界上存在下去，有什么理由？

这世上，所有存在必有其存在的理由。那么，小说要想在这世上存在下去，你有什么理由？

你是想为这个日趋贪婪的世界贡献更加贪婪的诱因？

提供一种娱乐方式？或是别的理由？只有当这个理由非常充足时，小说才可能存在。任何我们打算抢救的所谓“文化遗产”，就是因为它丧失了存在的理由。

所以，我们必须为小说将来的存在找到一个充足的理由。因为，小说诞生时的娱乐功能已明明为其他媒体取代。这时，小说单纯的娱乐功能显然不能成为小说存在下去的理由。

十九世纪的文学之所以辉煌，是因为它为其存在提供了充足的理由。它饱含的文学精神，成为那个时代的人类最主要的灵魂滋养。而当代文学，因为文学精神的缺席，已成为一种徒有形体而乏精神的僵死，它是不能在这个世界上长久存在的。换句话说，时下的小说，已逐渐丧失了一种存在的理由。

所以，欲继续存在下去的小说，必须找回已丧失的精神，应该成为一种新的营养，给我们的灵魂带来清凉，带来宽容，带来安详和博爱。

只有文学真正成为人类的灵魂不可或缺的养分时，它的存在才可能成为必然。

2005年10月30日写于火车上

# 谈《西夏咒》中的男女双修

在我的长篇小说《西夏咒》中，苦行僧琼和空行母雪羽儿的双修是最惹眼的内容。对它，有人读得如痴如醉，如癫如狂；有人却如堕云雾之中，不知所云；更有人视为大逆不道，而口出恶声。老有读者问询这部分内容，我只好在这里略做介绍。

时下，很多人对双修内容多有误解，更有人视为一种骗术，认为它是骗色的某种伎俩。确实，世上有许多以双修为名的骗色者，但不能因为太阳中有黑子，便否定了太阳；也不能因为地球上有苍蝇，就否定了地球上的所有生物。

双修是密乘修炼到很高境界后的重要内容——当然，并不是所有的修行者都能达到能够双修的证量。密乘中对它的要求很高，只有在完成了生起次第的修习、达到圆满次第的某种要求之后，才有双修资格。按密乘说法，要是以双修为名而行淫欲之事，是要堕入金刚地狱的。这“金刚地狱”，是“万劫不复”的另一种说法。

真正的双修其实是一种很高级的禅定——是禅定，不是泄欲。正如我在《西夏咒》所说：“他们用一种看起来很像世俗的男欢女爱的形式，修炼了一种很高级的禅定。”

在密乘文化中，男女双修是凭借大爱和智慧的力量、清除细微所知障、打开一些不易打开的脉结、开发究竟智慧的重要手段。但它不是唯一的手段，用其他方式如光明大手印同样可以做到这一点。

按一些大师的说法，双修是一种很有效、但同时也是很危险的密法，它像一根管子，进入者只有两条路，非上即下；要么升华，要么堕落。

只要得到真正的传承和善知识，双修无疑是最有效地认知俱生智慧、证得究竟智慧的妙法。这一点，宗喀巴大师在其著作中有过精辟的论述。

按一些经典的说法，几乎所有修行者，无论他如何苦修，要想破除最后一分细微的无明和所知障，都必须凭借空乐双运。因为所知障是很难破除的一种执著，只有凭借人类本有的那种俱生智慧，才能超越概念和知识对人造成的障碍。在人类本俱的所有能量中，爱情和性能力是无与伦比的一种生命潜能，最具有建设性或毁灭性。关于这一点，心理学家弗洛伊德谈了很多。

在密乘中，有许多关于双修的故事。我在《初心》中，就记载了空行母司卡史德的故事：大成就者毗如巴利用双修的方式，让六旬的老女人司卡史德一夜间证悟，最终成就了虹身。

《西夏咒》中琼的原型是盘唐巴，他是一个真实的历史人物。为了寻找智慧空行母，他不远万里，从尼泊尔到中国西部，才找到了金刚亥母的化身，以双修的形式，证得了究竟佛果。

不过，密乘中对双修的要求极高，必须有清晰清净的传承、很高的根器、相应的证量，等等。一些密续中有许多具体的判断标准。下面我简单介绍一下：

一是双修必须得到传承内的灌顶和授权。这是铁门槛。在密乘中，要是没有灌顶，一切密法都没有意义。没有传承内“电流”的输送，所有的“灯泡”都仅仅是摆设，是发不出任何光明的。一些未经专门的灌顶授权的所谓双修者，肯定是骗子无疑。他们既不可能有证量，也不可能懂方法，其所谓的双修，只能是一种骗色伎俩。

二是要求主要的一方必须完成生起次第的修持证量。

按香巴学派对生起次第的要求，行者要自成本尊、五轮清晰地生起本尊、层层递进微观契入、深入七层内观、安住于所缘境不动不摇达七天七夜，毫无妄念才算完成了生起次第的修习。在此基础上，才有资格进一步修圆满次第，否则是不可能达到双修要求的证量的。《西夏咒》中琼的生活原型盘唐巴闭关修持生起次第达二十一年之久，才俱足了密续要求的相应证量。其中的许多要求，必须要经过严格闭关才能达到；未经多年的严格闭关者，是不可能俱足相应证量的。即身成佛的诀窍是得到密法，毕生苦修。世上没有不修的佛。便是上根智慧如慧能大师者，开悟之后，也必须有十多年在猎人堆里的苦修保任。现代人仅仅是自我安慰似的修炼，是不可能证得究竟佛果的。

三是主修者必须明白空性——就是说他或她至少是能明心见性的菩萨——这明白空性不仅是理上的明白，更是事上的受用。而密乘事上的开悟，必须有摄气入中脉之后的许多征兆。关于这一点，也有专门的证量要求。在香巴学派的法脉中，只有完成生起次第，进入圆满次第，进而修宝瓶气，生起拙火，修得幻身，证得光明，才算真正明白了空性。拙火不生，幻身不成；幻身不成，光明难证；这光明，才是密乘所说的空性。光明之后，才算真正进入修道，才谈得到真正的双运。

四是还必须能守持明点，不漏精，懂得散点之法。此外，还有一些要求，大多是铁定标准，是底线。

按传统说法，任何没如法完成生起次第要求证量、没有气入中脉的诸多证量、不明空性、不能守持明点者，若要进行所谓双修，是必然会堕入金刚地狱的。

除了以上要求外，尚有许多传承内的仪轨和方法，有许多凭借爱情和性能量打开细微脉结、改善内分泌、认知心性、摄气入中脉、散明点法等诸多耳传窍诀。它其实是一种生命科学，是利用人类心理和生理能量中最强大的力量——爱情和性能量，来破除生命障碍，实现终极超越。这跟借双修为名、行淫欲之实者有着本质的不同。

这里，我用一句非常形象的比喻来说明双修跟一般行淫者的不同：在净相中看来，如法双修者是两尊禅定的佛——修者至少做到安住所缘境达七日七夜以上，其目的是为了升华生命和智慧；而行淫者则是两个动着的生殖器——其目的是为了泄欲。

其高下之别，有云泥之隔。

在《西夏咒》中，有许多充满诗性的文字，对双修进行了形象的描绘，但那描绘，不乏艺术处理，也仅仅是个指月的指头，永远代替不了那修炼本身。

在笔者传承的香巴学派大手印文化中，将这部分内容，称为“宝盒”，也叫和合大手印，它是方便和智慧和合而修的一种形式。这方便，代指大乐；这智慧，便是空性智慧。用一种现代话语来说，双修其实是凭借大爱大乐和空性智慧来升华自我的一种方式。

不过，在密乘中，不是所有的行者都一定要用双修的方式来实现超越，香巴学派的光明大手印便无须进行这类双修训练。按传统说法，当你打破了某种执著，达到一种境界后，你的交流对象便不一定是人间女子。你也可能在法界的空行母如金刚亥母——这也许便是科学家所说的那种暗能量——帮助下实现超越。十多年前，笔者便于净相中契入这境界。为了给当代心理学和宗教学提供一点有用的资料，笔者曾在《初心》记录过那种觉受，在《西夏咒》中也引用了一点，有缘者可以看到的。

在那种境界中，是没有欲望的，有的只是慈悲、智慧和光明。其中有许多现代科学无法解释的东西，它属于传统文化的范畴，我们要取其精华，剔其糟粕。其实，无论道教、还是佛家，都有无数我们至今仍能借鉴的属于生命科学的内容。关于爱对人体和生命的诸多益处，西方科学有很多理论和证据。

当代科学认为，这世上，我们看到的物质世界，只占百分之四，有百分之九十六是暗物质和暗能量，而它们至今仍是当代科学解不开的谜团。

也许，在中国传统文化中，便能找到能够揭开那些暗物质和暗能量秘密的钥匙。

我不能将所有不了解或不能解释的现象都视为迷信。

我们不能因为自己是盲人，便否定太阳的光辉。

# 好坏哲学的标准

人性中兼有善恶。凡有人类，善恶之争始终存在，也永远不会停歇，这就像一个人，我们经常在内心深处，自己跟自己斗争。“善”有不同层次，在不同时代、不同环境、不同情况下，“善”有着不同的内涵与诠释。所以，善恶之争，很难有定论，也不一定非要有定论。一个人是好是坏，关键在于他是否自省、自律、自新，人类社会发展得是好是坏，关键也在于人类是否理性、节制、自律。

作为动物性的人，需要满足生存的基本物质条件，人性中一定有自利自私的欲望，这很正常。我们要面对，并正视这一点，没必要回避。因为人的欲望是与生俱来的。为了满足这种欲望，他就会产生自私、占有、仇恨、贪婪、嫉妒等等一系列负面的东西，这也要理性地面对、正视它。我们认为的好人，就是他很自律，克己奉公，能控制这些负面的东西。而坏人恰恰相反，他放纵自己的私欲，并损人利己。如何控制自己的心灵，使它往好的方向转化而不是向下堕落、腐败？在这方面，释家、道家有些说法，值得借鉴。比如，释家认为，人性兼有善恶的两面，或者说，心有真妄的两面性，一种是真心，一种是妄心。真心是人类与生俱来的本有的智慧。妄心是杂念纷飞时的状态。真心部分是善的，叫良心，天地良心。妄心有恶的成分，有欲望性的东西。道家也认为，当一个人控制妄心，不受妄心对他形成的负面干扰、影响的时候，当一个人得到真心的时候，道家称他为“真人”。妄心一般很难彻底根除，要时时警觉，要通过日常行为来安住真心发善愿，做善事，久而久之，习惯成自然，恶念就越来越少。

每个人评价标准不一样，结论也就不一样。我衡量一个人是否伟大，不仅仅以某个群体或国家来衡量，而是以人类作为参照系，看他是不是真的为人类带来了好处，当然，还可以以所有的生命、地球、宇宙为参照系来衡量。

许多政治家、哲学家表面看来，也以利众为目的，比如：希特勒也想为德国带来好处，斯大林也想为苏联人民带来好处，也想把苏联建成世界上最强大的国家……有些学说，虽然出发点是好的，但若是带来了不好的结果，让世界血流成河，给人类造成了巨大的灾难，那么，我就认为，这种学说不是什么好学说，无论它的创始人是不是善人。

我发现，凡是信仰一种不好哲学的国家，定然会有不好的结果。许多时候，一种学说带来的后果是灾难性的。从历史和人类的长河中来看，一种学说的创始人，无论他个人的人格如何伟大，但他创建的学说带来的客观效果若是一场人类灾难的话，那么，这个创始人就是人类的罪人。所以，有些学说，我不看他的创始人是不是不吃肉,或是见了乞丐是不是心软得哭鼻子，要是他所宣扬的学说思想可能对人类造成不幸的时候，他的那点儿小善，根本无法掩盖他的大恶。有些思想、哲学、宗教也是如此。虽然它里面也有善的成分，但同时，它又有一些对人类有害的邪恶的东西，比如，它可能引起战争或仇杀等，无论这场战争谁赢谁输，对人类本身来说，却是一场灾难。有些哲学，客观上甚至还引起了助长邪恶的结果。有一些哲学，虽然也得逞于一时，但放在人类的长河中考察，充其量它只是叫人类走了弯路，那么，我就会认为它是坏哲学。因为人类没有这种哲学，要比有这种哲学更好。当我们穿透历史的迷雾，探究一种本质的规律性的东西时，可能会发现，时下被大众认可的一些评价，历史会证明，它并不一定是正确的。

现在，最可悲的是，经常有一些没有掌握真理的人，去宣扬他所谓的真理，这些人被称为哲学家、思想家、伟人、名家。我评判真理的价值，也是看这个真理是否对全人类有益。如果是一个鼠目寸光的近视眼，他只看到眼前一点儿光明，就认为自己已经掌握了宇宙间的真理，并且拼命宣扬这种所谓的真理，让更多的人变成近视眼，从客观上说，这也是一种罪恶。这是非常可怕的，它会像思想瘟疫一样向这个世界传播。那么，什么东西不是罪恶呢？就是他所宣扬的东西是一种真正的终极真理。虽然有人说没有绝对的真理，但我认为实际上有绝对真理。那就是，这个真理，应该对整个人类的存在，甚至对所有生命的存在都有益。否则，无论它如何冠冕堂皇，如果对整个人类没有好处，就绝对不是真理。真理应该有一个基本标准：善，就是对人类这个群体有好处，对这个地球上的生灵、生命，包括动植物都有好处，甚至对整个宇宙有好处。

在我看来，所有的暴力都是罪恶，所有的战争都是罪恶，所有对人类的屠杀都是罪恶。所以，我不看这种理论创始人的主观愿望，我主要看这种理论的客观效果，以人类、历史甚至宇宙为参照系，来衡量、评价其价值。比如，我从来不认为曾国藩是伟人，他就是个屠夫。老百姓心明眼亮，叫他“曾剃头”。同样，我也不认为成吉思汗是伟人，难道杀了那么多人，灭了那么多国就是英雄吗？不是。当然，洪秀全这些人也不是英雄，一对屠夫互相比赛杀人，很难说谁是英雄。真正的英雄就是用尽自己的心力，努力让每个人都能很好地活着的人。

不论政治如何强大，人类中总该有些人探究一种终极真理。如果一个学者没有这样的思想和胸怀，没有这种有益于全人类的精神追求，他就算不上伟大。所以，我觉得，一个人，他必须跳出自己的生存环境，必须跳出自己所学的知识，站到人类的上空来思考、观照这个世界。真正的智慧和博爱是超越了现存制度的，它不会为个体的、眼前的存在，包括利益、权势、得失所屈服。耶稣的出现，使人们明白了博爱，康德的出现，使人类学会了更尊重人本身。所以，哲学有好哲学，也有坏哲学，有善哲学，也有恶哲学，并不是所有的哲学都有益于人类，有些产生邪恶和暴力的哲学，确实是人类的洪水猛兽。人类中有许多思想家、作家、文人很无耻，这样的人充其量只是垃圾。好多人活着没有意义，但是我也尊重他们，就像尊重苍蝇一样尊重他们存在的权利，但是，我向往更高的境界。

## 人类的堕落

人类最可怕的不是屠杀，而是对屠杀的讴歌。你可以翻开中国历史和世界历史，或者文学史等，就会发现人类顶礼膜拜的，其实是屠杀自己同类的人。杀人越多，可能越被认为是英雄，如成吉思汗、拿破仑、亚历山大、曾国藩等。这是整个人类的堕落，也是历史书写者和文学参与者的罪恶。

杀人者因为有其强权基础和欲望的引诱，固然可以屠杀。当我们无法制止其屠杀时，不能不忍受命运的苦难。但我们必须明白一点，那屠杀是罪恶，是必须谴责的，绝不能讴歌。这时的讴歌比屠杀本身更值得诅咒。因为屠杀者终究会因肉体和生命的消失而中止罪恶，那“讴歌”却可以依托文化传递给后人，在人类心灵中植入恶的因子。而一遇到适宜的气候，那恶，就会发芽，生根，开花，长出杀性更重的屠夫来。

所以，赞美屠夫的文学是人类心灵上的毒瘤，我们必须割除它。我们必须明明白白地告诉人们，那曾经强大的拿破仑不是英雄，那“破国四十”的成吉思汗不是英雄，那被人类讴歌了千百年的所谓英雄其实是屠夫，是罪恶的载体。真正的英雄是甘地、孟子、老子等将爱撒向人类和历史的人。他们才最值得人类赞美和讴歌。

当我们的书籍和电视上充满了血腥的镜头和罪恶的赞美时，我们的心定然会受其熏染而异化。入鲍鱼之肆，久而不闻其臭。当那恶臭延续千年时，人类心灵定然会被熏染，一种习以为常的恶就衍化为人类的集体无意识。亦如世上有“嗜痂之徒”一样，一种“口味”的异化终究会使已经“异化”的心灵更加失去人性。

不信，你可以翻开历史，扑入你眼眸的名字中，有几位是真正爱人类的人？有几位真正为人类带来过光明？屠夫和暴徒被当成英雄，甚至连贝多芬那样的天才也曾将拿破仑当成了英雄而讴歌，他的“英雄交响曲”仅仅因为是拿破仑称帝而换了名字。但实质是：无论拿破仑称帝，还是充当执政，拿破仑最大的“功绩”，就是侵略和屠杀，但他却成了世界意义上的英雄。这难道不是人类的堕落和悲哀吗?

我们的诗仙李白亦不能脱俗,他赞美的侠客,“十步杀一人,千里不留行”。但李白之所以成为李白,还在于他写了“但见沙场死,谁怜塞上孤”的千古一叹。前者之瑕,难掩后者之瑜,故李白方成为李白。

但人类中的清醒者并不太多,从“投笔从戎”的班超到“上马击狂胡”的陆游,再到明清,再至当代,文人中的“封侯”欲望,淹没了人类本有的良知,却忘了善待每一个生命。当一个民族,一个世界的文化都在讴歌变相的“种族灭绝”时,人类的灾难是不会有尽头的。

几乎所有的民族英雄都是真正意义上的种族灭绝者,都被“渴饮匈奴血,饥食胡虏肉”之类的文学煽情得失去了理性,都想占异族的地盘,都想屠杀异族的人民,都想君临天下奴役同类。于是,东征西杀的薛仁贵被人们传颂至今,壮志未酬的岳武穆赢得了历史的慨叹,穷兵黩武的诸葛亮被称为智者,不忍叫百姓送命而放弃皇位的刘禅倒成了“扶不起的阿斗”,强调“仁义”的宋襄公更是被讥笑了几千年。充斥人间的,大都是讴歌屠杀、赞美屠夫的文字。那“恶”代代相积,终成气候,小小的地球于是烽烟四起,杀声不断。血泊中站起一个个狞笑的屠夫,裹挟他的,是搅天的欢呼声。

多么可怕。

我们不能左右强权，我们不能消除罪恶。相对于强权，我们的笔很软弱。但我们可以支配我们的笔和喉咙，使它发出一种相对有良知的声音。一个微弱的声音固然会被时代的噪声淹没，但千万个喉咙，一起发声时，可能会使一些被梦魇裹挟的灵魂惊醒。更有可能的是，他们也会拔亮眼睛，放开喉咙，发出一种有益于人类的声音。当一代代人这样喊下去时，可能会有更多的人明白什么是罪恶。

许多时候，比屠夫更可恶的是他的啦啦队。正是在啦啦队的鼓噪声中，小屠夫长成了大暴君。当然，他很可能做的一件事是，那把越抡越疯的屠刀，最终也会削去啦啦队们的脑袋。

我们的文学，不应该是啦啦队。因为历史告诉我们，所有讴歌罪恶者，最终仍会成为罪恶的牺牲品。

面对历史上的一把把屠刀，我们应该放直了声音——哪怕会招来屠刀——歇斯底里地大叫：那是罪恶。

当一个人、一代代，一直这样叫下去，等到了有一天，人类翻开以前引以为傲的历史时，他们定然会羞红了脸。因为，他们一直将血腥当成了胭脂。

那时，他们会说：来呀，将这块罪恶的抹布扔向阴沟，由我们来重写历史吧。

那重写的历史里，定然会有有益于人类的无上光明。

## 作家的“舍”与“取”

朋友问我：一个作家最注重的应该是什么？我对他说，一个作家最重要的应该是学会“舍”。好多作家都注重“取”，而不注重“舍”，结果艺术上的成就受到了限制，穷尽一生的时间，也未必达到应有的艺术高度。

如今的世界诱惑很多，如果一个作家不学会拒绝，不学会“舍”，那么他很容易卷入庸碌和委琐，白白地浪费生命。因为生命非常的短暂，要想达到一种高度，只有投入全部的生命和灵魂。这里，作家必须清醒地知道自己一生该做什么，要达到怎样的一种艺术高度。高度的不同，其人生的价值就不同。

生活中也一样。以前，在物质贫乏的年代，我们苦于没有选择，而现在，可选择的生活方式、职业、道路太多了，各种诱惑也实在太多了。这时候，我们更要提醒自己，不能贪，要学会拒绝，学会舍弃。比如，我的理想是当一个好作家、大作家，那么，我在生活中首先就要“舍”，舍去一些东西。这个“舍”是非常必要的，它包括舍去一些娱乐享受、物质享受。当你达到一定境界后就会发现，很多人追求所谓的那种享受，其实是麻烦、累赘。但如果达不到那种境界时，你就会沉溺、迷醉于这些麻烦之中，心灵被“麻烦”牵引着，成为物质、贪欲的奴隶，难以自拔。如果不学会“舍”，在一些意义不大的事情上耗费太多时间、精力，就无法在有限的生命时间里达到一个很高的境界。时间有限，生命苦短，要想达到一种高度，只有投入全部的生命和灵魂。如果生活中干扰太多，影响了心灵的自由和宁静，那就很难达到很高的境界。

也许，也有的人感悟到了这一点，但他“舍”不得那种享受，拒绝不了那种诱惑。等到他有一天突然明白过来，可能已经晚了。拒绝诱惑，保持清醒的独立思考，这对一个人的成长很重要，对作家来说更是如此。

我做任何事都以死亡为参照。

我的弟弟二十七岁就死了，我亲眼看着一个健壮的青年，一天天消瘦、枯萎，最后进入坟墓。死亡是最好的老师，在它面前，我什么都看开了，没有什么放不下的。我一般拒绝应酬，很少参加聚会，二十多年来基本都这样。我还租了几间房子，任何人都不知道这个地方，创作时关了手机，谁也找不到我，所以就避免了应酬。我对自己要求很严，时间抓得非常紧。一个人，即使能活一百岁，也不过三万多天，除去吃饭、休息，以及必须花费的时间外，所剩无几。在这个有限的生命里，如果不珍惜时间，分秒必争，就很难达到高境界。我虽然是专业作家，但有几年时间没有什么职称，这并不是说我没有资格，也不是单位不给我上报，人事厅早通过了，最后只需要我参加一个什么计算机考试，我就有了职称，但每次考试我总是忘了，没去。我想，要是我明天死亡的话，职称是没有意义的。一个作家，必须保持清醒，看淡那些别人趋之若鹜的东西，比如权力、金钱、美色，不为外物所动，才能保持独立、宁静和自由。我的心态一直非常平静，只要吃饱、穿暖、健康，我就会全身心投入写作、读书和其他一些我认为有意义的事之中，绝不会叫一些无关紧要的事干扰自己的心灵。因为，我们很快就会从这个世界上消失，百年之后，大家都会变成一堆骨头。那时，雪漠的骨头和一个小女孩的骨头没啥两样，当然，也许雪漠的骨头脑袋大一点，粗糙一些，但它仍然是一堆骨头。如何在生命存在的时候，尽快做完自己想做、该做的事情，这是最主要的。

这时候再计较哪个人骂了你，哪个人和你钩心斗角，都没有啥意义。一百年后，雪漠留下的，也就是这么几本书，而有些人可能什么都没留下，就像苍蝇飞过虚空一样……我经常想到死亡，当我一想到死亡时，心中非常平静，绝不去在乎一些没有意义的事。

我认为，一个作家，首先要“入世”，深入到现实生活的最底层，同时又要能够“出世”。仅仅“入世”而没有“出世”，不会有多大出息。要深入基层，感悟生活，在此基础上达到“出世”才能成功。文学到了一定境界，就是灵魂的倾诉，是生命力的自然喷涌。只有外界对心灵的干扰和诱惑完全消失后，智慧的灵光才可能显现。创作《大漠祭》之前的练笔，我写得很艰苦，越到了后来，越感觉不是在写作，越感觉不到苦，而是自然流淌了，接近于天人合一，只有这么宁静和专注的时候，才能领悟到“文章本天成”的内涵，才能享受写作之乐。

如果一味“出世”而不能“入世”，那就虚化了，就不会成功，要感悟社会，融入百姓，熟悉生活，在此基础上，达到“出世”。“出世”并不是说不近人情，“出世”意味着“有所为有所不为”，以心灵的独立换取灵魂的自由。我认为，最好是“以出世之心，做入世之事”。其实，前面谈到的这个舍得也罢，放弃也罢，拒绝也罢，其实就看一个人怎样给自己定位，明白自己这一生该做什么。为自己定好位之后，还要想清楚为了追求的这个东西，我愿意放弃什么，付出什么？处理好“取”和“舍”的关系。

凡是对我实现总目标有影响的事，我统统戒掉。大丈夫立于世，不能依靠任何东西，不能依靠任何人，也不能依靠任何外物、外力，应无所凭借。这就好比一个人的目标设在很远的高山顶上，一步一步向它走去。在这个走的过程中，眼前可能出现一只野兔，你就去追野兔，看到一朵很美的山花在微笑，你就去摘山花……这些各种各样的诱惑，都有可能迷失你的方向，耽误你的行程，如果自己不够清醒，不及时调头回来，那就离目标越来越远了。一个人一生中必须舍弃很多东西。

一个作家，最应该做的是“舍”。舍弃名利，舍弃欲望，舍弃贪婪，舍弃繁华，舍弃现实虚幻的一切，舍弃一切令灵魂浮躁的外现。只有外现对灵魂的诱惑完全消失之后，智慧的灵光才可能显现。人的生命是一根绳子，每一次对外物的追求，都会使绳子缩短。而要想让某个事业达到顶峰，需要全力投入最大的生命长度。你要在死神追到你之前做完你该做的一切。而只有舍，才能让你的生命拥有最大的可塑空间。

# 儿童教育的智慧窗棂

## ——读王忠民《儿童教育哲思哲语》有感

王忠民先生是典型的文人，有着文人的性情，也有着文人的责任感。他是我长篇小说《大漠祭》的责编之一。原以为当社长的他，其责编也仅仅是挂名，不曾想，他从封面，到宣传，无不尽力尽心，让人感动。他常常向朋友谈及读《大漠祭》时的感动，言语中焕发出对农民浓浓的爱意。

他的这种感动，我在读他的《儿童教育哲思哲语》（北方文艺出版社）时也产生了。

《儿童教育哲思哲语》是一部既实用又闪烁着智慧之光的好书。它没有长篇大论的理论，没有深奥得莫名其妙的思想，没有故弄玄虚的卖弄。它有的，只是一腔热血，只是一种智者似的聊天，只是一晕浸入每段文字中的大爱。相信任何一个家长，都会从中发现自己需要的东西，进而改变自己，也改变孩子。——当我们改变了自己和孩子时，又何尝不是在改变世界呢?

《儿童教育哲思哲语》也是一面镜子，可以照出我们每个家长曾经的失误。其中有许多让人深思的东西。比如，爱这个人类本有的情感，不知从何时起，竟然成了我们生命的奢侈品。我们的生活中充满着冷漠，充满着热恼，充满着欲望，但唯独缺乏的，却是爱与宽容。要知道，要是人类缺少了这两种东西，这人间，就会成为地狱。

人类需要爱，更需要宽容，正如书中所说："天空的宽容，造就了雄鹰铁一般的翅膀；大海的宽容，鼓舞了汹涌澎湃的波浪；大地的宽容，放逐了一日千里的烈马；人心的宽容，收容了生活中无限温馨而幸福的阳光。"

其实，王忠民先生想表达的，也是我的长篇小说《西夏咒》想表达的东西。人类的文明中，最值得我们珍惜的，便是爱和宽容。我们能给孩子的最好礼物，也是这两种。

去年，我在复旦大学演讲时，说过这样一段话："我在这里演讲，不是为了赚什么讲课费。我讲，是因为我心中有爱，爱你们这些孩子。我希望你们变得大气一点，高尚一点。我希望我能带来善的东西……”现在，用这段话形容《儿童教育哲思哲语》给我的感觉，倒也颇为合适。

王忠民先生的这套丛书与时下许多儿童教育图书不一样，在这五册书里，你看不到任何机心，也看不到任何实用主义对它的污染。简单说来，就是里面没有如何将成绩倒数第一的孩子变成高才生的秘诀，也没有说过怎样使孩子将来一定能考上名牌大学的话。而且，这种将自己的欲望强加在孩子身上的做法，看起来，恰恰是王先生不太随喜的。

我教育孩子的方法，也一向跟别人不太一样。我的儿子不愿晚修、不愿做家庭作业，只要他有合理的理由，我就帮他给老师打电话。他想当作家，不愿考大学，我也都随喜，只要他真的把时间用于追求理想，而不是浪费生命。现在看来，我的教育是成功的。我儿子现在写得一手好文章，也在教孩子们写作文。无论谁见过他，都说他非常优秀。在他的成长过程中，我没有花过太多的心思，也没有动用过老子的特权。我把更多的时间用在升华自己的人格、写自己想写的东西、说自己想说的话上面。不过，这何尝不是对子女最好的教育？我的儿子从很小的时候，就像我一样每天给自己打考勤、早上三点起床练笔，他一直非常清楚自己这辈子是来做什么的，而且这都是他自己的选择。

王先生在书中也说："父母是教育子女最好的教材。"看来，他的教育理念跟我不谋而合了。书中谈到了成年斑鸠在遇到凶残的天敌时，会装出受伤的模样引诱强敌追逐自己，从而保护了自己的孩子。虽然有时候，这种保护也会让自己送命。但幼小的斑鸠因为目睹了父母的行为，在长大之后，它也会这样保护自己的孩子。没有文化传承的鸟，正是靠着自己的行为，才将一种精神传递给下一代。同样，对于人类来说，父母的具体行为，远比抽象的说教更有意义。我对孩子的教育，便是身教重于言教。

对于教育孩子，王忠民先生更主张鼓励、尊重、欣赏、自省，而且还提出了一个富有远见的论点："国家的命运和民族的前途与其说是掌握在执政党手中，不如说是掌握在父母手里。教育父母就是从源头塑造整个民族。"

两百多年前，康德也说过类似的话，当时他说："做父母的通常只知道教育孩子成为现在有用的人，但只有做父母的知道要为人类的未来而教育孩子，这个世界才会有更美好的未来。"可惜，大部分人一直没有对此"信受奉行"。

现如今，在功利思想的侵蚀下，许多父母都成了生活的奴隶，但他们对使自己痛苦的原因尚不自知，不反省自身，往往通过追求物质寻找快乐，因此为成功设定了许多硬指标，比如车子、楼房等等。他们又将这种观念强行灌输给自己的孩子，或是将自己不能达成的欲望都移植到孩子的身上。这样的爱化成了一条又一条的皮鞭，使孩子们过早失去了真正的童年乐趣，逐渐变成父母的奴隶、个性残缺的木偶。在将来的社会生活中，他们不会知道自己需要什么，也感受不到真正的快乐，对别人更将缺乏怜悯。他们会像自己的父母一样，追逐物质带来的虚假快乐，将欲求不满产生的烦恼归咎于外界，拒绝从自身上找原因，甚至会因此对外界、他人产生不满及怨恨。这无疑是可怕的。而由无数个性残缺的人所组成的愈加冷漠的社会，更无疑是可怕的。

而王忠民先生之可敬，便在于他说出了一句未必最为功利群体所关注、但却最应该说的话："要为人类的未来、民族的未来培养孩子。"说出这句话的他，对孩子、对父母、对人民，显然是有着最真诚的爱的。

我常常说，衡量文学作品是否优秀的标准有二：一是世上有它比没它好；二是人类读它比不读好。从这一标准来看，《儿童教育哲思哲语》无疑是一部有价值的作品。

## 遭遇北野

新疆诗人很像“花花公子”，其装扮，异相异风，神如雄狮，形若胡人，窃不以为然。一日，与他谈，大感惊异，其见解，确非凡俗所能比。辄有奇思妙语，言人所不能言，遂与之交往。

看其诗《记忆中的诗人》，令我惊叹。其诗曰：

经过了百姓的颂扬和君王的流放/记忆中的诗人后来回到帝国/锈迹斑斑的广场。//他站在比黑夜更黑的大理石纪念碑上/黑着毛发和思想/黑着瞳孔和希望/黑着斗篷也黑着悲痛//妇人们点着灯笼和艾蒿/划着十字把诗人照耀，她们说：/“诗人啊，为什么从头到脚你都穿着/比乌鸦还黑的裙袍？”//诗人沉默了三秒说道：/“人们呐，我在为你们吊孝。”

说实话，读此诗之前，这诗人，已是我生命之图腾。能叫百姓颂扬，而不惧君王流放，悯人悲天，大气赫赫，我毕生所效，不过如此。

能写此诗的北野，不能不令我刮目。

后又读他的一些诗作，每一启卷，异域之气扑面而来。其诗韵境界，或野或雅，或阔或狭，或灵秀，或粗粝，或收敛如晶雪，或放纵如泄洪，唯有一语可概括之：此北野，已盗得西域之魂魄也。

我与北野是两个极端：我谨严如头陀，他放任如逸仙；我守戒持律，他随心所欲；我于凌晨三时起床，他这时才要歇息。在鲁院文学院，我效神龙，见首难见尾；知我踪迹者，唯有北野。我住三楼，他住二楼。我撒尿洗浴，都在他头顶。每日凌晨三时，我已起床，供养神佛之水，总要淋漓在他的窗上。至次日中午，才见他蓬头出门，见了我，鬼鬼地问：“你在我窗上撒尿？”后发现，北野交往，很是挑剔，入他眼者，并不多；能倾心者，更稀罕。

与北野交往四月有余，深谈数次，辄有收获。别看他时有游戏之色，一当正色，谈出的，总令你叫绝。无异，他是有思想的，与我接触的文人中，像这样独立思考者，并不多。

北野外形放浪，神却严谨，曾独游藏地，拜谒神山。与我谈佛家，其见地，多在寻常佛徒之上。曾屡屡难我，并坦诚辩论，亏得我久读佛书，幸有大悟，才不致出丑。他便玩笑道："我以为我最聪明，没想到还有你。"言讫，顽童似大笑。

与北野酣谈，如饮佳酿，为斯生最美收获之一。读其诗，击节赞叹；阅其人，相逢恨迟。有友若此，今生，不复孤独矣。

# 文如其人王家达

我一口气读完了甘肃作家王家达新出的长篇小说《所谓作家》（人民文学出版社）。多年来，很少读到这样叫人血脉贲张、热血沸腾的文字了。掩卷后，已到深夜，但仍不能入睡。书的那份有力仍时时撞击我的灵魂。一个作家，一生能有这样一部正气凛然的作品，才算没有白活。

记得，第一次见王家达，是十多年前。那时，我初涉文坛。而他，已因《清凌凌的黄河水》饮誉一时。记得那时，他对文学的见解，就有近乎宗教的敬畏，绝非一些“玩”文学者所能比拟。多年后，他的《敦煌之恋》获鲁迅文学奖，为他赢得了更大的荣誉。而我，因地处偏远之地，再加上正创作《大漠祭》，再也没见过他。

《大漠祭》出版后，虽在上海引起反响，但客观地说，没有王家达的发现和推荐，没有雷达老师鼎力扶持，没有一些文坛前辈的肯定和宣传，《大漠祭》便没后来的格局。因为，《大漠祭》涉及一些生活真实，在我的家乡处于半“封杀”状态，一时毁言四起。王家达却顶住风浪，坚持要开研讨会。有人威胁他：“你可是作协主席，小心在政治上出问题。”王家达说：“作协主席我可以不当，《大漠祭》一定要宣传，因为这是好作品。”他顶住压力，毅然开了研讨会，并利用各种机会宣传，为作品定位。同时，他屡屡向老同学雷达力荐，《大漠祭》才得以走向全国。

后来，我和王家达有了更多的接触。一次，去陇东参加“长篇小说创作研讨会”，途中常听他发些惊人之语，点点滴滴，流露出一个有良知作家应有的胸怀。其思想之深邃，又绝非寻常“所谓作家”所能窥其奥。当时，我感叹，此人若是将口中所言以小说形式公之于世，便是大好的作品。那时我想，以王家达的修养，应该写出比他前期作品更好的小说来。

终于，我等来了《所谓作家》。平心而论，初拿到书时，我有点不以为然。因为，近年来，我读了太多的所谓“力作”，淡如清水，多隔靴搔痒，既无“力”，又无

“才”。当然，也不必太强求作家，因为，“小老鼠”是生不出“狮子”的。欲要生出雄狮，自己必先是母狮，并与另一雄狮——作家感受到的强有力的生活——进行身心交融的撞击，才可能生下“狮子”。时下大多作家，多着眼于文学技巧——这已经是作家了，有许多“所谓作家”，却热衷于文学之外的勾当——每日里探讨如何写出传世之作，却忘了，最不该忽视的，应是作家的人格和境界。写出《红楼梦》的，只能是曹雪芹，而非那些蝇营狗苟的小文人。

同样，能写出《所谓作家》的，也只能是王家达。

《所谓作家》写了一群生存于时代惯性之中的可怜文人的命运，他们或坚守理想，或随波逐流，或堕落，或抗争，其所有的生命轨迹，都没有挣脱出时代的惯性。特殊的社会里，必然会有一个特殊的群体。我们不能仅仅是谴责“牛人杰”“沈萍”这类得势的小人，而要想想，他们为什么会这样？他们怎么能这样？而“野风”们，一身正气、满腹才华，为什么会有那样的结局？这一切，不能不叫人深思。

## 人生的梦想

我没见过董志远，也没全部读完他的小说。认识他，是在我办的“雪漠文化网”（www.xuemo.cn）上。蒙诸多文友的关爱，那网站一开通，点击率就直线上蹿，令空间提供商大为惊诧，其中不乏有才有识之士，大学生居多。董志远是迟到的一位。他的小说是以连载的方式在网上发表的，我断断续续读了几章，觉得他文字还好，生活也扎实。但令我惊奇的，却是其小说的初稿竟完成于高中阶段。在别人都在忙于高考时，他竟在写那不知结果如何的小说。

这一点，跟我当初写《大漠祭》时一样的傻。

据说，董志远完全可以考个名牌大学啥的，因为迷恋写小说，才考入河西学院。对此“据说”，我却有点不以为然，我眼中的河西学院，在我上学的当初，是高不可攀的。现在，它仍是我们河西的最高学府。“河西”的面积据说跟英格兰、苏格兰、爱尔兰的总面积差不多——我总是不学无术，故老用“据说”——从两千年前，河西就“牛气”得很，现在虽没以前牛，但也是不可忽视的存在。在生为河西人、死为河西魂的我的眼中，河西学院也是好生了得的，尤其在我读了朱卫国院长赠我的方步和老先生著的《河西文化——敦煌学的摇篮》之后。所以，对关于董志远的后一个“据说”，我是有些不以为然的。

董志远的小说连载之后，我看过几章，但因我遭遇了人生中又一件大事——买了新楼房，忙得不可开交，没能完全地读完小说。购楼的起因很简单：某日，我忽然发现父亲老了，他步履蹒跚，一脸皱纹，老说要死。此前他虽也时时来城里小住，但我旧楼窄小，总是不便。每每看到父亲“老”相，总是内疚，虽知买且装修新楼需花费我数月时间，却仍是打定主意购得复式楼一套，想叫父亲享受享受。

想来命运之神也赞赏我的行为，才购得新楼，我发在《中国作家》上的《猎原》（部分）就获得了“中国作家大红鹰文学奖”，其奖金，差不多够我的装修材料费了。

觉得买新楼的决定不错，有着极好的兆头。

新楼的位置临近乡下，一抬头，祁连山就扑入眼眸，雪山农田啥的，也朝我悠然地笑。却不料这一忙，竟将即将完稿的一部书稿延期了，更没时间读完董志远的小说了。他又即将出版，我不忍心拒绝一位“河西学子”的请求，只好硬着头皮答应写“序”。

顺便一提的是，对我花了许多心血弄成的新楼房，父亲竟然不屑一顾，怨我妻子不曾管住我。对那扑入眼眸的雪山呀，农田呀，他总是耸鼻，他说他从七岁开始就在那儿跑，早腻了。他将我那许多人赞不绝口的楼房，说成“像养猪专业户的猪栏”，我一看，真有些神似呢。我忽然发现了父亲也有成为作家的基因，这比喻，我是死活也想不出的。

站在我新买的高楼上，父亲边数落我的傻——他认为，我应该住在“城里”最热闹的地方——边指着不远处的一处树林说：那儿，你爷爷给农业社拾过粪。那儿有个小土屋，爷爷在里面住、做饭、堆大粪——怕人偷，拣来的粪就堆在屋里。爷爷拾了粪后，父亲就吆着车来拉。

我说，爷爷绝对想不到，几十年后，他的孙子会在这儿住上高楼大厦的。

父亲笑了。

一股浓浓的沧桑感向我扑来。

我不知道爷爷有没有梦想。但父亲确实是有梦想的，父亲的梦想是养大我和弟妹，并供我们念书。我的梦想是当一个作家。我和父亲都实现了自己的梦想，我成了作家，他成了父亲。

我和父亲最大的区别就是梦想的差异。所以父亲虽然有文学基因——瞧他那比喻多妙——但终于没有成为作家。

我想，董志远和一般大学生不一样的，也是梦想。因此他在别人都在忙“正业”的时候，写起了小说。

我不知道他能不能成功——出版并不等于成功——但有一点是肯定的，任何人只要怀揣着梦想，朝着一个方向走，他肯定会成功的。所以，我老说：没有失败，只有放弃。

毛泽东跟他父亲最大的区别就是梦想的差异，我跟父亲亦然。

对每一个有梦想的人，我们都应该心怀敬畏，并且祝福他。所以，我在忙得焦头烂额的间隙，写了以上文字。

——本文为董志远长篇小说《绿原》的“序”

# 第四编

# 文化般若

# 浅说香巴学派

香巴文化是中国西部文化的重要组成部分，是佛家文化跟中国本土文化相结合的产物。它源自印度，历时千年，有着自成一体的辉煌文化，是中印两种文明交汇后的智慧结晶，中国非物质文化遗产之一的“藏戏”便源于香巴学派文化。

千年间，香巴文化孕育出藏戏大师唐东嘉波等光照千古的伟大人物，曾得到宗喀巴大师的高度评价。在历代文化大师的辛勤耕耘下，香巴学派进入了一个全新的历史时期，成为当代文化中抹不去的人文景观。2009年10月，新华社发布消息称：“西藏自治区申报的藏戏成功入选联合国教科文组织人类非物质文化遗产代表作名录，体现了联合国教科文组织和国际社会对我国非物质文化遗产保护工作的高度认可，将有助于增强中华民族的民族自豪感，提升全人类对其文化价值的认知度，确保藏戏在藏区的存续，从而促进这一文化遗产的传承和发展。”

唐东嘉波的一生，有许多启迪。他之所以被誉为“功标日月”，就在于他的超越之心和入世之行。心决定其行为，行为构成其价值。他的一生，全面代表了香巴学派的人文精神。这种思想一直深蕴在香巴学派的教法与宗教哲学之中，如当下关怀、终极超越；如身与心的和谐、心与物的和谐、个人与社会的和谐等等。

香巴文化源自金刚持，传自奶格玛，由琼波浪觉弘扬于世。琼波浪觉曾多次前往印度和尼泊尔，从一百五十多位大师那儿得到了传承，其内容的丰富程度，是其他宗教中不多见的。香巴学派的主要法脉是奶格五金法，它将密集金刚、玛哈玛雅金刚、喜金刚、胜乐金刚、大威德金刚等非常复杂殊胜的五大金刚教法，融入一法之中，于行者身体的五轮处观为五大金刚坛城，进而成就身、口、意、功德、事业。

香巴学派的体系性非常强，有“智慧的华严树”之喻。其中，甚深的奶格六法是华严树的树根，这六法包括：脐火暖乐自燃；幻身贪愤自解；梦境迷乱自净；光明愚钝自醒；迁谡不修自觉；中有如来报身。此外，其智慧华严树的树干便是光明大手印。其智慧华严树的树枝是三分支法：即：上师法；本尊法；幻化法。其智慧华严树的树花是白、红空行母修法。其华严树籽是身心无死无灭修法。

此外，尚有很多密法，如：《幻身大灌顶》《空行五教》《大手印盒》《尼古六法》《幻身道》《不死幻轮》《四过》《转为道用》《六臂大黑天》《胜乐五尊》《亥母秘修》《观世音》《摧破金刚》《金刚手》《不动尊》《三身自现》等等，适合所有不同根性的众生。

香巴学派分为新旧二派。历史上的香巴学派，诞生过许多伟大人物，影响也很大，但因其强调“口传心授”，少事著述，多行出世，留下的文字资料没有其他教派多，而历代香巴高僧大德之著述，也多以手抄本形式流传，印刷流行者不多，且多着眼于修证教法，像宗喀巴大师那样着力于佛家理论的并不多，所以后世对香巴学派的了解不够，五六百年前，香巴学派作为教派的意义就开始淡出了历史学家的视野。许多佛家史中，谈及香巴学派时，多语焉不详，寥寥数语。有些著作中，竟然说：“在公元14-15世纪，宗喀巴大师和克主杰师徒二人向噶举派僧人学过法，以后便渐次衰微，泯没无闻了。”（四川人民出版社《藏传佛教》）正是因为香巴学派没有宗教组织，只以文化名世，所以笔者称其为学派。它跟藏传佛教其他教派最明显的区别就是，没有宗教组织。宗教有四个要素：宗教哲学、宗教礼仪、宗教体验和宗教组织，宗教组织是衡量是否是宗教教派的最重要的内容，没有宗教组织的香巴噶举，就只以其文化名相。

在笔者的《初心》一书中，我详细介绍过香巴学派的传承和意义：

> 跟历史上的其他教派不同的是，香巴学派从来没有凭借世俗的权力，来弘扬教法。这是一个真正独立的流派，它甚至不在乎史书对它的认可。传承了千年的智慧之火，虽有时燎原遍地，有时如风中之烛，但终于没被狂风卷熄。
>
> 在许多学者的著述里，香巴学派仅仅是个符号。除了开宗立派的早期，香巴学派跟汉地禅宗一样，很长一段时光里，它的教派之命运，只维系于一人之身。
>
> 事实上，香巴学派并没“泯没无闻”，它像暗河一样，表面上虽不显波浪，但地壳下面却有汹涌的水流。香巴学派的文化，已融入藏传佛教的大海，成为藏传佛教的重要组成部分。宗喀巴大师就对香巴文化给予了很高评价，其他教派的大德也多兼有香巴学派

的传承。此外，香巴学派的传承者如黄金念珠一样，将其黄金般纯净的文化传了下来。笔者有幸也已成为其传承链上的一环。

虽然时代如演戏般更替，历史也频繁地翻动页码，但香巴文化的真正实践者却信守心中的净土，默默发出属于自己的声音。他们的声音听起来很微弱，许多时候，他们虔诚的声音甚至被喧嚣的时代噪音所淹没。在光阴如流水、众生如过客的数百年间，没人关注他们，很少有人向他们顶礼膜拜，甚至文化史家也忽略了他们。岁月的尘风自可以呼啸而过，却吹不熄他们心中的信念之火。他们在充满喧嚣的都市，在荒寂无人的山洞，在被强权挤压的缝隙，在被专政呵斥的当年，在充满巨大静寂的峡谷，观修着自己生命里最珍贵的图腾——本尊。尘垢在念诵里洗净，灵魂在戒定里升华，生命在智慧里灿烂。没有汗牛充栋的理论，没有喧哗入天的宣言，没有辉煌，没有权势，没有奢华，只有一份宁静和执著。到后来，他们连最后的一份执著也破除了，只享受纯净的涅槃之乐。

香巴学派是被掩埋了千年的智慧宝藏，是为历史尘封的一段记忆，是从不曾显发的秘境，是最绚丽的智慧之花。其主要法脉是“奶格五金法”，最早百年间，它七世单传，尘世罕闻其名。此后近千年里，虽有诸大德之智慧著述，但多以秘籍形式藏之，不曾面世。

近六个世纪了，香巴学派仅仅成为符号，历史似已将它掩埋。今天，到了它露面的时候了。感谢命运给了我这样的因缘，让我写了多部关于它的书。其实，那不是我一个人的著作。这是涌动了千年的智慧暗流腾起的浪花，是向往一种精神的群体的灵魂叙写。里面凝结的，是千百人的血汗——虽然它的外现，是一个作家讲述他关于灵魂的故事。……你可以看到人类历史上曾有过的一段灵魂历程、一块令我们惊叹不已的文化瑰宝、一种能使这个时代豁然有悟的智慧、一种值得我们敬畏并向往的精神。

我们明明知道，这个时代太需要这种精神了。

你可以擦开大眼，望那遍布世界的硝烟和杀戮；你可以打开电视，望那被恐怖和暴力弄残的幼儿躯体；你可以放眼四顾，去追问失去灵魂殿堂的人们；你可以凝神静气，去搜寻热恼自己灵魂的贪婪。无疑，你，我，他，都需要一股清凉的风，需要一晕智者的笑，需要一抹安详的超然，需要一份含蓄的包容。能给予你这一切的，非金钱，非权势，非物质。那养分，来自我们延续了千年的文明。

当贪婪烧去我们的清醒，当欲望毁坏我们的宁静，当生命需要另一类营养，当世界需要别一种光明，我们都应该将放飞的眸子收回内心，叩问一下自己。许多时候，叩问自己，就是叩问历史，叩问命运。

人类的灵魂是个最为神秘的所在，至今，很少有人能窥出它全部的秘密。在研讨人类灵魂的领域里，宗教也许比科学收获了更为广大的果实。

灵魂的滋养需要灵魂的养分，物质的供给只适用于肉体，那更高意义的幸福取决于心灵的明白与否。当身无分文吃草度日的密勒日巴在山洞里饱食空乐无边的大餐时，王侯将相们却懊恼得欲拔剑自尽。物质与幸福的关系很有限。当生存的问题解决之后，真正的幸福取决于心灵的光明是否显现。金钱虽能带给人欲望的暂时满足，但绝对带不来灵魂的安详。心灵的安详需要智慧的滋养，心灵的明白需要智慧的顿悟。当人类日渐陷入狭小、热恼、贪婪、嗔恨时，香巴学派的智慧光芒，无疑能为我们带来清凉。

许多时候，一种文化的发掘和弘扬确实是人类的福音。我们很难想象，若无基督教的“博爱”，西方会是怎样的场景？若无孔子“仁”的滋养，古老的中国已走向何处？人类在很多时候，确实需要从一种古老——同时也永远年轻——的智慧中汲取养分。

香巴学派提供给我们的，定然也是足以让我们灵魂安宁、大气、慈悲、博爱的营养。当然，它更是生存模式的另一种范本。

在《空空之外》中，笔者详细记载了香巴学派历代传承者的事略。有缘者可以参考，这里不再赘述。

因为没有宗教组织，香巴文化大多依托于没有香巴学派名相的人来传承，这是近代香巴文化最重要的特点。

# 从《西夏的苍狼》谈香巴学派的汉地传承

## 1

《西夏的苍狼》出版之后，一些读者问我：书中的内容是不是真的?

我告诉他们，有真有假，源于生活又高于生活。书中的精神和部分史实皆是真的，但由于这世上的真假，其实总是相对的。按了义的说，世上的一切皆是戏论，本质上皆是幻觉，空性才是本质的真实。按佛家的说法，一切都是因缘的和合，并没有一个不变的本体，以是故，书的那“真”，也只是相对意义上的“真”。

不过，书中关于香巴学派的那部分，却有着精神意义和史料意义上的真实，虽然这史料并不一定见之于官家史书，但口传的史实有时也许比官家书写的历史更真实，至少达到了精神层面的真实。我的《初心》中记载的那段关于香巴学派的传承史，就一直秘传于民间，后来经我的笔才公之于世。同样，《西夏的苍狼》中的那些关于香巴学派的内容，也有着精神层面上的真实性。

由于香巴学派传承上的秘密性，有关资料十分缺乏，其传承内幕向来少为世人所知，连香巴学派的祖庭西藏南木林县的官方网站上，也没有关于香巴学派的介绍。笔者前往那儿考察时，几乎听不到关于琼波浪觉的资料，而汉地香巴学派的传承，更是少为人知。

目前，藏地的宁玛派、觉囊派、格鲁派僧人中，也有香巴学派的传承者。时见有传法者，但大多由别派僧人或瑜伽士兼传，真正单纯的香巴噶举教派传承者，并不多见。

除藏地之外，汉地也有香巴学派的法脉，凉州松涛寺两代主持释达吉和吴乃旦两位上师，就秉承了香巴学派的法脉。正是从吴乃旦上师那儿，我才得知《西夏的苍狼》中的那段跟香巴学派相关的内容。有时，在宗教史上的许多内容，可能仅仅是源于一个传说，很少有香巴学派这样清晰的。比如，印度教的许多宗教崇拜，其实就源于古印度的神话故事。许多时候，传说和传承常常混为一谈，至今，中国武术界的许多称为“达摩”秘传的武技，究竟跟达摩有着怎样的关系，也是无法清晰地说清的。

由于历史风云和阶级斗争的因素——那时，教青少年“修行”是要被当成“教唆犯”判刑的——释达吉和吴乃旦二师的宗教活动做到了真正的秘，不曾公开打出“香巴学派”的旗号。也由于宗教事务条例以及一些不成文的限制，便是在改革开放之后，吴师仍然没有公开收密乘弟子。直到吴师圆寂之后，他和石和尚才进入了《西夏咒》和《西夏的苍狼》。

唐时起，松涛寺便成了道场，僧人一向不多，大多以密修为主。这一点，跟香巴学派的祖庭香匈寺很相似。香匈寺现在也只有五六个僧人，我跟陈亦新、田川他们去考察时，只见到一个年轻僧人，其他人去做经忏佛事了。据说，便是在香匈寺，真正修香巴学派文化的僧人也极少。

## 2

吴乃旦是小说《西夏咒》中吴和尚的生活原型，释达吉是《西夏的苍狼》中石和尚的生活原型。关于他们，笔者曾写过《松涛寺与两任主持》一文，现录如下：

松涛寺位于武威城北四公里处。据考证建于唐朝，明朝重修，初名“观音堂”。清朝状元王杰来谒时，更名“松涛寺”。清代著名诗人陈炳奎赞曰：“匝地苔痕古，参天树影高，何时重砭俗，把酒来听涛。”其建筑古朴苍劲，独具风格。苍松翠柏，岸然高耸。微风轻拂，涛声阵阵。

寺内原有大雄宝殿、三大菩萨殿、伽蓝殿、韦驮殿等，后在“文化大革命”中大部被毁。仅存的大雄宝殿，现为市级文物保护单位。

松涛寺是目前武威市境内唯一现存的藏传佛教密宗道场，在省内外享有很高的声誉。常有藏地喇嘛和外地著名学者前来拜谒。

松涛寺主持吴乃旦，八岁出家，已逾六旬。传承纯正，戒律精严。不图名利，默默实修。毕生精力，用于修证和建寺二业。其师释达吉，人称石和尚，曾在天祝石门寺学修六年，又赴青海塔尔寺、四川阿坝州等地精研多载，得到藏传佛教格鲁派“大威德金刚法”与香巴学派“奶格六法”、大手印等诸多传承，苦修成就；并以世间法医学、卜算、武术扬名于世。尤以武术名重一时，被人目为奇人。石师于一九六二年圆寂，预知时至，安排后事，并前知数年后“文化大革命”浩劫，安顿弟子注意事项后，自主生死，安然而逝。

师圆寂后，吴师承其衣钵，在师坟侧，兴建茅屋。默默苦修，屡遭运动冲击，受尽磨难。当时，连一些藏地喇嘛也迫于形势，还俗娶妻。但吴师心坚如石，不改初志，虽被迫离寺二十年，多方辗转，但严守戒律，默默清修。

改革开放后，吴师发愿重建被毁坏的寺院，化缘布施，广结法缘，筹款上百万，先后修地藏殿、护法殿、僧余、山门等。为建寺，吴师曾自当苦力，搞副业筹措经费；同时，省吃俭用，长年开水泡干馍度日。虽积劳成疾，但不改初衷。历经多年，惨淡经营。松涛寺气象，为之一新。

2006年，吴师圆寂于凉州。笔者出席了武威市佛教协会主办的“吴乃旦喇嘛大型纪念法会”。政府对吴乃旦上师给予了很高评价，称其“为武威佛教事业做出了巨大贡献”。

## 3

吴师的根本上师是释达吉，人称石和尚，他俗名石彦云，甘肃伏羌人（今甘谷县），他于1927年开始主持松涛寺，是凉州历史上著名的武林高人，名震八方。《西夏咒》中雪羽儿的武术师父的原形，便是石和尚。凉州人老说："七星母子八步转，打遍天下无人挡"，说的便是石和尚的武林绝技。在《西夏咒》中，笔者提及的那些雪羽儿学习的所有武林绝学，石和尚都精通。

要知道，武术仅仅是石和尚眼中的末枝，他最看重最着力的，是藏传佛教的实修。他用大半生时间四处参学，于一些高僧处得到诸多法要，更在青海塔尔寺、甘肃石门寺、阿坝州的大道场专修专学多年，精通大威德金刚、香巴学派奶格六法、奶格玛五大金刚法、胜乐顶上五尊法、黑白玛哈噶拉法、秽迹金刚法等上百种法要。

据吴师称，释达吉的香巴学派文化有几个传承来源：

一是从青海塔尔寺一堪布活佛处得到从宗喀巴大师一袭传承下来的香巴学派文化；宗喀巴大师曾跟香巴学派的一位传承上师学过法。这在许多经典中有过记载。释达吉在塔尔寺得到的传承就源于这一袭。笔者在一本专门写藏戏的书中，看到过一个资料，唐东喇嘛跟宗喀巴大师拜的是同一位香巴学派上师。在那个历史性的时刻，两位大师同时亲近了香巴学派，后来分别成就了不朽的事业。宗喀巴大师汲取了噶举教法中的精髓，并著有相关的论著。在他的法脉传承中，有许多教法源于噶举派。

二是我在《西夏的苍狼》中写的由汉地一袭传下的相关法脉。在《西夏的苍狼》中，笔者曾提及过，有缘者可以一阅。若有时间，笔者会写出专门论著对此进行介绍，此处不赘。

三是释达吉游学藏地时，跟桑杰华巴互为师徒，互相灌顶，互得其传承法脉。桑华杰巴是香巴学派的传承上师之一，生于公元1899年，曾在色拉寺大格西香巴仁者面前闻思显密经论，在更嘎久美前求得香巴学派密法，闭关一年零一个月成就奶格五金法，得见本尊。1958年，受到甘肃甘南自治州“叛乱”的影响，安多藏区许多活佛都受到牵连，桑华杰巴也蒙冤入狱，接受“劳动改造”，后预知时至，提前告知人们，说奶格玛来接他，夜里人们果听到天乐，老喇嘛就往生了。据吴师称，释达吉跟桑华杰巴相交很深。后者入狱后，释达吉多次到劳改农场去看望桑华杰巴。

四是从心道法师处得到一些教法。笔者在《简谈佛家解脱的含义和次第》中介绍过心道法师：“民国时期，西部有一个著名的法师叫心道法师，他在年轻时就得了包括九世班禅在内的许多藏密大师的指点，被授权为金刚阿奢黎。后来他到西部弘法，创立了法幢宗。现在中国西部的好多寺院中的主持和僧人，都是心道法师的弟子。心道法师还是太虚法师的弟子，他提出了一个口号：破邪显正，显密并弘，禅净双修。他的道场里，大多建有三个堂，一个是念佛堂，用来修净土宗；一个是禅堂，用来修禅宗；还有一个密堂，用来修密宗。当他碰到有缘的居士或是喇嘛时，他就传密宗；碰到念阿弥陀佛的人，他就教他怎样念佛，各随因缘而进行教化。”1941年，心道法师来到武威民勤，将“枪杆岭”易名为“金刚岭”，开始授徒传法；1943年，心道法师在武威民勤圣容寺讲经，开创法幢宗，其宗旨曰：“法幢正宗第一世，单成八倍开步佛。”（引自李万禄《西北角秩闻》）此后，心道法师在凉州及河西地区弘法多年，吴师说石和尚得其密宗心传。1990年，笔者曾跟海藏寺主持释谛禅法师修学，成为法幢宗传人。关于心道法师的事迹和传承，可参阅兰州王运天老先生的相关著作。

由于以上多种因缘，吴师传我的香巴学派的修持仪轨有两种版本，一种是藏文音译，一种是汉文意译。吴师和其上师多诵藏文，汉文仪轨由吴师口传心授。藏汉仪轨精神虽一，但形式上差别较大，汉文仪轨显得更为精要，包涵了诸多口耳相传的修炼窍诀。我将我秉承的源自藏地另一支脉的香巴学派修持仪轨进行整合，以偈颂体韵文代替了口语，多种传承相得益彰，内容和形式均更为精要。有缘者可以在日后看到它。

## 4

《西夏的苍狼》中的黑寡子也是一个真实的历史人

物，俗姓寥，凉州人，也是石和尚的上师之一。吴师说他传承了从西夏起传至河西的香巴学派法脉。从西夏起，凉州就是藏传佛教的重镇。西夏皇帝李元昊多次来凉州拜佛。那时的金刚亥母洞地位很高，为西夏国师驻锡之所。金刚亥母是香巴学派修炼的重要本尊之一，是亿万空行母的主佛。按传统说法，香巴学派的祖师奶格玛便是金刚亥母的真实化现。

吴师说，黑寡子以修奶格玛五大金刚法的生起次第为主，证得世间法八种成就。但由于他过于执著神通，并没证得光明大手印。他是《西夏咒》中守护神阿甲的生活原型之一。

1990年，笔者曾在凉州西街一位奇人老梁爷处得知黑寡子的事迹。时任凉州文化局局长的书画家王金城先生介绍我认识了老梁爷。后来，我与老梁爷相交甚熟，得到了诸多鲜为人知的资料。在《白虎关》中，我这样介绍过老梁爷：

> 月儿说那人学过奇门遁甲，神奇无比。新中国成立前，凉州城有专门求雨的道人，若是天年大旱，县里也会找道人求雨。求雨前，都要订契约的：求下雨来，县里酬粮五百石；求不下雨来，就架笼火，烧死道人。每次订契约前，道人都要问老梁爷——月儿说

他叫老梁爷——老梁爷掐指一算，说某年某月某日有雨，道人就将契约订在那天。若是算出近日无雨，哪怕县里给多少粮，道爷也不敢应承。现在，有些卖烧鸡的，若是剩得多了，也会来找老梁爷，叫他算算，哪个方向吉。一算，朝东，就朝东；朝西，就朝西。一去，多少剩货都能卖完。此外，老梁爷专门炼各种丹药，治愈了好些疑难杂症。别说梅毒，就是更重的病，在老梁爷那儿，都是小菜一碟。

老梁爷有一脸苍老的肉，但无一根胡须。唯一能显示其异的，是他肥大的耳朵——那甚至算不上耳朵，只能算形状像耳朵的一堆肉。

在《西夏的苍狼》中，我这样写道：

石和尚说，黑寡子知道雷神何时向他发威。这是老梁爷告诉他的。老梁爷精通奇门遁甲，料事如神。据说他算定黑寡子会死于雷神之手，他说会水的鱼儿叫浪打死，黑寡子一辈子玩雷神于股掌之上，终究必然死于雷神之手。对此说法，我心有怀疑。我想，要是黑寡子命中该死，那触怒空行母的做法便也是命中注定了。

后来，我见过老梁爷，他住在凉州西大街的一个寻常院落里。在我的小说《白虎关》中，他给月儿治过梅毒。他耳大如轮，垒垒乎十分扎眼。他是在年轻时为黑寡子卜算的。我见他时，他年近九旬，老有人来占卜，皆称神异。谈到黑寡子，他只用了两个字：胡整。他认为，黑寡子求雨的所有程序，都是胡整的，说他是用修成的功力强迫雷神的，而没按佛道两家的规矩行事。

黑寡子死于玉门求雨之后。此前，他找过老梁爷。老梁爷告诉他，此劫难逃，除非他在这次求雨之后，逃入甘州大佛寺的茅厕，那儿有一张月经纸，是一位得道的尼姑用过的。这尼姑的一生里，念诵“奶格玛千诺”已达十亿遍，功德圆满，成就非凡。你只要将那张月经纸顶在头上，便可躲过此劫。

按吴师的说法，黑寡子只是成就了五大金刚法生起次第，惯于以神通祈雨，名动一时，后与雷神斗法，为迅雷所殛。《西夏的苍狼》中的许多材料皆源于对吴师和老梁爷等人的采访。

在崇尚阶级斗争的年代，释达吉只是将诸多法要秘传于吴乃旦。笔者十八岁时，就师从吴乃旦上师学习一些教法，其中，就有笔者在《西夏的苍狼》中写过的“奶格奶千诺”的观修和念诵。那时，我并不知道它们便是香巴学派文化，吴师仅仅告诉我奶格玛是金刚亥母的真实化现。

因笔者与金刚亥母因缘特殊，故一向对奶格玛的传承和教法情有独钟。后来，笔者曾跟凉州双城镇的鲁成昌等人一起，参加了吴师在松涛寺举办的香巴教法灌顶——据我所知，这样的半公开性质的灌顶他只举办过这一次。对于个别俱缘者，他都是采用传统的口耳相传的形式——2005年之后，笔者发愿整理吴师的教法，遂详细采访吴师，得到了很多更为详尽的资料，也得到相关的秘传法要。在长达二十五年的时间里，笔者点点滴滴，终于积水成渊，了解到时下宗教界学术界并不知道的诸多口耳相传的香巴学派文化和传承资料。其中的很少一部分，笔者用于《西夏的苍狼》的创作，而其大部分内容，在不久的将来，也会以“香巴文化丛书”的方式公之于世。

遗憾的是，吴师的黄金生命，大多消耗在“阶级斗争”时期，虽苦修成就，但没能弘法。在“文化大革命”前后的多年里，他夜里在师父坟旁建茅棚清修，白天还得跟“四类分子”一起参加改造。除了笔者和几位居士外，他一直没有收公开的弟子，晚年虽收留一位残疾人为徒，但师徒间并不相契。吴师生前，该徒甚至没能剃度受戒，更不曾得其密法。吴师圆寂之后，该徒才去受戒，成为比丘。以是故，松涛寺目前不再有密法的传承，而成为典型的净土宗道场。汉地的许多密宗道场就这样消失了。

由于笔者对香巴学派的弘扬，国内外许多人便知道了它。前不久，国外某仁波切派弟子找我，想从我这儿得到一些汉语香巴学派的资料，笔者便将《初心》的电子版发去。作为回报，那人也将该仁波切及其弟子“翻译”“整理”的“白空行母法”的电子文本发给我，结果我发现，其全部内容皆是从我的《初心》中抄袭的，竟然是不错一字。我告诉对方，说我写的关于香巴学派文化资料可以选用，但请一定要注明出处，千万别用抄袭的方式，这样会有损于仁波切的令名。

由于笔者得到了汉地和藏地诸多不曾公开出版的有关香巴学派的资料，方知香巴学派文化真的是博大精深，犹如大海中的冰山，为世所知露出水面者，不足十分之一。其大部分，仍在“海水”之下，笔者曾发愿，要在有生之年，将此文化弘传于世，让这一人类文化的瑰宝利益更多的人。

2010年，四川省统战部和四川省宗教局批准举办了“四川省藏传佛教文化文坛”，我受到四川省藏传佛教研究会的邀请，举办“香巴文化论坛”。部分香巴学派的学者和信仰者参加了这次论坛，引起了良好的反响，凤凰网等多家媒体进行了报道。这也许是香巴学派在国内的首次公开露面，至此，香巴学派才算真正进入了国内学者的视野。

（首发于雪漠文化网：www.xuemo.cn）

# 擦去蒙在佛家文化上的灰尘

儒释道文化中，关于善的论述比比皆是，千百年来深入人心，也广为流传。

“善”也是佛家的主要精髓之一，其实践者多被称为“善人”，其实践的宗旨讲究十种善行，如五戒十善等。我记得，季羡林先生曾在媒体上呼吁，说传统文化研究不能忽略释家。这倒是的。我们平时谈国学时，对儒家、道家涉及较多，而对佛家就重视不够了。

这种现象很复杂，一两句话说不清。我认为，其中有一个原因是，在很多人的观念中，一直把儒家、道家归为哲学流派、思想流派、文化流派，而把佛家归为宗教流派。久而久之，形成了一些误解、偏见与习惯性思维。

如果我们换个角度看，佛家也是一种思想，一种哲学。那么，我们就可以不因一些政策性的敏感，而讳谈佛家文化。现在，有时一些佛家学者——而不是教徒——也认为出版宗教著作很难。笔者的小说像《大漠祭》《猎原》《白虎关》，像《西夏咒》《西夏的苍狼》，出版社都很喜欢。而像《我的灵魂依怙》《初心》等等，曾在出版时屡屡遭遇尴尬。虽然我不是教徒，但因为内容涉及了佛家文化，总能引起诸多的误解和不便。

笔者曾在法兰西学院等地讲过东方文化，其精髓当然是佛家文化。法国学界反响强烈，而国内某家报纸拟出专版，内容当然没有任何佛家名相的烙印，但因为其思想中有了佛家文化的精髓，虽然专版已签发，但最后还是被撤下来了，理由是：观点不对。

这种状况很普遍，仿佛我们的国人并不知道，佛家文化其实是中国文化的重要组成部分。没有它，中国文化便“残废”了。

在我的印象中，许多哲学、思想、文化流派的表述，虽然言辞各异，但其内涵却很相似，究其核心，还是这个“善”字。“善”是什么？“善”就是一种利他、利众，从而达到最根本的利己。它就是指这样一种精神和行为。“善”的本质，就是善待众生、利益万物。千百年来，这些善的思想深入人心，影响了一代又一代炎黄子孙。其中，佛家文化对“善”的弘扬最成体系，有许多重要的理论和礼仪，更有诸多实践性的指南。有人谈善文化不谈佛家，或是别有用心地解读佛家，对佛家博大精深的哲学思想，片面地简单地等同于迷信。还有人甚至认为，它是用来麻痹、欺骗、愚弄人的一种工具或手段，甚至以讹传讹，造出无数的谬论。这一切，都给佛家文化发挥更大的积极意义设置了障碍。那诸多的谤佛者，无疑会成为人类文化的罪人。

我认为，佛家文化是中国传统文化的精髓，是中华民族——因为佛家在印度几乎“绝种”了，现在在印度传播佛家者，也多为中国人——向全人类贡献的最为宝贵的精神财富之一。

其实，我们只要反过来想一下，一种文化、一些理念，如果能伴随很多民族，伴随很多国家和地区，流传了几千年而不绝，这就充分证明了它的生命力，证明了它存在的合理性、必然性和巨大的文化价值。

我发现，无论是中国的雅文化，还是俗文化，其内涵和核心都渗透了佛家文化。也就是说，都在弘扬真善美这个主题，佛家那许多流传下来的经典，承载了一种非常质朴的、属于人类心灵本有的积极的精神。

我更希望，能真正擦去蒙在佛家文化上面的灰尘，让它发出本有的光明。

（首发于雪漠文化网：www.xuemo.cn）

## 从“李一事件”谈佛家的轻视神异

近来，关于“李一事件”的炒作又开始了。昨日为神，今日为鬼，捧时捧你上天，棒时打入地狱。

这世界，真万花筒一样热闹。

李一，既非神，亦非鬼，肯定是人。即使他披上了道服，也还是人。只要是人，就会有人的优点，有人的缺点，有人的追求，也有人的欲望。李一对那自家的道观，肯定有过贡献。这次，无论那诸多传言是真是假，但从传播学的角度看，那道观，定然会因此火上一把，门票收入，定然不少的。

李一定然聪明，定然好学，不然不会有那么多人找他。他定然也有些本事，当然是世间法本事，不然不可能当上住持。李一能当上住持，且搞得轰轰烈烈，定然不是平庸之辈。

但就李一靠道家养生法赚钱这件事上，似乎不合道家规矩。世上正教，其法脉的传承，大多靠“缘”与“信”，像李一这样公开跟钱扯上关系的，似乎不多见。所以，那李一想来没悟大道。

李一甚至不明白一个真理：这世上，即使你是真神，也不能轻易露面，何况那些假神。君不看，连那耶稣，都叫人钉上十字架；连那苏格拉底，都叫人毒死。他们可是实打实的智者，不照样是人类的眼中之钉？何况，你是一个不一定十分真的李一。

最不堪的，是你李一竟然想玩弄神异大火一把。没见世上玩那神通的，有啥好结果。玩真神通尚且不吉祥，何况假神通？

那些假造的神异，虽会欺世，也会盗名，但对于人生，没啥大作用。别说假神异，便是那些真正的神通，也解决不了人生的实际问题。那些《西游记》中的妖怪虽神通广大，但照样充满热恼，照样贪欲熏心，照样充满暴力，照样为害人类。他们的那些神通，似乎并没有帮他为世人做一些好事，也没有改变其妖怪的本质。

真正能对世界起作用者，是人类的智慧和慈悲。

佛家的伟大之处，不是宣传神异，不是追求神通，不是靠那么多花里胡哨的神奇故事来取悦世界。佛陀住世的时候，他就对神通很不以为然，他呵斥过许多卖弄神通的弟子。他公开强调：神通跟解脱无关。神通不敌业力。连那神通第一的目犍连尊者，虽能玩出通天彻地的神通，也照样死于外道的乱石之下。那神通，并没有让他避开纷飞而来的要命石头。但人们，也并没有因此而否定目犍连的神通。让目犍连赢得千古敬仰的，不是神通，而是他的利众大心。

佛的阿罗汉弟子中，有许多人并没有神通。他们在智慧上已经解脱，但并没有开发神奇的特异功能，不是不能，而是不愿。神通的修炼是技术，而非大道。他们被称为慧解脱阿罗汉。

相反，提婆达多虽有神通，却干了许多叫人不齿之事，据说是生陷地狱，从此钉在了历史的耻辱柱上。

解脱跟神通无关。解脱是究竟智慧的产物。得究竟智慧者，便得解脱。没有证得究竟智慧，便是你能像孙猴子那样大闹天宫，也不过是个妖猴而已。

有戒定者，不一定有慧。

有许多守戒得定却没有破执、没有证得超越智慧的修行人，虽然也能烧出舍利，但照样很愚痴。他们照样陷入二元对立，不能实现终极超越。

历史上有个修道者，定力很好，一位开悟大德派人去试时，发现他并没有开悟。他死后，却烧出了很多舍利。那大德说，他即使烧出几斛舍利，也不如那真正的一悟。

其原文如下：云居山有一道者住庵，云居令侍者送袴，道者云："自有娘生袴。"竟不受。云居再令侍者问："娘未生时，著个什么？"道者无语。后迁化有舍利，人持似云居。云居云："直饶烧得四斛八斗，不如当初下得一转语好。"（《赵州和尚语录》）

是的。若论守戒修定，那道者无可非议；若论明心见性，这道者却没达到。而只有后者，才是佛家追求的重要目标。不过，明心见性不是终极目标，它仅仅是真正的入道之门。悟后，才能起修。悟后之修，才是真修。悟前的所有修行，仅仅是在修资粮和加行。你想，那道者连真正的修道之门都没入，便是烧出千万颗舍利，跟解脱又有什么关系?

我经常说，相对于那些离世苦修却未开悟的修道者，死后即使烧出无数舍利，也不如生前对众生干一些实事好。那些自命的或是人尊的高僧和成就者，要是他没有实际的利众行为，在我眼中，他们还远不如丛飞呢。即使是那些修出神通、能炫耀于世，骗得无穷供养者，也远没有平实质朴给世界的温暖多。这世界，已经有了太多的经典，缺的是照着经典教诲去做事的人。

李一有没有神通并不重要，重要的，是他是不是因为自己的行为，让这世界多了一份爱，多了一份温暖，多了一份光明？是他是否因为自己的存在，让这世界相对美好了一些？

若答案是肯定的，那么，李一即使没有神通，也照样值得人们尊敬。

若回答是否定的，那么，即使李一俱足了五眼六通，也不过是个妖道。《西游记》上的那几个妖道大仙，虽然能祈雨，我们也不会敬仰他们。

不过，令人深思的，并不是李一，而是“创造”了李一，又“打碎”了李一的这个世界。

那一哄而起的“捧”，和一哄而起的“杀”，都是非常滑稽的。

（首发于雪漠文化网：www.xuemo.cn）

# 谈科学与宗教

科学和宗教各有所长，各有其主宰层面。科学重物质，宗教重精神。科学重入世，宗教重超越。它们是人类智慧织锦的两个不同的侧面，皆有大用，也皆有糟粕。宗教的大善无疑有益于人类，但其宗教裁判所和十字军东征则是人类的噩梦。科学虽然改善了人类生活，但也刺激了欲望的膨胀。

好多人认为科学和宗教是完全对立的，但事实不是这样。几乎任何一个真正伟大的科学家都不会完全排斥宗教。哪怕他们可以拒绝宗教名相，但几乎无不具有宗教精神。有些科学家，或是哲学家，仅仅是将宗教换成另一种名相而已，如黑格尔的“绝对精神”，其实是另一种意义上的“上帝”。洞悉了宇宙某些真理的牛顿，更是在生命的最后阶段扑进了宗教的怀抱——当然，你也可以说他“退步”了，但这一行为本身，难道不是一种巨大的认可和包容吗？

无数伟大的科学家，都将宗教智慧当成了自己的心灵滋养。

我们可以举出许多这样的例子。

在自然科学中，爱因斯坦的相对论明显闪烁着《华严经》的智慧光芒，他也在许多著作中谈到佛家，那毫不掩饰的欣赏，表明他对佛家有著相当深入的了解。霍金的某些理论也跟传统佛家智慧有着非常相似的表述。

在社会科学上，叔本华的哲学明显地受到佛家智慧的启迪，即使他创造了自己的话语体系，但明眼人一眼便可以看出二者确实有过重要的相遇。叔本华指出：“在这个世界中，唯有痛苦才是唯一真实的东西，而幸福不过是痛苦暂时的缺乏，不过是欲望与无聊较为迅速的交替。”他在《作为意志与表象的世界》中开始便点题：“世界是我的表象。”前者跟佛家的苦谛相若，后者跟“万法唯心造”更加相近。

心理学大师弗洛伊德的潜意识理论，同样也可以在佛家的唯识学中找到相似的种子，末那识和阿赖耶识的说法，显得比潜意识理论更为深刻。荣格的集体无意识，又何尝不是佛家所说的“共业”“习气”在另一种意义上的开掘?

海德格尔的某些理论，也跟我一向弘扬的大手印见和禅宗哲学有着惊人的相似。巴雷特在《铃木大拙选集》导言中描述说：海德格尔的一个朋友告诉我，有天他去看望海德格尔，海德格尔正在看铃木大拙的书。海德格尔说，如果我理解正确的话，这正是我在我所有著作中要讲的。

许多人并不知道，当代世界发现并让人类惊奇不已的东西，其实在两千五百多年前，就已进入佛家宝库了。

同样，科学在许多方面也印证了佛家的伟大：天文学的诞生，印证了佛家“三千大千世界”说法的正确；显微镜的发明，证明了佛陀所说的水中的“细菌”——他说是肉眼看不到的小虫——的存在；暗物质和暗能量的发现，为佛国或是其他空间、六道等的存在提供了另外一种表述的可能。

现代基因学也同样提供了许多的例证，来证明宗教的存在理由。

2010年底，在四川举行的“香巴文化论坛”上，笔者曾这样发问：你说佛家的修行可以升华自己，可以离苦得乐，可以得到智慧，这究竟是什么原理?你能不能回答?

基因学已告诉我们，只要你按照宗教方式生活和修炼，就会激活本来处于休眠状态的某个基因，平时它一直沉睡着。比如持宝瓶气时，你的生命处于缺氧状态。因为当生命面临危机的时候，生命自我保护功能就会激活这个基因。这个基因有益于人类的快乐、长寿、健康、智慧等等，一旦这个基因被激活，它就会像太阳一样，一直照耀你的人生。所以，密勒日巴即使在吃草的时候，也有着常人无法比拟的快乐。基因学还告诉我们，有许多方法，可以激活那基因，如宗教倡导的苦行和节食等等。笔者传承的香巴学派文化中也有许多方法，如拙火瑜伽、幻身瑜伽、光明瑜伽，都可以修复基因缺陷，升华生命，启迪智慧，实现终极超越。新香巴学派的出现，其实就是传统佛家与科学文化接轨并与世俱进的产物。

现代基因学告诉我们，人类的许多烦恼其实也是生理的原因，藏传佛教称之为脉结，科学认为跟基因和染色体有关。只要通过一种特殊的训练，我们是可以修复基因缺陷的。一个喜欢发怒的人，在他发怒时，血液中必然有一种让他发怒的激素，而按传统的无上瑜伽修习，就可以做到身心自在。因此，我们一定要面对科学。只要我们学习现代人认可的科学知识，就能让更多人接受并认可佛家。

综上所述，科学要学会包容，要从古老的人类文明中汲取养分。这样，才能让科学这柄双刃剑，更好地造福人类，而不是祸害人类和毁灭人类。

同样，宗教也要面对时代，面对科学，与时俱进。我认为，每一个教派就像一个池塘，里面的水经过千年的沉淀，其中有灰尘、垃圾等各种杂物。要是没有活水，它就会在岁月“太阳”的曝晒下发臭或者被蒸发。那么，如何让这个池塘活起来？方法只有一个：引进活水，让它与人类存在的大海沟通。当大海的水席卷而来的时候，会冲起池塘里沉淀的垃圾，让这个池塘显得更加的污浊，其中的鱼、鳖可能会有些窒息、难受，但不要紧。因为这时候池塘和大海已经融为一体了，它已经有了无穷的活力和可能性。我们的难受只是暂时的，我们已融入一个巨大的世界。所以，每一个教派，每一个人，只有和人类的伟大存在联系在一起的时候，才能实现永恒。因此，要面对时代，与时俱进，引进活水。不要抱残守缺，不要一直抱着自己认为的“宝贝”，当成自己的私家物品不放。真正的文化瑰宝不属于自己，不属于哪个人，不属于哪个教派，而是属于全人类。

科学的灵魂是与时俱进，宗教文化也必须与时俱进。佛家诞生于印度，后由历代的文化大师将其智慧火种引向了中国汉藏两地，分别形成了各具特色的、丰富的汉藏佛家文化，正如当今的佛家走向世界。正是在一次次历史转折的冲击下，在阵痛中，佛家文化才传承了下来，实现了与时俱进，成为燎原的智慧之火。

当宗教遭遇了科学之后，也许会有一定程度的扬弃和阵痛，但这是一个不可回避的过程，宗教界必须承受这种阵痛。事实上，阵痛是打碎，打碎固有的观念、陈腐的意识、障碍心灵自由的壁垒、习惯的理由与借口。文化困境的原因不在于历史遗留下的垃圾，不在于遇到的某些阻碍，一切要反看自身，从剖解自身开始。历史和现实都告诉我们，只有与时俱进，才能真正实现超越。

（首发于雪漠文化网：www.xuemo.cn）

# 如何处理精进与放下的关系

前日，凤凰网华人佛教约我写篇文章，请我谈谈“如何处理精进与放下的关系”。

时下，一提雪漠，人们往往将他跟佛家连到一起。需要说明的是，笔者虽读佛书，更重实践，以通事理；但我入于其中，又出乎其外；汲取营养，又不为那名相所缚；精进于心性修炼，却又放下了诸多外相上的宗教礼仪。这行履，早已超出了一般教徒设定的框框，遂令他们大跌眼镜，时有以“魔”称我者。对诸多非议，有人已替我作答了：“雪漠是一面镜子，佛看是佛，魔看是魔，各随其因缘而解。”

其实，这镜子之喻，便是对处理精进与放下关系的最好注脚。

精进者，时时用功而不懈怠也，如那镜子，只要前面有物，或是有人，它无不随缘示现其形貌。它绝不稍缓，绝不暂舍，绝不增减，绝不偷懒，这便是“精进”。而镜子本身，却又不受镜中内容的左右，做到了“不著于相，如如不动”，这便是“放下”。

瞧那镜子，镜前有美女时，镜中有倩影，镜子并不狂喜失态；镜前有大火时，镜中有烈焰，镜子却无丝毫热恼；镜前万人经过时，镜中亦人影千姿，镜子而不心乱如麻。前者——镜子的随缘应物，便是“精进”；后者——镜子的毫不著相，便是“放下”。

无精进，无法修道；无放下，不能成道。精进是行为，放下是心态；精进是行履，放下是超然；精进是脚踏实地，放下是实现超越；精进是修建播种莲子的池塘，放下是欣赏池中长出的莲花；精进是积极进取，放下是积极后的随缘；精进是战术上“落到实处”：人若不积极，则只是混世之虫；放下是战略上的“终极关怀”：若是单纯地积极，无放下的那份舒坦，人遂成爬坡老牛，只有畜生的辛劳，而失却了智者的快乐。

赵州老和尚说，老僧用了四十年，才将功夫打成一片，这便是精进；赵州又说，终日吃饭，未曾咬着一粒米；终日行路，未曾踏着一片地。这便是放下。无前者，不可能成就赵州功德；无后者，我们便看不到一位伟大智者。

下面以我自己为例，谈谈我如何处理二者的关系。我曾闭关二十年，用于禅修和写作，显然是精进；但我于1995年的某一刻起，却实现了放下。我曾在《初心》中谈过此事。

我的精进，是日常生活中的不离明空，却又能随缘应对诸种境界。我的放下，是不离明空，却又不执著于明空；不离事相，却又不纠缠于事相。在日常生活中，能时时不离明空无别之境，这便是精进；但那明空本身，却是破执后才会出现的境界，这又是放下。

十多年间，我的几乎所有文章，都是在天空般澄明空旷的乐境中流出的。有时，能连续十多个小时，而觉得只不过一刻。许多时候，我甚至没了呼吸。在我传承的文化中，称其为光明大手印。其明空不二乐空不二，能于湛然光明的无分别智中，俱足三身五智。曾有学者对“大手印”产生邪见，说大手印之“我无念”，亦是念，说人不可能做到无念。事实上，真正的大手印并无“我无念”之念，那种空明的生起和空乐的充盈，并不是行者的观想和作意，而是自然的显现。如天空从来不曾将自己观想成“虚空”一样，光明大手印是一种本体的显现，非诵非观，非着意，甚至无“大手印”之名相。十多年间，我并不知自己所得的是“大手印”。我只觉它本来这样。若不是后来因写书向上师汇报觉受，得到印证，我并不知那自然显现的，就是大手印。其实，从更高意义上说，我并无所得，亦无所证。

在真正的大手印中，精进与放下同在，入世与出世共存。它们是一体的，是一幅织锦的两个侧面。所以，我们不要在“精进”之外，再去找寻一个“放下”。真正的精进，是精进的同时，又有放下的超然。

正如茶味无法用语言表述一样，对大手印亦无法说出其究竟，总觉那说出的，都不是能说和想说的。我之行住坐卧、写作读书等诸多事，只是做而无做，行而无行，写而无写……许多时候，我浸泡在明空悲空和乐空中。乐是最高意义上的悲，悲何尝不是另一种意义上的乐？眼中的诸多显现，无不融于空性之中。有时，在那宁静中享受到的，是天空般的澄明和劫火般的大乐。在别人眼中可能很辛苦的写作中，我觉受到的，仍是空明无边的乐。相对于这种乐，人世上的所有享受，都微不足道。前者如太阳，后者则至多是萤火虫。

在佛家中，真正的宝贝非人非物，是慈悲和智慧。慈悲是精进，智慧是放下。真正的精进是周边一切的慈悲，真正的放下是无缘大慈同体大悲。

禅宗大德赵州老和尚八十岁仍行脚参访，用了四十多年，才将功夫打成一片。“成片”之后，他住在某山。本地山神欲见赵州之面，竟难如愿。某日，山神设计，将米面撒在山门外。赵州见有人糟蹋米面，心略一动，山神才得以窥得赵州一面。但也只是动了一念，随即赵州便心无挂碍，不著诸相。山神再欲见时，已不可得。

赵州显然是精进的，但他却又不执著于精进，他甚至放下了那精进之相，也放下了那精进之心。时时不离精进，而心中却无对“精进”之执著。

当然，言语之表述，总是很难尽意的，亦如对龙井之茶味，只有品者方知其味。所有文字，都嫌惨白。我勉强说出这些，与其说是表述，不如说在效“咂舌”之举。对那茶味，我除了咂舌称妙，难著一字。

从“有求”变得“无求”，是我契入光明后发生的最大变化：文学创作上我从有求到无求，修行上我从有求到无求，生活上我也从有求到无求。我的无求是放下，但放下的同时，我仍在做着无数我该做的事。我曾用一句话概括了我的行为：以出世之心，做入世之事。前者是放下，后者需精进。

先前，我惧轮回，我求觉悟，我想当大作家，我想即身成就。后来，我一天天变“懒”，因“知足”而“常乐”。我从不追念过去，也不向往将来，只要腹中有食，身上有衣，便乐滋滋享受着当下的觉醒和明空，做好自己该做的事，然后如婴儿饱乳般坦然入睡。不祈梦的时候，我甚至没有梦境。眼睛一闭，便到次日凌晨。

这“知足常乐”，是放下后的坦然；那“做好自己该做的事”，便是精进的最佳注脚。

我写了很多长篇：《大漠祭》《猎原》《白虎关》《西夏咒》等，还有几部哲学著作和几十个中短篇小说，它们都是在放下后从自性里流出的。只有这样，那文字才会像一粒粒飞来的石子，总能打疼——也可以说打动——读者的心。

至今，我已出版发表了至少几百万字的作品，这是“精进”的成果；但我的心中，并没写一个字，这是“放下”使然。

我虽也常常供僧，但总是不求功德、不求福报。我之所供，便是目的；亦如我之信仰，信仰本身便是目的。“觉悟”之类的事，是懒得去想的。自见到那光明之后，我就不求福报，也不曾发愿去哪个佛国。若有来世，为了众生的觉悟和幸福，我只愿尽一份自己能尽的力。仅此而已。

我不知道我是由“迷”而“觉”了，还是由“觉”而“迷”了。但我已懒得去管那些迷呀觉呀的事了。

因为我明白：轮回涅槃皆如梦幻，本尊与我无二无别。

我放下了对今生的所有执著。此外，我并无所得。

（首发于凤凰网华人佛教）

# 从裴树唐强奸案谈佛家的“随喜”

近来，我的家乡凉州发生了一件大事，引起了全国媒体的热炒，许多电视名牌栏目也选了它，这便是“裴树唐强奸案”。主人公是我的朋友，年近七旬，才华横溢，于二十四年前，正当壮年时，被上司和朋友陷害，坐牢七年，大好声名遂成乌黑。出狱后，他为了洗尽污浊，还以清白，二十四年间，一直抗争，不断上诉。在四十二岁至六十六岁间，他的大好年华就奔波在司法机关，再也没能在事业上有大贡献，实在是可惜了。

裴树唐入狱的主要原因，是因为他才华横溢，性格又十分耿直，不知曲避之道，终于落入别人设下的局中。

裴树唐曾是武威市文化馆干部，负责文艺培训，屡次在省上获奖。时文化馆馆长、副馆长及其他干部，忌其才华，恨其倔强，怒其不屈，视若眼中之钉，必欲除而后快。二十四年前的某日，一刘姓女子来裴的房中辅导时，其未婚夫怀疑她与裴有染而发生争吵，被文化馆领导抓住机会，说服小刘和其未婚夫，以事成调往文化馆为诱饵，叫他们告裴树唐强奸。此后，文化馆领导多方搜集资料，炮制罪名，加上当时法制不健全，强奸罪于是成立。裴树唐被开除公职，坐牢七年。狱中有多次减刑机会，裴却认为自己无罪，拒绝减刑，并写血书三千多份，进行申诉。

后来，因为刘姓女子天良发现，进行反供，此事才大白于天下。

我们可以看出，此事显然源于领导的忌妒。在佛家中，忌妒是五毒之一，其余四毒是“贪嗔痴慢”，也有以“疑”代替“忌”者。但那“忌”的害处，其实是比“疑”更大。因为“疑”多害己，而“忌”则害己又害人。历史上有许多英雄，便毁于“忌”的毒害，如庞涓“忌”孙膑，害人更害己；佛家泰斗太虚大师，也屡屡遭人之“忌”，“人间佛教”才不能在那时开花结果。太虚法师住世时，许多人忌其名高，以“政治和尚”嘲笑他，全然不知大师之心朗如秋月。他入虎狼丛，进高门宅，皆是为弘扬正法，振兴佛家。后来，直到他圆寂后荼毗时，烧出无数舍利，才有因省悟而生悔者。而事实上，无论太虚有没有舍利并不重要，因为舍利由戒定而生，而太虚影响世界者，是其大慧。便是现在，我们看他的文集，仍发现随处可见的智慧之光。这跟寻常的那些曾说他坏话的所谓高僧，是不可同日而语的。

为了对治“忌”，佛家文化中提倡“随喜”。随喜，便是发现别人的善行，不去忌妒，不去嘲弄，而由衷赞叹。能学习效法，固然很好。若是不能效法，而能随喜，同样俱足无上的功德。在我修炼的香巴学派五金法仪轨中，“随喜诸善行”，是很重要的内容。在佛经中，更是有诸多菩萨能随喜佛的善行。要知道，能随喜善行者，跟那做善事者，有着同样伟大的胸怀和境界，也有着同样的价值或功德——因为这随喜本身，便是对那善行的最大肯定。正是在这无数的“随喜”当中，佛家才日渐博大精深。我们的社会，也正是因为那诸多的“随喜”，才有了更加和谐的人文环境。

陷害裴先生的人却不仅不能随喜那诸多善行和荣誉，反而因其影响高过自己，而欲致强者于死地，到头来只能害人害己，被钉在历史的耻辱柱上。

在我的小说《西夏咒》中，雪羽儿的遭遇，跟裴树唐很相似：“谝子早想收拾雪羽儿了。谝子老外出，一出金刚家的地盘，人就向他打听雪羽儿。谝子就想，操，她的名气，竟比老子的大。谝子想收拾雪羽儿，不止一天了。谁叫她的名气比谝子大呢。没办法。要是谁的名气比上司大时，你就要小心了，不定哪一天，他就要修理你。无论在世间和出世间，有许多这样的案例。”雪羽儿经历的磨难，除了某种特殊原因外，也源于别人的“忌”。

“随喜”是一种胸怀，教你学会包容，学会看到别人的长处。我有个学生，每次跟我交谈时，总是说别人的坏话和缺点，我告诉他：“人长眼睛，是用来发现别人长处的，是用来学习别人长处的。要是它只是用来挑剔别人，惹来无穷烦恼，还不如瞎了好。”确实是这样，所谓“随喜”，便是学会善用自己的眼睛，去发现别人的长处，赞美向往，并向强者靠齐。

我说过，信仰的本质是自省、自律和自强。自省是发现自己的不足，自律是约束自己的行为，自强是向往比自己更伟大的存在。那随喜的本质，便是发现后的向往。

有一天，我家中来了一个离婚女子，她问我对我妻子的评价。我说她是完美的女人，没有任何缺点。她笑着看着我显得凌乱的家，说，那是你不去挑她的缺点而已。她说她的丈夫，总是睁了一双挑剔的眼，说这个不对那个不对。她指着我桌上很厚的灰尘说，瞧，要是我的丈夫发现桌上有这么多灰，定然会大发雷霆、骂我懒惰的。我笑道，这灰尘，正是她包容我的证据呀。我的桌上有灰尘，她竟然没有骂我，这只能说明她宽容。

没有随喜，便没有快乐。我之所以总是快乐无忧，是因为在我的生活中，我总能发现美，总能享受美，总能随喜别人的美，总能感谢那些能给我带来美感者。我感激任何一个比我强的人，因为我在发现他“强”的同时，我其实也在进步。有人曾说：雪漠这家伙，像宇宙中的黑洞，总是能将身边人的优点吸进去，化为自己的生命质量。这当然是笑话，但也说出了一点实情。我甚至在小学生的作文中，也能发现值得我学习的童趣和天然。我喜欢比我强的人，而且，我总能发现眼中的人都有比我强的地方，我随喜他们的优势而学习他们。几十年后，我当然就会有很大的进步。要是我只是忌妒他们，那我永远只是一个庸碌之人。

随喜是一种包容，是一种自省，更是一种向往。没有随喜，便没有进步；没有随喜，也没有觉悟和明白。没有随喜，生活中就没有真正的快乐。因为，在狭小的人眼中，那比自己强的一切，都是对自己的挤压。他们处心积虑想做到的，便是损人利己；更有甚者，不利己也要损人呢。

像陷害裴树唐的那些人，在他们生命的几十年中，总是在自寻烦恼。因为他们的身边，定然有无数比他们强的人。而他们遇到的每一个强者，都是压在他们心上的石头。要是他不能像搬走裴树唐那样搬走对手时，对手的每一次成功，便会化成压碎自己幸福的大山。

我的生活中，也遇到无数个因“忌”而害我者，我称之为逆行菩萨。我甚至也随喜他们对我的“关注”。老有朋友说某某人骂我，我总是笑着说，正是他们的骂，才让我明白了自己的不足。而且，也正是他们用自己的生命对我进行有效地传播——骂是最有效的传播，我才成了今天的所谓“名人”。我总是将功德回向给那些骂我恨我的逆行菩萨。虽然他们骂我的目的不一定是为了成全我，但我总是随喜赞叹他们对我客观上的“成全”。至今，我每天都要请妻子诵《金刚经》，来回向给那些逆行菩萨们。当然，我的这种随喜，是将别人的骂当成了对自己最好的监督。我甚至并不认为那种挑剔的目光是一种恶行。至少，对我来说是这样。当一些不了解雪漠的人，期待雪漠更加完美而不得时，他们的骂，其实是一种苦口的良药。对于它，我不仅仅要随喜，还应该感恩呢。

在《阿含经》中，常见的内容便是佛陀赞美随喜别人，除了随喜大迦叶等罗汉弟子之外，他甚至还高度评价他当时的宗教对手——当然是别人这样认为——耆那教的领袖尼乾子。他同样当着弟子的面，随喜了对方的修为和功德。

正是因为有了随喜，佛家才成为一种能够和谐社会的有益文化。佛家没有杀戮，不靠强权，不提倡以挤压对手来传播自己的教法。佛家甚至随喜所有有益于人类的文化，并不管它们是不是打着佛家的烙印。佛陀用一句话，代表了他对所有善文化的随喜。他说：“一切善法皆是佛法。”

同样，当我们翻开历史的时候，也会发现，我们的文化传统，其实是随喜后的产物。那一代代的文化大师，正是在对同代人和前代人的随喜中，才形成了延绵不断的文化传承之链。

没有随喜，便没有传统文化。

（首发于雪漠文化网：www.xuemo.cn）

# 浅谈“根本上师与三昧耶誓约”

## 1

在密乘中，真正成就的前提，是你跟你的信仰本体的相应。相应之后，你才可能跟你的信仰本体达成“三昧耶誓约”，再由守护“誓约”之力，实现“子母光明会”，契入大手印。

没有相应，便没有成就。

那么，什么是“子母光明会”呢?

我们将你修来的觉性光明称为“子光明”，将本有的光明和法界、诸佛的光明——它也在你的自性中本来俱足——称为“母光明”。当子母光明相融无二时，叫“子母光明会”。

那些证得了光明的大修行人，无论在做什么事情时，都能与诸佛菩萨相应。这时，他们就可能得到法界的大力，示现一些超自然的行为。我们将他个人比喻为小溪，将法界光明比喻为大海。当那条小溪跟大海融为一体时，它便有了大海的气息和能量。同样，当行者显发的光明和法界的光明融为一体或达到“共振”时，二元对立就消除了。这时，你就是佛，佛就是你，二者一体，你即法界。这便是光明大手印和大圆满的证境。也只有到了这时，你才能说：“我与本尊无二无别。”

所以，那“无二无别”不仅仅是一种见地，更是一种证量。

跟“子母光明会”类似的现象，不仅仅是在修行状态下出现。在世界上，有许多形式的“子母光明会”。前一段时间，我在《噶举文化》报上选发过一篇文章，叫《世上最伟大的赚钱秘密》。文中谈到，人在布施时会有一种布施之心，而当某人在产生清净的布施之心的刹那，他就和宇宙间的某种大善的力量融为一体了。这时，他就可能具备一种大力，以达成他的某种愿望。这就如同一滴水进入大海之后，就拥有了大海的能量。

同样，当你对你的信仰本体产生清净信心时，你同样也能和法界中的那种能帮助你觉悟的力量达成共振，你便会得到所谓的“加持”。当你产生慈悲之心时，你就和法界中本有的慈悲大力达成了“共振”，得到慈悲大力的加持和保护。所以我常说，慈悲是无上的铠甲。

综上所述，成就来自相应。达不成“子母光明会”，你追求的成就是不可能得到的。

## 2

不过，真正的“子母光明会”，不是能轻而易举地实现的。

相应需要诸多的条件，其最主要的条件之一是对机。在佛家中，将此称之为缘分。天雨虽宽，难润无根之草；佛门虽大，不度无缘之人。所以，没有对机，便没有相应。

我们可以用电波的频率来进行形象的比喻：一个能接收某个波段电波的收音机，只能收到电台发射的相同波段的电波。虽然法界里可能有无数的智慧“电波”，但相对于你的觉悟来说，真正有意义的，是跟你“对机”的那一种。

有些人久修胜乐金刚法没有觉受，可修大威德金刚则很容易相应；有些人修大圆满不相应，可修大手印则很容易契入。对机是相应的前提。有一位道友，我观其因缘，她跟某位女上师对机，但因为她为名相所困，不听我的劝告，却另觅僧侣上师，结果修行多年，终无结果，终而入魔了。对机跟吃药一样，许多时候，吃错药会送命的。对于适合修净土的老太太来说，找一个讲授“破相”的上师可能会毁了她的信根。佛家中有许多人乱投上师，结果不但没有成就，反而将生活搞得一塌糊涂，甚至连正常日子也过不下去了。天津有位师兄，入魔之后，生不如死，甚至家破人亡了。

相应的第二个条件是信心。没有信心，也不可能有相应。所以，佛家所说的上根之人，其“上根”的重要标志就是有大信心；当你俱足了对机和信心之后，当善知识为你开示了心性之后，你们之间就构成了一个誓约，这便是“三昧耶誓约”。有了这一誓约，相应才有可能产生。没有这一誓约，所有的修炼都没有意义。

从某种意义上来说，这一誓约才是真正的密乘根本戒。当然，不仅仅是密乘，几乎所有宗教的秘密便是这个“三昧耶誓约”，如基督教徒跟耶稣，如穆斯林跟穆罕默德，如印度教与梵天诸神……无论它们有着怎样的名相，其精髓和实质都是“三昧耶誓约”。誓约一旦毁坏，信仰的殿堂就倒塌了。

当你和信仰本体之间的誓约毁坏之后，他对你的所有开示便失去了意义。我们将这一誓约比喻为“智慧光道”。当然，你也可以理解为一种象征。但在香巴学派中，这种光道之说并不是象征，而是一种保证。当你和信仰本体之间达成誓约之后，你和他之间、你和二十四个空行圣地之间，就形成了诸多智慧的光道。法界的加持之力就会源源不断地通过“光道”进入行者的生命。其原理，跟收音机接收到电台的电波相若，我们称之为“加持”。

当你毁坏了誓约之后，那“智慧光道”便中断了。这时，你生起的觉受便可能像太阳下的霜花儿那样消失了。这便是一些生起殊胜觉受的行者，最终却丢失了重宝般的悟境，甚至由悟转迷的原因。

所以，誓约是加持的保证。

## 3

下面，我们再说说，何为根本上师？

孔子说，名不正，则言不顺。许多信仰者，就是因为名的糊涂，遂成所知障，光明不能显发，终而愚痴一生。

所有通晓宗教知识者都知道，一个行者可能有无数个上师，但根本上师只有一个。因为一个人真正的“明心见性”只有一次。那位能为你开示心性、让你明白心性的人，便是你的根本上师。

注意！这“根本”二字非同小可，无“根本”便无成就。当你像守护眼眸般守护那“三昧耶誓约”时，子母光明才有了相会的可能，相会后光明的增长也才有了进一步的保证。换句话说，你的智慧种子只有在遇到适宜的土壤、阳光、空气和水分之后，它才可能发芽、开花、结果；你的智慧之烛，也只有在得到更多的资粮之柴时，才可能燎原成智慧大火。没有“三昧耶誓约”的保证，你那也许已经发芽的智慧种子就可能干枯或夭折，你的智慧之烛也可能被邪风吹熄。这便是那些“明心见性”之后破了“三昧耶誓约”的禅僧为啥由悟返迷、最终遭到恶报的原因。

对于修行人来说，心性的开示是非同寻常的事。对于那些机缘不成熟的人，上师是决不会为他开示心性的，否则便是“犯规”。但对于那些机缘成熟的人，善知识要是贪图利养、不开示心性的话，便也犯戒了。我前面说过，无论弟子曾遭遇过多少上师，但能为他开示心性，令他真正觉悟明白的上师只有一位，这便是他的根本上师。真正的“三昧耶誓约”从严格意义上来说，只能建立在弟子跟根本上师之间，并不是他跟所有的上师都有这样的誓约。正如太阳升起群星自然归隐一样，当一位行者的生命中出现了“根本”上师之后，他跟以前所有上师的誓约，就被他跟根本上师的“三昧耶誓约”代表了。因为只有明白心性后的修行才是真正的修行，才会得到究竟的利益。以是故，“三昧耶”才有“平等、警觉、圆满、除障”之能，而不究竟的那些其他“誓约”是得不到究竟利益的。以是故，我们不能依止那些不明白心性，或不会为你开示心性的所谓上师，因为他不可能让我们得到真正的利益。所以，在皈依之前，我们一定要善加观察，切勿轻率。要是你不能善加抉择，你就依佛陀之教言来行事：“依法不依人，依义不依语，依了义不依不了义。”要是得不到真正的善知识，你还不如靠持名念佛或是诵经更为可靠。因为许多时候，你错误的选择很可能会有可怕的后果。我就见过许多不明心性、执幻为实，终而走火入魔者，他们求生不得，求死不能。至于家破人亡、身败名裂者更是屡屡听闻。

当我们发现了真正的善知识之后，就要毫不犹豫地亲近他。在密乘的传统里，为你开示心性的那位善知识的体性是报身佛。他代表了诸佛菩萨和空行护法。诸佛菩萨的所有加持，都是通过“根本”上师来完成的。所以，当你轻慢了根本上师，便是轻慢了三世诸佛；你诽谤了根本上师，便是诽谤了三世诸佛。所以，许多不知道此理的行者，大多在不知不觉间，就毁了三昧耶戒，损耗了福报，招致了噩运。

## 4

有时候，那“三昧耶誓约”不一定是行者跟人间上师形成的。有许多大成就师，其誓约的构成对象是非人间的上师。比如，谛诺巴就说他没有人间上师，他的教法直接得之于金刚持。（虽然也有许多学者、大成就师和空行母为谛诺巴传授过法要，但他的三昧耶誓约是跟金刚持缔结的。）奶格玛也一样，虽然她也从那诺巴处得到过法要，但她是在见到金刚持的刹那“悟证俱时”的。

读过《我的灵魂依怙》的朋友，也会在我的修炼历程中读到相似内容。我之所以能契入光明大手印，既源于我对上师的信心，更得之于金刚亥母的特殊加持和开示。那种智慧光明是超越名相的，在我契入那种殊胜光明并认知到它的殊胜时，那“三昧耶誓约”便随之构成了。在此后的人生中，对“三昧耶誓约”的守护，便成了我最主要的修炼方式。

许多时候，也会有人问我一些心性问题。我总是对他们说，你们还是去问你们的上师。因为，当问答者之间没有构成“三昧耶誓约”时，所有的“开示”便没有意义。即使他相信你世俗的人格而暂时相信你所谈的内容，但因为没有形成“三昧耶誓约”的“智慧光道”，他便不可能得到源源不断的光明滋养。他的那点光明觉受可能很快会消失于无迹。

没有无垢的清净心，便没有功德，更没有真正的“三昧耶誓约”。

三年前，一位师兄来拜访我，我发现他苦修多年，却不知修行的真正目的。那时，虽然我明白他资粮不俱足，但我的慈悲心却作障了，就跟他谈了一些心性的内容。但结果是，我所有认为是“心髓”的内容，都成了他后来诽谤我的理由。至今，他仍是一个愚痴迷信的凡夫。跟以前不一样的是，因为诽谤损耗了他的功德，他后来招致了许多噩运。

所以，在宗教中，真正的资粮指的是对善知识的信心。没有信心，就没有资粮。对于资粮不足的人，是不能开示心性的。对此，一些大德用一句形象的话来形容：“狮子乳是不能往尿壶里倒的。”

要知道，证得了明空觉性的人，当他融入明空觉性中讲法和著述时，那法性光明就能依托语言文字传递开来。所以，我们读一些佛经就能得到殊胜的利益，所谓“深入经藏智慧如海”。天台宗的智者大师就是诵《法华经》开悟的，太虚法师也是诵《大藏经》时开悟的。以是因缘，他们就跟佛陀建立了“三昧耶誓约”，他们守誓不违，终成一代大德。

当然，有时候，我们在读一些“明白”者的著述时，只要有颗清净的心，也会得到相应的利益。广州的明子在其文章中谈道：“‘无二无别’是出世间的证悟，也是世间人生的至高精神境界，展示着人类能觉、已觉的终极价值。书中的文字即是光明的载体，它超越并打破了各种名相，直指人心、简单清明。所以，不论你是否学佛，是否信仰宗教，生活在哪里，哪怕你只是刚刚能认识字的人，只要在翻开书时，用一颗清净的心、单纯的心、宁静的心、如天空一般的心去读，那么，一定会得到光明的传递。道理非常简单，当你放下一切概念、名相时，你的心就有了直观超越的力量。大手印就是指本自清净，佛性本然，自然无造作。这时，我们可以全然地忘记修行，忘记阅读，借助于文字光明的加持力量，在明明朗朗中，生起警觉，去体会所见、所处无不是宽坦自然的本来境界。慢慢地，我们的见、修、行便在加持下被磁化，在那种宽坦境中，合而为一。上座也好，下座也好，遇到了好事也好，坏事也好，顺境也好，逆境也好，分别执著减少了，烦恼也减少了。随缘地做事，随缘地应对，自自然然。'无二无别'并非不可及，也非嘴上功夫，而是我们在修行中真实的体会和觉受。只要你如此阅读下去，至少此书会给你带来一份出世的清凉。"

当然，光明觉性生起之后，还必须守护"三昧耶誓约"，才能得到源源不断的光明滋养。为了建立和守护那誓约，便有了宗教仪轨，或观想，或持咒，或祈请，或保任，等等。汉地多有以诵《金刚经》开悟者。表面看来，他们似乎没有"誓约"行为，但实际上，他们已跟《金刚经》构成了“三昧耶誓约”。这样，他便能在经年累月的诵经之中，得到恒长久远的灵魂滋养。但要是一旦誓约被毁，比如他不再读经，或是对《金刚经》不再像过去那样有信心，那么，那种法界源源不断的加持之力就可能消失。

不过，一个善巧的具德善知识，遇到俱足资粮的人，能让他认知心性的方式有多种，有时是“句义力灌顶”（也叫语词灌顶、大光明灌顶或大手印灌顶，是宝瓶灌顶、秘密灌顶、智慧灌顶之后的最高一级的灌顶，其形式是为你开示心性），有时唾骂，有时是聊天，有时是拳打脚踢……但无论他采用哪种方式，只要能让你明白心性，能让你发现你自己本有的觉性光明，他便是你的根本上师。他便是我们生命中最值得珍惜的那位善知识。生命可失，此根本上师不可失去。

香巴学派大师琼波浪觉在见到奶格玛之前，曾拜师一百五十多位，求得了无数密法，但只有在遇到奶格玛之后，琼波浪觉才有了真正的根本上师。太阳一出，群星归隐。这时的群星并不是消失，而不过是其光明被日光掩蔽罢了。所以，在香巴学派的传承中，奶格玛是金刚持之后的首传根本上师，而琼波浪觉的其他一百五十多位上师的智慧之水，便都融于奶格玛的法性大海了。

那诺巴虽然是那烂陀佛教大学的校长，是闻名印度的大学者，他虽然有过无数的上师，但只有在遇到谛诺巴之后，他才有了真正的根本上师。因为，使他明白心性的，不是那有着诸多显赫名相的上师，而是榨芝麻的苦力谛诺巴。为了守护“三昧耶誓约”，那诺巴大死十二次，小死十二次。他不背誓约，才得大成就。

同样，禅宗二祖在得遇达摩祖师之前也有上师，但因他们不能为自己开示心性，令其开悟“安心”，故二者之间并没有构成真正的“三昧耶誓约”。只有在达摩为其开示心性、安心之后，他们之间才构成了“三昧耶誓约”。

5

下面，我们以《八十四个大成就师》中的卢伊巴的故事为例，来形象地说明前面的道理。我在《无死的金刚心》中，描写了他跟琼波浪觉的因缘。后面的文字便选自此书。

> 卢伊巴是一位王子。后来，他抛弃王位，在一位上师那里，他得到了胜乐金刚法，之后他一直如法而修，精进不辍。但他一直没有明白心性，所以他细微的所知障和分别心并没有清除。
>
> 一天，他遇到了一位有着乞丐外相的空行母。她给卢伊巴供养了腐烂的食物，卢伊巴嫌脏不吃。空

行母说，你其他脉轮上的业障都已得到清净，只有心轮上还有一点点的污染，它是由你的分别心造成的。你必须对治你的分别心。她又说，修行的所有目的，就是为了对治分别心。因为所有烦恼的根本，是分别心。没有分别心，就没有烦恼。

空行母说，你是否已经觉察到自己在作秀？你似模似样地念诵时，你其实在作秀；你像模像样地打坐时，其实是在作秀；你拒绝国王的诱惑时，你也离不了作秀；你在修那诸多的苦行时，你仍然有作秀之心。有人的时候，你作秀给人看；你独处的时候，你作秀给自己看。虽然你时时感动你自己，但你并没有降伏自己的心，因为你还没有明白心性，你还有分别心。有了分别心，便有执著。而修行的真正目的，其实是为了破除自己的执著。当你破除我执时，你便是阿罗汉；当你破除法执时，你便是菩萨。哪怕你不去念诵那些你视如生命的仪轨，只要你在破除你的执著，你便是在最好地修行。

那时，卢伊巴感受到一种醍醐灌顶般的战栗。空行母又说，你记住，无论你如何似模似样地按那教法修持，无论你的念诵和观修如何如法，无论别人如何赞美你的功德，无论你行怎样的苦行，只要你的心没有因它们而有所改变，你便是在作秀。真正的修行是改变自己的心。而改变心的表现就是你心中的某种世俗的东西在日渐减少，而不是在增加。你不要去看你生起或是增加哪些觉受，因为所有的觉受仅仅是觉受，任何有为的觉受都是无常的，它们跟世上万物一样，如露亦如电，更如梦幻泡影。你不要去执著那些有为的觉受，你要看你的心中是不是经常地减少一些东西，比如，减少贪婪，减少仇恨，减少愚昧，减少烦恼……你要看你的心是不是一天天归于无为，归于清净，归于安详和宁静。你要看你的心是不是真的已经自主，是不是真正成了你自己的心，不再受外物左右，不再为外现所困扰，不再成为外部世界的奴隶。当你看那些美食跟那些腐物了无差别的时候，也就是经上常说的“黄金与粪土同值，虚空与手掌无别”时，你的修行才有意义。因为，只有到了这时，你的心才真正属于你自己。

从此，那个高贵的王子变成了一个疯子。因为他常常拣食被人抛弃的鱼肠。人们看到他拣起那软软的东西吞食，就掩鼻皱眉。他们并不知道，即使在吞食肮脏的鱼肠时，那个形似疯子的人也没有失去他的圣者之心，他的空性光明使他真正做到了垢净一如。

虽然那王子是胜乐金刚的成就者，人们还是称他为卢伊巴，意思是“食鱼肠的人”。

后来，卢伊巴常说，他的根本上师，其实是那位空行母。以前的那些上师虽然教了他许多教法，而使他真正得到究竟法益的，是那位乞丐相的空行母。正是在十二年中，卢伊巴以吃鱼肠的方式，守护着他跟那位空行母的三昧耶誓约，才有了他日后伟大的成就。

（首发于雪漠文化网：www.xuemo.cn）

# 如何区别骗子与信仰者？

我的长篇小说《西夏咒》出版之后，许多读者对其中的关于反思宗教的内容很感兴趣。书中有两种打着宗教烙印的人：一类是真信仰者，如久爷爷、琼、雪羽儿、吴和尚等；另一类则是骗子，如怙主派来的堪布、如那些屠杀阿甲的教徒们等等。

在我的生活中，老出现口不离信仰者，有些是真信仰，有些是假信仰。许多时候，政治家们也会谈信仰，其中同样有真有假。如印度圣雄甘地，肯定是真信仰，他被刺客打中之后，首先喷出口的，是神的名字。临终前，他还是宽恕了那些极端的杀人者。他从来没有仇恨和算计，只有爱和宽恕。

但有些谈信仰的政客，却是骗子，比如希特勒，他就是利用人们信仰产生的偏激情绪屠杀犹太人的。更有一些言必称信仰的政客骗子，一生里，他们都貌似有信仰，而没有真信仰，许多人却被他们迷惑了。比如，某些杀人如麻的暴君，谈起信仰来，口若悬河，飞流直下三千尺，似乎他们信仰着某种真理，而实际做事时，他们连一些基本底线也没有。暴君口中的信仰，仅仅是用来迷惑世人的。

那么，如何区别骗子和信仰者？

办法只有一个：看他的行为。

无论其信仰宗教、信仰文化艺术，还是信仰其他主义，真信仰者都离不开三点：自省、自律和自强。这三点，是信仰的本质，能将骗子和信仰者区分开来。

下面分而述之：

一要看他能不能自省？——即反省自己的不足，进行忏悔——这便是毛泽东曾提倡的“批评与自我批评”。在任何宗教中，忏悔是第一个必修的内容，基督教更是将忏悔贯穿生命的始终，每个教徒临终的最后一课，便是忏悔。没有忏悔，便没有救度。佛家中也有大量的忏悔礼仪，如大悲忏、金刚萨埵净障法、大礼拜、阿字净障法等等。基督亦将忏悔视为主要功课。没有忏悔，便没有自省。所以，不自省不忏悔者，肯定没有信仰。

二要看他能不能自律？真信仰者为了真正战胜自己的贪欲，他会约束自己的行为，这样便有了行为规范，宗教中称戒律。儒家有三纲五常，基督教有十诫，佛家有诸多戒律，等等。在宗教修行中，在没有战胜贪欲、证得“无漏”时，信仰者必须靠戒律来约束自己。没有戒律约束者，必然是假信仰者。是故佛说：以戒为师。还说，只要世上有六个守戒比丘，正法就不会灭亡。戒不亡，法不灭。

时下，许多喜欢所谓“自由”的人，总是不喜欢戒律。但却不知，真正的自由，只有靠戒律来实现。佛家追求的终极自由，它是“戒定慧”的产物，是自性光明焕发后本体智慧的显现。没有戒律的约束，便没有终极的自由。牛魔王虽和孙悟空本事相若，由于没有向往，不守戒律，就失去了许多机会，更上不了去“西天取经”这趟车，就只能永远是个妖精。孙悟空却宁愿戴着紧箍——这是戒律的形象化——艰苦西行，历经艰险，降魔伏妖——那妖魔象征用戒律智慧调伏的妄心——才会最终成佛。无论多厉害的《西游记》人物，要是不进入那“戒定慧”的大文化体系，就永远是游兵散勇，小妖一个。

也有人错解了大手印究竟见地中的“打碎”和“超越”之说，来否定戒律的意义。却不知，大手印谈到的终极超越，指的是证得真理之后对最后法执和无明的扫除，即证得真理却又不为真理的名相所束缚，证得光明而不执著光明。没有证得真理——实相光明——者，他根本就不知道何为实相，根本就谈不到最后的超越。所谓超越，是一瓶水装满之后溢出的部分——因为那瓶子已盛不下它了——要是一个空瓶子或是半瓶醋发出要“超越”的声音，显然是很滑稽的事。所以，一个行者真正证得真理时，才会处于朗然光明之中。只有到了这时，他才超越或“打碎”了戒律——因为他已经不会犯戒了。因此，所有没有究竟成就却不守戒律者，根本就不是真信仰者。

狂慧是佛家中最可怕的灾难，属于“世智邪辩才”，被认为是人生“八难”之一。骗子大多是狂慧，谈密说空头头是道，观其行履却连门也没入。

那些假信仰者，因为其信仰的目的，仅仅是想得到，而不是奉献，他便会痛恨所有阻挡其贪欲的人和事物。他眼中的敌人，除了阻挡其恶行的大善知识之外——这也便是无数的真善知识总是遭到邪众诽谤的原因——戒律更是其大敌。于是，他们会利用各种理由毁坏佛陀制定的戒律。因为戒律的被损坏，社会上便出现了诸多的恶性比丘。佛陀在世时，就有六群没有调伏的恶比丘，佛陀叫弟子们对付其的办法是：“默摈之”，也即不要跟他说话，远离他。这便成为后来《佛子行三十七颂》中“远离恶友”的最早来由。

恶友如邪风，总能吹熄智慧的火种。我曾有位学生，本来心很纯净，仅仅是因为交了恶友，便坏了信根。凉州人用形象的语言说明了这个道理："跟好人学好人，跟上龙王当河神。"古人更用八个字简明其理："近朱者赤，近墨者黑。"

所以，在禅宗等教派中，一旦开悟之后，是要求远离人群去闭关的，怕的便是定力不够，那刚刚点亮的智慧之烛再被邪风吹熄。历史上，有许多由悟返迷、终而遭到恶报者。

三是要看他能不能自强。自强包括两个方面，一是心灵上的向往，二是行为上的积极。向往是信仰的根本。向往一种伟大的存在，行为上使自己实现升华，接近或达到向往的目标。如基督教的向往天国，佛家的向往净土和即身成佛，道教的羽化成仙等等。没有向往，也没有信仰。真正的向往，必须同时体现在积极的行为上。向往的目的是实现自强，得到超越。

综上所述，自省、自律、自强是所有信仰的根本。自省是发现过去的不足，自律是把握自己的现在，自强是创造美好的未来。

没有这三者，便没有信仰。

信仰的目的不是为了战胜世界，而是为了战胜自己的欲望。

"打碎"需要资格。雪漠也常谈到"打碎"，但雪漠打碎的，多是自己的执著和贪欲。“打碎”是“得到”后的不执著和最后扫除，是拥有“财富”后的不为“财富”所困。一个乞丐无论如何叫嚣要“打碎”金钱，一见几个铜板，仍是会两眼放光的。

许多空谈智慧、唾如飞瀑者，只消过来一个漂亮的异性，便目露色光，方寸大乱，丑态百出。更有甚者，听到不合己意的逆耳忠言，便视如仇寇，必须诛而后快。试问，这样的口头“智慧”，有什么用？

信仰者需要“打碎”的，不是戒律，不是别人，不是自己眼中的对手。信仰者首先打碎的，是自己的愚痴、贪欲、执著和仇恨。真信仰者的对手永远是自己，他先是发现自己的不足，进而在心灵上忏悔，在行为上改过，渐渐升华生命，这才能进入信仰之门。

假信仰者仅仅是拿信仰的棒子去打别人。因为其假信仰的目的是为了“得到”或“索取”，而不是“奉献”。所以，他会将所有阻碍其贪欲者当成敌人。有时，他的敌人甚至包括了信仰对象，于是，一些所谓的基督徒在实现不了贪欲时，也会咒骂上帝，就像那些没有信仰的农民，在冰雹打了庄稼之后，会咒骂老天爷瞎眼一样。

所有宗教中，最怕的不是明显的恶魔，而是貌似信仰者的那类骗子。许多邪教教主，便是这类人。许多佛油子，也是这类人。他们言必称佛，而观其行色，却毫不自省、自律和自强。更有许多佛教徒，其进入佛家的所有目的，仅仅是混熟一个个圈子，利用人们对信仰的某种情感，来达到骗钱、骗色、骗取各种资源的目的。以前，在某个旧教派中，我就遇到过这类骗子，一些人被骗得家破人亡。我的某位企业家朋友，被骗子的“信仰”巧语冲昏头脑，被骗去五十万；有一位陕西的宗教骗子，骗了其师兄数十万，竟大言不惭地说：你就当交了学费吧。在我们的生活中，会发现有无数以信仰名义骗取利养、不务正业、好吃懒做者。他们正是利用了人们对信仰的那种敬畏和向往，才实现了自己的骗。

那种灵魂的刺疼，时不时就会扎疼我，便成为我写这篇文章的主要理由。

其实，许多悲剧是可以避免的，因为区别其真假的方法很简单，无论他信仰宗教还是艺术，你只要看他是不是为他的信仰做到了自省、自律和自强。若无这三者，那所谓信仰，仅仅是骗子的遮羞布而已。至于爱情，就更容易分辨了，因为爱也是信仰，同样需要自省、自律和自强——要是建立了关系或是成立了家庭，还要加上奉献、担当和责任。所有的索取，都不是爱。

《我的灵魂依怙》中，也写过我进入宗教之初的遭遇。从那时起，一直到今天，我总是成为那些假信仰者的眼中之钉。因为，他们只能骗那些迷信的大众，却骗不了洞悉其本质者。有时，他们也会借力，借我的影响，来满足其私欲。某骗子就拿着《我的灵魂依怙》，以“雪漠师兄”的名义，骗得了大量信众，自号为“法王”。不过，当他们发现雪漠的影响不再是他们行骗的助缘，相反还可能让部分迷者觉醒时，他们的矛头就会对准我，便可能发动迷信的群众烧埋我的书，便利用各种机会诋毁大手印“正见”。有趣的是，只要智慧之火有足够的势头，邪风吹来，反倒能成为那大火的助缘了。对那些风助火势的假信仰者，我称之为“逆行菩萨”。

虽然我的生活中，总是会遇到这类假信仰者，但我总能穿透假象，洞悉其本质。除了一些智慧意义上的观察外，辨别其真假的妙法便是：莫看其言语，而要观其行为。

要看看他的行为是不是能够自省，是不是能够自律，是不是能够自强。同时，要看他是在奉献，还是在索取。

需要补充的是，在生活中，我也遇到了一些想真正拥有信仰，但不知道如何去做的人。他们也想成为战胜贪欲的人，只是还不知道该如何去做。他们虽然也不自省、不自律、不向往，但他们仅仅是不懂，而不是不愿。我们要将这类人跟那些骗子们分开。他们还需要得到正确的教育，这也是佛家存在的意义。

我想，只要他们明白了信仰的本质是自省、自律、向往之后，他们也会“信受奉行”，成长为真正的信仰者。

世上没有天生的信仰者。只要让自己拥有真正的信仰，任何人都可能因为信仰而离苦得乐。当然，其中的那些死不改悔者，他会堕落成我们所说的“骗子”。

任何信仰的意义，便在于能够改变一些愿意改变自己的人。对于那些骗子，我们还是要明辨他，远离他。老祖宗于是说：“佛不度无缘之人。”

那所谓的缘，主要便是看他的行为中，有没有自省、自律和自强。

要是我们遇到那类口称信仰却又死不改悔、自甘堕落者，办法只有一个，那便是佛陀的教言：默摈之！

其内容，翻译为白话文便是：“别理睬，远离他！”

我当然更希望一些原本是“骗子”的人，看了本文之后，天良发现，智慧洞开，如智慧光明驱散那千年黑暗一样，开始自省、自律、自强，进而成为真正的信仰者。那么，我的这一文章，便因之有了无量的功德。我将此功德回向给所有能够自省的朋友。

因为骗子一旦产生自省之心，便不再是骗子，而开始进入信仰者行列。所有信仰者，都是我的朋友。

朋友，祝福你的自省！期待你的自律！渴盼你的自强！你的生活和生命，会因为有了信仰的阳光，而显得更加美好。

信仰的终极意义在于得智慧，在于破无明，在于离恶趋善、离苦得乐。当所有“骗子”通过自省、自律、自强成为真正的信仰者时，信仰的光明才算照亮了世界。

佛说，世上有两种人值得尊重：一种是永远不犯错的人，一种是犯了错误知道悔改的人。——真心希望所有的骗子也能成为值得尊重的人。

（首发于雪漠文化网：www.xuemo.cn）

# 佛家女性——智慧的重要载体

任何宗教都视欲望为必须对治的大敌，而色欲又是欲望中最难对治的，所以，女性问题一直是敏感的话题。无论你有着怎样的修证，要是修行人与世俗女子有了爱情，便会被称为“女难”。在密勒日巴道歌集中，惹琼巴就曾与一位女子有着世俗的交往，由于他违背了上师教言，虽然他苦修终生，被誉为是月亮一样的弟子，但密勒日巴仍是授记他会再转世重修。其中缘由，与惹琼巴的那次“女难”不无关系。所以，笔者的小说《西夏的苍狼》中，虽然主人公紫晓爱上了信仰的象征黑歌手，但他们之间，并没有肉欲之爱。我用一句话表述了那种境界：“有大悲悯而无烦恼，有大快乐而无欲望。”要是有了世俗之爱，他们是不可能实现超越的。

在佛家早期，比丘戒中有很大一部分用来对治淫，其中有许多具体而明确的规定，如比丘若有淫念，男根触女阴如胡麻许，即属于犯淫戒。淫戒是断头之戒，若是犯了，便会失去比丘资格。以是故，声闻弟子的修炼，大多离群索居，以绝尘缘。

早期佛家拒绝女性于教门之外的原因，除了女性多欲望、易生烦恼之外，还由于当时僧侣的修道，大多在野外、尸林或是林中。女性修道，难以保证安全，所以，虽然佛陀的姨妈对他有养育之恩，但佛陀还是一次次拒绝她出家的要求。当时，有好几百位释迦族的女子也要求跟佛陀出家，除佛陀的养母外，他出家前的妻子也在其中。她们屡屡祈请，佛陀屡屡拒绝。后来，佛陀离去时，那班女子也尾追不已，虽经历奔波之苦而不舍。后来，在阿难的一再乞请下，佛陀才允许女性出家。但他对于女性的要求，远比比丘严格很多，比丘戒二百五十戒，比丘尼戒三百四十八条，更以“八敬法”提高了女性出家的门槛。便是如此，在当时，佛家的接受女性出家，也招来了无数的唾星。

但早期佛家的传统，女性僧人的地位总是比男性僧人低。这一点，在“八敬法”中，有形象的表述。

前不久，笔者对西部的一些寺院进行过调查，发现了一个现象，尼众的寺院相对于男众的寺院来说，要艰苦很多。凉州大云寺是唯一的一座尼众寺院。该寺建于唐朝，算得上历史悠久了，现有三位僧尼，生活极为贫困，几乎没有香火，尼僧全靠国家低保来维持生活，其房舍跟贫民窟无别。而同时，由大僧住锡的海藏寺和罗什寺的僧舍却富丽堂皇，极为豪奢。这种现象，在藏地也差不多。笔者曾随顺一些因缘供养过一些尼众道场，她们的生活，同样无法跟比丘相比。其主要原因，跟尼众没有世俗的大影响力有关。

不过，尼众仍是佛教界不可忽视的一股力量，在九华山，就有一位比丘尼道成肉身，肉身至今不腐。还有一位叫圆照的比丘尼，火化时，心脏变成了坚固子，显示了其高深的修证功德。

需要强调的是，相较于小乘来说，在密乘中女性地位却是很高。女性的修行人，可以被尊称为空行母。在密乘戒律中，有许多关于女性的内容，如："十四条重堕性禁戒"中，就有一条"严禁侮辱和诽谤女性"。

按密乘传统的说法，谁要是得罪了空行母，是不可能成就的。笔者在小说《西夏咒》中，有过如此内容：

关于空行母，说法颇多……根据其证悟空性与否，可简单分为出世间空行母和世间空行母。佛国与行者之间的联系，就是由出世间空行母完成的。除出世间空行母外，皈依佛家为佛门护法的夜叉、非人等，以及世间修行有成就的女子，也可以称为空行母。

听说在另一个人迹罕至的所在，一位小喇嘛见过她（空行母）。女人给了他很脏的食物和酒。小喇嘛吃了食物，不敢喝酒，怕犯戒。一进门，早知此事的久爷爷皱眉道："你应该喝了那甘露……算了。今生修不成了。来世吧。"

谁叫你错过了空行母呢？久爷爷遗憾地说。

据说，任何行者，只要你错过或是得罪了空行母，你是不可能在今生成就的。由此可以看出，在密乘中，女性是一个不可忽略的存在。空行母代表智慧，男性代表方便。《金刚鬘·第十品》中说："众菩萨白佛言：世尊，云何瑜伽母续？金刚持曰：般若度方便，称名瑜伽母，大乐善相合，转入真实故，名瑜伽母续。"香巴学派认为，唯修方便，成不了佛；唯修空性慧亦成不了佛。唯有方便、智慧不离，和合而修，才能现起空乐无别之智慧，速获两种成就。对此，我们可以看成是一种象征。

佛家是与时俱进的产物，由小乘而大乘再密乘，随着时代的发展，佛门女性的地位也在日渐提高。佛陀最早制定“八敬法”的原因，显然跟当时大多在丛林中修行、女性存在安全隐患不无关系。但随着时代的进步，佛门中出现了一些废除“八敬法”的呼声，在笔者看来，这其实也符合佛家与时俱进的特点。

也许是由于女性更重感性的原因，在笔者的视野中，反倒发现，无论是出家尼众，还是在家女居士，佛门女性反倒更容易具有宗教精神。在香巴学派中，就有许多拥有自我牺牲精神、无偿为信仰贡献一生的优秀女性，她们的出现，使我们对女性这个群体，真的是肃然起敬了。

（首发于雪漠文化网：www.xuemo.cn）

## 校园凶手的深层原因是信仰的丧失吗？

近来，许多地方发生了凶手扑向校园、伤害无辜的孩子的恶性事件，甚至惊动了温家宝总理。

对于那些穷凶极恶者，我们大多进行了谴责和诅咒。

但很少有人会问：凶手为什么会这样？

我发现，那些伤害孩子的凶手大多没有信仰，生活中没有盼头，热恼熏心，难以自主。生活中的诸多不如意渐渐淤积，无以排遣，久久成病——他们肯定是病人，肯定有某种心理疾病——当那心理疾病影响到了生理时，他们就会有一系列过激行为，危害社会。我们不能仅仅是一味地谴责他们。我们首先应该追问：他们为什么会这样？这里面，定然也有许多社会的原因。我们一定要问问自己，在那些凶手还没有成为凶手的当初，我们是不是力所能及地帮过他们？要知道，要是我们一味地冷漠，那么身边的许多积怨过多者，都可能成为未来的潜在凶手。

我的生活中常常出现类似的情形。

多年之前，因为一件小事，我弟弟狠狠揍过他的女儿。那时，他的女儿只有七岁，十分可爱，但弟弟用尽全力地扇她耳光，只一巴掌，就将她打飞到院里。原因仅仅是她说了实话，说出了一件别人不该知道的事。

但没人知道，那件小事，仅仅是小女孩挨揍的导火索。在此前，弟弟被乡上罚款——计划生育罚款，数额巨大；他开了家餐馆，也老是被工商税务骚扰勒索；他去外地打工，却被老板欺骗，领不到工资；还有各种各样的摊派和收费，更有各种各样的不如意，比如化肥猛涨价、粮价大跌等等。这诸多的不快，早淤积在弟弟心中，变成炸药了，而没有信仰的他，又不可能靠信仰的力量化解它们。久而久之，弟弟便越加沉默。于是，某天早晨，他女儿一说那事，弟弟便爆发了。在《大漠祭》《猎原》《白虎关》中，我就曾写过跟弟弟相似的农民的这种生存处境。没人知道，我侄女的那顿巴掌，其实是替许多人挨的。同样，被凶手伤害的那些无辜的孩子，也替诸多“不平”的制造者挨了刀子。

这种例子有很多。

有位伤害孩子的凶手甚至也这样说了。他说他这样做，就是想引起有关方面的注意。

我们且不谈其行为的罪恶——我是谴责任何血腥和暴力的，更诅咒对孩子们的伤害。孩子们实在是太无辜了。——我更愿意追问那些凶手行凶的深层原因。

笔者认为，除了时下流行于网上的诸多说法外，其深层原因，大致有以下三点：

第一点，是信仰的丧失。时下，在某些人眼中，谈信仰甚至成了一种滑稽，更有人将提倡善行的佛家等同于迷信。我的小说，都受到出版社欢迎，但一旦其中有了佛家内容，处境便开始尴尬了。这很奇怪。我不明白，为啥一提倡“善”，便有人觉得敏感。其实，那些杀害孩子的凶手，肯定不是佛教徒。他们定然也会喜欢某种恶性的文化，但这类“恶文化”却正在畅行无阻，并没被政府明令禁止。君不见，那些流行的书籍和报刊中，更多的便是倡导欲望和及时行乐的文字。几乎所有的报纸中，篇幅最多的，便是教人们如何满足自己的欲望，可是没见任何一家政府出面干预。倒是谁一提倡佛家的行“善”，那文章就别想见报了。

你也可以翻开历史，其中很少有真正的佛教徒造反者。虽有打着佛家旗号的那些附佛外道，他们也会干坏事，但狮子身上的虱子代表不了狮子本身。我曾在《被误解了的佛家文化》中写道："佛家文化对'善'的弘扬最成体系，有许多重要的理论和礼仪，更有诸多实践性的指南。有人谈善文化不谈佛家，或是别有用心地解读佛家，对佛家博大精深的哲学思想，片面地简单地等同于迷信。还有人甚至认为，它是用来麻痹、欺骗、愚弄人的一种工具或手段，甚至于以讹传讹，造出无数的谬论。这一切，都给佛家文化发挥更大积极意义设置了很多障碍。那诸多的谤佛者，无疑会成为人类文化的罪人。"

我曾接受过一家著名网站的访谈，内容充实，有诸多精彩，但因为偶然涉及了一点佛家文化，结果便遭到冷遇，打入冷宫。其实，无论哪一家政府，并没有明文禁止佛家。虽然由于一些"近视眼"官员的错觉，造成了诸多"近视"的滑稽，但对于佛家文化，中国政府一向持肯定态度。我之所以愿意在凤凰网和大渡网上开辟专栏，便是欣赏这两家网站弘扬善文化的远见卓识，进而表达力所能及的敬意和支持。

第二点，是社会的不公和时代的冷漠。正如日本鬼子在屠杀中国人之前被称为"日本人民"——虽然那"人民"随时会拿起枪再变成"鬼子"——一样，那些凶手在伤害孩子之前也不是罪人。他们跟我们一样，也有父母，也有朋友，也需要别人的关心爱护。他们可能有多种不如意，比如，买不起楼房，升不了官，发不了财。原因同样是因为，有人买了很多房子，有人当了官，有人发了财。当别人占有了那些资源时，老百姓便没了机会。要是这些老百姓想不通，再干些坏事，就成了我们所说的“凶手”。要是他们也能占据那么多的资源，想来是不会去行凶的。

正因为资源有限，大批老百姓之所以得不到东西，是因为别人占有或是掠夺了那些资源（比如土地）。所以，我们认为的那种“成功者”的诸多“如意”，肯定会造成别的百姓包括那些凶手百姓的“不如意”。我们可以不像比尔·盖茨那样，把我们的财产跟世界人民共享，但我们却可以向许多不如意的人表示一点起码的尊重和慈悲，哪怕是一个笑脸。当整个世界的价值评价体系出了问题时，我们每个人都有责任。当那些处于社会底层的凶手们在还没有成为凶手的当初，要是我们的社会能够多少给他们一点关爱和帮助的话，我相信，他们不一定非要将屠刀刺向几个孩子。

我身边也有一些朋友，曾被认为是浪子或恶人，后来，他们都变好了。因为，我将他们当成了生病的孩子。我像母亲一样关爱那些有毛病的人。于是，那些可能杀人的人——有的甚至已经开始以杀动物泄愤，并扬言要杀人——后来都变好了，变成了帮助别人的好人。要知道，我们的冷漠——同时也是时代的冷漠——才让许多不一定要成为凶手的人，最终变成了凶手。他们定然受到了这个唯利是图的世界的挤压。他们的生存处境定然被挤压得很糟糕了。而他们的每一次被挤压，都定然有我们每个人的责任。因为，你定然也会认为：拥有大量的金钱或是权力，才算是成功。只要你也认可这标准，而不将道德作为成功的标准，那么你就应该承担一份责任。没有恶的土壤，便不会诞生恶行。

我有位作家朋友，为了孩子的上学问题，他跑了二三十次公安局。他说他总算理解了以前为啥有人炸公安局。他说连他都有这念头了。他之所以没这样做，仅仅是因为他受到了良好的教育。我也是从愤青和混混成长为大手印行者的。可见，只要有了好的文化和教育，那些凶手，也完全可能变成“大大的良民”。试问，我们的社会，是不是为他们提供过良好的教育？

遗憾的是，恰恰相反，我们的社会流行的，却是一种负面的概念和标准。以是故，倡导善行的佛家，才遭遇了诸多的滑稽。

三是生理的原因。我在上海读研究生时曾学过一课。其内容，是在西方已成定论、而中国少有人知的一个常识。西方心理学家认为，那些杀人或喜欢伤人者，其实有着先天的生理缺陷。他们的某个染色体出了问题。西方科学家们研究了大量的凶手，都发现了这一点。就是说，那些凶手其实是病人。许多人在发病的时候，是控制不了自己的。他们大多被体内分泌的一种“毒素”控制着。当他们发现自己的失控时，事情大多已无法挽回。从这一点上来看，那些凶手其实是更需要社会关怀或治疗的一个群体。一个母亲——祖国也是我们的母亲——最应该疼爱的，其实是那些生病的孩子。当这种人受到良好的教育时，比如有了宗教信仰或是进行修行，其中的很大一部分人是可以恢复健康的。西方科学研究表明，藏传佛教中的宝瓶气训练可以激活处于休眠状态的某种基因，这基因一旦被激活，人的心理和生理便会有很大的改观。许多本来处于很糟糕状态的人，通过正确的禅定训练，大多会升华生命。刘长乐先生和星云大师在某次对话中也涉及这类内容。佛家中，将这种训练，称为熏习，所谓“诸恶莫做，众善奉行，自净其意，是诸佛教”。科学也证明，正确的心理和生理训练，确实可以升华生命。但由于那些“近视眼”们的误解，中国传统文化中许多可以改善生命和灵魂的瑰宝，被当成了迷信和垃圾，扔到阴山背后了。

综上所述，那些否定中国优秀传统文化——尤其是中国佛家文化的人，可能是造就凶手的一个重要助缘，他们甚至也是凶手之一。要是没有他们的无知宣传和有意阻碍，那些积怨过深的老百姓，也有可能接近善文化，进而脱胎换骨，变成好人。要是有了好的文化土壤，那些恶的

“种子”，也许会发生“基因”突变，变成良种；那些潜在的凶手，更可能会重新做人。在佛经中，用一句成语概括了这种现象：“放下屠刀，立地成佛。”

至于其他学者谈到的原因，我就不多说了。他们是浇水止沸，我是釜底抽薪。世上万法，只有从心性入手，才会得到究竟的改善。

单纯的技术，永远代替不了大道。

（首发于雪漠文化网：www.xuemo.cn）

## 有感于教派纷争

前年，深圳崔先生想叫我为他的宗教新书写个序，我犹豫了好长时间。

我犹豫的原因，是因为他书中写的某个人物，跟我的朋友信仰的某个教派有冲突。我举个例子，以证明其严重程度：某次，我到某地，看到朋友们竟然在烧书，书的内容极好，是劝人戒杀放生的。但因是某人写的，他们就要烧了。后来，我抢救了那批书，将它发散给了我的学生，并以此为题，写了好多文章，提倡人们来爱护那些被虐待被宰杀的动物。

我明明知道，我要是写了此序，肯定会招致一些狂热教徒对我的仇恨。我的生活中，多次遇到这样的事。

但我考虑数月后，终于决定：给崔先生写序。一是因为我认同此书中宣传的善文化；二是因为我信仰香巴学派，专修大手印。大手印是超越名相的。我的智慧告诉我，无论是宗教的教派名相，还是诸多的二元对立，都是应该从心里扫除的东西。

此外，我想用此举告诉所有将来可能恨我的人：我反对所有的教派之争。佛家的所有教派，皆源自神圣的佛陀，只要它传播一种真理，就会对人类产生善的影响。对所有可能产生善行的宗教，无论它叫什么名字，我们都要向它致敬。宗喀巴大师之所以伟大，正是因为他有无垢的正见和百川入海的胸襟。

当然，我虽然也能拒绝崔先生，继续与世隔绝地清修，事不关己，明哲保身。但我明白，有时的世故和小心，其实是一种犯罪。要是"真"选择了独善其身，隐而不言时，"假"就会占据话语市场，就会出现经济学上所说的"假币驱逐真币"现象。久而久之，就可能正气凋落，邪风上升，是非流言四面流溢，"只见破戒者，不闻成就者"，令空行哭泣，令护法忧虑，令骗子窃喜，令智者寒心。

要知道，在我们世故的间隙，不知有多少人会失去人身，糊涂而来，糊涂而去。佛说：一失人身，万劫不复。

所以，在需要我说话时，我还是要说自己该说的话。虽然我的言行可能会招致一些非议，也可能给别有用心者提供机会。但因为我无求于世，既不想靠信仰换高名，又不想借教法谋大利，倒也不怕别人说啥。跟写《初心》一样，我想做的，仅仅是传播真理让人明白而已。所以，我必须说我该说的话。

简言之，诸种教派间的纷争，除了利养因素外，其主要原因，还是宗教哲学的不同所致。佛家中，或因尊奉经典的不同，或因宗教哲学的相异，才形成了不同的教派。和而不同，方得大成。数千年间，诸教派间大多相互尊重，互不排斥，相安无事，各度其应机之人。也正是因为“有容乃大”的胸襟，百花齐放，百家争鸣，佛家才成为最壮美的人文景观，才能走出印度，成为人类共有的财富。

藏传佛教是跟南传佛教、汉传佛教并行的三大佛教体系之一，有着其独有的宗教哲学。它跟南传佛教和汉传佛教有着“法印”上的相同，也有着教义诠释上的相异。不仅如此，藏传佛教中的宁玛、噶举、觉囊、格鲁、萨迦、觉域等派也是各有特色，以其丰富的特点构成了藏传佛教的伟大体系。如宁玛派的大圆满、噶举派的大手印、格鲁派的道次第、萨迦派的道果法、觉域派的能断法等，各派以其独有的宗教哲学指导其修行。各派在见地上虽有差异，但都产生过光照千古的伟大人物。它们常常是你中有我，我中有你，异中有同，同中有异，但总的说来，其世界观和方法论还是各有特点，各随顺其因缘而度化有缘的对机众生。

宗教哲学是宗教行为的行动指南。我们以出行为例，因为旅行方式不同，行动指南也就不同了。比如：有人曾骑了毛驴从西安到过上海，然后写一个《去上海行动指南》：第一站为此站，第二站为彼站，第三站在这儿，第四站在那儿……每一站间的距离为二十公里；第二个人的旅行方式变了，他是坐汽车去上海的，则站点也变了，站与站的距离可能是几百公里；有时，可能连路线也变了。这样，他写的《行动指南》，就只适合坐汽车者；第三个人乘火车，则必须沿着铁路的《行动指南》，经过徐州，经过南京，经过各大站点，最后到达上海；要是第四个人乘飞机的话，那他只要选对航班，如法上机，不遇空难，不出意外，就能直达上海了。因多种旅行方式的不同，就会有多个《行动指南》，若是以其中一个为标准，来否定其他几个，显然是不对的。这种情形在禅宗中亦出现过，神秀的宗教观是“渐修”：“时时勤拂拭，莫使惹尘埃。”慧能的宗教观是“顿悟”：“佛性常清净，何处惹尘埃。”各随其缘而度众，并无谁对谁错、谁高谁下的分别。

佛法本为救心，心有多少病，便有多少法。以中医为例，热病要泻火，寒病要驱寒，虚者补，实者泻。所有对机的药都是好药，因此很难说哪个药好哪个药坏，这要看你得了啥病。服药前，一定要了解你的病根，并熟悉药理。千万不要胡乱吃药。有时，吃错了药，小病会吃成大病，更可能枉送性命。所以，许多时候，最难对治的，不是烦恼障，而是所知障。

目前的情形是，一些没有正见的人总是以自己的宗教哲学为标准，对别的教派指手画脚说三道四。这更是不如法的陋行。《佛子行三十七颂》中说："因惑说他佛子过，徒然减损自功德，故契大乘诸行者，不道人过佛子行。"当然，那些指点者中，也不乏好心之人。因为宗教观的不同，他们可能产生相异的感受。对于他们，我们表示感谢，不要将其跟诽谤者同日而语。我们应该对他们说：谢谢你！我尊重你的信仰！请你也尊重我的信仰好吗?

对于那些利用强权屠杀别派信众以强行推广自家教义的暴力行为，我一向是谴责的。外道对印度宗教的杀戮，西方的十字军东征，以及时下喧嚣于阿拉伯世界的爆炸声，大多是狭隘的宗教观导致的暴力，它给人类带来了巨大的灾难。萨迦派八思巴大师赢得千古敬仰的一个重要原因就是：当元朝皇帝想凭借皇权武力推广萨迦派教法时，他进行了阻止。他说，各派教法皆是佛陀所传，各有其度众因缘，不可偏废。

佛说："一切善法皆为佛法。"百药治百病，百法救百心。佛家八万四千法门，各有其度众因缘，切不可拣一废百，故步自封。那些以为自己的水窖就是大海，认为自家的天井就是宇宙的人，无异于井底之蛙，会贻笑大方的。

最后，我想强调一句：世上所有的经典，都应该成为我们心灵的营养，千万别变成捆绑我们解脱的枷锁。

（首发于雪漠文化网：www.xuemo.cn）

# 让违缘成为调心的良机

## 1

近来，老有朋友说一些关于我的事，有赞美的，有诋毁的，有说我是佛的，有说我是魔的，总是各随其需要，解读雪漠。

对此，我总是随喜，只要他们开心，想说啥，就去说啥吧。至于内容，我倒不去在乎的。只要人们开心，雪漠就当一种生活的调味品也很好的。

对于赞我者，我感谢他们。因为我知道，那赞美其实是期望，他们希望我更好；那诋毁我的，其实是一种鞭策，他们可能在期望我改正一些我个人没有觉察的习气。前者是顺行菩萨，后者是逆行菩萨。

不过，无论世人如何看待雪漠，并不重要。构成雪漠的，其实不是别人的看法，而是雪漠的行为。是雪漠的作品、行为、人格、思想构成了“雪漠”。至于别人的评价，实在是极次要的，我也顾不上听。因为即使此刻全世界都在赞美你，但在百年后，你仍然是下一茬人类的陌生。要是能让下一茬人类也记住你，你得首先有叫人家记住的理由，那理由，便是你有没有岁月毁不了的价值和行为。时间在飞快地流失，我也在飞快地老去，我还有许多事要做，有许多书要写，没时间在乎别人那些时时在变的情绪和流言。

## 2

一天，有人问我：雪漠究竟是佛呢，还是魔？

我说：是魔。只是，我希望你也做我这样的魔，舍弃一些世间的名利和享受，为世界贡献一些好书和善文化，尽可能地与人为善，帮助别人。我希望千万别做你这样的佛，除了吃喝享受之外，世界得不到你的任何利益。

3

再一天，一位常接受我帮助的朋友骂我是“骗子”，我也告诉他，希望你也做我这样的骗子，既从经济上帮助别人，也在精神上帮助别人，让别人成长，为世界奉献多一些，索取少一些。这一说，他马上向我忏悔了。因为他发现，在我跟他的交往中，我都是奉献，从不曾索取过。

4

又一天，有人问，雪漠成就了吗？我答，雪漠成就不成就并不要紧，重要的是你自己怎样。对于雪漠，成就也罢，不成就也罢，都定然在为世界贡献一种好东西，都在用他的行为构建着自己的生命价值。他对世界的奉献，定然大于索取。我想，只要一个人能奉献时，他成就与否，其实并不重要了。真正的成就，就是为了能更好地奉献。比尔·盖茨对世界的贡献，定然会大于那些号称“法王”“心子”，心中却贪婪嗔恨愚痴无比的“成就者”。被人非议的慈善家陈光标定然比那些巧言令色想从信众手中骗取供养的“高僧”伟大。

在我眼中，没有贴“成就”标签的丛飞——他卖唱供上百位孩子上学——才是真正的大菩萨呀！

5

所以，别看一个人有着什么样的标签，要看他的行为。行为决定着他的价值。

有一位自称某上师心子的“成就者”，正是在他对其上师的诋毁中，人们才发现，他其实既不是“上师心子”，更没有“成就”。正是那诋毁行为，否定了他自己。可见，有时候，诋毁也不是坏事，总能让人发现一些真相。

当然，那诋毁也是试金石，可以检验一个人的信根和资粮。对于那些宁愿相信小人诋毁而不愿相信上师功德者，要毫不犹豫地放弃他们。世界很大，好种子很多，切莫为无信根者浪费大好生命。

6

相较于教理，我更在乎行为。我跟别人交往时，很少看他的身份。无论其身份高低，我都会真心相待。于是，我最好的茶给了别人，最好的物给了别人，最好的念珠给了别人。虽然，许多时候，这也助长了一些人的贪心，但我觉得跟人真诚相交时，不将最好的给他，心中总是觉得对他不住。

于是，我老对我的学生说，你们不要老是追求成就，只学我这样待人就行了。

## 7

老有人问，雪漠究竟是啥人？

我于是写了一段顺口溜：

雪漠是个驴，低头走夜路。
偶尔抬起头，看到天边月。
求慧也无慧，求智也无智。
只是心有光，从此不戚戚。

## 8

我希望所有爱我的朋友，在接受对我的赞美时，更要接受对我的诋毁。不解释，不争论，勿理睬，勿悲喜。

因为无论赞美还是诋毁，对于雪漠来说，都是成长时必需的营养。正是在那诸多诋毁我的“逆行菩萨”的监督下，我才有了今天的自律。

（首发于雪漠文化网：www.xuemo.cn）

# 倡导“善”高于谴责“恶”

近来，社会上对两种凶手的关注度很高，一种是杀害幼儿的凶手，一种是杀害自己的凶手。前者称校园凶手，后者便是富士康跳楼的那些员工。后者本质上也是凶手，只不过他们屠杀的对象，是自己的生命和亲人的幸福。

前几天，我做客东莞阳光网，对校园凶手产生杀人、暴力的动机及促成这一动机的相关因素进行了分析。一个人的行为看似是单个的行为，其实它的产生会受到诸多因素的影响，如自身、家庭、社会、文化等等。只要我们理性地分析一下，就会发现，这几个热点事件，折射出的，却是时代面临的困境。

我在分析那些校园凶手的杀人动机时，归纳了三点：一是信仰的丧失，凶手的人生中没了“盼头”；二是分配的不公，导致积怨成暴；三是健康原因，无法排遣怨愤，不能自主身心。

生活中，当一个人感到不如意时，心灵是极为脆弱的，容易产生极端行为。当他心中充满仇恨和愤怒时，最需要的，其实是别人的关怀。这时，如果他的身边出现诸多顺缘，出现关心他、爱护他的人，其命运轨迹是能够改变的。佛家中称之为“境由心造”，或是“命由心造”。

有时候，一个微笑就能改变一个人的命运。一堆炸药，要是没有雷管和导火索，是不会爆炸的。有时，岁月也会让一些烈性炸药失效，变成肥料。我遇到过许多自称是“浪子”者，他们可能是潜在的“凶手”，但在某种善文化的熏染下，通过科学的身心调理，遇到向上的教育环境，他们大多会改变过来。生活中不乏这样的例子。只要给予足够的爱，那些身心有缺陷者，照样能相对健康地度过一生。一粒有毒的种子，要是没有适宜的土壤，没有足够的水分，没有空气和阳光，它是结不出毒果的。那种子，甚至可以腐烂，变成肥田的养料。历史上充满着这样的例子。千年前，藏地有个叫密勒日巴的人，年轻时，他曾用一种特殊方式诛杀过很多人，后来他经过心性修炼，成长为光照千古的文化大师和诗人。“周处除三害”的故事，也证明了人是可以改变的。

富士康的某些管理者，将那些跳楼者归于其心理疾病，显然是无耻的。他们应当多反思一下：自己的环境，是不是有益于那些负面情绪的增长？在那些跳楼者的心灵陷入黑暗时，他们是不是为他们提供过一缕阳光？

许多时候，一个微笑就可能改变一个人的心灵。微笑像一缕阳光，当它进入漆黑的屋子时，就能够驱散黑暗。我们每个人的一点善念、一个善心，会发出一缕光明。光明无论多么微弱，肯定是能刺穿黑暗的。只要我们多一份关爱，多一份微笑，多一份同情，多一份慈悲，身边的许多人就可能被“磁化”。

现代科学发现，人的思维会产生一种波，幸福有幸福的波长频率，痛苦有痛苦的波长频率。当一个人心中充满爱，用同情心对待世界时，他会产生一种非常祥和的生物场，会跟周围相若的波长频率达成共振，进而构成非常和谐的环境。

比如，当我们进入寺院的时候，会变得非常安详。因为进寺院时，许多人都有一份恭敬之心，有一份慈爱之心。这诸多的慈爱之心就会发出慈爱的生物场，改善那环境。当我们到一个喧闹之地，就会觉得热恼熏心，因为那儿的人充满欲望、贪婪和浮躁，其生物场也会发生变异。这种现象，佛家称之为“熏染”。

汶川大地震后，很多人显示出巨大的关爱，他们的慈悲心和同情心被灾难激活了。其实，我们每一个人心中都有一颗好种子，祖宗称之为“良心”。每个人类都有良心。当大地震发生的时候，许多人发现了自己的良心，发现那些受难者和我们是一体的，同属于一个民族，同属于一个地球。

问题是，我们的良心难道必须要借助灾难才能被激活吗？

除了灾难之外，良心的激活还有许多重要的契机，社会正确的导向是最重要的一种。要是我们每一个拥有影响力的媒体，每一个拥有话语权的人，每一个有推广力度的文化团体，把这种理念传播开来，让这种激活的“良心”，成为我们的一种生活习惯，变成我们的日常行为，让它像呼吸一样不要离开我们的生命，那么，那些员工是不会跳楼的。

我们要善待身边的每一个人。当他们需要帮助的时候，我们能伸出援助之手；当他们烦恼的时候，我们能给他们微笑和清凉，给他们一份力所能及的关爱，给他们一份既能让他们生命受益，也能让我们心灵升华的帮助。许多时候，帮助别人，其实也在帮助我们自己。因为你在帮助别人的同时，你的生命也得到了升华，你的价值也得到了体现。如果你是个自私的小人，当你通过一份关爱，让这个世界得到一种善行的帮助，你也便升华了自己。你一天天地远离狭小，远离自私，变得非常大气，变成了君子，变成社会上人人都爱戴的人，就意味着你升华了生命。每个人的价值就是他的行为，没有行为就没有价值。要是每一个有文化的人，都用各自的方式把这种大爱的理念传播开来，让这种善的频率、善的思维波充满整个世界，就会有更多的人被“磁化”，引起更大的“共振”，建立和谐社会。

同样，“恶”也会共振——传染——的。“恶念”也有一种思维波，也是一种生物场，承载恶的文字也会有一种非常邪恶的力量。许多报道中，把“恶”作为一种吸引人眼球的手段。那些血腥、暴力、凶杀、色情、低级趣味的描述，充斥着许多媒体，极尽煽情，泛滥成灾。那些不健康的内容、负面的东西加剧了恶的传播，形成了恶的土壤，也会影响人的思维，造成巨大的心理暗示。在这种恶的熏陶下，无数潜在的凶手会蠢蠢欲动。那些心中充满暴力倾向者就会得到一种自我暗示：“我也要那样做。”

于是，当富士康员工中有十一人跳楼时，许多人——甚至我们的某些媒体——却在期待第十二个跳楼者。于是，第十二个便出现了。

我有一个朋友，他为一件小事，多次遭到公安局的拒绝时，他就说：“我也真想拿炸药去炸它。”为什么呢，因为他曾经看过诸如此类的报道。这个报道就是一粒恶的种子，种在他的心里。如果他无数次地念想，当这种念想积到一定量时，就会发生质变。他就会像精神病患者那样被这种念想控制，心灵就会陷入困境，进而可能变成凶手。要是一个楼房被打碎了一块玻璃，如果不很快补上的话，就会有更多的人捡石头打玻璃。

单纯地谴责恶是不够的，因为当整个社会都谴责恶时，那谴责也可能变成一种“恶”的自我暗示。在西方，这被称为“吸引力定律”。所以说，我们谴责恶，远远不如倡导善有用。因为那被我们倡导的善，也会变成一种善的心理暗示。

一种大善文化的倡导，一种真善美的弘扬，会起到一种非常好的熏陶。当我们倡导学雷锋的时候，社会上就会出现许多雷锋；当我们宣传孔繁森时，很多人就可能学孔繁森。当很多人都在为汶川灾区捐款时，最吝啬的人也可能掏腰包。善会产生一种非常大的力量，会形成巨大的能量场、思维场、文化氛围，诸多人就会被磁化，继而变得善良、慈爱和悲悯。

所以，对善的倡导，远远好于对罪恶的谴责。

人与动物的区别，在于人类有对形而上的追求，会向往更伟大更崇高的一种存在。当人类向往比自己高大的存在时，他就会一天天变得高大；当我们向往一种崇高时，也会一天天变得崇高。可见，教育是非常重要的。我说的这个教育，包括社会教育、传统教育、学校教育、文化审美教育等。传统文化会教育我们，人要有一个存在的理由，就是要追问“为什么活着”。当人有了这种追问时，才会由一种动物性的存在、自然性的存在，上升到社会性的存在，上升到更高层次的精神和信仰的存在。因此，文化土壤是非常重要的。我们要从中国传统文化中，汲取善的营养，把这种诞生屠夫的土壤变成诞生圣贤的环境，让每一粒善的种子都得到健康的成长，让这个世界变得更美好、更清凉、更和平。

（首发于雪漠文化网：www.xuemo.cn）

# 从拉登之死谈暴力英雄的终结

前几天，在《白虎关》和《西夏咒》研讨会上，我跟中国社会科学院文学所研究员李建军先生有过一个争论。他认为的“英雄”，却大多是我认为的罪人。

目前，这个世界上，任何一个国家，任何一个民族，都在赞美自己的“英雄”，而这些“英雄”都在国家、民族、信仰的旗帜下屠杀另一群人。

世界史如此，中国的历史同样如此。如金朝的金兀术，这样的“民族英雄”被金朝捧出来后，就可以带着金朝人屠杀宋朝人；而宋朝人推出的英雄岳飞也要带人去屠杀金朝人。每个朝代都有这样的屠杀，每个朝代的文人都在赞美这些“英雄”。

2009年，我到法国参加中法文学论坛的时候，法国人仍然将拿破仑当作“神”来崇拜。在我发言的时候，就说拿破仑无论怎么样，当作“神”来崇拜也罢，但他作为人类的一分子，到俄罗斯屠杀另一个国家的人类的时候，他是罪人。法国人可以赞美拿破仑，在这种赞美的文化中会培养出更多的“拿破仑”；德国人可以赞美希特勒，在这种文化理念的熏陶下也会培养出更多的“希特勒”。同样，伊斯兰也可以讴歌拉登，培养出更多拉登似的“暴力英雄”。但历史上有一种规律，就是崇尚暴力者，必为暴力所灭。拉登之死正说明了这个道理。拉登的暴力是强大的，但世上还有比他更强大的暴力。必须有一种声音，告诉人类：我们不要屠杀，不要暴力，我们需要爱。

正是在这种目光的观照下，我才写出了长篇小说《西夏咒》。

我想，在民族、国家这类词语之外，人类应该有另一种声音，来告诉世界：暴力是最大的恶。虽然这个声音非常弱小，但我觉得这是黑暗中的一点烛光。这种屠杀文化、讴歌“暴力英雄”的文化是非常可怕的，因为暴君可以死去，屠夫也有寿命，拉登的肉体也会被另一种巨大的暴力摧毁，但在这种文化的熏陶下，人类文化会有一种邪恶的暴力基因，它会滋长出一代代无数的“屠夫”。

成吉思汗无论多么强大，拉登无论多么可怕，他们都会死。但这种屠杀和暴力文化却能培养出新的“成吉思汗”，培养出新的“拉登”，培养出新的暴君和屠夫。要知道，民族也罢，国家也罢，它们是有局限性的。因为日本人的“英雄”正好是屠杀中国人的“屠夫”，中国人认为的“英雄”成吉思汗，也会去屠杀地球上的其他国家，被称为“上帝惩罚人类的鞭子”，他灭了四十多个国家，这些国家中有多少无辜者死于非命，那些寡儿孤母的眼泪像黄河一样流淌着，人的头颅像戈壁上滚动的乱石。当然，我们允许蒙古人赞美成吉思汗，允许中国人称成吉思汗是英雄，但是对于那些被屠杀国家的人类来说，他其实是罪人。

我的《西夏咒》就写了这种反思，站在人类的高度上来反思这些许许多多的“英雄”，他们屠杀另外一群人类对吗？

古代某年，西部出了一个暴君，屠杀了大量的佛教徒，造下了无数的罪恶。有一个非常勇敢的僧人，他化装之后，来到这个暴君跟前，一箭射死了他，然后逃走了。那僧人当然拯救了很多无辜的人，但西部有这样一种文化理念：杀人是有罪的。无论你杀的是暴君也好，坏人也罢，他这个杀人的行为本身是有罪的，后来他一直没有资格给别人受戒。当别人让他受戒时，他说自己没有资格受戒，因为他已经杀过人了。杀人这个行为本身就已经犯戒了。

无论什么样的生命，我们都应该尊重，都应该敬畏，无论你带着什么样的理由，去剥夺另外一个人生命的时候，这个行为本身就是罪恶。因为你的理由会由于你的宗教哲学、人生哲学以及国家的教育变化出不同的花样，可以制造出不同的“正义”理由和借口。

每一个政治家有不同的理由，每一个时代有不同的谎言，但我们必须有一种理念和文化——杀人是罪恶，人类不应该杀人。无论借什么样的理由来杀人，都是罪恶。

中国传统文化中有一种思想和精神，可能会超越目前我们文人中流行的一些文化理念，这种精神是人类中最珍贵的东西。

当然，我的这种理念与我们目前所受的教育也许有一点点不一样，但五十年之后、一百年之后，再反思一下今天，也许我的声音是对的。“文化大革命”中，那时许多被认为正确的，现在发现错了。那么，现在你们认为正确的东西，五十年之后、几百年之后是不是仍然被认为是正确的？这个问题，很值得我们反思。

所以，我觉得应该从“人”的角度、人类生存的角度来反思这个东西。不关乎政治家，不关乎哲学家，只关乎“人”本身。无论什么民族的妇女，当她的丈夫被人杀掉的时候，她都会非常痛苦。任何一个人都没有权利去剥夺另外一个人的生命，无论他有着什么样的理由。

《西夏咒》中的这种反思会不会被世界认可都不要紧，至少表明这个时代还有一个人这样想着，还有这样一种声音，还有我这样一个萤火虫。虽然这个萤火虫在黑暗中照亮不了多大的空间，但有一点点光就行了。至于这个萤火虫的“光”能不能赢得世界的喝彩，我不在乎。我当然希望它不要被黑夜所淹没。

愿所有的暴力英雄别再出现在人类的喝彩声中。

（原发于《文学报》2012年7月7日）

# 从我的“墨家”经历谈真心的“光”

近来，向我求“墨迹”者日众。——是“墨迹”，不是“书法”。我老说，我的字，仅仅是涂鸦而已，是上不得台面的。所以，我从来不将那些由了性子涂出的东西叫“书法”，而命之为“墨迹”。以是故，我从不以“书家”自居，而自称“墨家”，以示区别。

开始，我的那些墨迹，用来回赠助印过“善书”者，但自打有人重金购得“大手印”墨迹后，我竟然创造了凉州书画市场的“神话”。于是，一些书家愤愤不平，他们虽然写得一手好字，但大多有价无市。凉州书家曹某说，你那字，不能叫“书法”，只能叫“墨宝”。

我听了，不禁莞尔。

我自小喜爱书法，但因为专心写作《大漠祭》和《白虎关》们，从不曾认真练过字。每到过年时，我一请人写对联，人们就会取笑我：丢人不？一个作家不会写字。可没治，胸中纵然有万千沟壑，那一攒毛却偏偏不听你的话，奈何？所以，每到外地，我最怕题字签名。某次，随作家代表团各地采访，我竟然备了一支硬笔，专门用于签名，一路上果然免了一些丑。那硬笔虽然也写不出书法，但至少笔画是均匀的，不至于像吞了癞蛤蟆的小蛇那样胡乱粗细。不曾想，这一来，却招来了文友善意的取笑，说雪漠真将自己当成名人了，老想着给人签名。不过，一路上，他也没少用我的笔。因为他那毛笔字，比我的更丑。

五年前，上海书法家续先生来凉州。他很喜欢《大漠祭》，看了后，就想结识我。在凉州，他也创造过“神话”，一周之内，其书法卖了二十七万元。那次一来，他便想给我送套红木家具，可我对那身外之物，并无好感，便拒绝了。于是，他便给我写了一个下午，真是笔走龙蛇，势若奔马，令我眼界大开。后来，有朋友想重金收购那些字，我拒绝了。我一向对上海情有独钟，对上海书家朋友的这一善举，我视为一笔精神财富，自是钟爱至极。

续先生写完字后，也向我索要墨迹，说是无论俊丑都可，我只好用硬笔在纪念币的盒子上涂鸦几下，权作纪念。不曾想，那一乱涂，竟惹出续先生对我的点拨，他说你的硬笔字，已有自己特色，你只要能用毛笔写出这种字，便“自成一家”了。而后，他邀请我一同去上海，说那儿有我的书迷，都知道《大漠祭》，我的字定然会销路大畅。虽然我那时也缺钱，但还是拒绝了，因为对那不听话的毛笔，总是心有余悸。

我对涂写“墨迹”的顿悟，源于一件小事。

那时，加拿大某寺院创办了一本杂志，弘扬大手印文化，想请我当主编。杂志用中英文两种字题名，英文可随便，中文却不敢含糊。于是，我便想请浙江某书家题个刊名。此老年过八旬，对身外诸物，大多了无牵挂，所系心者，止书画耳。以其字作为刊名，想来会有点大手印的神韵。于是，我筹了润笔费，打给友人，托他代往求字。老人很认真，练了许久，才拿出一幅满意的字。想来这字，定是神品，否则，友人不会心爱不舍，自家收藏了。虽然那幅至今我未曾谋面的字带给我些许失望，但我不能再向老人求字了，怕友人之爱，惹老人生气，会影响到他们日后的相交。有心再筹资他求，但我又喜欢拙朴，对名家的“机心”之作，总不随喜；而那杂志，又不能不用刊名，便想，还是我自己写吧。

于是，我购得好笔数个，好纸若干，闭门谢客，关了手机，效法禅家“闭关”，由心涂鸦了。头一日，我运用作家的美学修养，想着力写出好字，涂抹多了，竟然也写出了几幅叫我洋洋自得的“书法”来。不过，猛一看张牙舞爪，细品却露出原形，显出诸多的机心和造作来。这一点，跟我写《大漠祭》前的那些“文学作品”相似。

第二日，我决定不再练“书法”了。我打破所有的人为修养，整日里昏天暗地，乱涂乱抹，信马由缰，不辨东西南北。看着我涂染了满地的上好宣纸，儿子问：“爸，你在做啥？说你浪费纸吧，有些不敬；说你财大气粗吧，似乎不是。你在做啥哩？”我说：“我在掌握笔性、纸性和墨性。”他又问：“掌握之后又将如何？”我说：“笔墨随心之后，再流出我的‘真心’大爱。”

嘿，数日之后，那笔墨竟成了驯熟的牛，指东便东，指西便西，点滴心绪，皆可入墨。于是，我便融入那种朗然光明湛然无物的真心状态——在瑜伽修炼中，此种境况被称为“光明大手印”——写了“大手印”三字，不曾想，儿子大叫：神品！

记得，从那一刹那起，我便成了“墨家”。这一过程，跟我写《大漠祭》前的练笔相若。不同的是，那时的文学修炼，竟然用了整整五年。当我的文字修炼得心应手之后，我便破除了所有的文字相。

灵光乍现之后，我便远离了所有的书法概念，忘了笔墨，忘了美学，任运忆持，不执不舍。妙用这空灵湛然之心，使唤那随心所欲之笔，去了机心，勿使造作，归于素朴，物我两忘，去书写心中的大善大爱。一天过去，那“大手印”三字，便如注入了神力，涌动出无穷神韵了。一老书法家叹道：好！拙朴之极，而又暗涌着无穷的大力。

我试裱数幅，看看效果，观者皆称妙。

后来，上海著名评估专家庄英豪先生认为，那《大手印》墨迹从形神几个方面都代表了我所倡导的大手印文化：那“大”字，精进而充满活力，其神其势，伸向无穷，有“伟大、雄伟、无尽、无限”之神韵，它象征大境界、大胸怀，大心大愿，无缘大慈，同体大悲；其“手”字，分明是真心生起的妙用，代表姿态、运动、行为、入世以及诸多缘起和现象；而那“印”字，端方质朴，去机心，事本觉，任自然，明大道，象征佛之心印，系明空智慧也，代表出世间的本体智慧；那“大手印”三字，便能涵括所有出世入世及心物现象。“大”为根，“手”为道，“印”为果。三者缺一不可：没有“大”的境界，“手”和“印”只能自“了”，难生大力；没有“手”的行为，“大”易流于空谈；没有“手”的体现，“印”便易成“狂慧”；没有“印”之明空，“大”和“手”便沦为世间法了。“大”“印”只有体现在“手”的行为上，才有意义。没有利众行为的“大手印”，便不是真正的大手印。

庄英豪先生认为，我上面倡导的那种独有的大手印文化理念，全部体现在“大手印”墨迹中了。

能将那妙明真心诉诸笔端之后，我便选出多幅，赠予助印善书的友人。不曾想，这一赠，竟会招来大宗的“买卖”。一广州文化产业老板欲以重金购买百幅，并想跟我订合同，说以后我的《大手印》墨迹由他包装推销，只是他有个条件，我不能私自送人。我跟上海庄英豪先生商议之后，觉得他这一“专营”之后，我的那些助印过善书的朋友便无缘再得到我的墨迹了。于是，我拒绝了他的“专营”设想。

我问广州朋友，为啥他喜欢我的《大手印》墨迹？他说，一位识家称，那拙朴的字有“光”，有种“开过光”的灵气和神韵。他说有人想将那墨迹装裱，作为珍贵礼物赠送朋友。他还说，有“光”的东西，能承载一种善美的人文讯息，能给人带来安详、清凉和吉祥。

对此说法，我只是一笑。

我说，你们以为我是画符的道人呀？

我从来不认为那些心外的东西，会比拙朴的“真心”更重要。

但一窥得宗教精髓的僧友却笑道：那些道人念咒呀画符呀，不也是为了寻找“真心”和“大善”吗？得到真善之后，一点朱砂妙笔，便与造化相应了。那妙明真心，自会随缘放光，带来无穷大益。那画符的秘密，便是如此，至于那歪里邪里的红黑墨迹，并不重要。

对这一说，我倒是心领神会。是的，我涂“墨迹”时，也跟写《大漠祭》《猎原》和《白虎关》时相若，真的是无“法”无“我”了。我仅仅是去了造作，去了机心，去了一切虚饰，而流淌出自己无伪的真心大爱而已。

莫非，这便是艺术的奥秘？

或者说，那真正的艺术，便是真心的妙用？

也许，真像那朋友说的那样，真心流淌的东西会有光的。当然，我更愿意将此说当成一种象征。这世上，最珍贵的是“大爱”和“真心”，从某种意义上来说，它们肯定会“放光”的。我发现，世上所有艺术真品，无一不是真心和大爱的产物。在艺术中，要是你一旦有了“机心”时，“真心”便会相应淡化。真心和机心，永远像那个太极图上的阴阳鱼。阴盛时，必然会阳衰。真心越淡，离艺术真正的精神越远。这便是用朴素承载了大善和大真因而也是大美的托尔斯泰永远高居世界文学顶端的原因。

真正的“大爱”和“真心”，定能够承载我们需要的光明。

有时，当我们身处暗夜的时候，哪怕打亮一个小小的手电筒，那微弱的光，也会刺破暗夜。光，无论多么微弱，总能刺穿看似强大的暗夜。

在我的眼中，那“真心”之光，便是艺术承载的某种精神。

## 我为啥拒绝别人？

老是收到一些QQ上发来的“添加好友”申请，我大多答应了。但不少“好友”，我仅仅是跟他交流一次，便会删除了他。原因很简单，那些想当我“好友”的人，总是缺乏起码的真诚。尤其是那些打着“佛”印的教徒们，更是如此。其中的许多人，满口佛语，一脸道貌，却连做人起码的一点真诚也没有。他们当然知道我，知道雪漠是谁，读过雪漠的作品，甚至知道雪漠的联系方式，就是说，他已经得到了雪漠的全部真诚。在这样的前提下，我总是会首先问那些新到的好友：您的大名？等等。——许多时候，我的那些询问，其实仅仅是在探测其真诚程度，并不是我需要那些资料——要是他的回答是应付的话，我马上就会删了他。因为我实在没有时间跟一个连真实信息也不愿告诉雪漠的人聊天或是交往。人生苦短，我哪有时间浪费生命？

遗憾的是，我老是遇到这种人。

某次，一位深圳人来凉州找我。我请到了家中，请他吃饭，送他作品，告诉他我的所有联系方式，可我问及他的联系方式时，他却吞吞吐吐，不愿相告。我马上告诉他，我不愿意和他再交往了。因为我的生命很珍贵，我哪有时间跟那些不真诚的人交朋友呢？

试想，当你将你的真诚和盘奉献给别人时，得到的，却是别人对你的怀疑。跟这类人交往，实在是浪费生命了。要是你让这类朋友占据你生命的时空，你今生定然是庸人无异。试想，全世界有六十多亿人，你每个人接触一秒钟，便够你花费几百辈子了。

所以，我的朋友很少。

我几乎拒绝所有的“提防”我的人。——当然，前提是他们知道“雪漠”是谁。要是他们不知道这一点，他们的提防，倒是我应该欣赏的。

我还有一种试探朋友的方式：我是个轻易不求人的人，但有时候，我也会让他们去做一些小事，叫他们帮一些需要帮助的人。许多时候，那一试，往往会试出真假来。

这世上，最好的试金石，便是看他是否做一些虽是举手之劳却能帮助别人的事。

许多时候，那些有着吞天吐地的志向甚至发愿要利益众生的人，却总是连小事也不愿意做。同样，一些自命为雪漠的朋友的人，却可能连一些举手之劳地帮助别人的小事也不做。对于这类人，我肯定会敬而远之。因为，我同样没时间跟那些自私或是虚伪的人打交道。

对这样的朋友，我是不愿意再接触第二次的。跟他们交往，同样是浪费生命。

有时，对那些想要我的朋友，我也会给他一次机会叫他耍我一下。我也可能给他点他需要的“好处”，但构成我生命的时间，却是再也不可能给他了。我可以给他一点钱或是别的东西，但我不会再给他时间了。于是，几乎在凉州的任何一个乡镇，都有我心甘情愿地“送”了钱的朋友。其实他们不知道，在他们以借的名义问我伸手时，我心中就将那钱送给他了。遗憾的是，他们却将我的“送”，当成了他们成功的“骗”。于是，此后他们便再也不敢见我了。这样，我也正好省下了许多时间。

于是，我心灵的朋友薄上，时时会删去一些名姓。我很自私，连他们占据我生命中的三个字的空间，也不愿给他。因为我同样不想叫这些负面的信息——在佛家中称为污染——影响我的生命质量。

我的朋友，总是那些有许多毛病、却有颗自省向上的心、而且待我十分真诚的人。他们肯定会力所能及地帮助别人。

对于一些有相应的品德，想听我的所谓“点拨”，我也能够帮助他的人，我就当成了我的学生。许多人就是在我的所谓“教调”下成长着。对于那些不愿忍受我的“教调”的人，我就将他们当成了“朋友”——而不是“学生”。我眼中的“学生”，跟“老师”一样，是一个很庄严的词。我是不轻易当“老师”的。所以，虽然有许多称我“老师”的人，其实我根本上只将他们当成了朋友。相较于“老师”或是“上师”之类的词，我更愿意他们直呼其名，省得我老是产生错觉，将自己当成了“老师”，而在一块破麻袋上绣花——而那麻袋，无论你如何绣，总是改变不了破麻袋的本质，只能浪费了我黄金买不来的生命。老祖宗于是说，“狮子乳是不能倒入尿壶的”。

我心中的“学生”并不多，但他们肯定是品德很好的人。像上海评估专家庄先生，至今，他仍帮助着一位来自新疆的弱女子，他每月提供五百到一千元，帮助她跟刺绣大师学习苏绣，帮助她实现自己的人生梦想。庄先生虽然年近七旬，却视我为老师。于是，我当仁不让地将他当成我最好的学生之一。现在，我有好几位这样的学生，他们正在成长着。

我常想，要是我的一生里，能够为社会培养出十几位能帮助别人的德才兼备的人才，教他们“本事”，帮他们成功，使他们能严于律己，能发光发热，能传承文化，能贡献社会，那我就没有白活。这个数字并不大，但遗憾的是，我仍然没有把握能在一生中实现这一目标，原因仍然是我遇不到起码的真诚。许多平时显得很好的人，一遇到事，人性的弱点便暴露了。

不过，为了找到我期待的所谓大根器之人，我仍然乐此不疲地寻找着。

于是，有些人说，雪漠是很容易接触的。

但他们不知道，那种接触，也许他一生里只有一次——要是他没有足够的真诚的话。

在佛家里，这种起码的真诚，便是我们所说的“缘”。

（首发于雪漠文化网：www.xuemo.cn）

# 寻找好种子

在《我为什么拒绝别人？》一文中，将人与人之间的那种起码的真诚，说成是“缘”。

是的，真诚是最好的“缘”。没有“真诚”，便没有“缘”。

当那种起码的真诚丧失之后，老祖宗便会说“坏了缘起”。坏了的“缘起”是变质的种子，无论你如何施肥浇水，是很难结出良好果实的。

当然，在老祖宗的传统里，也有补救之法，主要是忏悔，痛改前非。当我们有了足够的忏悔之心和忏悔之力时，那种坏了的“缘起”，也有可能转化过来。生活中有许多这样的例子，历史上的“周处除三害”便很是典型。

佛家中有许多关于忏悔的礼仪，用于清洗灵魂的污垢，比如：诵“百字明咒”、行大礼拜等等。释迦牟尼佛甚至开许僧人有七次的“舍戒”。就是说，只要你能痛改前非，佛陀甚至允许你有七次悔改的机会。但要是超过了七次的底线，那也便只能“随缘”了。

在佛家中，将这类变了质的种子称为“恶友”。跟这类人接触，是很容易毒化的。正如季羡林先生所说：“我曾经思想过，我活着的时候对所有人好，这样长时间下来所有人也就会对我好的,但是活到我这个年龄这才深深体会到这是根本不可能的。……我发现坏人就像是有毒的植物，你一接触就会害你，而它们自己是不知道的。”他说自己活了九十多岁，很希望看到一个坏人会变好，可是他失望了。坏人就是坏人。除非经过脱胎换骨的历练，否则，他们那有毒的基因，是不可能转化的。他们可以伪装一段时间，但一旦遇到机会，总是会原形毕露的。

佛灭度时，阿难尊者问：如何对付恶性比丘？佛说：“恶性比丘，默而摈之。”佛住世时，遇到恶性居士、恶性比丘、恶性百姓时，同样也是不跟他讲话，远离他们。他也无法教调那六群恶比丘，只好叫弟子们“别跟他们说话，远离他们”。佛祖为啥不叫那些罗汉弟子去教育恶比丘呢？因为他知道，没用。除了远离他们，勿受其污染外，佛陀也想不出更好的办法。农夫与蛇的故事，也讲了这个道理。

于是，老祖宗老说：要远离恶友，亲近善知识。

那么何为恶友？何为善知识？《佛子行三十七颂》称：跟他接触，贪嗔痴能减少者，是善知识；反之，便是恶友。在生活中，你一接触便觉贪婪热恼者，定然是恶友。

许多想度恶人者，反倒被恶人“度”了——因受污染而偏了人生的方向。这种例子很多。你本来想叫他跟你学“正法”，不料，你反倒跟他学“邪”了。我说的那“邪”，便是“邪命”——它对你的生命和自由，没有多大的好处，它只会浪费你黄金买不来的生命。

所以，区分那善友恶友是十分重要的。

恶友一般不会真诚，他们只能伪装真诚。因为，他们一旦真的真诚了，你便会发现他肚子里的货色而远离他。他们只能寻找一种保护色——有时它很像真诚——来接近你。因此，你分辨他们的办法之一，便是看他是否是真的真诚。在生活中，对于那些不真诚的人，我是不愿见第二次的。在我的经历中，几乎所有不真诚的人，都最终会坏事的。当然，有时候，真诚的人也同样会坏事，但他们能忏悔，能自省，能改过，便会向往崇高，离恶趋善，远离恶趣。

好人大多是真诚的。虽然他们也有一些必要的警觉——在生活中，真诚有时要付出代价的。——但要是遇到他们认可的善知识时，他们甚至愿意贡献生命。

而坏人，因为心中总是有鬼。他眼中的所有人，都可能是鬼。他甚至会将善知识也当成鬼来提防。也正是在这一点上，他暴露了自己不干净的心，露出了马脚。老祖先于是说，坏人眼中是无好人的。

许多时候，一个人眼中的世界，其实正是他内心的反映。

对于一个坏的种子，我们不要期望去改变他。无论你如何努力，也不可能将一粒黑豆，变成小金瓜。

你要是需要小金瓜，最应该做的，那就是去寻找小金瓜的种子，然后播种、浇水、施肥。

历史上的许多大德，不远万里，四方求索，为的就是找到那粒种子。如达摩祖师，行程万里，面壁九年，寻找的，也不过是那“种子”而已。所以，有时候，求师难，寻徒更难。许多找不到“种子”的文化，便终于埋没了。而找到“种子”的文化，便可能大弘于天下。试想，要是五祖弘忍没找到慧能这粒“种子”，禅宗是不可能有后来格局的。

许多时候，最好的种子，便是我们所说的那种大师，如藏地的宗喀巴，如六祖慧能，如净宗初祖慧远，等等。正是有了这类好种子，那类善文化才像太阳一样，成为人类光明的源泉。

寻找好种子，成了我明白后的一种奢望。我常想，我要是能培养出十个几十个比雪漠更有用的人才，那真的没有白活呀。可我一次次寻找，却总是失望多于欣慰。其中虽不乏向上者，但他们做不到我那样的“放下”，世俗的诱惑总能乱了他们的心。有的虽有大心，却无行为。那所谓的大心，总是体现在口头上。但这世上，绝不可能有口头上的大师。有言无行者，便是狂慧。所有欺世盗名者，多是狂慧之徒。他们言如庐山飞瀑，行为却无一点可取之处。

所有的利众之“心”，要是没有利众之“行”，充其量只是在骗人骗己。同样，我要是不用二十年生命写出《大漠祭》《猎原》《白虎关》，我这个“作家”，就只能算欺世了。

没有行为，便没有一切。当然，我所说的行为，至少是能聆听真理教诲，远离自私恶行，向往善美，严于律己，并力所能及地帮助身边需要帮助的人。

好的种子不是狂慧者，他们总是在用自己的行为体现对真理的妙用。

狂慧者无论有着多少口头上的“智慧”，没有好的行为体现的话，是没有任何意义的。许多狂慧者甚至会狂妄地拒绝世上最伟大的心灵升华工具：忏悔。

所以，大德们屡屡告诫我们：要远离恶友。他们认为，要是遇到拒绝忏悔的“坏种子”时，最好的办法便是：“扔”了他，去亲近善知识，去寻找真正的好种子。

在我们有限的生命里，这当然是最好的选择了。

也正是因为有了正确的选择，我们的生命才会远离污染，才会在大善的熏染下，一天天得到升华。

（首发于雪漠文化网：www.xuemo.cn）

# “念佛往生”的误区

念佛往生是佛门净土宗追求的目标，它真的是“三根普被，利钝全收”。

在修大手印（Mahamudra）之前，我有过很长时间的念佛经历。我对念佛很有信心，那时也很精进，整天闭关念佛，后来能做到行住坐卧，不离佛号，不拿念珠，却能记住一日里所有的念诵数目。再后来，更是净闻佛号，无念而念，只觉那四字宏名，能响贯天际，能贯通三界，更能消解诸贪，了了无昧。所以，对于念佛法门，我深知它的殊胜。

不过，时下，许多人把“念佛往生”理解错了，把它当成了跟进超市那样容易的事，仿佛你只要听听讲经，诵诵佛号，自我陶醉，就能到达佛国，登上不动地，成为八地菩萨。却不知，即便你真的往生到佛国，也还只是迷情凡夫，还需要在阿弥陀佛的教诲下继续参学，实现开悟，再由见道，进入修道，达成无修道，实现终极解脱。极乐世界只是成佛的中转站。对于许多众生来说，往生是很好的选择：先不堕落，再谈超越。

不过，若是有人把净土法门当成宝剑，乱砍乱杀，以拒绝佛家的其他智慧，就不对了。更不能以一句佛号，去解释三藏十二部的所有经典，从而将如海的佛门智慧，简单地进行格式化了。

佛家有三藏十二部，有八万四千法，法法都是良药，念佛只是其中一法。倡一法而拒万法，兴一门而蔽万门，以一句佛号来取代佛门的万千重宝，显然是不合适的。若是单纯的念佛能代替所有佛法的话，陈玄奘等高僧大德何必历经千辛万苦，前往西天，取那么多经？同理，我们也不能提倡只念一句佛号，而将天下的《大藏经》付之一炬。所以，我们推崇净土，却不能否定其他教派。时下的汉地寺院里，能包容他宗者，真的是寥寥无几。有些人自己昏昏，却想使人昭昭，可能吗？能真正弄懂佛理者，极少。更有人自己不读经，又不叫别人读。充斥于天下寺院的接缘佛书中，很少能看到承载究竟智慧的读物。大多内容重复，山高海量，很是浪费，叫人心疼。

念佛法门当然很好。

只是，许多人却错解了它。时下的很多人，大多是散心念佛，盲目迷信，若无超越正见，定然错过一生。我认识一些生前很有影响的出家人，生前讲法，钢口铁牙，俨然一代宗师，在临终之时，却大多手忙脚乱，去处自然不好。一些居士更不用说了，健康时也能有信心，一旦生病，临终时多不能自主。

原因很简单，那些人将往生看得太简单了。只凭嘴上功夫，只凭一腔热血，而不修定慧，是不可能往生的。

要知道，达成往生，需要四个条件：一是临终不失正念；二是一心不乱；三是破除执著；四是不遇恶缘。

先说临终一念，人在临死前，是他一生里最难熬的时刻，生命的精气神消耗不尽，人是不会死的。人到临终时，定然已衰弱到了极致，要是稍有牵挂，或是昏迷，或是闷睡，或是沉没，或是散乱，便难提正念，生不起那决定性的一念。许多人临终时生起的，更多的是贪念——贪生、贪亲、贪财、贪物……这样的人，是不可能往生的。所以，若是没有认真地修炼，达不到一心不乱，破不了执，要想在临终时生起念佛之心，实现往生，比光着身子却想飞上天去还难。所以，那些想往生却不精进者，有时连善道也进不去。若是生前没得到正见，胡乱讲法，贪供养却没证量；或是妖言惑众，炮制末日邪说，惑乱天下民心，地狱之门便会大开。老祖宗故云：地狱门前僧道多。

那么，念佛达到哪种境界，才会往生？佛经上说，若一日，若七日，一心不乱。这也是香巴学派五大金刚法生起次第的成就标准：心不离所缘佛境，了了分明，达七日七夜，一心不乱，才能往生。要修成这一点，常常需要闭关专修，一日只休息两到四个小时，经年累月，长期闭关，才可以完成如法的观修。所以，历史上的许多净宗大德，在生前也是十分精进，每天要给自己定下几万声佛号，精进地修持一生。

那么，有人问了，要是真的像那些大德那样日诵数万佛号，精进地修持一生，做到一心不乱，能不能真的往生？

我的回答是："不一定。"

因为，单纯地做到一心不乱，其实还不够。为啥？因为你只要有执著，便会生贪，一生贪心，便有牵挂，一有牵挂，就不可能往生了。

何况，要是你没有正见，还会因贪生魔呢。有时候，要是你过于执著，魔也会化成佛来骗你。我的"雪漠心学大系"中记录过这样的事。

西部流传着这样一个故事：一日，某寺院一精进却没破执的弟子，见阿弥陀佛举了金台来接迎他，他要往台中跳，成就上师一把拉住了他，往那金台里投了个金刚杵。当夜，寺院的一头母牛便生下了一个金刚杵。要是没有上师相救，那弟子，就会投入牛胎。

又一年，四川某寺院忽然死了几个和尚，救活其中一人后，问其原因，回答是他们看到金刚持拿黄金念珠往他们脖子里戴，于是欢喜迷乱，欣然受之。满以为是佛之奖励，却一脚踏开了地狱之门。

还有一行者，老见金刚持，金光闪闪，庄严至极，一大德叫他用甘露洗眼，他才发现，那金刚持，原来是恶鬼变的，来骗供养。这类故事，有很多。可见，有佛的外相者，并不一定是真的佛。这也是佛在圆寂时听了魔王波旬的话流泪的原因。在末法时代，狮子虫食狮子肉者，比比皆是。

要知道，佛家是智信，要有智慧正见。单纯的迷信，很难达成正确的目的。因为，迷信没有智慧，无慧不能破执，有执著便有牵挂，有牵挂便无解脱。

往生除了你要一心不乱，还要不遇恶缘，要是你在临终时遇到恶缘，有人在你临终时瞎折腾一番，你就定然往生不了。历史上记载，某和尚生前修证很好，临终时，侍者不小心将一物落其身上，和尚一生嗔心，便堕地狱了。这类事，同样有很多。要是你遇上一堆有着亲人名相的冤亲债主，在你临终落气时，或穿衣，或动手术，或插氧气管，或大哭二喊地撕扯你，你就更难往生了。

不过，最严重的问题，还是执著，修净土者多不提倡开悟，但你要是不开悟，你就根本破不了执著。破不了执著，你就很难往生。这就成了一个悖论。目前，许多专修净土而破不了执的人，都会在这一点上走错路。

要知道，开悟难，往生也难。有时，往生要比开悟需要花费更多的时间和气力。

开悟只要遇到善知识，你信心俱足，根器也好，马上就能顿悟。而往生，你要是平时用功不够，做不到一心不乱，娃一叫，妻一喊，你一牵挂，就走不了。所以，真正的修行人，要对自己有更高的要求，要尽可能地追求开悟。要是你一直在很低的门槛上练跳高，哪怕你跳上一生，最终却连一米多高的横杆也跨不过去。要想成佛做祖，谈何容易？更有人将密乘和禅宗比喻为博士后，说一般人学不了，叫天下苍生只修最简单的法，这也没错。不过，要是你打算读一辈子书，总得要有进步，不能永远只上小学。何况，无论显宗密宗，其实皆有次第，显宗有高深的，如唯识宗；密宗也有简单的，如持“六字大明咒”或诵“奶格玛千诺”，哪能一概而论？

当我们开放胸怀之后，不要蔽明塞聪，不要盲目迷信，不要捂住自己的杯子，而拒绝世界或大海，就会发现，他山之石，真的是可以攻玉的。比如，在传播上，基督教就有值得我们学习的地方；再比如，在终极关怀上，香巴学派的大手印和奶格六法也有值得我们关注的殊胜：你想修净者，可以诵佛号或奶格玛名号而往生净土。你也可以只是念诵，因信得度；也可以修迁识法，强制自己往生；要是你先前证得光明大手印，当然能即身成佛了；若是你不能即身成就佛果，只是见到光明实现开悟，也可以在死光明出现时，达成子母光明会，证得法身成就；若是错过母光明，你也可以在中阴身阶段修报身。——“中有如来报身”是奶格六法之一。若是你观想力不够，你还可以修化身。若是再力有不逮，你还可以借传承加持之力，实现往生，或是选择三善道投胎。以上内容，我在《归心》中讲得非常清楚，有缘者可以一阅。

佛门法本无高下，只度有缘。我希望无论修净、参禅、还是修密的朋友，都能像古代大德那样，能精进修行，达成开悟，这样，十方三界，可以任你去来，这才是真正的修行。即使你要发愿念佛往生，你也要放下万缘，破除执著，千万不要偏听偏信，冲昏头脑，将那往生佛国，当成去逛菜市场。散心念佛，自我陶醉，骗骗自己尚可，往生佛国则难。到时候，一点贪念起，万千障门开，本想往生，却直堕恶道了。到那时，就悔之晚矣。

时下，网上讲法者多，有的究竟如法，有的并不究竟。若无智慧抉择，只是盲修瞎练，是得不到大益的。无论那演讲让你如何热血沸腾，你还是要尊重佛家的传统和传承，找到能指导你实修的善知识。有时，那自夸为天下首富者，却可能身无分文；退一步讲，即使讲者真的“富可敌国”，那别人的“富”，也富不了你。要是你遇上那些貌似佛法，其实却不究竟的胡说，就更应该警惕了。

笔者一向推崇净土，将它和其他教派的妙法都视为度众之良药，希望读者能各俱胜缘，找到对机之法，真正离苦得乐，达成终极解脱。

我著此文的目的，只想告诉大家：破不了执，你的修行，就可能是暂时的骗骗自己而已。

无论大家如何发大愿，无论想成就还是想往生，一定要明白佛家修行的根本，它就是两个字：破执。

此外，无它。

# 我为啥一再强调破执？用心何在？

近来，我写了两篇短文《“念佛往生”的误区》和《信仰的“魔桶”与破执》，经华人佛教推出之后，引起强烈反响，有称我为佛者，有骂我为魔者，更不乏人身攻击者。各随其缘，好不热闹！

对于我提倡的破执，更有人说长道短，说净土宗不提倡破执，说只要“信愿行”三者俱足，就能往生。却不知，那“行”，便是破执。无执的“行”，才是佛家提倡的“正行”。正法提倡的，便是正行。没有正行的教派，是很容易“异化”的。

要知道，我提倡的“破执”，其实是外道与内道的分水岭。外道不一定需要终极的破执，而内道则必须破执。没有破执，就没有佛家。

破执是佛家独有的。为了区别内道与外道，释迦牟尼定了四个标准，人称“四法印”。符合“四法印”者，是内道；不符合“四法印”者，是外道。需要说明的是，外道是个中性词，并无贬义。佛门将不符合其精神者都称为外道，虽有内外之分，却无尊贬之意。佛家提倡包容，它从不提倡用武力去传教。

抛开繁琐名相简而言之，佛家的“四法印”都为了破执：“有漏皆苦”，是为了破除对红尘俗世欲望的执著；“诸行无常”，是为了破除对“诸行”的执著；“诸法无我”，是为了破除对“法”“我”或“神我”的执著。只有实现破执，才能达成“寂静涅槃”。“涅槃”是破执超越后的结果。当然，还有“三法印”“一法印”之说，无论多少“法印”，都离不开破执。那“一法印”，指的便是破执的空性智慧。佛家认为，只要能破执，便能达成解脱。

从早期的上座部佛家，传承几千年，直到今天，佛家可以有诸多形式上的变化，但唯独在破执上，一以贯之，从不曾异化。能破“我执”者，便是阿罗汉；能破“法执”者，便是菩萨。不能破执者，便是迷情凡夫。

小乘当然首重破执，以破“我执”为主，一破“我执”，便“黄金与牛粪同值，虚空与手掌无别”，便“梵行已立，不受后有”，便成“离欲”“无漏”的阿罗汉了。

大乘源于小乘。实现小乘提倡的破执后，再去利众，便是大乘了。只是大乘除破“我执”之外，更要破除“法执”。在对执著的破除上，大乘更进了一步。

至于密乘，更不离破执。为实现破执而修持一些秘密传承的教法，便成了我们所说的密乘。它提倡，除了破我法二执，还要破细微无明等。按经典的说法，一些细微的无明习气，需要用密乘独有的方便法门才能破除。关于这一点，读者可以参阅我的《真心》《归心》等书。

试想，要是你连执都破不了，谈何利众？正如你自己不会游泳，却要去抢救沉溺于深海的落水者，是不是有些自不量力？

所以，破执是佛家的终极真理，也是其不可动摇的标杆。没有对执著的最后破除，便没有真正的佛家。

笔者研究过一些著名的宗教，我不但知其名相，更入其堂奥。我发现，在世间法层面，佛道和外道的区别不很大，都有戒，都有定，都有各自的慧，都强调善，都强调利众，都有一系列宗教哲学、宗教组织、宗教礼仪、宗教体验等等。虽有名相上的差异，但其本质大多相似，多强调“因信得度”。其信仰的对象，也大同小异，或上帝，或梵天，或老天爷，或安拉，或玉皇大帝，或帝释天，或太上老君，或阿弥陀佛，等等。其对终极目标的表述，也大同小异，多是对各民族世间法需求的一种“升华”：爱黄金者，有黄金铺地；爱莲花者，有通天莲池；爱白玉者，有玉楼琼阁；爱美女者，有无量天女；爱佛者，有阿弥陀佛；爱上帝者，可面见上帝；爱长寿者，可得无量寿；爱权力者，可以当天主……如是云云，皆是世间法欲求的“升级版”。它们体现了不同的人类或种族对终极目标的追求。从某种意义上来说，它们没有谁高谁低、谁好谁坏的区别，是故佛说：“一切善法，皆是佛法。”

只有在出世间法的破执上，佛家才实现了最后的超越，佛故云：“一切圣贤，皆以无为法而有差别。”所谓“无为法”，是破执后的清净之法。就是说，在有为法上——即非破执层面的世间法上——诸多圣贤，其实是大同小异的，它们有着本质上的相似，也有某种精神上的相同。以是故，有人便认为耶稣是观音菩萨的化身。

佛家提倡的慈悲，在某种层面上，确实相似于基督教所说的博爱。区别只是，那世间法的“博爱”，只有达成了出世间意义上的最后破执，才会实现“无缘大慈，同体大悲”。所以，破执后的佛门里，不曾像“十字军东征”那样杀过谁。不破执的基督教世界，历史上则四处征战，时下也时时点起战火。他们不一定博爱“异教徒”。便是在莎士比亚的著作中，也会常常看到对“异教徒”的诅咒和蔑视。而那个以基督徒自命的希特勒，更会以屠杀犹太人来实现其“博爱”。执著不破，那“博爱”便有条件：顺我者昌，逆我者亡。这一点，非常像现在的某些汉地寺院。他们排斥一切非净土的经典，更有烧毁密乘经典者。充斥于佛殿的，多是低层次的通俗读物。这一来，许多不明底细的人，就会错看佛家，以为它只是迷信老婆婆们的精神鸦片。

因为缺乏有远见的文化大师参与，也由于佛门僧才的严重缺失，当代佛教在其研究的深度和高度上，和基督教还有相当距离。在基督教世界，我们总能看到许多文化大师的介入。许多西方国家，倾国家之力，把基督教从民间推上了庙堂。而我们的佛家，除了历史上还有些大师的著述外，流行于当下的，多是一些貌似“高僧”的随性宣说。其间，虽也有有识之士和真正的高僧想力挽狂澜，但曲高和寡，力不从心，加上意识形态的某种制约，就难以形成大的气候。

不过，无论基督教有着怎样的势头，无论它跟佛家有着哪种程度上的相似，在对最后执著的破除和取舍上，基督教永远变不成佛教。基督徒永远不会破除对终极上帝的执著。这也是其他外道和内道的区别所在。若是有人将佛家的极乐世界，当成一种基督教徒对天堂式的追求，那是很让人担忧的。因为，一千多年之前，印度教的商羯罗大师正是用相似的方法，把佛家从印度文化史上抹去了大半。自商羯罗之后，佛家在印度的生存日渐艰难。有人甚至认为，商羯罗吃掉了大乘。要知道，在宗教上，没有个性，就没有生命。

既然破执是内外道的分水岭，那么，要是有人提出“念佛往生极乐世界而无须破执”之类的话，显然已不符合佛家的“法印”真理了。若将那极乐世界当成一种“神我”，当成一种有悖于“无常”“无我”的客观性存在，那更是对佛家“法印”的反动。以是故，许多成就的高僧大德，就提出了“唯心净土”和“自性弥陀”，他们是真正的智者。为什么？因为，任何认为世间法有“常”有“我”者，便不是佛家，而是外道。要是有人执著那“常”“我”，不提倡破执，不叫人“深入经藏，智慧如海”，只教人盲目迷信，更加以“末日”邪说，便成为我们常说的邪教了。

邪教的目的，是为了控制人心，它们最怕“智信”。佛家的真理却不怕任何人质疑，几千年来，佛家就是在世界的质疑中成长的，由小乘，而大乘，而密乘，时代变更了，喷向佛家的唾星也在“与时俱进”着。但正是在对手的质疑声中，佛家渐渐广为人知，一天天走向世界。佛家正式向西方的传播，源于基督教学者的某次质疑行动。他们想依托考古发现，来否定释迦牟尼是历史人物，结果却事与愿违。学者们掘出了大量文物，证明了释迦佛的真实存在。近现代的一些哲学家和科学家，也是从对佛家的质疑中，真正“发现”了佛家的伟大。

所以，我们不要怕“追问”，佛家反对的，恰恰是迷信。释迦牟尼提倡正思维等八正道，就是为了反对迷信，反对将佛家“妖魔化”和“神我化”。佛家是真正的“无神论”。若是有人借信仰之名，宣传“神我”，就不符合佛家的真理。

因此，我认为，所有迷信都是“魔桶”。在我的《无死的金刚心》中，那“控”了琼波浪觉二十二年的，便是盲目迷信造成的“魔桶”。上面提到的那两篇短文发表后，我就收到很多人来信，他们称自己就在魔桶中生活多年，虽貌似有信仰，但因为盲目迷信，不能破执，至今仍生活在痛苦之中。我甚至见过一些因此而家破人亡者。要知道，无论你迷信啥，迷信总是迷信。当一个人失去了主体性之后，就容易为别有用心者所控。

为了避免“魔桶”式的弊端，释迦牟尼提出了“四依四不依”：依法不依人、依义不依语、依智不依识、依了义不依不了义。这一来，更显佛家的“智信”之光。不过，时下，偏偏有人将“不了义”宣称为“了义”，更将那“不了义”大加宣示，以障世人之智，就本末倒置了。要区别何为“了义”，何为“不了义”，其试金石，仍然是它能否“破执”。

任何宗教都强调“因信解脱”，只有佛家在强调“因信得度”的同时，也强调“见即解脱”，这“见”，便是破执，这也是我提倡的大手印智慧，是《金刚经》的般若智慧。在《无死的金刚心》中，我运用了各种方式，形象地描述了这种智慧，欢迎有缘者批评。

《金刚经》云：“一切有为法，如梦幻泡影，如露亦如电，应作如是观。”这智慧，就是为了破执的，就是为了回答“云何降伏其心”的，只有破执，才能“了义”地降伏其心。但某些高僧，却在讲《金刚经》时信口说：“云何降伏其心？念阿弥陀佛。”这也没错，要是念阿弥陀佛而证得般若大智，实现破执往生，当然也很好。但要是念阿弥陀佛，只是增加执著，贡高我慢，蔽明塞聪，或是将佛号异化为“大棒”，乱打其他法门，就不符合佛意了。

要知道，无论任何佛家流派，都必须符合“法印”，都不能否定佛家提倡的破执，否则，无论它打着啥旗号，也仅仅是一个“附佛外道”而已。时下，流行着许多这样的附佛外道，或信口开河，或别有用心，或炮制“末日”邪说——若是不见“末日”来临，咋办？好说，是“高僧”念经化解了。笑话！经典上说，佛是不能消定业的，也化解不了释迦族的灭族大难，这类“高僧”难道比释迦牟尼佛还厉害万倍？竟然能化解了人类的末日劫难？真是笑话！

我在网上看到某“高僧”多次赤膊上阵，利用网络视频，预告世界末日，可笑的是，他总是自打嘴巴。我相信，最近他预言的2012年12月的世界“末日”，也不过是一场愚蠢的闹剧。当然，对于某些人来说，每天都是“末日”：出车祸者、患绝症而死者、猝死者、战争中丧命者、遭遇地震者……但整个人类，肯定不会在“高僧”预言的那一天灭亡。无论高僧念不念经，人类的命运都有着自己的轨迹。不信？谁敢跟我打赌，一比一百万的赔率？……更可笑的是，朋友告诉我，最近，高僧又将末日移到2013年了。这妖言的“魔桶”，又将在数百万人的头上罩上一年。庆父不死，鲁难未已。不说也罢。

可见，执著不破，“魔桶”是很难打破的。

一位网友在凤凰网评论道：“雪漠老师的文章指出了念佛法门在宣扬过程中存在的弊端，我也感觉，一些人在宣扬念佛法门时，将一些手段性的东西当成了目的性的，将一些变通性的东西当成了原则性的，将一些黄叶性的东西当成了黄金性的，将一些入门性的东西当成了终极性的，将一些不了义的东西当成了了义的，将一些言近旨远的东西只强调言近不说明旨远，对一些净宗大德的行为只宣扬其所然不说明其所以然，致使人们在对净宗深意的理解上和方法的修习上产生了严重的误解，这不但不利于个体的修行，也不利于净宗的广大，更是辜负了我佛宣扬此经的一片悲心。”

这位网友的观点，代表了很多人的心声。

为了将我说的道理通俗化，除了随缘著文之外，我还写了两本随笔：《世界是心的倒影》和《让心属于你自己》，皆是大手印智慧的妙用。前一本，是为了“看破”；后一本，是为了“破执”。没有“看破”的正见，便没有“破执”后的正定。许多时候，见地决定一切。没有“戒”，就没有佛家；但没有“见”，同样也没有佛家。以是故，佛才将“法印”作为区别内外道的标准。只有符合“法印”之“见”者，才是佛家。否则，便是外道。

在释迦牟尼佛之前，印度也有多种宗教和学说，据称有九十六种外道。它们与佛家最大的区别便是对执著的破除。对终极执著的破除，是佛家独有的。若不是因为这一点，佛家存在的理由就会丧失，佛家就会被其他宗教替代。因为，婆罗门教的“神我”，在印度有着广泛的市场，但正是有了佛家的不妥协，才能让它独立于印度大陆，延续两千多年，终于成长为世界性宗教。时下，世界各地的宗教中，“神我”更占主流，若是佛家失去自己，便会被岁月淹没。佛法灭亡之日，便是失去“自我”之时——我这里说的“自我”，便是佛家独有的破执真理。

时下的某些“高僧”，在宣说一些佛家经典时，过分强调“神我”，而淡化破执，其神其形，除了名相上的差异外，已跟一些印度教徒对大自在天的崇拜相似了，也跟基督教对天堂的向往大同小异。更由于其反对智信和读经，反对般若智慧，过分强调心外的佛力，而淡化破执的自力，便将大好的佛家异化了。最可怕的是，在不了义的妖言惑众下，大量的迷信教徒拒绝了佛家的博大精深，视那三藏十二部为废纸，佛家的“百花齐放”就有可能会成为过去。在智者的眼中，这才是真正的灭佛。其恶果，在不久的将来便会显现出来。近些年，我到过很多寺院，罕见深研佛理者。在几寸高的门槛上，用一生时间练“跳高”者，充斥于世。

所以，我们还是要提倡“深入经藏，智慧如海”。许多时候，读经和诵经，也是最好的修炼。像太虚大师，正是通过阅藏和实修，才成长为一代大师；天台宗的智者大师，也是在诵读经典时开悟的。这样的例子，有很多。

最后，我仍想强调一句：我们不要一味地强调极乐世界的“实有永恒”，而否定佛家的“无常”“无我”。否则，便是典型的“神我”外道。

谁要是背离了佛的“法印”，无论贴上多少“佛”的标签，都掩盖不了其外道的本质。

——2012年11月10日完稿于东莞“雪漠禅坛”

代跋

# “疯话”雪漠：是佛是魔？

近来，关于“雪漠”的报道很多，传言也多，误解更多。其中，不乏妖魔化者。或说雪漠是佛，或说雪漠是魔，其实都是扯淡。

今日，咱自剖肚肠，自暴家私，自抖包袱，显大丑于天下：

雪漠者，明白的平常人也。一脸平常相，一颗平常心；一副臭皮囊，酷似大猩猩；一支老秃笔，聊以绘苍生。生在平常人家，长于平常环境，少时家贫如洗，长大也曾困窘；现在有点闲钱，大多印了经文。虽然常躲暗处，却无半点鬼精。……唯一有点特异者，是印堂有颗朱砂痣，很像佛眉间白毫，而常为人称道。我却说假的假的，待得白骨成灰时，此物早已化为尘，若以此相见雪漠，便是世上大痴人。

此人也，少智慧，多毛病，曾有不良嗜好，吸食旱烟如命。后因离不开烟，只好戒了。其理由，便是大丈夫不可依靠任何外物。——这外物，当然也包括了旱烟。

幼年牧马，爱骑马驱驰。人说我经历苦难，其实咱快乐无忧。

长大爱书，住处常成书窟。人说我耐得寂寞，其实咱享受清净。

后写小说，初为实现理想，自然痛苦不堪；后为享受快乐，才有拙作多部。

也曾走进宗教，拜师若干，其中不乏大师异人，多视我为好孩子。师尊传些妙消息，我却独自瞎寻思。盲修瞎炼二十多年，虽有些印呀证呀的说法，但我真的并无所得。初时之修，不为求福报，不为得大力，不为当佛陀，不为度众生，主要是为降伏自己的心，能远离贪婪，稍微明白一些。至今，一无大力，二无大能，无法征服世界，只将心调成了拉磨的乖驴，叫走就走，叫停就停；更似照物明镜，虽照天照地，却澄然寂静。但习气却老是冒泡，便难成高僧，只好当作家了。更时时露出鬼脸，冒些怪声，演些丑态，招些视线，因怕那搅天信息，埋了咱的

“孩子”。

以前也想当官，但因需要巴结，需要坐班，我怕应酬，只好拜拜了。再以前，见了美女，也知是好物件，更垂涎八丈，但无奈，人家是银幕上的人。生活中却乏红颜知己，不是我眼高，而是我离群索居，逾二十年，难见出色靓女，白驹过隙一眨眼，少年遂成白发人。至今无钱无权，皱纹掩青春，毛发遮玉容，人说像达摩，其实是夜叉，实在没个叫人喜欢的理由。再说，便是在早年，虽也遇些凉州女子，但她们多追求眼前实惠，张口便闻铜臭，毛孔渗出物欲。咱便想，浪费大好生命，追些粗浊肉体，实在是暴殄天物，只好澄心洁虑，安住在自家壳里了。前些时，有记者问：你定居凉州有遗憾吗？我答：有的。我被上帝流放了，触目所及，一片荒凉。正是因为有了渴盼，才塑造了几个好女人：如《大漠祭》的莹儿，如《白虎关》的月儿，如《猎原》中的豁子女人，如《西夏咒》中的雪羽儿，一个比一个美丽，令无数男子神往不已……嘿嘿，权当咱也做几回美梦吧。好在老婆倒还贤良，虽时不时河东狮吼，听来倒有天籁之韵，便大叹老天有眼。

其实，在凉州，我连男性朋友也很少的，不过两人而已。一个年过七旬，是藏学家；一个年近五旬，是佛教徒。每隔数月或半年，便能神聊一两个小时。此外，真没个说话的。不是我清高，而是我无趣之极，常聊些别人不懂的话题。三聊两聊，时不时便听到讥笑之声，只好做罢了。

年幼时，便是个偏激的愤青。年长后，火气少了，心也懒了。而今心虽年轻，却须长发茂，一脸沧桑，宛若千岁老人。虽看破了许多东西，却没学会一些混世技法，以便充充老好人啥的，更不愿效法那些所谓的高僧，张口好好好，闭目装高深。我总是旗帜鲜明，一身明白。虽想难得糊涂，怎奈水清无鱼，只要跟那些智者高僧一比，便顿然露出马脚，显出作家嘴脸了。

常听人说我神怪，并贴了许多标签，其实我很是平凡。每日里不过呆坐、看书、写作而已。便是那写作，也是懒到了极致。没人约稿，没人催逼，我总是懒得动笔。近日，《人民日报》张先生约稿，我屡写屡废，因有承诺，人家约一篇，倒成就了多篇，正好还了几位朋友的文债。我的所有文章，大抵如此，或自废，或人废，屡废屡写，便超过百万字了。要是没人催，没人废，我怕是连一字也不写的。我总是喜欢呆坐，自觉契入明空，外人看来，却分明发呆的老牛。好在若无外人，老婆便会狮吼，说是释迦若无经，还是佛吗？这理由十分了得，只好时不时伏案数月，终于成作家了。

近年稍有虚名，更有粉丝若干，或有喜欢者，便以自家心中的需要塑造雪漠了。他们眼中的雪漠，或高，或大，或神，或鬼，更有举了尿布当旗帜舞者。但其实，雪漠只是雪漠，长不过五尺，重才逾百斤。身上有汗味，腹内无玄机。——日前，某记者一见雪漠，竟大呼：你也是人呀？她将雪漠视为信仰符号，不料他还有人的气息。——虽头大如斗，但多为毛发制造的假象。每当率性而为时，老婆儿子便会大吼：你是公众人物，要注意形象——瞧，他们竟也把我当名人了。其实，名与不名，我真的老是忘了。常常是不见我者，反倒敬仰。一见我后，大多轻视。他们仿佛遇到了牛蛙，听其声如闻大雷，观其相分明丑物。人们更愿意尊重那些装神弄鬼者，却不知世上所有的伪装，掩盖的，定然是不可告人的货色。

当然，许多时候，别人的随便，也源于我自己的随便。某次，兰州遇一粉丝，请我到他宿舍。夜里，我睡大床，他睡沙发。他半夜难眠，我坚持跟他换了。我窝在三尺长的硬木沙发上，头脚皆像高射炮，直指天空，倒也能鼾声如雷。陈亦新知道后，说，爸，你咋能这样？叫人家轻视。我说，人家睡沙发失眠，我睡哪儿都成，换上一换，又有何妨？有时，也到农民家。他们常会问，有剩饭哩，吃不？我说吃，就吃上两碗剩饭，胃反倒更加舒坦。

有叫我上师者，因为他们需要上师；有叫我老师者，因为他们认可雪漠；更有叫我大师者，因为他们希望我成为大师；还有将我跟香巴学派粘一起者，是因为那文化需要我。——当然，我也想帮帮它。要知道，没个大嗓门吼，岁月的尘土一落，就可能埋了它。这世上虽有无数大嗓门，但大多靠吆喝赚钱，谁愿为那些快死的文化惹一身晦气？这时代，要是作家粘上佛气，连鬼都躲，何况势利的媒体。我有多次火爆的可能，都叫那佛气杀了。有好些记者，一见那硬贴在我身上的宗教标签，便逃之夭夭了。

其实，我最怕的，也是那些外教徒内贼寇者，我躲他们，如躲轮回呢。当然最恨我者，也是他们。老见一些骗子装模作样当上师，拿我制订的标准一套，便顿时露出驴脚。他们当然恨死了雪漠。上回遇一靓女，总爱夸其上师，待得一看我文章中“双修”标准，便面红耳赤，信心大失。原来那“上师”装得了虚假外表，装不了实际内证，上阵如疯马，败退似乏驼，用咱的文章衡量，嘿，他明明是骗子呀。

至于那“大师”“上师”之类的称呼，都跟我无关。人家想叫，无妨叫几声。便是有叫咱“驴子”者，我也会欣然应诺呢。只要人家开心，咱总会随缘成全，心却并不因此有啥变异。万相随缘去，最重是真心。毛驴尊为大师仍是毛驴，骏马披上羊皮也能奔驰。我只求内在能为，而抛却外部名相。桃李不言，下自成蹊。百鬼狰狞，上帝无言。我只想躲到一处没人的树荫下，读读好书，听听鸟鸣，看看星星，望望月亮，享受那份明白和舒坦。

下面该说我写此文的缘由了：前日上网，见 群中，正谈雪漠，言语吓人，令我冷汗直冒。无奈间，只好抛却斯文，赤膊上阵了。——瞧这文章，也是别人逼的。

我只想告诉诸位：雪漠不是大师，也不爱当上师，更不想叫人抬上供桌。我只想有几个朋友，男女皆可——因为女的愿意聆听，当然更受欢迎——一起喝喝茶，看看书，相视一笑，便知心知肺。这时，也不要心机，也不要智慧，更不要那些名呀利呀的好东西。

你说，我只求这些，成不？

下面，为明心迹，再将那打油诗录在下面，驳君一笑：

雪漠是个驴，低头走夜路。
偶尔抬起头，看到天边月。
求慧也无慧，求智也无智。
只是心有光，从此不戚戚。